Das Buch

Izzy Jordan, Lehrerin aus England, wird von ihren Freunden Laura und Max nach Griechenland eingeladen. Einen Sommer auf Korfu im Haus des Ehepaars zu verbringen erscheint ihr eine gute Idee, um auf andere Gedanken zu kommen und ihre unglückliche Beziehung zu vergessen. Als sie auf der Ferieninsel den wunderschönen Theo kennen lernt, wird Izzy vor die Wahl gestellt: Soll sie sich Hals über Kopf in eine Urlaubsaffäre mit dem charmanten Griechen stürzen? Da betritt Theos Freund Mark die Bühne …

Die Autorin

Erica James, Jahrgang 1960, wuchs im englischen Hampshire auf. Heute lebt sie mit ihren beiden Söhnen in Cheshire.
Von Erica James sind in unserem Hause bereits erschienen:

Nur ein Frühlingshauch
Wie ein frischer Wind
Wo dein Zuhause ist
Zeit für ein neues Glück

Erica James

Ferienträume

Roman

Aus dem Englischen von
Margarethe van Pée

Ullstein

Ullstein Taschenbuchverlag
Der Ullstein Taschenbuchverlag ist ein Unternehmen der
Econ Ullstein List Verlag GmbH & Co. KG, München
Deutsche Erstausgabe
2. Auflage 2002

Titel der englischen Originalausgabe: The Holiday
(Orion, an imprint of the Orion Publishing Group Ltd., London)
Übersetzung: Margarethe van Pée
Redaktion: lüra-Klemt&Mues GbR
Umschlagkonzept: Lohmüller Werbeagentur GmbH & Co. KG, Berlin
Umschlaggestaltung: Anyway, Cordula Schmidt
Titelabbildung: New Eyes
Gesetzt aus der Sabon
Satz: KompetenzCenter, Düsseldorf
Druck und Bindearbeiten: Clausen & Bosse, Leck
Printed in Germany
ISBN 3-548-25251-6

Für Edward und Samuel, mit all meiner Liebe

Und mit besonderer Liebe und Dank für Maureen

›Zeig mir einen Helden und ich schreibe dir eine Tragödie.‹

F. Scott Fitzgerald

1

Am Anfang schuf Gott den Mann, und als er damit fertig war, schuf er Theodore Vlamakis.

Dieser Gedanke war zwar vielleicht nicht besonders originell, aber er ging Laura Sinclair durch den Kopf, als sie zum Horizont blickte, wo der tiefblaue Himmel in das aquamarinblaue Meer überging und wo, ein wenig näher zum Strand hin, ihr nächster Nachbar und guter Freund Theo gerade schwamm. Sie beobachtete, wie er aus dem klaren, blauen Wasser auftauchte und zum Kiesstrand ging. Selbst nach griechischem Standard war er tief gebräunt und mit seinem muskulösen Körper, den er mit mindestens zwei Stunden Schwimmen täglich fit hielt, bot er ein eindrucksvolles Bild. Als er sich abgetrocknet, seine kurzen, nassen Haare zurückgestrichen und seine Sonnenbrille aufgesetzt hatte, spekulierte Laura gerade darüber, wie weit seine Bräune wohl unter die Badeshorts reichen mochte.

Wahrscheinlich war er am ganzen Körper gebräunt. Theo tat nie etwas Halbes.

Sie seufzte verträumt und dachte an die Zeit zurück, als auch ihre Beine noch schlank und fest gewesen waren und als es noch Sache ihrer Mutter gewesen war, sich über Zellulitis und Krampfadern Sorgen zu machen.

Entschlossen verdrängte sie diese unerfreulichen Gedanken und beobachtete weiterhin Theo, der ebenfalls einen Moment lang die schöne Aussicht bewunderte. Er sah wirklich in jeder Hinsicht großartig aus. Es spielte noch nicht einmal eine Rolle, dass er ein eitler zweiundvierzigjähriger Casanova war – das erhöhte sogar noch seinen Charme.

Und er war auch ein äußerst freundlicher Mann. Als sie und Max am Wochenende hierher geflogen waren, war er innerhalb weniger Minuten mit einem Picknickkorb voller frisch gebackenem Brot, hauchdünn geschnittener Salami, in der Sonne gereifter Tomaten aus seinem eigenen Garten und einer Flasche eisgekühltem Champagner aufgetaucht. »Lasst uns den Beginn eures Sommers hier in Áyios Nikólaos feiern«, hatte er gesagt, hatte darauf bestanden, dass sie erst später auspackten, und geschickt die Flasche geöffnet.

Laura sah, wie er sich vom Wasser abwandte, sich ein Handtuch um die Schultern schlang und über den Strand auf den Weg zuging, der sich zu seiner Villa hinaufschlängelte. Als er zu ihr hinblickte, winkte sie ihm zu und lud ihn ein, etwas mit ihr zu trinken, indem sie den Arm hob und mit der Hand einen Becher formte. Er nickte und hielt bestätigend den Daumen hoch. Sie ging hinein und bereitete einen Campari Soda für sich und einen Oúzo mit Eis für ihn vor.

Sie hatten Theo letztes Frühjahr zufällig auf dem Flug nach Korfu kennen gelernt. Er hatte auf dem Fensterplatz neben Max gesessen und sich gefreut, als er erfuhr, dass sie die nächsten drei Wochen auf seiner geliebten Insel verbringen und dort ein Ferienhaus kaufen wollten. Er behauptete, genau das richtige Haus für sie zu haben. »Es ist neu gebaut und wie gemacht für Sie. Sie werden sich in das Haus verlieben, ganz bestimmt«, hatte er geschwärmt. »Ich habe es selbst entworfen. Sie werden kein besseres finden, von meinem eigenen Haus einmal abgesehen, und das können Sie nicht haben, das gehört mir. Es ist ein Teil von mir.« Sie kamen bald dahinter, dass das typisch für Theo war: Er war immer schnell dabei, seine Gefühle und seine Begeisterung auszudrücken und seinen Stolz zu zeigen, was bei jedem anderen Mann eitel gewirkt hätte.

Er hatte allerdings Recht gehabt: Sie und Max hatten sich auf Anhieb in die Villa Petros verliebt. Sie lag auf einem grünen Hügel inmitten von Zypressenbäumen und bot einen leichten Zugang zu dem abgelegenen kleinen Strand darunter, genauso wie Theo es versprochen hatte. Sie wurden sich rasch einig und mit Theos Hilfe hatten sie im letzten Jahr das Haus eingerichtet und dekoriert. Und jetzt konnten sie es endlich wirklich genießen. Es war ihr erster echter Urlaub in Áyios Nikólaos und Laura freute sich darauf, den ganzen Sommer hier zu verbringen. Es war nur schade, dass Max das nicht auch konnte. Er würde zumindest einmal nach Hause fliegen müssen, um sich um seine Arbeit zu kümmern. Allerdings hatte er sich auch in der Villa ein Arbeitszimmer mit Hightech-Geräten eingerichtet, so dass keine Gefahr bestand, dass er nicht wusste, was im Büro vor sich ging.

Seine eigene Firma – eine Managementberatung, die er in den achtziger Jahren gegründet hatte – war Max' ganzer Stolz. In den Anfängen hatte es so ausgesehen, als sei es leichtsinnig gewesen, dass er seinen sicheren, gut bezahlten Job aufgegeben hatte, aber dann wurde die Firma ein so großer Erfolg, dass er in den Ruhestand gehen konnte, wenn er sie morgen verkaufte, und sie trotzdem immer noch so komfortabel leben könnten wie bisher. Aber Max war erst neunundvierzig und Laura konnte sich nicht vorstellen, dass er sich zurückzog. Niemals. Er war ein Energiepaket und konnte nicht länger als zwei Minuten lang still sitzen, es sei denn, er sah sich im Fernsehen Tennis an, vor allem Wimbledon. Tennis war seine Leidenschaft, und seit sie angekommen waren, klebte er vor dem großen, flachen Monitor, den er sich ebenfalls angeschafft hatte. »Los, bring deinen Schläger an den Ball!«, war der meistgehörte Satz, der die Ruhe und den Frieden der Villa Petros durchbrach.

Als Laura mit dem Tablett mit den Drinks wieder auf die Terrasse trat, war auch Theo angekommen. Aus der Nähe sah er mit seinem reizenden Lächeln sogar noch besser aus. Seine Haare waren auf dem Weg hierher in der Sonne getrocknet und man sah jetzt die grauen Strähnen darin, die seiner Schönheit jedoch keinen Abbruch taten. Nicht zum ersten Mal dachte Laura, wie unfair es doch war, dass graue Haare bei Männern ganz anders wirkten als bei Frauen.

Er warf sein Handtuch über eine Stuhllehne und trat auf sie zu. »*Kaliméra*, meine liebe Laura«, sagte er und küsste sie auf beide Wangen. »Sieh mal, deine Haut ist ganz gerötet. Warum achtet ihr Engländerinnen eigentlich nie auf euren Körper?«

»Vielleicht leben wir ja in der ständigen Hoffnung, dass ein Mann das für uns tut.«

Lachend blickte er sich um. Als er die Flasche mit Sonnenmilch auf dem Tisch entdeckte, auf dem auch ihre Drinks standen, führte er Laura zu einer Liege im Schatten. »In diesem Fall darf ich dich nicht enttäuschen. Leg dich hin. Ich creme zuerst deinen Rücken ein.« Er goss sich Faktor fünfzehn in die Handfläche und arbeitete die Creme dann mit langsamen, sinnlichen Bewegungen in Lauras Haut ein, wobei er an den Schultern begann und sich kreisend weiter nach unten bewegte.

»Vielen Dank übrigens für das Abendessen gestern«, sagte Laura, die versuchte, sich nicht anmerken zu lassen, dass sie die Behandlung als ungeheuer angenehm empfand. »Max und ich haben es wirklich genossen. Du wirst noch ein richtig guter Koch.«

»Das ist bei einem Junggesellen so. Man muss diese Dinge lernen.«

»Nun, wenn die Zeit gekommen ist, wirst du einen wundervollen Ehemann abgeben.«

»Wie dein Max?«

»Ja, genau wie mein Max. Und wenn ich nicht eine so glücklich verheiratete Frau wäre«, fügte sie hinzu, als seine Finger unter die Träger ihres Badeanzuges glitten, »dann könnte ich mich bedroht fühlen durch das, was du da tust.« Sie drehte sich um.

»Ach, Laura, wie sehr es mich trifft, dass du meinem Charme gegenüber immun bist!«

»Unsinn! Es kann dir gar nichts schaden, wenn zumindest eine Frau auf der Welt nur deine Freundin und keine eifersüchtige Geliebte ist.«

Theo gab einen weiteren Klecks Sonnenmilch auf seine Handfläche und verrieb sie sanft auf Lauras Oberschenkel. Sie hoffte, er würde dieser weniger perfekten Zone ihres Körpers nicht allzu viel Beachtung schenken. »Du hältst also alle Frauen in meinem Leben für eifersüchtig?«, fragte er und hielt in der Bewegung inne.

»Natürlich! Das müssen sie doch sein.«

»Warum denn? Ich versuche doch nur, sie glücklich zu machen.«

»Weil es eine Frau wahnsinnig macht, du dummer, eitler Mann, wenn sie nur eine von vielen ist.«

»Kann ich denn etwas dafür, wenn die Frauen mich unwiderstehlich finden?«

»Oh, Theo, du bist so ein typisch arroganter Grieche! Es würde dir recht geschehen, wenn du dich eines Tages in eine Frau verlieben würdest, die so viel Verstand besitzt, dass sie dich zum Teufel jagt.«

Er grinste. »Die habe ich doch schon gefunden, Laura. Dich.«

Lachend schob sie seine Hand weg und stand auf, um die Drinks zu holen. Sie reichte ihm seinen Oúzo. »Tut mir Leid, aber das Eis ist schon beinahe geschmolzen.«

»Wie meine Chance, dich zu verführen«, entgegnete er augenzwinkernd. Dann sagte er ernster, als ob das Spiel jetzt vorbei sei: »Wann erwartest du Max mit deinem ersten Gast vom Flughafen zurück?«

Laura blickte auf die Uhr. »In ungefähr einer Stunde. Das heißt, wenn Izzys Flugzeug rechtzeitig gelandet ist.«

»Diese Easy, die du gestern Abend beim Essen erwähnt hast ... Erzähl mir mehr von ihr. Wie sieht sie aus? Ist sie genauso schön wie du? Hat sie so schöne mahagonifarbene Haare wie du und einen so zarten Teint?«

»Man spricht ihren Namen *Izzy* aus und sie ist viel hübscher als ich. Sie ist jünger, schlanker und hat Haare, die noch nicht gefärbt werden müssen wie meine. Und ich wäre dir sehr dankbar, wenn sie sich hier erst einmal eingewöhnen könnte, bevor du sie mit deinem Charme überhäufst. Halt einfach ein wenig Abstand.«

Theo zog eine Augenbraue hoch. »Warum denkst du eigentlich immer nur das Schlechteste von mir, Laura?

Ich respektiere Frauen immer. Ich gebe ihnen sehr viel Raum. Ich bedränge sie nie. Das ist nicht mein Stil.«

»Bevor oder nachdem du ihre Herzen gebrochen hast?«

Theo trank einen Schluck und betrachtete Laura nachdenklich. »Du willst deine Freundin beschützen. Habe ich Recht? Glaubst du, ich könnte ihr etwas antun?«

»Die Antwort auf beide Fragen lautet ja.«

»Warum? Was ist dieser Izzy passiert, dass du sie mit Samthandschuhen anfasst?«

»Oh, nur das Übliche. Ein dummer Mann hat sie gedemütigt.«

»Ah, die Grausamkeit mancher Männer …«, sagte Theo, spöttisch lächelnd. »Sie ist also geschieden?«

»Nein. Zum Glück war sie mit dem Idioten nicht verheiratet.«

»Aber sie hat doch einen neuen Freund, oder? Oder sucht sie immer noch nach Mr. Right?«

Laura schüttelte den Kopf. »Es gibt keinen neuen Freund, und wie ich Izzy kenne, hält sie Mr. Right sowieso für ein Fantasiegebilde junger Mädchen, und …«

»Aber Max ist doch dein Mr. Right, oder?«, unterbrach Theo sie. »Er ist keineswegs nur deiner Einbildung entsprungen. Er ist sehr real.«

Laura dachte an den wunderbaren Mann, mit dem sie jetzt seit einundzwanzig Jahren verheiratet war, und lächelte. Sie hatten sich kennen gelernt, als sie gerade zwanzig geworden war und sich von einer gescheiterten Beziehung erholte, die sie nie hätte anfangen dürfen. Dummerweise hatte sie eine Affäre mit ihrem Chef gehabt. Das war immer ein Fehler, aber vor allem, wenn er verheiratet war. Es war das Dümmste gewesen, was sie je getan hatte, aber sie hatte ihm jedes Wort geglaubt:

dass seine Ehe zu Ende sei, dass er seine Frau verlassen würde. Als er ihrer überdrüssig geworden war, hatte er die ganze Geschichte beendet, indem er sie entließ. Laura war am Boden zerstört zu ihren Eltern zurückgekehrt, hatte sich bei ihnen ausgeweint und dann Max auf einem Ball kennen gelernt.

Von dem Moment an, in dem er sie zum Tanzen aufforderte, hatten sie sich zueinander hingezogen gefühlt, aber nach ihrer jüngsten Erfahrung hielt Laura ihn auf Distanz, da sie ihn ebenso wenig verletzen wollte, wie sie selbst wieder verletzt werden wollte. Doch seine Warmherzigkeit und seine Ausgelassenheit gewannen schließlich ihr Herz und ein Jahr später waren sie verheiratet. Im Frühjahr darauf kam ihre Tochter Francesca zur Welt. Ihre Ehe war voller Liebe, Lachen und Glück, aber vor allem war sie erfüllt von Vertrauen.

»Ja«, sagte sie schließlich, um Theos Frage zu beantworten, »Max ist mein Mr. Right. Aber Izzy hat nun einmal nicht so viel Glück gehabt. Sie ist an den Falschen geraten.«

»Gut, dann überrasche ich sie. Ich werde ihr das Liebeserlebnis ihres Lebens bescheren.«

Laura verdrehte die Augen. »Du meine Güte, du kannst es wirklich nicht lassen.«

»Aber würde ihr das denn nicht gut tun? Würde das nicht ihre Laune heben?«

»Was? Wenn irgendein Casanova versucht, sie ins Bett zu kriegen, und sich dann am nächsten Morgen von ihr verabschiedet, noch bevor die Laken kalt sind?«

»Du bist sehr zynisch, Laura. Hat das jemand vor langer Zeit mal mit dir gemacht? Vor dem wundervollen Max?«

Sie runzelte die Stirn. »Die meisten Frauen erleben das in irgendeiner Phase ihres Lebens.«

»Nun, ich verspreche dir, ich würde sehr viel vorsichtiger vorgehen. Viel einfühlsamer.«

»Soll das heißen, du würdest ihr noch Frühstück servieren?«

Er lächelte. »Das sehen wir dann, ja?«

Laura fragte besorgt: »Du machst doch Witze, oder?«

»Es ist seltsam, aber je mehr du sie beschützen willst, desto mehr reizt mich die Herausforderung.«

»Theo, bitte, Izzy ist eine liebe Freundin. Sie kommt hierher, um sich auszuruhen, und sie braucht nicht ...«

»Mit einer kleinen Romanze könnte sie sich noch viel besser ausruhen.«

Laura betrachtete Theo, der es sich in seinem Stuhl bequem gemacht hatte und seine langen Beine ausstreckte, und fragte sich, ob an seinen Worten nicht vielleicht doch ein Fünkchen Wahrheit war. Nach allem, was Izzy im letzten Jahr durchgemacht hatte, würde ein kleiner Urlaubsflirt ihr angeschlagenes Selbstbewusstsein sicher wieder aufpäppeln. Vielleicht brauchte Izzy jetzt ein bisschen Spaß, und wenn einer ihr den geben konnte, dann bestimmt Theo.

»Übrigens«, sagte Laura, um das Thema zu wechseln, »wann kommt eigentlich dein Besuch aus England?«

»Morgen nachmittag.«

»Und wie lange bleibt er?«

»Den Sommer über, denke ich. Er ist Künstler und braucht Frieden und Ruhe, um an seinem neuesten Buch zu arbeiten.«

»Ist er Schriftsteller?«

»Ja. Er schreibt düstere Geschichten über Tod und

Zerstörung. Sein Name ist Mark St. James. Vielleicht hast du ja schon einmal von ihm gehört?«

»Aber sicher. Max ist ein großer Fan von ihm. Wie aufregend! Werden wir ihn kennen lernen?«

»Wenn ihr nett zu mir seid, werde ich es mir überlegen.« Theo streichelte provozierend ihr Bein. »Wir können ja einen Handel machen: deine verletzte Izzy gegen meinen berüchtigten Autor. Was sagst du dazu?«

»Und ich wollte dich gerade fragen, ob du zum Mittagessen bleibst. Aber plötzlich habe ich meine Meinung geändert.«

»Wie dein Max sagen würde, *no problemo*. Ich bin sowieso zum Essen verabredet. Aber ich könnte heute Abend kommen. Ich werde mich auch besonders elegant anziehen, um Eindruck auf die reizende Izzy zu machen.«

2 Izzy hatte die letzten drei Stunden neben einem hyperaktiven Kind verbracht, das sich entweder ständig an ihr vorbeidrängte, um mit den Gegenständen in der Toilette zu spielen, oder auf seinem Sitz auf und ab hopste und sein Essen verspritzte. »Er freut sich so auf den Urlaub«, sagte die Mutter des Kleinen immer wieder, machte aber keine Anstalten, ihn davon abzuhalten, mit den Turnschuhen ständig gegen den Sitz vor ihnen zu treten. »Er ist noch nie geflogen.« Und hoffentlich tut er das auch nie wieder, wenn ich dabei bin, hatte Izzy gedacht.

Sie hatte ihr Gepäck vom Band genommen und blickte sich in der Ankunftshalle nach einem vertrauten Gesicht um. Sie war es nicht gewohnt, allein zu reisen, und obwohl der Flughafen nicht besonders groß war, kam sie sich doch ein wenig verloren vor. Aber Max sah man sofort in der Menge der Wartenden, und das nicht nur, weil er wie ein Irrer winkte und ein helles T-Shirt trug, sondern auch, weil er silberweißes Haar hatte. Laura witzelte oft darüber, dass er schon mit zwanzig grau geworden sei, weil er in seiner Jugend zu wild gelebt hatte, aber Max beharrte darauf, er sei nur deshalb frühzeitig ergraut, weil er sich so unerwartet in Laura verliebt hätte, dass der Schock ihn beinahe umgebracht hätte.

Er begrüßte Izzy mit einer stürmischen Umarmung und wieder einmal dachte sie, wie sehr er doch Steve

Martin glich. Das war ihr ganz persönliches Spiel: Immer, wenn sie jemanden kennen lernte, verglich sie ihn in Gedanken mit irgendeiner Berühmtheit. Bei Max hatte sie nicht lange nachdenken müssen. Er sah Steve Martin zum Verwechseln ähnlich, mit seinen blitzenden Augen, dem kurzen, weißen Haar und seiner ständig guten Laune. Eigentlich war er immer noch ein großer Junge, und als er jetzt ihren Gepäckwagen mit großer Geste und gelegentlichen »Achtung«-Rufen durch die Menge steuerte, hätte Laura sicher die Augen verdreht, wenn sie dabei gewesen wären.

Aber großer Junge oder nicht, Izzy war erleichtert, dass sie sich jetzt in Max' Obhut befand, auch wenn sie neben ihm herlaufen musste, weil er wie Ben Hur hinten auf dem Gepäckwagen stand und mit atemberaubender Geschwindigkeit durch die Halle fuhr. Und es mochte zwar gegen sämtliche Regeln in dem Buch verstoßen, das sie im Flugzeug zu lesen versucht hatte – *Hundert Methoden, um eine moderne Frau zu sein* –, aber war es wirklich eine solche Sünde, Verantwortung aus der Hand zu geben und jemand anderen ans Ruder zu lassen?

»Wie war dein Flug?«, fragte Max, als sie draußen im hellen Sonnenschein standen und ihr Gepäck in einen offenen Jeep luden.

»Gut«, erwiderte sie, »obwohl ich zeitweise versucht war, ein grässliches Kind durch den Notausgang in die Tiefe zu schubsen. Ansonsten gibt es nichts Nennenswertes zu berichten.«

»Wie enttäuschend. So, die Koffer sind drin. Steig ein und dann fahren wir los. Im Handschuhfach ist eine Flasche Coke, wenn du etwas Kaltes trinken möchtest. Bedien dich.«

Izzy holte die Flasche heraus, die in eine Kühlfolie gewickelt war, und trank dankbar einen Schluck. »Wie immer, Max, du hast an alles gedacht. Du bist der geborene Lebensretter.«

»*No problemo*. Und jetzt, wie meine Großmutter Bette Davis immer zu sagen pflegte, schnall dich an, es wird eine holperige Fahrt. Diese Jeeps sind ganz in Ordnung, aber die Federung ist so hart, dass es dir die Augen aus den Höhlen schüttelt.«

Izzy war noch nie auf Korfu gewesen und betrachtete interessiert die Landschaft. Max fuhr um Korfu-Stadt herum auf die Küstenstraße und bald waren sie mitten in der Natur.

»Atemberaubend, nicht wahr?«, rief er über den Lärm des Motors hinweg. Vor ihnen lag das leuchtend blaue Meer und üppige grüne Hügel erstreckten sich bis zum weißen Sandstrand. Dies alles überstieg Izzys Erwartungen. Als ob er ihr Entzücken spürte, schwieg Max und konzentrierte sich auf die Straße, die sich durch diese großartige Gegend schlängelte.

Izzy kam es auf einmal verrückt vor, dass sie noch vor zwei Tagen gar nicht hatte hierher kommen wollen. Sie hatte ihre Mutter besucht, um sich davon zu überzeugen, ob sie den ganzen Sommer über ohne sie zurechtkommen würde. Es war ein nervenaufreibendes Wochenende gewesen. Achtundvierzig Stunden auf engstem Raum zusammen mit Prudence Jordan, einer Frau, die die Rolle »wie man eine repressive, bittere, alte Frau wird« mit Bravour beherrschte. Die meiste Zeit hatten sie in dem kleinen Wohnzimmer des Bungalows verbracht, in dem Izzy aufgewachsen war. Der Raum war überladen und blumig eingerichtet: das schwere Sofa, die Sessel, die

Vorhänge, die Lampenschirme, die Tapete, der Teppich – alles hatte das gelbe Blumenmuster. Und zu alledem standen die Fensterbretter der beiden Fenster, die auf den Garten hinausgingen, voller Porzellanfiguren mit starren Augen. Sie schienen Izzy zu beobachten, während sie mit ihrer Mutter staubtrockenen Sandkuchen aß und Tee trank, mit dem man die Blumen im Garten hätte vergiften können.

Prudence war eine zappelige Frau, die nie still sitzen konnte. Trotz Izzys Widerspruch drängte sie ihr Tasse um Tasse des schrecklichen Tees auf und strickte dabei die ganze Zeit. Das Klappern der alten Metallnadeln zerrte noch zusätzlich an Izzys Nerven. Prudence war seit fast zehn Jahren eine besessene Strickerin. Alles hatte damit begonnen, dass die Kirche am Ort die Aktion »Decken für Ruanda« veranstaltete. Jeder sollte Quadrate stricken, die dann zusammengenäht und nach Afrika geschickt wurden. Das war jetzt zehn Jahre her, und obwohl das Land schon längst keine Decken mehr benötigte, strickte Prudence immer noch.

»Du vergnügst dich also mit deinen schicken, vermögenden Freunden und lässt mich allein«, warf ihre Mutter ihr vor. »Und wenn ich nun deine Hilfe brauche?«

Izzy lag eine patzige Antwort auf der Zunge, aber sie schluckte sie hinunter und entgegnete sanft: »Das haben wir doch schon alles besprochen. Ich habe dir die Nummer der Villa auf Korfu gegeben und Tante Trixie wohnt doch nur vier Meilen weit entfernt. Sie würde …«

»Deine Tante Patricia ist eine Närrin.«

Prudence sagte immer »deine« Tante Patricia, nie »meine« Schwester Trixie.

»Tante Trixie ist keine Närrin, Mum.«

»Nun, das sagst du. Ihr zwei seid euch ja auch sehr ähnlich.«

Das war ein wohlgezielter Hieb. Vor sieben Jahren hatte Tante Trixie Schande über die Familie gebracht, indem sie sich von ihrem untreuen, dickbäuchigen Ehemann scheiden ließ; und in jüngster Zeit hatte Izzy den Namen der Familie noch zusätzlich in Verruf gebracht, indem sie in Sünde mit einem Mann lebte und dann auch noch so unvorsichtig war, ihn ziehen zu lassen, noch bevor sie einen Ring am Finger hatte.

»Wenn du dich klüger verhalten hättest, ginge es dir jetzt nicht so schlecht«, hatte ihre Mutter im vergangenen Herbst gesagt, als Izzy sich jeden Tag aufs Neue davon überzeugen musste, dass morgen alles anders aussähe, dass sie morgen über Alan hinwegkommen würde. Aber so einfach war es nicht gewesen. Sie hatte sich zu tief in diese Beziehung verstrickt. Sie hatten gerade ihr dreijähriges Jubiläum gefeiert, als er ihr erklärte, sie müssten jetzt einmal Verantwortung für ihre Gefühle übernehmen und erforschen, wo sie falsch seien.

Falsch?

Das war das erste Anzeichen dafür gewesen, dass ihr Weg nicht schnurstracks zum Traualtar führte.

Allerdings hätte Izzy schon vorher misstrauisch werden müssen, als Alan auf einmal ständig seine pflegebedürftige Großtante im Altersheim besuchte, sich plötzlich anders anzog und ein anderes Aftershave verwendete, launisch wurde und größeren persönlichen Freiraum verlangte. Ganz leise hatten die Alarmglocken zwar bei Izzy geläutet, aber sie hatte sich gesagt, das würde sie schon überstehen. Sie würde es schon schaffen. Aber wieder einmal hatte sie den Test nicht bestanden und jetzt musste sie sich auch noch sagen lassen, das läge daran, dass sie immer die falsche Wahl träfe.

»Isobel Jordan«, hatte ihre Mutter in ihrer Kindheit oft gesagt, »du hast ja diese Stickerei immer noch nicht beendet! Willst du wissen, warum? Es liegt daran, dass du dir mal wieder die schwierigste ausgesucht hast. Immer denkst du, du weißt es besser, aber das stimmt nicht ... Ach, du hörst jetzt mit den Kursen auf? Nun, das überrascht mich nicht. Ich habe ja gleich gesagt, dass du zu faul zum Üben bist ... Du hast dir immer schon die größte Süßigkeit im Laden ausgesucht und dann festgestellt, dass sie nach nichts schmeckt.«

Der häufigste Rat war: »Weißt du, was dein Problem ist, junge Dame? Du kannst nichts zu Ende führen. Du hast ein Schmetterlingshirn, genau wie deine Tante Patricia.«

Jetzt erwiderte Izzy mit mühsam erworbener Beherrschung: »Wenn ein echtes Problem auftauchen würde, würdest du es trotz deines Streits mit deiner Schwester sicher zulassen, dass sie dir hilft. Aber ich bezweifle, dass es ein Problem geben wird. Du siehst äußerst wohl aus.« Sie staunte über ihren Mut und ihre Selbstbeherrschung. Ihre Stimme hatte sogar leicht optimistisch geklungen.

Ihre Mutter blickte sie eisig an und ging dann nahtlos zu einem weiteren Angriff über. »Warst du noch einmal bei dieser Therapeutin?« Das Wort *Therapeutin* sprach sie voller Abscheu aus. Prudence hatte Izzy nie verziehen, dass sie ihre schmutzige Wäsche in aller Öffentlichkeit gewaschen hatte.

Zur Therapie zu gehen war Alans Idee gewesen. Seiner Meinung nach konnten sie nur so die negativen Gefühle ergründen, die ihre Beziehung zerstörten.

Es stellte sich jedoch heraus, dass es für ihn der leichteste Weg war, um Izzy mitzuteilen, dass er sie wegen einer anderen verließ und dass ihr Verhalten ihn dazu getrieben habe. Vermutlich hatte er gedacht, die Therapeutin würde ihn schützen, wenn Izzy die Wahrheit erfuhr. Die angenehme Umgebung in ihrer Praxis mit den rosafarbenen Wänden, den bequemen Sesseln, dazu die Papiertaschentücher und der Kaffee und die ernste, ruhige Stimme der Therapeutin – dies alles würde den Frieden schon sichern.

Er hatte sich noch nie so geirrt.

Als die Wahrheit heraus war, war Izzy aufgesprungen, hatte ihre unberührte Kaffeetasse ergriffen und ihm den kalten Inhalt ins Gesicht geschüttet. Dann hatte sie der Therapeutin die Papiertaschentücher in die Hand gedrückt, sie aufgefordert, die Schweinerei wegzuwischen und sich ihre angenehme Umgebung sonstwohin zu stecken. »Wie finden Sie das als Bezeichnung für dieses Gefühl?«, hatte sie gefragt und die Tür aufgerissen. »Wissen Sie was, ich glaube, ich habe das Gefühl gerade freigelassen und werde es jetzt überwinden.«

»Nein, ich gehe nicht mehr zu ihr«, erwiderte Izzy gleichmütig, stolz darauf, das Gespräch immer noch in der Hand zu haben. Als sie jedoch die Tasse auf dem Couchtisch abstellen wollte, fiel ihr Kuchenteller zu Boden und die Kuchenkrümel ergossen sich auf den Teppich.

Und dabei war sie doch eine erwachsene Frau von einunddreißig! Augenblicklich wurde sie wieder zu einer nervösen Sechsjährigen, die auf den unvermeidlichen Tadel wartete und wünschte, sie könnte sich hinten im Garten bei ihrem Vater verstecken. Mit einem traurigen, geistesabwesenden Gesichtsausdruck hatte er seine Tage damit zugebracht, Blätter und kleine Äste in einem Gartenofen mit einem lustigen kleinen Kamin zu verbrennen. Seine Haare und seine Kleider hatten immer nach Rauch gerochen und Izzy konnte an keinem Feuer vorbeigehen, ohne an ihren Vater zu denken und die Mauer des Schweigens, die ihn umgeben hatte.

»Noch genauso ungeschickt wie früher«, entrüstete sich ihre Mutter. »Vermutlich soll ich dir jetzt einen frischen Teller aus der Küche holen.« Dies klang aus ihrem Mund, als müsse sie dazu einen zweimonatigen Marsch über die eisigen Steppen Sibiriens hinter sich bringen.

Nachts hatte Izzy in ihrem alten Kinderzimmer geschlafen. Ihre alte, klumpige Matratze, die nach Mottenkugeln roch, hatte ebenso wie die Erinnerungen an früher dafür gesorgt, dass sie kein Auge zubekam.

Als sie im Bett lag und versuchte zu schlafen, hatte sie wieder dieses vertraute Gefühl, in einer luftdicht verschlossenen Plastikdose eingesperrt zu sein. So fühlte sie sich immer, wenn sie nach Hause kam. Als Kind hatte sie sich bei unzähligen Gelegenheiten gelobt, sich später daran zu erinnern, wie oft sie sich in diesem Zimmer, unter diesem Bett, versteckt hatte und so der vergifteten Atmosphäre entfliehen wollte.

Wenn sie mit Prudence zusammen gewesen war, fühlte sie sich immer völlig ausgelaugt, und dieses Mal kam auch noch das Schuldgefühl hinzu, weil sie vorhatte, in Urlaub zu fahren.

Emotionale Erpressung war ein relativ neuer Trick ihrer Mutter. Sie hatte vor einem Jahr damit angefangen, an dem Tag, als sie ihren Vater beerdigt hatten, und einen Monat, bevor Alan sie verließ.

»Etwas Gutes wird sein Tod vermutlich haben«, hatte ihre Mutter bei der Trauerfeier gesagt. »Isobel und ich werden uns wieder näher kommen. Sie ist jetzt alles, was mir noch geblieben ist.«

Ihr Vater hatte die letzten sechs Wochen seines Lebens im Morgenmantel verbracht, einem blaugrün gestreiften Frotteebademantel, der um seinen zerbrechlichen Körper schlotterte. Er hatte einen Schlaganfall gehabt, konnte nicht mehr sprechen und sein rechter Arm und sein rechtes Bein waren gelähmt. So hatte er die meiste Zeit damit zugebracht, aus dem Fenster in seinen geliebten Garten zu starren. Bis Prudence plötzlich den Garten pflastern ließ. Unnötig grausam war dieses Verhalten Izzy erschienen. Sie hatte ihren Vater so oft sie konnte besucht und war jedes Mal hinterher den Tränen nahe gewesen, weil er immer schwächer wurde und unter der groben Behandlung ihrer Mutter litt. Er starb an einem Freitagnachmittag, während Izzy auf dem Weg zu ihm war und seine Frau strickend vor dem Fernseher saß.

Sein Tod hatte nahezu keine Auswirkung auf das tägliche Leben ihrer Mutter. Sie hatte sowieso alle Hände voll damit zu tun, den neuen Postboten zu erziehen und dem jungen Milchmann, der es immer noch nicht gelernt hatte, morgens um sechs das Tor leise zu schließen, Manieren beizubringen. Wenn Prudence ihren Mann überhaupt vermisste, so nur, weil jetzt niemand mehr da war, an dem sie ihre Frustration auslassen konnte.

Und deshalb bekam Izzy sie jetzt mit voller Wucht zu spüren.

Laura hatte Izzy ihre Schuldgefühle ausgeredet. »Sie ist eine böse, alte Frau, die versucht, dich zu manipulieren«, hatte sie am Telefon gesagt. Da sie Izzy gut kannte, hatte sie gleich nach dem Besuch bei Prudence angerufen, um sich zu vergewissern, dass er ohne Zwischenfall vorübergegangen war. »Und was wäre schon dabei, wenn sie wirklich stirbt, während du hier bei uns bist? Wir würden dich schon noch rechtzeitig zur Beerdigung zurückbringen. Was will sie denn überhaupt?«

Izzy kannte Max und Laura noch nicht allzu lange, aber ihr kam es so vor, als ob sie sie besser kennen würden als die meisten anderen Menschen. Sie hatten sich kennen gelernt, als Izzy in Cheshire eine neue Stelle antrat und sich in dem Ort, in dem Max und Laura lebten, ein winziges Cottage mietete. Sie hatte an einer engen Stelle auf der Hauptstraße eingeparkt – ein Manöver, das sie normalerweise unter allen Umständen vermied –, aber sie war in Eile gewesen und es gab keine andere Möglichkeit. Na los, du wirst es schon schaffen, hatte sie sich gesagt, aber dann vermittelte ihr ein krachendes Geräusch, gefolgt von splitterndem Glas, dass sie schon wieder einmal versagt hatte. Als sie aus dem Auto ausstieg, um sich den Schaden anzusehen, sank ihr Herz. Sie hatte sich ausgerechnet den glänzendsten Porsche in der ganzen Straße ausgesucht! Verdammt! Das würde teuer werden. Sie schrieb gerade eine Nachricht für den Besitzer des Wagens, als eine Stimme sagte: »Oh, meine Liebe, was für ein Pech! Wird es sehr schwierig werden, Ersatzteile für Ihr hübsches altes Auto zu finden?« Dem lächelnden Mann mit dem silberweißen Haar schienen sein zersplitterter Scheinwerfer und die Beule in seiner Stoßstange nichts auszumachen. Er stellte seine Einkaufstasche auf den Beifahrersitz, beugte sich über den Schaden an Izzys Triumph Herald und sagte: »Sie sehen ein bisschen durcheinander aus. Geht es Ihnen gut?«

»Es tut mir so Leid! So etwas konnte auch nur mir passieren. Ich hätte nicht versuchen dürfen, hier zu parken.«

Sie tauschten Adressen und Telefonnummern aus und am nächsten Tag stand sie vor seiner Haustür, mit den Daten ihrer Versicherung und einer Flasche Wein, um ihrer Entschuldigung den nötigen Nachdruck zu verleihen. Seine Frau machte ihr auf und bestand darauf, dass sie auf einen Drink blieb. »Max hat mir erzählt, dass auf der Hauptstraße ein wunderschönes Mädchen in sein Auto gefahren sei«, hatte sie gesagt, während sie mit ihr durch die Küche ging, in der der Geruch nach Essen Izzy daran erinnerte, dass sie an diesem Tag aufs Mittagessen verzichtet hatte. »Und ich habe schon geglaubt, dass er wie immer übertrieben hat. Aber offensichtlich habe ich mich geirrt.«

Max und Laura kennen zu lernen war Izzys großes Glück, denn in ihnen fand sie zwei sehr gute Freunde.

Sie glaubte an den Zufall, obwohl sie der Meinung war, dass er bisher nicht immer zu ihren Gunsten eingetreten war.

3

Laura hatte den Tisch auf der schattigen Seite der Terrasse gedeckt, wo die Mauern des Hauses den größten Schutz vor der gleißenden Mittagssonne boten. Während Max den Wein einschenkte und Laura Olivenöl über eine große Schüssel mit grünem Salat und Gurken tröpfelte, erholte sich Izzy für einen Moment. Seit Max vor einer Stunde den Jeep vor der Villa geparkt hatte, hatten Laura und sie nicht mehr aufgehört, zu reden und zu lachen.

Laura hatte sie sofort durch das Haus geführt und die wundervoll ausgestatteten Zimmer fanden Izzys ungeteilte Begeisterung. Die Wände waren weiß oder cremefarben gestrichen, Aquarelle von Küstenlandschaften setzten leuchtende Farbakzente. Die Böden bestanden aus kühlen, glänzenden Marmorfliesen und verblichene Orientteppiche schufen eine heimelige Atmosphäre.

Vom Wohnzimmer, dem größten und beeindruckendsten Zimmer aus, blickte man aufs Meer und die deckenhohen Fenster öffneten sich auf die Terrasse, die die ganze Länge des Hauses einnahm. Eine niedrige Säulenbrüstung schloss sie ab, auf der Tontöpfe mit Pelargonien und Margeriten standen. Hier im Schatten nahmen sie ihr Mittagessen ein und die Stimmung am Tisch war so heiter und gelöst wie die Umgebung.

»Was hast du vor, Izzy?«, fragte Max und tunkte mit einer Scheibe Brot die goldene Ölpfütze auf seinem Teller auf. »Eine abenteuerliche Bootsfahrt nach Kassiópi mit Kapitän Max oder lieber ein bisschen schwimmen und schwätzen mit Laura?«

»Hände weg«, griff Laura ein, bevor Izzy antworten konnte. »Für den Rest des Nachmittags gehört Izzy mir.«

Max füllte Izzys Glas auf. »Es sieht so aus, als ob du viel reden müsstest.«

»Wenn ich weiter so viel trinke, werde ich dazu nicht mehr in der Lage sein.«

»Oh, Unsinn! Im Urlaub zählt Alkohol nicht. Wusstest du das nicht?«

»Gilt das auch für Kalorien?«, fragte Laura und gab Max einen liebevollen Klaps auf die Hand, als er nach einer weiteren Scheibe Brot griff.

»Ja, meine Süße«, sagte er lachend. »Wenn man nicht zu Hause ist, ändert sich das Wertesystem völlig.«

»Ach, deshalb haben wohl so viele Leute einen Urlaubsflirt«, warf Izzy ein.

»Nun, ich spreche nicht gerade aus persönlicher Erfahrung«, sagte Max, »aber du hast wahrscheinlich Recht. Das ist genauso, wie wenn man im Ausland zu schnell fährt – man bekommt dafür keine Punkte und es hat keine Auswirkung auf deinen Führerschein. Warum fragst du? Hast du irgendwelche Absichten?«

»Du lieber Himmel, nein.«

»Vielleicht solltest du aber welche haben«, sagte Laura.

Izzy warf ihr einen schockierten Blick zu. War das dieselbe Frau, die ihr noch vor ein paar Tagen geraten hatte, von Männern mal eine Zeit lang die Finger zu lassen? »Wenn ich mich nicht irre, hast du vor nicht allzu langer Zeit noch ganz anders geklungen.«

»Da hast du Recht, aber vielleicht solltest du dir jetzt einfach mal anschauen, was draußen so herumläuft.«

»Aber ein Urlaubsflirt, das ist so banal! So bedeutungslos, so …«

»Und macht höchstwahrscheinlich sehr viel Spaß«, unterbrach Laura sie.

Seit sie angefangen hatte, im Flugzeug das Buch zu lesen, spukte die »Moderne Frau« Izzy im Kopf herum. *Hör nicht auf sie*, warnte sie. *In deiner augenblicklichen Lage kannst du emotionale Verwicklungen so wenig gebrauchen wie ein Fisch einen Angelhaken im Maul.*

»Es wäre ziemlich leichtsinnig, oder?«, fragte Izzy in dem vergeblichen Versuch, vernünftig zu sein. Aber die Vorstellung, im Mondschein mit einem gut aussehenden Mann am Strand spazieren zu gehen, reizte sie doch.

»Es ist doch nicht leichtsinnig, wenn man ein bisschen Spaß hat«, entgegnete Laura. »Wenn du von Anfang an weißt, was am Ende herauskommt, wenn beiden klar ist, dass sie sich am Ende der Ferien voneinander verabschieden, wem sollte das dann schaden?«

»Ist das wirklich möglich?«, fragte Izzy zweifelnd.

»Es gibt nur einen Weg, es herauszufinden,« Laura lächelte. »Probier es aus.«

Während sich Max am Nachmittag in sein Studio zurückzog, um sich Henri Le Conte beim Seniorendoppel anzusehen, zogen sich Laura und Izzy die Badeanzüge an und machten sich auf den Weg zum Strand. An einem Pfosten am Ende eines Holzsteges, der zur Villa Petros gehörte, schaukelten zwei Boote im Wasser. Eins war klein und bescheiden, das andere sehr viel größer und teurer.

»Das kleine gehört uns und die Yacht gehört unserem Nachbarn«, erklärte Laura. »Er geht immer hier vor

Anker, weil bei ihm der Wellengang zu hoch ist und das Boot an den Felsen zerschellen würde. Wollen wir zum Sonnendeck hinausschwimmen?«

Sie legten ihre Handtücher auf die Felsen und liefen in das kühle, klare Wasser. Das Sonnendeck war nicht allzu weit entfernt und schon bald kletterten sie die Eisenleiter hoch und legten sich auf die sonnenwarmen Planken. Das Deck war zwar sicher verankert, aber es schaukelte leicht auf den Wellen, und als Izzy die Augen schloss, hatte sie das angenehme Gefühl, ziellos dahinzutreiben. »Wird jetzt jeder Tag so wundervoll wie dieser?«, murmelte sie.

»Ich habe dir ja gesagt, dass es dir gefallen wird. Und glaub mir, es wird noch besser.«

»Du führst ein wunderbares Leben. Weißt du das eigentlich?«

Laura drehte sich zu ihr um. »Ich weiß ganz genau, wie glücklich ich bin.«

Izzy öffnete erschrocken die Augen, besorgt, dass sie ihre Freundin vielleicht unabsichtlich gekränkt haben könnte. »Es tut mir Leid, ich wollte damit nicht andeuten, dass du das alles zu selbstverständlich nimmst. Ich habe nur gemeint …«

»Ist schon okay, ich weiß, wie du es gemeint hast. Aber ich weiß auch nur zu genau, das Max' kleines Imperium jederzeit einstürzen und alles mit sich reißen kann. Damit müssen wir leben, und wenn das geschehen sollte, ist es eben so. Aber im Moment bin ich ganz glücklich mit dem Wissen, dass er hart dafür gearbeitet hat und es deshalb keinen Grund gibt, warum er nicht das Beste daraus machen soll, solange er es kann.«

»Das ist auch die richtige Einstellung.«

Schweigend lagen sie da, lauschten auf die Wellen, die an das Deck schlugen, und Izzy dachte an ihr eigenes, eher bescheidenes Leben zu Hause. Als Kunstlehrerin in einer kleinen Grundschule würden ihre Aussichten nie so rosig sein wie die von Max und Laura. Im Großen und Ganzen unterrichtete sie gern, aber in der letzten Zeit hatten ihr die langen Ferien an ihrem Job am besten gefallen. Das konnte nur eins bedeuten: Es stand eine Veränderung an. Sie war schon viel zu lange an der Schule und es machte ihr langsam keinen Spaß mehr. Außerdem verabscheute sie die neue Direktorin, die mit eisernem Besen auskehrte. Am Ende des Schuljahres hatte es so viele Entlassungen gegeben, dass Izzy sicher war, es könne nur noch eine Frage der Zeit sein, bis sie selbst auch gehen musste. Kunstlehrer waren nicht besonders wichtig und es herrschte die allgemeine Ansicht, dass jeder alte Narr den Kleinen Malen beibringen konnte.

Sie runzelte schuldbewusst die Stirn. Eigentlich dürfte sie hier nicht faul in der Sonne liegen, sondern müsste zu Hause die Stellenangebote in der *Times Educational Supplement* durchschauen. Ach was, sollte die Direktorin sie doch erst einmal entlassen.

Vielleicht wäre das sowieso das Beste. Wenn sie daran dachte, dass die Direktorin vor den Ferien erklärt hatte, dass die verbleibenden Mitglieder des Lehrkörpers im Herbst in Kostüm und Anzug antreten sollten … Kostüm! Wie sollte sie in einem strengen Kostüm Kunst unterrichten? Ganz abgesehen davon befand sich in ihrem Kleiderschrank nichts, was auch nur im Entferntesten dieser Kleiderordnung entsprach. Man konnte ihre Sachen als »individuell« oder vielleicht »exzentrisch« bezeichnen, allerdings kam »billig« wohl der Wahrheit am nächsten. Es war nicht so, dass sie sich nichts aus Mode machte – sie gab durchaus ein Pfund mehr aus, wenn die Qualität stimmte. Aber ein Kostüm?

Außer der Schule fand in Izzys Leben nur wenig statt, und sollte sie das je einmal vergessen, würde ihre Mutter sie sicher rasch wieder daran erinnern. »Ich hatte gehofft, schon längst Großmutter zu sein«, hatte sie am Telefon genörgelt, als Izzy offiziell wieder allein lebte. »Aber da du ja nicht in der Lage bist, eine beständige Beziehung aufrechtzuerhalten, wird es wohl nie dazu kommen.«

»Es tut mir Leid, dass ich dir diese Freude versagt habe«, hatte Izzy entgegnet.

»Du brauchst nicht in diesem Ton mit mir zu reden, junge Dame. Ein oder zwei Enkelkinder, ist das denn zu viel verlangt?«

Ja, unter den Umständen war es das.

Izzy hatte Kinder gewollt, aber Alan hatte sich verweigert. Genauso wie er sich geweigert hatte, übers Heiraten zu reden. »Es ist doch gut so, wie es ist«, hatte er immer gesagt. »Warum sollten wir etwas daran ändern?«

Izzy setzte sich auf und blickte zum Strand. In den Hügeln dahinter lagen einige Villen. »Erzähl mir von deinen Nachbarn«, sagte sie. »Du und Max, ihr habt schon oft von Theo geredet, dem Mann, der euch die Villa verkauft hat. Aber was ist mit den anderen? Wie sind sie denn so?«

Laura setzte sich ebenfalls auf und wies auf die Villa, die am weitesten entfernt auf der linken Seite lag. »Das Haus gehört einem älteren französischen Ehepaar, das seit über zwanzig Jahren hierher kommt. Sie sind aus Paris und leben sehr zurückgezogen. Und da rechts ist eine Villa mit gelben Fensterläden. Siehst du sie? Da hinter den Bäumen.«

Izzy blinzelte in das helle Sonnenlicht. »Ja.«

»Sie gehört einer Engländerin, die aber nie jemand zu Gesicht bekommt. Sie hat immer mit ihrem Mann hier Urlaub gemacht, und als er vor fünf Jahren starb, ist sie ganz hierher gezogen.«

»Und warum sieht sie nie jemand?«

Laura zuckte mit den Schultern. »Ich weiß nicht. Jeder akzeptiert eben, dass sie so zurückgezogen lebt. Und siehst du das kleine, rosafarbene Haus?«

Wieder kniff Izzy die Augen zusammen. »Ja.«

»Das gehört auch einem Engländer. Er pflegt es nicht und versucht immer, es zu vermieten. Offensichtlich sieht es innen genauso heruntergekommen aus wie von außen. Weiter oben am Hügel liegt eine hübsche kleine Villa, die einem deutschen Geschäftsmann gehört. Ich habe im Ort gehört, dass er diesen Sommer nicht kommt, also wird sie wahrscheinlich auch vermietet.«

»Leben hier auch Einheimische?«

»Wenige. Hinter der deutschen Villa wohnen Dimitri und Marietta. Sie haben einen Juwelierladen in Kassiópi und sie verbringen den Sommer hier, um ihn selbst zu führen.«

»Und wo sind sie im Winter?«

»In Athen, wie Theo.«

»Und welches ist sein Haus?«

Laura wies auf das Haus rechts neben der Villa Petros. »Da oben. Es ist hübsch, nicht wahr? So ziemlich das schönste Haus in Áyios Nikólaos. Früher war es einmal eine Olivenmühle, aber er hat es wunderbar erweitert und renoviert. Das ist ein Hobby von ihm.«

Izzy blickte zu der attraktiven, anmutigen Steinvilla hinüber. »Und was tut er, wenn er nicht gerade alte Häuser renoviert – und mit dir flirtet?«

Laura lächelte. »Du hast Max zu genau zugehört.«

Auch Izzy musste lächeln. »Schon möglich, dass er Theos Interesse an dir erwähnt hat.«

»Das ist nur eins seiner Spielchen. Er meint es nicht ernst. Nein, im richtigen Leben ist er Hausbesitzer. Ihm gehört halb Athen – wenn du auch nur die Hälfte der skurrilen Geschichten glauben willst, die Angelos Max immer erzählt.«

»Und wer ist Angelos?«

»Er und seine Frau leiten praktisch Áyios Nikólaos. Ohne sie wären wir alle verloren. Sie kümmern sich um unser Haus, um Theos und um zahlreiche andere. Angelo macht den Garten und die Hausmeisterarbeiten und Sophia macht sauber. Das da ist ihr Haus, links von unserem und etwas weiter den Hügel hinauf. Du wirst sie bald kennen lernen. Sie sind sehr nett und sehr freundlich.«

Izzy streckte die Arme über den Kopf und gähnte. Sie war seit fünf Uhr früh auf den Beinen und wurde langsam müde. »Und was hast du dir für morgen Schönes ausgedacht?«

»Wir haben noch gar nichts geplant. Das ist das Schöne hier. Es ist die totale Entspannung. Heute Abend muss ich noch nicht einmal kochen. Max wird uns mit seinen Grillkünsten beeindrucken. Wir sind nur zu viert.«

»Vier?«

»Keine Sorge, nur Theo und wir. Komm jetzt, ich muss aus der Sonne raus. Los, wir schwimmen um die Wette.«

4

Mit einem Bier in der Hand überwachte Max den komplizierten Vorgang, das Grillfeuer anzuzünden. Er scheuchte Laura mit einer selbstbewussten Geste beiseite und sagte ihr, sie solle sich ausruhen gehen.

Nur zu froh darüber, der dicken Rauchwolke entfliehen zu können, nahm sie ihren Campari mit Soda und ging zu den Korbstühlen, die so aufgestellt waren, dass sie nach dem Essen den besten Blick auf die untergehende Sonne hatten.

Sie lehnte sich in ihrem Stuhl zurück und überlegte, wie wohl der Abend verlaufen würde. Es überraschte sie ein wenig, dass Theo noch nicht da war. Sie hatte trotz ihrer anfänglichen Bedenken mittlerweile ein gutes Gefühl, was seine Wirkung auf Izzy anging. Sie kannte keine einzige Frau, die es nicht genoss, von einem gut aussehenden Mann ein wenig umschmeichelt zu werden. Und umgekehrt war es natürlich genauso. Männer fanden es unwiderstehlich, wenn eine schöne Frau ein wenig mit ihnen flirtete.

Nur zu ernst durfte man es nicht nehmen. Theo zum Beispiel war reizend, aber eine intime Beziehung zu ihm würde sicherlich nur kurze Zeit dauern.

Im letzten Sommer hatten Laura und Max ab und zu bei Theo gewohnt, während ihre Villa renoviert wurde, und bei diesen Gelegenheiten hatte Laura ihn mit zahlreichen Frauen erlebt, die er aus Athen mitbrachte. Einmal hatte sie ihn gefragt, ob er den ständigen Wechsel in seinem Liebesleben nicht irgendwann einmal leid sei.

»Du willst doch damit nicht etwa andeuten, meine liebe Laura, dass ich ein oberflächliches Leben führe? Mach dir keine Sorgen um mich. Ich bin sehr glücklich so.«

Sie bezweifelte gar nicht, dass er glücklich war, sie fragte sich lediglich, ob er nicht noch glücklicher sein könnte.

Max hatte ihr beigepflichtet und gesagt, er halte ihn für einen seltsamen Mann. »Wenn wir zwei allein sind und etwas trinken, ist er ganz anders«, sagte er bei einem ihrer vielen Gespräche über Theo, »aber halt ihm eine Frau vor die Nase, und es ist so, als würde ein Schalter umgelegt – sofort wird er der supercharmante Verführer.«

Die Wellen schlugen heftiger an den Strand und Laura blickte aufs Meer. Eine der griechischen Fähren, die zwischen Brindisi und dem Hafen von Korfu-Stadt verkehrten, glitt am Horizont entlang. Wie würde sich Theo heute Abend wohl Izzy gegenüber benehmen?

Und wie würde Izzy reagieren?

Laura hatte ihr absichtlich nichts von dem Gespräch zwischen Theo und ihr erzählt. Hätte sie es erwähnt, wäre Izzy automatisch auf der Hut gewesen, und dann wäre die Atmosphäre schnell verkrampft geworden.

Nein, es war besser, Izzy bildete sich selbst eine Meinung über Theo. Sie konnte schließlich allein entscheiden, wie ernst sie ihn nehmen wollte. Wenn sie Verstand hatte, würde sie ihn genauso behandeln, wie Laura es tat. Außerdem wollte Laura Izzy nicht die Ferien verderben.

Nach dem harten Jahr, das hinter ihr lag, hatte sie zumindest einen entspannten Sommer verdient.

Das Geräusch von Schritten auf dem Steinpfad unterhalb der Terrasse kündigte ihr Theos Erscheinen an. »Erster Akt, Szene eins«, murmelte sie leise und erhob sich von ihrem Stuhl, um ihn zu begrüßen.

Als sie ihn sah, brach sie in Lachen aus. Er trug eine Flasche in jeder Hand und zwischen den Zähnen hielt er zwei langstielige Rosen. Sie nahm ihm den Wein ab und brachte ihn zu Max, der gerade ein weiteres Bier öffnete.

»Oh, Theo«, schwärmte Max, »rote Rosen! Wie süß! Das wäre aber doch nicht nötig gewesen.«

»Achte nicht auf ihn«, sagte Laura. »Der Rauch der Grillkohle steigt ihm immer sofort zu Kopf. Ist eine der Rosen für mich?«

»Aber natürlich, meine liebe Laura. Allerdings nur, wenn ich dich dafür küssen darf.« Theo beugte sich vor, um sie auf den Mund zu küssen, aber im letzten Moment drehte sie den Kopf weg, so dass er mit ihrer Wange vorlieb nehmen musste.

»Sie ist zu schnell für dich, Theo«, sagte Max lachend. »Was kann ich dir zu trinken anbieten? Bier, Wein, Oúzo, Gin und … Ah, Izzy, da bist du ja!«

Laura und Theo blickten Izzy entgegen. Sie trug ein schwarzes Trägertop, einen knöchellangen, fließenden, ebenfalls schwarzen Rock und dazu Espadrilles. Obwohl sie noch nicht lange in der Sonne gewesen war, war sie bereits leicht gebräunt. Mit ihren schulterlangen, braunen Haaren, die sie zu einem losen Zopf geflochten hatte, sah sie keinen Tag älter als fünfundzwanzig aus. Laura hätte gern Theos Gesicht beobachtet, um seine erste

Reaktion zu sehen, aber leider klingelte in diesem Moment das Telefon.

»Gehst du bitte dran, Liebes«, sagte Max. »Ich habe gerade die Spieße auf den Grill gelegt. Wenn es für mich ist«, rief er ihr nach, »und es sich dringend anhört, sag ihnen, ich rufe später zurück.«

»Es sieht so aus, als müssten wir uns einander selbst vorstellen«, sagte Theo. »Theo Vlamakis, ein Freund von Max und Laura Sinclair, und hoffentlich bald auch ein Freund von Ihnen.« Er streckte Izzy die Rose entgegen. »Ich wünsche Ihnen einen wunderbaren Urlaub hier in Áyios Nikólaos. Möge heute der Beginn einer glücklichen Liebesgeschichte sein.«

Izzy nahm die Rose entgegen. »Eine Liebesgeschichte?«, wiederholte sie, wobei sie dachte, dass er George Clooney wie aus dem Gesicht geschnitten ähnlich sah. Er hatte die gleichen graugesprenkelten, kurzen, dunklen Haare und die gleichen dichten Augenbrauen über den intensiven schwarzen Augen. Er trug eine cremefarbene Leinenhose, ein blasspfirsichfarbenes Hemd mit kurzen Ärmeln und um den Hals eine dünne Goldkette.

»Ja, eine Liebesgeschichte mit Korfu und seinen netten Bewohnern natürlich«, erwiderte er. »Und jetzt sind Sie an der Reihe. Sie müssen sich auch vorstellen.«

Verlegen, aber ganz bezaubert von seinen Worten und seinem Auftreten, streckte Izzy die Hand aus und sagte: »Izzy Jordan, eine Freundin von Max und Laura Sinclair, und ich muss Ihnen ein Geständnis machen. Ich habe schon viel von Ihnen gehört.«

Theo deutete eine kleine Verbeugung an, ergriff ihre Hand und zog sie an seine Lippen. »Es freut mich sehr, Sie kennen zu lernen, Izzy Jordan. Allerdings scheinen Sie im Vorteil zu sein. Ich weiß kaum etwas von Ihnen. Hat Laura Ihnen sehr schlimme Dinge über mich erzählt?«

Izzy lachte und entzog ihm ihre Hand. Du liebe Güte, war der Mann gewandt! »Sie spricht nur voller Hochachtung von Ihnen, als Freund und Nachbar.«

»Das ist gut. Das bedeutet, dass wir beide uns in die richtige Richtung bewegen.«

»Theo, wenn du deinen ionischen Charme vielleicht für einige Minuten ablegen würdest, dann könntest du so nett sein und Izzy etwas zu trinken holen.«

Pflichtbewusst führte Theo sie zum Tisch mit den Getränken und sagte: »Dieser Max, er hat eine so scharfe Zunge! Wie viele englische Männer ist er eifersüchtig auf seine griechischen Geschlechtsgenossen. Wir griechischen Männer können nicht verstehen, wie sich die Engländer jemals fortpflanzen. Wissen Sie, Izzy, für Max besteht eine leidenschaftliche Nacht aus einer Flasche Bier und seinem hoch geschätzten Fergie.«

»Wer? Die Herzogin von York?«, fragte Izzy und unterdrückte ein Lachen.

»Nein«, grinste Theo. »Ihr großer Mann des Volkes, Sir Alex Ferguson.«

»Theo, wenn du jetzt nicht endlich aufhörst, bekommst du das scharfe Ende dieser Grillspieße zu spüren! Und jetzt gib dem Mädchen was zu trinken!«

Laura kehrte erst wieder zurück, als Max die Früchte seiner Mühen servierte und Theo und Izzy bereits am Tisch saßen. »Wer war am Telefon?«, fragte Max.

»Francesca.«

Max hielt in seiner Bewegung inne. »Ist irgendetwas passiert? Sie wollte doch nicht ihren Besuch absagen, oder?«

Laura lächelte. »Der arme alte Daddy vermisst seine geliebte Tochter. Keine Sorge, sie kommt schon. Sie wollte nur ein bisschen plaudern.«

»Ah, Mutter-Tochter-Gespräche, was?«

»Ja. Ein ernster Krach mit dem Freund.«

Max legte den letzten Schwertfisch-Spieß auf die große Fischplatte, die auf dem Tisch stand, und sagte: »Gut. Er war ein Idiot. Er hatte nicht einen einzigen originellen Gedanken im Kopf. Er hielt sich für cool und radikal und dabei war er bloß ein aufgeblasener Hanswurst.«

»Ah, da spricht der Vater, dem für seine Tochter kein Mann gut genug ist«, behauptete Theo. »Armer, alter Max, am liebsten würdest du ihr wohl selbst einen Ehemann aussuchen.«

Izzy wusste ein bisschen über den abgelegten Freund. Sie war ihm zwar nur einmal begegnet, aber das hatte gereicht, um zu verstehen, warum Max so froh über den Bruch war. Er war einer von diesen militanten Grünen gewesen, mit Ringen in Augenbrauen und Nase und mit Dreadlocks, die ihm bis auf den Rücken hingen. Außerdem war er Vegetarier und Izzy erinnerte sich noch gut daran, dass Laura ihm extra einen Sojaburger zubereitet hatte, den er jedoch unhöflich zurückwies mit der Bemerkung, er stinke ihm zu sehr nach Knoblauch. Er war meilenweit entfernt gewesen von dem, was Max sich unter einem passenden Freund für Francesca vorstellte.

»Ach, Unsinn, Theo!«, konterte Max. »Warte du erst mal, bis du selbst Kinder hast, bevor du mir solche Worte in den Mund legst.« Dann sagte er, zu Laura gewandt: »Aber es geht ihr doch gut, oder?«

»Entspann dich, es geht ihr gut. Im Moment erklärt

sie alle Männer zu Bastarden. Sie hat mich übrigens gefragt, ob sie eine Freundin mitbringen darf.«

»Jemanden, den wir kennen?«

»Sally Bartholomew.«

»Was, *die* Sally? Die männermordende Sally? Das Mädchen, das sich jeden Mann allein mit ihren Strümpfen einfangen kann? Du hast doch wohl nein gesagt, oder?«

Laura ignorierte seine Frage und griff nach dem Weinkühler. »Nun, wem kann ich noch nachschenken? Liebling, du willst doch deine Grillhandschuhe nicht den ganzen Abend über anlassen, oder?«

Max zog sie aus und warf sie auf den Tisch. Dann setzte er sich neben seine Frau. »Nun mach schon, erzähl es mir. Wie lange bleibt sie?«

Während Laura Max die Details berichtete, bot Izzy Theo die Platte mit dem gegrillten Fisch an.

»Nein, bitte«, sagte er und nahm ihr die Platte ab. »Sie sind hier der Gast. Ich werde Sie bedienen.«

»Aber Sie sind doch auch ein Gast!«

»Nein. Ich bin einfach nur der alte Theo von nebenan.«

Izzy lächelte. »Das klingt verdächtig nach einem Mann, der nach Komplimenten fischt.«

Er kniff seine dunklen Augen zusammen und blickte sie verwirrt an. »Verzeihung. Fischt? Was ist das für eine Anspielung? Ich verstehe nicht ... Bei mir müssen Sie deutlicher englisch sprechen.«

»Glaub ihm kein Wort, Izzy«, sagte Max, nahm sich eine große Garnele und schälte sie. »Theo spricht genauso gut englisch wie du oder ich, wenn nicht sogar besser. Er ist in England auf einem dieser teuren Internate gewesen und wahrscheinlich hat er schon sehr jung gelernt, die Leute mit seinen Sprachschwierigkeiten zum Narren zu halten. Für gewöhnlich hübsche junge Mädchen. Also sei gewarnt.«

Theo reichte die Platte an Laura weiter. »Hat dein Ehemann jetzt für den Rest des Abends schlechte Laune, nur weil so ein Nymphchen zu Besuch kommt?«

»Nun hört ihn euch an!«, fauchte Max. Aber seine Stimme klang nicht ärgerlich. Lächelnd sagte er zu Izzy: »Merkst du jetzt wenigstens, worauf du dich diesen Sommer eingelassen hast?«

»Ach, die arme Izzy«, sagte Theo und hielt ihr eine perfekt geschälte Garnele hin. »Sie werden hier nicht lange bei Verstand bleiben. Sie müssen mir versprechen, dass Sie zu mir kommen, wenn Sie sich von diesen verrückten Menschen erholen wollen, ja? In der Villa Anna ist es ganz ruhig. Das wäre wahrscheinlich viel besser für Sie. Na? Was meinen Sie?«

Izzy nahm die dargebotene Garnele. »Vielen Dank, aber wer sagt Ihnen eigentlich, dass ich nicht genauso verrückt bin wie Max und Laura?«

Als sie mit dem Essen fertig waren und mit einem Digestif in den Korbsesseln saßen, ging gerade die Sonne unter und tauchte den Himmel und das Meer in einen Kupferschimmer. Es war ein wundervoller Anblick und für ein paar Minuten saßen alle in andächtigem Schweigen da.

Laura dachte darüber nach, wie zurückhaltend Theo sich benahm. Verglichen mit sonst verhielt er sich geradezu kühl. Er hatte nicht einmal versucht, sie zu berühren, und er hatte auch kein Wort über ihre Erscheinung verloren. Für einen Engländer wäre das ganz normal gewesen, aber für einen Griechen, der einen Ruf als Sexgott zu verlieren hatte, war es unerhört. Ob Theo vielleicht doch klüger war, als sie angenommen hatte? Vielleicht. Statt Izzy mit Standard-Schmeicheleien zu belagern, hatte er mit ihr über das Leben in England geplaudert und über die Schule, an der sie unterrichtete, und wie sie unter so unglücklichen Umständen Max und Laura kennen gelernt hatte. Er hatte herzlich gelacht über ihre Beschreibung des Zusammenstoßes mit Max' Porsche. »Das geschieht ihm recht. Was muss er auch so ein auffälliges Auto haben«, hatte er gesagt.

»Das musst du gerade sagen«, konterte Max. »Was ist denn mit deinem protzigen Schlitten hier auf der Insel? BMWs sind in diesem Teil der Welt absolut selten, ganz zu schweigen von einem Z3.«

»Sehen Sie, wie leicht es ist, Max auf die Palme zu bringen?«, hatte Theo zu Izzy gesagt. »Er geht immer gleich in die Defensive.«

Die Sonne war mittlerweile untergegangen und Max fragte Theo nach seinem Freund, der am nächsten Tag ankommen sollte. »Du hast noch nie erwähnt, dass du Mark St. James kennst.«

»Es gibt sicher auch viele Leute, die *du* kennst und von denen du mir noch nichts erzählt hast.«

»Das ist doch etwas anderes. Mark St. James ist ein Schriftsteller, und auch noch ein ziemlich berühmter! Einer meiner Lieblingsautoren.«

Theo trank seinen Metaxa aus und zuckte mit den Schultern. »Du darfst ihn ja gern verehren, aber für mich ist er nur ein Freund. Nicht mehr und nicht weniger.«

»Sind seine Bücher in England nicht fürs Fernsehen verfilmt worden?«, fragte Izzy.

»Ja, sie sind verfilmt worden«, bestätigte Max. »Hast du irgendetwas von ihm gelesen?«

»Nein, sie sind nicht ganz meine Kragenweite.«

»Du solltest mal eins lesen«, drängte Max. »Die Psychologie ist brillant. Man spürt richtig, dass er sich in das Hirn eines Kriminellen hineinversetzen kann. Es ist ein bisschen verstörend, aber irgendwie ist einem der Mörder am Ende des Buches richtig sympathisch.«

»Das ist seine Stärke«, sagte Theo und stellte sein leeres Glas auf dem niedrigen Tisch ab. »Er hat Kriminalpsychologie studiert. Er kennt die Themen in- und auswendig.«

»Wie haben Sie ihn kennen gelernt?«, fragte Izzy.

»Ah, wie aufmerksam, Izzy! Zwei so unterschiedliche Männer, die miteinander befreundet sind – das fasziniert Sie, nicht wahr? Aber es stimmt schon, Gegensätze ziehen sich wirklich an. Wir haben uns auf dem College kennen gelernt und haben uns auf Anhieb verstanden. Mark hielt mich für einen schwulen Faschisten und ich glaubte, er sei ein arroganter, engstirniger Ochse.«

Izzy lächelte. »Und warum haben Sie Ihre Meinung voneinander geändert?«

Einen Moment lang wurde Theo ganz ernst und blickte zum dunkler werdenden Himmel. »Er hat mir das Leben gerettet«, sagte er leise. »Aber ich überlasse es Mark, Ihnen die Geschichte zu erzählen. So, und jetzt muss ich noch ein wenig arbeiten. Ich habe zahlreiche Anrufe zu erledigen. *Kaliníhta*, meine Lieben.« Er stand auf und die anderen folgten seinem Beispiel. Er legte Laura die Hände auf die Schultern und küsste sie auf beide Wangen. »Wie immer, meine Liebe, warst du eine großartige Gastgeberin.« Er schüttelte Max die Hand und dann wandte er sich an Izzy. »Da wir jetzt praktisch alte Freunde sind – darf ich Ihnen wohl einen Gutenachtkuss geben?«

Er schenkte ihr einen Blick und ein Lächeln, bei dem sich jedes Mädchen unweigerlich in ihn verlieben musste.

5

Theo fand, er sei ein glücklicher Mann. Genau wie Churchill oder Napoleon brauchte er nur wenig Schlaf. Er hatte bis zwei Uhr morgens gearbeitet, war dann um sechs völlig ausgeruht aufgestanden und um halb sieben schwimmen gegangen. Anschließend hatte er geduscht, sich angezogen und war dann den staubigen Weg zu Nicos und seiner Frau hochgestiegen, die den Supermarkt des Ortes führten. Kurz darauf war er mit seinem Frühstück zurückgekommen: einer Melone und einem *kataífi*, einem in Honig getränkten Gebäck mit Mandeln. Das aß er jetzt, während er auf seiner Terrasse über dem Meer saß. Der Duft der Rosen verstärkte noch die köstliche Süße des Kuchens.

Sein Hang zu Süßigkeiten war, wollte er seiner Großmutter glauben, seine einzige Schwäche. Aber sie hatte ihn sowieso immer durch eine rosarote Brille gesehen und hielt ihn für fehlerlos. Überall in Griechenland gab es Frauen wie sie, die den Kindern, und vor allem den Jungen, das Gefühl gaben, die meistgeliebten Geschöpfe auf der ganzen Welt zu sein. Und Anna Vlamakis hatte sicher dafür gesorgt, dass es ihrem einzigen Enkel an nichts mangelte.

»Du verziehst den Jungen maßlos«, hatten sich seine Eltern beklagt. Aber Anna ignorierte das und führte ihren wohlgeratenen Enkel weiterhin stolz ihren Freunden und Nachbarn vor. Schon früh hatte er sich mit

Erwachsenen ohne Scheu unterhalten können, weil er sich in der Gegenwart seiner Großmutter immer als einzigartiges Wunder empfand.

Nach jedem Besuch bei ihr auf Korfu hatten seine verärgerten Eltern behauptet, sein Selbstbewusstsein sei wieder ins Unermessliche gestiegen. Es war schon gut, dass sie nicht in seiner Nähe wohnte, sonst hätte sie seine Kindheit ruiniert.

Sein Vater hatte im diplomatischen Dienst gearbeitet, und als er an die griechische Botschaft in London versetzt wurde, waren er und seine Frau äußerst erleichtert. Jetzt endlich konnte man Anna Vlamakis' Einfluss auf ein Minimum begrenzen. Die Erleichterung war jedoch nur von kurzer Dauer. Theos Vater hatte mehr und mehr gesellschaftliche Verpflichtungen und seine Frau musste ihn dabei unterstützen und hatte nur noch wenig Zeit für ihren Sohn. So kam man überein, dass er alle Schulferien auf Korfu bei seiner Großmutter verbringen sollte.

Theo hatte das alte Stadthaus seiner Großmutter in Kérkyra geliebt, mit seiner verblichenen venezianischen Fassade, dem hübschen Innenhof und dem grandiosen Blick auf den Hafen und die alte Festung. Und vor allem hatte er es genossen, mit seiner Großmutter Besuche zu machen. Am meisten liebte er die Nachmittage, an denen sie in den eleganten Salons von Annas verwitweten Freundinnen saßen. Von diesen Damen hatte er gelernt, wie wichtig Leidenschaft war. Seine Großmutter behauptete immer, niemand habe richtig gelebt, bevor er nicht eine wirklich große Leidenschaft erlebt habe, wie sie ihr mit Thomas Zika, einem Geschäftsmann und lebenslangen Bewunderer, widerfahren war. Als Theo in einem Alter war, in dem er solche Dinge besser verstand, hatte er Anna gefragt, warum sie eigentlich nie einen von Thomas' zahlreichen Anträgen angenommen hatte. »Ach, Theo«, sagte sie und nippte an ihrem trockenen Martini, den zu mixen sie ihm beigebracht hatte, »es stimmt schon, dass Thomas mich liebt, und ich mag ihn auch sehr gern. Aber ich liebe ihn nicht. Mir wäre es lieber, alles bliebe so, wie es ist. Er ist ein enger Freund, vielleicht der beste, den ich je gehabt habe, und ich möchte es nicht riskieren, ihn zu verlieren, indem ich ihn heirate.«

»Also hältst du es für besser, wenn man im Leben keine Risiken eingeht?«

»Nein, das habe ich nicht gesagt. Mein Risiko war die Ehe mit deinem Großvater und zugleich war es auch mein Augenblick großer Leidenschaft. Ich möchte die Erinnerung an das, was ich mit ihm erlebt habe, nicht durch eine andere Erfahrung ersetzen.«

»Aber mit Thomas könntest du etwas anderes erleben.«

Lächelnd hatte sie geantwortet: »Wenn er mich mehr bedrängen würde, würde ich vielleicht noch einmal darüber nachdenken. Aber er scheint sich sehr gut mit den Umständen abgefunden zu haben.«

»Vielleicht hat er ja Angst, dich hartnäckiger zu umwerben, weil er fürchtet, bei einem weiteren Antrag könntest du dich von ihm abwenden.«

»Du denkst erstaunlich viel darüber nach, Theo. Du wirst jedoch akzeptieren müssen, dass sich die Situation zwischen Thomas und mir nicht ändert und dass wir beide glücklich damit sind.«

Bei einer solchen Erziehung war es kein Wunder, dass Theo sich gern mit Frauen umgab. In ihrer Gesellschaft fühlte er sich einfach am wohlsten. Abgesehen von einer Hand voll enger Freunde und einem oder zwei Geschäftspartnern vertraute er Männern nur selten.

Er führte dieses Misstrauen auf seine Schulzeit in England zurück. Er hatte das Internat in der Nähe von London, auf das ihn seine Eltern schickten, gehasst und es hatte lange gedauert, bis er ihnen verzeihen konnte, dass sie ihn der barbarischen Disziplin des englischen Schulsystems unterworfen hatten. Das Ganze war für ihn nach seinem bisherigen Leben ein Kulturschock gewesen. Er war zwar nicht verweichlicht, aber die strengen Regeln, denen er sich dort beugen musste, entsetzten ihn.

Relativ früh verlor er seine Unschuld. Er war siebzehn und verbrachte fast seine ganze Freizeit mit der Frau eines Lehrers. Dieser war ein langweiliger Mann Ende dreißig und seine hübsche Frau war zehn Jahre jünger als er. Da sie in einem kleinen Cottage auf dem Schulgelände lebte, war sie gelangweilt und einsam. Damit sie eine Beschäftigung hatte, hatte ihr Mann dummerweise vorgeschlagen, sie solle Theo dabei helfen, sein Englisch zu vervollkommnen. Das tat sie auch – und noch einiges mehr.

Sie war die Einzige, die ihm fehlte, als er ein Jahr später von der Schule abging. Er hatte daran gedacht, nach Athen zurückzukehren und dort zu studieren, aber da seine Eltern immer noch in London lebten, gab er ihrem Wunsch nach und blieb ebenfalls in England. Sie wollten, dass er in London zur Universität ging, doch stattdessen entschied er sich für Durham.

Dort erlebte er zum ersten Mal in seinem Leben bittere Kälte. Wenn er mit dem Fahrrad zu seinen Vorlesungen fuhr, blies der eisige Wind von der Nordsee über das flache Land und drang ihm bis auf die Knochen. Noch schlimmer war der Regen, kälter und nasser als alles, was er bisher erlebt hatte. Er peitschte ihm ins Gesicht, machte ihn atemlos. Theo konnte kaum noch die Straße vor sich sehen. Und in diesem unwirtlichen Wetter lernte er Mark kennen.

Er hatte schon von Mark St. James gehört – sein Ruf eilte ihm voraus. Er war politisch aktiv und wollte die Welt vor dem bösen Kapitalismus retten. Wenn er nicht gerade einen Protestmarsch oder ein Sit-in organisierte, entwarf er radikale Thesen oder verfasste Flugblätter.

Man schrieb das Jahr 1976 und der Punk Rock drängte in die Szene. Mark stand mit hellblond gefärbten, aggressiv hochstehenden Haaren und einer schwarzen Lederhose mit Schnüren und Ketten auf dem Marktplatz vor der Kirche.

Theo hatte ihn durch die beschlagenen Fensterscheiben des Cafés beobachtet, in dem er gerade ein spätes Frühstück einnahm, und er hatte den Kommilitonen bewundert, weil er sich seiner Sache derart hingab. Er wollte gerade eine zweite Tasse Kaffee bestellen, als er merkte, dass es begonnen hatte zu regnen. Aus einem Impuls heraus ging er auf den jungen Mann zu und bot ihm etwas Heißes zu trinken an.

»Verpiss dich!«, war die grobe Antwort.

»Findest du das nicht ein wenig übereilt, wenn man bedenkt, dass ich die einzige Person bin, die dir überhaupt Beachtung schenkt?«

Feindselige Verachtung glitt über das schmale Gesicht, das von der Kälte gerötet war. Mark musterte Theos Kleidung – Kaschmirmantel und -schal, italienische Lederhandschuhe, schwarze Wollhose und glänzend dunkelrote Halbschuhe.

»Du bist dieser geschniegelte Grieche, nicht wahr?« Seine Stimme war leise und heiser, als habe er gerade eine Halsentzündung gehabt.

Theo wusste nur zu gut, was in bestimmten Kreisen von ihm gehalten wurde, aber er zuckte doch zusammen, als Mark es jetzt mit so bedrohlicher Abneigung hervorstieß. »Ich biete dir nur etwas zu trinken an und will dich nicht etwa mit meinen fehlgeleiteten politischen Ansichten versklaven.«

Der finstere Blick wurde milder und Mark sagte: »Na, gut. Wer weiß? Vielleicht kann ich ja einem Faschisten erzählen, wo's langgeht.«

In der folgenden Viertelstunde wurde Theo alles vorgeworfen, was er getan oder auch nicht getan hatte: globaler Kapitalismus, Weltarmut, korrupte Behörden und vor allem, dass er zu dumm sei, um zu verstehen, dass das Manifest, das dieser wütende, junge Nihilist vertrat, die Welt retten würde. Theo wehrte sich, so gut er konnte, und nannte ihn einen arroganten, engstirnigen Ochsen.

Sie sahen sich erst in der Woche darauf wieder, als Theo wieder einmal ein spätes Frühstück einnahm und beobachtete, wie Mark erneut versuchte, seine Überzeugungen den Passanten zu vermitteln. Als er Theo hinter dem Fenster des Cafés entdeckte, kam er herein und setzte sich ihm unaufgefordert gegenüber. »Ich lehne es ab, als engstirniger Ochse bezeichnet zu werden«, sagte er wütend, woraufhin ein paar ältere Damen die Augenbrauen hochzogen und ihre Handtaschen fester packten.

»Aber arrogant lässt du gelten, oder?«

»Zumindest schlafe ich nicht mit jeder Frau in Durham.«

»Und wer tut das?«

»Du, du bourgeoiser, Zeit verschwendender, kleiner …«

»Oh, bitte, nicht schon wieder solch eine Tirade! Ich hasse es, dich korrigieren zu müssen, aber deine Informationen sind nicht korrekt. Es gibt immer einige Frauen, die ich noch nicht ins Bett bekommen habe. Kaffee? Oder hättest du lieber heiße Schokolade? Dein Hals ist besser geworden, oder?«

»Ich möchte Tee. Ganz gewöhnlichen Tee – nicht dieses neumodische Zeug. Und auch wenn es dich nichts angeht, ich hatte gar keine Halsschmerzen. Ich rede immer so.«

»Dann möchte ich dich bitten, ein wenig leiser zu sprechen, damit du die anwesenden Damen nicht störst.« Theo hatte sich zu ihnen umgewandt und ihnen sein gewinnendstes Lächeln geschenkt.

Als Theo am Abend zuvor zu Izzy gesagt hatte, dass sich Gegensätze anzögen, hätte er seine Freundschaft mit Mark nicht besser beschreiben können. Sie waren beide ausgeprägte Charaktere, aber weil sie so unterschiedlich waren, amüsierten und verwirrten sie einander ständig. Theo war beeindruckt von Marks Überzeugungen, und obwohl Mark es nie zugegeben hätte, bewunderte er Theos Erfolg bei Frauen.

Jetzt schenkte sich Theo einen weiteren Orangensaft aus dem Krug auf dem Tisch ein und genoss die Aussicht von seiner Terrasse. Wie am Tag zuvor war das Meer spiegelglatt. Es war jedoch ungewöhnlich ruhig. Normalerweise war das Meer hier ein Paradies für Windsurfer, vor allem am Nachmittag, wenn die Brise auffrischte.

Theo wandte seinen Blick zur Villa Petros. Auf der Terrasse rührte sich noch nichts, vermutlich schliefen sie alle noch. Er stellte sich vor, wie Max und Laura nebeneinander lagen. Sie waren wie geschaffen füreinander und auch nach so langer Zeit noch verliebt ineinander.

Leiser Neid stieg in ihm auf. Kein hässlicher Neid auf die Frau eines anderen Mannes, sondern eine sanft nagende Sehnsucht danach, dass ihn eines Tages auch einmal eine Frau so beständig lieben würde.

Entschlossen verdrängte er den Gedanken.

Es war müßig, darüber nachzudenken. Er konnte nicht erwarten, dass jemand ihn mit solcher Intensität liebte, zumal es unwahrscheinlich war, dass er diese Liebe genauso erwidern würde. Er war einfach nicht für langfristige Beziehungen geschaffen und inzwischen war es sicher schon zu spät, um seine lebenslangen Gewohnheiten zu ändern.

Er dachte an Izzy. Er hatte Laura nur aus Spaß damit geneckt, dass er ihrer Freundin die Ferien versüßen würde, und ihre Besorgnis hatte ihn gerührt. In Wirklichkeit hätte er nie etwas getan, was Laura verärgern oder wütend machen würde. Aber der erste Blick auf Izzy gestern Abend hatte ihn nachdenklich gemacht. Attraktive Frauen übten immer einen unwiderstehlichen Reiz auf ihn aus und er konnte nicht leugnen, dass die Frische, die sie ausstrahlte, ihm gefiel. An ihr war nichts Künstliches. Keine komplizierte Frisur, kein auffälliger Schmuck, kein Make-up. Sie hatte noch nicht einmal ein Parfüm benutzt. Aber sie hatte sich mit einer unbewussten Anmut bewegt und in ihren sanften, fragenden grauen Augen hatte er gelesen, dass sie sich viele Gedanken machte, und sicher nicht nur fröhliche.

Sie war ganz anders als die Frauen, zu denen er sich normalerweise hingezogen fühlte. Eigentlich war sie sogar das genaue Gegenteil.

Genauso unterschiedlich, wie Mark und er damals gewesen waren.

Theo lehnte sich in seinem Stuhl zurück, verschränkte die Arme hinter dem Kopf und lächelte über diesen Zufall. »Nun«, sagte er laut, »dann wollen wir doch einmal sehen, was das Schicksal für uns bereit hält.«

Mark mochte keine Zufälle. Er hatte in der letzten Zeit zu viele davon erlebt und keiner war gut gewesen.

Die Frau, die neben ihm saß, war allerdings nicht dieser Meinung. Sie war angetrunken und ihr schien es ein Wink des Schicksals zu sein, dass er zum gleichen Urlaubsziel flog wie sie und ihr Mann.

Er schätzte sie auf Mitte fünfzig, aber offensichtlich befand sie sich gerade in einer Lebenskrise und redete sich ein, eigentlich sei sie noch zwanzig. Sie trug eine Sonnenbrille von Christian Dior, ein enges, cremefarbenes Spitzenkleid und hatte aufgebauschte blonde Haare. Außerdem war sie klapperdürr und ihr verschmierter Lippenstift verlieh ihr das Aussehen eines Clowns.

»Wissen Sie was«, hatte sie kurz nach dem Start zu Mark gesagt, »meine Wahrsagerin hat gesagt, ich hätte heute eine wichtige Begegnung mit einem blonden Mann, aber sie hat nicht erwähnt, dass er solch eine sexy Stimme haben würde. Sind Sie erkältet?«

»Wie bitte?«, hatte er geantwortet. Warum war er bloß von Manchester und nicht von Newcastle aus abgeflogen? Dann säße er jetzt nicht neben dieser schrecklichen Frau.

Als sie sich zu ihm beugte, klirrten ihre zahllosen Silberarmreifen irritierend. »Meine Kartenlegerin hat gesagt, ich würde einen Mann kennen lernen, und Sie passen genau auf ihre Beschreibung. Groß, blond und mit Jeans. Sie sind der Mann.«

Die Beschreibung hätte auf zahlreiche Männer an Bord gepasst, aber das behielt er für sich.

»Ich hasse fliegen«, verkündete sie, unbeeindruckt von seinem Schweigen, »deshalb war ich auch gestern Abend noch schnell bei meiner Kartenlegerin. Ich habe ihr gesagt, wenn ich jetzt an der Reihe sein sollte, abzutreten, möchte ich eine Vorwarnung. Also, damit ich zum Beispiel einen späteren Flug buchen kann. Aber Sie werden mir Glück bringen. Sie werden mein Leben ändern.«

Sie glaubte offenbar daran.

Marks Gedanken wurden wieder unterbrochen, als die Frau beschloss, sie müssten sich jetzt aber richtig vorstellen, da er doch solch eine wichtige Rolle in ihrem Leben spielen würde. Sie schraubte eine der Taschenflaschen auf, die sie in ihrem Kosmetikkoffer verstaut hatte, und teilte ihm mit, ihr Name sei Liberty-Raquel Fitzgerald. Dann trank sie einen großen Schluck Crème de Menthe und fügte hinzu: »Das ist mein Mann, Bob. Er redet nicht viel. Sag hallo, Bob.« Der schweigsame Bob wusste offenbar, was auf dem Spiel stand, und sagte hallo. Dann wandte er sich wieder seinem Buch zu, ein Buch, das Mark nur zu gut kannte.

Um einem weiteren Gespräch aus dem Weg zu gehen, griff er entschlossen zu den Kopfhörern, um sich in den Film zu vertiefen, der an Bord gesendet wurde. Und in diesem Moment erzählte sie ihm, wo Bob und sie hinflogen.

Er zuckte zusammen. »Wohin, haben Sie gesagt?«

»Áyios Nikólaos«, wiederholte sie. Und da sie seinen entsetzten Gesichtsausdruck fälschlicherweise für Erstaunen hielt, fügte sie hinzu: »Nein! Sagen Sie jetzt nicht, mein Lieber, dass Sie auch dort hinfahren! Wohin denn genau?«

Er sagte es ihr. Ob es wohl mehr als ein Áyios Nikólaos auf der Insel gab? Nein, so viel Glück hatte er nicht.

Ihre näheren Erläuterungen bestätigten seine schlimmsten Ängste, aber dann sagte sie: »Wir sind fast den ganzen Sommer über da. Bob möchte ein Haus auf der Insel kaufen. Nicht wahr, Bob?« Ein Nicken bestätigte, dass sie Recht hatte. »Und Sie? Wie lange dauert Ihr Urlaub?«

»So lange wie ich will«, erwiderte er ausweichend. »Wenn ich genug habe, fliege ich wieder nach Hause.« Und so, wie es jetzt aussah, würde das schon morgen sein.

Sie klirrte wieder mit ihrem Schmuck und drückte ihm einen langen, roten Fingernagel in den Unterarm. »Sie wissen aber, dass Sie nicht abreisen können, bevor Sie nicht Ihre Verpflichtungen mir gegenüber erfüllt haben, nicht wahr?«

Sein verständnisloser Blick ließ sie fortfahren.

»Sie wissen doch, mein Leben zu ändern ... Es steht in den Sternen. Und es wird passieren. Ich weiß es einfach. Ich habe ein wirklich gutes Gefühl bei Ihnen.«

Das konnte er von sich nicht gerade behaupten.

6

Der Blick aus Izzys Schlafzimmerfenster war entzückend und da nutzte sie am ersten Morgen ihres Urlaubs die Gelegenheit, um die magische Schönheit der Landschaft in sich aufzunehmen.

Trotz der Mücken hatte sie bei offenem Fenster geschlafen und die dünnen, weißen Musselinvorhänge hatten sich in der kühlen Brise gebauscht. Sie war über dem stetigen Rauschen des Meeres eingeschlafen und am Morgen davon auch wieder erwacht. Und als sie jetzt auf dem kleinen Balkon saß und aufs Meer blickte, hörte sie gedämpftes Läuten von Kirchenglocken. Die Vögel zwitscherten und aus den nahe gelegenen Eukalyptusbäumen drang das Zirpen der Grillen.

Der Morgen war so himmlisch, dass Izzy wünschte, sie hätte das Talent, ihn einzufangen. Sie blickte auf den Skizzenblock in ihrem Schoß, um zu überprüfen, wie weit sie bisher gekommen war. Selbst für ihr kritisches Auge sah es nicht allzu schlecht aus. Sie reinigte ihren Pinsel in dem Wasserglas, der auf dem Tisch neben ihr stand, tupfte neue Farbe darauf und arbeitete weiter an dem dunstigen Blau des Himmels.

Als Max und Laura Izzy eingeladen hatten, den Sommer bei ihnen zu verbringen, war ihr erster Gedanke gewesen, sich sofort neue Farben und einen Skizzenblock zu kaufen. Von diesem Moment an hatte sie die Tage bis zum Urlaub gezählt und sich vorgestellt, wie wundervoll es sein würde, von so viel Schönheit umgeben zu sein und die Zeit zu haben, sie zu Papier zu bringen. Vielleicht war das ja eine Übertreibung, aber es kam ihr vor, als habe sie jetzt die Chance, ihre Kreativität endlich einmal zu genießen. Verglichen mit ihrer Arbeit war dies eine Freiheit, die sie sich unbedingt gönnen wollte.

Manchmal kam ihr die Arbeit als Kunstlehrerin wie das Frustrierendste auf der ganzen Welt vor. Doch vielleicht lag es ja auch nur an ihr. Vielleicht war sie einfach nicht dazu geschaffen, Kindern beizubringen, wie man aus Plastilin Töpfe formte. Sie wusste eigentlich, dass sie keine besonders gute Lehrerin war. Ja, wenn sie einen kleinen Van Gogh oder einen William Blake in der Klasse hätte ... Schließlich mussten doch die großen Künstler von morgen auch zur Schule gehen, oder?

Aber sie war wohl wirklich, wie ihre Mutter gesagt hatte, immer zur falschen Zeit am falschen Ort und tat das Falsche.

Definitiv war das der Fall gewesen, als sie Alan kennen gelernt hatte.

Sie war im Sommer nach Cheshire gezogen und am Ende ihres ersten Schuljahres an der neuen Schule hatte sie jeden Tag Kopfschmerzen und ihre Augen taten weh, wenn sie abends im Bett zu lesen versuchte. Sie machte sich Sorgen, dass sie ernsthaft krank sein könnte. Ein Gehirntumor vielleicht, der sie erblinden ließ. Eine Kollegin schlug ihr vor, sie solle sich die Augen untersuchen lassen. Sie gab Izzy die Adresse ihres Optikers und am nächsten Tag machte sie dort einen Termin. Als sie im Laden erschien, war ihr Name jedoch nicht registriert. »Sind Sie sicher, dass Sie den richtigen Tag erwischt haben?«, fragte die freche junge Angestellte. »Heute ist Samstag.«

Verärgert erwiderte Izzy: »Natürlich bin ich sicher. Und ich weiß auch, dass morgen Sonntag ist.«

Das Mädchen schürzte die Lippen und erhob sich von ihrem Drehstuhl. »Ich werde Mr. Leigh fragen, was er dazu sagt«, sagte sie, wobei sie Izzy das Gefühl vermittelte, dass Mr. Leigh gleich herauskommen und ihr die Ohren lang ziehen würde. Während sie wartete, probierte sie zum Spaß ein paar Brillengestelle an. Eine Brille mit schwerem, dunklem Rahmen ließ sie wie eine Mischung aus Nana Mouskouri und Michael Caine wirken. Sie blickte todernst in den Spiegel und sagte in ihrem besten Cockney-Englisch: »Nicht viele Leute wissen, dass ich ein Transvestit bin.«

»Mir scheint, sie ist ein bisschen schwer für ein Gesicht mit so zarten Zügen wie Ihres«, ertönte hinter ihr eine Stimme.

Erschreckt fuhr sie herum. Es war der gefürchtete Mr. Leigh. Allerdings sah er gar nicht so furchterregend aus. Sein Haar war dunkel und lockig und wirkte, wie seine übrige Erscheinung, nur mühsam gebändigt. Er war viel jünger, als sie erwartet hatte – eigentlich nur wenig älter als sie selbst. Verlegen riss sie sich die hässliche Brille herunter und versuchte, sie wieder in die Halterung einzuhängen. Er trat auf sie zu und nahm es ihr mit einem geübten Handgriff ab. Er war zwar nicht sehr groß, aber was ihm an Größe fehlte, machte er mit seinen breiten Schultern wieder wett.

»Meine Angestellte sagte, dass es Unklarheiten wegen Ihres Termins gibt«, sagte er. »Unserem Kalender nach haben Sie heute eigentlich keinen Termin, aber Sie haben Glück, ich könnte Sie jetzt einschieben.«

»Oh, gut, wenn es Ihnen keine Mühe macht«, erwiderte Izzy.

Die Angestellte nahm ihre Daten auf und dann wurde sie in einen Raum mit romantisch gedämpftem Licht geschickt. »Wie sind Sie auf den Gedanken gekommen, dass mit Ihren Augen etwas nicht stimmt?«, fragte Mr. Leigh.

Sie erzählte ihm von ihren geröteten Augen und den Kopfschmerzen.

»Was für einen Beruf haben Sie?«

»Ich bin Lehrerin.«

»Sie stehen ziemlich unter Stress, nicht wahr?«

»Nicht wirklich.«

»Stress«, erwiderte er, »ist ein echter Killer. Heirat, Scheidung, Trauerfälle, Umzug – das sind die vier Faktoren, die Schaden im Körper anrichten. Vor allem bei den Augen. Haben Sie in den letzten vier Monaten etwas davon erlebt?«

»Ich bin umgezogen und habe eine neue Stelle angetreten«, gab Izzy zu. Sie fragte sich, ob sie vielleicht auch ihre Mutter erwähnen sollte. Vielleicht besser nicht.

»Umgezogen *und* eine neue Stelle«, wiederholte er kopfschüttelnd und pfiff leise durch die Zähne. »Nun, Miss Jordan, dann wollen wir uns das einmal ansehen, in Ordnung?«

Als er mit der Untersuchung fertig war, erklärte er ihr, sie habe tadellose Augen. »Sie müssen sich höchstens über träge Augenmuskeln Gedanken machen.« Er zeigte ihr einige Übungen, die sie zweimal am Tag machen sollte, und dann fragte er sie, ob sie am Abend mit ihm etwas trinken gehen wolle.

»Oh, hmm, ist das nicht ziemlich verwegen?«, fragte sie, erschrocken über seine Direktheit.

Er grinste mutwillig. »Nur, wenn Sie es jemandem erzählen.«

Als sie aus der Tür trat und gerade die Straße überqueren wollte, um noch in die Apotheke zu gehen, fiel ihr ein weiteres Optikgeschäft ein Stück weiter die Straße hinauf auf. Augenblicklich wurde ihr klar, dass sie eigentlich dort den Termin gehabt hatte. Doch wenn sie dorthin gegangen wäre, würde sie jetzt nicht überlegen, was sie heute Abend anziehen sollte ...

Das ist Schicksal, dachte sie sich.

Und es dauerte eine lange Zeit, bis sie ihren Fehler bereute. Zuerst hatte Alan sie völlig bezaubert, sie war ganz in sein Leben eingetaucht, gehörte ganz ihm. Und sie hatte es geliebt. Sie hatten Spaziergänge auf dem Land gemacht, Picknicks am Fluss, waren ins Theater gegangen und im Vergnügungspark Achterbahn gefahren. Es hatte romantische Abendessen bei Kerzenschein gegeben, Rosen, Schokolade, den besten Champagner. Einmal hatte er sie sogar mit einem Wochenendtrip in die Cotswolds überrascht, wo er ihr sagte, dass er sie liebe und ob sie nicht bei ihm einziehen wolle. So rosarot und klischeebeladen auch alles war, es war unmöglich zu widerstehen. Da Izzy erst kürzlich hergezogen war und außerhalb der Schule noch niemanden kannte – Max und Laura hatte sie erst später kennen gelernt –, glaubte sie, sie brauche jemanden, der so selbstsicher und vergnügungssüchtig war wie Alan. Sie war nur zu bereit, sich in einen Mann zu verlieben, der sie so großzügig behandelte, auch wenn er ihr manchmal ein wenig besitzergreifend vorkam. Aber welches Mädchen wäre unter den gegebenen Umständen nicht geblendet gewesen von all dem Glanz, mit dem er sie überhäufte?

Rückblickend erkannte sie ganz klar, dass sie gehofft hatte, ein wenig von Alans Selbstsicherheit würde auf sie abfärben. Doch als es dann schließlich zu Ende ging, war es auch mit ihrem Selbstbewusstsein vorbei. Aber das war viel später und da hatte er wahrscheinlich schon gemerkt, dass sie mehr von ihm wollte, als er ihr geben konnte.

Dauerhafte Bindung.

Für ihn war damit der Spaß vorbei. Bindung bedeutete etwas Ernstes, sie bedeutete, dass er endlich anfangen musste, sich wie ein erwachsener Mann zu benehmen, und das konnte Alan nicht besonders gut. Er spielte lieber den charmanten großen Jungen. Und dazu konnte er keine Ehefrau gebrauchen.

Mark sah Theo, bevor sein Freund ihn erblickte. Er schob seinen Gepäckwagen auf ihn zu. »Hat dir noch nie jemand gesagt, dass Männer über vierzig nicht so enge Hosen tragen sollten?«, sagte er.

Ein breites Grinsen überzog Theos Gesicht. Er nahm die Sonnenbrille ab und schloss seinen Freund in die Arme.

Mark schob ihn von sich. »Lass das, du Exhibitionist. Du tust das doch nur, um mich zu ärgern.«

»Ja, aber es bereitet mir großes Vergnügen, dich in Verlegenheit zu bringen.« Dann warf er einen Blick auf die einsame Reisetasche auf Marks Gepäckwagen und die Kleidung, die er trug – verwaschene Jeans und ein altes T-Shirt, das schon bessere Tage gesehen hatte – und sagte: »Ist das dein ganzes Gepäck?«

»Ich bin hierher gekommen, um zu schreiben, Theo. Merk dir das, ja? Und können wir uns jetzt vielleicht beeilen und zusehen, dass wir hier rauskommen? Es gibt jemanden, den ich auf keinen Fall wiedersehen …«

Er wurde jedoch von einer lauten Stimme unterbrochen. Es war seine Nachbarin aus dem Flugzeug, die jubelnd durch die Ankunftshalle auf ihn zueilte, gefolgt von ihrem schweigsamen Bob, der einen Gepäckwagen voller Louis-Vuitton-Koffer schob.

»O mein Gott, das ist ja der reinste Aufruhr am Gepäckband«, sagte sie. »Und Sie waren so schnell weg, dass ich schon dachte, wir hätten keine Gelegenheit mehr, uns zu verabreden.« Als sie Theo erblickte, musterte sie ihn flüchtig über den Rand ihrer Sonnenbrille und fragte: »Ist das Ihr Taxifahrer?«

Mark wollte den Irrtum richtig stellen, aber Theo kam ihm zuvor. Er schlug die Absätze zusammen und sagte: »Ich bin Theodore Vlamakis. Ich bin nicht nur gewöhnlicher Fahrer für *Meester* Saint James. Ich bin sein persönlicher Chauffeur. *Meester* Saint James ist wichtiger Mann.«

Sie blickte Mark mit neu erwachtem Interesse an und war sichtlich beeindruckt. Mark jedoch war wütend. »Danke, *Theodore*«, knirschte er. »Vielleicht könnten wir jetzt langsam gehen?«

»Und deine Freunde?«

»Meine *was*?«, zischte Mark.

Theo grinste einfältig. »Sollten wir sie nicht mitnehmen?«

»Er spricht aber sehr gut englisch!«

»Manchmal besser, als gut für ihn ist«, erwiderte Mark kühl. »Aber er vergisst, dass mein Wagen nicht groß ist.

Der Platz reicht leider nicht für uns alle. Nicht mit so viel Gepäck. Das stimmt doch, *Theodore*, oder?« Er warf Theo einen warnenden Blick zu, damit ihm dieser nur ja nicht widersprach.

Theo verbeugte sich formvollendet. »Wie immer, *Meester* Saint James, haben Sie Recht und ich Unrecht. Kommen Sie, geben Sie mir Ihr Gepäck und dann werde ich meinen dummen Mund halten, während Sie sich von Ihren Freunden verabschieden.«

»Was zum Teufel hast du dir eigentlich dabei gedacht?«, verlangte Mark zu wissen, als sie im Auto saßen.

»Tut mir Leid, aber ich konnte nicht anders. Dein Gesicht … Ah, es war ein Bild für die Götter. Erzähl mir von ihr.«

»Lieber nicht. Sie ist eine Erfahrung, die ich gern zu den Akten legen würde.« Dennoch erzählte er Theo schließlich von der verrückten Unterhaltung, der er im Flugzeug ausgesetzt gewesen war.

»Und wie heißt sie?«

»Liberty-Raquel.«

Theo lachte. »Und sie und ihr Mann wohnen in unserer Nähe in Áyios Nikólaos? Hat sie dir den Namen der Villa gesagt?«

»Ja, Villa Mimosa. Sagt dir das etwas?«

Theo lachte erneut. Er drückte das Gaspedal durch und schoss an einem Taxi vorbei, einem dunkelblauen Mercedes, der bereits mit Lichtgeschwindigkeit fuhr. Mark lief es kalt den Rücken hinunter. Er hatte ganz vergessen, wie schnell Theo fuhr. Und wie griechisch er war.

7 Auf Lauras Vorschlag hin gingen sie und Izzy zum Mittagessen nach Kassiópi. Max war zu Hause geblieben, weil Greg Rusedski an diesem Nachmittag seine Unterstützung bei seinem großen Match brauchte. »Geht nur ohne mich«, hatte er gesagt, »das wird viel lustiger für euch. Ihr könntet mir allerdings eine Zeitung mitbringen – falls es noch etwas Anständiges zu lesen gibt.«

Der staubige Pfad, den sie entlanggingen, führte steil durch einen großen Olivenhain. Um den Fuß der Stämme waren schwarze Netze gewickelt, die, wie Laura gerade erklärt hatte, später im Jahr, wenn die Olivenernte begann, ausgebreitet werden würden. Obwohl sie sich im Schatten aufhielten, zwang die glühende Mittagshitze sie zu einem gemächlichen Tempo. Laura hoffte, dass sie eine der zahlreichen, wild lebenden Schildkröten sehen würden. »Letztes Jahr bin ich fast auf eine getreten«, sagte sie. »Sie war so klein, es muss noch ein Baby gewesen sein.«

Bald wurde der Pfad breiter und ebener und die Luft duftete nach wildem Knoblauch und Thymian. Laura wies auf eine verfallene Hütte. »Sieh mal«, sagte sie, »da ist Zac.«

Zac war ein großer, magerer Hund von unbestimmter Rasse mit struppigem, karamellfarbenem Fell. Er war mit einer kurzen Leine an einem Holzpfosten angebunden, und als die Frauen näher kamen, sprang er hoch und wedelte mit dem Schwanz. Zu Izzys Erstaunen nahm Laura einen Hundekuchen aus der Tasche und warf ihn durch den Zaun. Zac verschlang ihn sofort und wedelte weiter hoffnungsvoll mit dem Schwanz. Dann bellte er laut.

Bei dem Lärm trat eine alte Frau aus einem kleinen Steinhaus, das Izzy bisher gar nicht aufgefallen war. Sie sah genauso knorrig und alt aus wie die Olivenbäume und Izzy hätte sie am liebsten auf der Stelle gemalt. Sie hielt einen Besen in der Hand, mit dem sie jetzt den Hund stieß, damit er aufhörte zu bellen. Dann schenkte sie Laura und Izzy ein freundliches Lächeln und enthüllte dabei einen zahnlosen Mund.

»Woher weißt du, wie der Hund heißt?«, fragte Izzy, nachdem Laura ein paar Worte auf Griechisch mit der Frau gewechselt hatte.

»Von Theo natürlich. Er kennt hier jeden. Du musst nicht glauben, dass er seinen Charme nur an hübsche Mädchen verschwendet. Alte Frauen werden genauso behandelt. Er ist äußerst fair in der Verteilung seiner Aufmerksamkeiten.«

Schweigend gingen sie weiter, bis Izzy bemerkte: »Er ist eigentlich sehr nett, trotz all seiner Großspurigkeit, oder?« Sie hätte am liebsten schon am Morgen das Gespräch auf Theo gebracht, hatte aber Angst, dass Laura denken könnte, sie sei an ihm interessiert. Sie war sich nicht ganz sicher, was sie empfand. Dass er so attraktiv war, hatte sie erwartet, schließlich hatte Laura sie ausführlich darauf vorbereitet. Aber was lag hinter dieser prächtigen Fassade? Wie war er wirklich, wenn er nicht gerade versuchte, Eindruck auf seine Umgebung zu machen?

Laura antwortete: »O ja, er ist nett. Sogar sehr nett, würde ich sagen. Und hier ist noch ein Freund, den ich dir vorstellen möchte. Max und ich haben ihn Neddy getauft.«

Leicht enttäuscht sah sich Izzy einem müden, alten Esel gegenüber. Wie Zac war auch er angebunden. »Die Einheimischen sorgen nicht gut für ihre Tiere, oder?«, fragte Izzy, während Laura aus ihrer Tasche Karotten hervorzog.

»Es ist eine andere Kultur«, erwiderte Laura und klopfte Neddy das staubige Fell. »Sie gehen einfach nicht so sentimental mit Tieren um wie wir zu Hause. Tiere werden für einen bestimmten Zweck gehalten, nämlich damit sie arbeiten.«

»Und wenn sie zu alt zum Arbeiten sind?«

»Dann erwartet sie der Ruhestand, den Neddy gerade genießt. Nicht wahr, alter Junge?« Laura verscheuchte die Fliegen, die um seine Augen saßen, und gab ihm noch eine Karotte.

Während sie weitergingen, wurden die Olivenbäume immer seltener. Die ersten Häuser tauchten auf und aus dem Pfad wurde eine schmale Teerstraße, die sich den Hügel hinunter nach Kassiópi zog. Katzen dösten am Straßenrand in der Sonne und im Schatten einer offenen Tür saßen zwei Frauen schwatzend auf Küchenstühlen zusammen. Im Haus daneben lag ein Baby friedlich schlafend in seiner Wiege, während seine Mutter die Blumen in den Terracottakübeln auf den Treppenstufen goss.

Izzy hatte erwartet, dass Kassiópi lärmend und belebt sein würde, und war jetzt erstaunt, dass die Straßen wie ausgestorben in der Mittagsglut dalagen. »Wo sind die

Leute alle?«, fragte sie, als Laura vorschlug, zum Hafen zu gehen.

»Sie liegen am Strand. Deshalb komme ich so gern um diese Tageszeit hierher. Da umgeht man diese Touristenscharen. Aber lass mich schnell Max' Zeitung besorgen, bevor ich es vergesse.« Während sie in einem Laden verschwand, um die Ständer mit den Zeitungen durchzuschauen, sah sich Izzy die nachgemachten Designer-Shirts und die Ledergürtel an.

»Er wird sich mit dem *Express* begnügen müssen«, sagte Laura, als sie wiederkam. Sie wies auf die Schlagzeile. »Mutter von zwei Kindern brennt mit Schüler durch«.

»Du lieber Himmel, was mag sie sich dabei gedacht haben?«, fragte Izzy.

Laura lachte. »Nicht jede ist so vorsichtig wie du, Izzy.«

»Offensichtlich. Aber sie muss wirklich wahnsinnig sein – die Presse wird sie dafür steinigen.«

»Wahrscheinlich. Komm, lass uns etwas trinken gehen und einen Happen essen.«

Die Taverna, die Laura aussuchte, bot einen schönen Blick auf den pittoresken, hufförmigen Hafen, in dem zahlreiche Schiffe unterschiedlicher Größe und Farbe vor Anker lagen und in dem leichten Wind schaukelten. Ein junger Kellner nahm ihre Bestellung entgegen und binnen kurzem standen zwei Teller mit *kalamári* und eine Karaffe Rotwein vor ihnen.

»So, abgesehen davon, dass du Theo recht nett findest«, sagte Laura, »wie denkst du denn sonst über gestern Abend?«

Izzy lächelte. Dann hatte Laura sich doch gemerkt,

was sie im Olivenhain über Theo gesagt hatte. »Dass es wahrscheinlich leicht ist, sich in ihn zu verlieben«, erwiderte sie, »oder zumindest zu glauben, man habe sich in ihn verliebt. Denn vermutlich wäre es nur Schwärmerei.«

»Das ist aber ein zynischer Standpunkt! Glaubst du, er ist unfähig zu etwas anderem?«

»Höchstwahrscheinlich.«

»Nun, dann wirst du mir aber wenigstens zustimmen, dass er sich hervorragend für einen Urlaubsflirt eignet.«

»Absolut. Aber wenn du dabei an ihn und mich denkst, vergiss es.«

»Warum?«

»Weil ich nicht sein Typ bin.«

»Wer sagt das?«

»Oh, hör auf, Laura! Du weißt sehr gut, dass Theo sich nur zu aufregenden Schönheiten hingezogen fühlt. Sie muss groß, blond, duldsam und wahnsinnig gut im Bett sein.«

»Und wer sagt dir, dass du nicht auch wahnsinnig gut im Bett bist?«

Izzy schlug die Augen nieder.

Laura runzelte die Stirn. »Entdecke ich da etwa noch mehr von Alans Hinterlassenschaften? Erzähl mir bitte nicht, dass er dir einreden wollte, du seist zu nichts gut.«

Izzy dachte an die Szene in dem rosafarbenen Zimmer, als die Therapeutin sie gebeten hatte, über ihr Sexleben zu berichten, und wäre vor Scham am liebsten im Boden versunken. Es war so grausam von ihm gewesen, so demütigend! Sie wusste, dass sie mittlerweile über all diesen Unsinn hinweg sein sollte, aber es nagte immer noch an ihr.

»Es ist, als ob man mit einem Kind zusammen sei«, hatte Alan gesagt und sich eifrig auf seinem Sessel vorgebeugt, als sei er froh, diese intimen Dinge endlich mal mit jemandem besprechen zu können. »Sie tut alles, was ich sage, aber es funktioniert nicht.«

»Es funktioniert nicht?«, hatte die Frau wiederholt. »In welcher Hinsicht?«

Einen Moment lang hatte Schweigen geherrscht und dann sprudelte Izzy hervor: »Was kann ich dafür, wenn ich nicht so erfahren bin, wie er es gern hätte?«

Damit hatte sie ihm genau in die Hände gespielt. Er streifte sie mit einen mitleidigen Blick und wandte seine Aufmerksamkeit wieder der Therapeutin zu. »Sie erregt mich einfach nicht, wissen Sie? Und Sie können doch sicher auch ganz genau erkennen, warum nicht, oder?«

»Vielleicht sollten Sie das Izzy sagen und nicht mir«, hatte die Therapeutin erwidert, wobei ihr Blick und ihre Stimme die ganze Zeit über neutral blieben.

»Ja, Alan«, hatte Izzy mit durchaus nicht neutraler Stimme entgegnet, »wenn es immer so schlimm war, warum hast du unsere Beziehung dann aufrechterhalten? Warum hast du dir dann die Mühe überhaupt gemacht? Und was noch wichtiger ist« – ihre Stimme drohte zu versagen – »wenn es dich nicht erregt hat, wie ist es dir dann jemals gelungen, eine … nun ja, es zu Ende zu bringen?«

»Sehen Sie, was ich meine?«, hatte er triumphierend zu der Therapeutin gesagt. »Sie bringt noch nicht einmal das Wort Erektion über die Lippen. Ist es denn so schlimm, wenn ich eine erwachsene Frau im Bett haben möchte und kein verlegenes Kind? Sehen Sie, jetzt zuckt sie zusammen.«

Damit war die Sitzung vorüber gewesen und sie waren schweigend nach Hause gefahren. In dieser Nacht gingen sie miteinander ins Bett, jeder, um dem anderen zu beweisen, dass er sich geirrt hatte. Es endete in einem Desaster. Einem entsetzlich demütigendenden Desaster. Izzy war in Tränen aufgelöst und Alan erklärte triumphierend, sie sei nutzlos. »Du brauchst Hilfe, Izzy«, hatte er gesagt, als er splitternackt aus dem Badezimmer kam.

Sie wandte sich von seinem nackten Körper ab und fragte sich, ob er wohl Recht hatte. Sie war wirklich nicht sehr erfahren. Eine kurze Begegnung hier, eine bedauernswerte Geschichte dort – dies alles hatte nicht zu ihrem Selbstbewusstsein in dieser Hinsicht beigetragen. Wie schnitt sie ab in dieser Welt, in der jeder mit der Geburt das Recht auf vollkommene Befriedigung erwarb? Machte sie es richtig? Wie war sie im Vergleich zu Alans früheren Freundinnen? Er sprach oft von seinen früheren Beziehungen und bezeichnete sie als Meilensteine. »Und sie haben mich zu dir geführt, Izzy«, hatte er gesagt, als sie zum ersten Mal miteinander schliefen.

»Verklemmt« hatte er sie drei Jahre später in diesem albernen rosafarbenen Zimmer genannt. Komisch, dass er so lange gebraucht hatte, bis er zu dieser Schlussfolgerung gekommen war. Komisch auch, dass es ihn nie gekümmert hatte – bis er den Wunsch verspürte, sie wegen einer anderen zu verlassen.

»Nun?«, drängte Laura, da Izzy immer noch nicht geantwortet hatte. »Hat er behauptet, dass du schlecht im Bett seist?«

»Eigentlich war er sogar noch deutlicher«, gab Izzy zu. »Er sagte, ich sei verklemmt. Und ich sei langweilig.«

Laura brach in Lachen aus. Aber dann hörte sie auf. »Oh, Izzy, sieh mich nicht so verletzt an, ich habe nicht über dich gelacht! Denk das bitte nicht. Ich habe über Alan gelacht. Wenn Männer solche Anschuldigungen von sich geben, kannst du darauf wetten, dass sie von ihren eigenen Unzulänglichkeiten reden. Hast du nie darüber nachgedacht, dass *ihm* vielleicht etwas gefehlt hat? Dass er nur von seinen eigenen Problemen ablenken wollte? Dieser ganze Therapeutenquatsch, den er dir zugemutet hat, war doch nur eine List, weil er hoffte, so die Wahrheit unter seinen schrecklichen Lügen und Anschuldigungen verbergen zu können.«

»Glaubst du das wirklich?«

Lauras Gesicht wurde hart. »Ja. Max und ich hatten uns zwar gelobt, es dir nicht zu sagen, aber wir konnten ihn noch nie leiden, und je eher du über ihn hinwegkommst, desto besser. Du musst dir selbst beweisen, dass er Unrecht gehabt hat. Und wenn ich ein Arzt wäre, weißt du, was ich dir verschreiben würde?«

»Du brauchst es mir gar nicht zu sagen. Einen Intensivkurs in Sachen Urlaubsflirt, oder?«

Laura lächelte. »Genau. Was du jetzt brauchst, ist eine Beziehung mit genau festgelegten Grenzen. Wenn deine Ferien vorbei sind, fährst du weg, und dein Stolz und deine Würde sind wieder vollkommen intakt. Und weil Liebe von vornherein keine Rolle spielen sollte, besteht auch nicht die Gefahr, dass du verletzt wirst. Zum ersten Mal in deinem Leben könntest *du* die Sache in der Hand haben. Und wer weiß? Vielleicht beweist du dir ja, dass du keineswegs ein solches Desaster im Bett bist, wie Alan behauptet hat.« Sie wies auf die Schlagzeile des *Express* und fügte hinzu: »Wahrscheinlich tut das diese

Frau auch gerade. Ich wette mit dir, sie hat bestimmt ein langweiliges Leben geführt und jetzt endlich etwas dagegen unternommen. Ihr Leben wird nie wieder so sein wie früher. Wenn die Leidenschaft vorbei ist, wird sie ihre Geschichte an den Meistbietenden verkaufen und ein bisschen Geld herausschlagen. Sie wird eine Berühmtheit sein. Hut ab, würde ich sagen.«

»Aber was ist mit dem Jungen?«

»Auch er wird seine Geschichte verkaufen, wenn er ein bisschen Verstand hat. Machen wir uns doch nicht vor, dass er ein armes kleines Schäfchen ist, das nicht weiß, was es tut! Er weiß das genauso gut wie sie.«

»Und wie wird sich das für ihn auswirken, wenn er älter ist? Wie wird er Frauen sehen?«

»Das wird die Zeit zeigen. Übrigens, im Moment sollten wir uns lieber um deine Neurose kümmern.«

»Um welche genau? Die wegen Alan? Oder die wegen meiner Mutter?«

»O Gott, ich bräuchte noch eine Karaffe Wein, um mit dir über deine Mutter zu reden. Nein, da habe ich eine bessere Idee. Lass uns über dich und Theo reden. Was würdest du tun, wenn er Gefallen an dir fände? Wie würdest du reagieren?«

»Misstrauisch, denke ich.«

»Und wenn er dein Misstrauen zerstreut, was dann?«

Izzy senkte ihr Besteck. »Ich bin mir nicht sicher, ob er oder irgendein anderer Mann das könnte.«

Lauras Stimme klang entschlossen. »Sieh mal, wir wissen beide, dass Alan ein Schuft erster Güte war, aber du musst endlich begreifen, dass nicht alle Männer so grausam sind wie er. Irgendwann musst du auch mal wieder jemanden an dich heranlassen.«

»Ich weiß, ich weiß, aber du sprichst aus der Sicherheit deiner Ehe mit Max heraus, und das lässt dich die Männer besser beurteilen, als ich es jemals tun könnte.«

»Ich war nicht immer mit Max verheiratet. Es gab eine Zeit vor ihm, eine Zeit, in der ich genauso schlimm verletzt worden bin wie du.«

Das war neu für Izzy. Max und Laura waren so glücklich und passten so gut zueinander, dass sie gar nicht auf den Gedanken gekommen war, sie hätten auch einmal mit anderen Partnern zusammen sein können. »Wirklich? Das hast du noch nie erwähnt.«

»Ich denke auch nicht gern daran zurück.«

»Tut es denn immer noch weh?«

»Nein«, erwiderte Laura mit Nachdruck. »Ich war damals nur so dumm, dem Mann jedes Wort zu glauben und zuzulassen, dass er mich verletzte. Aber wenn ich aus dieser Erfahrung eins gelernt habe, dann, dass Max mir bewiesen hat, dass nicht alle Männer solche Schweine sind.«

»Und du denkst, auch ich müsste meine Lektion lernen?«

»Findest du das so schlimm?«

»Es würde erklären, warum du mir Theo buchstäblich vor die Füße wirfst.«

Laura lächelte. »Na komm, Hand aufs Herz, erzähl mir nicht, dass es dich nicht reizen würde. *Na?*«

»Laura, ich kann aufrichtig, mit der Hand auf meinem Herzen, sagen, dass ich keine weitere Frage mehr beantworten werde. Noch ein Glas Wein?«

8 Theo war am Telefon, und da das Telefonat wahrscheinlich noch eine Weile dauern würde – dem Ausdruck auf seinem Gesicht und der Schnelligkeit seiner Worte nach zu urteilen –, beschloss Mark, ihn allein zu lassen. Es amüsierte Mark immer, wenn Theo in seiner Muttersprache redete, weil er dann nie ausmachen konnte, ob es sich um einen hitzigen Streit handelte oder um einen freudigen Austausch.

Er ging durch die Küche: ein großer, rechteckiger Raum mit naturbelassenen Steinwänden. Es gab keine Einbauschränke, sondern nur zwei große Anrichten, in denen Gläser und Porzellan standen. Am hinteren Ende befand sich eine kleine Speisekammer, deren Regale vollgepackt waren mit den Dingen des täglichen Gebrauchs, einschließlich mindestens zwölf verschiedener Flaschen mit Olivenöl. Vor einer der Anrichten stand mitten im Zimmer ein mächtiger, langer Tisch mit sechs unterschiedlichen Holzstühlen. Unter einem kleinen Fenster, von dem aus man aufs Meer blickte, befand sich eine weiße Keramikspüle, die zwar modern war, aber wie alt wirkte. Daneben stand ein großer amerikanischer Kühlschrank an der Wand. Mark öffnete die glänzende, blaue Tür und schenkte sich ein Glas Wasser ein. Er gab Eiswürfel hinzu und trat auf die Terrasse. Dort blieb er ein paar Minuten lang in der gleißenden Sonne stehen, setzte sich dann die Sonnenbrille auf und ging über die Steintreppe in dem Garten oberhalb des Swimmingpools.

Villa Anna war ganz anders, als er erwartet hatte. Da er häufig bei Theo in Athen gewesen war, war er davon ausgegangen, dass der erst kürzlich erworbene und renovierte Landsitz seines Freundes ähnlich seelenlos wäre wie die zahllosen Wohnungen, in denen Theo im Laufe seines Lebens gewohnt hatte. Aber er hätte es besser wissen müssen, weil man bei Theo immer mit Überraschungen rechnen musste. Villa Anna hatte rein gar nichts mit der minimalistischen Einrichtung und den distanzierten Kunstwerken zu tun, mit denen Theo sich für gewöhnlich umgab. Sie war im Gegenteil ein komfortables Heim und eher geschmackvoll bescheiden eingerichtet. Es ist ein richtiges Zuhause, war Marks erster Gedanke gewesen, als Theo vor einer knappen halben Stunde die Haustür aufgeschlossen und ihn hineingeführt hatte.

Wollte sein Freund sich etwa endlich niederlassen?

Mark konnte das verstehen. Seine eigenen Erinnerungen an frühere Reisen nach Korfu ließen ihn erkennen, dass Theo hier eine ideale Schutzhöhle gefunden hatte, wenn er den Wahnsinn in Athen leid war.

Um den Garten zu erkunden, folgte Mark einem gewundenen Kiesweg, der auf beiden Seiten mit rot blühendem Oleander und Farnbüschen bestanden war. Er führte ihn zu einer kleinen Lichtung am Ende des Gartens. Rechts unter ihm lag die Bucht von Áyios Nikólaos mit ihrem schmalen Strand und links führte eine Küstenstraße vermutlich in den nächsten Ort.

Zu Hause lebte Mark auch nahe am Meer, an der Nordsee. Natürlich war das Wasser nicht so blau und es war auch nicht annähernd so warm wie hier, aber der Ausblick, den er hatte, war fast genauso spektakulär. Er lebte seit sechs Jahren in Robin Hood's Bay, in einem dreistöckigen georgianischen Haus, das er sich vom Erlös seines ersten Buches gekauft hatte. Mitte des achtzehnten Jahrhunderts war es von einem Kapitän gebaut worden und es galt als historisches Denkmal. Manchmal war es mühsam, in einem denkmalgeschützten Haus zu leben, aber den meisten anderen Dorfbewohnern ging es genauso. Robin Hood's Bay war eine Touristenattraktion und vor allem im Sommer strömten Scharen von Besuchern durch die engen Gässchen und bestaunten die Häuser. Im Winter jedoch, wenn eisiger Regen fiel und ein rauer Wind von der See blies, lebte man dort ganz anders. Diese Jahreszeit mochte Mark am liebsten, weil sie ihn zum Schreiben inspirierte. Als Theo ihn dort zum ersten Mal besucht hatte, in einem der kältesten Winter, an die Mark sich erinnern konnte, hatte er den Kopf geschüttelt und gesagt: »Also *hier* willst du dich jetzt für den Rest deines Lebens vergraben?«

»Wer hat denn etwas von vergraben gesagt?«

»Hast du ein anderes Wort dafür?«

In gewisser Weise stimmte es, was Theo gesagt hatte. Nachdem lange Zeit in seinem Leben alles schief gegangen war, hatte Mark das Bedürfnis verspürt, zu verschwinden, in eine andere Welt einzutauchen. Und obwohl Theo anfänglich zynisch reagiert hatte, hatte er bald verstanden, warum Mark dieses Leben wählte. »Es ist ein Ort voller Paradoxe«, hatte er gesagt, als er mitten im Hochsommer zum zweiten Mal zu Besuch gekommen war und die Scharen von Touristen gesehen hatte, die am Hafen in der Sonne saßen. »Aber ich kann verstehen, warum dir dieser seltsame kleine Ort so gut gefällt. Er reflektiert deine dunkle, grüblerische Seite und zugleich dieses Quicklebendige, das du nur denen zeigst, die dich gut kennen. Übrigens, du hast dich schon gebessert. Du bist nicht mehr so zugeknöpft.«

Wie so oft hatte Theo Recht gehabt. Robin Hood's Bay gefiel Mark gut, er fühlte sich sicher dort und der Ort stellte wenige Anforderungen an ihn. Genauso wollte er leben. Ruhig und unauffällig. Er wollte das tun, was er am liebsten tat, nämlich schreiben, und nichts aus seiner Vergangenheit sollte einen Schatten über sein Leben werfen.

Und das war ihm bis zum Februar dieses Jahres auch gelungen, als sein letzter Roman, *Stumme Schritte*, veröffentlicht wurde. Eine Woche jedoch, nachdem das Buch in den Buchhandlungen angeboten wurde, hatte er den ersten Brief bekommen. Zunächst hatte er die Maschinen geschriebenen Briefe ignoriert und sie lediglich für das Werk eines Geisteskranken gehalten. Doch dann fiel ihm ein vertrautes Muster auf und er begann, sich verfolgt zu fühlen. Der Schreiber ging genauso vor wie der Mörder in *Stumme Schritte*. In der Handlung ging es um einen Stalker, der seinen Opfern zuvor wiederholt geschrieben hatte, er sei ihr Freund und er passe auf sie auf. Er begann seine Briefe immer mit dem gleichen Satz: »Denk daran, du bist nie allein. Ich bin dein Freund.« Das war das klassische Verhalten eines Stalkers: Er musste in das Leben seines Opfers involviert sein und die verfolgte Person sollte bei jedem Atemzug an ihn denken müssen.

Es war jedoch nicht nur der Wortlaut der Briefe, der Mark beunruhigte, sondern auch die Tatsache, dass der

Wahnsinnige seine Briefe in den Orten abschickte, die Mark in seinem Roman beschrieben hatte. Die Reihenfolge entsprach genau dem Muster in *Stumme Schritte*: zuerst Winchester, dann Salisbury, Lincoln, Norwich, Chester, Liverpool, Guildford, Durham und schließlich Hereford. Es waren lauter Städte mit berühmten Kathedralen, aber während es keinen besonderen Grund gab, warum Mark sie für den Roman ausgewählt hatte – es war einfach nur eine gute Idee gewesen, die sich in den Plot einfügte –, schien der Briefschreiber damit eine bestimmte Absicht zu verfolgen: Mark Angst einzujagen. Und wenn er es nun ernst meint?, dachte Mark. Wenn er es *tod*ernst meint?

Entschlossen, sich nicht ins Bockshorn jagen zu lassen, hatte er die Briefe weggeworfen.

Flüchtig dachte er darüber nach, ob er zur Polizei gehen sollte, aber selbst in einem so ruhigen Nest wie Robin Hood's Bay waren größere Verbrechen zu lösen, als die Briefe eines armen Irren zurückzuverfolgen. Mark wurde ja nicht wirklich bedroht, also wäre es nur zu verständlich, wenn sich die Polizei nicht vordringlich darum kümmern würde.

Obwohl er nicht so intensiv belästigt wurde wie die Charaktere in seinem Roman – es hatte keine Anrufe gegeben und der Stalker war auch noch nicht aufgetaucht –, verstand Mark sehr gut, wie ein Opfer dadurch gequält werden konnte.

Dann, sechs Wochen später, kamen plötzlich keine Briefe mehr. Der letzte war in Hereford abgestempelt worden. Jeder andere hätte jetzt einen Seufzer der Erleichterung ausgestoßen und gedacht, der Stalker habe aufgegeben, weil ihn das Spielchen langweilte. Aber Mark war alles andere als erleichtert. Schließlich hatte er die Handlung von *Stumme Schritte* erfunden und er wusste besser als jeder andere, dass dieses Schweigen bedrohlicher war, als wenn die Briefe weiterhin eingetroffen wären. Es war eine Art Ruhe vor dem Sturm, das Schweigen, das immer dem Tod des Opfers vorausging.

Und wenn das Leben die Kunst vollständig imitieren wollte, dann sah Mark im Moment dem Tod ins Auge.

Leise Schritte auf dem Kiesweg hinter ihm ließen ihn herumwirbeln. »Oh, verdammt, Theo! Warum schleichst du dich so an mich heran?«

An diesem Abend kochte Theo. »Meine Nachbarn Max und Laura behaupten, meine Kochkünste seien bewundernswert«, sagte er. »Dein Urteil, bitte.«

Mark probierte von einem zarten Stück Lamm, das innen appetitlich rosa und mit Oregano und Zitronensaft gewürzt war. »Nicht schlecht«, sagte er, »nicht schlecht.«

»Ein hohes Lob von dem Maestro, der mir beigebracht hat, wie man Nudeln kocht und Curries aus Frühstücksfleisch zubereitet. Oh, wie ich diese scharf gewürzten Zeiten vermisse! Möchtest du etwas anderes zu trinken?«

»Nein, das ist in Ordnung.«

»Noch etwas Eis?«

»Theo, alles ist in Ordnung. Hör auf, solch eine Hektik zu verbreiten!«

Theo schenkte sich selbst einen Wein ein und dachte, dass keineswegs alles in Ordnung war. Mark sah bei weitem nicht so gesund aus wie bei seinem letzten Besuch. Er war dünner geworden und irgendetwas quälte ihn. Aber das war ja auch kein Wunder. Theo war froh, dass er seinen Freund gedrängt hatte, den Sommer bei ihm zu verbringen. Als Mark ihm letzten Monat von den Briefen erzählt hatte, hatte er spontan gesagt: »Verlass dich auf deinen Instinkt, Mark. Wenn du glaubst, dass du in Gefahr bist, dann komm hierher.« Es schockierte ihn, dass Mark einer solchen Geschichte ausgesetzt war, noch mehr jedoch schockierte ihn, dass sein alter Freund sich ihm nicht früher anvertraut hatte. »Selbst wenn du nicht glaubst, dass Gefahr für dich besteht, solltest du hierher kommen. Es würde dir gut tun.« Und als Mark gar nicht erst den Versuch machte, ihm zu widersprechen, war Theo klar, dass er wirklich Angst um sein Leben hatte. In der Vergangenheit war das noch nie so gewesen.

Bis er dreißig wurde, war Mark durch eine selbst verursachte Hölle gegangen. Die Sucht hatte ihn fast umgebracht. Sie hatte ihn seine Ehe, sein Haus, zahllose Jobs, die meisten seiner Freunde und beinahe auch seine Familie gekostet. Was jedoch das Schlimmste war: Sie hatte ihm den letzten Funken an Selbstwertgefühl geraubt. Er war so tief gesunken, dass sein Fall hoffnungslos erschien, und er hatte sich von allen, auch von Theo, zurückgezogen. In ihrer Verzweiflung hatte sich Marks Familie an ihn um Hilfe gewendet. »Sie sind der Einzige, auf den er jemals gehört hat«, hatte Marks Mutter gesagt. »Wir haben wirklich versucht, ihm zu helfen, aber er will einfach nicht in eine Klinik gehen. Er sagt, ihm könne niemand mehr helfen. Er sagt ... er sagt, er möchte sterben. Oh, bitte, Theo, bitte helfen Sie uns!«

Theo hatte schon seit langem gewusst, dass Mark in Schwierigkeiten steckte. In Durham hatte er Mark oft betrunken erlebt und gemerkt, wie der Alkohol seine

Stimmung verdüsterte und eine wilde Wut ans Tageslicht brachte, die mit einem unvorstellbaren Selbsthass einherging. Verschiedentlich hatte er versucht, einzugreifen und Mark begreiflich zu machen, was er sich selbst antat, doch immer ohne Erfolg. Hilflos musste er zusehen, wie sich sein Freund immer weiter mit Alkohol und Drogen zugrunde richtete. Und er wusste ganz genau, dass Mark erst ganz am Boden sein musste, wenn er überhaupt noch einmal die Chance sehen sollte, dass es wieder aufwärts ging.

Nach dem Gespräch mit Marks Mutter flog Theo nach England und suchte nach ihm. Er fand ihn in einem feuchten möblierten Zimmer voller Kakerlaken. Vor dem einzigen Fenster hing ein schmutziger Stofffetzen, die Tapete an den Wänden blätterte ab, der Fußboden war übersät mit schmutzigen Kleidern und in der Spüle stapelte sich das Geschirr. Es roch nach Schweiß, Alkohol und Verzweiflung. Und auf einer verrotteten Matratze an der Wand saß Mark. Theo erkannte ihn kaum wieder. Aus dem eigensinnigen, witzigen und scharfsinnigen jungen Mann, den Theo auf dem College kennen gelernt hatte, war ein Sterbender geworden. Wut stieg in ihm auf, als er Mark die Hand reichte, damit er von der Matratze aufstehen konnte. Wut darüber, dass es Menschen gab, die sich an Marks Elend bereicherten.

Der stechende Geruch des Zimmers verließ Theo auch nicht, während er mit Mark zu der Klinik fuhr, die seine Eltern für ihn gefunden hatten.

»Wie haben Sie das geschafft?«, fragten sie Theo. »Wie haben Sie ihn in Ihr Auto bekommen?«

»Ich brauchte gar nichts zu tun«, erwiderte er. »Es war so, als hätte er auf mich gewartet.«

Der Schmerz dieser Begegnung vor acht Jahren hatte Theo nie mehr verlassen. Vermutlich ging es Mark genauso. Und obwohl er wieder vollständig hergestellt war, war er vermutlich der Erste, der sagen würde, es könnte alles wieder von vorn losgehen, wenn die Umstände entsprechend wären. »Ich muss mich immer wieder daran erinnern, dass man auf Dauer ein Süchtiger bleibt«, hatte er gesagt, als er aus der Klinik entlassen wurde. Aus Rücksicht auf seinen Freund und um ihm die Abstinenz nicht noch schwerer zu machen, hatte Theo peinlich genau darauf geachtet, keinen Alkohol in der Wohnung zu haben, wenn Mark zu Besuch kam. Er versteckte sogar das Aspirin an Stellen, wo niemand es auch nur im Traum vermuten würde. »Entspann dich, Kumpel«, hatte Mark eines Tages zu ihm gesagt, als Theo Kopfschmerzen hatte und sich nicht mehr erinnern konnte, wo er die Tabletten versteckt hatte. »Die Versuchung lauert überall. *Ich* bin derjenige, der nicht mit Drogen umgehen kann, nicht du. Außerdem finde ich es verdammt beleidigend. Hör auf, mich wie einen Kriminellen zu behandeln. Hast du schon im Kühlschrank nachgeschaut? Dort hat Kim die Sachen immer vor mir versteckt, am liebsten in einer leeren Eierschachtel.«

Es kam Theo auch heute noch unsensibel vor, in Marks Gegenwart zu trinken, aber er zwang sich geradezu dazu, damit sein Freund wusste, dass er ihm die Charakterstärke zutraute, der Versuchung zu widerstehen.

Als sie mit dem Essen fertig waren und sich in ihren Stühlen zurücklehnten, um den dunkler werdenden Himmel und das Meer zu betrachten, musterte Theo Marks blasses Gesicht. »Du willst doch nicht den ganzen Sommer über arbeiten, oder?«, fragte er.

Ohne ihn anzusehen, erwiderte Mark: »Wahrscheinlich doch. Warum?«

»Nur so.«

»Ach, komm schon, Theo. Du warst schon immer ein lausiger Lügner. Was willst du wirklich sagen?«

»Okay. Ich glaube, diese Sache mit dem Stalker macht dir mehr zu schaffen, als du zugeben willst. Als du im Garten derart zusammengefahren bist, habe ich für den Bruchteil einer Sekunde gedacht, dass du dir wirklich ernsthafte Sorgen machst.«

9

»Was hältst du davon, wenn wir Theo einladen, mit uns zu kommen?«, fragte Max. Er hatte gerade vorgeschlagen, mit dem Boot hinauszufahren und dann in einer seiner Lieblingstavernas in Áyios Stéfanos zu Mittag zu essen.

»Du vergisst, dass er Besuch bekommen hat«, erwiderte Laura. Sie blickte von ihrem Buch auf und stellte fest, dass ihr Mann wie gewöhnlich nicht länger als zehn Minuten still sitzen konnte, ohne sich irgendeine Beschäftigung zu suchen. Er hatte bereits die Veranda und die Terrasse gefegt und die Pflanzen gegossen, obwohl sie Sophia und Angelos dafür bezahlten, dass sie es taten. Jetzt zog er den Sonnenschirm über ihre Liege, damit sie sicher im Schatten lag. Laura schob ihren breitrandigen Sonnenhut in den Nacken, blickte Max über den Rand ihrer Sonnenbrille an und fügte hinzu: »Ich glaube nicht, dass wir ihn fragen sollten. Heute jedenfalls nicht. Wir wollen ihm doch nicht lästig fallen.«

»Wer redet denn von lästig fallen?«, fragte Max empört. »Ich finde es nicht lästig, wenn wir freundlich sein wollen. Natürlich wollte ich auch Theos Freund einladen.«

Laura lächelte Izzy zu, die ebenfalls auf einer Liege in der Sonne lag. »Natürlich, Liebling.«

»Okay, okay«, gab er zu, »ich bin so durchsichtig wie Glas. Und wenn ich nun einfach auf den Mann neugierig bin, der hinter so vielen guten Büchern steckt?«

Laura lachte. Sie klappte ihr Buch zu und streckte Max die Arme entgegen. »Mein Mann, der kleine Junge, der für einen Star schwärmt, will endlich seinen Helden kennen lernen. Wie süß.«

Er beugte sich zu ihr hinunter und gab ihr einen Kuss. »Ich dachte, du könntest vielleicht hinübergehen und fragen, ob sie mitkommen möchten«, sagte er.

Spielerisch schubste sie ihn weg. »Warum denn ich? Warum nicht du?«

»Bei dir wirkt es verführerischer. Du weißt doch, wie Theo nach deiner Pfeife tanzt.«

»Aber es ist nicht *meine* Pfeife«, neckte sie ihn, »sondern *deine*. Frag doch Izzy, ob sie dir hilft. Von ihr ließe Theo sich bestimmt genauso leicht überreden. Wenn nicht sogar leichter.«

Izzy hob den Kopf. »O nein, ich nicht«, sagte sie. »Lasst mich da raus.«

»Ich halte es für eine brillante Idee«, entgegnete Laura, die sich mehr und mehr für den Gedanken erwärmte. »Wie könnte er dir etwas abschlagen, wenn du in diesem winzigen Bikini vor ihn trittst?«

Izzy errötete. Sie hatte gewusst, dass sie es bedauern würde, sich einen so knappen Bikini zu kaufen. Es war einer dieser Impulskäufe gewesen, mit denen sie ihr Selbstbewusstsein stärken und ihre Unabhängigkeit demonstrieren wollte. Verlegen setzte sie sich auf und zog sich ihr T-Shirt über.

Schließlich erlöste Laura Max und willigte ein, zu Theo hinüberzugehen. Sie schlang sich einen Sarong um die Taille und machte sich auf den Weg.

Theo saß auf der Terrasse beim Frühstück und las die Zeitung.

»Welch ein unerwartetes Vergnügen«, sagte er, sprang auf und küsste Laura auf die Wange. Er hatte sich noch nicht rasiert und seine Bartstoppeln rieben über ihre Haut. Es war kein unangenehmes Gefühl. »Bitte, setz dich doch. Ich genehmige mir gerade ein spätes Frühstück. Möchtest du mir Gesellschaft leisten? Kann ich dir etwas zu trinken anbieten? Oder vielleicht etwas zu essen?«

»Nein, danke. Ich mache nur einen Botengang.«

»Oh?«

»Es tut mir Leid, aber Max hat mich geschickt. Er möchte unbedingt deinen Freund kennen lernen und ich soll euch beide auf eine kleine Bootsfahrt nach Áyios Stéfanos einladen.«

Theo musterte sie prüfend. »Und warum ist Max nicht selbst gekommen?«

Laura lächelte.

»Aha, der gerissene Max! Er ist wirklich raffiniert. Du bist also der Lockvogel, was? Er spielt ein gefährliches Spiel.«

»Gefährlich?«

Theo biss ein Stück von dem Kuchen ab, der vor ihm auf einem Teller lag. »Ja«, sagte er dann. »Schließlich bin ich doch der hungrige Hai, der den kleinen Lockvogel mit einem einzigen Bissen verschlingen könnte.«

»Theo, du solltest wirklich aufhören, solche Fantasien zu haben.«

Er leckte sich provozierend die Fingerspitzen ab. »Leider sind sie aber das Einzige, was mir noch geblieben ist.«

»Nun, vielleicht könntest du ja deine Zuneigung auf lohnendere Objekte richten.«

»Wo wir gerade davon sprechen, sag mir, wie geht es der reizenden Izzy? Habe ich mich vorgestern Abend gut benommen? Hat sie sich bereits irrsinnig in mich verliebt?«

Seine Arroganz verblüffte selbst Laura. »Du bist schrecklich. Natürlich hat sie sich *nicht* in dich verliebt. Wie kommst du eigentlich darauf, dass sie es auf einen oberflächlichen Flirt mit dir abgesehen haben könnte?«

Er tat so, als müsse er über seine Antwort erst nachdenken. »Hmm ... vielleicht weil ich ein unglaublich gut aussehender Teufel bin? Und charmant? Ganz zu schweigen von meinem Witz?«

»Und wir sollten unbedingt erwähnen, wie sehr du von dir eingenommen bist.«

»Darauf wollte ich gerade kommen.« Er schenkte sich ein Glas Orangensaft ein. »Bist du sicher, dass du nichts möchtest?«

»Ja, danke. Wie hat dir Izzy denn gefallen?«

Er lächelte. »Sie ist die vollkommene *ingénue*. Unschuldig wie ein Kind und so süß und zart wie eine Rose.«

Laura stöhnte. »Du meine Güte, was für ein sentimentaler Quatsch.«

»Aha. Soll ich sie lieber in der Art eines Engländers beschreiben? Okay. Ich glaube, sie wäre eine hervorragende Nummer.«

»*Theo!*«

Er blickte Laura unschuldig an. »Was denn? Jetzt bin ich dir zu direkt?«

»Gibt es denn bei dir keine Mitte?«

Er schüttelte den Kopf. »Ich ziehe Extreme vor. Aber wenn du willst, kann ich auch aufrichtig sein – aber nur dieses eine Mal. Ich fand sie sehr nett. So nett, dass ich dir versprechen kann, nichts zu tun, um sie zu ermutigen, dass sie sich in mich verliebt.«

»Wie rücksichtsvoll von dir.«

»Das finde ich auch.«

»Und was machst du, wenn *du* dich in sie verliebst?«

Theo tupfte mit der Fingerspitze die Kuchenkrümel vom Teller. »Na, das wäre doch mal eine hübsche Situation, oder? Das wäre für mich eine interessante Verwicklung.«

Er schob den Teller weg, stand auf und trat zu einem Rosenbusch. Dort brach er eine zarte weiße Rose ab und reichte sie Laura.

Sie roch daran. »Hast du noch nie jemanden wirklich geliebt, Theo?«, fragte sie, als er sich wieder gesetzt hatte.

Er neigte leicht den Kopf. »Nein, ich glaube nicht.«

»Noch nicht ein einziges Mal?«

Er schwieg. »Ein- oder zweimal war ich nahe daran.«

»Aber du hast es nie wirklich zugelassen?«

Er zuckte mit den Schultern. »Ich langweile mich schnell.«

»Vielleicht hast du auch einfach nur Angst vor einer Bindung.«

Er nahm seine Sonnenbrille ab und blickte sie eindringlich an. »Warum lasse ich es eigentlich zu, Laura, dass du immer wieder mit mir solche Gespräche beginnst?«

»Weil ...« Sie zögerte. »Weil du tief in deinem Inneren zugeben musst, dass du schrecklich gern über dich redest.«

Er lachte. »Ach, Laura, du kennst mich so gut! Nun denn, zu Max und seinem Verlangen, endlich seinen Helden kennen zu lernen: Ich schaue mal, ob ich Mark finde, und frage ihn, was er dazu sagt. Ich muss dich aber warnen, er ist im Moment nicht sehr an Gesellschaft interessiert. Es könnte sein, dass ihr nur mit mir vorlieb nehmen müsst.«

Theos Instinkt hatte ihn nicht getrogen.

»Na gut«, sagte Max, als Theo und Laura ihm die Nachricht überbrachten, »dann vielleicht ein anderes Mal.«

»Es tut mir Leid, dass ich dich enttäusche«, sagte Theo, »aber Mark lässt sich entschuldigen. Er möchte heute unbedingt arbeiten. Die kreative Seele kennt nur eine Aufgabe.«

Marks Entscheidung, zu Hause zu bleiben, hatte jedoch weniger mit seinem Drang zu schreiben zu tun, als vielmehr mit Angst: Boote und Wasser erschreckten ihn zutiefst und Theo hatte von Anfang an gewusst, dass keine auch noch so nette Einladung Mark bewegen konnte, den Tag auf dem Meer zu verbringen.

Um Angst war es auch in dem Gespräch gegangen, das sie am Abend zuvor über die Briefe, die Mark bekommen hatte, geführt hatten. Theo hatte sich von Marks Versuch, leichthin darüber hinwegzugehen, nicht täuschen lassen. Genauso wenig hatte er Marks Behauptung gelten lassen, es ginge ihm gar nicht so schlecht. »Ich bin nur müde, das ist alles«, hatte er gesagt, »ich brauche Urlaub, also lass mich in Ruhe und hör mit dem Psycho-Geschwätz auf. Ich komme mir ja vor wie ein Invalide.« Und als Theo ihn eben gefragt hatte, ob er den Tag mit Max und Laura verbringen wollte, hatte er in dem gleichen Tonfall geantwortet: »Natürlich nicht. Ich habe furchtbar viel zu tun und ich hätte es lieber ruhig und friedlich.«

»Gut, dann überlasse ich dich deinem Schreiben. In der Küche ist genug zu essen …«

»Ja, ich weiß. Hör auf, mich zu bemuttern.«

Theo löste das Seil, mit dem das Boot am Pfosten des Stegs angebunden war, und stieg als Letzter in das kleine Gefährt. Er hatte sein eigenes Boot angeboten, aber Max hatte nur gelacht und ihm erklärt, dass es ihm ganz gut täte, wenn er einmal mit etwas Bescheidenerem vorlieb nehmen müsste.

Es war nur noch ein Platz für ihn übrig und der befand sich neben Izzy. »Haben Sie etwas dagegen, wenn ich mich hierher setze?«, fragte er.

Lächelnd rückte sie zur Seite.

Als er sich niederließ, bemerkte er, dass Max und Laura einen Blick wechselten. Ah, man beobachtete also jede seiner Bewegungen. Sie spielten ein kleines Spielchen mit ihm. Theo lächelte in sich hinein. Nun, er konnte entweder auf ihre Erwartungen eingehen oder das Spiel auf seine Art spielen.

Allein auf der Terrasse, im Schatten der mit wildem Wein überwucherten Pergola, die sich über die ganze Länge des Hauses erstreckte, las Mark die Notizen durch, die er sich am Abend zuvor noch gemacht hatte, lange, nachdem Theo zu Bett gegangen war. Er unterstrich diejenigen, die er in das Manuskript seines neuen Romans einfügen wollte, die überflüssigen Zeilen hingegen strich er durch. Sein Notizbuch war fast voll, aber es gab nicht eine einzige Seite mit unordentlichem Gekritzel. Es erstaunte die Leute immer, wie ordentlich er war. Weil er sich so lässig kleidete, gingen sie davon aus, dass er auch sein Leben so führte. In seiner Zeit als Alkoholiker mochte das auch so gewesen sein, aber jetzt war er überaus ordentlich und organisiert. In seinem Haus gab es keinen überflüssigen Schnickschnack, seine Tage waren peinlich genau geplant und er legte sich über jede Stunde Rechenschaft ab. In der ersten Zeit, als er trocken war, bedeuteten diese kleinen Rituale seinen Rettungsanker, aber mittlerweile waren sie ihm in Fleisch und Blut übergegangen.

Er hatte mit Mitte zwanzig mit einer wilden Entschlossenheit getrunken, die mit geselligem Trinken nichts zu tun hatte. Er führte Krieg. Einen Krieg gegen sich selbst. Es ging ihm nicht um den Geschmack, er wollte nur vergessen. Da seine einzige Zuflucht der Schlaf war – ein Schlaf, der nicht von Alpträumen gequält wurde –, trank er so viel Bier und Whiskey, bis er auf dem Bett zusammenbrach und zumindest die halbe Nacht schlief wie ein Toter.

Die Drogen kamen erst später, als auch die Verzweiflung hinzukam.

Es passierte einige Monate, nachdem er Kim geheiratet hatte, etwas, das er besser nicht getan hätte. Er heiratete sie vor allem deshalb, um seine Eltern wütend zu machen, aber er glaubte auch, dass Kim ihn von seiner Vergangenheit loslösen konnte, dass sie ihn von den Dämonen befreien konnte, die ihn quälten. Eine Zeit lang funktionierte es auch und es ging ihnen gut miteinander. Sie waren zwar nicht gerade glücklich wie im Märchen – das war auch zu viel verlangt bei seiner starken Alkoholabhängigkeit –, aber es war eine Phase relativer Ruhe. Bis plötzlich aus heiterem Himmel die Dämonen wieder auftauchten. Er hatte gedacht, Kim habe eine Affäre, aber statt sie darauf anzusprechen, trank er einfach noch mehr, bis er schließlich das erste Mal Kokain nahm. Er glaubte, es würde ihn ruhiger machen und ihn entspannen. Aber das war natürlich nicht so. Binnen kurzem war er abhängig, nicht so sehr von der Droge, als vielmehr von der Person, zu der er wurde, wenn er high war. Ohne den Kick war er nichts. Ein Niemand. Mark gelangte an den Punkt, wo er nicht mehr aufstehen oder in den Laden gehen konnte, um Brot zu kaufen, ohne vorher gekokst zu haben. Und mit seinem Selbstwertgefühl schwand auch sein Geld. Ohne Zögern konnte er an einem Abend das Einkommen einer ganzen Woche ausgeben. Nichts spielte mehr eine Rolle für ihn.

Ein Jahr später sprach er die folgenreichen Worte: »Hi, ich bin Mark und ich bin süchtig.«

Die ersten Tage in der Klinik waren ein Alptraum gewesen. Er hatte wirklich geglaubt, er müsse sterben. Sein ganzer Körper schrie nach dem Gift, das ihm immer so zuverlässig geholfen hatte, und er fluchte und wütete gegen den angeblichen Freund, der ihn hierher gebracht hatte. In seinem verwirrten Zustand machte er Theo für alles verantwortlich, was in seinem Leben falsch gelaufen war. Am zweiten Tag versuchte er zu fliehen, ohne zu registrieren, dass er sich wie ein verzweifelter Irrer benahm.

Die Flucht gelang ihm jedoch nicht. Als die schlimmsten Anfälle von Schüttelfrost und Schweißausbrüchen vorüber waren, bekam er einen strengen Zeitplan, der ihn davon abhalten sollte, ans Trinken zu denken. Er hatte endlose Therapiesitzungen: Gruppentherapie, Einzeltherapie und gegen Ende seines Aufenthalts sogar

Familientherapie. Noch nie hatte er so viel zu tun gehabt. Es gab jedoch auch eine festgelegte Zeit für private Kontemplation. Das war für ihn immer der Tiefpunkt. Er wollte nie mit der Person allein sein, die er so sehr hasste.

Manche Menschen erholen sich innerhalb weniger Tage, wenn sie sich erst einmal eingestanden haben, süchtig zu sein. Bei Mark jedoch dauerte es drei Wochen, bevor er sich öffnete. Der Auslöser war ausgerechnet die Musik, die abends immer gespielt wurde. Es war die einzige Form von Unterhaltung, die erlaubt war – Fernsehen, Radio, Zeitungen oder Zeitschriften gab es nicht. Früher hatte Mark vorzugsweise aggressive Rockmusik gehört, aber in der Klinik war er auf einmal gezwungen, Musik zu hören, die seine Eltern ihm immer hatten nahe bringen wollen. Und eines Abends nach dem Essen hatte er plötzlich wie gebannt dem Requiem von Mozart gelauscht. Als ob er es zum ersten Mal hören würde, hatte er gespürt, wie es sich in seinem ganzen Körper ausbreitete und er vom Zauber dieser Musik erfüllt wurde. Er hatte zu zittern begonnen und war in Tränen ausgebrochen. Alle Menschen im Zimmer umringten ihn, hielten ihn fest, umarmten ihn. Dann brachte man ihn in sein Zimmer und er schlief ein. Er schlief die ganze Nacht.

Am nächsten Morgen war ihm ein Mann, den alle Pille nannten – weil sein Nachname McCoy war – zum Gespräch zugeteilt. Sie saßen in einem Zimmer, in dem nur zwei Stühle und ein Schreibtisch standen. Auf dem Fußboden lagen moosgrüne Teppichfliesen, die Wände waren mit Holz vertäfelt und es gab nur ein Fenster. Nichts lenkte einen ab. Mark betrachtete den Mann, der vor ihm auf seinem Stuhl saß. Er war sehr klein, höchstens ein Meter sechzig, und hatte kurze Beine. Er trug eine Strickjacke mit Ärmeln, die zu lang für seine Arme waren, und Mark sah auf den ersten Blick, dass er äußerst langsam und bedächtig war. Es fiel ihm schwer, ihn ernst zu nehmen – er wirkte eher wie ein Mann, der zu Hause sein Auto wusch oder die Hecke schnitt, statt wie jemand, der sich in einer Reha-Klinik mit Süchtigen abgab.

Zuerst fragte er Mark, was ihn an der Musik, die er am Abend zuvor gehört hatte, so besonders bewegt habe.

»Es war die Schönheit«, erwiderte Mark und gab sich den Anschein von Gleichgültigkeit. »Sie hat mich von der Realität gelöst. Oder von dem, was ich als Realität sehe.«

»Das klingt wie ein durchschnittlicher Trip. Was genau hat es von Ihnen gelöst?« Schweigen.

Pille starrte ihn an und wartete geduldig auf eine Antwort. Als keine kam, stand er auf und öffnete das Fenster. Dann setzte er sich wieder. »Soll ich die Frage vielleicht wiederholen?« Sein Tonfall klang gelassen.

Irgendwie entlockte er Mark damit eine Antwort. »Den Tod eines ... den Tod eines Freundes.«

Es hatte ihn äußersten Mut gekostet, diese Worte hervorzustoßen. Er hatte Pille dabei nicht in die Augen gesehen, erwartete aber trotzdem, jetzt wenigstens gelobt zu werden. Stattdessen kam nur die lapidare Frage: »Sie meinen die schmerzliche Erinnerung an den Tod eines Freundes?«

»Was sonst?«

Pille musterte ihn nachdenklich. »Mark, Sie sind jetzt

seit drei Wochen hier, und so weit ich weiß, erwähnen Sie das zum ersten Mal. Warum?«

»Was glauben *Sie* denn, warum?«

»Was ich glaube, steht hier nicht zur Debatte.«

So ging es einige Zeit hin und her und Mark war klar, dass er diesem kleinen Mann, der nichts weiter tat, als ab und zu in die Schreibtischschublade zu greifen und ein Bonbon herauszuholen, weit überlegen war.

Als er dreizehn war, hatten seine Eltern ihn zu verschiedenen Kindertherapeuten geschleppt, in der Hoffnung, er würde als neuer Mensch daraus hervorgehen. Aber nichts hatte funktioniert: Er war immer zu klug gewesen, um jemanden wissen zu lassen, was er wirklich dachte.

Mark musste allerdings feststellen, dass Pille nicht nach einem festgelegten Drehbuch vorging. Im Laufe der nächsten Zeit merkte er, dass er den Mann offensichtlich unterschätzt hatte. So sanft und freundlich er sein konnte, wenn es darauf ankam, machte es Pille gar nichts aus, Mark buchstäblich den Boden unter den Füßen wegzuziehen und ungerührt zuzusehen, wie er sich den Kopf stieß.

»Nun, Mark«, sagte er bei dieser ersten Sitzung nach dreißigminütigem Geplänkel, »ich weiß, dass all diese psychologischen Theorien eine Beleidigung für Ihren Intellekt darstellen. Sie haben schließlich Kriminalwissenschaft studiert, was könnte ich einem gebildeten Mann wie Ihnen also schon für eine Hilfe anbieten? Jemand, der noch bei Verstand ist, würde ja wohl kaum jemandem wie mir seine intimsten Gefühle und Gedanken mitteilen, nicht wahr? Aber wenn Sie wirklich so clever sind, dann sollten Sie sich einmal fragen, was Sie eigentlich hier tun.« Er hob die Hand. »Nein, das war nur eine rhetorische Frage. Im Moment rede nur ich. Und ich sage Ihnen, was Sie hier tun, Mark. Sie sind hier, weil *Sie nicht* bei Verstand sind. Sie brauchen dringend einen klar denkenden Außenstehenden, der Ihnen zeigt, wie Sie wirklich sind. Und wissen Sie was? Ich bin der richtige Mann für diesen Job. Sie brauchen sich allerdings keine Sorgen zu machen, dass Sie zu abhängig von mir werden. Das werde ich nicht zulassen. Glauben Sie mir, dazu bin ich ein zu guter Psychotherapeut.«

»Ihre Bescheidenheit überwältigt mich.«

»Und mich Ihre kaum verhüllte Wut auf mich. Aber genug der Schmeicheleien. Lassen Sie uns Folgendes klarstellen: Sie sind ein Alkoholiker und ein Drogenabhängiger und meine Aufgabe ist es, dafür zu sorgen, dass Sie wieder klar im Kopf werden. Ihre Anwesenheit hier zeigt, dass Sie wissen, was mit Ihnen los ist. Und es gibt einen interessanten Punkt, über den Sie einmal nachdenken sollten: Sucht intellektuell zu begreifen reicht nicht aus. Sie müssen eine emotionale Antwort darauf finden. Also erzählen Sie mir von Ihrem Freund, um den Sie immer noch trauern. Oder war es ein Mädchen? Eine Freundin vielleicht?«

Wieder Schweigen.

»Lassen Sie sich Zeit. Wir haben keine Eile.«

Aber Mark konnte immer noch nichts sagen. Und dann blickte ihm doch wahrhaftig dieser außergewöhnliche kleine Mann direkt in die Augen und begann ein Lied von Joe Cocker zu pfeifen, »Let The Healing Begin«.

Mark wusste nicht, wie ihm geschah, er konnte es ebenso wenig erklären wie die Gefühle, die ihn bei

Mozarts Requiem überwältigt hatten, aber es war, als würde ein Schlüssel im Schloss gedreht, und Mark hörte sich selbst sagen: »Sein Name war Niall und … und er ist ertrunken.«

Als er ein Motorboot hörte, hob Mark den Blick von seinem Notizbuch und blickte zur Bucht. Unter einem wolkenlosen Himmel glitt ein Boot durch das türkisfarbene Wasser. Selbst aus dieser Entfernung hörte er die Insassen lachen und reden. Er fragte sich, was Theo wohl gerade machte.

10

Izzy stand da wie gelähmt, jeden Muskel angespannt, die Zehen in den Felsen gekrallt und den Blick auf das kristallklare Wasser unter ihr gerichtet. Die »Moderne Frau« wollte sie hineinstoßen, wenn sie nicht von allein sprang, aber ihre Mutter wies sie auf die Gefahren hin, die dort unten lauerten.

Natürlich war sie selbst schuld. Sie hätte nicht so dumm sein und den anderen einfach folgen dürfen. Nur weil alle es für eine gute Idee hielten, für eine Weile vor Anker zu gehen und von den Felsen zu springen, musste sie das ja nicht nachmachen. Sie hätte einfach zum Strand schwimmen und die anderen ihrem Vergnügen überlassen können. Aber nein, sie musste ja unbedingt so tun, als habe sie keine Angst.

»Es ist ganz sicher, Izzy«, ermutigte Max sie. »Hier gibt es keine versteckten Riffe.«

»Er hat Recht«, stimmte Laura ihm zu. »Hier ist es so tief, dass keiner von uns je auf den Grund gekommen ist.«

»Vielleicht würde es Ihnen ja helfen, wenn ich mit Ihnen zusammen springe«, warf Theo ein, der unbemerkt hinter ihr aufgetaucht war. Seine Gegenwart trug jedoch nur noch zu ihrer Angst bei. Das Herz schlug ihr bis zum Hals.

»Ich weiß, ich benehme mich albern«, sagte Izzy nervös, »aber ich … ich hatte immer schon Angst davor, ins Ungewisse zu springen.«

»Geben Sie mir die Hand, ich zeige Ihnen, wie viel Spaß es macht.« Und bevor sie die Chance hatte zu protestieren, hatte Theo ihre Hand ergriffen, zählte bis drei und zog sie mit sich. Sie schrie, schloss aber gerade noch rechtzeitig den Mund. Und die Augen. Dann versank sie im kalten Wasser. Als sie wieder aufstieg, wartete Theo bereits auf sie. »Na, war das so schlimm?«

Sie strich sich die Haare aus dem Gesicht und blinzelte das Salzwasser aus den Augen. Zitternd lachte sie auf. »Ich lebe ja noch.«

Er lächelte. »Noch einmal?«

»Hmm …«

»Sagen Sie ja, Izzy. Kommen Sie, jetzt bringe ich Ihnen bei, wie man richtig eintaucht. Mit den Füßen zuerst zu springen ist etwas für kleine Kinder.«

Max und Laura waren an den Strand geschwommen und Izzy spürte, dass sie sie beobachteten. »Sie müssen nur das Gewicht richtig ausbalancieren und sich nach vorn beugen«, sagte Theo und machte ihr die richtige Haltung vor. Schüchtern imitierte sie seine Körperhaltung, aber er wandte sich zu ihr und schob ihre Arme hinunter. »So, so ist es besser. Sie sollten die Arme nicht zu hoch halten. Und die Hände müssen Sie so nehmen, damit Sie richtig ins Wasser eintauchen können. Sehen Sie? So.«

Nach ein paar zögernden Sprüngen ließ Izzys Nervosität nach und sie begann, Spaß daran zu finden. Bei ihrem sechsten Versuch sagte Theo, sie lerne schnell. »Glückwunsch, Sie sind genauso gut wie Laura.«

»Und ist das gut?«, fragte sie, während sie neben ihm herschwamm.

»Das ist sehr gut.«

Sie drehte sich auf den Rücken und ließ sich treiben. Sie fühlte sich geradezu euphorisch. Die Sonne schien ihr ins Gesicht und sie hatte soeben eine dieser Phobien überwunden, die sie seit ihrer Kindheit quälten. Izzy schloss die Augen, lächelte und genoss das Gefühl.

»Sie haben einen schönen Körper«, bemerkte Theo nach einer Weile, »und wunderschöne Beine.«

Verlegen drehte sie sich wieder auf den Bauch.

Er lachte. »Engländerinnen sind an Komplimente nicht gewöhnt, nicht wahr? Man sollte meinen, ich hätte Sie beleidigt.«

»Wahrscheinlich haben Sie Recht.«

»Was? Sie finden, ich habe Sie beleidigt?«

»Nein. Ich meine, wir sind an solche Schmeicheleien nicht gewöhnt.«

»Hat Ihr Freund nie so etwas zu Ihnen gesagt?«

»Hmm ... eigentlich nicht. Jedenfalls nicht mit so vielen Worten.«

»Welche Worte hat er denn verwendet?«

»Daran kann ich mich wirklich nicht erinnern.«

»Ah, nun, wenn es die richtigen Worte gewesen wären, wüssten Sie sie noch. Hat er Sie sehr verletzt?«

Sie errötete und schwamm ein Stück von ihm weg. Sie war es nicht gewohnt, mit einem Mann über ihre Probleme zu reden. Noch nicht einmal mit Max, obwohl er von Laura die meisten Details ihrer unglückseligen Geschichte kannte. Und Theo nun offensichtlich auch. »Was hat Laura Ihnen von meinem glücklosen Liebesleben erzählt?«, fragte sie ihn.

»Kaum etwas. Nur, dass Sie einen Freund hatten, der sehr grausam zu Ihnen war.«

»So schlimm war er nun auch wieder nicht.«

»Warum grübeln Sie dann immer noch über seine Grausamkeit nach? Er ist doch längst Vergangenheit! Er ist weg und für Sie ist es an der Zeit, glücklich zu sein.«

»Ich bin glücklich.«

»Tatsächlich? Sie sehen nicht immer so aus.«

Seine Direktheit trieb sie in die Enge, ließ sie zugleich aber auch aufrichtig werden. »Es tut mir Leid, wenn ich so elend aussehe, aber wenn Sie sich einem anderen Menschen ganz hingegeben haben und sich dann voneinander trennen, ist es schwer, sich wieder aufzurappeln.«

»Haben Sie ihn wirklich so sehr geliebt?«

»So dumm, wie ich war, ja. Aber vielleicht habe ich ja auch nur geglaubt, ihn zu lieben.«

»Das könnte rückblickend Ihre Erinnerung verzerren. Wir wollen einmal davon ausgehen, dass Sie ihn geliebt haben. Hatten Sie vor, ihn zu heiraten?«

»Ich war mehr darauf aus als er. So blöd es klingen mag, aber ich wollte mit ihm Kinder haben und mit ihm zusammen alt werden. Das klingt vermutlich für einen Mann wie Sie ziemlich langweilig.«

Er runzelte die Stirn. »Warum sagen Sie das?«

»Sie machen nicht den Eindruck, als seien Sie daran interessiert, eine Familie zu gründen.«

»Ach, Sie glauben also genau wie Laura, dass ich den Rest meines Lebens herumtändeln möchte. Dass ich selbst als alter, weißhaariger Mann noch den jungen Mädchen hinterherjage. Ist das die Zukunft, die Sie mir vorhersagen?«

Einen Moment lang sah er richtig zornig aus. Da Izzy

nicht wusste, was sie sagen sollte, um ihn zu besänftigen, erwiderte sie: »Es tut mir Leid, ich…« Doch da war er schon auf sie zugeschwommen, hatte ihr die Hand in den Nacken gelegt und sie auf den Mund geküsst.

Der plötzliche, unerwartete Kuss war so rasch vorüber, dass sie es kaum gemerkt hatte. Und als er sich von ihr löste, lächelte er und sagte: »Vielleicht hatte ich ja gerade das Glück, die Frau zu finden, mit der ich eine Familie gründen möchte.«

Izzy starrte ihn verblüfft an. Was sollte das denn schon wieder heißen?

Obwohl noch nicht Hochsaison war, wimmelte es in Áyios Stéfanos bereits von Booten, die an den zahlreichen Holzstegen nach einer Anlegemöglichkeit suchten. Max wartete geduldig, bis ein großes Touristenboot sich in Position gebracht hatte, bevor auch er einen geeigneten Platz neben einer schicken Yacht mit norwegischer Flagge fand. Er drosselte den Motor und glitt sanft in die Lücke. Theo half ihm, das Boot zu vertäuen, und dann schlenderten sie über den Anlegesteg zu Galini's.

Max hatte in weiser Voraussicht einen Tisch reserviert und die Taverna mit dem Blick auf den hübschen Hafen war tatsächlich beinahe bis auf den letzten Platz gefüllt. Áyios Stéfanos war immer beliebt: Es war einer der schönsten Orte an der Küste und trotz der zahlreichen Touristen hatte das kleine Fischerdorf nichts von seinem ursprünglichen Charme verloren. Theo hatte zunächst überlegt, ob er sich hier eine Villa kaufen sollte, hatte sich dann aber für das ruhigere und nicht so überlaufene Áyios Nikólaos entschieden. Es amüsierte ihn, dass die Engländer selbst im Urlaub immer nur Kontakt zu ihresgleichen suchten. Sie konnten sich einfach nicht integrieren. Manche Besucher kamen zwar jedes Jahr auf die Insel, machten sich aber weder die Mühe, die Einheimischen kennen zu lernen, noch ein Wort griechisch zu sprechen, nicht einmal *kaliméra* oder *kalispéra*. Wie konnte man nur so sein? Er verstand das nicht.

Sobald sie an ihrem Tisch saßen, bestellte Max etwas zu trinken. Der Kellner lauschte höflich, während Max versuchte, all die Sätze anzubringen, die Theo ihm beigebracht hatte, aber er kam ihm erst zu Hilfe, als Max das Wort für Eis nicht einfiel und er ihn flehend ansah. »*Págho*«, sagte er lächelnd.

»In fünf Minuten wäre es mir auch eingefallen«, behauptete Max lachend, als der Kellner gegangen war.

»In fünf Minuten wäre es geschmolzen«, neckte Laura ihn. Sie schlug ihre Speisekarte auf. »Ich weiß nicht, wie es euch geht, aber ich verhungere. Izzy, du musst ja ganz erschöpft sein nach deinem Tauchunterricht.« Sie warf Theo einen verschmitzten Blick zu.

Er erwiderte ihn unbefangen und vertiefte sich ebenfalls in seine Speisekarte. Hatte sie also gesehen, wie er Izzy geküsst hatte? Aber auch wenn seine Handlungen Laura sehr vorhersehbar erscheinen mochten, für ihn war dieser Kuss überraschend gekommen. Ein Impuls hatte ihn getrieben und er wünschte, er könnte sich erklären, wie es dazu gekommen war.

Der Kellner kam mit ihren Getränken. Theo hob seinen Oúzo mit Eis und blickte über den Tisch zu Izzy, die sich gerade mit Max unterhielt. Nach den vielen Affären, die er gehabt hatte, wusste er, dass sie wirklich nicht sein Typ war. Sie war zu ruhig, zu ernst, zu unsicher. Sexuell zu wenig erfahren. Und doch … und doch hatte sie etwas, was ihn bezauberte. Was mochte das wohl sein? Prüfend musterte er ihr Gesicht, als könne er dort die Antwort finden. Es ist ein Gesicht, dachte er, das viele Jahre jung bleiben würde. Ein Gesicht, das mit den Jahren wahrscheinlich noch schöner werden würde. In ihrem Ausdruck lag etwas unwiderstehlich Vorsichtiges und er spürte, dass sie weit davon entfernt war, ihm zu vertrauen. Oder überhaupt einem Mann zu vertrauen. Lag darin ihre Anziehungskraft? Sah er in ihr den Archetyp des verletzlichen jungen Mädchens? Fühlte er sich nur als Beschützer herausgefordert?

Um nicht ins Grübeln zu verfallen, wandte er sich entschlossen Laura zu.

»Na, Laura«, fragte er leise, »was hast du von meiner kleinen Vorstellung gehalten? Habe ich das getan, was du wolltest?«

»Meinst du den Tauchunterricht? Oder das, was danach passiert ist?« Ihr Ton war spielerisch.

»Ich glaube, du weißt sehr gut, was ich meine.«

»Du hast deine Rolle wunderbar gespielt. Aber ich möchte dich warnen. Du darfst sie nicht verletzen! Du gehst nur so weit, wie sie es zulässt.«

»Natürlich. Ich weiß, dass ich heute früh versprochen habe, keine Herzen zu brechen. Meins eingeschlossen.«

»Was redet ihr da von gebrochenen Herzen?«, warf Max ein.

Ehe Theo sich eine Ausrede einfallen lassen musste, entstand auf dem Steg, der der Taverna am nächsten lag, ein Aufruhr. Alle strömten dorthin. Eine Engländerin schrie wütend herum. »Sie dummer, *dummer* Mensch! Du meine Güte, haben Sie uns nicht kommen sehen!«

Theo lächelte. Das war doch Marks Bekannte aus dem Flugzeug!

»Was für eine schreckliche Frau«, sagte Laura, »und seht euch nur einmal das Kleid an! Das muss ihr auf den Leib gesprüht worden sein.«

Theo beobachtete, wie sie in ihrem engen Kleid aus dem Boot kletterte. Der junge Kellner, der hingeeilt war, reichte ihr die Hand und sie ergriff sie ohne ein Wort des Dankes. Ihr Mann – in ausgebeulten Shorts, geblümten Hemd, weißen Socken, Schuhen und Schirmkappe – konnte sehen, wie er zurechtkam. Sie kamen zur Taverna und der Kellner führte sie zu einem freien Tisch.

»O nein, das geht nicht«, sagte die Frau. »Ich muss im Schatten sitzen. Die Sonne richtet schreckliche Schäden auf der Haut an. Wie ist es mit dem Tisch da drüben?« Sie wies auf einen Tisch, der nur wenige Meter von dem entfernt war, an dem Theo und seine Freunde saßen. »Hübsch«, sagte sie und ließ sich auf einen Stuhl nieder. »Eine Crème de menthe für mich – Bob, was möchtest du?«

»Ein großes Bier.«

Der Kellner blickte sie entschuldigend an. Er war noch sehr jung und Theo vermutete, dass er noch nicht fließend Englisch sprach. »Sorry, keine Crème de menthe«, sagte er.

»Was? Keine Crème de menthe?«

»Möchten Sie Oúzo? Oúzo sehr gut.«

Sie sah ihn völlig entgeistert an, als sei das eine Zumutung. »Nein, ich möchte keinen Oúzo.«

»Retsína?«

Angewidert verzog sie das Gesicht. »Ich möchte einen Gin und Tonic, aber nicht so viel Eis. Verstanden? Oh, einen Doppelten bitte.« Sie zeigte mit den Händen ein großes Glas an.

Der Kellner nickte gefügig, als fiele ihm ihre bevormundende Art gar nicht auf, aber Theo war sich sicher, dass er vor dem Servieren in ihren Drink spucken würde.

Sie zog einen Lippenstift und einen kleinen Spiegel aus ihrer Handtasche und frischte ihr Make-up auf. Sie zupfte gerade an ihren Haaren herum, als ihr Blick auf Theo fiel. Mitten in der Bewegung hielt sie inne. »Bob!«, zischte sie. »Bob! Sieh mal. Ist das nicht der Fahrer von dem Mann, der neben mir im Flugzeug gesessen hat? Nein, da, hinter dir! Sie sehen ja alle gleich aus, aber ich glaube, ich irre mich nicht. Hallo!« Sie winkte Theo zu.

»Du lieber Himmel«, sagte Max, der die Szene auch beobachtet hatte, »sie winkt dir zu, Theo! Kennst du sie? Jemand aus deiner Vergangenheit?«

Theo winkte höflich zurück und erwiderte: »Max, bitte, sehe ich so aus, als hätte ich eine Vergangenheit, in der so jemand vorkommt? Oh, sie kommt her. Ich erkläre es euch später. Würdet ihr für den Moment so nett sein, meinem Beispiel zu folgen?«

»Na, hallo! Was für ein Zufall, dass ich Sie hier treffe.«

Theo stand auf. Er verbeugte sich und streckte die Hand aus. »Haben Sie schöne Ferien?«

Die Frau lachte laut. »Nun ja, das hatten wir, bis so ein italienischer Idiot unser Boot rammte. Aber es ist nichts passiert. Sonst hätte ich ihn auch bis an sein Lebensende dafür bezahlen lassen.« Sie nahm die Sonnenbrille ab und warf einen neugierigen Blick auf Theos Begleiter. »Auch Leute, für die Sie arbeiten?«, fragte sie.

»Ja. Heute Theo Vlamakis Kapitän ihres Schiffes. Ich habe sie hierhin zum Essen gebracht.«

Laura unterdrückte ein Kichern.

»Soll ich sie Ihnen vorstellen? Das ist *Meester* Sinclair und seine Frau, und das ist *Mees Issy* Jordan.«

»Hi«, sagte sie. »Ich bin Liberty-Raquel Fitzgerald und dort drüben sitzt mein Bob. Wo wohnen Sie?«

»In Áyios Nikólaos«, erwiderte Max, »und Sie?«

»Wir auch. Wir sind gestern erst angekommen. Wir waren in dem Flugzeug, auf das Mr. Vlama … Vlam … wie auch immer er heißt gewartet hat.«

»Und wo in Áyios Nikólaos wohnen Sie?«, fragte Laura. Sie schien sich wieder vollkommen unter Kontrolle zu haben und klang äußerst höflich.

»In der Villa Mimosa. Offenbar ist sie in der Nähe des Hauses, in dem Mr. St. James wohnt.« Sie wandte sich wieder an Theo. »Ist Mr. St. James heute nicht bei Ihnen?«

Theo verbeugte sich erneut. »Leider nicht.«

Sie blickte ihn enttäuscht an.

»Soll ich ihm etwas ausrichten?«

Sie zögerte und Theo konnte deutlich erkennen, wie sie mit sich rang, ob man einem Ausländer nun trauen konnte oder nicht. »Nein, schon gut«, sagte sie schließlich. »Ich suche ihn persönlich auf. Das ist wahrscheinlich das Beste. Aber vielleicht können Sie mir helfen. In welcher Villa wohnt er genau? In der großen, prächtigen ganz am Ende?«

Es machte keinen Sinn, sie anzulügen, sie würde es sowieso in Erfahrung bringen, also bestätigte Theo ihr zögernd, dass es tatsächlich die große, prächtige Villa war, in der Mr. St. James wohnte.

»Das habe ich mir schon gedacht«, entgegnete sie. »Nun, ich gehe besser wieder an meinen Tisch, bevor mein Bob denkt, ich sei verloren gegangen.« Plötzlich wandte sie sich an Izzy. »Sie sollten besser nicht so in der prallen Sonne sitzen. Am Ende bekommen Sie noch Falten. Meine Haut« – sie wies mit einem rotlackierten spitzen Fingernagel auf ihr Gesicht – »ist noch genauso straff wie an dem Tag, als ich zur Welt kam. Und wissen Sie, wie ich sie mir erhalten habe? Sonnenschutz und viel Schatten. Oh, da sind unsere Getränke gekommen. Bis später.«

Sobald sie außer Hörweite war, bestürmten alle Theo mit Fragen.

»Wer um alles in der Welt war das? Und warum glaubt sie, du arbeitest für Mark?«, wollte Laura wissen.

Theo erzählte, dass Mark im Flugzeug neben ihr und ihrem Mann gesessen hatte, und erklärte, warum er am Flughafen so reagiert hatte. »Es sollte ein Witz sein. Sie hat mich mit einem Blick bedacht, dem ich nicht widerstehen konnte.«

»Was für ein Blick?«, fragte Izzy.

»So.« Er ließ seinen Blick so über ihren Körper gleiten, dass niemand daran zweifeln konnte, wie er es meinte. Izzy errötete und schlug die Augen nieder.

»Das war aber nicht nett von dir, Theo«, schimpfte Max. »Schließlich schaust du jedes hübsche Mädchen, das vorbeikommt, so an.«

»Das ist doch etwas anderes. Von griechischen Männern erwartet man das. Außerdem ist es unsere zweite Natur.«

»Ach ja?«

»Ach, weißt du, Laura, es lag auch an ihrem Benehmen. Wie so viele Engländer hat sie ganz deutlich zum Ausdruck gebracht, ich könnte einfach nicht mehr als der Taxifahrer sein, weil ich Grieche bin. Und glaub mir, nichts macht einen Griechen wütender, als wenn man sein Land schlecht macht oder Großzügigkeit mit Dummheit verwechselt.«

»Und du meinst, das hat sie getan?«

»Ja«, erwiderte Theo heftig. »Ich war für sie Sorbas, der Grieche. Ein Bauerntrampel. Eine Figur, über die man lacht.«

»Aber Sorbas war doch ein edler und weiser Mann«, sagte Izzy leise, »ein wenig exzessiv vielleicht, aber sonst ...«

Bei Izzys sanftem Einwurf merkte Theo plötzlich, wie wütend er klang. Er hob die Hände. *»Lipáme«*, entschuldigte er sich bei seinen Freunden, »bitte verzeiht mir. Ich habe mich ein wenig hinreißen lassen, weil ich mein Land verteidigen wollte, und ich habe wohl sehr auf dem tiefen Ross gesessen.«

Niemand hatte den Mut, seinen Ausdruck zu korrigieren, und so drehte sich die Unterhaltung anschließend darum, was sie essen wollten. Da Izzy ihre Wahl bereits getroffen hatte, spähte sie über den Rand ihrer Speisekarte zu Theo hinüber. »Er ist ein überraschender Mann«, dachte sie, »und nicht nur deshalb, weil er so freizügig Küsse verteilt.« Hinter der Fassade steckte ein ganz anderer Mensch. Ein Mensch mit festen Überzeugungen, der durchaus in der Lage war, Ignoranz und Vorurteile bei anderen aufzudecken.

Vielleicht würde ihm das nicht gefallen, aber er war Alexis Sorbas gar nicht so unähnlich, dachte sie und vertiefte sich wieder in ihre Speisekarte. Vermutlich steckte viel mehr in Theo Vlamakis, als man auf den ersten Blick sah.

11

Als sie mit dem Essen fertig waren und die Rechnung bezahlt hatten, war es schon spät am Nachmittag. Es war immer noch sehr heiß, aber der Wind hatte aufgefrischt, und das Meer war unruhiger als bei der Hinfahrt.

»Ich hoffe, du bist seetüchtig«, sagte Max zu Izzy, als sie das ruhige Wasser des Hafens hinter sich gelassen hatten und auf das offene Meer zusteuerten. Das Boot tanzte in dem rauen Seegang und Izzy hielt sich mit beiden Händen krampfhaft an der Bank fest. Die nächste Welle war noch höher als die vorhergehende und selbst Laura stieß einen erschreckten Schrei aus.

»Haltet euch fest!«, schrie Max über die Schulter. Gischt schlug über dem Boot zusammen und Izzy fragte sich, ob es wohl Rettungswesten an Bord gab. Sie war eine ganz gute Schwimmerin und würde sich wohl ans Ufer retten können, aber wenn das Boot nun kenterte und sie alle darunter fest steckten? Oder angenommen, sie schlug sich den Kopf an und wäre halb bewusstlos? Entschlossen umklammerte sie die Bank und verdrängte ihre panikerfüllten Gedanken.

»Du brauchst dir keine Sorgen zu machen«, sagte Theo, der wieder neben ihr saß. »Max weiß, was er tut. Gefährlich wird es nur, wenn man bei dem Wetter zu schnell fahren will.« Augenzwinkernd fügte er hinzu: »Dieses Boot mag ja kleiner sein als meins, aber es hat einen starken Motor und wird uns sicher nach Hause bringen.« Schützend legte er Izzy den Arm um die Schultern und zog sie leicht an sich.

Sie waren nicht die Einzigen, die mit den Elementen kämpften. Vor ihnen befand sich noch ein Boot, das Izzy als das von Bob und Liberty-Raquel erkannte. Sie waren nach dem Essen noch auf einen Kaffee und ein Glas Metaxa an ihren Tisch gekommen und jetzt wussten alle über das Leben der Fitzgeralds Bescheid. Zwar hatte Liberty-Raquel die meiste Zeit geredet, aber gelegentlich war es ihrem Mann doch gelungen, ein Wort einzuwerfen. Er war aus geschäftlichen Gründen hier, weil er sich im Süden der Insel ein paar Hotels ansehen wollte, die dort gerade gebaut wurden. »Es sieht nicht gut aus hier«, hatte er gesagt. »Zu teuer. Wenn ich allerdings einen Fuß in die Tür bekäme, würde ich nicht nein sagen. Die Gegend scheint ziemlich entwicklungsfähig zu sein.«

Theo hatte ihm in seinem komischen Akzent, den er den Fitzgeralds gegenüber beibehielt, erwidert, dass die Regierung die Schönheit der Insel erhalten wolle und keinen weiteren Ausbau des Tourismus plane, und danach war Bob wieder in Schweigen versunken und seine Frau hatte die Unterhaltung an sich gerissen. Sie hatte ihnen erzählt, wie sie und Bob – ihr ungeschliffener Diamant, wie sie ihn nannte – sich kennen gelernt hatten. Sie war Croupier auf einem Kreuzfahrtschiff gewesen und es war Liebe auf den ersten Blick mit diesem Selfmade-Geschäftsmann, der seine erste Million bereits mit fünfundzwanzig in der Tasche gehabt hatte. Izzy hätte am liebsten gefragt: »Es hatte also nichts mit Geld zu tun?« Aber da sagte Liberty-Raquel bereits: »Er war mein Schicksal.« Sie stieß Bob ihren spitzen Ellbogen in die Rippen. »Es hat in den Karten gestanden. Und zwar nicht in den Black-Jack-Karten!« Dann hatte sie so laut gelacht, dass sich alle nach ihnen umgedreht hatten.

Jetzt hatten sie das Boot der Fitzgeralds erreicht und Izzy sah, dass Bob am Ruder stand. Seine blasse, kreischende Frau schrie unablässig auf ihn ein, er solle langsamer fahren. Als sie merkte, dass sie nicht mehr allein auf hoher See waren, glitt ein Ausdruck der Erleichterung über ihr Gesicht. Max verlangsamte seine Geschwindigkeit und fuhr längsseits. »Ahoi!«, rief er freundlich, »alles in Ordnung?«

Bob reagierte so, als habe er alles unter Kontrolle, aber die weit aufgerissenen Augen seiner Frau sprachen eine andere Sprache.

»Wenn der Motor nicht dafür ausgestattet ist, gehen Sie es besser langsam an«, riet Max. »Nach der nächsten Landzunge wird es sogar noch ein bisschen rauer.«

»Siehst du?«, schrie Liberty-Raquel ihren Ehemann an, der jedoch nicht den Eindruck machte, als ob ihm dieser freundliche Ratschlag willkommen sei. Sein erschöpfter Gesichtsausdruck erinnerte Izzy an ihren Vater. »Siehst du«, wiederholte seine Frau. »Ich habe dir doch gesagt, dass du nicht so schnell fahren sollst. Ich hatte Recht und du hattest Unrecht.« Sie wandte sich wieder an Max, als ob sie noch etwas sagen wollte, aber in dem Moment kam eine hohe Welle, und Bob gab Gas, so dass sie mit einem Plumps auf ihrem Hinterteil landete. »Zum Teufel, Bob!«, kreischte sie auf. »Was tust du da? Ich hätte über Bord gehen können.«

Etwas in Bobs Gesichtsausdruck deutete darauf hin, dass ihm diese Idee schon längst gekommen war.

»Na gut, solange alles in Ordnung ist«, sagte Max und fuhr weiter.

»Er ist richtig nett, was?«, fragte Theo Izzy, als sie ein Stück entfernt waren, wobei Max jedoch darauf achtete, den Abstand zwischen den beiden Booten nicht allzu groß werden zu lassen.

»Wer, Max?«

»Ja. Er hat ein so weiches Herz, dass er nicht im Traum daran denken würde, sie im Stich zu lassen. Du siehst ein bisschen blass aus. Wirst du seekrank?«

Sie waren bereits hinter der Landzunge und das ständige Heben und Senken des Bootes machte Izzy zu schaffen. »Hoffentlich nicht«, erwiderte sie und schloss die Augen.

Von der Terrasse der Villa Anna aus beobachtete Mark durch das Fernglas, das er in Theos Arbeitszimmer gefunden hatte, die beiden Boote. Als sie näher kamen, erkannte er in dem ersten Boot Theo und seine Freunde. Theo hatte den Arm um das dunkelhaarige Mädchen gelegt. Nun, das war keine Überraschung. In dem anderen Boot – um Himmels willen, war das etwa das schreckliche Paar aus dem Flugzeug?

Prüfend betrachtete Mark Theos Freunde: ein Mann mit silberweißem Haar, der die ganze Arbeit machte, wahrscheinlich Max Sinclair. Neben ihm saß eine attraktive Frau, die sich ihre braunen Haare aus dem Gesicht strich. Und hinter ihnen saß Theo mit dem Mädchen. Sie sah viel jünger aus als die anderen, vielleicht Mitte zwanzig, und schien die Fahrt am wenigsten von allen zu genießen. Vielleicht gefällt es ihr nicht, dass der Mann neben ihr so aufdringlich ist, dachte Mark sarkastisch.

Er sah zu, wie die beiden Boote in die Bucht einfuhren und schließlich ihre Geschwindigkeit drosselten und Anker warfen. Der Mann mit den Silberhaaren stieg als Erster aus, gefolgt von Theo, der dem schweigsamen Bob half. »Sie müssen alle verrückt sein«, dachte Mark, während er beobachtete, wie sie auf dem Steg miteinander schwatzten. Von der sicheren Terrasse aus, wo er die meiste Zeit gearbeitet hatte, hatte er gesehen, wie aufgewühlt das Meer auf einmal war, weil ein starker Wind aufkam, und er hatte sich Gedanken darüber gemacht, ob Theo und seine Freunde wohl sicher nach Hause kommen würden.

Nun trat er von seinem Aussichtspunkt zurück und setzte sich auf einen der Stühle am Pool, die in der Sonne standen. Dann zog er sein Hemd aus und beschloss, für heute genug gearbeitet zu haben. Er war zufrieden mit dem, was er geschafft hatte, weil er eigentlich befürchtet hatte, nichts Sinnvolles zu Papier bringen zu können. Normalerweise folgte er beim Schreiben einem strengen Ritual. Die erste Manuskriptfassung schrieb er immer mit der Hand mit blauer Tinte – mit richtiger Tinte in einem Kolbenfüller. Die beschriebenen Seiten bewahrte er in schwarzen Aktenmappen auf und jede Notiz, die er noch hinzufügte, musste mit Bleistift geschrieben sein. Unnötig zu erwähnen, dass er auch über eine Sammlung von Glücksstiften verfügte. Im nächsten Schritt, der schon an Wahnsinn grenzte, konnte er dann nur noch schreiben, wenn er seine Glücksboxershorts trug. Außerdem musste Musik im Hintergrund laufen, vor allem, wenn er die letzte Fassung auf dem PC schrieb. Mark lauschte eigentlich gar nicht auf die Musik, merkte es jedoch, wenn sie nicht an war.

In Theos Garten fehlten zwar wichtige Elemente dieses Rituals, aber es war ihm trotzdem gelungen, sich selbst zu überlisten, und er war mit der ersten Fassung seines neuesten Romans – *Flashback Again* – beachtlich weit gekommen.

Flashback Again war sein sechster Roman und zugleich auch sein ambitioniertester. Manchmal wachte er mitten in der Nacht auf und konnte nicht wieder einschlafen, weil er Handlungsstränge überdachte, verwarf und neu ordnete. Aber diese unruhigen Nächte waren nichts im Vergleich zu jenen, die er früher erlebt hatte. In seiner Zeit als Alkoholiker war er von den grässlichsten Alpträumen gequält worden, und wenn er daraus erwachte, musste er sich übergeben, bis nur noch Blut kam. Weil es ihm danach unmöglich war, wieder zu Bett zu gehen, zog er sich dann oft an und streifte ziellos durch die Straßen.

Das Schreiben war Theos Idee gewesen. Er hatte es Mark vorgeschlagen, als dieser ihn nach seinem Aufenthalt in der Klinik in Athen besuchte. Sie hatten in einer Taverna in Pláka, dem ältesten Viertel Athens, am Fuße der Akropolis gesessen und Theo hatte gesagt: »Wir müssen einmal ernsthaft darüber nachdenken, was du jetzt tun sollst.«

Die Bemerkung versetzte Mark in Panik. In seinem angegriffenen, verletzlichen Zustand schaffte er es gerade, mit dem Hier und Jetzt fertig zu werden. Alles andere flößte ihm Angst ein. Aber er wusste, dass Theo Recht hatte: Er musste sich ein Ziel setzen, seinen Tagen eine Struktur geben.

»Ich glaube, du solltest deine Vergangenheit in deine Zukunft investieren«, war Theo fortgefahren.

»Wie meinst du das?«

»Schreib ein Buch.«

»Einfach so?«

»Warum nicht? Obwohl du jede Menge Gehirnzellen abgetötet hast, bist du immer noch hochintelligent und ganz bestimmt in der Lage, einen Roman zu schreiben. In deinem Kopf geht so viel vor, dass du mindestens sechs Bücher schreiben könntest.«

»Dazu braucht man mehr als Intelligenz. Man braucht Kreativität, Disziplin und verdammt viel Entschlossenheit.«

»Das besitzt du doch alles, Mark! Denk nur an unsere Collegezeit zurück, als du Artikel für die Studentenzeitung geschrieben hast! Sie waren wesentlich besser als alles andere, was darin abgedruckt wurde. Und denk daran, wie viel Disziplin und Entschlossenheit es dich gekostet hat, deine Sucht all die Jahre lang aufrechtzuerhalten. Aber das liegt jetzt alles hinter dir. Jetzt musst du deine Energie darauf richten, deine Fähigkeiten voll auszuschöpfen.«

Natürlich hatte Theo lediglich ausgesprochen, was Mark schon selbst seit langem gedacht hatte. Und er drückte den richtigen Knopf, indem er ihn darauf hinwies, dass seine Erfahrungen aus der Vergangenheit der Schlüssel für seine Zukunft waren. Da Mark sich mit Angst sehr gut auskannte, lag es nahe, einen psychologischen Thriller zu schreiben.

Sein erstes Buch schrieb er in weniger als neun Monaten bei Theo in Athen. Ein- oder zweimal nahm Theo ihn zu Anfang mit, wenn er geschäftlich nach Übersee musste. »Glaub mir, ich tue das nicht, weil ich dir nicht vertraue«, hatte Theo auf einem Flug nach Sydney gesagt. »Es geht mir eher darum, ein Auge auf meine Investition zu haben.«

»Theo, du bist obszön reich. Was für eine Investition siehst du in mir, zum Teufel?«

»Man weiß doch nie, wie die Dinge ausgehen. Vielleicht bist du eines Tages ein reicher Autor und ich ein armer griechischer Bauer. Dann würde ich meine Schulden einfordern.«

»Du vergisst, dass wir quitt sind. Ich habe dir das Leben gerettet und jetzt hast du meins gerettet. Die Schulden sind schon ausgeglichen, und da mein Leben ungleich wertvoller ist als deins, stehst du vermutlich mehr in meiner Schuld als ich in deiner.«

Die Sache mit den »Schulden« war ein alter Witz zwischen den beiden, obwohl der Ursprung nicht besonders lustig war. Ungefähr einen Monat, nachdem sie sich in Durham kennen gelernt hatten, war Mark spät in der Nacht ziellos durch die Straßen gelaufen, wie er es oft tat, wenn er nicht schlafen konnte. Vom Fluss aus ging er in Richtung der Kathedrale. Aufgrund der Kälte war niemand unterwegs. Der Wind blies so scharf, dass Marks Augen tränten. Früher am Abend hatte es geregnet und die Straßen glänzten nass im weichen Licht der Laternen. Er war stehen geblieben, um die Architektur der Kathedrale zu bewundern, und verfluchte gerade die Tatsache, dass sein alter Dufflecoat keine Knöpfe hatte, als er aus einer Seitenstraße gedämpfte Geräusche und einen Schrei hörte. Als er um die Ecke blickte, sah er zwei Typen, die irgendeinen armen Kerl zusammenschlugen. Sie traten mit ihren Stiefeln auf ihn ein, und als er die teure Kleidung des Opfers sah, rannte er alarmiert auf die beiden zu.

»Hey, ihr beiden!«, schrie er. »Einen Schwulen kann jeder zusammenschlagen. Wie wäre es mit einem echten Kampf?« Er zog seinen Mantel aus und warf ihn einfach zu Boden, während er auf die beiden zuging. Mit seinen gefärbten Haaren, den schweren Doc-Martens-Stiefeln und seinem finsteren Gesichtsausdruck bot er einen gefährlichen Anblick. Er hob die Fäuste und die beiden kamen auf ihn zu. Eigentlich hatte er es nie geschätzt, dass seine Eltern ihn auf eine so teure Schule geschickt hatten, aber jetzt war er froh darüber, vor allem, weil er dort auch Boxen gelernt hatte. Dem ersten Schläger verpasste er einen Hieb, der ihm das Nasenbein brach, und der Kerl lief weg. Der zweite jedoch zog ein Messer, stach auf Mark ein und verschwand dann ebenfalls in der Dunkelheit. Keuchend vor Schmerz zog er sich das Messer aus der Seite und versuchte, die Blutung mit der Hand zu stillen, fassungslos darüber, dass gerade ihm so etwas passiert war. Dann trat er zu der bewegungslos am Boden liegenden Gestalt. »Hoffentlich bist du nicht tot, nachdem ich mir wegen dir einen solchen Ärger eingehandelt habe«, murmelte er, zuckte aber zusammen, als er Theos blutüberströmtes Gesicht sah. Als er sich zu ihm hinunterbeugte, verlor er vor lauter Schmerzen fast das Bewusstsein, aber es gelang ihm trotzdem, Theo den Puls zu fühlen, der noch schwach schlug. Er deckte Theo mit seinem Dufflecoat zu, rief von der nächsten Telefonzelle aus den Notarzt und blieb bei Theo sitzen, bis der Rettungswagen kam.

Theo, der immer noch kein Lebenszeichen von sich gab, wurde auf einer Bahre in den Krankenwagen geschoben und dann versorgten die Sanitäter Marks Wunde.

Hinterher feierten ihn alle als Helden. Selbst seine Eltern, die bisher noch nicht viel Grund gefunden hatten, stolz auf ihren jüngsten Sohn zu sein, bewunderten seine mutige Tat.

Er jedoch fühlte sich immer noch als ewiger Verlierer.

12 Theo hatte sich verabschiedet und stieg jetzt den steilen Weg zur Villa Anna empor. Noch aus einiger Entfernung konnte er Liberty-Raquels durchdringende Stimme hören. Sie redete über ihn, als ob er sie nicht hören könnte, oder vielmehr, als ob er ein Idiot sei, der sie nicht verstand.

»Er könnte sich ruhig ein bisschen mehr Mühe geben, nicht wahr?«, sagte sie gerade. »Für meinen Geschmack ist er ein wenig zu lässig. Wenn er mein Angestellter wäre, würde ich darauf bestehen, dass er bei der Arbeit lange Hosen trägt und keine Shorts. Und wenn ich Ihnen einen Tipp geben darf, man sollte mit Angestellten auch nicht allzu vertraulich umgehen. Na, ich nehme an, dass er Mr. St. James meine Nachricht ausrichten wird. Aber man kann bei diesen Leuten nie ganz sicher sein. Charmant, aber total unzuverlässig.«

Theo lachte leise. Er lächelte immer noch, als er an den Pool kam, neben dem Mark faul auf einer Liege lag. Er hatte die Augen geschlossen und sah ungewöhnlich entspannt und zufrieden aus. Da er sein Hemd ausgezogen und die Arme über dem Kopf verschränkt hatte, konnte Theo deutlich die Narbe sehen, die von Marks Rettungsaktion in jener Nacht geblieben war. Damals hatte ihre Freundschaft begonnen. Im Krankenhaus war ihnen gesagt worden, dass sie beide Glück gehabt hatten, überhaupt noch am Leben zu sein. Theo hatte einen leichten Schädelbruch und auch seine Nase war gebrochen und Mark hatte einen Milzriss. Als sie am nächsten Morgen im Krankenzimmer nebeneinander lagen, hatte Theo sich bei Mark dafür bedankt, dass er ihm zu Hilfe gekommen war. »Nicht jeder wäre so mutig gewesen wie du«, hatte er gesagt. »Ich bin dir sehr dankbar.«

»Ich hatte gar keine andere Wahl«, hatte Mark spröde geantwortet.

»Du hättest ja so tun können, als würdest du gar nichts hören, und wärst einfach weitergegangen.«

»Das ist nicht meine Art. Was hast du eigentlich so spät noch da draußen gemacht? Hat dich irgendeine vernünftige Frau abblitzen lassen?«

»Ich war auf einer Party.«

»Und hattest kein Glück? Ha! Das geschieht dir recht.«

Das Geplänkel fand ein Ende, als Theos Eltern kamen. Seine Mutter brach in Tränen aus, als sie ihren Sohn im Krankenbett liegen sah. »Es sieht schlimmer aus, als es ist«, sagte er in dem Versuch, ihre Tränenflut einzudämmen. Um die Situation ein wenig zu entspannen, wies er dann auf Mark und erzählte seinen Eltern, dass er nicht mehr am Leben wäre, wenn Mark ihn nicht gerettet hätte. »Ihr müsst euch bei ihm bedanken«, sagte er. »Er war sehr mutig.« Seine Mutter weinte nur noch heftiger bei seinen Worten, aber sein Vater trat an Marks Bett, stellte sich vor und betrachtete den jungen Mann, der so ganz anders aussah als sein Sohn. »Ich freue mich, Sie kennen zu lernen. Sie sind bei dem Überfall auch verletzt worden?«

»Einer der beiden hatte ein Messer. Es war meine Schuld, ich hätte mich rascher bewegen müssen.«

Theos Vater blickte ihn entsetzt an. »Wir verdanken Ihnen sehr viel. Wenn ich Ihnen mit irgendetwas helfen kann ... Ich möchte mich gern erkenntlich zeigen. Sind Sie mit Theo schon lange befreundet?«

»Nein«, antwortete Mark unverblümt. »Ich kam nur zufällig vorbei.«

Wenn er geglaubt hatte, durch diese Bemerkung die Unterhaltung beendet zu haben, so hatte er sich getäuscht. Augenblicklich stieg sein Ansehen in den Augen von Theos Eltern noch beträchtlich: Er, ein zufällig vorbeikommender Fremder, hatte ihrem einzigen Sohn das Leben gerettet!

»Sind Ihre Eltern denn auch hier?«

»Nein.«

Theos Mutter hörte auf zu schluchzen und fragte: »Aber sie kommen später noch vorbei?«

»Sie wissen gar nichts davon. Und sie brauchen es auch nicht zu wissen. Bei der erstbesten Gelegenheit verschwinde ich hier wieder.«

»Aber was machst du denn dann?«, fragte Theo. »Wer kümmert sich denn um dich?«

Mark starrte ihn verächtlich an, als wolle er sagen, du magst ja ein verweichlichtes Muttersöhnchen sein, aber manche sind eben in der Lage, sich um sich selbst zu kümmern. »Ich schaffe das schon, so wie immer.«

Als eine Krankenschwester hereinkam und darauf bestand, dass die Patienten Ruhe bräuchten, winkte Theo seinen Vater noch einmal zu sich. Damit Mark ihn nicht verstehen konnte, bat er ihn auf griechisch, sich mit Marks Eltern in Verbindung zu setzen.

Später an diesem Abend traten Mr. und Mrs. St. James ins Krankenzimmer, kreideweiß vor Sorge und Angst. Aber schon bald war klar, dass Mark sie ablehnte. Da Theo in einer Kultur aufgewachsen war, in der die Familie und vor allem die Mutter äußerst geschätzt wurden, entsetzte es ihn, wie grob und grausam Mark zu seinen Eltern war.

»Wollt ihr euch vergewissern, ob ich immer noch nicht gestorben bin?«, fragte er sie. »Nun, es tut mir Leid, wenn ich euch enttäusche, aber ich werde wohl noch ein Weilchen am Leben bleiben.«

Theo hatte an ihrem Verhalten gemerkt, dass sie solch rüde Sprüche gewohnt waren, und er hatte sich gefragt, was wohl in Marks Familie vorgefallen sein musste, dass er seine Eltern so hasste.

»Du siehst so ernst aus«, sagte Mark jetzt und blinzelte Theo an. »Nach dem, was ich gesehen habe, schien es so, als ob dein Charme keine große Wirkung hatte. Vielleicht machst du ja deshalb so ein ernstes Gesicht.«

Theos Blick fiel auf das Fernglas neben Marks Liege und er lächelte. »Wie du sehr wohl weißt, zeigt sich an der Oberfläche nicht immer das wahre Bild.«

»Oh, hör auf, Theo! Du hattest keinen Erfolg. Außerdem ist sie viel zu jung für dich. Und es gibt nichts Jämmerlicheres als einen alternden Casanova.«

Theo zog eine Augenbraue hoch. »Da spricht ein Mann, der zahlreiche erfolgreiche Beziehungen hinter sich hat.«

»Na ja, Beziehungen waren nie meine Sache, aber ich bin wenigstens einmal verheiratet gewesen, was du nicht von dir behaupten kannst. Möchtest du etwas trinken? Ich wollte mir gerade etwas holen.« Er stand auf und fügte hinzu: »Ach, übrigens, während du weg warst, hat jemand angerufen. Ich habe die Nummer notiert. Er sagte, du solltest ihn bitte zurückrufen.«

Ein paar Minuten später, als sie sich etwas zu trinken eingeschenkt hatten und Theo seinen Anruf erledigt hatte, traten sie wieder in den Sonnenschein am Pool. Theo sagte: »Sie ist gar nicht mehr so jung.«

»Wer?«

»Das Mädchen im Boot.«

»Und hat das Mädchen im Boot, das *gar nicht mehr so jung* ist, auch einen Namen?«

»Izzy. Izzy Jordan. Sie wohnt bei meinen Nachbarn, den Sinclairs.«

»Und?«

Theo lehnte sich in seinem Stuhl zurück. »Ich kann es nicht genau erklären, aber irgendwie fühle ich mich zu ihr hingezogen.«

Mit einem spöttischen Lachen erwiderte Mark: »Weil sie eine Frau ist.«

»Genau.«

»Und du denkst, du brauchst nur mit den Fingern zu schnipsen und schon hast du sie? Gott, mir wird übel. Du änderst dich auch nie, was?«

»Ah, das grünäugige Ungeheuer ist wieder aufgetaucht.«

»Ach, halt doch den Mund! Natürlich bin ich nicht eifersüchtig. Nur zynisch.«

»Du konntest meinen Erfolg bei ...«

»Bitte, Theo, nicht die alte Nummer. Wenn ich mein Leben damit zubringen wollte, Aufsehen erregenden Beinen hinterherzujagen, dann würde ich das tun. Und ich wäre besser darin als du.«

Theo grinste. »Ihre Beine sind dir also aufgefallen?«

»Ich habe allgemein gesprochen«, giftete Mark.

»Nun, mein alter Freund«, neckte Theo ihn, »ich will

ja nur sagen: Wenn sie für mich zu jung ist, ist sie auch für dich zu jung.«

»Ich habe dir doch gesagt, dass ich nur ganz generell gesprochen habe. Und hast du nicht gerade erklärt, sie sei älter, als sie aussieht?«

Das gab Theo zu. Er trank einen Schluck und lauschte den Wellen, die unten an die Felsen schlugen. Es amüsierte ihn immer, wenn sie sich so stritten. Das war ein Spiel, das sie schon als Studenten gespielt hatten: Mark, der Zyniker, und er, Theo, mit seinem Selbstbewusstsein, und jeder versuchte dem anderen zu beweisen, dass er Unrecht hatte. Früher einmal war dies eine todsichere Methode gewesen, Mark auf die Palme zu bringen. »Oh, fast habe ich es vergessen«, sagte er fröhlich, »ich habe eine gute und eine schlechte Nachricht für dich. Welche willst du zuerst hören?«

»Die schlechte. Du weißt doch, wie masochistisch ich veranlagt bin.«

»Deine Freundin, Liberty-Raquel, ist entschlossen, dich wiederzusehen. Sie hat davon geredet, dich zu einem gemütlichen Drink mit ihr und dem schweigsamen Bob einzuladen. Max, Laura und Izzy möchte sie auch einladen und sie hat vor, persönlich hier vorbeizukommen, um die Einladung auszusprechen.«

Mark verzog finster das Gesicht. »Nun, das kann sie vergessen. Ich werde bestimmt nicht hingehen. Vermutlich hast du dir schon eine gute Ausrede für mich einfallen lassen.«

Theo rutschte unbehaglich auf seinem Stuhl hin und her.

»Theo? Dir ist doch etwas eingefallen?«

»Ich konnte doch nicht einfach eine Einladung abschlagen, die dir galt. Sie denkt schließlich immer noch, ich sei eine bezahlte Begleitperson für reiche Gäste auf der Insel.« Er erklärte, dass er so getan hatte, als hätten Max und Laura ihn für den Tag angeheuert. »Sie glaubt, dies sei deine Villa und ich sei nur der Chauffeur, der auch hier wohnt.«

»Du Idiot! Und was willst du machen, wenn sie die Wahrheit erfährt?«

Theo zuckte mit den Schultern. »Mir ist es vollkommen egal, was sie sagt oder denkt.«

»Na, wenn das die schlechte Nachricht war, dann heitere mich jetzt mal mit der guten auf.«

»Die gute Nachricht ist, dass du mich seltener siehst, als du befürchtet hast. Ich habe bei dem Anruf erfahren, dass ich übermorgen nach Athen zurückmuss. Siehst du, ich habe mir gedacht, dass dich das aufheitern würde. Du hast das Haus ganz für dich allein und kannst in aller Ruhe Urlaub machen.«

»Du vergisst, dass ich nicht hier bin, um Urlaub zu machen, sondern um zu arbeiten.«

»Nun, was hast du zu deiner Verteidigung vorzubringen?«

Max hatte sich zu einem Nachmittagsschläfchen zurückgezogen, so dass Laura Izzy mit Fragen nach den Ereignissen des Tages löchern konnte. »Ich habe gesehen, dass du ihn geküsst hast«, sagte sie, »also versuch erst gar nicht, so zu tun, als sei nichts passiert.«

»Eigentlich war es gar kein Kuss, es war nur …«

»Gar kein Kuss! Wir reden hier von Theo! Wie oft bist du denn in deinem Leben schon von einem so tollen Mann geküsst worden?«

Izzy errötete. »Ich wollte sagen, es war so schnell wieder vorbei, dass ich gar nicht richtig darüber nachdenken konnte.«

Laura lächelte sie spitzbübisch an. »Aber seitdem hast du jede Menge Zeit zum Nachdenken gehabt. Auch im Boot, als er den Arm um dich gelegt hatte.«

»Es tut mir Leid, wenn ich dich enttäuschen muss, aber im Boot war mir viel zu übel, als dass ich an irgendetwas anderes denken konnte, als endlich wieder festen Boden unter die Füße zu bekommen. Ist der Seegang immer so heftig? Dann fahre ich nämlich nicht mehr mit euch Boot.«

»Heute Nachmittag war es besonders stürmisch, und wahrscheinlich wird es jetzt noch einige Tage lang so bleiben. Aber wieder zurück zu dir und Theo.«

»Oh, Laura, sei nicht solch eine Nervensäge. Ich bin sicher, er hat es aus reiner Gewohnheit getan. Oder er wollte einmal wissen, wie ich reagieren würde.«

»Ich fand, du hast relativ kühl reagiert.«

»Was hätte ich denn tun sollen? Ihm eine Ohrfeige geben? Es war schließlich nur ein Kuss.« Izzy wusste allerdings ganz genau, dass sie bei weitem nicht so gelassen war, wie sie sich den Anschein gab. Sie kannte Theo zwar noch nicht besonders lange, aber lange genug, um zu wissen, dass er sie nervös machte.

Eine Nervosität, die aus der Angst geboren war, dass sie sich zu etwas hinreißen ließ, was sie später bedauern würde.

13 Früh am nächsten Morgen schlich sich Izzy leise aus der Villa, um Max und Laura nicht zu stören, und ging am Strand spazieren. Die Luft war frisch und klar und das Meer funkelte, als habe jemand jeden einzelnen Wassertropfen poliert.

Sie blieb einen Moment lang stehen, um die Schönheit der Umgebung in sich aufzunehmen. Dann nahm sie ihre Tasche mit den Malutensilien von der Schulter und setzte sich auf die Steine, um den Anblick aufs Papier zu bannen.

Ein paar Minuten später jedoch legte sie den Block beiseite und streckte sich auf den Steinen aus, die schon warm von der Sonne waren. Sie schloss die Augen und dachte, was sie doch für ein Glück hatte, hier sein zu können. Es war wirklich nett von Max und Laura gewesen, sie für den Sommer einzuladen! Aber so waren die beiden eben – großzügig und warmherzig, immer bereit, ihre Lebensfreude mit anderen zu teilen. Das hatte sie schon gleich zu Anfang ihrer Bekanntschaft zutiefst gerührt. »Was hatte ich doch für ein Glück, gerade *dir* im Weg gestanden zu haben«, hatte Max gewitzelt. »Man muss heutzutage sehr vorsichtig sein, wenn man anderen Leuten eine Beule ins Auto fährt. Es gibt wirklich seltsame Menschen.«

»Ja, Liebling«, hatte Laura erwidert. »Dich zum Beispiel! Möchten Sie zum Essen bleiben, Izzy? Es gibt nichts Besonderes, nur einen Lammeintopf.« Die Einladung hatte sie überrascht. Sie hatte Gott weiß was für einen Schaden am Auto eines Mannes angerichtet und seine Frau lud sie zum Essen ein. Sie hatte die Einladung angenommen und war fast bis Mitternacht geblieben, weil sie so viel gelacht und geplaudert hatten, dass Izzy gar nicht merkte, wie die Zeit verflog. Als Max ihr schließlich in den Mantel half, sagte er zu Laura: »Warum fragst du Izzy nicht, ob sie mit dir zu dieser Künstlergruppe geht, der du dich kürzlich angeschlossen hast?«

Laura lachte. »Ich weiß nicht, ob das Izzys Vorstellung von einem lustigen Abend entsprechen würde. Um ehrlich zu sein, bin ich mir noch nicht einmal sicher, ob es *mir* gefällt. Ich war zwar erst bei drei Treffen, aber irgendwie kommt mir alles ziemlich versnobt vor.«

Aber dann war Izzy doch mitgegangen und so hatte ihre Freundschaft mit Laura begonnen. Sie hatten hinten im zugigen Gemeindesaal gesessen und sich gemeinsam über die Ausführungen des prätentiösen Dozenten lustig gemacht. Ein paar Mitglieder des Kurses waren ihnen schon bald aus dem Weg gegangen und hatten sie mit feindseligen Blicken bedacht. »Oh Mann, ich ruiniere deinen Ruf«, sagte Izzy an einem Abend auf dem Heimweg.

»Schlimmer, als er bereits ist, kann er nicht mehr werden«, hatte Laura erwidert. »Du darfst nicht vergessen, dass ich mit einem Verrückten verheiratet bin.«

Während Izzy am Strand lag, hörte sie auf einmal Schritte. Sie hob den Kopf und sah Theo näher kommen. Er trug eine Badehose und hatte ein Handtuch um den Nacken geschlungen. Als er sie erblickte, hob er grüßend die Hand und kam auf sie zu.

»Hallo, Izzy«, sagte er und setzte sich neben sie. »Du bist früh auf.«

»Du auch.«

»Ja, das ist eine Angewohnheit von mir. Und du? Wie lautet deine Entschuldigung?«

»Es wäre eine Schande, auch nur einen einzigen Augenblick zu vergeuden. Es ist so schön hier! Ich frage mich langsam, ob ich es wohl schaffe, wieder nach England zurückzufahren.«

»Bis dahin ist noch lange Zeit. Daran musst du jetzt noch gar nicht denken. Genieß einfach das, was du heute hast, und verdirb es dir nicht mit dem Gedanken an morgen. Du hast gezeichnet, oder?« Er griff nach ihrem Skizzenblock und betrachtete das Bild. »Das ist sehr gut. Malst du auch Menschen?«

»Ja, aber nicht wirklich gut. Ich kann zum Beispiel keine Nasen malen. Ganz gleich, wen ich male, am Ende haben alle dieselbe Nase.«

»Und was für eine?«

Sie lachte. »Eine Hakennase, wie die Medicis. Also bittest du mich besser erst gar nicht darum, dass ich dich porträtiere.«

Lachend erwiderte er ihren Blick. »Würdest du heute Abend mit mir essen?«

Als sie nicht antwortete, reichte er ihr ihren Skizzenblock. »Hat dich meine Frage überrascht?«

»Hmm ... Was ist mit deinem Gast?«

»Möchtest du, dass er mitkommt?«

Izzy merkte, dass Theo sie neckte. »Wäre es nicht unhöflich, wenn du ihn allein ließest?«

»Er ist ein guter Freund. Es würde ihm nichts ausmachen. Aber vielleicht ist das ja auch nur ein Vorwand. Vielleicht möchtest du ja gar nicht mit mir zu Abend essen. Ist es möglich, dass du mir nicht vertraust?«

Ja, tatsächlich, er machte sich über sie lustig. Aber Izzy fragte sich ernstlich, wem sie weniger traute – ihm mit seinem glatten, weltläufigen Charme oder sich selbst mit ihrer jämmerlichen Unerfahrenheit.

Als ob er ihre Gedanken lesen könnte, sagte er: »Ich werde mich auch sehr gut benehmen, Izzy. Es wird dir nichts passieren.«

Hatte sie das nicht schon einmal gehört?

Plötzlich saß nicht mehr Theo neben ihr, sondern Alan. Und er sagte genau das Gleiche. *Es wird dir nichts passieren.*

Und sofort war jede Absicht, Theo zuzusagen, wie weggeblasen. Wut stieg in ihr auf. Auch Theo war nur auf das Eine aus, und wenn er es erst einmal hatte, würde er sich keinen Deut mehr um ihre Gefühle scheren und verschwinden.

Nein, das würde sie nicht zulassen.

Izzy packte ihre Sachen in die Tasche und stand auf. »Du hast Recht«, sagte sie. »Ich traue dir nicht. Aber nimm es nicht persönlich. Viel Spaß beim Schwimmen.« In ihren Ohren klangen ihre Worte endgültig und triumphierend. Das war ein wichtiger Sieg für ihre Selbstachtung.

Verwirrt blickte Theo Izzy nach. Hatte er etwas Falsches gesagt?

Während des Frühstücks in der Villa Anna stellte er Mark diese Frage. »Ich muss sie irgendwie beleidigt haben, aber ich weiß nicht, wodurch.«

Mark lachte. »Ich habe es dir doch gestern schon gesagt. Du musst dich endlich der Tatsache stellen, dass du zu alt wirst, Kumpel.«

Wütend stellte Theo seine Kaffeetasse ab. »Mark, bitte, ich habe es ernst gemeint.«

»Hey, ruhig, Casanova. Warum macht es dir denn so viel aus, dass sie dich abgewiesen hat? Ist dir das wirklich so fremd?«

»Du hältst es sicher für reine Eitelkeit, aber es ist mehr als das. Ich mache mir wirklich Sorgen darüber, dass ich sie beleidigt haben könnte.«

»Und das quält dich?«

»Das scheint dich zu überraschen.«

»Nun, sieh es doch einmal so. Wir könnten bis heute Abend hier sitzen und eine Liste mit den Namen all der Frauen aufstellen, die du jemals in deinem Leben beleidigt hast. Natürlich wolltest du sie nie absichtlich verletzen, aber so muss es ihnen vorgekommen sein, wenn du zu deiner nächsten Eroberung weitergezogen bist.«

»Oh, da irrst du dich aber. Sie haben mich genauso benutzt wie ich sie.«

»Manche vielleicht, aber ich könnte wetten, dass die meisten Frauen dachten, sie würden dir mehr bedeuten als nur eine vorübergehende Affäre. Bestimmt hat jede geglaubt, sie sei die Einzige, die dich ändern könnte.«

»Um mich einzufangen?«

Mark schüttelte den Kopf. »Nein. Damit du dich in sie verliebst.«

»Aber du weißt genauso gut wie ich, dass niemand einen anderen dazu zwingen kann.«

»Aber hast du das denn nicht ständig versucht? Hast du nicht deshalb eine Frau nach der anderen erobert? Du willst, dass sie dich lieben. Genauso wie ich hinter Alkohol und Drogen hergejagt bin, hast du Frauen missbraucht. Auf deine Art bist du sicher auch süchtig, und zwar süchtig nach der Aufmerksamkeit von Frauen.«

Selbst wenn Theo auf diese ungeheuerliche Behauptung eine Antwort eingefallen wäre, so wurde er dieser enthoben, weil Angelos auftauchte, um den Pool zu säubern und im Garten zu arbeiten.

Nun, ein anderes Mal.

14

Bis jetzt hatte Max der Unterhaltung zwischen Laura und Izzy nur mit halbem Ohr gelauscht, aber etwas in ihrem Tonfall bewog ihn, von seiner Zeitung aufzublicken.

»Warum denn, Izzy? Warum hast du ihn abgewiesen?«

»Nun«, mischte Max sich ein, »wenn jemand meine Meinung hören möchte, dann geschieht es Theo ganz recht, so gern ich ihn mag. Es wurde langsam mal Zeit, dass ihm jemand im übertragenen Sinn das Knie zwischen die Beine rammt. Gut gemacht, Izzy. Gut für dich.«

»Das sagst du doch nur, weil du eifersüchtig bist«, erwiderte Laura und warf ihm einen Blick zu, den er nicht ganz ergründen konnte.

»Eifersüchtig, mein Zuckerstückchen?«, wiederholte er. »Auf was denn?«

»Wie die meisten Männer bist du doch nur eifersüchtig auf diejenigen deiner Geschlechtsgenossen, die ein Gespür haben für …« Sie brach gerade noch rechtzeitig ab.

»Was für ein Gespür?«, fragte Izzy wütend. »Hat es vielleicht etwas damit zu tun, dass er glaubt, er kann selbst die dümmste aller Idiotinnen ins Bett bekommen? Und möchtest du das für mich? Eine einmalige Geschichte, nach der ich mir benutzt und missbraucht vorkomme? Ja?«

»Natürlich nicht«, erwiderte Laura besänftigend. »Du verzerrst die Tatsachen.«

Max mochte nicht der sensibelste und einfühlsamste aller Männer sein, aber er spürte deutlich, wie sich die Atmosphäre am Frühstückstisch anspannte. Er hatte Izzy noch nie so wütend gesehen, vor allem nicht Laura gegenüber. Wenn sich Laura und Francesca zu Hause gelegentlich zankten, konnte er sich in sein Büro zurückziehen, aber hier im Urlaub war das nicht so einfach. Sorgfältig legte er seine Zeitung zusammen, warf sie neben sich auf den Boden und sagte: »Ich bin ein blöder, alter Kerl, wenn es um unterschwellige Gefühle geht, aber ist irgendetwas vorgefallen, wovon ich nichts weiß?«

Als keine Antwort kam, forschte er nach: »Laura, du hast doch nicht versucht, Izzy hinter ihrem Rücken mit Theo zu verkuppeln, oder? Doch nicht mit Theo!«

Max und Izzy warteten darauf, dass Laura es abstritt.

Aber Laura entgegnete nichts.

Was einem Eingeständnis gleichkam.

Schließlich sagte sie: »Es ist nicht so, wie ihr denkt. »Na komm, Izzy, wir haben doch darüber geredet. Wir waren uns doch einig, dass es gut für dich wäre, ein bisschen Spaß zu haben.«

»Nein, Laura, *du* hast behauptet, es täte mir gut. Und wenn ich gewusst hätte, dass du und Theo meine Verführung bereits geplant habt, hätte ich dir von Anfang an gar nicht zugehört.«

»Ich habe gedacht, es würde dich ein wenig aufmuntern – du weißt schon, dein Selbstbewusstsein wieder ein bisschen aufbauen.«

»Ja, jetzt verstehe ich. Ich hätte denken sollen, wie wundervoll es doch ist, dass Theo mir Beachtung schenkt, und wie dankbar ich dir doch sein muss, dass ich wieder mehr Selbstachtung habe.« Ihre Stimme triefte vor Zynismus.

Max wurde zu seinem Entsetzen klar, dass es an ihm lag, den Frieden wiederherzustellen. »Ich bin sicher, du hast es nur gut gemeint, Laura«, sagte er taktvoll, »aber ich finde, du solltest dich bei Izzy entschuldigen.«

Alle drei saßen einen Moment lang schweigend da. Schließlich lächelte Laura Izzy zögernd an. »Es tut mir Leid«, sagte sie, »wirklich. Du weißt doch, dass ich dich nie im Leben absichtlich verletzen würde. Verzeihst du mir?«

Max wandte sich an Izzy, und um die Situation ein wenig aufzulockern, sagte er: »Na, komm schon Izzy. Ich weiß, dass Laura weit übers Ziel hinausgeschossen ist, aber eigentlich würde ja auch nur ein Narr einen Mann wie Theo ernst nehmen.« Kaum hatte er die Worte ausgesprochen, wurde ihm klar, dass er etwas Schlimmeres gar nicht hätte sagen können. Laura versetzte ihm unter dem Tisch einen Tritt und Izzy warf ihm einen wütenden Blick zu. Am liebsten wäre er im Boden versunken.

Izzy registrierte sein Unbehagen und wusste, dass sie ihren Stolz einfach hinunterschlucken und über alles lachen sollte. Aber sie konnte nicht. Die Wut schnürte ihr die Kehle zu, um so mehr, als sie Theo beinahe ernst genommen hätte. Ihn hatte ernst nehmen *wollen*.

Also stand sie einfach auf und ging.

»Soll ich ihr nachgehen und mich entschuldigen?«, hörte sie Max noch sagen, während sie zum Strand eilte.

»Nein«, erwiderte Laura, »ich glaube, wir haben genug gesagt und getan. Wir lassen ihr besser ein wenig Zeit, damit sie sich beruhigen kann.«

Während Izzy den Pfad zum Strand hinuntermarschierte und die nach Pinien duftende Luft tief einatmete, ließ ihre Wut langsam nach. Wahrscheinlich konnte man in solch einer herrlichen Umgebung nicht lange schlechte Laune haben. Das Leben hier war einfach zu schön. Am Strand schlug sie den Weg zu den Felsen ein, die sie versucht hatte zu malen. Ihr war klar, dass sie sich als Gast im Haus von Laura und Max grässlich benahm. Und außerdem war sie weit ärgerlicher auf sich selbst als auf Max oder Laura.

Nur ein Narr würde einen Mann wie Theo ernst nehmen.

»Na ja, es gibt eben keinen größeren Narren als Izzy Jordan«, murmelte sie. Seufzend legte sie sich auf die heißen, weißen Steine. Im selben Moment zuckte sie zusammen.

Sie war nicht allein. Ein Mann saß auf einem der Felsen, nur wenige Meter von ihr entfernt. Sie hatte ihn schon einmal gesehen, er war ihr aufgefallen, als sie malend auf ihrem Balkon saß. Sie konnte sein Gesicht nicht erkennen, weil er ihr nur das Profil zuwandte. Er verharrte ganz still und beobachtete versunken ein Fischerboot, das auf dem Meer schaukelte. Auf einmal wünschte Izzy, sie hätte ihren Skizzenblock dabei. Der Mann wirkte interessant, mit seinem scharfgeschnittenen Profil und den blonden Haaren, die ihm immer wieder ins Gesicht fielen. Anders als Theo machte er nicht den Eindruck, als würde er sehr auf seine äußere Erscheinung achten. Izzy fragte sich, wer er wohl sein mochte und in welcher Villa er wohl wohnte. Ob das vielleicht Theos schriftstellernder Freund Mark St. James war? Er war ungefähr im richtigen Alter.

Sie zog die Knie an die Brust, schlang die Arme darum und konzentrierte sich mit geschlossenen Augen auf dieses Bild, damit sie es später in der Villa zu Papier bringen konnte.

Während er das Fischerboot beobachtete, dachte Mark an ähnliche Szenen, die er in Robin Hood's Bay erlebt hatte, wenn die Fischer am Ende des Tages in den Hafen einfuhren.

Als das Boot davontuckerte, wandte er den Kopf zur Seite. Er erkannte Izzy sofort, und da sie die Augen geschlossen hatte, betrachtete er sie eingehender, um herauszufinden, warum sie Theo so bezauberte. »Es liegt wohl an ihrer Natürlichkeit«, überlegte er, nachdem er die schlanke Gestalt in Khaki-Shorts und Weste eingehend gemustert hatte. Sie hatte das Kinn auf die langen, gebräunten Beine gestützt und ihre schulterlangen, braunen Haare wurden vom Wind zerzaust. Ja, das musste es wohl sein. Sie war nicht so aufgedonnert wie die Schönheiten, mit denen Theo sich normalerweise umgab, und das fand er besonders attraktiv. Aber auch Mark gefiel ihre lässige, natürliche Art.

Fasziniert beobachtete er sie weiter. Sie sah so aus, als ob sie sich auf etwas konzentrierte. Vielleicht meditierte sie ja.

Als er in der Rehabilitation war, hatte man ihn auch ermuntert, zu Meditationskursen zu gehen, was ihm nicht leicht fiel, da er sein Leben lang vor seinen eigenen Gedanken weggelaufen war. Pille hatte ihm vorgeschlagen, er solle versuchen, nicht in seinen eigenen, sondern in den Kopf eines anderen einzudringen, und hatte gesagt: »Denken Sie einfach an jemanden, den Sie bewundern. An einen Freund vielleicht. Einen Freund, der großen Einfluss auf Sie hat.«

Mit anderen Worten, er musste an den Mann denken, der ihn dort hingebracht hatte.

So irritierend der Vorschlag auch war, es hatte funktioniert. Indem Mark sich auf Theo und die Frage, warum sie überhaupt miteinander befreundet waren, konzentrierte, konnte er weniger über die negativen Seiten seines Lebens nachgrübeln.

Als er damals in Durham neben Theo in dem Krankenzimmer gelegen hatte, war er, nachdem seine Eltern wieder gegangen waren, so wütend auf Theo losgegangen, dass er sich noch heute deswegen schämte. »Das hast *du* vermutlich eingefädelt, was? Hast du irgendjemanden bestochen?«

»Warum sollen denn deine Eltern nicht wissen, dass du ihre Hilfe brauchst?«, fragte Theo.

»Hör zu, Kumpel, ich brauche die Hilfe meiner Eltern nicht. Kapiert? Es ist wirklich das Allerletzte, was ich brauche. Und deine Einmischung brauche ich auch nicht. Also halt dich aus meinem Leben heraus oder ich bringe zu Ende, was die Idioten letzte Nacht nicht geschafft haben.«

Glücklicherweise hatte Theo seinen Worten gar keine Beachtung geschenkt, und als sie aus dem Krankenhaus entlassen wurden, bat Theo seine Eltern, sich auch um Mark zu kümmern. Dieser merkte rasch, dass ihm gar nichts anderes übrig blieb, als ihre Unterstützung anzunehmen, und er konnte mit ihnen natürlich nicht so rüde umgehen wie mit seinen eigenen Eltern. Sie warfen einen

Blick auf das Zimmer, in dem er wohnte, und sorgten sofort dafür, dass er in das Haus zog, das sie kürzlich für Theo gekauft hatten. Mr. Vlamakis kehrte erst wieder nach London zurück, als er sicher war, dass sein Sohn und Erbe sein normales Leben wieder aufnehmen konnte. Seine Frau blieb jedoch noch in Durham, um sich um die beiden jungen Männer zu kümmern.

In diesen Wochen wurde Mark irgendwann klar, dass er Theo mochte. Zumindest bewunderte er ihn für seine Hartnäckigkeit und für die Leichtigkeit, mit der er alle Beleidigungen Marks abstreifte.

»Warum tust du das für mich?«, fragte Mark ihn eines Abends, als Theos Mutter gerade mit seinem Vater telefonierte, um ihm über den Fortschritt der Genesung Bericht zu erstatten.

»Weil ich dich trotz allem, was du tust und sagst, gern habe.«

»Das solltest du aber besser nicht.«

»Warum nicht?«

»Ich bringe dir kein Glück.«

Theo lachte. »Bis jetzt stimmt das aber nicht. Hast du schon vergessen, dass du mir das Leben gerettet hast? Es war das größte Glück, dass du in jener Nacht vorbeigekommen bist.«

Von diesem Tag an hatte Theo sich geschworen, dass er da sein würde, sollte Mark jemals seine Hilfe brauchen. Und er löste dieses Versprechen auch ein. Und obwohl sie anschließend eigentlich quitt waren, hatte Mark immer noch das Gefühl, in Theos Schuld zu stehen. Jeder hätte getan, was Mark getan hatte, aber nicht jeder hätte in den schlimmsten Zeiten seiner Sucht so unerschütterlich zu ihm gestanden.

Wieder blickte Mark zu dem Mädchen auf den Steinen und es kam ihm der Gedanke, dass er Theo vielleicht helfen konnte, wenn er es mit dieser Izzy ernst meinte. Ein paar gut gewählte Worte von ihm, und sie würde Theo vielleicht mit anderen Augen sehen. Er lächelte in sich hinein. Es war schon eine Ironie des Schicksals, dass ausgerechnet er Theos Liebesleben voranbringen wollte.

Er dachte noch darüber nach, als er merkte, dass das Mädchen aufgestanden war und zu dem Pfad hinüberging, der in die Hügel hinaufführte. Na, wenn er ein gutes Wort für seinen Freund einlegen wollte, dann hatte er gerade eine Gelegenheit verpasst.

15

Die folgende Woche verging mit trägem Nichtstun. Der Höhepunkt der Hauptsaison rückte näher und es kamen immer mehr Touristen auf die Insel. Es blieb weiterhin heiß, aber vom Meer blies ein erfrischender Wind, der die Temperaturen erträglich machte. Als Izzy an einem Morgen aufwachte und zusah, wie sich die weißen Musselinvorhänge in der leichten Brise bauschten, dachte sie, dass sie sich selten so glücklich und entspannt gefühlt hatte.

Selbst die lächerliche Szene von letzter Woche war so gut wie vergessen. Als sie vom Strand wieder in die Villa zurückgekommen war, hatte sie sich sofort bei Laura entschuldigt. »Es tut mir Leid«, hatte sie gesagt, »ich habe mich schlimmer benommen als ein störrischer Teenager. Verzeih mir bitte.«

»Ich möchte mich auch entschuldigen«, hatte Laura erwidert. »Ich hätte so etwas nicht tun dürfen. Max hätte allen Grund, mich übers Knie zu legen und mir den Hintern zu versohlen.«

»Und glaub bloß nicht, dass ich das nicht noch tun werde!«, hatte Max aus seinem Arbeitszimmer gerufen, wo er gerade die Faxe las, die an dem Morgen gekommen waren. Dann hatte er den Kopf aus dem offenen Fenster gesteckt und gesagt: »Mir tut es auch Leid, Izzy, dass ich meinen dummen Mund nicht gehalten habe.«

»Oh, jetzt hört endlich auf, so nett zu mir zu sein«, wehrte sie ab. »Ich werde ja ganz verlegen.«

»Das brauchst du nicht. Und jetzt belästigt mich nicht länger, ich muss arbeiten. Ach, da fällt mir ein, wir haben kein Brot mehr. Besteht die Chance, dass ihr zwei euch nützlich macht und einkaufen geht?«

»Ja, o Herr«, sagte Laura lachend, »und sollen wir uns dir zu Füßen werfen und dich anbeten, wenn wir wieder zurück sind?«

»Gute Idee. Frag im Übrigen bitte bei Nicos, ob er noch etwas von diesem wunderbaren Olivenöl hat, das er unter der Theke versteckt hält.«

»Sonst noch etwas, mein Herr und Gebieter?«

»Ja, du kannst ein paar Reiseschecks einlösen, wir haben kaum noch Bargeld.«

»Ihm fehlt die Arbeit, Gott sei Dank«, murmelte Laura Izzy lächelnd zu, als Max wieder in seinem Arbeitszimmer verschwunden war.

Auf dem Weg zum Supermarkt hatte Izzy versucht, Laura zu erklären, warum sie so wütend gewesen war. »Ich habe mich über mich selbst geärgert«, hatte sie gesagt. »Ich habe gemerkt, dass ich schon wieder denselben alten Muster folge. Die arme, verzweifelte Izzy braucht so dringend einen Mann, dass sie sich über die Konsequenzen keine Gedanken macht. Wirklich, ich könnte mich treten für meine Naivität.«

»Findest du nicht, dass du ein bisschen hart zu dir bist?«, hatte Laura erwidert. »Schließlich hat er dich nur zum Abendessen eingeladen.«

»Ach, komm, Männer wie Theo erwarten dafür doch auch etwas.«

»Nicht unbedingt. Und außerdem liegt es an dir, ob

du dich einer solchen Erwartungshaltung beugst oder nicht.«

»Aber verstehst du denn nicht? Das ist doch gerade das Problem! Er würde mich einwickeln. Ein paar nette Worte, ein oder zwei Küsse, und der Himmel weiß, wozu ich imstande bin.«

»Hör zu, reden wir nicht mehr über Theo und seinesgleichen. Wir sollten überlegen, was wir mit unserer Zeit anfangen, bevor die Horden einfallen. Ich würde ja eine Woche Nichtstun empfehlen, denn wenn Francesca und Sally mit Max' Eltern kommen, wird es lebhaft werden.«

In den nächsten Tagen war es so heiß geworden, dass sie sich nur in der Villa oder am Strand aufgehalten hatten. Außer zum Schwimmen bewegten sie sich nur, wenn sie abends nach Kassiópi gingen, um dort am Hafen zu Abend zu essen. Manchmal waren sie sogar dazu zu faul und fuhren stattdessen mit dem Auto hin. Von Theo sahen sie nichts. Sophia und Angelos hatten erzählt, er sei aus geschäftlichen Gründen nach Athen geflogen und habe seinen Gast allein gelassen. Dieser würde in Ruhe arbeiten. »Glaubst du, er hätte gern mal für einen Abend Gesellschaft?«, fragte Max hoffnungsvoll. Er brannte immer noch darauf, den berühmten Mark St. James kennen zu lernen. »Irgendwie kommt es mir ungehörig vor, nicht mal nach ihm zu sehen.«

Aber Laura war fest geblieben. »Sophia und Angelos sind jeden zweiten Tag da«, sagte sie. »Wenn es irgendwelche Probleme gibt, kümmern sie sich darum.«

»Meinst du nicht, er ...«

Laura setzte sich auf Max' Schoß, brachte ihn mit einem Kuss zum Schweigen und erklärte ihm, er solle warten, bis Theo wieder zurück sei. »Wenn du brav bist, lade ich sie beide zum Essen ein, wenn deine Eltern und die Mädchen hier sind. Ich werde sogar heftig mit Theo flirten, damit er auch ganz bestimmt seinen Freund mitbringt. Wie findest du das?«

Max hatte ihren Kuss erwidert. »Nicht zu heftig, hoffe ich.«

Gähnend reckte Izzy die Arme über den Kopf und beschloss, dass es Zeit war aufzustehen. Heute kamen die anderen an und sie hatte Laura versprochen, ihr bei den Vorbereitungen zu helfen.

Sie fand ihre Freundin in der Küche, wo sie gerade Olivenöl über ein großes Stück Fleisch goss. »Lamm mit Rosmarin und Knoblauch«, sagte sie zu Izzy. »Das ist bestimmt ein ekelerregender Anblick um diese Tageszeit, aber ich wollte alles fertig haben, bevor es so heiß wird, dass ich keine Lust mehr habe, etwas zu tun. Reichst du mir bitte mal die Salzmühle?«

In den nächsten beiden Stunden arbeiteten sie gemeinsam. Während Laura sich auf das Abendessen konzentrierte, buk Izzy Scones und Kuchen.

»Ich weiß, dass es Wahnsinn ist«, sagte Laura, während Izzy Mehl und Zucker abwog, »aber Max' Eltern müssen – ganz gleich, wo sie sich gerade befinden – ihren Nachmittagstee haben. Das ist eine richtig fixe Idee. Aber ich bin wahrscheinlich noch verrückter, weil ich sie darin unterstütze. Ab morgen werde ich sie aber nicht mehr verwöhnen – da müssen sie mit griechischem Gebäck vorlieb nehmen.«

Izzy hatte Corky und Olivia Sinclair schon bei verschiedenen Gelegenheiten getroffen und wusste, dass sie ein wundervolles Paar waren, das das Leben in vollen Zügen genoss.

»Du weißt ja, für Siebzigjährige sind sie ganz schön wirbelig«, sagte Laura gerade. Sie stand an der Spüle und wusch sich die Hände. »Sie werden viel anstrengender sein als Francesca und Sally, und das heißt schon was.«

In den letzten Tagen hatten sie viel über die »Nymphomanin Sally« geredet, wie Max Francescas Freundin nannte, und er hatte Izzy erzählt, warum er solche Angst vor ihr hatte. Auf einer Weihnachtsparty im letzten Jahr war sie, ohne zu wissen, dass er Francescas Vater war, hüftenschwenkend mit einem Mistelzweig auf ihn zugekommen und hatte ihn geküsst. Und als sie dann erfuhr, wer er war, schien es sie nicht zu stören. »Sie war nicht im Mindesten verlegen«, sagte Max.

»Im Gegensatz zu meinem armen, unschuldigen Ehemann«, fügte Laura lachend hinzu.

»Und das Schlimmste war, sie war noch nicht einmal betrunken.«

»Warst du denn nicht wenigstens ein bisschen geschmeichelt?«

»Nein, Izzy, bestimmt nicht. Eher entsetzt. Es wäre sehr nett von euch, wenn ihr mir versprecht, mich nicht mit ihr alleine zu lassen.«

»Oh, jetzt komm schon«, neckte Laura ihn, »du redest dir was ein. Sie wird sich mit all den jungen, gut aussehenden Kellnern in Kassiópi vergnügen und du wirst sie gar nicht zu sehen bekommen.«

»Na, Gott sei Dank!«

»Und nicht zu vergessen Theo«, fügte Izzy hinzu. »Es hört sich doch an, als ob sie die perfekte Spielgefährtin für ihn wäre.«

Max lachte herzlich. »Ja, da hast du Recht. Danke, Izzy, das muntert mich ein bisschen auf.«

Laura jedoch verzog das Gesicht. »Ich finde, ihr beiden seid dem armen Theo gegenüber unfair. So schlimm, wie ihr ihn darstellt, ist er ja nun auch nicht. In ihm steckt mit Sicherheit mehr Gutes, als wir alle annehmen.«

Während Izzy jetzt das Blech mit den Scones aus dem Backofen holte und es auf den Rost stellte, fiel ihr ein, dass sie während des Essens in Áyios Stéfanos das Gleiche gedacht hatte. Nun ja, vielleicht hatte er ja verborgene Tiefen, aber eins stand fest: *Sie* würde nicht das Risiko eingehen, sie auszuloten.

Max war seinem Vater wie aus dem Gesicht geschnitten und es amüsierte Laura immer, die beiden nebeneinander zu sehen, weil sie sich dann genau vorstellen konnte, wie ihr Mann im Alter aussehen würde. Doch ihre Ähnlichkeit war nicht nur äußerlich, sondern sie besaßen auch beide die gleiche Umsicht und die selbe Art von Humor und Offenheit. Letztere stellte Corky gerade unter Beweis.

Sie saßen auf der Veranda im Schatten und tranken Tee. Francesca und Sally waren an den Strand gegangen. »Du siehst so aus, als hättest du zugenommen«, sagte Corky zu Max. »Diese Shorts sitzen ganz schön eng.« Er strahlte vor Entzücken, weil er sich vor zehn Minuten damit gebrüstet hatte, dass er ein paar Pfund abgenommen hatte. Zufrieden klopfte er sich auf den Bauch. »Du lebst zu üppig«, fuhr er fort. »Das wird noch mal dein Verderben. Denk an meine Worte.«

»Träum weiter, Dad«, erwiderte Max, wobei er diskret seinen Bauch einzog. »Laura ist sehr zufrieden mit meinen Hüften. Nicht wahr, mein Liebling?«

Sie lächelte ihn an. »Unter anderem, mein Schatz. Möchte jemand noch etwas zu essen?« Sie bot das letzte

Stück Schokoladenkuchen an, sonst war nichts mehr übrig – Corky und Olivia hatten alles aufgegessen. Der Himmel wusste, wo sie das alles hinsteckten – und woher sie ihre Energie nahmen. Sie waren erst seit ein paar Stunden da, aber sie hatten bereits ein herzhaftes Mittagessen zu sich genommen, waren spazieren gegangen und hatten ihre Koffer ausgepackt. Laura hingegen fühlte sich jetzt schon völlig erschöpft. »Was ist mit dir, Olivia? Noch ein Stück Kuchen?«

Olivia schüttelte den Kopf. »Nein, danke. Aber ich nehme gern noch eine Tasse Tee. Ist noch etwas in der Kanne?«

Izzy erhob sich vom Tisch. »Man kann ihn bestimmt nicht mehr trinken. Ich mache frischen.«

»Oh, danke, Izzy. Und was ist mit dir, Corky? Hast du noch Platz für ein Stück Kuchen?«

Max' Vater blickte sehnsüchtig auf den Kuchen.

»Am besten ist, man isst einfach alles auf«, sagte er dann. »Man darf Essen bei dieser Hitze nicht rumstehen lassen.«

Als Izzy mit dem frischen Tee zurückkam, war auch der letzte Krümel verputzt, und Corky und Olivia wollten wissen, was für den nächsten Tag geplant sei.

»Ich habe gedacht, wir fahren auf die andere Seite der Insel und zeigen euch Paleokastrítsa«, sagte Laura, wobei sie hoffte, dass der lange, beschwerliche Aufstieg zum Kloster die beiden vielleicht so ermüden würde, dass sie danach einen Tag Pause machen wollten. Sofort griff Corky nach seinem Führer. »Da ist es ja«, sagte er und las vor: »Paleokastrítsa, ungefähr sechzehn Meilen von Korfu-Stadt entfernt und einer der schönsten Flecken der Insel.«

Als plötzlich lautes Gelächter ertönte, blickten alle zur Bucht. Francesca und Sally lagen dort unten und sonnten sich oben ohne. Olivia lächelte. »Na, wenn die Mädchen mitkommen wollen, müssen sie sich aber etwas anziehen. Ist noch Tee da?«

Da Izzy sich noch einmal erboten hatte, frischen Tee aufzubrühen, stand sie kurze Zeit später am Küchenfenster und blickte auf Max' Eltern. Sie waren älter als ihre Mutter und wirkten doch eine ganze Generation jünger. Kein Wort der Klage war seit ihrer Ankunft über ihre Lippen gekommen. Sie hatten nichts an dem Flug oder an den Mitreisenden auszusetzen gehabt. Im Gegensatz dazu hätte sich Prudence Jordan sicher über alles und jedes aufgeregt. Was für ein Unterschied! Sie nahmen das Leben so, wie es war, und waren entschlossen, es zu genießen. Ihre Mutter dagegen hatte sich niemals die Freude gestattet, glücklich zu sein. Ob Izzy wohl letztendlich auch so würde? Würde sie als einsame, alte Frau enden, nur weil sie zu viel Angst hatte, sich ein bisschen Spaß zu gönnen? Hatte sie deshalb Theos Einladung zum Abendessen abgelehnt?

Nein, das war Unsinn. Sie hatte nein gesagt, weil sie ihn durchschaut hatte. Sie hatte vernünftig reagiert.

Aber war vernünftig nicht nur ein anderes Wort für langweilig?

Sie trug den Tee nach draußen und sah, dass Francesca und Sally sich unten in der Bucht gerade darauf vorbereiteten, vom Steg ins Wasser zu springen. Das hatte sie auch von Theo gelernt.

Weiter hinten in der Bucht beobachtete noch jemand Francesca und Sally. Er hatte sie schon im Flugzeug und später dann auch bei der Gepäckausgabe gesehen.

»Wie alt schätzt du sie?«, fragte Nick Patterson seinen Bruder.

Langsam blickte Harry von seinem Buch auf. »Was willst du denn jetzt schon wieder?«

Nick wies zum Strand. »Ich habe dich gefragt, für wie alt du sie hältst.«

Harry schob seine Brille auf die Nase und sagte dann: »Ungefähr so alt wie wir, vielleicht auch ein bisschen älter. Kann man aus der Entfernung schwer sagen. Du weißt, dass ich kein Experte bin.«

»Älter ist nicht gut. Älter wäre wirklich schlecht.«

»Na, dann lass es doch gleich bleiben, bevor du noch mehr Zeit verschwendest«, entgegnete sein Bruder.

»Ich denke nicht daran! Glaubst du, ich mache hier einen auf Familie, wo Mum und Dad sich dauernd streiten? Lieber lenke ich mich ab.«

Harry wandte seine Aufmerksamkeit wieder dem Buch zu. Er wollte nicht über seine Eltern nachdenken. Und ganz sicher nicht über seinen Vater. Als kleines Kind hatte er sich danach gesehnt, einen ganz normalen Vater zu haben, der in einem Büro arbeitete, spät nach Hause kam, fernsah und sich ab und zu darüber beschwerte, dass seine Söhne laute Musik hörten. Stattdessen war er mit einem Pseudo-Bohémien gestraft, der schon, solange er denken konnte, in der Midlife-Crisis steckte. Kein Tag verging, ohne dass sein Vater sich mit irgendeinem beruflichen oder privaten Desaster auseinander setzen musste, und außer ihm durfte niemand Probleme haben.

Er arbeitete in der Filmindustrie, und wenn er das anderen erzählte, klang es so, als seien Spielberg und er die besten Freunde, aber in Wirklichkeit machte er nur drittklassige Beiträge fürs Fernsehen.

Ihre Mutter sah sich seine Filme selten an, aber sie war sowieso nur wenig zu Hause, da sie ständig in irgendwelchen Ausschüssen oder Komitees saß. Außerdem missbilligte sie die Arbeit ihres Mannes zutiefst und die beiden stritten sich häufig deswegen.

Harry jedenfalls fand seine Eltern äußerst anstrengend und er war immer noch wütend auf sie und auch auf sich, weil er eingewilligt hatte, mit ihnen zusammen in Urlaub zu fahren. Eigentlich hatten er und seine Freunde aus dem College einen Rucksackurlaub in der Türkei geplant, aber sein Vater hatte auf ihn eingeredet, dass dies möglicherweise der letzte gemeinsame Urlaub für die ganze Familie wäre, und blöderweise hatte er nachgegeben.

»Kommst du mit schwimmen?«, fragte Nick.

Da er wusste, dass sein Bruder sowieso keine Ruhe geben würde, sagte Harry: »Na gut, also los.«

Francesca und Sally hatten zwar auf dem Flughafen so getan, als seien ihnen Nick und Harry nicht aufgefallen, aber sie hatten natürlich die Signale, die die beiden aussandten, deutlich wahrgenommen.

»Wie alt schätzt du sie?«, fragte Sally, als sie die beiden zum Strand kommen sah.

»Zu jung für dich.«

»Ich könnte ja mal eine Ausnahme machen.«

»Ach ja? Und welchen hast du dir ausgeguckt?«

»Den großen Dunkelhaarigen mit Brille. Er sieht so aus, als würde er nichts anbrennen lassen.«

Francesca lachte. »Ja klar, das gefällt dir. Und mir würdest du also den Kleinen überlassen?«

»Ja, er passt sowieso besser zu dir. Und mit seinen Rastalocken sieht er ein bisschen wie Carl aus.«

»Er sieht überhaupt nicht aus wie Carl! Carl hatte nie Rastalocken.«

»Ach, wen kümmert das schon? Sollen wir mal auskundschaften, wie sie so sind?«

»Nein, dazu haben wir noch jede Menge Zeit. Im Moment tun wir erst einmal so, als sei es schwierig, an uns heranzukommen. Auf ›drei‹ schwimmen wir zum Strand und machen uns sofort auf den Weg zur Villa.«

16 Am späten Abend kehrte Theo nach Áyios Nikólaos zurück. Müde, aber fröhlich bog er in den Weg ein, der zu seiner Villa führte. Die Woche in Athen war genauso verlaufen, wie er es sich vorgestellt hatte, und er hatte zwei seiner erbittertsten Konkurrenten aus dem Feld schlagen können. Theo fand nichts faszinierender als die Jagd nach einem guten Geschäft. Wenn er diese Erregung einmal nicht mehr verspürte, würde er sich zur Ruhe setzen, aber im Moment machte es ihm noch Spaß.

Als er geduscht und sich umgezogen hatte, ging er in die Küche, wo Mark gerade das Abendessen zubereitete.

»Gib dich keinen falschen Vorstellungen hin«, sagte Mark und reichte Theo einen Teller mit einem Käse-Kräuter-Omelett. »Ich spiele nur dieses eine Mal die Hausfrau. Wein?«

Sie aßen draußen. Es war beinahe windstill und nur eine ganz leichte Brise ging durch die Eukalyptusbäume. »Das ist mein Zuhause,« dachte Theo zufrieden, während er auf das Meer blickte, in dem sich der Mond silbrig spiegelte.

»Hattest du eine gute Woche?«, fragte er Mark. »Ging es mit dem Schreiben voran?«

»Nicht schlecht. Und bei dir? Wieder einen Sack Gold gescheffelt?«

»Mehrere«, erwiderte Theo. »Und hat man dich in

Ruhe gelassen? Oder hat dich deine Freundin aus dem Flugzeug heimgesucht, wie sie es androhte?«

»Gott sei Dank habe ich niemanden außer Angelos und Sophia und Nicos aus dem Laden gesehen. Es ist sehr still gewesen. Genau so, wie ich es liebe. Allerdings hat mein Verleger angerufen, oder vielmehr, diese neue Pressetante, die sich um mich kümmern soll.«

Theo unterdrückte ein Lächeln. Er wusste, wie schlecht Mark sich selbst verkaufen konnte, wie sehr er jedoch jeden verachtete, der es für ihn tun wollte. »Und was hat sie von dir gewollt?«

»Oh, nur das Übliche, ein Stück meiner Seele.«

»Ein bestimmtes Stück?«

»Ja, genau den Teil, den ich lieber für mich behalten würde.«

»Ah, ich verstehe. Sie wollen, dass du dich interviewen lässt, was?« Theo besaß ein Videoband von einem von Marks seltenen Fernsehauftritten, bei dem er der unerfahrenen Reporterin wahrscheinlich einen der schlimmsten Augenblicke ihres Lebens beschert hatte. Unschuldig hatte sie ihn gefragt, ob er daran dächte, noch einmal zu heiraten, und er hatte erwidert: »Das geht Sie einen feuchten Kehricht an!«

Mark nickte. »Ja, das Übliche – sie wollen meine persönliche Geschichte verkaufen, damit sich das Buch verkauft. Und mich machen sie zu einer Art Medientrottel.«

»Was hast du ihnen gesagt?«

»Was glaubst du?«

»Ich nehme mal an, die Leitung hat bei deiner heftigen Antwort angefangen zu brennen.«

Mark fuhr sich mit den Fingern durch die Haare und

dachte einen Moment lang nach. Seine Antwort war tatsächlich heftig gewesen und das Mädchen am anderen Ende der Leitung hatte verblüfft geschwiegen, weil sie nicht wusste, was sie darauf erwidern sollte.

»Sie hatten so ein interessantes und farbiges Leben«, hatte sie gezwitschert. »Es wäre ein großartiger Aufhänger für die Werbekampagne.«

Ein interessantes und farbiges Leben.

Verdammt! Sollte der Alptraum, den er durchlebt hatte, als *interessante und farbige* Episode vermarktet werden?

Sie sollten sich alle zum Teufel scheren. In der Vergangenheit hatten sich die Bücher schließlich auch verkauft, ohne dass er sich prostituieren musste, also warum sollte er jetzt damit anfangen?

Als er sah, dass Theo ihn beobachtete und auf eine Antwort wartete, sagte er: »Wahrscheinlich war ich nicht so höflich, wie ich hätte sein sollen, aber ich musste ihr verständlich machen, dass ich keine Interviews geben möchte. Außerdem weißt du so gut wie ich, was sie alles über einen schreiben.«

Theo schenkte sich noch ein Glas Wein ein und erwiderte: »Bitte, Mark, *ich* bin es. Du brauchst dich nicht vor mir zu rechtfertigen. Niemand weiß besser als ich, dass du dich als Künstler siehst und nicht als Tanzbär. Gott bewahre, dass dich jemals jemand dafür halten könnte.«

»Bastard! Jetzt versuchst du wieder, mir Anmaßung zu unterstellen.«

Theo lächelte. »Und es ist so leicht.«

»Kann ich was dafür, dass ich nichts Großartiges zu sagen habe? Wenn ich das Gefühl hätte, ich müsste der

Menschheit irgendeine tiefe, emotionale Philosophie vermitteln, würde ich es bestimmt auch tun.«

»Genau darum geht es doch. Du hast durchaus etwas Großartiges zu sagen. Deine Bücher sind voller Warnungen vor den Schwächen der Menschen.«

»Siehst du? Schon wieder bist du anmaßend.«

Am nächsten Tag ging Theo zum Meer schwimmen. Vom Wasser aus entdeckte er Laura, die oben am Hügel stand. Er winkte und bedeutete ihr, zu ihm zu kommen, und innerhalb weniger Minuten war sie am Strand und sprang in das kühle, erfrischende Wasser.

»Angelos hat uns deine Nachricht ausgerichtet«, sagte sie, während sie auf ihn zuschwamm. »Wie war es in Athen?«

»Furchtbar heiß. Ich habe von Mark gehört, dass ihr Besuch habt. Bedeutet das, dass du und Max heute Abend nicht zum Essen zu mir kommen könnt?«

Sie stöhnte. »Wenn der Nachmittag vorbei ist, falle ich wahrscheinlich nur noch ins Bett.«

Er zog eine Augenbraue hoch. »Wirklich, Laura, du solltest aufhören, mir solche Gedanken in den Kopf zu setzen.«

Sie bespritzte ihn mit Wasser. »Ich habe gemeint, dass ich wahrscheinlich nur noch schlafen will. Max' Eltern sind hier und außerdem noch Francesca und ihre Freundin Sally.«

»Ach ja, jetzt erinnere ich mich. Sally ist das Mädchen, das Max unbedingt wiedersehen wollte. Benimmt sie sich?«

»Mehr oder weniger. Im gleichen Flugzeug wie sie sind gestern zwei Jungen angekommen – sie wohnen in dem Haus da drüben.« Laura wies auf eine Villa in verblasstem Rosa am Ende der Bucht. »Ich glaube, Francesca und sie warten im Moment darauf, was die beiden ihnen bieten könnten.«

Sie schwiegen für eine Weile.

»Und wie geht es Izzy?«

»Sehr gut.«

Sie schwammen zum Floß und kletterten hinauf. Theo betrachtete den blauen Himmel und fragte so neutral wie möglich: »Sag mal, Laura, hat Izzy mit dir über mich gesprochen?«

Laura drückte sich das Wasser aus den Haaren und erwiderte: »Warum? Sollte sie?«

Er sah sie nicht an. »Ich muss sie kurz vor meiner Abreise unabsichtlich verärgert haben. Hat sie dir gegenüber etwas erwähnt? Ich wollte sie nicht wütend machen.«

Wieder herrschte Schweigen, während Laura überlegte, was sie sagen sollte. Sie wollte ihre Freundin nicht schon wieder verärgern, indem sie mit Theo über sie redete, aber als sie merkte, wie wichtig die Angelegenheit Theo zu sein schien, dachte sie, es könne ja nicht schaden, wenn sie ihm die Wahrheit sagte.

»Du meinst also«, sagte er, als sie mit ihrem Bericht fertig war, »dass ich sie an diesen schrecklichen Alan erinnert habe?«

»So ungefähr. Aber warum bereitet dir das Sorge, Theo? Es kann doch nicht das erste Mal sein, dass du eine Frau wütend machst. Oder erträgst du es nur nicht, abgewiesen zu werden?«

Lauras Worte erinnerten ihn fatal an das, was Mark gesagt hatte, und das gefiel Theo gar nicht. Warum vermuteten alle so etwas bei ihm? Wäre es denn ein solcher

Schock, wenn sie erführen, dass auch er Gefühle hatte? Mark hatte ihn beschuldigt, er benutze Frauen nur dazu, eine Leere auszufüllen, und Theo hatte das heftig abgestritten. Doch als er letzte Woche mit einer seiner regelmäßigen Gefährtinnen im Bett lag, hatte er über Marks Theorie nachgedacht, und die Schlussfolgerung, zu der er gekommen war, hatte ihm gar nicht gefallen.

Ohne Lauras Frage zu beantworten, berührte er sie leicht an der Schulter und sagte: »Du wirst schon wieder rot von der Sonne. Es ist Zeit, zum Strand zurückzuschwimmen.«

Als sie dort angekommen waren, sagte Laura: »Wir sind heute den ganzen Tag über in Paleokastrítsa, aber möchtest du nicht heute Abend auf einen Drink vorbeikommen? Du kannst deinen Freund Mark gern mitbringen, wenn er Lust hat. Du weißt ja, wie gern Max ihn kennen lernen möchte.«

»Danke, das wäre nett. *Ti óra?*«

Lächelnd überlegte Laura einen Moment lang, dann zählte sie an ihren Fingern ab: »*Enyá i óra.*«

»Bravo! Also um neun. Viel Spaß heute in Paleokastrítsa. Pass aber auf die Sonne auf – ich fürchte, es wird sehr heiß.«

17

Theo hatte Recht gehabt. Der Tag war einer der heißesten bisher gewesen und in Paleokastrítsa hatte die Sonne erbarmungslos gebrannt. Während jedoch Laura die Hitze sehr zu schaffen machte, zeigten Max' Eltern keine Ermüdungserscheinungen. Sie hatten mit einem Boot die kleinen Grotten und Buchten erkundet, waren in dem klaren, türkisblauen Wasser geschwommen und hatten den steilen Pfad, der zum Kloster hinaufführte, wie zwei Bergziegen erklommen. Und während Laura jetzt am überfüllten Strand dösend unter einem Sonnenschirm lag, waren sie mit Max unterwegs, um sich die Geschäfte im Ort anzusehen. Laura drehte sich zu Izzy um und sagte: »Verstehst du jetzt, was ich meinte? Sie sind anstrengend, was?«

»Ich finde sie wundervoll.«

»Oh, das sind sie auch und ich liebe sie sehr. Ich wünschte nur, ich hätte wenigstens die Hälfte ihrer Energie. Wenn sie in der Nähe sind, komme ich mir immer so unzulänglich vor! Ich möchte dann immer nur lange schlafen. Am besten hätte ich es genauso wie die Mädchen gemacht und wäre zu Hause geblieben und hätte mich entspannt.«

Izzy lachte. »Ich bin mir nicht ganz sicher, was für eine Art Entspannung Francesca und Sally wirklich im Sinn hatten.« Als sie heute früh auf ihrem Balkon gesessen hatte, hörte sie, wie die beiden im Zimmer nebenan ihre Pläne für den Tag besprachen. Es ging hauptsächlich darum, so gut sichtbar wie möglich zu sein und doch Distanz zu wahren. Izzy hatte die beiden jungen Männer, denen diese Strategie galt, noch nicht gesehen, aber Olivia hatte sie gestern Nachmittag erwähnt, als die Mädchen vom Strand zurückgekommen waren. »Sind das nicht die beiden gut aussehenden Jungen, die mit uns im Flugzeug waren?«, hatte sie ihre Enkelin gefragt, als Francesca und Sally dauernd zum Strand hinunterschauten. »Vielleicht solltet ihr euch anfreunden.« Francescas betont gleichgültiges »Hmm ... waren sie in unserem Flugzeug? Ich kann mich gar nicht erinnern«, hatte Izzy amüsiert und am liebsten wäre sie über die Veranda geschlichen, um auch einen Blick auf die Jungen zu werfen.

Als Laura jetzt gähnte, sagte sie zu ihr: »Du solltest heute Abend früh zu Bett gehen.«

»Das wäre schön«, entgegnete Laura. »Aber Theo und Mark kommen heute zu uns. Na, zumindest können Max' Eltern dann nicht bis tief in die Nacht Karten spielen.«

»Sie spielen doch nicht etwa Bridge?«, fragte Izzy entgeistert. Dieses Spiel hasste sie. Alan und seine Eltern hatten es immer gespielt und ihrer Meinung nach gab es nichts Langweiligeres.

»Bridge? Du lieber Himmel, nein«, sagte Laura. »Sie spielen Canasta. Aber ich warne dich, lass dich bloß nicht darauf ein. Vor drei Uhr morgens kommst du dann nicht ins Bett.«

Izzy schloss die Augen, döste zufrieden vor sich hin und lauschte auf die Geräusche am überfüllten Strand.

Das ruhige Áyios Nikólaos hatte sie nicht auf den Touristenrummel in Paleokastrítsa vorbereitet. Doch selbst die Menschenmassen konnten die Schönheit der Umgebung nicht beeinträchtigen und angesichts des unglaublich klaren Wassers und der schroffen Klippen war Izzy froh, dass sie mitgekommen war. Sie hatte geglaubt, dass Max und Laura den Tag vielleicht gern allein mit Max' Eltern verbringen würden, und deshalb hatte sie am Abend zuvor vorgeschlagen, zu Hause zu bleiben, doch die beiden wollten davon nichts hören. »Du meine Güte, sei nicht immer so rücksichtsvoll«, hatte Laura gesagt.

»Genau«, hatte Max ihr beigepflichtet. »Du bist kein fünftes Rad, Izzy, sondern du bist hier mit uns im Urlaub, deshalb kannst du auch an allem teilnehmen.«

Fünftes Rad war ein witziger Ausdruck, aber so ähnlich hatte Izzy sich als Kind gesehen. Sie war sich immer vorgekommen wie eins dieser Dinge, die Müslipackungen beigelegt waren: etwas, das niemand brauchte.

Sie war sicher nicht der erste Mensch, der in dem Wissen aufwuchs, dass seine Geburt kein lang ersehntes Ereignis war. Sie war nicht geplant gewesen und niemand hatte sich auf sie gefreut. Obwohl das eigentlich gar nicht möglich sein konnte, weil ihre Mutter schon einmal schwanger gewesen war und einen kleinen Jungen zur Welt gebracht hatte, der wenige Tage später starb.

Alle Erwartungen und Hoffnungen waren auf ihn konzentriert gewesen und ihre Mutter war felsenfest davon überzeugt, dass dieses Kind vollkommen gewesen wäre. Der begabte Sohn, der seinen Eltern nur Freude machte. Klug. Gut aussehend. Nett. Liebevoll. Musikalisch. Künstlerisch. Es wäre ein erfolgreicher Mann aus ihm geworden.

Izzy wusste das, weil ihre Mutter ihr jeden Tag vorbetete, wie ihr toter Bruder gewesen wäre. Da niemand sonst ihr zuhörte, hatte Izzy es auf sich genommen, ihrer Mutter so aufmerksam zu lauschen, als hinge ihr Leben davon ab.

Es war ein gemeiner Gedanke, aber eigentlich glaubte Izzy, dass John Richard Jordan Glück gehabt hatte, dass er nicht am Leben geblieben war. Er war gerade noch einmal davongekommen, denn den Erwartungen seiner Mutter hätte er nie entsprechen können.

Auf Izzy lagen keine Erwartungen, als sie fünf Jahre später geboren wurde. Von frühester Kindheit an hörte sie ihre Mutter mit ihrem Vater streiten. An allem gab sie ihm die Schuld.

Eine ihrer ersten Erinnerungen war, dass ihr Vater ihr Leid tat. Wie schrecklich alles für ihn sein musste, hatte sie gedacht, als sie sein trauriges Gesicht betrachtete. Sie bemühte sich, ihrer Mutter alles recht zu machen, nur damit diese ihrem Vater keine Vorwürfe machen konnte. Izzy lernte zudem, wie wichtig es war, sich unsichtbar zu machen, wenn ihre Mutter einen ihrer furchtbaren Tobsuchtsanfälle hatte.

Ihre Kindheit war anstrengend und sie konnte nie einfach nur unbeschwert sein. Sie grübelte über die unwichtigsten Dinge nach und hatte immer Angst, etwas falsch zu machen. Dieses mangelnde Selbstvertrauen führte dazu, dass ihr tatsächlich häufiger Missgeschicke unterliefen, was den Zorn ihrer Mutter nur noch verstärkte. Manchmal verprügelte sie Izzy dann so heftig, dass sie in der Schule lügen musste, sie sei hingefallen.

Nie würde sie den Tag vergessen, an dem sie eine der Porzellanfiguren ihrer Mutter zerbrochen hatte. Sie hatte geholfen, den Frühstückstisch abzuräumen, und war aus Versehen an eine Figur gestoßen, die herunterfiel und zerbrach. Izzy war zwar erst fünf Jahre alt, aber sie wusste, dass ihr nichts Schlimmeres hätte passieren können. Fassungslos starrt sie auf die Scherben zu ihren Füßen und hielt den Atem an. Und dann griffen die Hände ihrer Mutter nach ihr und alles begann, sich um sie zu drehen.

Ihre Mutter schüttelte sie so heftig, dass Izzy beinahe das Bewusstsein verlor.

Und dann war auf einmal alles vorbei.

Als Izzy ihre Augen öffnete, war nichts mehr wie zuvor. Ihre Mutter lag weinend vor den Scherben auf den Knien und ihr Vater stand da und schrie. Izzy hatte ihn noch nie zuvor schreien hören. Es verstörte sie mehr als all das Blut, das über ihr Gesicht lief. Erschreckt begann sie zu weinen. »Es tut mir Leid«, schluchzte sie, als ihr Vater sie in die Arme schloss, »ich wollte es nicht tun.«

18

Mark hatte sich mit einer jämmerlichen Ausrede entschuldigt und ging nicht einen Augenblick lang davon aus, dass Theo ihm geglaubt hatte, er müsse heute Abend arbeiten. Allerdings verstand sein Freund, dass er nicht allzu begeistert von der Aussicht war, mit den Nachbarn etwas zu trinken.

Mark machte stattdessen einen Spaziergang nach Kassiópi, um den Hafen zu erkunden. Er brach auf, kurz nachdem Theo zu den Nachbarn gegangen war. Am Tag seiner Ankunft hatte Theo ihm einen Pfad gezeigt, der durch einen Olivenhain führte und, wie sein Freund ihm versicherte, eine Abkürzung nach Kassiópi war. Mark war den steinigen, unebenen Weg schon eine Zeit lang entlanggegangen, als ihm einfiel, dass Theo ihm geraten hatte, er solle für den Rückweg eine Taschenlampe mitnehmen. Noch war es allerdings hell und später konnte er ja vielleicht die Straße nehmen.

Der Weg stieg steil an, bis er schließlich eben wurde und Mark zu einer Lichtung gelangte. Er blieb stehen, um Atem zu schöpfen, und erstarrte, als er hinter sich ein Rascheln hörte. Langsam drehte er sich um. Nichts. Er stieß die Luft aus und fuhr sich mit der Hand durch die Haare. Gerade, als er dachte, er habe sich das Geräusch nur eingebildet, hörte er es wieder. Ein Adrenalinstoß durchfuhr ihn und Angst schnürte ihm die Kehle zu.

Und dann sah er es.

Vor Erleichterung lachte er laut auf. »Himmel, eine verdammte Schildkröte!« Er trat näher, um sie sich genauer anzusehen. Sie starrte ihn unter schweren Lidern an, dann zog sie ihren Kopf in die Sicherheit ihres Panzers ein. »Ich kann dir keinen Vorwurf daraus machen, Kumpel«, sagte Mark. »Ich kenne das Gefühl.«

Kurze Zeit später bellte ein Hund ihn an. Wieder zuckte er zusammen. »Ich bin ziemlich neurotisch,« dachte er ärgerlich, während er weiterging. Wann mochte er wohl endlich diese irrationale Angst wieder verlieren? Es war unmöglich, dass ihn der Stalker bis hierher verfolgt hatte, schließlich wussten nur seine Familie, sein Agent und sein Verleger, dass er hier war.

Regel Nummer eins, sagte er sich, lass es nicht an dich herankommen. Es findet nur in deinem Kopf statt. Und genau das wollte die Person, die ihn belästigte, schließlich erreichen: dass das Opfer sich nur noch mit ihr beschäftigte.

Doch obwohl Mark sein Mantra ständig wiederholte, gelang es ihm nicht, die Wut darüber abzuschütteln, dass dieser Mensch die Macht hatte, in sein Leben einzudringen.

Als er in Kassiópi ankam, hatte er sich ein wenig beruhigt und freute sich darauf, bei einer Tasse Kaffee in einer Bar zu sitzen und das Treiben um sich herum zu beobachten. Es war mehr los, als er erwartet hatte, und während er durch die belebten Straßen ging, freute er sich an dem Gedanken, dass er nur ein anonymes Gesicht in der Menge war. Er suchte sich die Bar mit den meisten Gästen aus und setzte sich an einen Tisch an der Straße, von wo aus er den besten Ausblick hatte.

Ein Kellner nahm Marks Bestellung entgegen und brachte ihm auch gleich das Gewünschte. Trotz der langen Freundschaft mit Theo sprach Mark kaum Griechisch. Auf dem College hatte er Theo um seine Fähigkeit, mühelos zwischen englisch, deutsch, italienisch und griechisch hin und her wechseln zu können, insgeheim immer beneidet. Er hatte es ihm allerdings nicht gesagt, weil er damals nie hätte zugeben können, dass Theo oder sonst jemand irgendetwas besser konnte als er. Alter und Erfahrung jedoch hatten ihn offener gemacht und heute hatte er keine Probleme mehr damit, Theo den Respekt zu zollen, den er verdiente. Aber er hatte immer schon gewusst, dass Theo viel besser war, als er selbst jemals werden konnte. Das hatte er einmal auch Pille gegenüber erwähnt. »Wünschen Sie sich denn, so zu sein?«, hatte dieser gefragt.

»Worauf wollen Sie hinaus?«

»Ich will wissen, ob es wichtig für Sie ist, sich Theo gleichwertig zu fühlen. Oder überhaupt jemandem gleichwertig zu sein. Denn das Gefühl haben Sie nicht, oder? Unter all Ihrer Arroganz steckt die tiefe Überzeugung, dass Sie viel weniger wert seien als jeder andere. Habe ich Recht?«

»Man muss danach streben, gleichwertig zu sein.«

»Ach ja? Wie seltsam. Ich dachte, wir seien auf der Welt, um uns von anderen zu unterscheiden! Was ist denn an Theo, dass Sie das Gefühl haben, er sei etwas Besonderes? Erst vor ein paar Wochen, als er Sie hierher brachte, haben Sie ihn als ›verfluchten Teufel in Kaschmir‹ bezeichnet. Wie schnell sich doch Ihre Meinung geändert hat.«

Pilles Versuch, ihn mit Ironie aus der Reserve zu locken, hatte Mark zum Lächeln gebracht. Aber geantwortet hatte er nicht. Das war ein Fehler gewesen, denn von da an hatte Pille mit ihm gespielt wie die Katze mit der Maus. Und in dem Schweigen, das kurz darauf entstand, hatte er zum tödlichen Schlag ausgeholt.

»Erzählen Sie mir doch mal etwas über den Bootsunfall«, hatte er gesagt. »Gestern haben Sie mir gesagt, dass Ihr Freund gestorben ist, aber jetzt möchte ich noch ein bisschen weitergehen. Was haben Sie empfunden, als Sie Ihren Freund ertrinken sahen und ihm nicht helfen konnten?«

»Ich war zwölf. Was soll ich da empfunden haben?«

»Ich weiß es nicht, Mark, ich war nicht dabei.«

»Dann benutzen Sie doch Ihre Vorstellungskraft.«

»Mark, hören Sie zu. Sie werden erst dann Ihren wahren Wert entdecken, wenn Sie mutig genug sind, sich den unterdrückten Erinnerungen an jenen tragischen Tag zu stellen.«

»Sie sind nicht unterdrückt. Sie sind die ganze Zeit da. Jeden Tag. Jede Nacht.«

»Dessen bin ich mir sicher, aber Sie stellen sich ihnen nicht. Sie machen einfach nur den Deckel zu und halten sie zurück. Wie viel Kraft soll es Sie denn noch kosten, diesen Deckel ständig geschlossen zu halten?«

Aber Pille verlangte zu viel von ihm. Sein Körper ließ ihn im Stich. Seine Haut begann zu jucken und ihm wurde furchtbar heiß, obwohl es im Zimmer kühl war. Er ballte die Fäuste, damit seine Hände nicht zitterten. Und eine Stimme in seinem Kopf wiederholte unablässig, dass mit einem Glas Wodka oder Whiskey jetzt alles gut werden würde. Schließlich dröhnte sein ganzer Kopf.

Pille sah ihm wahrscheinlich an, was in ihm vorging, denn er sagte: »Kommen Sie mit mir ans Fenster, Mark. Ich möchte Ihnen etwas zeigen.«

Überrascht, weil er gehorchte, erhob Mark sich mühsam. Ihm war klar, dass es sich um ein Ablenkungsmanöver handelte, aber es machte ihm nichts aus. Er hielt sich eine Weile am Fensterbrett fest und atmete gierig die frische Morgenluft ein. Neben ihm erzählte Pille etwas von einer atemberaubenden Aussicht und darüber, wie hübsch der Kirchturm der nahe gelegenen Kirche sei und wie man ihn in den achtziger Jahren vor dem Einsturz bewahrt hatte. »Niemand hat geglaubt, dass er gerettet werden könnte«, sagte er, als er zu seinem Schreibtisch zurückging. »Alle meinten, er müsse eingerissen werden, aber er steht noch, genauso schön und großartig wie an dem Tag, als er erbaut wurde. Das zeigt uns doch etwas, oder?«

Mark umklammerte das Fensterbrett und schrie: »Hören Sie auf! Ich habe es schon begriffen.«

»Gut. Dann wollen wir rekapitulieren. Niall war Ihr bester Freund und Sie haben zusammen Ferien gemacht.«

Mark seufzte, weil er wusste, dass es kein Entkommen gab. Wenn er wirklich jemals von der Erinnerung an Nialls Tod befreit werden wollte, musste er das durchstehen. Ganz langsam begann er zu erzählen. Er und Niall waren auf einer Klassenfahrt gewesen. Eigentlich hätten sie an einem Tischtennisturnier teilnehmen müssen, aber da sie beide keine Lust dazu hatten, schlichen sie sich heimlich zu dem kleinen Hafen, weil sie etwas viel Aufregenderes im Sinn hatten. Für gewöhnlich war es immer Mark, der etwas Verbotenes vorschlug, und seine Eltern waren deshalb schon häufig in Konflikt mit

Nialls Eltern geraten. Mr. und Mrs. Percival mochten Mark nicht. Sie behaupteten, er habe einen schlechten Einfluss auf ihren Sohn. Das war jedoch nicht der einzige Grund dafür, dass sie die Freundschaft missbilligten. Die Familie St. James war wesentlich begüterter als Nialls Eltern und hinzu kam noch, dass Mr. Percival für Marks Vater arbeitete, was in den Augen der Erwachsenen die soziale Kluft vergrößerte.

An solche Dinge dachten die beiden Jungen jedoch nicht. Sie knieten auf dem Holzsteg und banden eins der Dingies los. Beide waren dumm genug, zu glauben, dass sie nach nur drei Segelstunden mit einem Boot umgehen könnten, vor allem mit einem so kleinen.

Niemand bemerkte sie, als sie aus dem Hafen fuhren, und sie beglückwünschten sich zu ihrer Schlauheit. Es ging ein heftiger Wind und bald waren sie auf dem offenen Meer. Sie wussten allerdings nicht, dass Sturm angesagt worden war. Erst als dunkle Wolken aufzogen und es heftig zu regnen begann, fragten sie sich, ob sie wirklich so clever gewesen waren. Der Regen wurde immer stärker, Wind kam auf und es wurde kalt. Riesige Wellen überrollten das Boot und die beiden Jungen konnten nicht einmal mehr die Küste sehen. Sie versuchten, sich daran zu erinnern, was sie im Segelkurs gelernt hatten, aber vor lauter Angst fiel ihnen nichts mehr ein. Sie konnten das Boot nicht mehr kontrollieren, waren hilflos den tobenden Elementen ausgesetzt.

Erst jetzt begann Mark zu spüren, in welcher Gefahr sie sich befanden. Was würde passieren, wenn das Boot kenterte? Sie hatten keine Rettungswesten an Bord. Panisch klammerten sie sich aneinander, während Blitze über den Himmel zuckten und immer riesigere Wellenberge über dem Boot zusammenschlugen. Und schließlich geschah das Schreckliche: Das Boot kenterte. Da Mark wusste, dass Niall kein besonders guter Schwimmer war, schrie er noch: »Halt dich an mir fest!«, aber das Wasser riss sie auseinander, und als Mark auftauchte, war von Niall nichts mehr zu sehen.

Immer wieder tauchte er nach ihm und schließlich fand er ihn, eingeklemmt unter dem Rumpf des Bootes. Außer sich vor Angst und Verzweiflung zerrte er an den Armen des Freundes, um ihn zu befreien, aber es war zu spät. Er hielt seinen Kopf über Wasser, versuchte es mit Mund-zu-Mund-Beatmung und schrie auf ihn ein, er solle aufwachen. Die Tränen strömten ihm übers Gesicht, als er schließlich begriff, dass Niall tot war. Und es war seine Schuld. Er hoffte nur noch, dass er selbst auch in den Wellen umkam.

Aber er starb nicht. Er hielt sich am Boot fest und kurze Zeit später kam ein Rettungsboot, das von der örtlichen Küstenwache alarmiert worden war, und nahm ihn an Bord. Sie wickelten ihn in eine Decke und sagten zu ihm, er habe großes Glück gehabt.

»Gut gemacht, Mark«, sagte Pille, als Mark seine Geschichte beendet hatte. »Das war gut. Sehr gut sogar. Morgen werden wir erforschen, warum Sie diesen alten Konflikt immer noch ausleben. Und wenn wir noch Zeit haben, sehen wir uns an, warum Sie sich immer noch wie ein zorniger Teenager benehmen, der sich als intellektueller Erwachsener verkleidet hat. Nun, meine Spione haben mir gesagt, dass es heute Mittag *chili con carne* gibt. Meinen Sie, ich sollte es mal probieren? Oder soll ich es lieber bleiben lassen?«

Das war die übliche Vorgehensweise in einer Reha-Klinik gewesen: In der einen Minute wurden die intimsten Erfahrungen ausgelotet und in der nächsten redete man über so etwas Banales wie das Mittagessen.

Mark blickte sich in der immer voller werdenden Bar um und beschloss, weiterzugehen. Da er seinen Kaffee bereits bezahlt hatte, legte er ein Trinkgeld auf den Tisch und schlenderte die Straße entlang zum Hafen.

Das ruhige Wasser des Hafenbeckens spiegelte die zahlreichen farbigen Lichter der Bars, Läden und Restaurants am Kai wider. Es war hier genauso belebt wie im Ort, aber Mark erspähte eine freie Bank und eilte darauf zu. Er hatte sich kaum hingesetzt und sein Notizbuch aus der Brusttasche seines Hemdes gezogen, als eine Stimme hinter ihm ertönte.

»Hallo! Was für eine Überraschung! Haben Sie etwas dagegen, wenn wir uns zu Ihnen setzen?«

Es war seine Nachbarin aus dem Flugzeug mit ihrem schweigsamen Mann im Schlepptau.

Oh, verdammt! Warum war er nicht mit Theo zu dessen Nachbarn gegangen? Er hatte stattdessen gelogen und das hier war jetzt wohl die gerechte Strafe.

Als Theo zur Villa Petros gegangen war, hatte er sich vorgenommen, ehrlich zu sein. Er wollte seinen Freunden nicht vorschwindeln, dass Mark zu tun habe, sondern sagte ihnen die Wahrheit.

»Es tut mir Leid«, sagte er, während er sich auf einem Stuhl auf der Veranda niederließ und ein Glas Wein von Max entgegennahm, »Mark ist nicht nur sehr zurückhaltend, sondern er war früher auch Alkoholiker. Und solche Einladungen sind für ihn immer sehr schwierig.«

»Oh, Theo«, entgegnete Laura, »warum hast du das denn nicht schon eher gesagt?«

»Weil ich ein diskreter Mensch bin. Marks Angelegenheiten sind seine Sache.«

»Ich erinnere mich jetzt«, warf Max ein, »dass ich etwas über ihn in der Zeitung gelesen habe. Dass ich daran aber auch nicht mehr gedacht habe! Er ist deswegen durch die Hölle gegangen, nicht wahr?«

Theo nickte. »Ja.« Fröhlicher fügte er hinzu: »Nun, wo verstecken sich denn jetzt deine Eltern, Max? Und was ist mit Francesca und der berüchtigten Sally? Sind sie nicht hier?«

»Die Mädchen sind nach Kassiópi gegangen. Und Mum und Dad räumen mit Izzy in der Küche auf.«

»Ah, du hast also die Peitsche über ihnen geschwungen?«

»Sagen wir mal, sie haben einfach zu viel Energie, und Laura hielt es für eine gute Idee, wenn wir sie auf diese Weise einsetzen. Aber es sieht so aus, als hätten sie für heute ihre Pflichten erledigt – da kommen sie. Ich stelle dich vor.«

Theo erhob sich und schüttelte zuerst Olivia, dann Corky die Hand. »Was für eine schöne Mutter du hast, Max«, sagte er.

Max lächelte. »Jetzt kannst du vielleicht verstehen, warum ich jemanden heiraten musste, der genauso schön ist.«

Laura trat zu ihm und gab ihm einen Kuss. »Du alter Schmeichler, du.«

Izzy stand etwas abseits, und da Theo ihre Verlegenheit

spürte, trat er auf sie zu. »Eine große, glückliche Familie, was? Hast du auch solche Eltern?«

»Hmm ... nein. Mein Vater ist letztes Jahr gestorben. Und du?«

»Meine Eltern leben glücklicherweise beide noch. Das mit deinem Vater tut mir Leid. Habt ihr euch sehr nahe gestanden?« Kaum hatte er die Frage ausgesprochen, bedauerte er es. Tränen traten Izzy in die Augen und sie presste die Lippen zusammen. Sie sah auf einmal sehr unglücklich aus. Im Geiste versetzte Theo sich einen Tritt. Was war bloß los mit ihm, dass er immer das Falsche sagte? Er hatte sich heute Abend dafür entschuldigen wollen, dass er sie am Strand so wütend gemacht hatte, und jetzt hatte er es schon wieder verdorben. »Komm«, sagte er betont fröhlich, »ich hole dir etwas zu trinken. Nach all der Küchenarbeit hast du doch bestimmt Durst.«

»Nein, danke«, sagte sie und entzog sich seiner Hand, als er sie am Ellbogen fassen wollte, »ich brauche nichts.« Ihre Stimme war genauso reserviert wie der Blick, den sie ihm zuwarf.

»Entschuldigung«, sagte er verwirrt und überlegte fieberhaft, wie er die Situation retten sollte. »Izzy, bitte, es tut mir Leid. Gibst du mir noch eine Chance?«

»Warum?«

Selbst er war von seinen Worten überrascht. Automatisch wollte er wieder nach ihrem Arm greifen, beherrschte sich aber gerade noch rechtzeitig. Möglicherweise würde sie ihn dann ohrfeigen. »Ich bin mir selbst nicht ganz sicher«, sagte er schließlich. »Ich weiß nur, dass ich gern eine Gelegenheit hätte, mich richtig bei dir zu entschuldigen. Als wir das letzte Mal miteinander geredet haben, habe ich dich verärgert, und heute Abend schon wieder. Bitte, willst du nicht …« Er wurde unterbrochen, weil Max zu ihnen trat.

»Jetzt hör aber auf, die arme Izzy zu belästigen, Theo. Du wirst da drüben gebraucht. Meine Eltern möchten unbedingt Griechisch lernen und wir haben dich zu ihrem Lehrer erkoren.«

Theo ließ sich von Max zu den anderen ziehen. Während er die Runde damit amüsierte, dass er ihre falsche Aussprache nachmachte, sah er, wie Izzys Gesicht immer finsterer wurde. Am liebsten wäre er aufgesprungen und zu ihr gegangen. Er wünschte sich so sehr, dass sie endlich wieder lächelte.

19 Izzy konnte nicht einschlafen. Sie wälzte sich fast die ganze Nacht hin und her, und obwohl sie schließlich doch eindöste, wachte sie nach zwei Stunden schon wieder auf.

Entschlossen schob sie die Decke weg, stand auf und trat auf den Balkon. Der Himmel war im ersten Licht der Dämmerung rosig.

Bilder von zerbrochenem Porzellan, ihrer weinenden Mutter und ihrem Vater, der sie in den Armen hielt, hatten sie wach gehalten. Sie hatte gedacht, sie habe den Tod ihres Vaters überwunden, aber am Abend zuvor hatte sie gemerkt, dass sie die Unzulänglichkeiten in ihrer Beziehung eigentlich immer nur zugedeckt hatte. Die Tränen, die sie seit seinem Tod wegen ihm vergossen hatte, waren nichts im Vergleich zu den unvergossenen Tränen, die sich seit ihrer Kindheit in ihr aufgestaut hatten.

Sie war am Tag zuvor ärgerlich auf sich selbst gewesen, weil sie sich daran erinnert hatte, wie ihre Mutter die Beherrschung verloren hatte. Ärgerlich auch, weil dies andere Erinnerungen, ähnlich verstörende Zwischenfälle heraufbeschworen hatte. Ihre Mutter hatte an Depressionen gelitten und ihr Gleichgewicht nur mühsam wahren können.

Nach diesem schrecklichen Tag war ihre Mutter in eine psychiatrische Klinik eingewiesen worden und Izzy kam in ein Kinderheim. Bis heute wusste Izzy nicht, warum sie eigentlich in ein Heim gemusst hatte. Niemand hatte je mit ihr darüber geredet. Warum hatte ihr Vater sich nicht um sie gekümmert? Oder ihre Tante?

Die Erinnerungen an diese Zeit waren verschwommen – bestanden hauptsächlich aus Gerüchen und Geräuschen –, aber es gab auch deutliche Momente.

Sie war kurz vor Weihnachten dorthin gekommen. Dass es Weihnachten war, wusste sie, weil auf einem Tisch an einem Ende des Schlafsaales ein kleiner silberner Baum mit rotem Flitterschmuck stand, den die anderen Kinder gemacht hatten. Der Boden war glänzend und sauber. Er roch nach Bohnerwachs und Desinfektionsmittel, aber das Bett mit dem Metallgestell und der abblätternden weißen Farbe wirkte schmutzig. Das Laken war wie Papier, hart und gestärkt, die Wolldecken waren rau und kratzig und das Kopfkissen roch nach Erbrochenem. Über dem Bett war ein flackerndes Licht und ein Fenster mit Eisengitter.

Die Mahlzeiten verliefen laut und chaotisch. Auch das Essen war nicht so, wie Izzy es gewohnt war. Eines Tages musste sie eine ganze Schüssel mit Reispudding und braunem Zucker essen. In der Nacht wurde ihr schlecht und sie wurde in eine Badewanne mit eiskaltem Wasser gesteckt. Dann zog man ihr einen frischen Schlafanzug an und brachte sie wieder in ihr ebenfalls frisch bezogenes Bett. Streng wurde sie verwarnt, sich nur ja nie wieder zu übergeben. Izzy hatte sich leise in den Schlaf geweint, erschreckt, weil sie wieder Probleme bereitet hatte, und in dem Wissen, dass das ihre Bestrafung war, weil sie die kostbare Figur ihrer Mutter kaputtgemacht hatte.

Ihre größte Angst war, dass sie für immer in diesem Gefängnis bleiben musste. Es war ein Gefängnis, das wusste sie, wozu gab es sonst die Gitterstäbe vor den Fenstern? Sie vermisste ihr kleines Zimmer mit dem alten Bett ihres Vaters, das so hoch war, dass sie sich darunter verstecken und im Schein einer Taschenlampe Bilder malen konnte.

Ihr Vater besuchte sie im Heim.

Da sie noch klein war und noch keinen Zeitbegriff hatte, wusste sie nie, wann er kommen würde. Ängstlich wartend saß sie in einem der Spielzimmer und stellte sich vor, dass er sie wieder mit nach Hause nehmen würde.

Wenn er dann wieder gehen musste, kam es ihr immer so vor, als sei er gerade erst gekommen. Er zog seinen Mantel an, tätschelte ihr die Schulter und verabschiedete sich. Sie sah ihm aus dem Fenster nach, wie er mit hochgeschlagenem Mantelkragen, den Kopf zwischen die Schultern gezogen, davonging. Manchmal winkte er, manchmal nicht.

Izzy hatte keine Ahnung, wie lange sie im Heim gewesen war, aber es mussten ein paar Wochen gewesen sein, denn der künstliche Weihnachtsbaum verschwand irgendwann. Als sie nach Hause kam, sprach niemand mit ihr über das Vorgefallene. Ihre Mutter wirkte anders. Ruhiger, langsamer. Aufmerksamer. Und das flößte Izzy noch mehr Angst ein.

Mit der Zeit begann sie sich zu fragen, ob das Heim vielleicht nur ein schrecklicher Traum gewesen war. Aber als am nächsten Weihnachtsfest Tante Trixie bei ihnen war, hörte Izzy, wie sie sagte: »Na, Gott sei Dank war Isobel noch so klein, als sie in dieses schreckliche Heim kam, dass sie sich nicht mehr daran erinnern kann.« Das betretene Schweigen, das dieser Bemerkung folgte, überzeugte Izzy davon, dass sie nicht geträumt hatte. Und es bestätigte, was sie bereits geahnt hatte: dass man über das Thema besser nicht redete. Und obwohl die Stimmungsschwankungen ihrer Mutter nicht mehr so heftig waren, lebte Izzy in der ständigen Angst, etwas falsch zu machen und wieder ins Heim gebracht zu werden. Doch das war alles schon lange her. Eigentlich sollte es sie nicht mehr berühren. Aber das tat es natürlich doch. Mit schuldbewusster Verwirrung merkte Izzy plötzlich, wie wütend sie auf ihren Vater war, weil er sie nie vor ihrer Mutter beschützt und weil er sie in dieses Heim gebracht hatte.

Mark war an diesem Tag früher wach als Theo. Er kochte sich einen Kaffee und trat damit auf die Terrasse. Ursprünglich hatte er arbeiten wollen, aber als er jetzt an dem Holztisch saß, an dem er Theo am Abend zuvor gefunden hatte, als er aus Kassiópi zurückkam, merkte er, dass er keine Lust dazu hatte. Zum einen war es zu ruhig – es war so früh, dass noch nicht einmal die Grillen zirpten – und zum anderen ärgerte er sich über Theo, weil er sich zum Narren machte.

»Ich habe sie wieder wütend gemacht«, hatte er unglücklich gesagt, als Mark sich zu ihm setzte. Die leere Flasche Metaxa und der ungewöhnlich jämmerliche Gesichtsausdruck seines Freundes waren ihm natürlich nicht entgangen. »Was ist bloß los mit mir? Und sag jetzt nicht, dass ich zu alt bin! Dann schlage ich dir mit Vergnügen diese Flasche über den Schädel.«

Da er Theo eigentlich die Geschichte seines unvermuteten Zusammentreffens mit Liberty-Raquel und ihrem schweigsamen Ehemann hatte erzählen wollen, traf ihn der elende Zustand seines Freundes unvermutet. Theo war nicht oft betrunken.

»Izzy?«, hatte er gefragt.

»Natürlich Izzy«, hatte Theo gegiftet. »Wer denn sonst?«

»Was hast du denn dieses Mal gesagt?«

»Ich bin direkt ins Fettnäpfchen getreten.« Stöhnend hielt Theo sich den Kopf. »Tiefer ging es nicht.«

»Ach, komm, so schlimm wird es schon nicht gewesen sein.« Marks Tonfall war etwas ungeduldig. Er konnte nur ein begrenztes Maß an Geduld für die Alkoholexzesse anderer Menschen aufbringen. War das wirklich der Mann, der ein kleines Imperium leitete und für gewöhnlich einen messerscharfen Verstand hatte?

Theo hob den Kopf und blickte ihn trotzig an. »Du glaubst wohl, ich schauspielere, was? Du glaubst, ich benehme mich wie ein verwöhntes Kind, das seinen Willen nicht bekommt?«

Mark betrachtete ihn nachdenklich. »Du warst immer ein verwöhntes Kind, Theo«, erwiderte er, »also will ich das gar nicht abstreiten. Aber ich glaube, du erfährst gerade, was die meisten von uns mehr oder weniger regelmäßig erleben, nämlich von jemandem zurückgewiesen zu werden. Willkommen im Club. Also erzähl mir, was schief gelaufen ist.«

Als Theo mit seinem Bericht fertig war, sagte Mark: »Den Fehler hätte doch jeder machen können.« Es verwirrte ihn immer noch, dass dieses Mädchen Theo derart unter die Haut gehen konnte. »Woher solltest du denn wissen, dass sie den Tod ihres Vaters noch nicht verwunden hat? Nimm es nicht zu persönlich. Wenn du sie das nächste Mal siehst, entschuldigst du dich einfach so diskret und höflich wie möglich.«

»Das ist leichter gesagt als getan. Mit dem Blick, den sie mir zugeworfen hat, hätte man einen Nagel in die Wand hämmern können.«

Mark hatte gelacht. »Ich glaube, du hast zu viel getrunken. Morgen früh sieht alles anders aus.«

Nein, er würde jetzt nicht arbeiten. Er war nicht in der Stimmung dazu. Er trank seinen Kaffee aus und beschloss, am Strand spazieren zu gehen. Um diese Tageszeit war er dort wenigstens allein.

Heute jedoch war das nicht der Fall. Auf dem Felsen, auf dem er selbst oft saß, kauerte heute die Ursache für Theos Probleme. Er wollte sich gerade umdrehen und unbemerkt davonschleichen, als sie den Kopf wandte und ihn direkt ansah. Mark erkannte, dass sie geweint hatte. Dass sie immer noch weinte.

Nur wenige Männer wissen, wie sie mit Tränen umgehen sollen, und Mark bildete da keine Ausnahme. Er tat so, als hätte er Izzy nicht gesehen, und ging zurück in die Richtung, aus der er gerade gekommen war. Warum sollte er sich mit den emotionalen Problemen anderer belasten? Doch dann verlangsamte er seine Schritte, weil er an Theo dachte. Wenn Theo ihm nun all die Jahre den Rücken zugewandt hätte?

Nein, das war etwas anderes. Er kannte die Frau gar nicht. Wie sollte er ihr denn helfen?

Manchmal jedoch konnte ein Fremder viel mehr bewirken als Freunde oder Familienmitglieder, weil er die Dinge zwangsläufig viel objektiver sah.

Mark blieb stehen. Okay, sagte er sich, ich tue es, aber nur dieses eine Mal. Als er auf Izzy zutrat, stellte er erleichtert fest, dass sie aufgehört hatte zu weinen. Jetzt allerdings tat sie so, als sähe sie ihn nicht, und selbst als er ein paar Schritte von ihr entfernt stehen blieb, blickte sie ihn nicht an. Er fühlte sich seltsam betrogen. Hier stand er und wollte seinen Teil dazu beitragen, und sie versuchte, ihn zu ignorieren. Aber jetzt war er einmal hier, da würde er auf keinen Fall umkehren.

Er räusperte sich, aber es fiel ihm nichts ein, was er hätte sagen können, vor allem, da sie ihn weiterhin ignorierte.

Je länger das Schweigen zwischen ihnen andauerte, desto schlimmer wurde es. Mark kam sich vor wie ein kompletter Idiot. Dann jedoch wurde ihm die Angelegenheit zum Glück aus der Hand genommen.

»Entschuldigung, ich sitze auf Ihrem Platz, nicht wahr?« Ihre Stimme war weich und leiser, als er erwartet hatte.

»Wie bitte? Mein Platz?«

Izzy sprang von dem Felsen herunter. »Ich habe Sie meistens hier sitzen sehen. Sie kommen gern früh am Morgen hierher, wenn noch niemand da ist, nicht wahr? Ich lasse Sie jetzt auch allein.«

Sie hatte die Worte rasch hervorgesprudelt und er erkannte bei ihr eine nervöse Energie, die seiner nicht unähnlich war. »Nein, bitte nicht. Na ja, es sei denn, Sie müssen gehen«, sagte er.

Sie zögerte. »Ich ... ja, ich sollte wohl besser zurückgehen.«

»Zu den Sinclairs?«

Sie warf ihm einen verwirrten Blick zu. »Sie kennen sie?«

»Ich habe von ihnen gehört«, erwiderte er. »Ich weiß

auch, dass Sie Izzy heißen. Ich wohne nebenan bei Theo.«

»Ach, dann sind Sie ja genau der, für den ich Sie gehalten habe.«

»Und wer soll das sein? Jemand, den ich kenne?«

Ihre Lippen verzogen sich zu einem Lächeln. »Das Phantom Mark St. James. Max denkt langsam schon, Theo tut nur so, als ob er Sie kennen würde.«

»Na, da können Sie ihn ja jetzt eines Besseren belehren.« Mark wies mit dem Kopf auf die Felsen. »Wollen Sie nicht noch etwas bleiben? Ich möchte Sie nicht vertreiben.«

»Aber dann können Sie nicht in Ruhe die Aussicht genießen.«

»Nun, wir könnten ja einen Kompromiss schließen und die Aussicht gemeinsam genießen. Dann würde ich mich nicht so schuldig fühlen, weil ich Ihnen die Freude geraubt habe.« Er sah ihr an, dass sein Vorschlag sie überraschte.

»Okay«, willigte sie ein. »Aber nur so lange, wie es Ihnen recht ist.«

Während Mark ihr wieder auf den Felsen half, fuhr ihm durch den Kopf, dass er Theo raten würde, die Finger von dem Mädchen zu lassen. Sie war viel zu süß, um von ihm verdorben zu werden. Schweigend saßen sie nebeneinander und blickten aufs Meer.

Noch vor wenigen Minuten hatte Izzy im Stillen geflucht, weil jemand an den Strand kam, aber jetzt war sie froh über die Ablenkung und dankbar, weil allein seine Anwesenheit ihre Tränen hatte versiegen lassen.

Da früh am Morgen ein weiterer Versuch, noch einmal einzuschlafen, fehlgeschlagen war, hatte sie sich angezogen und war zum Strand gegangen. Sie hatte gedacht, dass die Schönheit der Landschaft sie beruhigen und ihre Stimmung heben würde. Aber schließlich hatte sie dann doch ihren Gefühlen nachgegeben und war in Tränen ausgebrochen. Und wenn dieser Mann nicht neben ihr säße, würde sie sich immer noch die Augen aus dem Kopf heulen. Am liebsten hätte sie ihm gedankt, weil er sie vor sich selbst gerettet hatte, aber das hätte ihn vermutlich verlegen gemacht. Sie fragte sich, warum er wohl vorhin seine Meinung geändert hatte und wieder zu ihr zurückgekommen war, nachdem er sich ursprünglich abgewendet hatte. Aber vielleicht hatte er sich ja auch nur seinen einsamen Platz zurückerobern wollen.

Sie warf ihm von der Seite einen Blick zu. Er hatte ein interessantes Gesicht, nicht im landläufigen Sinn gut aussehend, aber markant, mit einem festen Mund, einer geraden Nase und einem ausgeprägten Kinn. Überraschend fand sie die Farbe seiner Augen: Sie waren strahlend blau, während Izzy aus irgendeinem Grund angenommen hatte, sie müssten braun sein. Wenn sie sich die Kohlezeichnung vor Augen hielt, die sie aus dem Gedächtnis von ihm angefertigt hatte, hätte sie ihn eigentlich anders zeichnen müssen. Seine Augenfarbe machte seine Züge weicher und nicht so kantig.

Sie hatten jetzt für eine Weile geschwiegen, und weil Izzy nicht unhöflich sein wollte, stellte sie die erstbeste Frage, die ihr einfiel. »Man fragt Sie das bestimmt dauernd, aber ist es eigentlich nicht sehr einsam, wenn man schreibt?«

»Nicht wirklich. Wenn ich schreibe, bin ich von den seltsamsten, absurdesten Menschen der Welt umgeben.

Glauben Sie mir, Psychopathen sind keineswegs langweilig.«

Seine Stimme war leise und heiser und fast genauso faszinierend wie seine Augen. »Sie müssen ein seltsames Leben führen.«

»Ja, ich weiß, ich sollte mehr ausgehen. Aber mir macht meine Arbeit Spaß. Für mich ist sie die ideale Entschuldigung, um nicht mit anderen Menschen zusammen sein zu müssen. Ich kann sie beobachten, ohne an ihrem Leben teilzunehmen. Und womit verdienen Sie sich Ihren Lebensunterhalt?«

»Ich bin Lehrerin.«

»Oh, das zum Beispiel nenne ich einen gefährlichen Job. Was unterrichten Sie?«

»Abgesehen von Idioten?«

Mark blickte sie aus seinen außergewöhnlichen blauen Augen an. »Bin ich etwa auf eine engagierte Pädagogin gestoßen?«

»Eigentlich eher auf eine frustrierte Kunstlehrerin.«

»Gibt es auch nicht frustrierte?«

»Hmm ... ich glaube, Sie haben Recht. Es wäre ein beruhigender Gedanke, wenn alle Kunstlehrer auf der Welt so frustriert wären wie ich. Dann würde ich mir normaler vorkommen.«

»Normal ist langweilig. Und was wollen Sie tun, wenn Sie erwachsen sind?«

»Wie meinen Sie das?«

Er lächelte und gab ihr damit Gelegenheit, sein Gesicht noch einmal zu betrachten, das durch das Lächeln ganz weich wurde.

»Ich habe es als Kompliment gemeint. Will nicht jede Frau für jünger gehalten werden, als sie wirklich ist?«

»Nicht, wenn das ein Nachteil für sie ist.«

Mark fuhr sich mit der Hand durch sein feines, blondes Haar. An den Spitzen war es heller als an den Wurzeln, offensichtlich ging er nicht allzu oft zum Friseur. »Haben Sie schlechte Erfahrungen mit dem Thema Alter gemacht?«

»Regelmäßig. Erst letzten Monat hat ein Mann bei mir geklingelt, der für irgendeinen wohltätigen Zweck sammelte, und hat gefragt, ob meine Mutter zu Hause sei.«

»Was haben Sie gemacht? Haben Sie ihn wegen seiner Frechheit zurechtgewiesen?«

»Nein, ich habe ein bisschen in seine Sammelbüchse getan. Er hat für Blinde gesammelt.«

Mark lachte. »Wenn Sie also schon völlig erwachsen sind, womit würden Sie dann lieber Ihren Lebensunterhalt verdienen? Mit Malen vielleicht?«

Sie schüttelte den Kopf. »Das ist ein netter Traum, aber nicht zu realisieren. Eigentlich bin ich dazu nicht gut genug.«

»Wer sagt das?«

»Hmm ... ich.«

»Und Sie wissen das genau? Sie können Ihre künstlerischen Fähigkeiten objektiv beurteilen?« Seine Stimme klang auf einmal ganz scharf. »Tut mir Leid«, sagte er dann sanfter. »Das steht mir nicht zu. Es kam mir nur so vor, als seien Sie unnötig streng mit sich – und Sie können mir glauben, ich kenne das Gefühl.«

Izzy spürte, dass er das, was er sagte, auch so meinte. Er war ganz anders als Theo. Sie merkte auf einmal, dass sie am Abend zuvor auch mit Theo unnötig streng gewesen war. Eine solche Behandlung hatte er nicht verdient. Es war ja nicht seine Schuld, dass seine Worte über ihren Vater – *Habt ihr euch nahe gestanden?* – sie so getroffen hatten. Woher sollte er denn wissen, dass sie als Kind nie Nähe zu ihrem Vater erfahren hatte, obwohl sie sich so sehr danach sehnte? Er war nie für sie da gewesen und sein liebloses Verhalten war ihr eigentlich erst gestern deutlich geworden. Izzy fragte sich, ob die heftige Wut, die sie bei der Therapeutin auf Alan empfunden hatte, vielleicht gar nichts mit seiner Untreue zu tun gehabt hatte, sondern nur aus ihrem latenten Wunsch entstanden war, ihrem Vater endlich einmal sagen zu können, wie schrecklich es war, so verraten zu werden.

Und letztendlich hatte sie sich Theo gegenüber genauso verhalten. Kühn beschloss sie, Mark zu fragen, ob er Theo wohl ihre Entschuldigung ausrichten mochte. »Würden Sie mir einen Gefallen tun?«, fragte sie.

»Kommt darauf an. Wenn es sich um Auftragsmord handelt, bin ich nicht der richtige Mann für Sie.«

Sie lächelte. »Nein, es ist etwas ganz Legales. Ich war unhöflich zu Theo und ich glaube, er verdient, dass ich mich entschuldige. Könnten Sie ihm sagen, dass es mir Leid tut, dass ich so kurz angebunden war?«

Mark überlegte eine Zeit lang, dann sagte er: »Wissen Sie, Entschuldigungen überbringt man am besten persönlich. Warum gehen Sie nicht einfach mit mir zur Villa und sagen es ihm selbst?«

Sie zögerte. »Es ist noch so früh. Ist er denn überhaupt schon wach?«

»Das werden wir schon herausfinden. Kommen Sie mit?«

20

Auf dem Weg zur Villa Anna überlegte Izzy, wie sie ihre Entschuldigung am besten formulieren sollte. Und sie fragte sich, warum sie sich eigentlich zu dieser spontanen Aktion hatte überreden lassen – und dazu noch von jemandem, den sie gerade erst kennen gelernt hatte.

Sie schob jedoch all diese Gedanken beiseite, als Mark ein kleines Holztor öffnete und sie durch einen Garten führte, der ihr wie ein Paradies voller Farben und Düfte vorkam. Theo lag auf dem Rücken im Pool. Er hatte die Augen geschlossen und bot ein Bild der absoluten Entspannung. Und er war nackt.

»Theo«, sagte Mark, »vielleicht möchtest du dir etwas anziehen? Ich habe Besuch mitgebracht.«

Theo schlug die Augen auf und blickte entsetzt auf Izzy. Ohne ein Wort schwamm er zum flachen Ende des Pools, wo Mark ihm den Bademantel reichte, der über einem Stuhl gelegen hatte. Izzy war überrascht. War er tatsächlich verlegen? Oder wollte er sich nur wie ein Gentleman benehmen? Auf jeden Fall amüsierte sie sein Verhalten.

»Ich habe Izzy am Strand getroffen«, sagte Mark. »Wir haben geplaudert und ich habe sie zum Frühstück eingeladen. Ist das in Ordnung?«

Das war Izzy neu. Sie hatte sich nur entschuldigen und dann wieder nach Hause gehen wollen. Sie hörte Theos gemurmelte Antwort nicht, aber Mark lachte nur und sagte: »Ich mache mal das Frühstück und lasse euch beide allein.«

»Es war vielleicht keine so gute Idee«, sagte Izzy, als er gegangen war. »Ich hätte Marks Einladung nicht annehmen dürfen.«

Theos unrasiertes Gesicht, das bis jetzt verärgert gewirkt hatte, verzog sich zu seinem vertrauten Lächeln. »Ich bin aber froh darüber. Es tut mir nur Leid, dass du mich in einem so ramponierten Zustand triffst. Ich schäme mich, es zuzugeben, aber ich habe einen Kater. Ein bisschen zu viel Metaxa gestern Abend ...« Theo fasste sich an die Stirn. »Deshalb war ich auch im Pool. In meinem geschwächten Zustand erschien mir das Meer nicht allzu verlockend. Bitte, setz dich doch. Oder möchtest du dich vielleicht lieber umsehen? Mein Garten ist um diese Tageszeit wunderschön. Die Rosen duften überwältigend.«

»Danke. Ich würde mir gern einmal deinen Garten ansehen.«

Theo schlüpfte in ein Paar Ledersandalen und ging voraus. Ein Kiesweg, gesäumt von Terracotta-Kübeln mit Farnen, Zitronen- und Kumquat-Bäumen, führte zu einem tiefer gelegenen Teil des Gartens, in dem nur grüne und cremefarbene Pflanzen wuchsen. »Das ist einer meiner Lieblingsbereiche«, sagte Theo. Hinter ihnen ragte eine schottische Kiefer auf und die Luft war erfüllt von ihrem Duft, der jedoch noch übertroffen wurde von dem betäubenden Duft der cremefarbenen Rosen. »Es klingt ja vielleicht ein bisschen überzogen, aber ich bezeichne das hier als meinen Rosengarten«, sagte er. »Manche der Rosen sind sehr alt – sie haben schon im Garten meiner

Großmutter gestanden. Ich möchte keine einzige davon missen und Angelos hat die strikte Anweisung, sich hingebungsvoll um sie zu kümmern. Vor allem, wenn ich nicht hier bin.«

»Das klingt sehr gefühlvoll«, erwiderte Izzy.

Ein paar Sekunden lang herrschte Schweigen. Dann fragte Theo: »Denkst du denn, ich habe keine Gefühle, Izzy? Glaubst du, ich bin nicht dazu fähig, wirkliche Emotionen zu verspüren?« Sein Tonfall war anklagend und er stieß die Worte so heftig hervor, dass sie ganz verblüfft war.

Als sie nicht antwortete, wandte er sich ab und murmelte: »Nun gut, es spielt ja auch keine Rolle. Du wärst nicht die Erste, die zu einer solchen Schlussfolgerung kommt.«

Theo wirkte so seltsam in sich gekehrt, dass Izzy es für besser hielt, jetzt ihre Entschuldigung vorzubringen. »Ehe ich dich noch weiter beleidige«, sagte sie, »möchte ich dir gern etwas sagen.«

Er blickte sie aufmerksam an und sie begann verlegen: »Hmm ... Ich war gestern Abend sehr unhöflich zu dir, und ... und du sollst wissen, dass es nichts mit dir zu tun hatte. Ich war in einer grässlichen Stimmung und habe sie an dir ausgelassen. Es tut mir Leid, ich wollte, dass du das weißt.«

Sichtlich erleichtert durch ihre Worte trat er auf sie zu. Der Abstand zwischen ihnen wirkte auf einmal gefährlich klein und der Duft der Rosen verstärkte noch die Spannung, die plötzlich in der Luft lag.

»Wir kennen einander erst seit kurzem«, sagte er, »aber ich habe dich bereits bei verschiedenen Gelegenheiten verärgert oder beleidigt. Ich möchte mich auch entschuldigen. Ich glaube, dass du eine ganz bestimmte Meinung von mir hast, die ich dummerweise auch noch unterstützt habe. Aber ich hätte wirklich gern die Gelegenheit, dieses Bild von mir zu ändern, wenn es dazu noch nicht zu spät ist. Was meinst du? Glaubst du, wir könnten Freunde sein?«

Sie lächelte und er warf ihr einen Blick zu. »Heißt das ja?«

»Hmm ... ein vorsichtiges Ja.«

Er zog ihre Hand an die Lippen und küsste sie, wobei er Izzy unverwandt ansah. »Siehst du«, sagte er dann und strahlte sie an, »das war doch gar nicht so schlimm, oder?«

Und Izzy musste zugeben, dass es wirklich gar nicht so schlimm gewesen war.

21

Laura goss Wasser in den Kessel und stellte ihn auf den Herd. Die Plastikflasche warf sie in den Mülleimer und machte sich in Gedanken eine Notiz, dass sie nachschauen musste, wie viel Wasser sie noch hatten. Da ihre Schwiegermutter eine unersättliche Teetrinkerin war, ging ihr Vorrat rasch zur Neige, und das Wasser aus dem Hahn konnte sie nicht nehmen, weil der Tee dann einen brackigen Nachgeschmack hatte.

Sie ging mit dem Tee nach draußen und wollte sich gerade niederlassen, um ihr Buch endlich zu Ende zu lesen, als sie hinter sich Schritte hörte.

Es war Francesca, die genauso schlapp und müde aussah, wie sie sich fühlte. Sie küsste Laura auf die Wange. »Guten Morgen, Mum.«

»Es ist noch ein bisschen früh für dich, oder? Konntest du nicht schlafen?«

»Sally schnarcht wie ein Walross.«

»Ach, mein Armes. Na ja, dagegen kann man nichts machen. Möchtest du eine Tasse Tee? Ich habe gerade frischen aufgebrüht.«

»Nein, wenn ich ein bisschen zu mir gekommen bin, mache ich mir einen Kaffee.« Gähnend streckte sie sich in ihrem rosafarbenen Bikini auf der Liege neben ihrer Mutter aus. Da Laura zum ersten Mal seit der Ankunft ihrer Tochter Gelegenheit hatte, ungestört mit ihr zu reden, brachte sie die Sprache vorsichtig auf den kürzlich entschwundenen Freund. Sie wollte sichergehen, dass Francesca nicht nur so tat, als nähme sie die Trennung nicht so schwer.

»Bist du froh, dass du hier bist?«, fragte sie. »Tut dir die Luftveränderung gut?«

Francesca wandte sich ihr zu. Unter ihren Augen war Maskara verschmiert und mit den hennarot gefärbten Haaren, die sie zu losen Zöpfen geflochten hatte, erinnerte sie Laura mehr denn je an Pippi Langstrumpf. »Reden wir jetzt sozusagen von Herz-zu-Herz?«, fragte Francesca.

»Nur wenn du möchtest.«

»Mach dir keine Sorgen, Mum, du solltest mich besser kennen. Zumindest dieses Mal bin ich völlig einer Meinung mit Dad. Carl war ein Idiot und ich werde ihm keine Träne nachweinen. Außerdem sieht es so aus, als ob Sally und ich hier etwas Besseres gefunden hätten.«

»Einheimische?«

»Nein, Engländer. Da läuft man zum Glück weniger Gefahr, missverstanden zu werden. Wir haben uns gestern Abend in Kassiópi mit ihnen unterhalten.«

Bei diesen Gesprächen mit ihrer Tochter geriet Laura immer in einen Zwiespalt: Einerseits wollte sie natürlich gerne, dass Francesca sich ihr anvertraute, andererseits konnte sie sich nicht an den Gedanken gewöhnen, wie erwachsen das Kind mittlerweile schon war. Sie fragte: »Sollten das etwa die beiden Jungen aus der rosafarbenen Villa sein?«

»Du bist ja bemerkenswert gut informiert. Oder hat Dad mir nachspioniert?«

Laura lachte. »Sind ihre Eltern auch da?« Sie fragte sich, ob sie die beiden vielleicht zu einem Drink einladen sollte, damit Max und sie sich die Jungen einmal ansehen konnten. Schließlich waren sie für Sally verantwortlich, ob ihr das nun gefiel oder nicht.

»Ja«, erwiderte Francesca und verdrehte demonstrativ die Augen. »Du brauchst also keine Angst zu haben, dass wir wie wild durch die Gegend vögeln.«

»Durch die Gegend vögeln?«, wiederholte eine Stimme hinter ihnen. »Was für ein entzückender Ausdruck! Zu meiner Zeit hat man das eine Orgie genannt.«

Es war Olivia. Sie tätschelte ihrer Enkelin den Kopf und zog sich einen Stuhl heran. »Ist der Tee frisch?«

»Ja. Francesca, holst du deiner Großmutter bitte eine Tasse?«

In der kurzen Zeit, in der sie allein waren, sagte Laura: »Du hättest wenigstens so tun können, als seist du schockiert.«

»Warum denn?«

»Ich wette mit dir, Max hättest du nicht die Hälfte davon durchgehen lassen. Durch die Gegend vögeln, also wirklich.«

Olivia lächelte. »Das ist doch das Gute an der Zeit, in der wir leben. Großeltern dürfen sich genauso daneben benehmen wie ihre Enkelkinder. Glaub mir, Corky und ich haben heutzutage viel mehr Spaß.«

Laura stöhnte. »Ich wusste, dass das früher oder später passieren würde – *Großeltern, die sich schlecht benehmen!*«

Francesca kehrte in weiser Voraussicht mit einem ganzen Tablett voller frischer Tassen wieder. »Die anderen kommen bestimmt auch bald«, verkündete sie und stellte das Tablett auf den Tisch. »Ich gehe schwimmen. Bis später.«

Als Harry die Fensterläden aufdrückte, sah er seine Umgebung zunächst nur verschwommen. Er setzte seine Brille auf und trat nach draußen. Während er sich mit der Hand durch die wirren Haare fuhr und die Schönheit des Morgens genoss, sah er, dass im Meer jemand schwamm.

Blinzelnd stellte er fest, dass es Francesca war, das attraktivere der beiden Mädchen, mit denen sie gestern Abend geredet hatten. Und weil sie die Attraktivere war, hatte Nick natürlich gleich die Spielregeln festgelegt. Sie hatten in einer der Bars in Kassiópi gesessen, als die beiden Mädchen hereinkamen. »Halt dich fest«, hatte Nick gesagt, »da sind die Mädchen. Ich lasse ihnen ein paar Minuten Zeit, dann gehe ich auf sie zu. Du kannst die Große haben. Ich nehme die mit den Zöpfchen. Süß, was?«

»Und wenn du nicht ihr Typ bist?«, hatte Harry gefragt.

Nick hatte ihm einen spöttischen Blick zugeworfen. »Trink aus. Ich bestelle uns noch eine Runde.«

Er hatte beobachtet, wie Nick zur Bar schlenderte, und hatte sich gefragt, warum alle Mädchen immer auf seinen Bruder standen. Gleichgültig, welchen blöden Spruch er von sich gab, es funktionierte immer. So auch dieses Mal: Die beiden folgten ihm an ihren Tisch und stellten sich vor. Die Große hieß Sally und die, die sein Bruder süß fand, hieß Francesca. Es stellte sich heraus, dass sie genauso alt waren wie sein Bruder, knapp zwanzig. Da er sich mit seinen zweiundzwanzig Jahren als nicht mehr ganz dazugehörig betrachtete, hatte er sich kaum am Gespräch beteiligt und stattdessen seinen eigenen Gedanken nachgehangen. Wahrscheinlich hatten die Mädchen ihn langweilig gefunden. Na gut, dann war es eben so. Was spielte es schon für eine Rolle?

Aber es spielte doch eine Rolle. Das merkte er jetzt, als er sah, wie Francesca vom Sonnendeck ins Wasser sprang. Zum ersten Mal wünschte er sich, genauso interessant zu sein wie sein Bruder.

Kopfschüttelnd trat er in sein Zimmer zurück. Was käme schon dabei heraus? Wenn sie die Wahl hätte zwischen ihm und Nick, dann wäre doch klar, für wen sie sich entscheiden würde.

Mark grinste still in sich hinein, während er beobachtete, was für eine Schau Theo Izzy gegenüber abzog. Ursprünglich hatte er die beiden beim Frühstück allein lassen wollen, aber Theo war zu ihm in die Küche gekommen und hatte gesagt: »Bitte, bleib hier. Sie wird viel entspannter sein, wenn du dabei bist.«

Während er jetzt zusah, wie unterwürfig Theo Izzy behandelte, fragte er sich, ob er ihn nicht doch falsch beurteilt hatte. Musste es nicht zwangsläufig so kommen, dass er früher oder später auf eine Frau traf, die ihm mehr bedeutete als eine kleine Affäre? Und warum sollte gerade er die Liebesfähigkeit seines Freundes beurteilen können?

Oder war er etwa eifersüchtig?

Der Gedanke entsetzte ihn. War es denn möglich, dass es ihn wirklich eifersüchtig machte, wenn Theo sein Glück fand und er nicht?

Der Gedanke war ihm so unangenehm, dass er ihn sofort verdrängte. Da er den Kopf sowieso mit allen möglichen Informationen voll hatte, würde er ihn am sichersten vergessen, wenn er ihn sich nicht aufschrieb.

Das war auch gestern Abend so gewesen, als er am Hafen saß. Ihm war etwas eingefallen und er wollte sich gerade Notizen machen, als diese Frau aus dem Flugzeug mit ihrem Mann aufgetaucht war. Und sofort hatte er wieder vergessen, was er sich notieren wollte.

»Haben Sie meine Nachricht bekommen?«, hatte Liberty-Raquel gefragt.

Mark hatte so getan, als wüsste er von nichts. »Welche Nachricht?«

Sie hatte sich so dicht zu ihm gebeugt, dass er ihren alkoholgeschwängerten Atem riechen konnte. Sein gelangweiltes Gesicht spiegelte sich in ihrer Sonnenbrille. Setzte sie die eigentlich nie ab? Du liebe Güte, schließlich war es schon dunkel! »Sie sollten ein Auge auf Ihren Chauffeur haben«, sagte sie. »Ich habe ihn gebeten, Ihnen auszurichten, dass ich Sie gern zu uns in die Villa einladen möchte.«

»Das muss seinem Gedächtnis entfallen sein.«

Missbilligend verzog sie das Gesicht. »Ich wollte auch Ihre Nachbarn, die Sinclairs, einladen, aber ich bin noch nicht dazu gekommen. Bob fährt die ganze Zeit auf der Insel herum. Nicht wahr, Bob?«

Aber Bob hörte gar nicht zu. Er telefonierte gerade mit seinem Handy.

»Er hat viel zu tun«, erklärte sie mit gesenkter Stimme. »Viele Eisen im Feuer. Er hat ein Grundstück gefunden, das genau das Richtige ist, wie er sagt.« Dann fügte sie hinzu: »Es ist kein Zufall, wissen Sie, dass wir uns heute Abend hier getroffen haben.«

»Tatsächlich?«

Sie lächelte. »Ich habe heute morgen Ria, meine Wahrsagerin, angerufen, um zu hören, was mir und auch Bob bevorsteht.« Sie redete noch leiser. »Er muss in den kommenden Wochen ein paar wichtige Entscheidungen treffen und ich möchte sichergehen, dass er weiß, was er tut. Ich habe meine Wahrsagerin auch nach dem großen, blonden Mann gefragt, der mir Glück bringen wird, und ...« Sie schwieg, um die Spannung zu steigern.

»Und?«, drängte Mark.

»Und sie sagte, wir würden uns wiedersehen. *Bald.*«

»Wie außergewöhnlich.«

»Man kann nicht leugnen, dass uns geistige Kräfte umgeben, nicht wahr?«, sagte sie. »Sie fühlen das doch auch.«

»Hat sie Ihnen sonst noch etwas vorausgesagt?«, fragte er neugierig.

»Nun, die Acht der Kelche ist aufgetaucht.«

Als er sie verständnislos anblickte, erläuterte sie: »Das ist eine Karte, die einem neue und größere gesellschaftliche Kontakte voraussagt. Neue Gesichter. Neue Orte. Neue Erfahrungen. Eigentlich alles neu.«

Das klang nach einer ziemlich banalen Beschreibung des alljährlichen Urlaubs. Es war an der Zeit, dass Mark ihr entkam. »Es war schön, Sie wiederzusehen«, log er, »aber ich muss jetzt zurück.«

»Wir müssen auch los. Wo haben Sie Ihr Auto geparkt? Hier im Hafen?«

»Nein, ich bin zu Fuß.« Zu spät merkte er, dass dieses Eingeständnis ein Fehler gewesen war. Sie bestand darauf, dass er mit ihnen fuhr, und auf dem Weg zur Villa Anna erneuerte sie noch einmal ihre Einladung in die Villa Mimosa. »Kommen Sie einfach jederzeit zu einem Schwätzchen vorbei«, sagte sie, als sie vor Theos Haus anhielten. »Es muss doch langweilig sein, die ganze Zeit hier allein zu verbringen.«

Mark bedankte sich fürs Mitnehmen, und während er dem Auto nachsah, ging ihm durch den Kopf, dass seine ursprüngliche Meinung über Liberty-Raquel falsch gewesen war. Hinter ihrem grellen Make-up und den viel zu jugendlichen Designer-Kleidern verbarg sich eine traurige und einsame Frau. Eine Frau, die vermutlich viel mehr trank, als gut für sie war. Mark hatte sich gefragt, wovor sie wohl davonlief.

Sie hatten zu Ende gefrühstückt – frische Feigen, Toast mit Honig von der Insel und Kaffee – und waren in den schattigen Bereich der Terrasse umgezogen, der von einer weinumrankten Pergola überspannt wurde. Theo erklärte Izzy gerade, dass die Trauben, die jetzt noch winzig und grün waren, dick und rot werden würden und dass im Herbst Wein daraus gemacht würde. Mark beobachtete, dass Izzy Theo mit halbem Lächeln zuhörte, als habe sie gerade an etwas gedacht, das sie amüsierte. Er hätte zu gern gewusst, was es war.

»Glauben Sie ihm kein Wort, Izzy«, hatte er gesagt, als Theo sie davon zu überzeugen versuchte, dass er sich Schuhe und Socken ausziehen und Angelos beim Traubentreten helfen würde. »Können Sie sich vorstellen, dass er seine teure, maßangefertigte Kleidung mit solch einer schmutzigen Arbeit ruiniert?«

»Ha! Und siehst du auch nur eine Schwiele an den Händen meines Freundes?«, fragte Theo. »Er arbeitet genauso wenig mit den Händen wie ich. Solange ich ihn kenne, versucht er sich als Freund des Volkes, als Held der Arbeiterklasse auszugeben, aber das ist nur Getue. Lass dich von ihm nicht täuschen, Izzy.«

»Ich glaube, wenn ich auch nur ein bisschen Verstand habe, lasse ich mich von euch *beiden* nicht täuschen«, entgegnete Izzy lachend. »Seid ihr immer so?«

»Wie?«, fragte Theo.

»So schrecklich grob zueinander.«

»So sind wir, wenn wir nett zueinander sind«, widersprach Mark. »Sie sollten einmal dabei sein, wenn wir uns streiten.«

»Und wer behält dabei meistens die Oberhand?«

»Glaubst du, ich, Theo Vlamakis, würde zulassen, dass ein Schwindler wie Mark mich hereinlegt? Ts, ts, Izzy, du enttäuschst mich. Ich ziehe bei verbalen Auseinandersetzungen nie den Kürzeren.«

»Das ist doch gar nicht wahr! Ich lasse dich nur ab und zu gewinnen, damit du nicht mutlos wirst!«

»Ich lasse dir eben ab und zu das Gefühl, du hättest gewonnen, damit du dir im Geiste auf die Schulter klopfen kannst.«

»Oh, du armer, kranker Bastard, wie bist du bloß an die Spitze der Nahrungskette gekommen?«

Theo wandte sich mit einem triumphierenden Lächeln zu Izzy. »Da! Siehst du jetzt, wie leicht ich die Auseinandersetzung für mich entschieden habe? Wenn Mark nichts mehr einfällt, greift er zu Allgemeinplätzen. Er ist ein hoffnungsloser Fall, aber man muss einfach Mitleid mit ihm haben. Möchtest du noch Kaffee?«

»Nein, danke. Ich muss jetzt wirklich gehen.« Izzy blickte auf ihre Uhr. »Ach du lieber Himmel! Wie spät es schon ist! Laura wird sich fragen, wo ich bin.« Sie ergriff ihre Tasche und stand auf. »Ich habe gar nicht gemerkt, wie rasch die Zeit vergangen ist. Ich hoffe, ich habe euch nicht von etwas Wichtigem abgehalten.«

»Keineswegs«, beruhigte Theo sie. »Aber du brauchst dich doch nicht so zu beeilen. Es sind doch nur ein paar Schritte bis nebenan.«

Die Männer brachten sie zu dem Holztor, durch das sie auf den Pfad zur Villa Petros kam. »Noch einmal vielen Dank fürs Frühstück«, sagte sie zum Abschied. »Ich habe es wirklich genossen. Ihr beiden habt mich aufgeheitert.«

»Dann kommst du vielleicht wieder einmal her? Wenn du noch einmal ein bisschen Aufheiterung brauchst?«

Izzy antwortete nicht auf Theos Frage, sondern lächelte ihn nur an. Dann eilte sie winkend davon.

Theo seufzte. »Weißt du, Mark, ich war ärgerlich auf dich, dass du Izzy einfach mitgebracht hast, aber anscheinend stehe ich wieder mal in deiner Schuld. Wie hast du sie dazu überreden können, herzukommen?«

Mark zuckte mit den Schultern. »Sie hat erwähnt, dass sie sich wegen gestern Abend schämte, und hat mich gefragt, ob ich dir ihre Entschuldigung übermitteln würde. Und da habe ich gesagt, dass man sich am besten immer persönlich entschuldigt.«

»So einfach war das?«

Mark schlug ihm auf den Rücken. »Ja, alter Kumpel, so einfach.«

22

Als Theo eine Woche später Izzy einlud, mit ihm zu Abend zu essen, war die Reaktion in der Villa Petros gemischt.

Laura lächelte wissend hinter ihrem Buch, das sie immer noch nicht zu Ende gelesen hatte, und Max gebärdete sich als Patriarch und ermahnte Izzy, Theo auf Distanz zu halten. »Du darfst ihn keinesfalls ermutigen«, murmelte er düster, während er Theo nachblickte, der zur Villa Anna zurückging.

Francesca stieß Sally in die Seite. »Normalerweise behält er diese Behandlung mir vor. Tut ganz gut, dass mal jemand anderes das Opfer ist.«

»Warum soll Izzy ihn denn nicht ermutigen?«, warf Olivia ein. »Er ist doch hinreißend.«

»Ach, du meine Güte«, stöhnte Corky. »Ich wusste doch, dass dieser Griechisch-Unterricht spät am Abend ein Fehler war. Der Knabe hat etwas Gefährliches bei deiner Mutter freigesetzt.«

»Nun, wenn Izzy ihre Meinung ändert, würde ich nur zu gern für sie einspringen«, sagte Sally. »Ich bräuchte nur zwei Minuten, um mich für ihn zurechtzumachen.«

»Eher einen ganzen Nachmittag«, kicherte Francesca.

Sally schlug mit einer Zeitschrift nach ihr. »Zwei Minuten, und er könnte mir nicht mehr widerstehen. Er würde mir hechelnd zu Füßen liegen.«

»Ja, aber er wäre trotzdem immer noch zwanzig Jahre

älter als du«, sagte Francesca lachte. Sie erhob sich aus ihrem Liegestuhl. »Komm, wir gehen schwimmen und sehen mal, ob die Patterson-Jungen auch da sind.«

Izzy sah den beiden Mädchen zu, wie sie ihre Sachen zusammenpackten, und fand, dass schon viel zu viel über ihr Abendessen mit Theo geredet worden war. Ein bisschen kam es ihr so vor, als sei sie dazu gedrängt worden. Er hatte die Einladung im Beisein aller ausgesprochen und es wäre grob und unhöflich gewesen, sie abzulehnen. Andererseits hatte sie eigentlich auch gar nicht ablehnen wollen.

Seit sie sich letzte Woche wieder mit Theo versöhnt hatte, hatte er sich ihr gegenüber untadelig benommen. Allerdings hatte sie ihn auch nicht häufig gesehen. Genau wie Max musste er arbeiten – zu Lauras Enttäuschung war Max sogar wegen diverser Sitzungen für drei Tage nach Hause geflogen. Sie hatte ihn höchstens frühmorgens am Strand getroffen, wenn sie vor allen anderen aufgestanden war, um zu zeichnen. Dann hatte er sich nach dem Schwimmen neben sie gesetzt und ihr zugesehen. Gestern war auch Mark mitgekommen. Er war aber nicht ins Wasser gegangen.

»Schwimmst du nicht gern?«, hatte Izzy ihn gefragt.

»Das Gleiche könnte ich dich fragen«, antwortete er.

»Für mich ist es noch zu früh und zu kalt. Ich brauche wärmeres Wasser, bevor ich mich hineintraue.«

»Dann gebe ich das auch als Entschuldigung an. Darf ich mal sehen?«

Sie reichte ihm ihren Skizzenblock.

»Du hast doch gesagt, du seist nicht so gut!«

Kritisch betrachtete sie ihre Kohlezeichnung, eine Ansicht des Hügels, auf der Theos Villa durch die Bäume zu sehen war. »Das ist einer meiner besseren Versuche.«

»Und wie sehen die schlechten aus?« Mark begann, die Seiten durchzublättern, aber Izzy fiel ein, dass auch die Zeichnung von ihm, die sie vor einiger Zeit aus dem Gedächtnis angefertigt hatte, darin war und nahm ihm den Block aus der Hand.

»So schlecht? Na, ich glaube eher, wir unterschätzen alle unsere Talente.«

»Selbst du?«

Er zog eine Augenbraue hoch. »Wo ich doch gar nicht der unsichere Typ bin?«

»Mir kommst du recht selbstbewusst vor.«

»Das ist alles nur Fassade. Ich bin genauso unsicher wie jeder Künstler.«

Sie lachte.

»Warum habe ich nur das Gefühl, du nimmst mich nicht ernst?«

»Vermutlich sollte ich einmal eins deiner Bücher lesen, dann könnte ich dich wahrscheinlich besser beurteilen. Zwischen den Zeilen fände ich vielleicht dein wahres Ich.«

Er tat so, als sei sein Stolz verletzt, und schlug sich mit der Faust vor die Brust. »Soll das heißen, du hast noch nie eins meiner Bücher gelesen? Ich bin tief getroffen.« Ernster fügte er hinzu: »Wenn du meine Art von Romanen nicht magst, was liest du denn dann?«

»Alles Mögliche«, erwiderte Izzy ausweichend. Sie ließ Sand durch die Finger gleiten, wobei sie dachte, dass er ihre Vorliebe, zu der für gewöhnlich eine Liebesgeschichte mit glücklichem Ausgang gehörte, wahrscheinlich nicht schätzen würde.

»Und im Besonderen?«, forschte er. »Was war zum Beispiel das letzte Buch, das du gelesen hast?«

»Lass nicht zu, dass er dich ausfragt, Izzy.« Theo war aus dem Wasser gekommen. »Er ist viel zu sehr daran gewöhnt, mit literarischen Snobs umzugehen, als dass er es zu schätzen wüsste, dass manche Leute einfach zu ihrem Vergnügen lesen.«

»Das stimmt nicht, Theo, und das weißt du auch. Diese Einstellung konnte ich noch nie ertragen. Vielleicht solltest du Izzy besser für sich selbst sprechen lassen.«

Beide blickten sie erwartungsvoll an.

»Hmm ... ich glaube, ich lasse euch jetzt besser allein«, sagte sie. Sie packte ihre Sachen in die Tasche und stand auf.

»Siehst du, was du angerichtet hast, Mark!«, rief Theo aus. »Mit deiner Arroganz hast du sie vertrieben.«

»Hey, alles war ganz in Ordnung, bis du dich eingemischt hast.«

»Hört auf, ihr beiden!« Sie lachte. »Ich habe in meinem Beruf genug mit Kindern zu tun, die sich streiten. Im Urlaub will ich davon nichts hören.«

Beide hatten sich entschuldigt und Theo hatte gesagt: »Komm mit uns frühstücken, dann werden wir dir beweisen, dass wir uns auch ganz zivilisiert benehmen können.«

»Und wenn wir uns schlecht benehmen, kannst du uns wieder ausschimpfen«, hatte Mark hinzugefügt. »Das machst du immer so nett.«

»Vielleicht ein anderes Mal«, hatte Izzy entgegnet. »Ich bin heute früh an der Reihe, bei Nicos Brötchen und Croissants zu kaufen.«

Das war gestern gewesen und heute Morgen war Theo mit einem Geschenk für sie erschienen. Es war ein Buch. »Das ist von uns beiden und es soll eine Entschuldigung dafür sein, dass wir uns gestern wie zwei ungezogene Schuljungen benommen haben. Du hast Mark gegenüber erwähnt, dass du gern mal eines seiner Bücher lesen würdest, und er meinte, dieses hier würde dir vielleicht gefallen. Es ist sein erstes und vermutlich das am wenigsten blutrünstigste, aber es ist trotzdem spannend. Behalt es so lange, wie du magst.«

Sie hatte den Klappentext gelesen und dann die Widmung im Buch: »Für Theo, weil er so dumm war, sich um mich zu kümmern.« Handschriftlich stand darunter: »Keine Sorge, ich werde jetzt nicht weich – Mark.«

Izzy hatte gefragt: »Worum hast du dich gekümmert?«

Aber Theo hatte das Buch zugeschlagen und mit strahlendem Lächeln erklärt: »Wenn du heute Abend mit mir isst, erzähle ich es dir.«

Als sie jetzt allein war, nahm sie das Buch wieder zur Hand und betrachtete das Foto von Mark im Umschlag. Er lehnte mit verschränkten Armen in einem dunklen Torbogen. Er trug eine Lederjacke und wirkte feindselig. Seine Haare waren kürzer als jetzt und er sah wild und bedrohlich aus, so wie jemand, dem man lieber nachts nicht begegnen wollte. »Der neue Prinz der Dunkelheit« lautete eins der Zitate im Rückseitentext und der Mann auf dem Foto entsprach dieser Beschreibung wahrhaftig. Izzy las die biographischen Angaben, um vielleicht etwas mehr über ihn zu erfahren, aber dort waren nur sein Geburtsjahr und die zahlreichen Jobs, die er gehabt hatte, aufgelistet. Als Reporter konnte sie sich ihn ja noch vorstellen, aber als Milchmann oder als Leichenbestatter wirklich nicht. Aber vielleicht musste man einen ungewöhnlichen Lebenslauf haben, wollte man als Autor erfolgreich sein.

Pünktlich auf die Minute hielt Theo vor der Villa Petros. Er war schon seit über einer halben Stunde fertig, aber Mark hatte ihn nicht fahren lassen. »Es nutzt dir überhaupt nichts, wenn du zu früh kommst«, hatte er gesagt.

»Und gerade du weißt darüber Bescheid, was?«, hatte Theo entgegnet und nervös mit den Autoschlüsseln geklimpert.

»Okay, vielleicht verfüge ich ja nicht über deine Erfahrung, aber ich weiß zumindest, dass Frauen es nicht gern haben, wenn man sie noch bei den Vorbereitungen überrascht. Wenn Izzy sich jetzt beeilen muss, könnte der Abend ein Desaster werden. Die erste halbe Stunde macht sie sich ständig Gedanken darüber, ob ihr Make-up in Ordnung ist, und flucht, weil sie vergessen hat, dieses oder jenes Schmuckstück anzulegen.«

»Izzy trägt gar kein Make-up.«

»Heute Abend vielleicht doch. Vielleicht möchte sie dich ja beeindrucken.«

Als Theo jetzt auf die Türglocke drückte, hoffte er, dass Mark Unrecht hatte und Izzy nicht versuchte, ihn zu beeindrucken. Er wollte nicht, dass sie sich ihren natürlichen Charme durch zu viel Schminke verdarb.

Max öffnete ihm die Tür und geleitete ihn ins Wohnzimmer. Die Atmosphäre zwischen ihnen war seltsam gespannt.

»Und wohin führst du Izzy heute Abend aus?«, fragte Max. Er führte sich auf wie ein altmodischer Vater. In diesem Moment betraten Francesca und Sally das Wohnzimmer durch die Terrassentüren.

»Hi, Theo«, sagte Francesca. Sie warf sich auf eines der Sofas und schleuderte ihre grell orangefarbenen Badelatschen von den Füßen. »Alles bereit für deine heiße Verabredung mit Izzy?«

Theo lächelte. »Ich dachte eigentlich, ich träfe mich mit ihr zum Abendessen. Und jetzt ist auf einmal eine heiße Verabredung daraus geworden? Na, dann freue ich mich noch mehr auf den Abend.«

Aus den Augenwinkeln beobachtete er, wie sich Sally betont lässig auf dem Sofa rechts von ihm drapierte. Sie tat ihr Bestes, um seine Aufmerksamkeit zu erregen, fuhr sich mit der Hand durch die langen Haare und seufzte übertrieben. Amüsiert wandte er sich Max zu und schlug vor, nach draußen zu gehen.

»Wie läuft es denn so mit deinem jungen Hausgast?«, fragte er, als sie außer Hörweite waren. Vielleicht löste ja die Frage die gespannte Stimmung zwischen ihnen.

»Sie benimmt sich wirklich ganz gut. Bisher war sie ganz brav, sieht man mal von der kleinen Einlage eben ab.«

»Nun, um dich zu beruhigen – bei mir verschwendet sie ihre Zeit.«

Max blickte ihn eindringlich an. »Ich mache mir keine Sorgen wegen Sally und dir.«

»Oh?«

»Ach, komm, Theo, jetzt spiel nicht den Unschuldigen. Was du da mit Izzy machst … Du wirst … nun, du tust doch nichts, was sie verletzt, oder? Ich mag sie sehr und ich …« Er räusperte sich und versuchte es noch einmal. »Mir gefiele es gar nicht, wenn du sie nur benutzen würdest.«

Theo erwiderte Max' Blick und sagte: »Zwei Fragen, Max. Was ›mache‹ ich deiner Meinung nach mit Izzy und warum sollte ich sie verletzen wollen?«

»Du weißt ganz gut, was ich meine. Wenn es um Frauen geht, hast du eine bestimmte Einstellung.«

Theo schüttelte den Kopf. »Nein, Max. Du gehst nur davon aus, dass ich eine bestimmte Einstellung habe. Du bist zu dieser Schlussfolgerung gekommen und weigerst dich, mich in einem anderen Licht zu sehen. Aber ich kann dir eins versprechen: Ich habe ebenso wenig vor, Izzy zu verletzen, wie du damals Laura verletzen wolltest, als du sie kennen gelernt hast.«

»Aber das war doch etwas anderes! Für Laura habe ich Liebe empfunden, das war keine flüchtige Affäre …«

»Du ziehst ja schon wieder falsche Schlussfolgerungen. Nun, wenn ich mich nicht irre, kommen da die Frauen.«

Beide Männer standen auf und Theo sah sofort, dass sein Wunsch in Erfüllung gegangen war. Flankiert von Laura und Olivia sah Izzy genauso reizend aus wie an dem ersten Abend ihres Kennenlernens.

23

Izzy genoss die Fahrt in Theos BMW-Cabrio. Während er mit atemberaubender Geschwindigkeit an den langsameren Autos vorbeirauschte, ging ihr durch den Kopf, dass Theo, lächelnd und entspannt in einem lässigen Leinenhemd und mit Sonnenbrille, wie dazu geschaffen war, schicke Sportwagen zu fahren.

Sie war froh, dass sie sich die Haare zu einem Zopf geflochten hatte – jede andere Frisur wäre bei dem Fahrtwind innerhalb von Minuten zerstört gewesen.

Den ganzen Tag über hatten Sally und Francesca ihr nützliche Modetipps und Ratschläge für den Abend mit Theo gegeben. Sie hatte jedoch sowohl Francescas Angebot, sich aus ihrem Kleiderschrank mit verrückten Klamotten einzudecken, abgelehnt, als auch Sallys Vorschlag, sich mit ihren Schminkutensilien zurechtzumachen.

Das Restaurant, zu dem sie fuhren, lag in den Hügeln und ein Mann mit zerfurchtem Gesicht begrüßte sie. Er hieß Spiros. Er sah viel älter aus als Theo, aber erstaunlicherweise waren sie im gleichen Alter. »Wir haben zusammen unseren Militärdienst abgeleistet«, erklärte Theo. »Dort hat Spiros auch so schlecht kochen gelernt.«

»Ja – und Theo hat als Militärfahrer gelernt, so schnell zu fahren«, lachte Spiros. Er führte sie durch das klimatisierte Innere des Restaurants zu einer geschützten Terrasse, von der aus man einen wunderbaren Blick auf die Hügel und auf ein üppiges, grünes Tal hatte. Es wurde schon langsam dunkel und auf den weißgedeckten Tischen leuchteten hübsche bunte Laternen. Es war ziemlich voll, aber Spiros führte sie zu einem reservierten Tisch.

Kaum hatten sie sich gesetzt und Spiros war wieder gegangen, als eine kleine, übergewichtige Frau auftauchte. Theo stand sofort auf und umarmte sie. Nach zahlreichen Küssen und einem raschen Wortwechsel wandte er sich an Izzy und stellte sie ihr vor. »Izzy, das ist Marika, Spiros' Frau. Sie spricht kein Englisch, aber wenn du nett zu ihr bist, kocht sie dir das beste Essen deines Lebens.«

Izzy streckte lächelnd die Hand aus. »*Kalispéra*«, sagte sie zögernd. »*Tí kanete*?«

Die Frau erwiderte ihr Lächeln zustimmend, aber ihre rasche Antwort konnte Izzy wegen ihres spärlichen Wortschatzes nicht verstehen, und sie blickte Hilfe suchend zu Theo. Ebenfalls lächelnd übersetzte er: »Marika sagt, es gehe ihr sehr gut, und sie lobt deinen Akzent.« Abermals folgte ein Wortschwall von Marika, untermalt von zahlreichen Gesten. Als sie wieder allein waren, fragte Izzy Theo, was sie denn noch gesagt hätte. »Es klang so, als sei sie ärgerlich auf dich.«

Er lachte. »Sie sagte, wie schön du seist und dass du wahrscheinlich viel zu gut für mich bist.«

Errötend griff Izzy nach ihrer Speisekarte und studierte sie angelegentlich.

Theo lächelte versonnen. Marika hatte es eigentlich etwas anders formuliert, aber für ihn war es eine gute Gelegenheit gewesen, Izzy ein Kompliment zu machen.

Tatsächlich hatte Marika nämlich zu ihm gesagt, er käme schon wieder mit einer attraktiven Frau ins Restaurant und wann er denn endlich zweimal hintereinander dieselbe mitbrächte.

Es amüsierte ihn, dass Izzy auf seine Komplimente immer so erschreckt reagierte. Ganz gleich, wie aufrichtig seine Worte klangen, immer war sie verlegen und misstrauisch. Er hatte das auch Mark gegenüber erwähnt. »Es spielt überhaupt keine Rolle, wie aufrichtig ich es meine, sie denkt ständig, ich wolle ihr nur schmeicheln. Und sofort erwacht ihr Misstrauen.«

»Sie ist intelligent und sie ist Engländerin, Theo, deshalb hat sie ein natürliches Misstrauen Männern wie dir gegenüber, die Schmeicheleien von sich geben, um Sex zu bekommen.«

»Ich kann mich nicht erinnern, dass es während meiner Studienzeit Probleme gegeben hätte, weil ich Ausländer bin.«

»Damals waren die Mädchen auch noch jung und dumm und haben sich von deinem guten Aussehen und deinem Geld beeindrucken lassen. Du hast doch stets die extravagantesten Partys gegeben und natürlich haben sie sich in dich verliebt. Du warst einfach eine gute Partie – der Aristoteles Onassis von Durham.«

»Und wie soll ich ihr Vertrauen gewinnen?«

»Vielleicht gelingt dir das nie. Vielleicht solltest du dich einfach mit der Tatsache abfinden, dass sie nichts an dir findet.«

Aber während Theo jetzt Izzys nachdenkliches Gesicht betrachtete, war er entschlossener denn je, sie davon zu überzeugen – und alle anderen auch –, dass er es ernst meinte. Er war es nicht gewohnt, abgewiesen zu werden, aber die Situation hatte ihren eigenen Reiz, stellte er zu seiner Überraschung fest. Der Moment, in dem er Erfolg hatte, würde dadurch viel köstlicher werden. Abweisung, das hatte er im Laufe der Jahre erfahren, schärfte den sexuellen Appetit.

Als Spiros ihre Bestellung entgegengenommen, ihnen Wein und die Vorspeise gebracht hatte, entspannten sie sich beide und fingen an, den Abend zu genießen. Schließlich sagte Izzy: »Ich habe meinen Teil des Abkommens eingehalten und bin mit dir essen gegangen. Jetzt musst du auch dein Versprechen halten.«

»Welches Versprechen?«

»Du hast gesagt, du würdest mir erzählen, was Marks Widmung in seinem Roman zu bedeuten hat.«

»Ah, ich verstehe. Aber bevor ich mein Versprechen einlöse, musst du mir sagen, ob du schon angefangen hast, das Buch zu lesen, und was du davon hältst.«

»Ich konnte es nicht mehr aus der Hand legen«, gab Izzy ehrlich zu. Der dunkle, fast bedrohliche Stil hatte sie den ganzen Tag gefesselt.

»Ich glaube, ich sehe Mark langsam in einem ganz neuen Licht.«

Theo lachte. »Du glaubst also, er wird interessanter, nur weil du eins seiner Bücher gelesen hast?«

Sie ging auf seinen spöttischen Tonfall ein und erwiderte: »Na ja, nicht wirklich, aber ich frage mich, was in seinem Kopf wohl vor sich gehen mag.«

»Da wärst du nicht die Erste.«

Dieses Mal klangen Theos Worte ernster und Izzy fragte neugierig: »An dem Abend, an dem wir uns kennen lernten, hast du gesagt, Mark habe dir das Leben gerettet. Was ist denn damals passiert?«

Theo nahm sich noch ein Stück Brot und wischte damit die Überreste des Auberginensalats von seinem Teller. »Wir waren damals Studenten. Einmal bin ich spät in der Nacht von einer Party zurückgekommen und wurde von zwei jungen Männern überfallen, die es auf meine Brieftasche abgesehen hatten. Ich hatte Glück, dass Mark wie ein Berserker kämpfen kann.« Er schluckte den Bissen, den er im Mund hatte, hinunter und fügte hinzu: »Die Ärzte haben gesagt, wenn er nicht gewesen wäre …« Theo brach ab.

»Erzähl weiter«, sagte Izzy leise.

Aber der ernsthafte Moment ging rasch vorüber. Theo grinste sie fröhlich an und sagte: »Wenn Mark nicht gewesen wäre, säße ich heute Abend nicht hier mit dir.«

Verärgert drehte sie ihr Weinglas zwischen den Fingern. »Ich wünschte, du würdest das nicht tun.«

»Jeder Wunsch von dir ist mir Befehl, aber was genau meinst du?«

»Du machst immer … ach, ich weiß nicht, alles wird bei dir zu einem Scherz.«

»Und warum ist das ein Problem?«

»Es bedeutet, dass ich nie weiß, woran ich bei dir bin.«

»Es wäre dir also lieber, wenn ich ein bisschen grüblerischer wäre?«

»Ja, dann hätte ich nicht dauernd das Gefühl, dass du dich über mich lustig machst.«

Theos Lächeln erlosch. Er löste ihre Finger vom Weinglas und ergriff ihre Hand. »Glaubst du das von mir? Hast du deshalb solche Vorbehalte mir gegenüber?«

Sie versuchte, ihm ihre Hand zu entziehen, aber er hielt sie fest.

»Izzy, bitte, du musst wissen, dass ich mich nie über dich lustig machen würde. Ich spiele hier kein albernes Spielchen. Es ist mir wichtig, dass du das begreifst.«

Izzy wäre es lieber gewesen, das Gespräch hätte einen anderen Verlauf genommen, und sie war plötzlich auf der Hut. Aber dann wies sie sich selbst zurecht. Sie zwang sich dazu, sich zu entspannen. »Hast du jemals den Film *Shirley Valentine* gesehen?«, fragte sie schließlich, in der Hoffnung, damit einen Weg gefunden zu haben, wie sie Theo klarmachen konnte, warum sie so vorsichtig war.

Ohne ihre Hand loszulassen, nickte er. »Ja, natürlich. Warum?«

»Hmm ... Nun, erinnerst du dich daran, wie sie entdeckt, dass Tom Conti, mit dem sie ...«

»Ja«, unterbrach er sie, »als es so aussieht, als ob das Schiff gleich kentert.«

»Nein, das meinte ich nicht. Ich wollte sagen, erinnerst du dich an die Szene, als sie merkt, dass er die gleichen Worte auch bei zahllosen anderen Touristinnen sagt?«

Theo ließ Izzys Hand los und erwiderte: »Ach, *so* siehst du mich also. Du glaubst, ich wende das gleiche alte Muster bei jedem hübschen Mädchen an, das mir über den Weg läuft.«

Am liebsten hätte sie jetzt erwidert: »Schwör, dass es nicht so ist«, doch stattdessen entgegnete sie: »Vielleicht gehst du dabei nur ein bisschen subtiler vor.«

Er runzelte die Stirn. »Findest du mich nicht wenigstens ein bisschen sympathisch, Izzy?«

»Du hast durchaus nette Momente«, wäre ihr beinahe herausgerutscht, aber sie drängte die Worte zurück, indem sie einen Schluck Wein trank.

Immer noch stirnrunzelnd fuhr er fort: »Wie wird es

mir wohl gelingen, dich davon zu überzeugen, dass ich auch ganz anders sein kann?«

»Du könntest den Rest des Abends versuchen, mich in Ruhe zu lassen.«

»Was? Nicht ein einziges Kompliment mehr?«

Sie schüttelte den Kopf.

»Nicht ein einziges? Kein ›Deine Augen sind wie Sterne am Himmel‹ ...«

»Ganz bestimmt nicht!«

»Wie wäre es mit ...«

»Nichts, Theo. Du solltest völlig aufrichtig mit mir sein. Keine Albernheiten.«

»Darf ich dich berühren?«

Sie zögerte. Es war angenehm gewesen, als er vor wenigen Minuten ihre Hand gehalten hatte. »Nein«, entgegnete sie dennoch resolut. Sie wollte keine Halbheiten zulassen.

»Und was dann? Wenn ich mich den ganzen Abend lang gut benehme, was ist dann mein Preis? Ein Kuss vielleicht?«

Spiros enthob sie der Antwort, weil er an den Tisch trat, um die Teller abzuräumen. Kurz darauf brachte er den Hauptgang, eine große Fischplatte, die sie sich teilten. Die Krönung war ein ganzer Hummer, den Theo sofort geschickt zerlegte. »Da ich jetzt zu viel Angst habe, überhaupt noch meinen Mund aufzumachen, aus lauter Furcht, unsere Vereinbarung zu brechen«, sagte er, »erzähl mir ein bisschen von dir. Wo bist du in England aufgewachsen und was für ein Kind warst du?«

»Nun, ich glaube, ich kann mit einiger Sicherheit behaupten, dass ich sozusagen ein Irrtum war. Meine Mutter hat mich nicht gewollt und am liebsten hätte sie mich wohl in dem Krankenhaus gelassen, wo ich zur Welt gekommen bin.«

»Ist das ein klassisches Beispiel für die bei euch so beliebten Familienscherze, wie ich von Mark gelernt habe?«

»Eigentlich nicht. Es ist die Wahrheit.« Zu ihrer Überraschung erzählte sie ihm von dem Bruder, den sie nie gekannt und dessen tragisch kurzes Leben ihre ganze Kindheit überschattet hatte. Kurz streifte sie auch die Zeit im Waisenhaus und das Ausmaß dessen, was ihre Mutter ihr angetan hatte. Sie redete sehr distanziert davon, als erzähle sie die Geschichte einer anderen Person. Bis jetzt hatte sie noch nie jemandem Einzelheiten aus ihrer Kindheit offenbart, noch nicht einmal Laura, und es war ein seltsames Gefühl, nach so vielen Jahren den Deckel des Schweigens zu lüften. Izzy hatte immer Angst davor gehabt, die Vorfälle preiszugeben, als ob sie jemand danach beurteilen würde. Vielleicht war das ja ihr Fehler gewesen.

»*Ti apésyo*!«, sagte Theo, als sie schließlich schwieg.

»Wie bitte?«

»Ich sagte, das ist ja schrecklich.«

»Da hast du Recht. Es war schrecklich, dass die Depression meiner Mutter nicht früher diagnostiziert wurde.«

»Ich meinte eher, dass es grässlich für dich war.«

Izzy zuckte gleichmütig mit den Schultern, als sei ihr das noch nie in den Sinn gekommen. »Die Welt, in der wir leben, ist nicht vollkommen«, sagte sie. »Wir können solche Erlebnisse nur entschlossen hinter uns lassen.« Das war ein kluger Rat und sie hatte ihr ganzes Leben lang versucht, sich daran zu halten, aber es war ihr nie wirklich gelungen.

»Und wie ist dein Verhältnis zu deiner Mutter heute?«

»Hmm … schwierig.«

Theo schenkte ihnen noch Wein ein und blickte Izzy nachdenklich an. Er wusste, dass er sich auf ein gefährliches Gebiet wagte, fragte aber: »Und wie bist du mit deinem Vater zurecht gekommen?«

Zögernd erwiderte sie: »Um ehrlich zu sein, wusste ich bei ihm nie so genau, woran ich war. Als Kind habe ich verzweifelt darauf gewartet, dass er mich überhaupt bemerkte.«

Theo konnte sich unmöglich vorstellen, dass nicht jeder Vater dieses Mädchen zärtlich umsorgt und ihr gesagt hätte, dass sie etwas Besonderes war. »War er dir gegenüber distanziert?«

»Ich glaube, das ging kaum anders. Er stand zwischen meiner Mutter und mir und wir hatten beide schreckliche Angst davor, sie wütend zu machen.«

»Du malst ein sehr düsteres Bild. Gab es denn keine guten Zeiten?«

»Doch, natürlich. Ich liebte die Schule und ich war immer …«

»Aber zu Hause warst du nie glücklich?«

»Ich nehme an, das klingt für einen Griechen ziemlich sonderbar.«

Er nickte. »Für uns ist die Familie sehr wichtig. Mehrere Generationen wohnen oft harmonisch zusammen.«

»Gibt es denn nie Streit?«

»Doch, sicher, aber wir fechten ihn aus und denken dann nicht mehr daran. Wir sind es gewohnt, auf engem Raum mit denen zusammenzuleben, die wir lieben. Nimm zum Beispiel Angelos und Sophia. Unter ihrem

Dach wohnt auch Angelos' Mutter, eine typische Matriarchin, die die meisten familiären Entscheidungen fällt. Sie haben zwei kleine Töchter, die noch zur Schule gehen, und sie haben Giorgios, der Anfang zwanzig und ganz zufrieden damit ist, noch zu Hause zu wohnen. Wahrscheinlich ist ihm noch nie in den Sinn gekommen, dass er sich eine eigene Wohnung nehmen könnte. Er wird dort bleiben, bis er heiratet. Vielleicht zieht sogar seine Braut bei ihnen ein. Und trotzdem funktioniert es. Trotz aller Auseinandersetzungen und Meinungsverschiedenheiten kommen alle prächtig miteinander aus.«

»Du meine Güte! In meinen Ohren klingt das wie das perfekte Rezept für eine Katastrophe. Könntest du denn so leben?«

»Wahrscheinlich eher nicht. Aber wenn meine Eltern nirgendwo anders unterkommen, biete ich ihnen gern an, bei mir zu wohnen.«

Der Gedanke daran, dass ihre Mutter in ihre ordentliche, kleine Wohnung einziehen und all ihre Porzellanfiguren mitbringen würde, ließ Izzy erschaudern.

»Ist dir kalt? Soll ich dir mein Jackett um die Schultern hängen?«

»Nein«, sagte sie lachend. »Ich habe mir nur gerade den Alptraum vorgestellt, dass meine Mutter bei mir einzöge.«

»Wäre das wirklich so schlimm?«

»Es wäre grässlich. Ein Wochenende mit ihr reicht schon aus, um auch die widerstandsfähigste Natur zu erschüttern. Innerhalb von einem Monat hätte ich alles an Selbstbewusstsein verloren, was ich mir mühsam angeeignet habe.«

»Kritisiert sie dich denn?«

»Ständig. Sie macht eine scharfe Bemerkung nach der anderen. Ich bin für sie eine schreckliche Enttäuschung.«

»Ich bin auch eine Enttäuschung für meine Mutter.«

»Du?«

»Ja. Die ganze Zeit muss ich mir anhören, wann ich denn endlich ein nettes Mädchen heirate. Sie möchte so gern ein Enkelkind, weil all ihre Freundinnen auch schon Großmütter sind.«

»Und was erwiderst du ihr?«

Theo unterdrückte ein Lächeln. »Ich sage ihr, dass ich eben auf die richtige Frau warte. Hast du denn nie versucht, dich gegen deine Mutter zu wehren?«

Izzy schnaubte. »Machst du Witze?«

»Warum denn nicht? Warum bist du denn nicht einfach aufrichtig? Sag ihr doch, dass es ihr zwar bisher gelungen ist, dein Leben zu verderben, dass du aber nicht gewillt bist, dir den Rest auch noch verderben zu lassen.«

»Aus deinem Mund klingt das so, als sei es das Natürlichste auf der Welt.«

»Das ist es doch auch!«

»Du kennst Prudence Jordan nicht.«

»Ich gebe ja zu, dass ich noch nicht das Vergnügen hatte, aber es wäre bestimmt eine außergewöhnliche Erfahrung.«

Izzy betrachtete sein gut geschnittenes Gesicht und dachte, dass sie einen Batzen Geld dafür ausgeben würde, wenn sie das einmal erleben könnte. Welche Wirkung hätte wohl Theo Vlamakis mit seinem dunkeläugigen Charme und seinem guten Aussehen auf ihre Mutter? Sie stellte sich vor, wie er mit seinen breiten Schultern in dem vollgestopften, kitschigen Wohnzimmer ihrer Mutter saß, und hörte Prudence sagen: »Isobel hat mir erzählt,

Sie seien *Grieche.*« Bei ihr würde es klingen, als sei dies etwas Minderwertiges. Dass sie Decken für die armen Menschen in Afrika strickte, war ja in Ordnung, aber Gott bewahre, sie müsste sie in ihrem Wohnzimmer mit Tee bewirten …

Als die Sonne vollständig untergegangen war, kam das Dessert. Theo erklärte Izzy, es sei eine Spezialität von Marika, *locamades* genannt – eine auf der Zunge zergehende tiefgefrorene Eiercreme in Honig, mit Zimt bestreut.

»Du hast mir noch nicht genug über die Widmung in Marks Buch erzählt«, sagte Izzy. »Bezieht sie sich auf irgendetwas, das du für Mark getan hast?«

»Ach, Izzy, du wärst eine gute Detektivin geworden. Dir entgeht nichts. Komm, versuch einmal etwas hiervon, es ist köstlich.« Er streckte seine Gabel aus. Sie versuchte sie ihm aus der Hand zu nehmen, aber er lächelte nur und sagte: »Mach den Mund auf.« Sie gehorchte und die süße Creme schmolz in ihrem Mund. Als er sah, wie sie sich die Lippen leckte, stellte er fest: »Du solltest dich geehrt fühlen. Marika macht diesen Nachtisch nicht für jeden.«

Als Marika mit dem nicht bestellten Dessert an ihrem Tisch aufgetaucht war, hatte Theo gewusst, dass sie auf diese Art seinen Gast billigte. Das war bisher nur zweimal geschehen. Würde es ihm beim dritten Mal Glück bringen? Er nahm selbst einen Bissen von seinem Dessert und sagte, da er ihre Frage noch nicht beantwortet hatte: »Mark und mich verbindet eine ungewöhnliche Freundschaft. Jeder von uns beiden hat den anderen einmal vor dem frühzeitigen Tod bewahrt. Ich übertreibe nicht. Mark hat mir in jener Nacht in Durham wirklich das

Leben gerettet. Ich war ein sorgloser Student mit mehr Geld als Verstand und habe mich dadurch selber zu einem Opfer gemacht. Ich hätte es besser wissen müssen.«

»Und Mark? Wie hast du sein Leben gerettet?«

Theo zögerte. Er wusste besser als jeder andere, dass sein Freund es hasste, wenn man über ihn redete. »Das ist ein sehr persönliches Thema und vielleicht sollte Mark es dir lieber selbst erzählen. Ich möchte nur noch sagen, dass das, was Mark für mich getan hat, sehr großen Mut erfordert hat, und bei dem, was ich für ihn getan habe, brauchte ich nur Geduld. Er ist da allerdings nicht meiner Meinung. Aber das ist typisch für den Mann – er liebt es, mir in allem und jedem zu widersprechen und anderer Meinung zu sein als ich. Mein größtes Verbrechen in seinen Augen ist, dass ich ein Kapitalistenschwein bin.«

»Und bist du das?«

»Ich denke eigentlich nicht. Aber wer weiß? Vielleicht bin ich ja wirklich eins. Mir gefällt meine Arbeit. Ich hoffe, es klingt nicht arrogant, wenn ich sage, dass ich stolz auf meinen Erfolg bin. Ich schäme mich auch nicht, mein Geld zu genießen. Klug eingesetzt kann es eine Waffe gegen viel unnötiges Leid auf der Welt sein. Aber genug von mir. Was halten deine Freunde für dein schlimmstes Verbrechen?«

»Vielleicht meine Unfähigkeit zu entscheiden, was ich wirklich mit dem Rest meines Lebens anfangen will.«

»Das ist tatsächlich ein Verbrechen, wenn du bedenkst, dass du nur dieses eine Leben hast. Was ist denn so falsch an deinem jetzigen Leben, dass du das Gefühl hast, du müsstest es ändern?«

»Ich glaube, ich bin nicht zum Unterrichten geschaffen.«

»Magst du keine Kinder? Das überrascht mich. Ich hätte gedacht, dass du sehr gut mit ihnen umgehen kannst. Meiner Meinung nach bist du einer der geduldigsten und verständnisvollsten Menschen, die mir je begegnet sind.« Lächelnd fügte er rasch hinzu: »Das ist lediglich ein Kommentar zu deinen Fähigkeiten, wie ich sie sehe, und kein Ausdruck meiner Gefühle für dich. Es war kein Kompliment.«

»Ich mag Kinder tatsächlich gern.« Izzy hatte seine Bemerkung lächelnd zur Kenntnis genommen. »Das Problem ist die Schule, an der ich arbeite. Wir haben eine Direktorin, die am liebsten alle aus dem Lehrerzimmer entfernen würde, deren Gesichter ihr nicht passen.«

»Gefällt ihr deins?«

»Das kann ich dir nicht sagen. Bis jetzt habe ich mich so weit wie möglich von ihr fern gehalten, aber ich wäre nicht überrascht, wenn ich am Ende des Sommers nach Hause käme und meine Kündigung in der Post fände.«

»Kann sie das einfach so tun?«

»Sie kann mehr oder weniger tun, was sie will. Sie ist von der Schulbehörde eingesetzt worden, um die sinkenden Schülerzahlen und die steigenden Kosten in den Griff zu bekommen, indem sie das Haus neu organisiert. Und das ist bloß ein anderer Begriff dafür, dass man hart arbeitende, verdiente Lehrer abschiebt.«

Theo war überrascht von der Bitterkeit in Izzys Tonfall. »Also liegt Veränderung in der Luft?«

Sie seufzte. »Vermutlich. Aber was soll ich tun? Eigentlich wollte ich darüber nachdenken, während ich hier im Urlaub bin.«

»An dem Tag, an dem wir alle nach Áyios Stéfanos gefahren sind«, begann Theo nachdenklich, »hast du gesagt, du hättest dir vorgestellt, mit Alan alt zu werden und Kinder zu bekommen. Ist das dein Lebenstraum? Den Mann deiner Träume heiraten und Kinder bekommen?«

Izzy lehnte sich in ihrem Stuhl zurück, entsetzt über das, was er gerade gesagt hatte. Es kam der Wahrheit verdammt nahe. Aber wie sollte sie zugeben, dass sie, wenn die Umstände stimmten, nur zu gern ihren Beruf aufgeben und nur noch Frau und Mutter sein würde? Sie lebte in einer Zeit, in der es als sozial inakzeptabel galt, nicht berufstätig zu sein.

Izzy blickte Theo an und suchte in seinem Gesicht nach Anzeichen von Zynismus. Aber sie konnte keinen Spott entdecken. Ganz im Gegenteil: Er blickte sie so aufrichtig an, dass sie gezwungen war, die Wahrheit auszusprechen. »Vielleicht hat mich das im vergangenen Jahr ja so durcheinander gebracht. Ich habe irrtümlich angenommen, ich befände mich in einer Beziehung, die auf Ehe und Kinder zusteuert, etwas, was ich immer gern gehabt hätte, und dann auf einmal ...«

»Dann wurden dir auf einmal alle deine Träume genommen?«

Sie nickte. »Weißt du, als ich klein war, habe ich immer gedacht, wenn ich nur fest genug daran glaube, würden alle meine Träume wahr.«

»Und jetzt denkst du das nicht mehr?«

Sie lachte, aber es war kein glückliches Lachen. »Träume sind etwas für Kinder. Und Wünsche auch.«

»Da bin ich anderer Meinung. Ich glaube, sehr viel Elend in der Welt rührt daher, dass die Menschen keine Träume haben. Träume, Hoffnungen, Wünsche – das allein hilft uns doch über den Tag. Mark hatte all dies eine Zeit lang verloren und er hat in der schlimmsten Hölle gelebt, die man sich vorstellen kann. Wenn du einen Traum hast, Izzy, solltest du ihn verfolgen, ganz gleich, wie unvorstellbar er dir erscheinen mag. Lass ihn dir von niemandem ausreden – Soll ich uns jetzt einen Kaffee bestellen oder möchtest du später einen bei mir zu Hause?«

»Vorausgesetzt, ich komme noch mit zu dir.«

»Vorausgesetzt, du belohnst mich dafür, dass ich mich so gut benommen habe …« – er blickte auf seine Uhr – »… und das seit fast drei Stunden.«

»Ist das dein persönlicher Rekord?«

Er grinste. »Ich glaube schon.«

24

Es war dreiundzwanzig Uhr, doch in einer der überfüllten Bars am Hafen von Kassiópi begann für Francesca und Sally gerade erst der Abend. Sie hatten ausgemacht, sich dort mit Nick und Harry, die zuvor noch mit ihren Eltern zu Abend essen mussten, zu treffen. Nick hatte den Abend als Pflichtveranstaltung beschrieben. »Es ist Pas Fünfzigster, deshalb müssen wir dabei sein und ihm vorlügen, fünfzig sei nichts anderes als vierzig. Irgendeine Hoffnung muss der Mensch ja haben.«

Da die Mädchen zu früh waren, bestellten sie sich zwei Wodka-Cola, lehnten sich in ihren Stühlen zurück und betrachteten die Passanten.

»Sieh mal, der dickste Arsch der Welt«, sagte Sally und wies mit den Augen auf eine Frau in engen, weißen Jeans, einem tief ausgeschnittenen Top und pinkfarbenen Stilettos.

»Du bist so grausam, Sally!«

»Ich sage nur, was ich denke. Aber schau mal da drüben! Auf dem Rücken könntest du Spiegeleier braten.«

Francesca zuckte zusammen, als sie einen schrecklich sonnenverbrannten Rücken sah. »Die arme Frau, sie sieht aus, als müsse sie eigentlich auf die Intensivstation.«

»Ja, echt krass.« Dann bemerkte Sally einen Mann an einem Tisch in der Nähe und beugte sich dicht zu Francesca. »Guck dir mal den Mann hinter dir an!«

Francesca drehte sich um. Der Mann war blond, lässig angezogen und sah auf eine verlebte Art gut aus. Er saß tief zusammengesunken in seinem Stuhl, den Kopf auf die Rückenlehne gelegt, die Beine übereinander geschlagen und blickte geistesabwesend aufs Wasser. Francesca sah, wie er ein kleines Notizbuch und einen Stift aus der Tasche seines Hemdes zog und etwas aufschrieb. Er kam ihr irgendwie bekannt vor. »Vielleicht bilde ich es mir ja nur ein«, sagte sie leise zu Sally, »aber ich glaube, ich habe ihn schon einmal gesehen.«

»Das geht mir auch so. Er sieht ganz gut aus, oder?«

»Nicht schlecht, wenn du auf Typen stehst, die alt genug sind, um schon einen ganzen Haufen rotznäsiger Kinder zu haben.«

»Und wo sollen die sein? Ich sehe keine Frau und auch keine schniefenden Kinder. Und ich sehe auch keinen Ehering.«

»Er könnte ja geschieden sein.«

»Oder verwitwet.«

»Vielleicht ist er ein Frauenmörder! Er bringt all seine Frauen wegen der Lebensversicherung um.«

»Klar, der Frauenmörder macht Urlaub, nachdem er alle Beweise verbrannt hat.«

»Er will sich sein nächstes Opfer suchen und sieht sich in Kassiópi nach einer Frau um, die unbedingt jung sterben will. Soll ich dich mit ihm bekannt machen?«

Als Sally laut losprustete, drehten sich etliche Köpfe nach ihnen um, auch der des blonden Mannes. »Jetzt ist es beschlossene Sache«, erklärte sie, als er sich wieder abgewandt hatte. »Er ist göttlich und ich will ihn haben.«

»Tut mir Leid, dass ich die Überbringerin von schlechten Nachrichten bin, aber ich habe ihn gerade erkannt.

Es ist Theos Freund, der, der bei ihm wohnt. Außerdem habe ich gedacht, du stündest auf Harry. Sind wir nicht deshalb heute Abend hier?«

»Ach, komm schon, Francesca. Du weißt sehr wohl, dass ich da aus dem Rennen bin. Er weiß ja nicht mal, dass ich überhaupt existiere. Er fährt doch völlig auf dich ab. Schau mich nicht mit so großen Augen an. Nein, nein, mir wird nichts anderes übrig bleiben, als euch Nick vom Leib zu halten.«

»Hört sich so an, als hättest du schon alles genau geplant. Hast du jemals daran gedacht, mich vorher zu fragen, wie ich darüber denke?«

Sally grinste. »Na, dann erzähl mal.«

Unwillkürlich musste auch Francesca lächeln. »Aber Harry ist so schüchtern! Er wird mich nie fragen, ob ich mit ihm ausgehen will.«

»Wir müssen ihm einfach nur einen Schubs geben, was meinst du?«

»Und was willst du mit Nick machen?«

»Oh, den lasse ich das tun, was er am besten kann. Ich gebe ihm einfach Gelegenheit, die ganze Zeit über blöd zu quatschen.«

»Ihr zwei passt hervorragend zusammen«, sagte Francesca lachend.«

Sally warf mit ihrer ausgelutschten Zitronenscheibe nach ihr. »Wenn nichts Besseres da ist, bin ich mir nicht zu schade, mich mit den Krümeln zufrieden zu geben. Es ist eine Schande, dass sich Theo Izzy in den Kopf gesetzt hat, was?« Sie seufzte. »Er sieht gut aus, ist alt genug und hat Geld. Ich könnte eine glückliche Frau sein.«

»Du bist schrecklich, wirklich. Was hast du nur immer mit älteren Männern?«

»Ich war ein einsames Kind. Es gab keine Vaterfigur in meinem Leben.«

»Von wegen einsam. Dein Vater ist toll.«

»Okay, ich gebe es zu: Es ist der Sex. Ältere Männer sind um Klassen besser im Bett. Sie besitzen die Erfahrung, die Kerle wie Nick nicht haben. Sie fummeln nicht nur herum, sie wissen, worum es geht. Und sie wollen dich beeindrucken. Das ist eine tolle Kombination.«

Francesca verzog spöttisch das Gesicht. »Und du hast gedacht, mein Dad wäre bei dir gut im Bett. Du bist krank!«

Sally errötete ein wenig und schlug die Beine übereinander. »Woher sollte ich denn wissen, dass er dein Vater ist? Wir sind einander schließlich nicht vorgestellt worden.« Dann wechselte sie das Thema und sagte: »Weißt du, was mich bei Izzy wirklich aufregt, ist, dass sie gar nicht an Theo interessiert ist. Oder meinst du, sie spielt einfach nur die Supercoole?«

»Keine Ahnung. Aber offenbar funktioniert es. Mum sagt, er sei richtig hartnäckig. Je schwerer sie es ihm gemacht hat, desto mehr hat er sie verfolgt. Ah, da sind Nick und Harry.«

»Hi, Mädels!« Nick ließ sich in den Stuhl neben Francesca fallen. »Na, wie geht's? Tut mir Leid, dass wir so spät kommen, aber die älteren Herrschaften können nicht mehr so schnell essen. Es dauert ewig.«

Harry setzte sich neben Sally. »Ihr müsst meinen intoleranten Bruder entschuldigen. Ich hoffe, eines Tages erleidet er einen grässlichen Unfall und wir sind von dem Elend erlöst.«

»Hey, wer hat denn bei dir an den Witzschrauben gedreht, Kumpel? Du kannst froh sein, dass wir uns in

Gesellschaft von Damen befinden und dass mir meine gute Erziehung verbietet, dir einen Kinnhaken zu verpassen. Na, wer trinkt was?«

Sie bestellten eine Runde und kurz darauf noch einmal eine. In der Bar war es richtig voll und die warme Nacht vibrierte vom Lärm der Stimmen und der Musik. Francesca war nicht in der Stimmung für Nicks ständige Witze und die Seitenhiebe auf seinen Bruder, weil sie nach ihrer zweiten Wodka-Cola Kopfschmerzen bekommen hatte. Sie fand Nick zwar ganz nett, aber er gehörte zu den Typen, die sich selbst am Wichtigsten nehmen. Sein Bruder war das genaue Gegenteil: ernsthaft und geradeheraus. Wahrscheinlich gehörte er zu den ungeselligen Studenten, die die meiste Zeit hinter geschlossener Tür lernten. Er versackte sicher nicht Nacht für Nacht in irgendeiner Disco. Das war eher die Welt seines Bruders. Ihre war es früher auch einmal gewesen, schließlich hatte sie Carl so kennen gelernt. Aber nachdem diese Beziehung jetzt vorbei war, fühlte sie sich für solche Vergnügungen zu erwachsen. Sally erzählte Nick gerade von einer der Discos in Manchester, in der sie oft gewesen waren.

»Du *musst* doch die Tiger Lounge kennen«, sagte Sally. »Sie ist richtig berühmt. Ich kann gar nicht glauben, dass du noch nie davon gehört hast.«

»Und was ist daran so Besonderes? Was für eine Musik spielen sie denn da?«

»Alles Mögliche, aus den Sechzigern, Siebzigern und Achtzigern. Manchmal sogar klassische Filmmusik. Als wir das letzte Mal da waren, haben sie nur Andy Williams und Shirley Bassey gespielt.«

Francesca erinnerte sich nur zu gut an jenen Abend.

Sie und Sally hatten sich den ganzen Tag darauf vorbereitet, hatten sich Miniröcke angezogen, falsche Nägel und Wimpern angeklebt. Eine andere Freundin hatte ihnen die Haare toupiert, hochgesteckt und grün angesprüht. An diesem Abend hatte sie gemerkt, dass es mit Carl endgültig vorbei war. Sie hatte gehört, wie er eine Rothaarige in einem plustrigen rosafarbenen BH-Top nach ihrer Telefonnummer fragte und wann er sie wiedersehen könne. Und Francesca war gegangen, bevor sie die Antwort gehört hatte.

»Das mag ja mal ganz nett sein«, rief Nick über die Musik hinweg, die noch lauter geworden war. »Aber es geht doch nichts über ein gutes Rock-Festival. Warst du jemals in Glastonbury, Sal?«

»Nein. Ich mache mir nichts aus dem Quatsch.«

»Du solltest mal hinfahren. Aber weißt du, was ich nächstes Jahr mache? Ich plane eine Reise nach Goa. Alle Hardcore-Raver fahren dahin. Ein Kumpel von mir war schon da. Er hat gesagt, die Strandpartys wären nicht von dieser Welt. Allerdings sind die Drogengesetze so streng, dass sie dich ins Gefängnis werfen, wenn sie nur ein Tic-Tac in deiner Tasche finden. Will noch jemand was zu trinken? Wie ist es mit dir, Frankie? Du sagst ja kaum etwas – hast du die Sprache verloren?«

»Nein, nur den Lebenswillen. Und nenn mich bitte nicht Frankie.«

»Oh, oh, welche Tabletten hast du denn heute vergessen zu nehmen?«

»Alles okay?«, fragte Sally.

»Ich habe Kopfschmerzen.«

»Lass sie in Ruhe, Nick. Möchtest du ein Glas Wasser?«

Dankbar blickte sie Harry an. »Danke«, erwiderte sie, »aber ich glaube, ich gehe einfach mal ein bisschen am Hafen spazieren. Die Musik hier ist so laut.«

Harry stand auf, um sie vorbeizulassen. Unsicher fragte er: »Soll ich dich begleiten?«

»Wenn du möchtest«, erwiderte Francesca, ohne dabei Sally anzusehen.

Während sie die Bar verließen, rief Nick hinter ihnen her: »Harry, benimm dich, mach nichts mit Frankie, was ich bereuen würde.«

»Soll ich ihn jetzt gleich zusammenschlagen oder erst später?«, fragte Harry. »Es wäre mir so oder so ein Vergnügen.«

»Wenn es mir wieder besser geht, erledige ich das selbst.«

Langsam gingen sie am Hafen entlang, in dem es von Touristen und griechischen Großmüttern mit schlafenden Kindern wimmelte. »Weiter oben am Hügel gibt es eine kleine Bar mit einer seltsamen alten Frau in Pantoffeln«, sagte Harry. »Sollen wir uns dort für ein Weilchen hinsetzen? Da ist es zumindest ruhig.«

»Was ist seltsam an der alten Frau?«

»Nun ... ich erwähne es nicht gern, aber sie hat zu viel Haare im Gesicht.«

»Überall?«

»Nein, nur einen Schnurrbart. Aber möglicherweise lässt sie sich auch gerade einen Bart wachsen.«

Obwohl ihr der Kopf immer noch wehtat, musste Francesca lächeln. »Na, dann zeig sie mir mal.«

In der Bar war es zum Glück ruhig, genau wie Harry gesagt hatte, und fast sofort fühlte sich Francesca besser. Es standen höchstens ein halbes Dutzend Tische draußen, von denen aus man auf den Hafen blickte. Sie waren die einzigen Gäste und Francesca verspürte so etwas wie Mitleid mit der Besitzerin, die mit der Bar wohl kaum genug Geld verdienen konnte. Sie war genauso alt und seltsam, wie Harry sie beschrieben hatte. Nachdem sie in ihren Filzpantoffeln mit den Getränken – eine Tasse Kaffee für Francesca und ein Bier für Harry, den sie mit einem strahlenden Lächeln bedachte – an den Tisch geschlurft war, schlurfte sie wieder zu ihrem Stuhl an der Tür zurück und arbeitete weiter an ihrem Spitzendeckchen.

»Wie oft kommst du hierher?«, fragte Francesca. »Ich habe den Eindruck, sie kennt dich.«

»Ich sitze hier manchmal herum, wenn Nick gerade mal wieder in Partylaune ist.«

»Was er wohl oft ist. Macht er jemals eine Pause?«

»Nein. Er ist seit dem Tag seiner Geburt hyperaktiv.«

»Und du hast es lieber gemächlicher?«

»Ist das eine höfliche Umschreibung für langweilig?«

»Hey, der Junge hat einen wunden Punkt!«

»Hat den nicht jeder?«

»Manche nicht so offensichtlich. Außerdem möchte ich dich darauf hinweisen, dass *du* ›langweilig‹ gesagt hast, nicht ich. Und ich finde, du bist es nicht.«

»Willst du mich jetzt bevormunden?«

Francesca riss ein Tütchen Zucker auf und schüttete den Inhalt in ihre Tasse. »Was ist los mit dir? Erkennst du nicht, wenn man dir ein Kompliment macht? Oder stehst du schon zu lange im Schatten deines Bruders?«

Harry rückte seine Brille zurecht. »So ähnlich, ja.«

»Dann solltest du vielleicht langsam mal etwas daran tun.«

»Hast du einen Vorschlag?«

»Na ja, wenn du schon so fragst … Du kannst mich nach Hause begleiten, wenn wir ausgetrunken haben. Das heißt, wenn du nicht denkst, du hättest mit mir die schlechtere Wahl erwischt.«

Harry schenkte sich sein Bier ein. Er konnte sein Glück kaum fassen. Tagelang hatte er überlegt, wie er seinen Bruder loswerden und das Mädchen mal allein sprechen konnte, und jetzt war es einfach so passiert. »Nein, nein, das denke ich selbstverständlich nicht«, beeilte er sich zu sagen, damit Francesca sein Schweigen nicht als Gleichgültigkeit missverstand. »Ich dachte nur, dass du und Sally lieber mit Nick …«

»Das ist das Letzte, wonach mir im Moment zumute ist. Ich würde vorschlagen, wir überlassen Sally und Nick sich selbst.«

»Bist du dir sicher?«

»Eins solltest du dir merken, Harry«, sagte sie, tauchte einen Finger in den Schaum seines Bieres und leckte ihn ab, »wir Mädchen mögen es nicht, wenn man uns vorwirft, wir wüssten nicht, was wir wollten. Glaubst du, du kannst das behalten?«

Er starrte sie an, als ob sie ihm gerade eine erotische Pose vorgeführt hätte. »Ich versuche es«, murmelte er.

An Erotisches dachte auch Mark, während er mit der Taschenlampe, die er dieses Mal dabei hatte, nach Hause ging. Obwohl es Vollmond war, waren der Olivenhain und der steinige Pfad, den er vorsichtig entlangging, so dunkel wie seine Stimmung.

Er hatte im Hafen von Kassiópi vergeblich versucht, sich gedanklich auf das nächste Kapitel seines Buches zu konzentrieren. An diesem Punkt der Handlung hatte er immer die größten Probleme. Es ging um das Sexleben des Protagonisten oder um seine Aussichten auf irgendwelche erotischen Abenteuer. Wenn nicht der Verleger darauf bestehen würde, dass auch Krimis grundsätzlich solche Spannungselemente enthalten müssten, würde er lieber darauf verzichten. Doch sein Lektor hatte ihm auseinander gesetzt, dass solche Szenen das Interesse der Leser noch größer und somit seine Bücher besser verkäuflich machten.

Und so hatte Mark seine Prinzipien aufgegeben und getan, was man von ihm verlangte. Jetzt konnte er nicht mehr damit aufhören. Allerdings wurde es dadurch nicht leichter. Theo behauptete immer, er sei zum einen deshalb nicht gut in diesen Dingen, weil er Engländer sei – und was wussten die Engländer schon von Leidenschaft? –, und zum anderen mangele es ihm einfach an Erfahrung. Einen seltsamen Humor hatte der Junge!

Mark hatte den ganzen Tag über an der Szene herumgebastelt, war aber nicht besonders weit gekommen. Kurz nachdem Theo aufgebrochen war, hatte dann auch Mark beschlossen, den Abend in Kassiópi zu verbringen, doch auch das hatte sich als Zeitverschwendung erwiesen.

Nun, vielleicht nicht ganz. Es war immer nützlich, die Leute zu beobachten, und die Gruppe von Jugendlichen an einem der Nebentische hatte ihn insgeheim amüsiert. Er fand es immer faszinierend festzustellen, wer in einer Gruppe der Wortführer und wer die Gefolgsleute waren, und in diesem Fall war der Kleinste derjenige mit dem größten Mundwerk gewesen. Mark hatte die beiden Mädchen aus der Nachbarvilla erkannt und die Jungen waren vermutlich diejenigen, die mit ihren Eltern in der rosafarbenen Villa wohnten. Es war seltsam, wie rasch sie sich gefunden hatten. Sie waren tausend Meilen von zu Hause entfernt, und doch hatten sie sich hier schon wieder den gleichen vertrauten Mikrokosmos geschaffen, dem sie doch eigentlich hatten entkommen wollen.

Während er den steilen Pfad hochstieg, wünschte sich Mark, er könnte auch entkommen. Wenn er doch dieses Kapitel seines Buches nur umgehen könnte! »Vielleicht,« dachte er spöttisch lächelnd, »vielleicht sollte ich es mir von Theo schreiben lassen.« Schließlich verfügte er doch über die größere Erfahrung.

Das war der Ärger beim Schreiben. Es kostete zu viel Zeit und ein geselliges Leben fand kaum noch statt. An den meisten Tagen stand Mark früh auf, arbeitete bis mittags und machte sich dann ein Sandwich, das er stehend in der Küche aß. Den ganzen Nachmittag arbeitete er weiter und gegen Abend machte er einen Spaziergang, um seinen Kopf wieder frei zu bekommen.

Ursprünglich hatte es ihm gefallen, keine Verpflichtungen und keine Bindungen zu haben. Es schien ihm sicherer zu sein, sich ganz seiner Arbeit zu widmen. Allerdings war ihm bisher auch noch keine Frau begegnet, mit der er sein Leben hätte teilen wollen.

Kurze Zeit später war er an Theos Einfahrt angekommen, die von ein paar pilzförmigen Lampen erhellt wurde. Vor dem Haus stand Theos Auto. Überrascht blieb er stehen. Was, wenn Theo deshalb schon so früh zurück war, weil er und Izzy gerade dabei waren, das zu tun, was eigentlich sein Protagonist heute hätte tun sollen?

Theo hätte bestimmt etwas dagegen, wenn er jetzt einfach hereinplatzte und alles verdarb. Was sollte er also tun?

Vielleicht an den Strand gehen und warten, bis alles dunkel war?

Dafür entschied er sich schließlich. Leise ging er um das Haus herum und schlug den Weg zum Strand ein.

25

Theo wusste, dass sein Garten eine vollkommene, romantische Kulisse bildete, und deshalb führte er Izzy an den Rand der Terrasse und stellte ihre Gläser auf die niedrige Mauer, damit sie von dort in den Sternenhimmel blicken konnten. Ihm war klar, dass die nächsten Augenblicke entscheidend waren. Wenn er jetzt zu routiniert vorging, würde sie weglaufen. Es war ihm heute Abend gelungen, ihr Vertrauen zu gewinnen, und das wollte er nicht aufs Spiel setzen.

Auf dem Heimweg vom Restaurant hatte er versucht zu ergründen, was er eigentlich für Izzy empfand. Und das Ergebnis seiner Überlegungen hatte ihn überrascht.

Izzy sagte gerade: »Es war ein wundervoller Abend, Theo. Vielen Dank.«

Er erwiderte: »Es freut mich, dass es dir gefallen hat. Sollen wir es irgendwann noch einmal wiederholen?«

Sie lächelte vorsichtig. »Vielleicht.«

»Und hat mein Benehmen deine Erwartungen erfüllt?«

»Hmm ... ich glaube schon.«

Er rückte näher. »Heißt das, ich bekomme meine Belohnung?«

»Nun, vielleicht eine kleine.«

»Hoffentlich nicht zu klein.«

Izzy wich ein wenig zurück und griff nach ihrem Glas.

Sie trank einen Schluck Metaxa und fragte sich, warum sie Theo immer noch auf Distanz hielt. Eigentlich war das doch absurd. Was hielt sie denn davon ab, die sternenklare Nacht zu genießen? Schließlich wollte er doch nur einen Kuss.

Warum machte sie allein die Vorstellung schon nervös?

Sie trank noch einen Schluck und zwang sich, ehrlich mit sich selbst zu sein. Sie war deshalb nervös, weil sie Angst hatte, er könne enttäuscht sein. Schließlich war er sicher äußerst erfahren im Küssen und konnte einen guten Kuss von einem schlechten unterscheiden.

Theo machte allerdings gar nicht den Versuch, sie zu küssen. Stattdessen begann er, auf der Terrasse auf und ab zu gehen.

»Was ist los?«, fragte sie.

Er blieb vor ihr stehen. »Tut mir Leid«, sagte er, »aber du machst mich so nervös.«

»Bitte? Ich mache *dich* nervös?«

»Ja, Izzy. Ich weiß, es klingt verrückt, schließlich kennen wir einander erst so kurze Zeit, und doch ... und doch ...« Er schwieg.

»Was, und doch?«, fragte sie. Was ging hier vor sich? War ihr irgendetwas entgangen?

»Ich glaube, ich laufe ernsthaft Gefahr, mich in dich zu verlieben.«

Sie starrte ihn verblüfft an. »Du machst Witze, oder?«

Verletzt erwiderte er ihren Blick. »Du hast vom ersten Moment an eine heftige Wirkung auf mich gehabt. Wir haben uns noch nicht einmal geküsst, aber ich empfinde sehr viel für dich.«

»Aber du kennst mich doch gar nicht!«

»Wenn du sprichst, höre ich dir zu, Izzy. Und heute Abend hast du viel von dir erzählt.«

Das war nicht zu leugnen. Vielleicht hatte es ja am Wein gelegen, aber sie hatte Theo mehr von sich erzählt als jemals einem anderen Menschen. Verlegen erwiderte sie: »Wir haben uns doch schon geküsst.«

»Ja?«

»Ja, an dem Tag, als du mir Kopfsprung beigebracht hast.«

Er schüttelte den Kopf. »Das war kein Kuss.«

»Wenn ich mich recht erinnere, haben deine Lippen meine berührt. Ich will ja nicht pedantisch sein, aber meiner Meinung nach macht das einen Kuss aus.«

Mit strahlendem Lächeln erwiderte er: »Meiner Definition nach war das lediglich ein Berühren der Lippen. Unsere Seelen haben sich nicht berührt. Das hier nenne ich einen Kuss.«

Mit einer raschen Bewegung zog er sie an sich und küsste sie. »Das ist nicht fair,« dachte sie, »ich bin noch gar nicht so weit!« Sie bemühte sich, sich zu entspannen, aber es führte zu nichts. Steif und verlegen lag sie in seinen Armen und kam sich so vor, als machte sie alles falsch.

In diesem Moment blickte Mark unten am Strand zur Villa hinauf. Deutlich konnte er sehen, was Theo und Izzy auf der Terrasse gerade taten. Verärgert steckte er die Hände in die Taschen. Er konnte es zwar nicht genau erklären, aber er war enttäuscht, dass Izzy Theo nicht länger widerstanden hatte. Warum fiel diesem Kerl eigentlich immer alles so verdammt leicht?

Er hob einen Stein auf und schleuderte ihn wütend ins Meer. Es gab einen lauten Platsch. So laut, dass das

Liebespaar oben auf der Terrasse gestört wurde. »Bist du das, Mark?«, rief Theo. »Was machst du da unten?«

»Ich gehe ein bisschen spazieren. Und was macht ihr da oben?«, entschlüpfte es ihm unwillkürlich.

»Izzy ist hier und ich koche ihr jetzt einen Kaffee. Warum leistest du uns nicht Gesellschaft?«

Als Mark auf der Terrasse ankam, war von Theo oder Izzy nichts mehr zu sehen. Er ging ins Haus. Durch die offene Tür im Wohnzimmer sah er, dass Theo in seinem Arbeitszimmer am Telefon war. Er stützte sich mit beiden Ellbogen auf dem Schreibtisch ab und schien in eine seiner heftigen, typisch griechischen Debatten verwickelt zu sein.

Izzy war in der Küche und kochte Kaffee. »Ich hole die Tassen«, erklärte Mark und trat zum Geschirrschrank. »War das Essen gut?«, fragte er dann.

»Ja, es war hervorragend. Aber ich habe viel zu viel gegessen.«

»Wohin seid ihr gefahren?«

»Ich habe keine Ahnung. Es war irgendwo in den Hügeln. Die Leute, denen die Taverna gehört, sind Freunde von ihm.«

»Spiros und Marika?«

»Ja, genau. Warst du auch schon mal dort?«

»Ein- oder zweimal. Und was gab es zum Dessert?«

Sie warf ihm einen verwirrten Blick zu. »Hmm ... irgendetwas Köstliches, an dessen Namen ich mich nicht erinnern kann. *Loc... loca...*«

»*Locamades*?«

»Ja, so hieß es«, erwiderte sie. »Warum fragst du?«

»Nur so. Es sieht so aus, als wäre Theo noch eine Weile beschäftigt. Sollen wir unseren Kaffee draußen trinken?«

Sie setzten sich an einen kleinen Tisch und Mark zündete ein paar Kerzen an, um die Mücken fern zu halten. Dann lehnte er sich in seinem Stuhl zurück, schlug die Beine übereinander und blickte düster in die Dunkelheit. Es war ein schlimmer Tag für ihn gewesen – deprimierend unkreativ. Er war deshalb kein besonders guter Gesprächspartner und wäre besser am Strand geblieben, bis Izzy wieder weg war.

Als ob sie seine Gedanken lesen könnte, fragte Izzy: »Und wie hast du deinen Abend verbracht?«

Er blickte sie an. »Enttäuschend. Ich bin nach Kassiópi gegangen, weil ich hoffte, dass eine Ortsveränderung meine Laune heben würde.«

»Aber das war nicht so?«

»Nein«, erwiderte er einsilbig. Als er merkte, wie unhöflich er war, fügte er hinzu: »Tut mir Leid. Ich hatte einen schlechten Tag und habe nichts geschafft.«

»Gibt es oft solche Tage?«

»Manchmal.« Er erzählte ihr von seinem Kampf mit dem Liebesleben seines Protagonisten. »Das Problem habe ich bei jedem Buch. Man sollte meinen, es würde mit der Zeit einfacher, aber das ist nicht so.«

»Ich habe angefangen, deinen ersten Roman zu lesen.«

»Und wie findest du ihn?«

»Es wäre blöd, wenn ich dir jetzt nicht sagen würde, wie gut er mir gefällt.«

»Du wärest überrascht, wenn du wüsstest, wie brutal aufrichtig manche Menschen reagieren. Ich werde ständig kritisiert, weil ich zu düster und realistisch schreibe. Aber das trifft mich nicht. Ich *will* ganz realistisch sein und dem Leser zu nahe treten. Ich bin nicht an netten, kleinen Krimis interessiert. Meine Bücher sollen schockieren.«

»Ich bin zwar bisher noch nicht so weit gekommen, aber ich glaube, das gelingt dir auch. Vielleicht könntest du mir eine Frage beantworten – Max und ich haben heute Nachmittag darüber diskutiert. Wenn alle Komödianten zwangsläufig eine dunkle Seite haben, kann man daraus dann schließen, dass Schriftsteller wie du auch eine komödiantische Seite haben?«

Trotz seiner schlechten Laune musste Mark lächeln. »Glaubst du das?«

Sie erwiderte sein Lächeln. »Vielleicht frage ich dich lieber noch einmal, wenn du einen besseren Tag hattest. Glaubst du, Theo braucht noch länger? Ich müsste jetzt wirklich langsam gehen.«

»Ich frage ihn mal, ja?«

»Bitte. Ich habe nämlich keinen Schlüssel und Max wird schon auf mich warten.«

»Ach ja, tatsächlich? Vertraut er dir nicht?«

»Es liegt nicht dran, dass er mir nicht vertraut, es ist wegen Theo. Oh, vielleicht hätte ich das nicht sagen sollen. Du erzählst es doch Theo nicht, oder?«

»Meine Lippen sind versiegelt. Warte noch eine Minute. Ich höre mal, was er sagt.«

Kurz darauf kehrte er zurück. »Es sieht so aus, als ob es noch eine Weile dauert. Er hat mich gebeten, dich nach Hause zu begleiten. Bist du einverstanden?«

»Hmm ... Nach dem, was ich inzwischen von dir weiß, bin ich mir nicht sicher, ob ich gern mit dir in der Dunkelheit allein sein möchte.«

Mark zog die kleine Taschenlampe aus der Gesäßtasche, schaltete sie ein und stieß ein hohles Lachen aus. »Du hast nichts zu fürchten. Komm, und ich führe dich in die Welt des Wahnsinns, in der ich lebe.«

Lachend ließ sie sich von ihm zum Gartentor ziehen. »Hat dir eigentlich schon mal jemand gesagt, wie verrückt du bist?«

»Das sollte man einem Irren nie sagen, vor allem nicht, wenn er die Taschenlampe hat.« Er schaltete sie aus und einen Moment lang standen sie in völliger Dunkelheit.

Als sich Izzys Augen daran gewöhnt hatten, sagte sie: »Sieh einmal, dort drüben!« Sie wies auf eine Lücke zwischen den Zypressen am Hang. Das Mondlicht spiegelte sich auf dem Wasser und man sah einen Mann in einem kleinen Fischerboot, der gerade seine Netze auswarf. »Ist das nicht ein magischer Anblick? Das Wasser funkelt richtig im Schein seiner Laterne.« Sie drehte sich zu Mark um. Ihr Gesicht leuchtete wie das eines Kindes an Weihnachten. »Du siehst ja gar nicht hin.« Stirnrunzelnd blickte sie ihn an.

»Doch. Ich wurde nur gerade von einer Person abgelenkt, die wegen eines kitschigen Postkartenmotivs völlig aus dem Häuschen war.«

Izzy schlug ihm spielerisch auf den Arm. »Wie die meisten Männer hast auch du keine Seele.«

»Oh, die habe ich schon lange an den Teufel verkauft.«

»Und ich dachte, er hat sie dir zurückgegeben, weil er sie nicht gebrauchen kann.«

»Ah, du kleine ...« Weiter kam er nicht, weil sie lachend vor ihm davonlief. Er jagte ihr nach, aber sie war schneller als er, und bald war sie nicht mehr zu sehen. Plötzlich hörte er einen Schrei. Mark schaltete die Taschenlampe an und beschleunigte seine Schritte. Als er sie fand, saß sie auf dem Boden und rieb sich den Knöchel. Er hockte sich neben sie. »Alles okay?«

»Ich glaube, ich habe mir den Knöchel verstaucht.«

»Kannst du deine Zehen bewegen?«

Sie versuchte es. »Heißt das, dass ich mir nichts gebrochen habe?«, fragte sie, als es funktionierte.

»Tut mir Leid, ich habe keine Ahnung.«

»Du bist bei einem Notfall wirklich eine große Hilfe.«

»Hey, wenn ich dich jetzt den Hügel hinauftragen soll, solltest du lieber nett zu mir sein. Was ist dir angenehmer? Möchtest du huckepack getragen werden oder soll ich dich auf den Armen tragen?«

»Oh, definitiv auf den Armen tragen.«

»Woher wusste ich bloß, dass du dich dafür entscheidest?«

Mark hob sie hoch und trotz der Schmerzen in ihrem Knöchel musste Izzy lachen.

»Stop«, sagte er, während er den unebenen Pfad entlangstolperte, »Lachen ist nicht erlaubt. Wenn du lachst, lasse ich dich fallen.«

»Nein, das tust du nicht, dazu genießt du es viel zu sehr, den Helden zu spielen.«

»Ach ja? Zum Teufel, warum hast du mir das nicht vorher gesagt?«

»Wenn ich nicht lachen darf, darf ich dann wenigstens singen?«

»Nur zu«, keuchte er, »wenn es dir Freude macht, Izzy Jordan.«

Als sie anfing zu singen, stöhnte er auf. »Wie weit ist es noch? Gibt es da oben ein Sauerstoffzelt?«

»Wir sind gleich da.«

Er blieb stehen, um Luft zu holen. »Ich breche gleich zusammen.«

»Willst du damit sagen, dass ich zu schwer bin?«

»Für einen Schwächling wie mich bestimmt.«

Schließlich erreichten sie das Haus und Max und Corky kamen ihnen entgegen, weil sie ihre Stimmen gehört hatten. Izzy stellte Mark vor und erklärte, was passiert war.

»Es tut mir Leid, dass ich euch so viel Mühe mache«, sagte sie, als sie schließlich auf einer Liege lag und Max Corky in die Küche geschickt hatte, um einen Eisbeutel aus dem Tiefkühlfach zu holen.

»Habe ich dich nicht davor gewarnt, den Abend mit Theo zu verbringen?«, sagte Max lächelnd.

»Was mich am meisten ärgert«, brummte Mark, der neben Izzy kniete, um sich ihren Knöchel anzusehen, »ist, dass er mir Izzy mit der Bemerkung anvertraut hat, ich solle sie sicher nach Hause bringen. Das wird er mir jetzt mein Leben lang vorhalten.«

»Es war einzig und allein meine Schuld, ich hätte ja nicht wegrennen müssen. Danke, dass du mich getragen hast, das war sehr nett von dir.«

Er stand auf. »Sag jetzt besser nichts mehr. Ich kann nicht gut mit Dankesreden umgehen. Sie machen mich immer ganz verlegen.«

»Was man *dagegen* tun kann, weiß ich nicht«, bemerkte Corky, der hinter ihnen auftauchte, »aber das hier sollte dem Knöchel gut tun.« Er reichte Izzy ein Kühlpäckchen und ein Küchenhandtuch. Dann zog er eine flache, silberne Flasche aus der Hosentasche. »Ein Schluck Cognac schadet sicher auch nichts. Was meinst du?«

»Lieber nicht. Ich habe schon so viel getrunken.«

»Rein medizinisch, meine Liebe. Gut gegen den Schock.«

»Gegen welchen Schock?«

Francesca war auf die Terrasse getreten. Sie war nicht allein. Neben ihr stand ein großer, gut aussehender junger Mann, in dem Izzy einen der Patterson-Jungen wiedererkannte.

»Was um alles in der Welt hast du gemacht, Izzy?«, fragte sie, als sie den Eisbeutel bemerkte. »Du gehst nur einen Abend mit Theo aus und schon bist du Invalidin.«

»Ich bin hingefallen und habe mir den Knöchel verstaucht, und leider machen alle viel zu viel Aufhebens um mich.«

»Wo ist denn Mum? Es sieht ihr doch gar nicht ähnlich, so etwas zu verpassen.«

»Sie liegt im Bett«, erwiderte Max, »genau wie deine Großmutter. Wenn du also ein bisschen leiser reden würdest, wecken wir sie auch nicht auf. Ähm, und wer ist der junge Mann in deiner Begleitung?«

Lässig stellte Francesca Harry vor. »Das ist Harry. Und, Harry, das ist mein Vater. Du kannst ihn gar nicht verwechseln, er ist derjenige, der dich gleich als potentiellen Schwiegersohn taxiert. Möchtest du etwas essen? Ich schon. Und ihr, habt ihr auch Hunger?«

26

Am nächsten Morgen fuhr Theo Izzy zur Ärztin nach Kassiópi. Nach einer gründlichen Untersuchung bandagierte Dr. Katerina Tsipa Izzys angeschwollenen Knöchel und erklärte, er sei verstaucht. Sie verschrieb Tabletten, damit die Schwellung zurückging, und verordnete absolute Ruhe. Sie sprach zwar ausreichend englisch, aber Izzy war trotzdem dankbar für Theos Anwesenheit, weil sie einige Formulare ausfüllen musste.

Während in der Woche darauf Max und Laura mit Olivia und Corky Ausflüge machten, verbrachte Izzy ihre Tage mit Lesen. Sie hatte den ersten Roman von Mark zu Ende gelesen und war zum nächsten übergegangen. *Bei Einbruch der Nacht* war spannender und gewalttätiger, als alles, was sie sonst zu lesen gewohnt war. Es fiel ihr schwer, den Autor dieser Romane mit dem Mann in Verbindung zu bringen, den sie kannte.

Wenn sie sich von der schwierigen Lektüre erholen wollte, las Izzy Zeitschriften oder spielte mit Max' Eltern Karten. Genau wie Laura vorausgesagt hatte, hatten sie sofort die Gelegenheit ergriffen und ihr Canasta beigebracht. Und obwohl sie wegen der Tabletten, die sie einnehmen musste, dagegen protestierte, war der Wein in Strömen geflossen.

»Der eine Tropfen schadet doch nicht«, hatte Corky

gesagt und ihr Glas wieder gefüllt. »Er hilft dir nur dabei, dich zu entspannen.«

Am meisten vermisste sie ihre allmorgendlichen Ausflüge an den Strand. Es war absolut unmöglich, dass sie den steilen Pfad hinunterging, da ihr Knöchel noch nicht belastbar war, und deshalb musste sie entweder mit dem kleinen Balkon vor ihrem Zimmer oder der Terrasse vorlieb nehmen. Dort saß sie dann auch jeden Morgen und malte oder zeichnete. Durch die ständige Übung wurde ihre Technik immer besser, ja, sogar so gut, dass Olivia ihr begeistert zwei Aquarelle abkaufte. Selbst Sally suchte sich eins aus.

Wenn tagsüber alle unterwegs waren und es im Haus still wurde, nutzte Izzy die Gelegenheit, um Ansichtskarten zu schreiben. Die Einzige, bei der sie sich bisher pflichtbewusst regelmäßig gemeldet hatte, war ihre Mutter, die von ihr jede Woche einen zwei Seiten langen Brief bekommen hatte, weil sie mit einer Ansichtskarte bestimmt nicht zufrieden gewesen wäre.

Und jetzt saß Izzy wieder einmal im Schatten auf der Veranda und versuchte sich an dem allwöchentlichen Brief an ihre Mutter. Weit war sie jedoch noch nicht gekommen.

»Liebe Mutter, wie geht es dir?«, hatte sie bis jetzt lediglich geschrieben.

Eigentlich war das eine dumme Frage, denn Prudence Jordan würde darauf immer nur antworten, dass sie bestimmt nicht mehr lange zu leben hätte. Viel besser wäre es, einfach zu schreiben: »Hallo Mum, ich habe es wunderschön hier ohne dich. Das Wetter ist genauso heiß wie der gut aussehende Grieche, der sich in mich verliebt hat.« Aber das würde sie natürlich niemals tun.

Genauso wenig wie sie jemals den Mut finden würde, sich gegen Prudence zur Wehr zu setzen, wie Theo ihr geraten hatte.

Das war ebenso unwahrscheinlich wie die Aussicht, dass sie Theo jemals ernst nehmen konnte.

Ich glaube, es besteht die ernsthafte Gefahr, dass ich mich in dich verliebe.

Eine außergewöhnliche Erklärung, die seit jenem Abend unausgesprochen zwischen ihnen stand, weil sie keine Gelegenheit mehr gehabt hatten, darüber zu reden.

Sie waren seitdem nur noch auf der Fahrt zur Ärztin miteinander allein gewesen. Seine Sorge um sie hatte Izzy zum Lachen gebracht, vor allem, als er darauf bestand, sie in die Praxis zu tragen. »Nein, Theo«, hatte sie geschrien, »lass mich runter, ich stütze mich auf deinen Arm.« Aber er hatte sich nicht darauf eingelassen.

»Es ist meine Schuld, dass du dich verletzt hast, also trage ich dich auch.«

»Bei dir klingt das wie eine Strafe. Als Nächstes stürzt du dich in dein Schwert.«

Auf dem Heimweg von der Praxis hatte er kurz vor der Einfahrt zu Max' und Lauras Villa im Schatten eines Baumes gehalten. »Izzy«, hatte er gesagt und sie dabei eindringlich angesehen, »du sollst wissen, dass ich das gestern Abend nicht einfach so daher gesagt habe. Ich habe jedes Wort ernst gemeint.«

Sie hatte gefürchtet, er würde wieder versuchen, sie zu küssen, und leise Panik war in ihr aufgestiegen. Aber das Hupen eines näher kommenden Jeeps hatte das Problem für sie gelöst. Da sie an der engsten Stelle der Straße gehalten hatten, blieb Theo keine andere Wahl, als weiterzufahren.

Und im Haus waren sie dann keine Minute mehr allein gewesen. Theos frustrierter Gesichtsausdruck zeigte nur zu deutlich, dass auch ihm klar war, dass er die Chance, Izzy für sich zu haben, verpasst hatte. Doch im Grunde war sie erleichtert darüber. Ihr gefiel der Gedanke besser, Theo lediglich als Freund zu betrachten, zumal sie bei ihm ständig das Gefühl hatte, die Kontrolle zu verlieren. Und war es nicht besser, die Fäden in der Hand zu behalten?

Allerdings kam es ihr manchmal nicht ganz fair vor, wie sie ihn behandelte.

Seit sie sich den Knöchel verstaucht hatte, war Theo ein häufiger Gast in der Villa, der ihr oft Geschenke mitbrachte. Gestern war er zum Mittagessen gekommen und hatte ihr *Bei Einbruch der Nacht* mitgebracht.

»Wie geht es Mark?«, hatte Max gefragt, als sie alle um den Tisch saßen. Zu Max' Enttäuschung hatte er Theo bei seinen Besuchen bisher nie begleitet.

»Er arbeitet schwer. In der letzten Zeit hat er kaum ein Wort mit mir geredet. Er schreibt den ganzen Tag. Er meint, er habe gerade eine kreative Phase. Kann man das so sagen?«

»Es hört sich ganz richtig an.«

Leise flüsterte Theo Izzy zu: »Bin ich bei dir denn auch in einer kreativen Phase?«

Izzy errötete so heftig, dass Laura am anderen Ende des Tisches die Augenbrauen hochzog und lächelte. Auch Sally hatte es bemerkt und zwinkerte ihr zu. Max jedoch war zum Glück nichts aufgefallen und er hatte Theo gefragt, warum er am Nachmittag unbedingt nach Korfu-Stadt fahren müsse. »Es ist so heiß heute, das wird mörderisch.«

»Ich weiß, aber ich muss einen Termin einhalten.«

»Arzt oder Zahnarzt?«, fragte Francesca.

»Keins von beidem. Mit einem Anwalt.«

»Oh, wieder eine neue Akquisition?«, sagte Max.

»Ja. Ein Grundstück. Der Vertrag muss heute unterschrieben werden, sonst verkauft der Eigentümer an jemand anderen, der nicht so wünschenswert ist.«

»Soweit ich weiß, ist ein Konkurrent bei Geschäften nie so besonders wünschenswert«, sagte Corky lachend. »Geht es um viel Land?«

Theo zuckte mit den Schultern. »Ziemlich.« Izzy hatte den Eindruck, dass er ihnen auswich.

»Hier auf der Insel?«

Theo lächelte Olivia an. »Was spielen wir? Zwanzig Fragen?«

»Ach, komm, Theo«, maulte Max, »jetzt hast du uns neugierig gemacht. Was hast du vor? Willst du noch mehr Besitz auf Korfu erwerben?«

»Wenn du es unbedingt wissen willst, habe ich eigentlich das genaue Gegenteil vor. Ich kaufe das Grundstück, um die Insel davor zu bewahren, dass die Landschaft zerstört wird.«

»Wie altruistisch von dir«, seufzte Sally. »Ich liebe Männer, die selbstlos Gutes tun. Du nicht auch, Izzy?«

»Das ist wirklich eine bewundernswerte Eigenschaft«, gab Izzy zu. »Dürfen wir wissen, wo das Grundstück liegt, Theo?«

Sie waren alle überrascht, als er antwortete: »Hier in Áyios Nikólaos. Es ist der große Olivenhain, durch den man nach Kassiópi geht. Ich habe letzte Woche erfahren, dass der Familie, der er gehört, eine beträchtliche Summe für den Verkauf geboten worden ist. Der Käufer will dort Apartmentblocks errichten.«

»Das ist ja grässlich«, sagte Izzy entsetzt. »Das würde der Gegend völlig den Zauber nehmen.«

»Eben, deshalb kaufe ich das Grundstück ja auch, um das nicht zuzulassen.«

Als Theo später gefahren war und Sally und Francesca mitgenommen hatte, damit sie in Korfu-Stadt ein bisschen bummeln konnten, hatte Laura Izzy unter vier Augen gefragt, warum sie denn so heftig errötet wäre. »Du hast richtig schuldbewusst ausgesehen«, fügte sie hinzu.

Nach dem Abend, an dem sie mit Theo essen gewesen war, hatte Izzy Laura darin eingeweiht, was zwischen ihnen vorgefallen war, und Laura fand, etwas Besseres habe Izzy gar nicht passieren können. »Er ist verrückt nach dir, Izzy. Das sieht doch jeder. Sogar Max gibt mittlerweile zu, dass er Theo ein wenig vorschnell beurteilt hat.«

»Aber ich habe Angst vor ihm«, hatte Izzy gestanden. »Ich weiß ja, dass es albern ist, aber ich kann mich einfach nicht entspannen, wenn ich mit ihm allein bin.«

»Das kommt nur daher, weil du bisher noch nicht gelernt hast, ihm zu vertrauen. Oder vielmehr, du hast noch nicht wieder gelernt, dir selbst zu trauen. Nur weil du einmal jemanden falsch beurteilt hast, denkst du, das müsste dir jetzt immer wieder passieren. Entspann dich einfach und dann kommt schon alles in Ordnung, ich garantiere es dir.«

Aber das, sagte Izzy sich jetzt, während sie weiter an dem Brief an ihre Mutter schrieb, war nicht so einfach. Es war viel leichter für sie, sich von Theo fern zu halten.

Und außerdem, wohin sollte die Sache führen?

Warum sollte sie sich mit einem Mann einlassen, den sie wahrscheinlich nach diesen Ferien nie wiedersehen würde?

27

An jenem Abend sank Laura neben Izzy auf der Terrasse in einen Stuhl. Wie meistens in der letzten Zeit war Izzy in ein Buch vertieft. Laura schloss erschöpft die Augen – sie war sogar zu müde, um den Sonnenuntergang zu bewundern.

Corky und Olivia waren zum Glück mit Sally und Francesca nach Kassiópi gefahren. So nett und unterhaltsam ihre Schwiegereltern auch waren, sie machten sie fertig. Die meisten Sehenswürdigkeiten hatten sie bereits abgehakt und langsam fiel Laura nichts mehr ein, was sie ihnen noch bieten konnte.

Warum waren sie nicht einfach ein bisschen weniger unternehmungslustig? So wie ihre eigenen Eltern. Warum mussten sie ständig in Bewegung sein?

Sie und Max hatten ihr Bestes getan, um seine Eltern bei Laune zu halten, und waren überall mit ihnen hingefahren. Sie waren in Kanóni gewesen, um die berühmte Mausinsel mit ihrer Kapelle zu besichtigen. An einem anderen Tag waren sie auf dem höchsten Berg Korfus, dem Pantokrator, gewesen, und da an jenem Tag schönes Wetter geherrscht hatte, genossen sie einen wunderbaren Ausblick auf Paxos und sogar bis zum griechischen Festland. Auch in Korfu-Stadt hatten sie jeden Zentimeter abgegrast – jedenfalls war es Laura so vorgekommen.

An einem anderen Tag hatten sie das Boot genommen und waren die Küste südlich von Kassiópi entlanggefahren. Dort hatten sie einen Nachmittag in der Bucht von Kalámi verbracht, weil Corky unbedingt sehen wollte, wo Gerald Durrell gewohnt hatte. Danach waren sie nach Koloúra gefahren, wo eine Szene aus einem James-Bond-Film gedreht worden war, und es hatte sich eine hitzige Diskussion darüber entsponnen, welcher Bond-Darsteller denn nun der beste sei.

Am nächsten Tag hatten sie den Achillíon besichtigt, ursprünglich ein Palast, der als Zufluchtsort für Kaiserin Elisabeth von Österreich erbaut worden war. Nachdem sich jahrelang ein Spielkasino darin befunden hatte, diente er heute ebenfalls als Filmkulisse. Nachdem sie dort stundenlang Statuen bewundert und fotografiert hatten, nahm Laura eigentlich an, dass sie wieder nach Hause fahren würden. Doch Olivia bestand darauf, dass sie noch in eine Destillerie fuhren, wo sie und Corky mehrere Flaschen unbeschreiblich süßen Kumquat-Likör erworben hatten.

Nachdem sie eine Weile geruht hatte, schlug Laura jetzt die Augen auf und sagte zu Izzy: »Was soll ich bloß mit Max' Eltern für den Rest ihres Urlaubs noch machen? Allein der Gedanke an eine weitere, von Touristen übervölkerte Sehenswürdigkeit erfüllt mich mit Entsetzen. Ich wünschte, ich hätte mir auch den Knöchel verstaucht.«

»Du kannst ja behaupten, dass es jetzt nichts mehr zu sehen gibt«, schlug Izzy vor und ließ ihr Buch sinken.

»Sie haben doch Reiseführer dabei.«

»Dann musst du ihnen die Wahrheit sagen. Aufrichtigkeit ist immer die beste Politik.«

»Da stimme ich mit dir überein, Izzy.«

Max kam mit einer Flasche Wein und drei Gläsern auf sie zu. »Und es ist auch ein gutes Stichwort, um euch mitzuteilen, dass ich heute Abend nicht nur der Getränkekellner bin, sondern auch schlechte Nachrichten bringe.«

Laura nahm das Glas entgegen, das er ihr reichte. »Oh, und welche?«

»Ich habe gerade mit Phil aus dem Büro telefoniert. Ich muss früher nach Hause fliegen, als ich gedacht habe.«

»Probleme?«

Lächelnd setzte er sich neben Laura auf einen Stuhl. »Nichts, was ein kluger Kopf wie ich nicht lösen könnte. Macht es dir sehr viel aus?«

»Ja«, schmollte Laura. »Sehr viel. Wann willst du los?«

»Ich dachte, ich könnte vielleicht zusammen mit Mum und Dad am Freitag fliegen, wenn ich noch einen Platz in der Maschine bekomme.«

Enttäuscht erwiderte Laura: »Und wie lange musst du dieses Mal wegbleiben?«

»Schwer zu sagen. Es handelt sich um einen neuen Kunden, den wir nicht verlieren dürfen. Aber du hast ja noch Izzy zur Gesellschaft hier, ganz zu schweigen von den Mädchen. Was hältst du von einem üppigen Abschiedsessen in Kassiópi an dem Abend, bevor ich fahre?«

»Das würde vermutlich den Schlag mildern.«

Am nächsten Morgen im Bett hatte Laura eine andere Idee. »Lass uns lieber am Donnerstagabend nicht essen gehen«, sagte sie. »Lass uns stattdessen eine Party feiern. Das wird bestimmt viel lustiger.«

»Aber ist das nicht viel mehr Arbeit für dich? Du sagst doch ständig, dass du so müde bist.«

»Es ehrt dich, dass du dich um deine Frau sorgst, aber

ich bin viel gerissener, als du denkst. Ich verlasse mich darauf, dass deine Eltern die Vorbereitungen übernehmen. Du weißt doch, wie gern sie Feste organisieren. Damit sind sie für die nächsten Tage beschäftigt.«

»Du bist so clever!«

Als Laura die Idee beim Frühstück vortrug, gingen Corky und Olivia sofort begeistert darauf ein – genau, wie sie es vorausgesagt hatte.

»Wollen wir die Party nicht unter ein Motto stellen?«, schlug Olivia vor.

»Besondere Kleider oder so?«, fragte Sally.

»Oh, mein Liebes, klingt das sehr langweilig für dich? Zu unserer Zeit war das der letzte Schrei.«

»Nein, nein, es klingt cool. Wie wäre es mit der griechischen Mythologie?«

Laura sah, wie Max die Augen verdrehte. Wahrscheinlich stellte er sich Sally gerade im durchsichtigen Göttergewand vor.

Sofort wurde eine Gästeliste erstellt. Diese Aufgabe übernahm Francesca. Ganz oben schrieb sie Theos Namen hin. Sie warf Izzy einen Blick zu, den Izzy zwar zu ignorieren versuchte, dennoch stieg ihr die Röte in die Wangen. Leise lächelnd warf Laura ein: »Sollten wir nicht auch Mark überreden, zu kommen?«

»Wir können es auf jeden Fall versuchen«, erwiderte Francesca und schrieb ihn auf. Anschließend kamen Harry und Nick an die Reihe.

»Ihre Eltern laden wir besser auch ein«, sagte Laura. »Es ist Zeit, dass wir sie einmal kennen lernen.«

»Schlau, Mum«, sagte Francesca und drehte den Stift zwischen den Fingern. »Ich habe mich schon gefragt, wann du sie endlich überprüfen willst.«

Seit dem Abend, an dem Izzy sich den Knöchel verstaucht hatte und Francesca von Harry nach Hause gebracht worden war, waren die beiden Jungen häufiger zu Gast in der Villa. Für gewöhnlich kamen sie allerdings erst spät in der Nacht. Sehr zu Francescas Erheiterung hatte Max einen Narren an Harry gefressen. »Er ist sauber, höflich und sieht gut aus. Was könnte ich mir mehr für meine Tochter wünschen«, hatte er sie geneckt. »Und vielleicht hat er ja sogar einen gut bezahlten Job, wenn die Zeit erst einmal gekommen ist.«

»Du bist so schrecklich leicht zu durchschauen, Dad!«, war Francescas Antwort gewesen.

Die Gästeliste wurde noch erweitert um Dimitri und Marietta, denen das Juweliergeschäft in Kassiópi gehörte, und um Sophia und Angelos mit ihren Kindern.

»Wisst ihr, wen wir auch nicht vergessen dürfen?«, sagte Max.

Alle sahen ihn fragend an.

»Die Fitzgeralds.«

»Du hast recht«, entgegnete Laura. »Es wäre sehr unhöflich, sie nicht einzuladen. Komm schon, Francesca, schreib sie auf. Und wir müssen Theo unbedingt sagen, dass er jetzt endlich mit diesem Spielchen aufhören soll, er sei Marks Chauffeur. Ich möchte nicht, dass Liberty-Raquel sich vor allen Leuten lächerlich macht.«

»Oh, Mum, du bist einfach zu gut für diese Welt.«

»Nun«, sagte Olivia, die bereits eins ihrer zahlreichen Bücher über griechische Mythologie angeschleppt hatte, »und was sollen wir anziehen?« Sie blätterte das Buch durch, bis ihr etwas ins Auge fiel. »Aha, möchte jemand als Medea gehen?«

»Wofür ist sie berühmt?«, fragte Sally.

»War das nicht die mit dem Jungbrunnen?«, sagte Izzy. »Sie hat einen alten Bock geschlachtet und ihn in irgendeinem Gebräu gekocht, und dann ist ein Lämmchen herausgesprungen.«

»Sie war auch äußerst skrupellos«, erklärte Corky. »Um Jason für seine Untreue zu bestrafen, hat sie ihre eigenen Kinder umgebracht.«

»Hey, das gefällt mir«, sagte Sally lachend, »eine Frau, mit der man sich besser nicht anlegt. Lesen Sie weiter, Mrs. Sinclair. Wir wollen doch mal hören, was Sie sonst noch für uns haben.«

Insgeheim erleichtert, weil alle mit den Vorbereitungen für die Party beschäftigt waren, schlich Laura sich nach hinten auf die Terrasse und legte sich auf eine Liege. Sie schloss die Augen und war in Nullkommanichts eingeschlafen.

28

Während die anderen sich überlegten, wie sie sich am besten verkleiden sollten, schrieben Francesca und Sally die Einladungen auf Max' Computer und boten sich an, sie persönlich bei den Adressaten vorbeizubringen.

Zuerst gingen sie zu Nick und Harry. »Es ist am sinnvollsten, wenn wir am entferntesten Punkt anfangen und dann wieder zurückgehen«, behauptete Francesca.

»Könnte es vielleicht etwas damit zu tun haben, dass du Harry gern wiedersehen möchtest?«

Francesca tat so, als habe sie Sallys Worte nicht gehört, aber so ganz Unrecht hatte sie nicht. Sie und Sally hatten selten Geheimnisse voreinander, aber im Moment wollte sie ihre Gedanken lieber für sich behalten. Nicht, dass es viel zu erzählen gegeben hätte, jedenfalls nicht nach Sallys Standards, aber sie wollte ihre Gefühle Harry gegenüber nicht dadurch abwerten, dass sie mit ihrer Freundin darüber redete. Außerdem war sie sich noch gar nicht sicher, was sie überhaupt für ihn empfand. Er war so anders als ihre früheren Freunde! Vielleicht machte das ja seinen Reiz aus.

Allerdings hatte sie ihn vor drei Tagen, ohne es zu wollen, verärgert und wütend gemacht. Sie waren allein gewesen, weil Sally und Nick in irgendeine Bar gefahren waren, und durch den Olivenhain nach Hause gegangen. Es war schon fast zwei Uhr morgens und bis auf den Schein, den ihre Taschenlampen warfen, konnten sie nichts sehen. Der Pfad war Francesca im Dunkeln noch steiler und unebener vorgekommen als sonst und mit ihren hohen Plateausohlen konnte sie kaum laufen. Sie stolperte und Harry, der immer so liebevoll und umsichtig war, hielt sie sofort fest. »Du sollst mich nicht loslassen«, hatte sie gesagt, als er seine Hand von ihrem Arm nehmen wollte, kaum dass sie wieder sicher stand. Wortlos hatte er nach ihrer Hand gegriffen und sie waren weitergegangen.

Sie hatte sich schon lange nicht mehr so glücklich gefühlt und staunend fragte sie sich, was sie eigentlich an solch einem blöden Typen wie Carl gefunden hatte. Sie zuckte noch in der Erinnerung an ihn zusammen.

Weil sie tief in Gedanken versunken war, stolperte sie erneut, und wenn Harry sie nicht festgehalten hätte, wäre sie hingefallen. Seine Finger gruben sich in ihren Arm. »Alles okay?«, fragte er.

»Dank dir, ja«, erwiderte sie und hob ihm ihr Gesicht entgegen. Sie war sich völlig bewusst, wie nahe sie beieinander standen, und wartete gespannt, was er jetzt tat.

Und das Warten lohnte sich. Jede einzelne, köstliche Sekunde.

Harry nahm seine Brille ab und senkte seinen Mund ganz langsam auf ihren. Und als sich ihre Lippen trafen, stellte Francesca fest, dass sie noch nie so geküsst worden war.

»Das hast du aber schon öfter gemacht«, sagte sie, als er sie schließlich losließ.

»Nein, so noch nicht.«

Seine Aufrichtigkeit und sein zärtlicher Blick brachten

sie zum Lächeln. Sie zog seinen Kopf wieder zu sich herunter, aber nach dem kürzesten aller Küsse schob er sie sanft von sich weg.

»Was ist los?«, fragte sie.

Er blickte sie verlegen an. »Nichts«, murmelte er und wich ihrem Blick aus.

»Lügner«, erwiderte sie. »Sag mir, was los ist.«

»Tut mir Leid«, sagte er, wobei er sie immer noch nicht ansah, »es ist nur ... wenn wir so weitermachen, dann weiß ich nicht, ob ich mich noch beherrschen kann ...«

Diese Antwort hatte sie nicht erwartet und vor lauter Erleichterung lachte sie hell auf. »Inwiefern beherrschen?«, fragte sie und wartete gespannt auf die Antwort.

»Ich glaube, das weißt du schon. Und ich glaube zudem, du machst dich über mich lustig.« Sein Gesicht verzog sich missbilligend.

»Hey, komm schon, Mr. Überempfindlich, bevor du mich beschuldigst, dass ich mich über dich lustig mache, solltest du dir vielleicht überlegen, dass es ganz anders ist. Kein Mädchen hat es gern, wenn man es küsst – und noch dazu so großartig küsst – und ihm dann eine Wiederholung verweigert.«

Er rückte seine Brille zurecht. »Bist du immer so aggressiv, wenn ein Junge versucht, sich anständig zu benehmen?«

»Nein!«, giftete sie. »Das ist das erste Mal. Ich habe noch nie einen Typen kennen gelernt, der nicht versucht hätte, mich bei der ersten Gelegenheit anzufassen.«

Harry runzelte die Stirn. »Ach, und damit bin ich mal wieder der langweilige Harry. Dann kannst du dich ja mit Sally über mich kaputtlachen.«

Francesca zögerte. »Eigentlich bist du eher eine erfrischende Abwechslung. Also hör auf, so herumzuschwafeln, und gib mir deine Hand, falls es dich nicht zu sehr anmacht, damit wir nach Hause gehen können.«

»Ich werde mich bemühen, mich zusammenzureißen«, erwiderte er eisig.

Schweigend legten sie das letzte Stück Weg zurück. Am Tor zur Villa Petros ließ er ihre Hand los und wollte sich gerade wortlos davonmachen, als Francesca ihre Hand auf seinen Arm legte und sagte: »Es tut mir Leid, dass du gedacht hast, ich hätte über dich gelacht. Das war nicht so. Wirklich nicht. Ich habe vor Erleichterung gelacht. Es war ...«

Aber er wollte gar nicht hören, was sie zu sagen hatte. »Gute Nacht, Francesca.« Und damit drehte er sich um und ging.

Danach hatte sie nicht schlafen können. Sie konnte nur noch daran denken, wie Harry sie im Olivenhain geküsst hatte und wie sie mal wieder alles verdorben hatte.

Das war vor drei Tagen gewesen und seitdem hatte sie ihn nicht mehr gesehen. Als sie und Sally sich jetzt der rosafarbenen Villa näherten, die Harry und seine Familie gemietet hatten, fragte sie sich, wie er wohl auf ihren Anblick reagieren würde.

»Das Haus ist ein bisschen heruntergekommen, was?«, bemerkte Sally, als sie durch den verwilderten Garten auf die Haustür zugingen. Alles an der Villa sah ein wenig vernachlässigt aus. Die Farbe an den Wänden war verblasst und der grüne Lack der Fensterläden blätterte ab.

Francesca und Sally konnten Mr. und Mrs. Patterson zwar nicht sehen, aber sie konnten sie hören. Offensichtlich stritten sie sich gerade heftig. Nick hatte die Spannungen zwischen seinen »älteren Herrschaften« schon häufiger erwähnt, aber Francesca hatte ihn nicht ernst genommen. Jetzt allerdings merkte sie, dass er nicht übertrieben hatte. »Vielleicht sollten wir sie besser nicht stören?«, sagte sie. Harry würde es bestimmt nicht gefallen, wenn sie seine Eltern so erlebte. »Wir kommen später noch einmal wieder.«

»Was? Und verpassen die Chance, sie in Verlegenheit bringen zu können? Auf keinen Fall.«

Als sie zur Terrasse gelangten, entdeckten sie Nick und Harry. Die beiden wollten offenbar gerade zum Strand gehen, da sie Badehosen trugen und Tauchmasken und Schnorchel in der Hand hielten. Trotz des Aufruhrs im Haus strahlte Nick sie an. »Willkommen im Irrenhaus. Ma und Pa Patterson sind im Augenblick zu sehr mit sich beschäftigt, da stelle ich euch besser nicht vor. Wir wollten gerade schwimmen gehen. Kommt ihr mit?«

Francesca warf Harry einen verstohlenen Blick zu und erwiderte: »Später vielleicht.« Sie reichte Nick die Einladung. »Mum und Dad geben eine Party und ihr seid alle eingeladen.«

Mit Sallys Unterstützung erklärte sie ihnen das Motto der Party. »Wenn euch nichts einfällt, können wir euch ein tolles Buch über griechische Mythologie leihen.«

»Und sag bitte nicht, du willst als Herkules kommen, Nick«, fügte Sally hinzu. »Bei der Figur stehen sie schon Schlange.«

Nick tat Herkules mit einer verächtlichen Handbewegung ab. »Der Mann war ein Dummkopf, mit all seiner schweren Arbeit. Ich komme als Kronos.«

»Wer war das?«, erkundigte sich Francesca. Sie war

erstaunt, dass Nick etwas über die griechische Mythologie wusste. Er war ihr nie wie einer der Schlauesten vorgekommen.

Nick blickte zur Villa, aus der jetzt endlich kein Lärm mehr drang, und sagte: »Kronos hat auf Wunsch seiner Mutter seinem Vater die Genitalien abgehackt und sie ins Meer geworfen. So hat die alte Gaia das Problem der Vasektomie gelöst.«

»Die waren ein ganz schön kranker Haufen, was?« Sally lachte.

»Und als was gehst du, Francesca?«, fragte Harry und Francesca, die bis jetzt angestrengt jeden Blickkontakt mit ihm vermieden hatte, sah ihn an.

»Ich weiß noch nicht genau«, erwiderte sie, »aber ich glaube, als Kassandra.«

Er zupfte an seiner Brille. »Kassandra«, wiederholte er und blickte sie unverwandt an. »Die Tochter von Hekuba und Priamos, deren Schicksal es war, dass man ihr nicht glaubte.«

Sie lächelte. »Genau. Gute Wahl, oder?«

Seine Mundwinkel zuckten. »Das muss ich mir erst noch überlegen.«

»Dann tu das.«

»Wollt ihr bestimmt nicht mit uns schwimmen gehen?«, fragte er.

»Schrecklich gern, aber wir müssen zuerst die anderen Einladungen abliefern. Vielleicht können wir uns später noch treffen?«

»Das wäre schön.«

Als sie weit genug von der rosafarbenen Villa entfernt waren, sagte Sally: »Eine wirklich komische Familie, mit all dieser Streiterei, was?«

»Es erklärt, warum Nick so gestört ist.«

»Und wie passt Harry ins Bild?«

Francesca lachte. »Wahrscheinlich adoptiert. Keiner, der so normal ist, kann von derart unverträglichen Eltern gezeugt worden sein.«

Ihr nächster Besuch galt der Villa Mimosa. Es war ein großes, cremefarbenes, zweistöckiges Haus hoch oben am Hügel. Direkt darunter lag eine kleinere Villa, die offenbar unbewohnt war. In der glühenden Mittagssonne war der Aufstieg dorthin beschwerlich, und die Mädchen blieben ab und zu stehen, um wieder zu Atem zu kommen. Unten in der Bucht sahen sie Nick und Harry mit ihren Schnorcheln im Wasser toben. Francesca musste an den kurzen Wortwechsel denken und sie lächelte bei der Aussicht, dass sie sich vielleicht doch noch einmal küssen würden.

»Komm«, sagte sie zu Sally, »wir holen uns einen Sonnenbrand, wenn wir hier noch länger stehen bleiben. Lass uns mal schauen, ob jemand zu Hause ist.«

Sie fanden Liberty-Raquel auf einer Liege im Schatten eines großen Sonnenschirms. Sie trug einen weißen Badeanzug, der ganz bestimmt nicht zum Schwimmen gedacht war – er bestand nur aus Perlen und Pailletten. Als sie die Mädchen sah, stellte sie rasch ihr Glas ab und wand sich einen Sarong um die schmale Taille. »Kann ich etwas für euch tun?«, fragte sie und blickte sie über den Rand ihrer Sonnenbrille unfreundlich an.

Francesca stellte sich vor und erklärte, warum sie gekommen waren.

»Oh!«, sagte Liberty-Raquel und wurde sofort äußerst freundlich. »Eine Party! Das ist ja nett! Möchtet ihr etwas zu trinken?« Sie schlüpfte in ein Paar Prada-

Sandaletten, bei deren Anblick Sally grün vor Neid wurde, und trippelte ins Haus. Ein paar Minuten später kam sie mit einer Flasche eisgekühltem Wein und zwei Gläsern wieder heraus. »Nun«, sagte sie, als sie sich alle gesetzt und ihre Gläser erhoben hatten, »was für ein Fest feiern eure Eltern denn?«

Sally erklärte ihr das Motto und Liberty-Raquel machte ein nachdenkliches Gesicht. »Ich glaube nicht, dass mein Bob dazu Lust hat«, sagte sie zweifelnd. »Wenn er sich zum Abendessen eine Krawatte umbindet, dann ist das schon viel. Er mag so etwas nicht.«

»Vielleicht können Sie ihn ja überreden«, erwiderte Francesca. »Das Kostüm braucht gar nicht aufwendig zu sein, nur ein Hinweis auf die Figur. Wenn Ihr Mann zum Beispiel als Atlas kommen möchte, braucht er bloß eine Weltkarte auf einen Ballon zu malen und ihn sich auf die Schulter zu heften.«

Die Vorstellung, dass ihr Mann nichts Komplizierteres als einen Ballon auf der Schulter zu tragen brauchte, schien Liberty-Raquels Ängste zu mildern. »Aber was ist mit mir? Ich verstehe nichts von griechischer Mythologie. Was meint ihr? Als was sollte ich denn gehen?«

Francesca hätte ihr am liebsten spontan Medusa vorgeschlagen, aber sie dachte, dass die Frau das wahrscheinlich nicht lustig fände. Sally erzählte ihr von Medea, die ihre Kinder umgebracht hatte.

»Um Gottes willen! Gibt es nicht jemand Netteren und Attraktiveren? Jemand Aufsehenerregenderen? So wie mich?«

»Wir könnten Ihnen ein Buch leihen, wenn Sie möchten«, bot Sally ihr an. Weil sie den Stapel von Zeitschriften auf dem Tisch gesehen hatte, fügte sie hinzu: »Beschäftigen Sie sich mit Wahrsagerei, Mrs. Fitzgerald?«

»Nenn mich Liberty-Raquel, Schätzchen. Ja, das tue ich. Du auch?«

»Ein bisschen.«

Das war neu für Francesca. Sie nahm sich eine der Zeitschriften und blätterte sie durch. »Psychische Wahrnehmung – so lösen Sie Ihre finanziellen Probleme«, lautete die Überschrift über einem der Artikel.

»Hatten Sie denn wirklich schon mal seltsame Erfahrungen?«, fragte Sally. »Sie wissen schon ... dass Sie zum Beispiel genau wussten, was jemand tun oder sagen würde. Mir passiert das oft.«

»Ja«, dachte Francesca. »Du weißt zum Beispiel genau, was ich jetzt denke und später sagen werde.« Aber sie irrte sich, wenn sie dachte, dass ihre Freundin sich über Mrs. Fitzgerald lustig machen wollte. Sally meinte es wirklich ernst.

Amüsiert blätterte Francesca auch die anderen Zeitschriften durch. »Spirituelle Astrologie für ein besseres Sexleben«, gefolgt von einem Artikel über »Die Wahrheit über spontane menschliche Verbrennung«. Die meisten Berichte drehten sich jedoch um Liebe und Sex.

»Ich bin einmal zu einer Wahrsagerin gegangen«, sagte Sally gerade. »Mit ein paar Schulfreundinnen. Eigentlich wollten wir uns nur einen Spaß machen. Aber dann las die Frau mir aus der Hand und wusste Dinge über mich, die ich noch nie jemandem erzählt hatte.«

»Ria ist auch so«, erwiderte Liberty-Raquel, leerte ihr Glas und füllte es erneut. Sie bot auch den Mädchen noch etwas zu trinken an, aber die beiden lehnten ab.

»Ria ist mein persönliches Medium, und wisst ihr

was? Sie hat mir gesagt, dass ich zu einer Party gehen würde, wenn ich hier bin.«

»Tatsächlich?«

»Ja. Sie hat Karten für mich gelegt und es erschien die Acht der Kelche.«

»Und was bedeutet das?«

»Es bedeutet eine Erweiterung des gesellschaftlichen Horizonts. Und ich sage euch noch etwas. Ria behauptet, euer Nachbar Mr. St. James gehöre zu meinem Aufenthalt hier. Ria sagt, er spiele eine wichtige Rolle in meinem Leben. Ich wünschte nur, ich wüsste, welche. Es ist nervenaufreibend, immer abwarten zu müssen.«

Als sie und Sally endlich aufbrachen, kam Francesca sich vor, als seien sie gerade dem Land des Vergessens entronnen. Das sagte sie auch, als sie auf dem Weg zur Villa Anna waren.

»Ich wusste gar nicht, dass du der Wahrsagerei so skeptisch gegenüberstehst«, erwiderte Sally beleidigt. »Ich finde sie faszinierend.«

»Na, und ich kann gar nicht glauben, dass du diesen Quatsch für bare Münze nimmst. Und vor allem ist es teuer. Ich habe mir die Preise angesehen, während du mit Liberty-Raquel geredet hast. Übrigens, hast du ihren Gesichtsausdruck bemerkt, als ich sie über ihren wertvollen Mr. St. James aufklärte?«

»Ja, klar.«

Sally und sie hatten angenommen, dass Mrs. Fitzgerald wusste, wer Mark war, aber als sie erwähnten, dass er gerade an seinem neuesten Buch arbeitete, hatte sie gekreischt: »Ach, du meine Güte! Ich habe die ganze Zeit über gedacht, dass er mir so bekannt vorkommt, aber ich wusste nicht wieso.« Es stellte sich heraus, dass ihr Mann jeden Abend vor dem Einschlafen in Marks letztem Roman las und sie eigentlich dessen Foto immer vor Augen hatte. »Das spricht ja wohl Bände über eine Frau, die von sich behauptet, besonders intuitiv zu sein«, dachte Francesca.

Nachdem sie den steilen Pfad zur Villa Anna emporgestiegen waren, stellte sich heraus, dass niemand zu Hause war. Also legten sie die Einladung zur Party einfach auf den Terrassentisch, beschwerten sie mit einem Stein und beschlossen, schwimmen zu gehen. Für heute hatten sie genug Postbote gespielt. Die anderen Einladungen konnten noch warten.

29

Mark hatte sich eine Pause von seiner strengen Schreibroutine gegönnt und verbrachte den Tag mit Theo in Korfu-Stadt.

Sie waren wegen des Gedenkgottesdienstes für Theos Großmutter, Anna Vlamakis, dorthin gefahren. Sie war schon seit achtzehn Jahren tot, aber an jedem Todestag würde ein Gedenkgottesdienst abgehalten. Mark hielt das für eine viel positivere Geste, als Blumen ans Grab zu legen.

Ende der siebziger und Anfang der achtziger Jahre war Mark der alten Dame bei seinen Reisen nach Korfu ein paarmal begegnet und er hatte sie sehr gemocht, obwohl sie ihren Enkel maßlos verwöhnte. Bevor er Theo kennen lernte, war er noch nie in Griechenland gewesen, und als sich ihre ungewöhnliche Freundschaft vertiefte, hatte Theo ihn 1978 zum Sommerurlaub nach Athen und Korfu eingeladen.

Mark hatte geschwankt, ob er sich ein wenig Spaß gönnen sollte. Ursprünglich hatte er in Durham bleiben und in einem Pub arbeiten wollen. Für ihn kam es nicht in Frage, nach Hause zu fahren und in der elterlichen Firma zu arbeiten, wie es die meisten seiner Kommilitonen taten. Aber schließlich siegte die Lust auf Vergnügen über das Pflichtbewusstsein und Mark packte ein paar Sachen in einen Rucksack. Schließlich bildete das Reisen, redete er sich ein, und vielleicht kam er ja sogar zum Schreiben.

Und so flog er mit einem Mann nach Athen, der das genaue Gegenteil von ihm darstellte: Theo war reich und privilegiert und hatte handgenähte, auffällige Lederkoffer bei sich, die jemandem, der damals ein überzeugter Vegetarier war und noch nicht einmal Lederschuhe trug, ein Dorn im Auge sein mussten.

Theos Eltern, Christiana und Thanos Vlamakis, die jetzt wieder in Athen lebten, hatten Mark in ihrer luxuriösen Wohnung über dem Hafen mit der gleichen Wärme und Herzlichkeit begrüßt, die sie ihm auch in Durham immer gezeigt hatten. Sie waren äußerst gastfreundlich und brachten ihn ständig in Verlegenheit, weil sie ihn all ihren Freunden und Gästen als den Mann vorstellten, der ihrem Sohn das Leben gerettet hatte – wobei die Geschichte von Mal zu Mal dramatischer klang. »Sie sollen damit aufhören!«, hatte er Theo angefleht. »Ich kann es nicht mehr ertragen. Wenn sie noch einmal davon reden, drehe ich die Zeit zurück und bringe dich um, das schwöre ich dir!«

Aber Theo hatte nur gelacht und ihm erklärt, er solle doch einfach das Beste aus seinem Heldenstatus machen. »Es ist doch nicht mein Fehler, dass sie dich auf einen Sockel stellen!«, sagte er.

»Hör auf damit, Theo, und bring deine Eltern zum Schweigen!«

»Sei nicht so selbstsüchtig. Lass sie doch ruhig auf deine Kosten ein bisschen Spaß haben.«

Und so erzählte Christiana auch jetzt beim Mittagessen nach dem Gedenkgottesdienst die Geschichte irgendwelchen älteren Verwandten, die aus Thessaloniki angereist waren. Obwohl sie griechisch sprach, konnte Mark an ihrer Körpersprache und dem Lächeln, mit dem sie ihn bedachte, erkennen, was sie sagte. Er warf Theo einen strengen Blick zu, damit er seine Mutter ablenkte, aber Theo lächelte nur und redete weiter mit einem riesengroßen Mann zu seiner Rechten, der unglaublich buschige Augenbrauen hatte. Es war der Priester, der die Messe abgehalten hatte und der in seinem fließenden schwarzen Gewand, mit seinem weißen Vollbart und dem dröhnenden Lachen der Zusammenkunft eine robuste Fröhlichkeit verlieh.

Links von Mark saß ein völlig schweigsamer Mann. Er sah uralt aus und war so zerbrechlich, dass man fürchten musste, der kleinste Windstoß könne ihn umpusten. Er saß in einem Rollstuhl, der an den Tisch geschoben worden war, und trug einen Anzug, der ihm früher wohl einmal gepasst haben musste, jetzt aber viel zu weit war. Auf seinem Schoß lag ein alter, zerbeulter Panamahut. Es war Thomas Zika, der alte Verehrer von Theos Großmutter. Mark hatte ihn bei seinem ersten Besuch auf Korfu kennen gelernt, als er Anna mit Theo besucht hatte.

Mark wandte seine Aufmerksamkeit wieder seinem Teller zu. Er hatte erst wenige Bissen gegessen, als jemand ihn leicht am Ellbogen berührte. »Junger Mann, würden Sie mir wohl bitte helfen?« Die zittrige Stimme war kaum zu hören und Mark musste sich sehr anstrengen, um Thomas Zika zu verstehen. »Ich möchte nicht gern an Auszehrung sterben«, fuhr der alte Mann fort. »Das käme mir in meinem Alter würdelos vor.«

Lächelnd beugte Mark sich zu ihm und zerschnitt für ihn das Fleisch.

»Sie haben sich sehr verändert, seit ich Sie das letzte

Mal gesehen habe«, sagte Thomas Zika, als Mark seine Aufgabe erledigt hatte.

»Mit allem Respekt, Mr. Zika, es ist auch lange her. Es müssen ungefähr zwanzig Jahre sein.«

»Tatsächlich? So lange schon?«

»Leider ja.«

»Und Sie sind jetzt glücklicher?«

Der Blick aus den wässerigen, blutunterlaufenen Augen war genauso aufmerksam wie die Frage. »Ich glaube schon«, erwiderte Mark.

»Die Zeit hat es gut mit Ihnen gemeint?«

»Teils, teils.«

Der alte Mann nickte langsam und nachdenklich. »Wir lernen immer mehr von den schlechten Zeiten, meinen Sie nicht auch?«

Mark lächelte in sich hinein. Er kam sich vor, als sei er wieder bei Pille in der Rehabilitationsklinik.

»Finden Sie das, was ich gesagt habe, amüsant?«

»Entschuldigung, Sie haben mich nur gerade an jemanden erinnert.«

»Ah, an einen klugen, alten Berater? Oder vielleicht an einen dummen alten Mann, der es mittlerweile gelernt haben sollte, sich um seine eigenen Angelegenheiten zu kümmern?«

»Das Erste trifft zu.«

»Hervorragend. Wesentlich besser als das Letztere.«

Nach langem Schweigen sagte Thomas Zika: »Wäre es zu viel verlangt, wenn ich Sie um noch einen Gefallen bitten würde? Offenbar haben meine Hände heute beschlossen, mir nicht zu gehorchen. Wenn Sie mir die Fleischstücke aufspießen würden, könnte es mir vielleicht gelingen, sie dorthin zu befördern, wo sie hingehören.«

Es war eine Erleichterung für Mark, ihm helfen zu können, und auf einmal ertappte er sich dabei, wie er sich vorstellte, eines Tages seinem Vater genauso behilflich zu sein.

Es hatte Zeiten gegeben, da konnte er sich nicht im selben Zimmer mit seinem Vater aufhalten, ohne das Bedürfnis zu verspüren, auf ihn loszugehen. Damals hatte sich seine ganze Wut nur auf ihn gerichtet. Seine Mutter und seine beiden älteren Brüder hatten zwar auch ihren Teil abbekommen, aber es war sein Vater, den er am meisten verletzen wollte. Ständig stritt er sich mit ihm, machte beißende Bemerkungen und sah ihn als wandelnde Zielscheibe für seinen Spott. Aber je mehr er versuchte, ihn zu treffen, desto mehr zog sein Vater sich zurück. Mark wartete geradezu sehnsüchtig auf den Moment, dass er endlich einmal die Kontrolle verlieren würde, aber es trat nicht ein.

Es war ein Machtspiel gewesen. Mark hatte sich nach Macht über seinen Vater und seine Familie gesehnt. Er war aufsässig und voller Widerspruchsgeist – das schwarze Schaf, das seine Eltern so weit trieb, dass sie sich schließlich nicht mehr anders zu helfen wussten, als ihn auf ein Internat zu schicken.

Dort wurde Mark nicht einfacher. Er fand kaum Freunde und die anderen Kinder hielten sich von ihm fern. Sie hatten Angst vor ihm, Angst vor seiner Wut. Zweimal wurde er wegen Rauchens auf dem Schulgelände verwarnt und einmal wurde er sogar fast von der Schule verwiesen, als ein Lehrer ihn betrunken in einem Pub erwischte. Man informierte seine Eltern, die mit dem Direktor sprachen, und Mark bekam noch einmal eine letzte Chance, nachdem er sich entschuldigt hatte.

Er hatte seinen Eltern nachgesehen, als sie anschließend wieder nach Hause fuhren: Seine Mutter hielt sich ein Taschentuch vor die Augen, das Gesicht seines Vaters war grau und verkniffen.

Heute schmerzte es ihn, wenn er daran dachte, dass er seine Eltern derart gequält hatte. Doch der Ausdruck seiner Wut war sein einziger Trost gewesen, sein einziges Mittel zum Überleben: Er musste seine Eltern zurückweisen, bevor sie ihn zurückwiesen.

Seinen Frieden mit seiner Familie zu machen war eine der vielen demütigenden Erfahrungen, die er im Laufe seiner Rehabilitation machen musste. Pille hatte ihm erklärt, es sei notwendig für seine Heilung, an Familientherapie-Sitzungen teilzunehmen. Zuerst hatte Mark sich geweigert. »Nein!«, hatte er geschrien und war so heftig aufgesprungen, dass sein Stuhl fast umgekippt wäre. »Nein, dazu bin ich noch nicht bereit.« Schweiß war ihm ausgebrochen und Panik stieg in ihm auf. Und wieder verspürte er den Wunsch, zu trinken. Er trat ans Fenster und konzentrierte sich auf seine Atmung. Über die Felder blickte er zu dem restaurierten Kirchturm, aber seine Augen nahmen das Bild nicht auf. Stattdessen sah er im Geiste seinen letzten Besuch bei den Eltern vor sich.

Er war eines Nachts in ihr Haus eingedrungen, da er immer noch einen Schlüssel besaß. Er wollte ihnen allerdings keinen Besuch abstatten, sondern er wollte stehlen. Er hatte seit fast einem Jahr keine Arbeit mehr, und da er bereits alles verkauft hatte, was er besaß, wusste er nicht mehr, wie er sich sonst noch Geld beschaffen sollte.

Seine Eltern hatten ihn dabei erwischt, wie er im Esszimmer das Silber aus dem georgianischen Geschirrschrank räumte, und man konnte kaum sagen, wer erschreckter gewesen war. Seine Mutter hatte nach Luft gerungen und sich an den Hals gegriffen und sein Vater hatte, nachdem er den ersten Schock überwunden hatte, gesagt: »Du solltest wenigstens den Anstand besitzen, deiner Mutter die Fotografie zu lassen.«

Erst in diesem Moment hatte Mark gemerkt, dass er ein silbergerahmtes Foto von sich selbst als kleinem Jungen in der Hand hielt. Ein lächelndes, glückliches Kindergesicht blickte ihn an. Plötzlich traf ihn das Entsetzliche seiner Tat mit voller Wucht. Zögernd überlegte er, ob es nicht doch einen anderen Weg gab.

Aber diese Überlegung dauerte nur ein paar Sekunden.

»Ich brauche Geld«, erwiderte er und warf das Bild in den Müllbeutel, in den er auch schon das andere Silber gesteckt hatte. Als das Glas auf einen anderen silbernen Gegenstand traf, zersplitterte es. Dieses Geräuch war wie eine Drohung, so dass er seinen Eltern genauso gut eine Pistole an den Kopf hätte halten können.

Sein Vater zog den Gürtel seines Morgenmantels zu. »Wie viel … dieses Mal?«

»Wie viel kannst du erübrigen … dieses Mal?«

Die gleichmütige Stimme seines Vaters hatte die übliche Wirkung auf Mark. Wenn er so mit ihm redete, kam er sich immer vor wie einer seiner Angestellten. Ohne seine Mutter anzusehen, folgte Mark seinem Vater durch das Haus in dessen Arbeitszimmer. Er dachte daran, wie er früher mit seinen Brüdern hier gespielt hatte.

Dann stand er vor dem Schreibtisch und sah zu, wie sein Vater einen Scheck ausstellte. »Ich gebe dir diese Summe, damit du uns von jetzt an in Ruhe lässt. Du hast dein Möglichstes getan, um dich zu zerstören, aber ich werde nicht zulassen, dass du deiner Mutter das Gleiche antust. Du wirst nicht wieder hierher kommen.«

Mark riss seinem Vater den Scheck aus der Hand. »Damit kann ich leben.« Er faltete das Stück Papier zusammen und steckte es in seine Tasche, und in Gedanken war er bereits durch die Tür und aus ihrem Leben verschwunden. »Aber befriedige doch meine krankhafte Neugier – macht ihr euch eigentlich gar nichts mehr aus mir?«

Sein Vater blickte ihn kühl und ungerührt an. »Nein. Ich habe genug. Ich habe alles für dich getan, was ich konnte. Mein Gewissen ist rein.«

Es war die längste Unterhaltung, die Mark seit Jahren mit seinem Vater geführt hatte.

Mark hatte sein Wort gehalten und sich nie wieder gemeldet. Nur einmal, als er aus einem Rausch erwachte, der fast eine Woche gedauert hatte, schrieb er seiner Mutter einen Brief. Melancholische, verwirrte Zeilen, in denen er ihr mitteilte, wie Leid ihm alles täte und dass er am liebsten tot wäre.

War es ein Hilfeschrei gewesen? Bestimmt.

Und innerhalb von zwei Wochen war Theo da, packte ihn ins Auto und brachte ihn in eine Klinik.

Während er dort am Fenster stand, riss Pille ihn aus seiner Träumerei und sagte: »Mark, bitte, setzen Sie sich wieder. Sie brauchen keine Angst vor einer solchen Sitzung mit Ihrer Familie zu haben. Im Gegenteil, Sie können dabei nur gewinnen.«

Verzweifelt sank er auf seinen Stuhl und bettelte: »Bitte, ich bin noch nicht so weit. Es ist noch zu früh. Geben Sie mir noch etwas Zeit.«

Aber Pille wollte keine seiner Ausflüchte gelten lassen. »Sie müssen lernen, wieder mit anderen zusammen zu leben, Mark. Der neue Mann, zu dem Sie werden, muss neben dem Mann existieren können, der Sie einmal waren, und es darf keine Scham geben. Es wird sonst niemals der richtige Zeitpunkt sein, um Ihre Eltern wiederzusehen. Sollen wir also die erste Sitzung für Montagnachmittag ansetzen?«

Ähnlich war Pille vorgegangen, als er vorschlug, dass Theo zu Mark kommen solle. Alle anderen Patienten in der Klinik wurden regelmäßig von Freunden und Angehörigen besucht, aber Mark hatte niemanden sehen wollen. Er schämte sich zu sehr. Pille sorgte jedoch dafür, dass Theo zu Besuch kam.

»Ist es sehr schlimm hier?«, fragte Theo, als sie im hellen Frühlingssonnenschein durch den Park spazierten.

»Sagen wir mal, man gewöhnt sich daran.«

Sie setzten sich auf eine Bank an einem kleinen See und sahen den Enten zu. »Ich kenne dich schon so lange, Mark, aber bis heute hast du mir noch nie von dem Freund erzählt, der ertrunken ist. Es kommt mir vor, als hätte ich dich im Stich gelassen, weil du mir nicht vertraust. Bin ich so ein schlechter Freund gewesen?«

»Hey, *ich* muss hier die Schuldgefühle haben, okay? Versuch nicht, mir das zu nehmen.«

»Aber ich fühle mich schuldig. Ich bin enttäuscht über mich selbst, weil ich deine Beweggründe nie verstanden habe. Dass du so versessen darauf warst, allein die Welt zu retten, hätte mir klarmachen müssen, was du da in Wirklichkeit tust.«

»Und was sollte das sein?«

»Du hast versucht, den Tod des Jungen wieder gutzumachen, indem du dir die Schuld daran gabst. Oh, du hast das sehr clever gemacht, ich habe nicht den leisesten Verdacht gehabt. Und ich habe auch nicht wirklich begriffen, wie erfolgreich du dir jeden vom Hals gehalten hast.«

»So erfolgreich nun auch wieder nicht. Schließlich habe ich dich an mich rankommen lassen, oder?«

»Und ich fühle mich auch wirklich geehrt. Erzähl mir doch mal, was dieser komische kleine Mann, den du Pille nennst, dir so alles beibringt.«

»Ach, nur den üblichen Quatsch – dass ich lernen muss, mich selbst zu lieben.«

Theo blickte Mark streng an und erwiderte: »Bitte, Mark, sei nicht so spöttisch. Es ist wichtig, dass man sich selbst achtet. Und warum kannst du das nicht?«

»Wer weiß? Vielleicht habe ich es ja gelernt, wenn Pille mit mir fertig ist.«

Als Theo sich verabschieden musste, wurde Mark von seinen Gefühlen übermannt. Theo hatte ihn herzlich umarmt und plötzlich klammerte Mark sich an ihn wie ein Kind an seine Mutter. Gerührt sagte Theo: »Ich komme dich wieder besuchen, Mark. Ich lasse dich nicht im Stich.«

Das ganze Wochenende vor dem ersten Treffen mit seinen Eltern war Mark nervös und ängstlich gewesen. Wie sollte er ihnen gegenübertreten, nach allem, was er ihnen angetan hatte?

Ob sie überhaupt kamen?

Seine Mutter vielleicht. Aber sein Vater? Würde er das Ganze nicht als weiteres Zeichen für die Charakterschwäche seines Sohnes werten?

Pille leitete die Sitzung ein, indem er mit leiser Stimme sagte: »Nun, wir leben in einer Gesellschaft, die nur darauf abzielt, uns Schuldgefühle zu machen. Wir können ja nicht einmal eine Plastikflasche wegwerfen, ohne daran zu denken, dass wir sie eigentlich recyceln müssten.«

Mark merkte, dass sich seine Mutter bei Pilles Verhalten entspannte, aber sein Vater saß kerzengerade auf seinem Stuhl und verzog keine Miene.

»Ich dachte, wir beschäftigen uns zunächst einmal mit der Tatsache«, fuhr Pille fort, »dass jeder gern einen Sündenbock hat. Heutzutage wird dieser Begriff recht leichtfertig gebraucht, aber seine eigentliche Bedeutung basiert auf dem Wunsch, eine Sache oder eine Person loszuwerden, die wir für all unsere Probleme verantwortlich machen. Selbst in unserer aufgeklärten Zeit gibt es nichts Besseres, als jemand anderem die Schuld zu geben. Ein unglücklicher Ehemann verlässt seine Frau, weil er glaubt, sie verstehe ihn nicht. In Wahrheit jedoch weigert er sich, seine eigenen Probleme zu verstehen. Überall werden Sündenböcke gebraucht. Wir werfen den Russen vor, für das schlechte Wetter verantwortlich zu sein, den Politikern machen wir zum Vorwurf, dass ...«

»Wollen Sie damit sagen, es sei ... es sei alles unsere Schuld?«, unterbrach Marks Vater ihn.

»Nein, Mr. St. James, ich gebe Ihnen keine Schuld. Im Gegenteil. Ich sage Ihnen vielmehr, dass Sie sich selbst die Schuld geben, weil Sie Mark nach dem tragischen Unfall nicht aus seiner hilflosen Wut helfen konnten. Aber lassen Sie mich weiter erklären. Als Mark dann wirklich die Kontrolle verlor, machten Sie ihn zum Sündenbock für Ihre eigenen Gefühle der Unzulänglichkeit und des Versagens. In gewissem Maß verringerte das

Ihr Schuldgefühl. Aus den Augen, aus dem Sinn. Jetzt schauen Sie mich nicht so entsetzt an! Es war eine Rolle, in die er Sie ganz bewusst hineingedrängt hat. Sie hatten kaum eine andere Wahl. Er sah sich bereits als Sündenbock für Nialls Tod und wollte die Sache noch weitertreiben, indem er denjenigen, die ihm am Nächsten standen, bewies, dass sie ihn nur noch schlimmer bestrafen mussten. Also ließ er sich von Ihnen aufs Internat schicken. Leider hat er Sie perfekt manipuliert, indem er sich in das schwarze Schaf der Familie verwandelte. Paradoxerweise hat er sich wohl vorgestellt, dass ihm das Selbstbewusstsein und Macht verleihen würde. Und dann war er nicht mehr aufzuhalten. Er begann sich selbst als übermenschlicher Träger kollektiver Schuld zu sehen.« Ein Lächeln glitt über Pilles Gesicht. »Ich glaube, Sie stimmen beide mit mir darin überein, dass er arrogant genug ist, um sich das einzureden.«

Und so ging es weiter. Seine Eltern hörten zu, während Pille sie mit sanfter Hand durch die undurchdringliche Situation führte, in der sie sich befunden hatten. Nach und nach wurde die Atmosphäre entspannter. Seine Mutter sagte: »Am meisten hat mich verletzt, dass er sich nicht mehr von mir anfassen lassen wollte.« Sie streckte die Hand nach Mark aus. »Ich wollte dich so gern mit meiner Liebe umhüllen, dich festhalten und dir klarmachen, dass du geliebt wirst. Aber du hast mich so oft weggestoßen, dass ich es schließlich aufgab.«

Wortlos drückte Mark ihre Hand. Dann blickte er zu seinem Vater, um zu sehen, wie er zurechtkam. Er wusste, dass es nicht leicht für ihn war. Sein Vater war auf seinem Stuhl zusammengesunken und hatte den Kopf gesenkt. Erschreckt stellte Mark fest, dass er weinte.

Auch ihm wurde die Kehle eng und Tränen traten ihm in die Augen. Pille wies ihn an, seinem Vater die Taschentücher zu reichen, die auf dem Tisch lagen. Aber er konnte sich nicht rühren. Er war wie gelähmt.

»Mark, ich glaube, Ihr Vater braucht ein Taschentuch. Würden Sie ihm bitte eins geben?«

Und wieder hatte Pille ihn auf seine professionelle Art gezwungen, sich einem weiteren Gespenst zu stellen. Er griff nach den Papiertaschentüchern und reichte sie seinem Vater wie eine Friedensfahne.

Verlegen bedankte sich sein Vater und schnäuzte sich die Nase. Doch dann flossen die Tränen auf einmal ungehindert, und als Mark seinen unerschütterlichen Vater weinen sah, kamen auch ihm die Tränen. Zum ersten Mal, seit er ein kleiner Junge gewesen war, weinte er offen vor seinen Eltern, und während die Tränen über seine Wangen strömten, spürte er, wie eine große Last von ihm abfiel. Pille ging leise aus dem Zimmer und ließ sie allein.

Kurz darauf kam er mit einem Tablett mit Tee und Kuchen zurück sowie mit einer Liste von Fragen, die sie sich für das Treffen am nächsten Tag ansehen sollten. »Wir müssen über die Sorge reden, die Eltern in solchen Situationen empfinden«, sagte er und schlug seine kurzen Beine übereinander. »Wo haben wir etwas falsch gemacht? Meine Aufgabe ist es, Sie davon zu überzeugen, dass Sie nichts falsch gemacht haben.«

»Aber … aber wir hätten mehr tun müssen«, sagte Marks Vater gepresst. »Wir hätten ihn nie aufgeben dürfen. Ich … ich gebe mir die Schuld. Wenn ich …«

»Hier gibt es keine Schuldzuweisungen«, entgegnete Pille bestimmt. »Weder heute noch morgen noch an einem anderen Tag. Mark und ich haben Sie nicht hierher eingeladen, um Ihnen die Schuld zu geben oder Ihnen Vernachlässigung vorzuwerfen. Sie sind hier, weil Sie eine gemeinsame Geschichte haben, die, so schmerzlich das auch sein mag, erklärt werden muss. Niemand, und das kann ich gar nicht oft genug wiederholen, *niemand* trägt die Schuld daran. Als Eltern haben Sie Ihr Bestes getan, um ihm zu helfen und ihn zu verstehen, aber Sie konnten ihn nicht erreichen. Es ist keine Schande, das zuzugeben. Sie konnten ihren Sohn nicht davon abhalten, auf den Selbstzerstörungsknopf zu drücken. Es war eine unmögliche Situation, mit der Sie alle nach bestem Wissen und Gewissen umgegangen sind.« Er schwieg und bot ihnen noch eine Tasse Tee an. »Wissen Sie«, fuhr er dann fort, »das Leben, das wir führen, ist selten das Leben, das wir uns gewünscht haben. Wir können nur versuchen, die Schlucht zum Gelobten Land irgendwie zu überbrücken.«

Danach konnten sie zumindest wieder miteinander reden. Die Bitterkeit und Angst, die er und auch sein Vater empfunden hatten, wich Toleranz und Verständnis, und sie schöpften beide die Hoffnung, dass das Leben besser werden würde.

In all den folgenden Jahren hatten sie weiter an der Brücke gebaut, von der Pille gesprochen hatte. Mark war wieder ein Teil des Lebens seiner Eltern und er vermutete, dass sie sogar ein wenig stolz auf ihn waren. Sein Vater, der normalerweise gar keine Zeit zum Lesen hatte, besorgte sich jedes neue Buch von Mark sofort nach dem Erscheinen – ein Freiexemplar wollte er nie, weil er sich nicht das Vergnügen nehmen lassen wollte, in der Buchhandlung am Ort nach dem neuesten Roman seines Sohnes zu fragen.

Was seine Brüder Peter und Hugh anging, so hatten sie Mark mittlerweile mit zwei Schwägerinnen, drei Nichten und einem Neffen beglückt. Die Kinder liebten ihn. Sie wussten, dass ihr Onkel Mark anders war als andere Onkel.

Für eins war er jedoch seinen Brüdern besonders dankbar, und zwar für ihre Begeisterung für das Familienunternehmen, das sie leiteten, seit ihr Vater im Ruhestand war: ein Unternehmen, das sich schon seit drei Generationen in Familienbesitz befand.

Dieses Unternehmen war ausgerechnet eine Brauerei.

Wie Theo sagen würde: »Das müsste doch deinem englischen Sinn für Ironie entgegenkommen.«

30

Sie verließen das Restaurant als Letzte. Thanos und Christiana Vlamakis fuhren mit den anderen Verwandten zum Flughafen, der Priester brach auf, um sich ein Cricketspiel anzusehen, und Theo und Mark brachten Thomas Zika in seine Wohnung. Sie lag nicht weit entfernt vom Restaurant, aber Mark war trotzdem in Schweiß gebadet, nachdem er den Rollstuhl durch die Touristenströme geschoben hatte.

Die Wohnung von Mr. Zika befand sich im vierten Stock eines hohen, schmalen Gebäudes, das nach hinten auf ein Gewirr schmaler, dunkler Straßen mit winzigen Läden hinausging. Vorn blickte man auf das alte Kastell und das türkisblaue Meer. Ursprünglich für die reichen Herren der Stadt gebaut, war das Haus in venezianischem Stil mit den schmiedeeisernen Balkonen und Fensterläden früher einmal sicher wunderschön und eindrucksvoll gewesen. Heute jedoch war seine Pracht verblichen. Nachdem sie mit dem altertümlichen Aufzug hinaufgefahren waren, schloss Theo mit Mr. Zikas Schlüssel die Wohnungstür auf. Als sie eintraten, fiel Mark sofort auf, wie kühl es dort war. Er hatte einmal gelesen, dass es in den Häusern alter Menschen immer kühl sei, weil ihnen das Leben entwich. Das war nicht gerade eine fröhliche Theorie.

Theo schob den Rollstuhl in ein Wohnzimmer, in dem

es nach Alter und Möbelpolitur roch. Der rechteckige Raum war mit wunderschönen alten Möbeln eingerichtet und eine Wand war ganz bedeckt mit Regalen voller ledergebundener Bücher. Es gab ebenso viele englische wie griechische Titel und Mark fühlte sich bei ihrem Anblick sofort zu Hause. Unwillkürlich zuckte seine Hand zu den Büchern. »Sie sind ein Mann nach meinem Herzen, Mr. Zika«, sagte er.

»Bitte, nennen Sie mich Thomas«, erwiderte der alte Mann, während Theo ihm in einen Ohrensessel half. Auf einem kleinen Tisch daneben stand ein Schachbrett und es sah so aus, als sei das Spiel in vollem Gange. »Ich denke, das haben Sie sich verdient, nachdem Sie mir so geholfen haben. Und scheuen Sie sich nicht, sich mit einigen meiner ältesten Freunde dort drüben bekannt zu machen.« Tief aufseufzend sank er in dem Sessel zurück. Er sah müde aus. »Wenn Sie noch eine Weile warten möchten ... Eleni, meine Haushälterin, kommt gleich und ich könnte sie bitten, uns Kaffee zu kochen. Aber vielleicht sind Sie ja auch in Eile.«

Theo legte dem alten Mann eine Decke um die Schultern und murmelte etwas, was Mark nicht verstand. Es wurde ihm jedoch klar, als Theo aus dem Zimmer ging, um selbst Kaffee zu machen. Mark zog ein paar Bücher aus dem Regal. Er setzte sich neben Thomas, zeigte ihm, was er sich ausgesucht hatte, und blätterte die Bücher vorsichtig durch. Nach einer Weile spürte er, dass die Müdigkeit den alten Mann übermannte. Er redete leise mit sich selbst, seine Augen fielen zu und die Hände lagen schlaff in seinem Schoß. Es dauerte nicht lange und er schnarchte leise. Mark stellte die Bücher wieder ins Regal und machte sich auf die Suche nach Theo.

»Ich glaube, Thomas möchte keinen Kaffee mehr«, sagte er. »Er schläft.«

»Ich koche trotzdem welchen«, erwiderte Theo. »Er schläft nie lange.«

»Wie alt ist er?«

»Beim letzten Mal war er fünfundneunzig. Er hat sich gut gehalten für sein Alter, was?«

»Außerordentlich gut. Ich kann mir nicht vorstellen, dass einer von uns so alt wird, und ich bin mir auch gar nicht sicher, ob ich es möchte. Wozu sollte das gut sein?«

»Ach, mein Lieber, mich würde der Gedanke freuen, dass du eines Tages genauso weise und zufrieden bist wie der liebe, alte Thomas. Er ist glücklich, wenn er mit sich Schach spielen und lesen kann.«

»Ach zum Teufel, du möchtest ja bloß, dass ich hilflos bin.«

Theo kniff die Augen zusammen und reichte Mark eine Kaffeetasse. »Es war sehr nett von dir, dass du Thomas beim Essen geholfen hast«, sagte er. »Das hätte nicht jeder getan.«

»Vermutlich ist es Thomas schwerer gefallen, mich um Hilfe zu bitten, als mir, ihm zu helfen.«

»Das ist doch immer so. Das solltest du doch am besten wissen.«

Als sie nach Áyios Nikólaos zurückkehrten, fanden sie auf dem Terrassentisch die Einladung vor.

»Mit welcher Ausrede willst du dich dieses Mal drücken?«, fragte Theo, nachdem er sich zum Schwimmen umgezogen hatte. »Dass du Kopfschmerzen hast?«

Mark folgte ihm zum Pool. »Warum sagst du das?«

»Weil ich dich gut kenne. Du würdest doch lieber hier

bleiben und dich in deine Fantasiewelt vergraben, statt dich für eine Party zu verkleiden und dich in der realen Welt zu bewegen.«

Mark beobachtete, wie Theo ins Wasser sprang und eine Bahn schwamm. Er dachte an Thomas Zika und dass sie ihn einsam zwischen all seinen Büchern zurückgelassen hatten. Deshalb sagte er: »Nun, um dir zu beweisen, dass du Unrecht hast, Theodore Besserwisser Vlamakis, gehe ich natürlich hin.«

Theo drehte sich auf den Rücken und lachte. »Also, darauf freue ich mich. Mark St. James als griechischer Gott verkleidet. Ha, ha, ha!«

Er lachte immer noch, als Mark bereits wutschnaubend davongestürmt war.

31

Wie sich herausstellte, musste Theo dafür büßen, dass er Mark ausgelacht hatte. Am Morgen der Party erhielt er einen Telefonanruf, der eine Änderung seiner Pläne zur Folge hatte. Er verließ sein Arbeitszimmer, um sich auf die Suche nach Mark zu begeben. Mark saß im Schatten auf der Terrasse und schrieb. Zögernd blieb Theo stehen und bewunderte seinen Freund, der in seinen kreativen Prozess vertieft war. Er selbst könnte so etwas nie, dazu war er viel zu ungeduldig und unruhig. Außerdem langweilte er sich rasch und brauchte eher eine Vielzahl von verschiedenen Herausforderungen.

Und sein nächstes Projekt war schon in Reichweite, wenn er jetzt rasch handelte.

In Athen gab es Gerüchte in Verbindung mit einer Hotelkette, die der Familie Karabourniotis gehörte. Es hieß, die Familie suche nach einem Investor, weil sie zunehmend in finanzielle Schwierigkeiten geraten war. Theo war jedoch nicht daran interessiert, Geld in etwas zu stecken, was ihm nicht gehörte, und deshalb musste er jetzt nach Athen fliegen, um mit dem alten Yiannis Karabourniotis selbst zu sprechen. Das Geschäft erforderte ein vorsichtiges Vorgehen und Theo wäre es nie in den Sinn gekommen, solche Verhandlungen seinen Anwälten und Geschäftsführern zu überlassen. Das musste er schon persönlich erledigen.

»Wie lange willst du da noch stehen und mich ablenken?«, fragte Mark und riss ihn aus seinen Gedanken.

»Es wird dich freuen zu hören, dass ich wieder nach Athen muss. Ich fahre nach dem Mittagessen.«

Mark legte den Stift aus der Hand und lehnte sich in seinem Stuhl zurück. »Wie lange bleibst du dieses Mal weg?«

»Ich bin gerührt. Vermisst du mich etwa jetzt schon?«

»Wie ein Hund seine Flöhe.«

»Ein unangenehmer Vergleich, aber um deine Frage zu beantworten: Ich weiß es nicht. Eine Woche wahrscheinlich.« Er erklärte seinem Freund, warum er fort musste.

»Und warum bist du so interessiert?«, forschte Mark. »Was ist denn so besonders an diesen Hotels, dass du sie dir auch noch einverleiben musst?«

»Wo ich schon so viele habe? Meinst du das?«

»Ja. Genau das.«

»Ah, immer noch derselbe alte Mark. Was für eine Freude ist es doch, dass du mir trotz all deines Erfolgs meinen immer noch missgönnst! Es ist ganz einfach. Ich möchte die Hotels, weil sie da sind. Und wenn *ich* das Geld nicht auf den Tisch lege, dann macht ein anderer ein Angebot. Aber, vergib mir meine Arroganz, ich glaube, ich kann Yiannis Karabourniotis das beste Angebot machen.«

»Was willst du mit den Hotels anfangen?«

»Ich werde sie natürlich erfolgreich machen.«

»Und warum glaubst du, Erfolg haben zu können, wo er versagt hat?«

»Ich habe keine gierigen Söhne, die Geld aus dem Unternehmen ziehen. Und jetzt muss ich packen. Anschließend gehe ich nach nebenan zu Izzy.«

Theo hatte nur wenig zu packen. Da er zwei Haushalte führte, war das meiste auch in Athen vorhanden. Sogar Garderobe besaß er doppelt. Das war zwar extravagant, aber praktisch, denn er brauchte nur seine Aktentasche entsprechend umzuorganisieren. Dann rief er seine Haushälterin in Athen an und teilte ihr mit, dass er am späten Nachmittag eintreffen würde. Katina arbeitete seit vielen Jahren für ihn und kannte seine Gewohnheiten gut. Sie wohnte ganz in der Nähe, so dass es ihr keine Mühe machte, sich auf überraschende Besuche einzustellen. Sie versicherte ihm, dass alles für seine Ankunft bereit sei. Nach dem Anruf zog sich Theo einen Anzug an und ging nach nebenan.

Es war eine seltsame Woche gewesen, seit er Izzy gesagt hatte, was er für sie empfand. Noch seltsamer war, dass sich seine Gefühle in dieser Woche nicht geändert hatten. Eigentlich hatte er ständig an sie gedacht. Während sie in der Villa Petros ihren verstauchten Knöchel auskurierte, hatte sich zu seinem Ärger keine Gelegenheit ergeben, mit ihr allein zu sprechen. Ein paarmal hatte er überlegt, ob er sie von Athen aus anrufen sollte, aber da bei einem solchen Telefonat bestimmt auch alle um sie herum gewesen wären, hätte er sicher nicht mit ihr in Ruhe sprechen können. Offenbar hatte sich das Schicksal gegen ihn verschworen.

Wenn er sie nur einmal allein erwischt hätte! Ob er wohl Angst davor hatte? Es konnte schließlich sein, dass er damit alles zerstörte, was er so sorgfältig aufgebaut hatte. Sie war immer so misstrauisch und es dauerte sicher noch lange, bis er ihr Vertrauen gewonnen hatte. Wenn er zu schnell vorging, gefährdete er am Ende noch alles.

Es gab jedoch auch noch eine andere Erklärung, warum er sie mit einer solchen Geduld behandelte. Mark hatte ihm diese Theorie beim Abendessen erläutert. »Du gefällst dir in der Rolle des desillusionierten, weltläufigen Mannes, der die Liebe eines süßen, jungen Mädchens gewinnen will. Du siehst dich als Rochester mit Jane Eyre, als Maxim de Winter mit Rebecca, als …«

»Ja, Mark, ich habe bereits begriffen. Du bist nicht der Einzige, der diese Bücher gelesen hat. Aber ich glaube, du verschwendest zu viel Zeit in der Welt der Fiktion. Du bist so daran gewohnt, Dinge zu erfinden, dass du schon gar nicht mehr weißt, was real ist und was nicht.«

»Oh, komm, gib's schon zu! Du bist fasziniert von der Vorstellung, eine so erfrischende Liebe zu genießen, wie Izzy sie dir bietet. Und dann? Was tust du, wenn du ihr Herz erobert hast?«

»Im Moment zweifele ich daran, dass es je geschehen wird.«

»Natürlich wird es geschehen. Du bekommst doch immer, was du willst.«

»Im Geschäftsleben mag das ja zutreffen, aber hier ist es etwas anderes. Izzy ist keine Sache, die man verhandeln kann.«

»Da bin ich aber erleichtert.«

Nach diesem Gespräch hatte Theo lange nachgedacht. Mark hatte den Finger auf die Wunde gelegt. Was ging wirklich zwischen ihm und Izzy vor? Konnte er nicht mehr zwischen seinem beruflichen und dem Privatleben unterscheiden? Sah er Izzy als eine geschäftliche Akquisition, die er unbedingt haben musste? Beruhten vielleicht seine Gefühle auf dem Verlangen, stets seinen Willen zu bekommen? Erregte ihn nur die Jagd auf scheinbar Unerreichbares? Und was wäre dann? Würde er ihrer überdrüssig werden und wieder einer anderen nachlaufen?

Hatte er das denn nicht immer getan?

Aber eigentlich wollte er es nicht glauben. Er wollte lieber glauben, dass das Unmögliche geschehen war: Theo Vlamakis war endlich der Frau seines Lebens begegnet.

Er war so tief in Gedanken versunken, dass er überrascht aufschrie, als er der Frau, an die er gerade gedacht hatte, plötzlich gegenüberstand. »Izzy«, sagte er, als er sich wieder gefasst hatte, »ich wollte gerade zu dir kommen.« Er blickte auf ihren Knöchel und fügte hinzu: »Darfst du ihn schon so belasten?«

Sie lächelte. »Ich teste es gerade, aber die anderen dürfen nichts davon wissen, also sag es ihnen bitte nicht. Sonst sind sie böse mit mir.«

»Ich werde auch böse, wenn dir noch mal etwas zustößt. Wohin gehst du?«

»Zum Strand. Ich hatte es satt, ihn immer nur von ferne zu betrachten.« Sie wies auf die Tasche, die über ihrer Schulter hing. »Ich will Treibholz sammeln, damit ich es malen kann. Ich komme mir vor wie ein entlaufener Sträfling.«

»Darf ich dich begleiten?«

Sie betrachtete zweifelnd seine Kleidung. »Machst du dir nicht den Anzug schmutzig?«

»Ich verspreche, dass ich sehr vorsichtig sein werde.«

»Du machst viele Versprechungen.«

»Ja. Aber ich verspreche dir auch, sie alle zu halten.« Er strahlte sie an. »Und jetzt gib mir deine Hand. Keine Widerrede.«

»Warum klingt bei ihm alles nur so provozierend?«,

dachte Izzy, während sie ihm die Hand reichte. »Und warum habe ich immer noch solche Angst vor ihm?«

Laura hatte gesagt, es läge daran, dass er sie dazu brächte, alles, was sie über sich zu wissen glaubte, noch einmal neu zu überdenken. »Du fragst dich unwillkürlich, wie es denn wäre, ein bisschen gefährlicher zu leben, statt dem Glück der anderen immer nur zuzusehen. Theo fordert dich heraus, nackt auf der Straße zu tanzen.«

Vielleicht hatte sie ja Recht.

Als sie sich am Strand auf die Steine gesetzt hatten und Theo sein Jackett auszog, sagte er: »Weißt du, dass wir jetzt zum ersten Mal miteinander allein sind, seitdem du dir den Knöchel verstaucht hast? Verzeih mir, aber ich hatte schon das Gefühl, du weichst mir aus.«

Sie antwortete nicht darauf, sondern kramte in ihrer Tasche, um den Skizzenblock herauszuholen. Mit gesenktem Kopf erwiderte sie: »Oben auf dem Weg hast du gesagt, du wolltest mich besuchen kommen. Warum?«

»Ich muss wieder nach Athen und wollte dich noch einmal sehen. Ich fahre in einer halben Stunde.«

»Bleibst du lange weg?«

»Eine Woche. Vielleicht länger. Es kommt darauf an, wie schnell ich erreiche, was ich will.«

Er nahm einen Stein und warf ihn ins Wasser. Dann blickte er sie mit seinen dunklen Augen an. In seinem Blick lag eine Entschlossenheit, die ihr klarmachte, dass das Gespräch nach seinen Wünschen verlaufen würde.

»Dann verpasst du ja Max' und Lauras Party heute Abend«, sagte sie und kramte erneut in ihrer Tasche, um einen Stift herauszuholen.

»Ich verpasse sogar noch mehr. Ich werde dich vermissen.«

»Nein, das glaube ich nicht«, entgegnete sie fröhlich. »Dazu bist du bestimmt viel zu beschäftigt.«

Er legte seine Hand auf ihre und blickte sie verärgert an. »Bitte«, sagte er, »red nicht in diesem Ton mit mir. Wenn ich sage, ich werde dich vermissen, Izzy, dann meine ich es auch so.«

»Er ist wie ein kleiner Junge«, dachte sie. »Wenn er denkt, man nimmt ihn nicht ernst oder er bekommt seinen Willen nicht, ist er sofort beleidigt.« Während sie noch darüber nachdachte, sagte er: »Ich habe etwas für dich.«

Aus der Innentasche seines Jacketts zog er ein Handy.

Verwirrt blickte sie es an.

»Das gebe ich dir, damit ich allein mit dir sprechen kann, während ich weg bin. Schalte es spät in der Nacht an, wenn keiner mehr bei dir ist, und dann rufe ich dich an.« Grinsend fügte er hinzu: »Ich erzähle dir auch jeden Abend eine Gutenachtgeschichte.«

Sie lachte nervös. »Hoffentlich mit einem Happyend.«

»Nun, Izzy, das hängt von dir ab.« Er beugte sich vor und küsste sie sanft. Es war nur ein kleiner, schneller Kuss und dennoch schnürte Panik ihr die Kehle zu. »Jetzt«, murmelte er, während er mit dem Finger leicht über ihre Wange strich, »bist du am Ball.«

32

Als Theo zum Flughafen gefahren war, konzentrierte sich Mark auf das Kapitel, mit dem er am Morgen begonnen hatte. Er wollte es unbedingt fertig schreiben, und da er offensichtlich im Moment in einer produktiven Phase steckte, würde ihm das vielleicht auch gelingen.

Unerwarteterweise war die Quelle seiner Inspiration Izzy. Ohne es zu wissen, hatte sie seine Fantasie angeregt, und er hatte eine wesentlich realistischere Handlung als sonst schaffen können.

Er hatte immer schon Teile aus dem Leben wirklicher Menschen verwendet, aber dieses Mal war er noch einen Schritt weitergegangen, indem er Izzy als ganze Person in seinen Roman eingebaut hatte. Sie würde sicher nicht geschmeichelt sein, wenn sie das erfuhr – schließlich hatte er sie zur Geliebten seines Protagonisten gemacht und sie war das nächste Opfer des psychopathischen Mörders.

Die Idee war ihm an jenem Abend gekommen, als er Izzy nach Hause gebracht und sie sich den Knöchel verstaucht hatte. In jener Nacht hatte er nicht einschlafen können, und während er sich ruhelos herumwälzte, kam ihm auf einmal die Lösung in den Sinn. Er schaltete die Nachttischlampe ein und schrieb seine Gedanken in fieberhafter Eile auf. Am nächsten Morgen waren die nächsten drei Kapitel vorausgeplant und er konnte es kaum erwarten, sie auszuarbeiten.

Ursprünglich hatte er vorgehabt, die Liebesgeschichte genauso ernsthaft zu halten wie das Thema des Romans, und dadurch hatte es ihr an Leichtigkeit und Spontaneität gefehlt. Doch seitdem er Izzy in den Armen gehalten und mit ihr zusammen gelacht hatte, hatte alles eine neue Richtung genommen. Mühelos waren ihm alle Szenen aus der Feder geflossen. Als jedoch Theo eine Bemerkung über seinen kreativen Arbeitsschub machte und nach dem Grund dafür fragte, schwieg Mark, weil er sich schämte, Izzy auf so dubiose Weise zu missbrauchen. Außerdem war ihm besonders seit der letzten Woche klar geworden, welche Gefühle Theo für Izzy hegte, und Mark mochte sich gar nicht vorstellen, wie wütend Theo werden würde, wenn er erfuhr, wie rücksichtslos sein Freund die Frau, die er liebte, ausbeutete.

Trotz all dieser Vorbehalte jedoch war er froh, dass seine Arbeit so zügig voranging, und er fragte sich, was sein Lektor wohl dazu sagen würde.

Er fragte sich auch, was Pille wohl dazu sagen würde. »Was ist denn das, Mark? *Sie* schreiben über Liebe und Leidenschaft? Und was kommt als Nächstes?«

Kein Psychoanalytiker kann der Versuchung widerstehen, das Liebesleben seines Patienten zu analysieren, und Pille war da keine Ausnahme.

»Frauen«, hatte er einmal zu Beginn einer Sitzung gesagt, »sind sie Freund oder Feind?«

»Das ist eine absurde Fragestellung«, hatte Mark gekontert. »So vereinfacht kann man das nicht sehen.«

»Okay, dann versuchen wir es mal aus einem anderen Blickwinkel. Mit wie vielen Menschen haben Sie sich, abgesehen von Theo, wirklich verbunden gefühlt?«

»Warum glauben Sie, ich fühle mich mit Theo verbunden?«

»Haben Sie Angst davor, das zuzugeben? Angst davor zu zeigen, dass Sie einen anderen Menschen gern haben?«

Mark antwortete nicht, sondern sah Pille nur unverwandt an. Schließlich fragte dieser: »Und Ihre Antwort?«

»Sie haben zweifellos schon aus meiner Reaktion geschlossen, dass ich, abgesehen von Theo, noch nie jemandem wirklich nahe war.«

»Gut.«

»Ist es gut, dass ich noch nie jemandem nahe war?«

»Nein. Es ist gut, dass Sie die Antwort gegeben haben, ohne dass ich Ihnen Daumenschrauben anlegen musste.« Er nahm sich ein Bonbon und fuhr fort: »Also wieder zu Ihnen und zu den Frauen. Wie sehen Sie sie?«

Mark versuchte auszuweichen, aber es dauerte nicht lange, bis Pille klar war, dass Marks Erfahrungen mit Frauen recht oberflächlich waren. Dass er sein ganzes Leben lang emotionale Abhängigkeit mit Schwäche gleichgesetzt hatte und dass er nicht in der Lage war, sich zu binden. Dass nichts von Dauer war, weil nichts ihm etwas bedeutete.

Kim konnte das nur bestätigen.

Arme Kim. Sie hatte nicht gewusst, worauf sie sich einließ, als sie ihn heiratete. Es war von Anfang an eine Katastrophe gewesen. Er hatte sie nur geheiratet, weil er wusste, dass seine Eltern es missbilligen würden, und das war sicherlich keine gute Basis für eine Ehe. Kim musste das gewusst haben, aber vielleicht hatte sie auch nur ihre eigenen Pläne verfolgt. Er war als jüngster Sohn einer vermögenden Familie sicher eine erstrebenswerte Partie, und sie war ihre ganze Kindheit über von einer Pflegefamilie zur anderen geschoben worden und hatte kein richtiges Zuhause gekannt.

Mark hatte seinen Eltern mitgeteilt, dass sie heiraten würden, und hatte geschrieben: »Ihr könntet zumindest aufs Standesamt kommen.«

»Da haben Sie es ihnen aber gezeigt, was?«, bemerkte Pille, als er ihm schilderte, wie seine Eltern und Geschwister mit unbewegten Gesichtern der Trauung beiwohnten. Kim hatte sich vorher extra noch die Nase piercen lassen und eine ihrer zahlreichen handgestrickten peruanischen Mützen mit Ohrklappen aufgesetzt, während sein Hochzeitsanzug aus schmutzigen Kampfhosen und einem T-Shirt mit einem Bild Lenins bestand. »Sie wollten ihnen Ihr Unglück so richtig unter die Nase reiben, was?«, stellte Pille fest. »Es gab kaum einen besseren Weg, um ihnen zu zeigen, wie weit sie Sie getrieben hatten.«

Seine Eltern gaben ihm Geld, damit er sich eine kleine Wohnung kaufen konnte. Aus Schuldgefühl, hatte er sich eingeredet, als er und Kim sich einrichteten, um häusliche Harmonie zu spielen. Innerhalb kurzer Zeit jedoch verlor er seinen Job, seine Frau und die Wohnung – und auch den letzten Funken seiner politischen Überzeugungen, die jetzt sowieso keinen Sinn mehr machten. Und damit war er in die unaufhaltsame Spirale geraten, die erst in der Reha-Klinik ein Ende fand.

»Und wo war Theo, als all das passierte?«, fragte Pille. »Hatten Sie ihn nicht auch zu Ihrer Hochzeit eingeladen?«

»Nein.«

»Warum nicht?«

»Ich wollte nicht, dass er dabei war.«

»Sie wollten nicht, dass er sah, wie schnell es mit Ihnen bergab ging?«

»Vermutlich.«

»Und wie hat er reagiert, als Sie es ihm erzählten?«

»Er hat mich gefragt, ob ich glücklich sei.«

»Und waren Sie das?«

»Ich sagte ihm, ich sei es.«

»Das habe ich nicht gefragt.«

»Nun, natürlich war ich nicht glücklich. Tagsüber habe ich Leichen in billige Särge gepackt und nachts bin ich meiner Frau aus dem Weg gegangen. Ein echtes Rezept zum Glücklichsein.«

»Zu Ihrer Frau kommen wir gleich. Erzählen Sie mir erst einmal, warum Sie einen Job angenommen haben, in dem Sie von Toten umgeben waren. War das ein befriedigender Karriereschritt oder makabre Ironie? Oder sollte es Sie nur ständig an Nialls Tod erinnern?«

»Ich brauchte einen Job ...«

»Mit Ihrem hervorragenden Abschluss in Kriminalpsychologie hätten Sie bestimmt etwas Passenderes finden können.«

»Damals erschien es mir passend.«

»Ja, wahrscheinlich erschien Ihnen vor allem die makabre Ironie an dieser Art der Arbeit passend. Eine sterbende Gesellschaft, und Sie haben dabei geholfen, sie zu beerdigen. War das der große Witz?«

»Wenn Sie meinen.«

»Und wer hat mit Ihnen über diesen Witz gelacht? Kim?«

»Nein.«

»Theo?«

»Nein. Niemand.«

»Also haben Sie für sich allein gelacht? Aber es war nicht komisch, oder? Es war, verzeihen Sie mir die Anspielung, eigentlich todernst. Sie konnten dem Gespenst Ihrer Kindheit nicht entkommen. Und weil Sie Niall nicht hatten retten können, mussten Sie sich unter all diese verwesenden Leichen begeben. Konnten Sie sich nicht etwas Subtileres ausdenken?«

»Es war das Beste, was ich unter den Umständen tun konnte.«

»Nun, Ihr scharfer Tonfall sagt mir, dass Sie genug haben. Nur einen Gedanken möchte ich Ihnen noch mitgeben. Sie haben es in keinem Job länger als sieben Monate ausgehalten und bei Ihren Beziehungen sieht es nicht anders aus. Ist das ein Zufall? Oder Faulheit? Oder Angst vor Versagen?«

Mit jedem Wort, das Pille sagte, traf er mitten ins Schwarze. Seit Kim ihn verlassen hatte, weil sie mit seiner Sucht nicht mehr umgehen konnte, hatte er jegliches Interesse an Beziehungen verloren. Und er verabscheute sich, weil er Kim so schlecht behandelt hatte. Einer anderen Frau wollte er das nicht mehr zumuten. Was die Arbeit anging, so wollte er erst gar nicht Gefahr laufen, irgendwelche Leistungen erbringen zu müssen – so konnte er auch nicht versagen. Pille wies ihn jedoch darauf hin, dass das Ganze noch ein bisschen tiefer ging.

»Das ist Standardstoff aus der Schule des Überlebens, Mark. Seit Nialls Tod haben Sie sich nichts mehr gestattet, was auch nur irgendeinen Wert hatte. Sie haben sich mit den Abfällen begnügt, weil deren Verlust Ihnen nicht wehtun würde.«

Das war eine harte Zusammenfassung seiner kurzen Ehe, aber traurigerweise traf sie zu. Wenn er nicht so mit sich selbst beschäftigt gewesen wäre, hätte er gemerkt, dass Kim voller Probleme wegen ihrer verkorksten Kindheit steckte und Hilfe gebraucht hätte – und nicht seine düsteren, alkoholgeschwängerten Launen.

Die Erinnerung an jene Zeit kam ihm vor wie ein schrecklicher Traum. Nichts davon schien real zu sein. Am meisten schämte er sich, weil er ihr nie mehr gesagt hatte, wie Leid ihm alles tat. Kurz nach ihrer Scheidung hatte er in der Zeitung gelesen, dass sie gestorben war. Sie hatte ihr Leben damals ganz gut im Griff gehabt und arbeitete in einem Supermarkt, wo sie die Regale einräumte. Eines Tages war sie nach der Spätschicht abends zum Bus gegangen und auf dem Weg dorthin von einem Vierzehnjährigen, der in einem gestohlenen Auto saß, überfahren worden. Sie war sofort tot gewesen. Ihr früher Tod hätte Mark eigentlich zu denken geben müssen, ihn zwingen müssen, innezuhalten. Doch stattdessen hatte er so reagiert, wie er es immer tat: Er hatte sich drei Tage lang sinnlos besoffen.

Mark stieß die Luft aus und lehnte sich in seinem Stuhl zurück. Ja, die Arbeit war getan. Er hatte das Kapitel zu Ende geschrieben. Ziel erreicht.

Er schraubte seinen Füller zu – ein Geschenk von Theo, als er damals mit seinem ersten Roman anfing – und reckte sich. Seine Schultern und sein Nacken waren ganz verkrampft.

Um sich zu entspannen, beschloss er, in den Ort zu gehen und sich einen neuen Film für seine Kamera zu kaufen. Während er die heiße, staubige Straße entlangging, überlegte er, als was er sich am Abend für die Party verkleiden sollte.

Bevor Theo zum Flughafen gefahren war, hatte er ihn noch geneckt: »Ich wette mit dir, dass du gar nicht auf die Party gehst.«

Es war verführerisch, ihn Recht behalten zu lassen. Ein ruhiger Abend wäre nicht das Schlechteste. Er war daran gewöhnt, allein zu sein. Doch plötzlich sah er im Geiste Thomas Zika vor sich, der ganz allein mit sich selbst Schach spielte.

Mark war, als habe er einen Einblick in seine eigene Zukunft bekommen.

Eine Zukunft, auf die er keinen Wert legte.

33

Um der herrischen Art von Virginia Patterson für einen Moment zu entkommen, holte Laura ihr etwas zu trinken. Die Stimmung ringsum war ausgelassen und ganz offensichtlich war die Party ein Erfolg. Die Gäste hatten sich nicht nur tatsächlich die Mühe gemacht, sich zu verkleiden, sie schienen sich auch alle gut zu amüsieren. Anfangs hatte Laura Bedenken gehabt, weil die Leute nicht so recht zusammenpassten, aber eine Veränderung der Identität bewirkte anscheinend Wunder.

Max, der als Herkules verkleidet war, hatte sich als einer der wenigen kein Bettlaken umgehängt. Er trug Shorts und ein »König der Löwen«-Handtuch, das er sich in Kassiópi gekauft hatte.

Corky war als Zeus gekommen und zur Vervollständigung seines Kostüms hatte er sich eine Glühbirne um den Hals gehängt, sich einen langen, weißen Bart angeklebt und einen Blitz aus Pappe auf seine Brust geheftet. Olivia war natürlich Hera, die Gattin des Zeus, und sie hatte sich aus einem mit Folie umwickelten Stock ein Szepter gemacht, mit dem sie Corky piekste, wann immer er es ihrer Meinung nach zu toll trieb.

Die Mädchen trugen beide nicht besonders viel. Francesca, verkleidet als Hebe, die Göttin der Jugend, war barfuß und hatte Füße und Unterschenkel mit rosafarbenen Bändern umwickelt. Das Laken, das sie trug –

das heißt, das, was noch davon übrig war –, endete wenige Zentimeter unter ihrem Hinterteil und wurde von einem ebenfalls rosafarbenen Band zusammengehalten. Sie trug ihre Haare offen und hatte die Lippen knallrot geschminkt.

Wie Izzy hatte auch Sally ihr Kostüm bis zum letzten Moment geheim gehalten, und als sie damit die Küche betrat, erstarrte Max.

»Ist das der Musselinvorhang von deinem Schlafzimmerfenster?«, hatte Laura angesichts des durchsichtigen Nichts gefragt.

»Ja«, erwiderte Sally und drehte sich einmal um die eigene Achse. »Könnt ihr erraten, wer ich bin?« Sie hielt Pfeil und Bogen, wodurch ihr Gewand vorn auseinander klaffte und ihre Brüste enthüllte. Als niemand antwortete, weil es allen die Sprache verschlagen hatte, sagte sie: »Ich bin Artemis, die Göttin der Jagd.«

Francesca hatte laut aufgelacht. »Aber die war doch Jungfrau.«

Sally grinste. »Nun, ein bisschen künstlerische Freiheit muss schon sein.«

»Offenbar. Trägst du wenigstens eine Unterhose?«

»Ich habe einen fleischfarbenen Tanga an. Hier, sieh mal!«

Bei diesem Angebot wandten Max und sein Vater ihre Blicke ab und meinten, es sei an der Zeit, etwas zu trinken.

Dann tauchte Izzy auf, in ihren Khaki-Shorts mit Weste. Sie hatte einen Speer aus einem Stock und einen eindrucksvollen Schild aus Pappe dabei. Obwohl ihr Knöchel so gut wie geheilt war, hatte sie ihn noch einmal bandagiert, und ein Spielzeugpfeil ragte aus ihrer

Ferse. »Achilles«, sagte sie, »für den Fall, dass ihr es nicht erraten könntet.«

»Meine Güte, was sind wir alle einfallsreich«, stellte Olivia fest. »Wie mögen unsere Gäste wohl aussehen?«

Die Gäste waren ähnlich kreativ gewesen und nur Hebe gab es zweimal. Während jedoch Francesca absolut für die Rolle geeignet war, wirkte das Kostüm bei Liberty-Raquel ein wenig fehl am Platz.

Die Fitzgeralds waren als Erste eingetroffen und Bobs einzige Verkleidung bestand, wie die Mädchen es vorhergesagt hatten, darin, dass er einen Ballon mit einer kurzen Schnur an seinem Hemd befestigt hatte. Er sah damit so aus, als hätte er zwei Köpfe, und außerdem erschwerte der Ballon Bobs Unterhaltung mit Corky, weil er bei jedem Satz mitnickte. Aufgebracht hatte Bob Corky von seinen geschäftlichen Erfahrungen auf der Insel erzählt. Er hatte sich die Verhandlungen leichter vorgestellt, aber offensichtlich gab es eine Verschwörung gegen ihn. »Ich hatte mit einem alten Bauern, der gar nicht wusste, was er da besaß, schon alles ausgemacht, und gerade als ich den Vertrag ausstellen lassen wollte, weigerte er sich, zu verkaufen. Er behauptete, er habe noch ein besseres Angebot. Ein besseres Angebot, das muss man sich mal vorstellen!«

Den Rest des Gesprächs hatte Laura nicht mehr mitbekommen, weil Liberty-Raquel sich zu ihr gewandt und gesagt hatte: »O Gott, ich wünschte, er würde endlich den Mund halten. Er redet von nichts anderem mehr.« Dem Geruch und ihrem leichten Schwanken nach zu urteilen hatte Liberty-Raquel dem Alkohol bereits zugesprochen, bevor sie gekommen war. »Wie finden Sie denn mein Kostüm?«, fragte sie Laura.

»Oh, sehr hübsch«, erwiderte Laura und betrachtete das glitzernde Lurex-Kleid, das Tina Turner sicher gut gefallen hätte.

»Ich habe stundenlang überlegt, als was ich mich verkleiden soll, aber dann dachte ich, ach komm schon, Mädchen, du kannst nur Hebe sein, die Göttin der Jugend.«

»Gute Wahl«, sagte Francesca, die sich zu ihnen gesellt hatte. »Die bin ich auch.«

»Nein, Gott segne uns!«, hatte Liberty-Raquel gekreischt. »Weißt du, ich habe lange gezögert, entweder Hebe oder diese Aphro... Aphro...« Sie schnippte stirnrunzelnd mit den Fingern. »Ihr wisst schon, die mit der Liebe.«

Als Nächste waren die Pattersons erschienen. Dank der Mädchen waren zwar alle vor Mr. und Mrs. Patterson gewarnt, aber da ihre Söhne bei ihnen aus- und eingingen, hoffte Laura, dass es nicht so schlimm werden würde.

Innerhalb von Sekunden jedoch, nachdem Mrs. Patterson aufgetaucht war, fühlte Laura sich bereits in ihre Schulzeit zurückversetzt, und zwar auf ein gefrorenes Hockeyfeld, auf dem eine grässliche Sportlehrerin sie fertig gemacht hatte. In ein zerknittertes weißes Laken gekleidet, die plumpen Füße in Gesundheitssandalen, war die Mutter von Nick und Harry als Athene, Göttin der Weisheit und Stärke, erschienen, und als sie jetzt das Glas Pimm's entgegennahm, das Laura ihr reichte, hörte es sich ganz so an, als ob sie ihre Rolle ein wenig zu genau nähme. »Wenn ich früher Bescheid gewusst hätte, hätte ich mich natürlich eingehender mit meinem Kostüm beschäftigen können«, sagte sie kühl.

»Ja«, dachte Laura, »dann hättest du dir vielleicht die Mühe gemacht, das Laken zu bügeln.« Plötzlich brach die schreckliche Frau mitten im Satz ab und kniff die Augen zusammen. Sie hatte Sally erblickt, die zweifellos wirkte, als sei sie einem Softporno entsprungen. Virginia warf ihrem Mann einen scharfen Blick zu. Er versuchte gar nicht zu verbergen, mit welcher Entzückung er das Wesen betrachtete, das sich gerade seinem jüngeren Sohn an den Hals warf. Das gute Gefühl, das Laura noch wenige Augenblicke zuvor gehabt hatte, wich der Sorge, ob sich die Mischung der Gäste nicht doch als explosiv erweisen würde.

Aber das war Unsinn, sagte sie sich streng. Was sollte denn schon passieren? Prüfend blickte sie sich auf der Terrasse um und dachte darüber nach, wie schade es war, dass Theo so plötzlich nach Athen gemusst hatte. »Das bedeutet vermutlich, dass Mark auch nicht kommt«, hatte Sally gesagt und seinen Namen auf der Gästeliste ebenfalls ausgestrichen. Auch Giorgios hatte leider absagen müssen, da er an diesem Abend in Kassiópi arbeiten musste.

»Du klingst ja so enttäuscht«, hatte Francesca gelacht.

»Für dich ist es ja auch in Ordnung, du hast ja schließlich Harry. Aber ich bin jetzt tatsächlich auf Nick angewiesen.«

Laura ging ins Haus, um eine Platte *mezéthes* zu holen, die Sophia vorbereitet hatte. Als sie zurückkam, sah sie, dass Liberty-Raquel auf Virginia Patterson zugegangen war. Rasch gesellte sie sich zu den beiden und bot ihnen die Häppchen an.

»Ich sollte eigentlich nichts essen«, sagte Liberty-

Raquel. »Aber, mmh ... sie sehen alle so köstlich aus! Was ist das?«

»Ich bin nicht ganz sicher, weil ich sie nicht selbst gemacht habe, aber ich glaube, es sind Spinattörtchen.«

»*Spanakópita.*«

Liberty-Raquels Hand schwebte unschlüssig über den Törtchen und sie blickte Virginia an. »Spana ... was?«

»*Spanakópita*«, wiederholte Virginia arrogant. »Das ist die korrekte griechische Bezeichnung dafür.«

»Ach du lieber Himmel«, dachte Laura. Als höfliche Gastgeberin sagte sie jedoch: »Nick und Harry haben mir erzählt, Sie wohnen in London. Wo denn genau?«

»In Dulwich. Sie sind aus dem Norden, nicht wahr?« Aus ihrem Mund klang es so, als wohne Laura in der falschen Gegend.

»Unsere beiden Familien kommen aus Worcestershire«, entgegnete Laura fröhlich, »aber Max und ich wohnen jetzt schon seit vielen Jahren in Cheshire.«

»Na, das ist aber ein Zufall. Mein Bob und ich haben eine Zeit lang auch in Cheshire gewohnt. In Alderley Edge.«

»Davon habe ich schon gehört«, warf Virginia ein. »War nicht erst kürzlich etwas in den Nachrichten darüber, dass dort irgendwelche heidnischen Rituale stattgefunden haben?«

»Das war kompletter Blödsinn. Bob und ich haben uns sehr dagegen gewehrt, als Heiden bezeichnet zu werden. Ich bin die spirituellste Person, die es gibt.«

»Tatsächlich? Wie interessant«, erwiderte Virginia gelangweilt und blickte auf der Suche nach einer verwandten Seele über die Terrasse. Ihr Blick fiel jedoch nur auf ihren Gatten, der viel zu nahe bei Izzy stand und auf sie einredete. Verärgert hob sie ihr Glas an die Lippen, wobei sie sich beinahe den Cocktailspieß in die Nase rammte. Laura unterdrückte ein Grinsen. In diesem Moment kam Olivia auf sie zu.

»Laura«, sagte sie eifrig, »du glaubst nicht, was Nick uns gerade erzählt hat! Offensichtlich sind Christine und Mikey hier. Er sagt, er habe sie heute Nachmittag am Strand gesehen.«

»Freunde aus England?«, fragte Liberty-Raquel.

Olivia lachte. »Du meine Güte, nein! Christine und Mikey sind das durchgebrannte Liebespaar, über das in der Zeitung berichtet worden ist. Haben Sie die Geschichte nicht gelesen? Wir haben sie geradezu gierig verfolgt, nicht wahr, Laura?«

»Was? Sie meinen diese abscheuliche Frau und den Teenager? Sie sind hier?« Liberty-Raquels Stimme wurde ganz schrill vor Abscheu. »Gott, mir wird jedes Mal schlecht, wenn ich etwas darüber lese. Sie könnte seine Mutter sein!«

»Redet ihr über das durchgebrannte Liebespaar?«, mischte sich Francesca ein.

»Nick, ich glaube, du hast mir etwas zu erklären«, sagte seine Mutter. »Was soll dieses ganze Gerede, du hättest ...«

»Entspann dich, Mum, ich habe sie wirklich gesehen.«

»Und warum hast du nichts davon erzählt?«

Er zuckte mit den Schultern. »Ich habe nicht gedacht, dass es dich interessiert.«

»Aber du bist sicher, dass sie es waren?«, fragte Laura.

»Ziemlich sicher. Der Altersunterschied ist einfach auffällig.«

»Wo mögen sie wohl wohnen?«, fragte Olivia.

Angelos und Sophia gaben ihnen die Antwort. Das Paar wohnte in der Villa, die dem deutschen Geschäftsmann aus Frankfurt gehörte.

»Das ist ja neben uns!«, kreischten Liberty-Raquel und Virginia unisono.

Izzy hörte Adrian Patterson nur mit halbem Ohr zu. Sie war viel interessierter an dem, was Laura und die anderen diskutierten. Sie hatte schon versucht, ihm zu entkommen, indem sie vorgab, sie wolle sich etwas zu trinken holen, aber er war ihr gefolgt.

Sie hatte genug von seinem schmierigen Lächeln und seinen ständigen Anspielungen auf seinen Beruf. Sie hatte sich immer schon gefragt, wer wohl diese schrecklichen Fernsehprogramme machte. Nun, jetzt wusste sie es. Das Schlimme war nur, dass er wahrscheinlich glaubte, sie sei von seinem Beruf beeindruckt. Zudem rückte er immer näher. »Entschuldigen Sie mich bitte«, sagte sie, mit ihrer Geduld am Ende. »Ich habe Laura versprochen, ihr in der Küche zu helfen.« So schnell es ihr verletzter Knöchel zuließ, ging sie von ihm fort.

Erst als sie sicher sein konnte, dass er sie in Ruhe lassen würde, betrat sie die Terrasse wieder. Abseits von den anderen lehnte sie sich gegen die Mauer am Rand der Terrasse. Es war mittlerweile dunkel geworden und die Abendluft war weich und warm. Vom Meer blies eine leichte Brise. Zufrieden seufzend schloss Izzy die Augen.

»Es tut mir echt Leid, dass dein Knöchel wieder schlimmer geworden ist«, sagte plötzlich eine leise Stimme hinter ihr. Sie konnte nur einem gehören. »Hallo, Mark, wir haben gar nicht mit dir gerechnet! Das ist aber eine nette Überraschung.«

Er blickte immer noch auf ihren mit falschem Blut getränkten Verband und den Plastikpfeil und erwiderte: »Ich bin auch von mir selbst überrascht. Achilles, nehme ich an?«

»Wie scharfsinnig.« Plötzlich bemerkte Izzy, dass Adrian Patterson auf sie zueilte. »Da ist jemand, dem ich lieber aus dem Weg gehen möchte«, sagte sie und versteckte sich hinter Mark. »Würdest du mir den Gefallen tun und ein paar Minuten so stehen bleiben, damit er mich nicht sieht?«

»Aber gern. Vor wem versteckst du dich denn?«

»Ich zeige ihn dir später.« Als die Luft wieder rein war, fragte sie: »Möchtest du etwas trinken? Wir haben alles: Wein, Pimm's, Bier ...« Verlegen brach sie ab. »Oh, Verzeihung, ich habe ganz vergessen, dass du ja nicht trinkst.« Sie spürte, wie sie rot wurde.

»Hey, entspann dich. Es ist mein Problem, nicht deins.«

»Aber es muss doch in solchen Situationen grässlich für dich sein.«

»Deinem Gesichtsausdruck nach zu urteilen ist es schlimmer für diejenigen, die glauben, sie seien ins Fettnäpfchen getreten.«

»Also, was kann ich dir bringen? Coke? Fruchtsaft? Wasser? Du lächelst ja! Habe ich schon wieder etwas Dummes gesagt?«

»Kleiner Privatwitz. Mineralwasser wäre gut. Und wenn du zurückkommst, kannst du mir etwas über die anderen Gäste erzählen und mir raten, um wen ich besser einen großen Bogen machen sollte. Oder soll ich mit dir kommen und dich weiter beschützen?«

Da sich inzwischen Corky mit Adrian Patterson unterhielt, erwiderte Izzy: »Nein, bleib hier. Es sieht so aus, als sei er für eine Weile beschäftigt.«

Mark blickte ihr nach und beglückwünschte sich, weil er der Einladung gefolgt war. Das Ganze ähnelte tatsächlich der Situation, als er das erste Mal zu den Anonymen Alkoholikern gegangen war. Er hatte seinen ganzen Mut gebraucht, um an jenem Abend durch die Tür zu treten und sich hinzusetzen. Mit der gleichen Entschlossenheit war er auch heute Abend vorgegangen.

Und er hatte es nicht nur getan, um Theo Lügen zu strafen, sondern eher, um sich selbst zu beweisen, dass er sein Leben ändern konnte, wenn er nur wollte. Und dabei hatte er gemerkt, wie sehr er sich darauf freute, Izzy wiederzusehen. Während er darauf wartete, dass sie zurückkam, wurde ihm klar, dass sie die erste Frau war, die er wirklich gern näher kennen lernen wollte.

Frauen ... Freund oder Feind?, hatte Pille gefragt.

In diesem Fall war die Antwort einfach: Er sah Izzy als Freund.

Als er hinter sich Schritte hörte, drehte er sich erwartungsvoll um. Es war jedoch nicht Izzy, sondern Liberty-Raquel, die direkt auf ihn zukam. O Gott, sollte er denn nie Frieden finden?

34

Da sich Mark nirgendwo verstecken konnte, wappnete er sich gegen einen weiteren Angriff auf seine Geduld – eine Eigenschaft, die er, wie Theo sicher sofort bemerkt hätte, nicht gerade im Übermaß besaß. Liberty-Raquel war schon nicht mehr ganz sicher auf den Beinen und sie prallte mit solcher Wucht auf ihn, dass sie ihm Wein aufs Hemd schüttete.

»Ah, Mr. St. James, ich muss Ihnen ein Geständnis machen …« Ihr Gesicht glühte und ihre aufgetürmten Haare drohten jeden Moment abzustürzen.

»Tatsächlich?« Wow, toll.

»Ja. Ich hatte bis vor ein paar Tagen *keine* Ahnung, wer Sie sind.« Sie drohte ihm scherzhaft mit dem Finger.

Er blickte in ihre glasigen Augen und fragte sich, ob sie ihn wohl gerade doppelt sah.

»Aber, wissen Sie, Sie hätten ja auch etwas sagen können.«

Er rückte diskret ein wenig zur Seite. »Tadel angenommen«, erwiderte er.

Sie lachte laut auf. »Allerdings habe ich immer schon vermutet, dass an Ihnen etwas, nun, anders ist.«

»In welcher Hinsicht?«

»Sie sind wie ich, Sie merken, was vor sich geht.« Sie versuchte einen beeindruckenden Augenaufschlag. »Sie spüren es auch, nicht wahr? Deshalb sind Sie ja auch

Schriftsteller. Sie kanalisieren Ihre ganze Kraft in Ihre Bücher.«

Er war versucht zu fragen, was *sie* mit ihrer Kraft machte, aber er schwieg. Es war ein Kinderspiel, sich über jemanden wie Liberty-Raquel lustig zu machen.

»Haben Sie mal wieder etwas von Ihrer wahrsagenden Freundin gehört?«, fragte er freundlich. »Sieht so aus, als habe sie Recht gehabt mit der Party, nicht wahr?«

Liberty-Raquels Gesicht erhellte sich und sie tat ihm noch mehr Leid. »Ria ist ein Juwel«, sagte sie. »Ich wüsste nicht, was ich ohne sie machen sollte. Aber wissen Sie was? In meinem Horoskop für heute stand etwas Interessantes – wenn man einmal davon absieht, dass es eigentlich für gestern war, weil wir die Zeitungen mit einem Tag Verspätung bekommen. Ich bin Zwilling. Welches Sternzeichen sind Sie?«

»Wassermann.«

»Ich *wusste* es. Ich *wusste*, dass Sie Wassermann sein müssen.«

»Warum?«

Sie strahlte ihn an. »Es liegt auf der Hand, Schätzchen. Wassermänner sind originell, unabhängig und kreativ. Und das passt alles auf Sie. Und jetzt hören Sie zu und sagen Sie mir, was Sie davon halten: In meinem Horoskop stand, dass ich aus meinen eingefahrenen Gleisen herausmuss. ›Warum wollen Sie darauf warten, dass das Schicksal seinen Lauf nimmt?‹, stand dort.« Sie leerte ihr Glas in einem Zug. »Was glauben Sie, was das bedeutet?«

»Dass du aufhören solltest zu trinken«, dachte Mark, aber er wusste ganz genau, dass sie sich nur ein weiteres Glas holen würde, wenn er solch eine Bemerkung machen würde. Wo Izzy nur blieb? Er blickte sich um und sah sie zu seiner Erleichterung auf sich zukommen.

»Tut mir Leid, dass es so lange gedauert hat«, sagte sie, reichte ihm sein Glas und lächelte Liberty-Raquel an, »aber ich wurde aufgehalten. Alle reden von unseren neuen Nachbarn.«

»Oh, wer ist denn das?«, fragte Mark.

Liberty-Raquels Augen blitzten vor Wut. »Fragen Sie lieber nicht, ich finde keine Worte! Der Gedanke an diesen armen Jungen und diese schamlose Frau bringt mein Blut zum Kochen. Und erklären Sie mir nicht, dass jeder Junge die Fantasie hege, von einer älteren Frau verführt zu werden. Es ist einfach unnatürlich! Sie nutzt ihn nur aus. Er ist doch noch ein Kind!« Sie erschauerte.

Izzy und Mark wechselten bei dieser vehementen Tirade einen überraschten Blick und Izzy sagte zu ihm: »Hast du die Geschichte in der Zeitung gelesen? Von der Frau, die mit ihrem jugendlichen Liebhaber durchgebrannt ist?«

»Nur flüchtig.«

»Nun, sie sind hier in Áyios Nikólaos.«

»Und wohnen in der Villa neben uns!«, warf Liberty-Raquel ein. »Ich würde am liebsten bei der Zeitung anrufen und ihnen sagen, wo sich diese schreckliche Frau aufhält. Sie muss bestraft werden!« Sie hob ihr Glas an die Lippen, merkte, dass es leer war, und sagte verbittert: »Ich brauche neuen Wein.«

Die beiden anderen blickten ihr nach, während sie sich übervorsichtig an den Tischen und Stühlen auf der Terrasse vorbeischlängelte. »Ich kann mir nicht helfen, aber sie tut mir Leid«, murmelte Izzy.

»Ich habe vor ein paar Minuten das Gleiche gedacht.«

»Ja?«

»Du brauchst gar nicht so verblüfft zu tun. Glaubst du nicht, dass ich ein verständnisvoller, sensibler Typ sein kann?«

Sie betrachtete ihn eingehend. »Eigentlich nicht. Ich habe eher geglaubt, du willst sie in deinem nächsten Buch unterbringen – eine alternde Frau, die von ihren blonden Haarteilen erwürgt wird …«

»Dann siehst du mich ganz falsch. Ich suche mir meine Opfer sorgfältiger aus.«

»Warum sie wohl bei dem Liebespaar einen so hochmoralischen Standpunkt vertritt? Ich hätte eher gedacht, dass sie den Standpunkt der Frau vertritt, die ja schließlich im gleichen Alter ist wie sie.«

»Ich bezweifle, dass sie das so sieht. Zeig mir einen Mann oder eine Frau, die behaupten, es mache ihnen nichts, alt zu werden.«

»Daran hatte ich noch gar nicht gedacht.«

»Weil du das Glück hast, noch jung und schön zu sein.«

Izzy lächelte. »Du weißt, dass sie Hebe darstellen will, nicht wahr?« Mit einem Blick auf seine Jeans und das Hemd mit den aufgerollten Ärmeln fuhr sie fort: »Bei deinem Kostüm musst du mir helfen. Es ist so subtil, dass ich es nicht verstehe.«

Er trat einen Schritt zurück, damit sie ihn besser ansehen konnte. »Ich bin durchaus verkleidet. Na los, rate mal, welcher Gott ich bin.«

»Gibst du mir einen Tipp?«

»Versuch es mal mit Ironie.«

»Mr. Griechenland 2000?«

»Nein, wirklich nicht. Versuch es noch einmal.«

»Hmm ... Herkules?«

»Was wäre daran ironisch? Bin ich etwa kein maskuliner Held?«

»Nun, vielleicht sagst du mir besser, was du darstellst.«

»Ich bin enttäuscht von dir. Ich bin Dionysios, der Gott des Weins! Wer sollte ich denn sonst sein?«

Als er merkte, dass sie nicht wusste, was sie sagen sollte, stellte er fest: »Es ist komisch, aber wir sind eine Nation, die einfach nicht über Behinderte lachen kann.«

»Damit stehen wir nicht allein.«

»Aber manchmal ist es die beste Medizin, über sich selbst zu lachen.«

»Als du noch Alkoholiker warst, konntest du da über dich lachen?«

Nachdenklich trank Mark einen Schluck Wasser. »Nein. Damals habe ich überhaupt nichts lustig gefunden.«

Laute Bouzouki-Musik erklang jetzt hinter ihnen auf der Terrasse, und als sie sich umdrehten, sahen sie, dass Angelos und Sophia Max und Laura einen griechischen Tanz beibrachten. Laura begriff ihn sofort, aber Max hatte Schwierigkeiten.

»Es ist gut, dass du heute Abend hier bist«, sagte Izzy. »Der Lärm hätte dich schrecklich gestört. Weshalb bist du überhaupt gekommen?«

Wieder war er überrascht über ihre Offenheit. »Weil ich eingeladen war.«

»Andere Einladungen von Max und Laura hast du schon abgelehnt. Warum hast du denn diese angenommen, wo Theo dir noch nicht einmal die Hand halten kann?«

»Meine Güte, du kannst einem wirklich das Gefühl geben, willkommen zu sein!«

Izzy lächelte. »Tut mir Leid, aber meine Neugier gewinnt immer die Oberhand. Keiner von uns hat damit gerechnet, dass du allein kommst.«

»Weißt du was? Hilf mir, unsichtbar zu werden, und dann befriedige ich deine Neugier.«

»Unsichtbar?«

»Liberty-Raquel kommt schon wieder auf uns zu und ich habe zwar großes Mitleid mit ihr, bin aber nicht in der Stimmung dazu, mich einen ganzen Abend lang um sie zu kümmern. Sollen wir an den Strand gehen?«

Sie verschwanden hastig. Nach ein paar Schritten fiel Mark ein, dass Izzys Knöchel womöglich noch nicht kräftig genug war, um den steilen Pfad zu bewältigen, deshalb sagte er: »Theo würde mich mit bloßen Händen erwürgen, wenn du in meiner Gesellschaft wieder zu Schaden kämst. Es hilft nichts, ich werde dich wohl tragen müssen.«

»Das brauchst du nicht, ich schaffe es schon. Wirklich.«

Er ignorierte ihren Einwand und hob sie hoch. »Halt dich fest und hör auf zu lachen. Ich sagte, hör auf zu lachen. Izzy! Tust du eigentlich nie, was man dir sagt?«

»Oh, sonst immer, nur nicht, wenn ich mit dir zusammen bin.«

»Lieber Himmel, du kannst einen Mann zum Trinken treiben.«

»Das ist nicht lustig, Mark.«

»Dann benimm dich und hör auf zu zappeln, sonst stürze ich noch.«

»Hat dir schon jemals jemand gesagt, wie grausam und herzlos du bist?«

»Nein, das würde niemand wagen.«

Eine Weile lang schwiegen sie.

»Mark?«

»Ja?«

»Ich weiß ja, dass es mich nichts angeht, aber wie bist du eigentlich zum Alkoholiker geworden?«

Unwillkürlich packte er sie fester. »Bei dir klingt das wie ein Schritt auf der Karriereleiter. Und du hast Recht, es geht dich nichts an.«

Wieder schwiegen sie.

»Es tut mir Leid. Bin ich zu weit gegangen?«

»Ja. Was ist eigentlich in dich gefahren? Du bist doch sonst nicht so neugierig.«

»Das kommt davon, weil ich deine Bücher gelesen habe. Sie haben mich nachdenklich gemacht und ich habe mich gefragt, wie du wohl wirklich sein magst.«

»Na, mach dir darüber besser keine Gedanken. Ich kann dich nur vor mir warnen. Hey, wir haben es geschafft.« Mark setzte sie auf den Steinen ab und breitete dramatisch die Arme aus. »Zu Ihrer speziellen Erbauung, Miss Jordan, schenke ich Ihnen einen einsamen, mondbeschienenen Strand. Und als Draufgabe noch einen gebrochenen Mann.« Er rieb sich demonstrativ den Rücken.

»Denk doch nur, du kannst dich jetzt schon wieder auf den Rückweg freuen!«

Er stöhnte. »Ich werde wohl Verstärkung holen müssen.«

»Ach, was hattest du eben über Herkules gesagt?«

»Weißt du, junge Dame, wenn du so einen Kerl willst, klopfst du an die falsche Tür. Ich mache nichts Heldenhaftes. Ganz bestimmt nicht.«

»Da sagt Theo aber etwas ganz anderes.«

»Ach ja? Und was hat Mr. Theodore Vlamakis über mich erzählt?«

»Er hat gesagt, du hättest ihm das Leben gerettet.«

»Tatsächlich?«

»Stimmt das?«

Stirnrunzelnd rollte er einen Hemdsärmel hoch. »Theo übertreibt gern. Das ist typisch griechisch. Komm, lass uns ein bisschen spazieren gehen. Das heißt, wenn dein Knöchel das aushält.«

»Mein Knöchel ist in Ordnung. Und wenn es dich beruhigt, ich kann auch allein wieder hinaufgehen.«

Mark lächelte. »Was du nicht sagst.«

Als sie zu den Felsen kamen, sagte sie: »Theo hat mir erzählt, du seist sehr mutig gewesen.«

»Na, du bist ja vielleicht eine hartnäckige Person!«

»Nein, nur ganz altmodisch neugierig.«

»Nun gut, wenn ich dir jetzt erzähle, wie wunderbar mutig ich gewesen bin, versprichst du mir dann, den Mund zu halten?«

»Großes Ehrenwort.«

»Okay. Dann setz dich, und wenn du es dir bequem gemacht hast, fange ich an.« Er ließ sich neben ihr auf dem Felsen nieder, wo sie sich das erste Mal begegnet waren. Es war gerade Flut und das Wasser schlug leise an die Steine unter ihnen. »Was möchtest du als Erstes wissen? Warum ich einen großen Teil meines Lebens mit Trinken vergeudet habe oder warum es so leicht für mich war, auf zwei Typen loszugehen, die gerade jemanden, den ich kaum kannte, zusammenschlugen?«

»Hmm ... Das musst du entscheiden, du erzählst die Geschichte.«

»Okay, also los. Es war einmal ein kleiner Junge namens Mark. An ihm war nichts Ungewöhnliches, er war ein ganz normales Kind. Nicht besonders klug, nicht besonders dumm. Seine Eltern waren nett und liebevoll und er hatte zwei Brüder, die ihm nie Probleme bereiteten, abgesehen davon, dass sie viel klüger waren als er. Aber man kann nicht alles haben. Eines Tages aber änderte sich alles. Als Mark zwölf Jahre alt war, starb sein bester Freund, und weil Mark sich die Schuld daran gab, verwandelte er sich in ein Monster, das seine Wut und seinen Selbsthass an jedem ausließ, der ihm zu nahe kam. Vor allem an seinen verwirrten Eltern. Die Zeit verging und erstaunlicherweise schaffte Mark es, aufs College zu kommen, wo er einen griechischen Emporkömmling kennen lernte, der alles verkörperte, was Mark verachtete. Man könnte sagen, es war Hass auf den ersten Blick. Dann, in einer äußerst kalten Winternacht, kam Mark zufällig an der Stelle vorbei, wo der junge Grieche gerade von zwei Kerlen zusammengeschlagen wurde, die es auf seine Brieftasche abgesehen hatten. Da in Mark die ganze Wut von zehn Jahren aufgestaut war, hatte er keine Angst vor Gewalttätigkeiten, noch nicht einmal vor dem Messer des einen Schurken, der auf ihn einstach.« Mark schwieg. »Du sagst mir, wenn ich dich langweile, ja?«

Izzy schüttelte den Kopf. »Nein, bitte, erzähl weiter.«

»Nun, paradoxerweise wurden die beiden jungen Männer gute Freunde. Sie verließen das College. Aus dem einen wurde der erfolgreiche Geschäftsmann, den du kennst und liebst, und mit dem anderen wurde es immer schlimmer. Immer noch gepeinigt vom Tod seines Jugendfreundes begann er zu trinken. Und je mehr er trank, desto schlimmer wurde alles. Dann, eines Tages, bekam er ein noch besseres Zaubermittel angeboten. Kokain. Oh, wie er dieses Zeug liebte! Er konnte nicht genug davon bekommen. Bald jedoch merkte er, dass er tief in der Scheiße steckte. Aber Hilfe war schon unterwegs. Theo, seine gute Fee, kam zu ihm und brachte ihn in eine Klinik, wo ein komischer Mann namens Pille einen Zauberstab schwenkte und Mark beibrachte, seine Irrtümer zu erkennen. Und von diesem Zeitpunkt an lebten alle glücklich und zufrieden. Na ja, mehr oder weniger jedenfalls.«

In dem Schweigen, das folgte, traute sich Izzy nicht, Mark anzublicken. Sie hatte seiner Geschichte so gebannt gelauscht, dass sie fürchtete, ihn in Verlegenheit zu bringen, indem sie in Tränen ausbrach. Sie wusste jedoch, dass sie seinen Schmerz als Jugendlicher nur deshalb so gut nachvollziehen konnte, weil sie in ihrer Kindheit auch gelitten hatte. Es waren zwar unterschiedliche Erfahrungen, aber der Schmerz war der gleiche. Vermutlich war Mark deshalb einer der wenigen Menschen, der verstehen konnte, dass sie sich schon ihr Leben lang mit dem Gefühl der Unzulänglichkeit herumschlug.

»Ist dir das peinlich?«, fragte er und durchbrach damit ihre Gedanken. »Es tut mir Leid, wenn ich dich verlegen gemacht habe.«

Die Sorge in seiner leisen, heiseren Stimme schnürte Izzy die Kehle zu und sie begann zu weinen. »Es tut *mir* Leid«, murmelte sie mit gesenktem Kopf, »es ist meine eigene Schuld. Ich hätte nicht so in dich dringen dürfen. Es geschieht mir recht.« Ihre Tränen flossen immer weiter. Oh, warum konnte sie nicht aufhören zu weinen? Und warum hatte sie nie ein Taschentuch, wenn sie eins brauchte? Mark legte seine Hand auf ihre.

»Entdecke ich da etwa eine Gefährtin im Leid?«

Sie schniefte und blickte ihn an. »Du hast vermutlich kein Taschentuch?«

Er wühlte in seinen Hosentaschen. »*Voilà*! Du hast Glück! Ein unbenutztes Taschentuch.«

Izzy trocknete ihre Tränen.

»Du kannst dir damit auch die Nase putzen«, sagte er. »Mir macht das nichts aus. Es kostet keine Extra-Gebühren.«

Sie lächelte ihn schief an. »Dann hältst du dir besser jetzt die Ohren zu, es wird sich nicht sehr damenhaft anhören.«

»Mach dir um mich keine Gedanken, schnaub nur tüchtig.«

Sie tat es und fühlte sich hinterher viel besser. »Tut mir Leid. Ich musste die ganze Zeit an dich als kleiner Junge denken. Es muss schrecklich für dich gewesen sein, dir solche Vorwürfe zu machen! Wie ist dein Freund denn gestorben?«

»Bei einem Bootsunglück. Wir hatten Unfug gemacht. Er ist ertrunken und ich habe überlebt, aber ich wünschte, ich wäre auch ertrunken. So einfach und gleichzeitig so kompliziert war das.«

»Gehst du deshalb nie schwimmen oder auf Theos Boot?«

Mark nickte. »Ich fürchte mich zu Tode, wenn ich im oder auf dem Wasser bin.«

Sie runzelte die Stirn. »Aber hast du nicht gesagt, du wohnst am Meer?«

»Ich habe nicht behauptet, bei Verstand zu sein, oder?

Es ist eine persönliche Herausforderung, der ich mich vor langer Zeit gestellt habe. Ich musste wissen, ob ich es ertragen konnte. Mit der ständigen Erinnerung leben konnte.«

»Und kannst du es?«

Er überlegte für einen Moment, während er über das dunkle Wasser unter ihnen blickte. Dann sagte er: »Ich sitze hier, oder etwa nicht? Aber jetzt zu dir. Was ist deine Geschichte? Welchen Nerv habe ich unabsichtlich getroffen? Theo hat angedeutet, dass du nicht gerade eine glückliche Kindheit gehabt hast.«

»Stimmt.«

»Magst du mir davon erzählen? Nachdem du mir meine schmutzige Vergangenheit abgerungen hast, ist das eigentlich das Mindeste, was ich erwarten kann.«

Izzy zuckte mit den Schultern. »Da gibt es nicht viel zu erzählen.«

Er legte abermals seine Hand über ihre. »Bist du sicher?«

Da erzählte sie ihm von ihrer Mutter – wie viel Angst sie vor ihr gehabt hatte, und vom Tod des kleinen Jungen, der ihre Familie beherrscht hatte. Sie sprach auch von ihrem Vater. Dass sie ihn angebetet hatte und dass sie jetzt erst gemerkt hatte, wie wütend sie darüber sein müsste, dass er ihr nie zur Seite gestanden hatte. Sie sagte: »Ich fühle mich schuldig, weil ich immer noch so wütend auf ihn bin, obwohl er schon tot ist. Es kommt mir nicht richtig vor.«

»Denk nicht an richtig oder falsch. Du musst deine Gefühle zulassen, sonst halten sie dich davon ab, das Leben zu genießen. Ich sehe in dir zwei Izzys. Eine, die ihre Stärken und Talente anzweifelt, weil sie nie gefördert wurden, und die sich deshalb im Status quo eingerichtet hat, weil es sicherer ist. Aber dann gibt es noch eine andere Izzy, die aufmerksam und witzig ist und sich nach Freiheit und einem abwechslungsreicheren Leben sehnt. Eine Frau, die alles tun könnte, was sie will, wenn sie sich nur endlich die Chance dazu zugestehen würde.«

»Wenn sie die Vergangenheit loslassen könnte, meinst du?«

»Das klingt einfach, ich weiß. Aber du redest mit einem Mann, der besser als jeder andere weiß, wie viel Mut es kostet, aus dem altvertrauten Leben auszubrechen ... oder aus dem Leben, von dem man glaubte, man habe es verdient.«

Als sie nicht antwortete, fügte Mark hinzu: »Du weißt, was das bedeutet, nicht wahr?«

»Was?«

»Wir sind beide gleichermaßen geschädigt, aber ich denke, wir sind noch ganz normal, weil schließlich jeder irgendeinen Makel mit sich herumschleppt.«

»Selbst Theo?«

»Nun, er ist vielleicht eine Ausnahme. Obwohl er im Moment ein ziemlich schwieriges Problem hat.«

»Wirklich? Ist er deshalb wieder nach Athen geflogen?«

Mark blickte sie eindringlich an, um herauszufinden, ob sie wirklich so ahnungslos war. »Izzy, *du* bist sein Problem.«

»Ich?«

»Er mag dich wirklich gern und weiß nicht, wie er dich davon überzeugen soll, dass er es ernst meint.«

Sie erwiderte nichts und schlug die Augen nieder.

»Du brauchst mir nicht zu antworten, aber ... was empfindest du eigentlich für ihn?«

Sie hob den Kopf. »Er ist hinreißend, wirklich. Er ist witzig, nett und ... und sehr attraktiv, aber er ...« Sie brach ab.

»Aber was?«

»Er macht mir Angst.«

»Theo? Der ist so harmlos wie ein nasser Schwamm. Er würde dir nie wehtun, Izzy, das schwöre ich dir. Darauf würde ich mein letztes Hemd verwetten.«

Sie schüttelte den Kopf. »So habe ich es nicht gemeint. Es ist schwer zu erklären, aber ich kann mich in seiner Nähe nicht wirklich entspannen. Ich denke die ganze Zeit, dass ich ihm nicht das Wasser reichen kann. Willst du ein Beispiel hören? Als er mich zum Essen ausgeführt hat, hat er mich geküsst. Es war hoffnungslos. Ich war so verkrampft, dass ich die ganze Zeit im Geiste nur meine Checkliste wiederholt habe: Arme um ihn schlingen, Lippen spitzen, Nase zur Seite. Lach nicht, es stimmt. Genau das habe ich getan.«

»Ich lache nicht.«

»Und was hast du dann für ein Geräusch von dir gegeben?«

»Ein ungläubiges.«

Sie gab ihm einen Schubs und er schubste zurück.

»Wenn du das Kussproblem überwinden könntest, würdest du Theo in einem ganz anderen Licht sehen.«

»Erzähl mir nicht, dass ich eine Kusstherapie brauche. Glaub mir, von Therapeuten habe ich die Nase voll!«

»Warum?«

»Als mein Freund nach einem Weg suchte, um mich

zu verlassen, hat er darauf bestanden, dass wir zu einer Therapeutin gehen. Sie war sehr nett, aber …«

»Aber du hast ihr nicht getraut, oder?«

»Genau. Ich habe ihr nicht getraut. Ich war überzeugt davon, dass sie mit Alan verbandelt war, deshalb war ich ziemlich grob zu ihr.«

»So grob wie ich zu Pille war, kannst du unmöglich gewesen sein. Ich habe gedroht, ihn umzubringen. Siehst du, jetzt bist du schockiert. Du solltest es dir gut überlegen, ob du dich noch einmal spät am Abend mit mir hier allein an den Strand setzt.«

Izzy lächelte. »Leute schockieren kannst du besonders gut. Das haben mir deine Bücher verraten.«

»Das ist aber nicht meine einzige Kunst.«

»Was tust du sonst noch?«

»Nun, ich kann ganz gut kochen. Das rede ich mir zumindest ein. Chicken Tikka Masala an einem Freitagabend wird allgemein bewundert.«

»Hmm … Und worin bist du noch gut?«

»Was, noch mehr? Manche Leute sind wirklich nie zufrieden. Ach ja, warte, ich bin auch gut darin, Leute von Partys zu entführen. Jetzt bist du beeindruckt, was?«

»Na ja, etwas.«

»Möchtest du wieder zurückgehen?«

»Eigentlich nicht. Nicht, solange der haarige Pa Patterson versucht, mir in den Ausschnitt zu schielen.«

»Ach, dem wolltest du aus dem Weg gehen? Es freut mich, dass ich dir von Nutzen sein konnte. Wenn ich jedoch gewusst hätte, dass wir jetzt die ganze Nacht hier sitzen, hätte ich was zu essen mitgenommen.«

»Ja, für einen erfahrenen Entführer war das nicht besonders umsichtig.«

»Bist du immer so schnippisch?«

»Seltsamerweise nur bei dir.«

»Hey, jetzt versuchst du aber, mir einzureden, ich sei etwas Besonderes.«

Sie lachte. »Hast du jemals daran gedacht, eine Komödie zu schreiben?«

»Willst du mich jetzt fertig machen?«

»Nein, ich habe es ernst gemeint. Du bist sehr komisch.«

»Man hat mir schon vieles vorgeworfen, aber noch nie, dass ich Sinn für Humor hätte.«

»Ich finde dich komisch. Du bringst mich zum Lachen.«

»Ich habe dich auch zum Weinen gebracht.«

»Richtig. Wahrscheinlich solltest du eine bittersüße Komödie schreiben.«

»Okay. Ich rufe morgen meine Lektorin an und teile ihr die Neuigkeiten mit. ›Entschuldigung‹, werde ich zu ihr sagen, ›ich habe den Rat einer Expertin angenommen und verlege mich jetzt auf Komödien.‹«

Eine Weile lang saßen sie schweigend da und blickten einer Fähre nach, die am Horizont entlangglitt. Als sie verschwunden war, sagte Mark: »Und was machst du jetzt mit Theo?«

»Ich weiß nicht. Ich glaube, ich kann gar nichts tun. Je kühler ich ihm gegenüber bin, desto entschlossener verfolgt er mich. Ich habe ihn nie ermutigt, wirklich nicht.«

»Du darfst dich nicht durch seinen äußeren Eindruck täuschen lassen. Wenn du ihn erst einmal richtig kennst, wirst du sehen, dass er genauso normal und bodenständig ist wie wir alle.«

»Was du gesagt hast, würde ihm nicht gefallen.«

Das stimmt, dachte Mark. Sie hatte ganz Recht. Wenn Theo einen Fehler hatte, so war es seine Eitelkeit. Er hielt sich selbst nie für normal und bodenständig. Er hatte schon damals in Durham immer derjenige sein wollen, der aus der Masse herausragte. Und das hatte sich nicht geändert: Immer noch genoss er sein gutes Aussehen, seine teuren Kleider, seine luxuriösen Häuser, die schicken Autos und natürlich auch die Aufmerksamkeit, die sie erregten. »Also glaubst du nicht, dass es mit euch beiden funktionieren würde? Noch nicht einmal als Urlaubsromanze?«

Izzy zog den Plastikpfeil aus der Ferse, legte ihn zwischen sich und Mark und zog die Beine an. »Nein. Wir passen einfach nicht zueinander. Du weißt das im Grunde auch, oder?«

»Das geht nur Theo und dich etwas an.«

»Aber es stimmt doch. Du hast ihn bestimmt im Laufe der Jahre mit Millionen anderer Mädchen gesehen, von denen keins wie ich war.«

»Hunderte, nicht Millionen. So begehrt ist er nun auch wieder nicht.«

Izzy stieß Mark ihren Ellbogen in die Rippen.

Stöhnend schloss er die Augen und fasste sich an die Seite. »Pass auf, Izzy, da hatte ich den Messerstich.«

Sie schlug die Hand vor den Mund. »Oh, Mark, es tut mir so Leid. Ist es schlimm?«

Langsam öffnete er die Augen wieder und grinste. »Reingelegt.«

»Tu das nie wieder. Du hast mich fast zu Tode erschreckt!« Sie wollte ihm einen weiteren spielerischen Schlag versetzen, doch dieses Mal packte er sie an den Handgelenken.

»Oh, nein, nicht schon wieder«, wehrte er lachend ab, »einmal reicht.« Izzy lachte ebenfalls und auf einmal war er sich des Augenblicks und der romantischen Nacht überdeutlich bewusst. Und am schönsten war das Mädchen neben ihm. Plötzlich verspürte er das Verlangen, sie zu küssen. Sein gesunder Menschenverstand riet ihm, es zu lassen. Aber hatte er schon je einmal auf seinen gesunden Menschenverstand gehört?

Er lockerte den Griff um ihren Arm, hielt sie aber immer noch fest und senkte ganz leicht den Kopf. »Wenn sie jetzt zurückweicht, küsse ich sie nicht«, sagte er sich. »Aber wenn sie so bleibt, küsse ich sie.«

35

Es war ein erstaunlicher Kuss. Seidig und weich. Intensiv, sanft und unglaublich erotisch.

Mark legte Izzy die Hand auf den Nacken und zog sie näher an sich heran. Er wollte die süße Wärme ihres Mundes spüren, eines Mundes, der so köstlich und einladend war, dass er sich nicht vorstellen konnte, warum sie jemals ihre Fähigkeiten zu Küssen angezweifelt hatte.

Der Gedanke an Theo brachte ihn in die Realität zurück. Er sollte sofort aufhören. Er sollte sich räuspern und höflich murmeln: »Verzeihung, aber ich weiß wirklich nicht, was über mich gekommen ist.«

Ach, zum Teufel! Er wusste genau, was er tat, und er wollte es so lange wie nur möglich tun.

Doch so unvermeidlich wie die Nacht auf den Tag folgt, so ging auch dieser Augenblick vorbei. Mark strich Izzy die Haare aus dem Gesicht. »Vermutlich muss jetzt einer von uns sagen: ›Wie konnte das nur geschehen?‹«

»Es lag an dir«, entgegnete sie leise lächelnd. »Du hast damit angefangen.«

»Das stimmt nicht. Es hat alles nur an dir gelegen. Du hast mich mit deinen wunderschönen Augen angesehen. Was sollte ich da machen?«

»Aber du hast den Kopf gesenkt.«

»Du hättest ja nicht darauf reagieren müssen. In Gedanken habe ich dir die Wahl gelassen. Sieh mal, ich habe nur das getan ...«

Wieder küsste er sie. Als sie lachen musste, hörte er auf. Sie sagte: »Den hast du mir abgeluchst.«

»Ja. Aber zu meiner Verteidigung muss ich sagen, du machst es mir leicht.«

»Ich mache es dir nicht leicht.«

Sie klang verärgert und besänftigend griff er nach ihrer Hand. »So habe ich es doch nicht gemeint.«

»Aber so sieht es wohl aus«, murmelte sie. »Zuerst Theo und jetzt du.«

»Der Schein trügt. Das wissen wir beide.«

Sie blickte ihn an. »Ich möchte nicht, dass du mich für ein Mädchen hältst, das ...«

»Du hast deine Gefühle Theo gegenüber klar zum Ausdruck gebracht. Ich hätte dich nicht geküsst, wenn ich geglaubt hätte, da wäre etwas zwischen euch.« Obwohl Mark diese Worte voller Überzeugung sprach, war er sich gar nicht so sicher, dass es die Wahrheit war. Er verstand jetzt, dass er an jenem Abend, als er gesehen hatte, wie Theo Izzy küsste, keine Enttäuschung, sondern Eifersucht empfunden hatte. Er war eifersüchtig gewesen, weil sein Freund vielleicht das Glück fand, was ihm versagt blieb. Und zwar nicht nur irgendein Glück, sondern die Chance, von jemand Besonderem wie Izzy geliebt zu werden. Es war ein verstörender Gedanke, über den er noch einmal gründlich nachdenken musste. Aber jetzt war dazu keine Zeit. Jetzt wollte er, dass Izzy sich mit ihm wohl fühlte. Er sagte: »Wir könnten ja so tun, als hätten wir uns nie geküsst. Oder als sei es ein Anfall von Wahnsinn gewesen.«

»Das könnten wir ... wenn du es willst.«

»Hängt es nicht auch davon ab, was *du* willst?«

Sie blickte ihn aus ihren großen Augen betrübt an. »Warum hast du mich denn geküsst?«

»Weil ich es wollte. Und weil ich es richtig fand.«

Ihr Gesichtsausdruck entspannte sich und er verspürte wieder Hoffnung. Hoffnung. Was für ein seltsames Wort … Hoffnung auf was? Was erwartete er eigentlich von all dem?

Abwesend ergriff sie den Pfeil, der zwischen ihnen lag, und strich über die Federn. Er nahm ihn ihr aus der Hand und drückte ihn sich gegen sein Herz. »Weißt du, du hast mich genau hier getroffen, Izzy.«

Sie nahm ihm den Pfeil weg. »Du bist verrückt. Völlig verrückt.«

»Um ehrlich zu sein, komme ich mir so normal wie schon lange nicht mehr vor.« Er legte den Arm um sie.

Sie lehnte den Kopf an seine Schulter. »Meinst du, wenn wir noch einen Kuss geübt haben, sollten wir zur Party zurückgehen?«

»Du bringst mich mit deiner geradlinigen Art zum Erröten, mein Liebes. Aber es ist keine schlechte Idee. Ich glaube allerdings, dass wir noch eine Weile hier bleiben müssen, bis du genug geübt hast.«

Sie stieß ihm den Ellbogen in die Seite. »Du hast doch gesagt, ich sei gut.«

»Langsam, Tiger, man kann immer noch besser werden.«

Da sie fand, dass Max und seine Eltern sich genug für die Party eingesetzt hatten, hatte Laura sie, als alle Gäste wegwaren, ins Bett geschickt. Jetzt stand sie mit Izzy in der Küche und spülte die letzten Gläser.

Izzy war klar, dass Laura seit einer Stunde darauf brannte, endlich mit ihr allein zu sein, um sie ausfragen zu können. Als sie und Mark zu den anderen zurückgekommen waren, waren sie Laura in die Arme gelaufen, und so schien es nur natürlich, dass sie jetzt wissen wollte, was sie mit ihm am Strand gemacht hatte.

»Ich war irritiert, als ich dich nirgendwo finden konnte«, sagte Laura, während sie die Spülmaschine öffnete. »Liberty-Raquel sagte, sie hätte euch beide wie ein Liebespaar zum Strand schleichen sehen. Sie war richtig sauer, weil sie gehofft hatte, Mark endlich mal für sich allein zu haben.«

»Genau davor hatte er Angst.«

»Ach, und deshalb hat er deinen Schutz gebraucht, was? Wie raffiniert! Izzy, wie viele Urlaubsflirts brauchst du eigentlich?«

»So ist das gar nicht!«, schrie Izzy empört auf. »Ganz gleich, was ihr alle glaubt, ich hatte mit Theo nichts.«

»Beruhige dich, ich wollte dich doch nur necken. Ich finde es großartig, wenn du dich amüsierst. Und Mark ist wirklich ein toller Mann, mit dieser sexy Stimme. Aber du rätst nie, was du verpasst hast, während du dein geheimes Glück am Strand genossen hast.«

Izzy konnte gar nicht glauben, dass sie so leicht davonkam, und ging sofort auf den Themawechsel ein. »Erzähl mir bloß nicht, dass sich Ma und Pa Patterson gestritten haben.«

»Nein, viel schlimmer. Angelos hat mit Liberty-Raquel getanzt, und weil er schon einiges getrunken hatte, hat er ihr erzählt, wer Theo wirklich ist. Und dann stellte sich heraus, dass das Grundstück, hinter dem Bob her war, der Olivenhain hier in Áyios Nikólaos ist, den Theo gekauft hat. Danach wurde alles ziemlich unangenehm und die beiden sind wütend davongestampft, weil sie das Gefühl hatten, zum Narren gehalten zu werden.«

»Ach, du meine Güte! Glaubst du, Theo hat gewusst, dass Bob den Olivenhain haben wollte?«

»Natürlich. Er mag ja den Eindruck erwecken, sorglos in den Tag hineinzuleben, aber um so erfolgreich zu sein wie er, braucht man einen scharfen Verstand. Er wusste ganz genau, was Bob mit dem Grundstück vorhatte, und das wollte er auf keinen Fall zulassen.« Laura gähnte. »Oh, Gott, ich glaube, ich gehe jetzt ins Bett. Ich bin völlig erledigt. Wahrscheinlich werde ich alt – ich vertrage diese langen Nächte nicht mehr. Ich hoffe nur, dass die Mädchen nicht allzu viel Lärm machen, wenn sie nach Hause kommen – ich könnte mal wieder eine Nacht lang ungestörten Schlaf brauchen. Kommst du auch?«

Izzy jedoch ging noch nicht ins Bett. Ihr schwirrte der Kopf von den Ereignissen des Abends. Sie machte sich eine Tasse Tee und setzte sich auf die Terrasse. Hier war es kühl und dunkel und sie genoss die Ruhe.

Die Ruhe währte jedoch nicht lange.

Eine schrecklich vertraute Stimme in ihrem Kopf sagte: *Und was hast du dir bei deinem Verhalten unten am Strand gedacht? Wo dich alle Welt sehen konnte?*

Weißt du was, antwortete Izzy ihrer Mutter stumm, es war die schönste Zeit meines Lebens bisher. Jetzt schweigst du, was? Wenn es je ein Mann wert war, dann dieser.

Sie schloss die Augen und durchlebte noch einmal die Momente mit Mark am Strand.

Wie es eigentlich geschehen war, war ihr immer noch

ein Rätsel. In der einen Minute hatten sie noch gelacht und gescherzt und dann hatte sie auf einmal den Wunsch verspürt, ihn zu küssen. Und kaum hatte sie es gedacht, war es auch schon passiert. Und das Beste war, alles war ihr so richtig vorgekommen, so natürlich und ungezwungen ... Und so wundervoll.

Es war ganz anders als der Kuss, den Theo ihr gegeben hatte. Wie verkrampft sie da gewesen war und wie viel Angst sie gehabt hatte, dass sie nicht erfahren genug für ihn wäre!

Bei Mark war das gar kein Problem gewesen.

Als sie schließlich beschlossen hatten, wieder zu den anderen zurückzukehren, hatte Mark ihr angeboten, sie wieder hinaufzutragen, aber sie hatte ihm erklärt, dass sie allein laufen könne. »Darf ich dann wenigstens die Hand der unabhängigen Frau halten?«, hatte er gefragt.

»Ich glaube, das wäre in Ordnung.«

Aber natürlich hatte er mehr getan als nur das. Nach einer Weile war er stehen geblieben und hatte gesagt: »Weißt du noch? Hier bist du hingefallen und hast dir den Knöchel verletzt. Wir gehen besser kein Risiko ein, ich halte dich jetzt an beiden Händen fest.«

»Aber dann kann ich doch nicht mehr laufen!«

»Das stimmt. Aber ich könnte dich noch einmal küssen, in dem sicheren Wissen, dass deine Hände und Ellbogen mir keinen Schaden zufügen werden.« Er hatte den Kopf gesenkt und gefragt: »Wäre das in Ordnung?«

Die Kombination aus seiner heiseren Stimme, dem Geruch seines Rasierwassers und dem schweren Duft der Zypressen nahm ihr den Atem und eine Welle der Lust durchfuhr sie. Sie schloss die Augen und wartete darauf, dass er sie küsste.

Als es jedoch nach ein paar Sekunden immer noch nicht passiert war, öffnete sie die Augen wieder. »Was ist los?«, fragte sie.

Er umfasste ihr Gesicht mit seinen langen, schlanken Fingern und erwiderte: »Ich habe dich gerade ausgiebig angesehen. Mir dein Gesicht eingeprägt.«

»Warum?«

»Weil ich mir keine bessere Methode vorstellen kann, um mich an diesen Abend zu erinnern. Kann ich dich morgen sehen?«

»Wo?«

»Bei den Felsen, wo wir gerade waren ... wo ich dich zum ersten Mal gesehen habe.«

»Okay. Ich werde da sein. Früh, bevor die anderen aufstehen.«

Als sie jetzt auf ihre Uhr blickte, sah Izzy, dass es nur noch wenige Stunden dauern würde, bis sie wieder mit Mark zusammen war. Sie hüllte sich in diesen glücklichen Gedanken ein und war entschlossen, den letzten Tropfen Hoffnung daraus zu pressen. Solange es dauerte, wollte sie es genießen.

In der Villa Anna saß Mark ebenfalls im Dunkeln. Er blickte auf das Meer und beobachtete, wie die Ebbe einsetzte.

Das Rauschen der Wellen entsprach seinem aufgewühlten Zustand. Ruhelos stand er auf und trat an die niedrige Mauer am Rand der Terrasse. Plötzlich wünschte er, Izzy wäre bei ihm und könnte die Nacht mit ihm verbringen.

Seufzend fuhr er sich mit den Händen durch die Haare und zwang sich, an etwas anderes zu denken. An etwas weniger Erotisches, als Izzy zu lieben.

Denk lieber an Theo und was du ihm sagen willst! Oh, übrigens, Theo, ich bin jetzt mit Izzy zusammen. Du nimmst es mir doch nicht übel, oder?

36

Francesca bedauerte, dass sie so viel getrunken hatte. Ihr war schlecht, und immer wenn sie die Augen schloss, drehte sich alles um sie herum. Dabei hatte sie nur so viele Tequilas getrunken, um Harry eine Lehre zu erteilen. Um ihm zu zeigen, dass sie sich amüsieren konnte.

Als sie schon ein bisschen beschwipst war, hatte sie Nick gegenüber geprahlt, wie gut sein Bruder küssen konnte. Dann hatte sie versucht, Harry vor allen Anwesenden zu küssen, aber er wehrte sie ab. »Nicht, Francesca«, hatte er gesagt und war rot geworden, »nicht hier. Und nicht so.« Aber sie hatte nicht locker gelassen, bis er schließlich ihre Hände von seinem Nacken gelöst und sie weggeschoben hatte. »Ich küsse dich lieber, wenn du nüchtern bist und weißt, was du tust.« Seine Stimme hatte ganz hart geklungen und er hatte sie finster angeblickt.

Gedemütigt hatte sie ihn angeschrien: »Oh, verpiss dich!« Aber er hatte sie nur verächtlich angesehen.

»Ja«, stimmte Nick zu, »hör auf, uns zu nerven. Schieb ab.«

Er hatte jedoch nichts davon getan, sondern sie lediglich weiterhin mit gerunzelter Stirn beobachtet. Francesca kam sich vor wie ein ungezogenes Kind und deshalb hatte sie eine weitere Runde bestellt. »Du bist lästig«, hatte sie erklärt. »Wir sind schließlich erwachsen! Warum haust du nicht einfach ab?«

Und da war er ohne ein weiteres Wort gegangen.

Jetzt wünschte sie, sie hätte ihn nicht fortgeschickt. Sie hasste sich dafür, dass sie ihn so schlecht behandelt hatte. Und sie wünschte auch, sie hätte nicht auf Nicks Vorschlag gehört, die Party ihrer Eltern zu verlassen und nach Kassiópi zu gehen. Sie hatte so viel Spaß mit Harry gehabt – sie hatten mit den anderen zusammen griechische Tänze eingeübt. Aber Sally meinte: »Ach, kommt, seid doch nicht so langweilig. Lasst uns gehen.« Sie wusste, warum Nick unbedingt in den Ort gewollt hatte – um diesen Typ aus Glasgow zu treffen, der ihn mit Stoff versorgte.

Nick war dämlich, dass er so hinter dem Zeug her rannte. Gott weiß, was darin war! Was für ein Idiot! Und es war nur seine Schuld, dass sie jetzt hier herumhing und betrunken war, während Harry sich davongemacht hatte. Am liebsten wäre sie nach Hause gegangen und hätte sich ins Bett gelegt, aber so betrunken war sie nun wieder auch nicht, dass sie es riskieren würde, allein durch den Olivenhain nach Hause zu gehen. Dad hätte das nie erlaubt. Theoretisch mochte sie ja eine erwachsene Frau sein, aber für ihn war sie immer noch ein kleines Mädchen. Tränen stiegen ihr in die Augen. Sie wusste, dass sie keine andere Wahl hatte, als darauf zu warten, bis Sally und Nick endlich gehen wollten. Aber wahrscheinlich würde sie noch lange warten müssen.

Nachdem jedoch Nick seinen schottischen Freund gefunden und bekommen hatte, was er wollte, hatte er keine Lust mehr zu bleiben. »Wie sieht es aus, Mädels«, sagte er und hakte sich bei ihnen unter, »sollen wir gehen?«

Sie kamen nur langsam voran. Sally war noch betrunkener als Francesca, und als sie in die Dunkelheit des Olivenhains kamen, wünschte Francesca wieder, Harry wäre noch bei ihnen. Keiner von ihnen hatte eine Taschenlampe dabei.

»Wenn unser Sensibelchen dabei wäre, hätten wir keine Probleme, den Weg zu finden«, sagte Nick, als ob er ihre Gedanken erraten hätte. »Er hat die verdammte Taschenlampe doch bestimmt mitgenommen.«

»Red nicht so über ihn.«

»Oh, hört euch das an«, höhnte Nick. »Sie ist wirklich heiß auf ihn.«

»Halt den Mund, Nick, und geh weiter. Spar dir deine Energie für den Weg auf.«

»Ich glaube, mir wird schlecht«, stöhnte Sally. Sie taumelte zur Seite und erbrach sich ins Gebüsch. Bei dem Geräusch musste Francesca es ihr gleichtun.

Als sie fertig waren, fanden sie Nick auf dem Boden sitzend, den Kopf gegen den Stamm eines Olivenbaums gelehnt. »Ich wollte einen klaren Kopf kriegen«, sagte er und schwenkte eine selbst gedrehte Zigarette, deren Ende rot in der Dunkelheit glühte.

»Du bist ein Idiot, Nick, dass du dieses Zeug rauchst.«

»Wenn ich bedenke, was du gerade in die Büsche gekotzt hast, Frankie, dann halte ich mich lieber an meinen Stoff. Du musst lernen, locker zu bleiben. Du bist ja schon genauso schlimm wie mein Bruder! Ich möchte mal wissen, was du an ihm findest.«

»Ich habe dir schon mal gesagt, dass du mich nicht Frankie nennen sollst! Und wenn du es wirklich wissen willst, dein Bruder ist zehnmal so viel wert wie du.«

»Ach, jetzt hört doch auf zu streiten«, warf Sally ein.

»Lasst uns weitergehen. Und lass mich mal ziehen, Nick. Dann fühle ich mich vielleicht besser.«

Als sie an der Bucht ankamen, war Nick bester Laune. Er wollte unbedingt noch an den Strand gehen. »Es ist eine wunderschöne Nacht, Mädels«, sagte er und legte wieder die Arme um sie. »Wisst ihr was, wir sollten noch schwimmen gehen.«

Es war ein verrückter Vorschlag und Francesca hielt gar nichts davon. Aber Sally fand den Vorschlag gut. Sie schlang kichernd die Arme um Nick und küsste ihn. »Tolle Idee, Nick.«

»Ihr seid doch beide nicht mehr bei euch«, protestierte Francesca.

Aber sie hörten nicht auf sie, zogen sich aus und liefen ins Wasser.

Wütend sah Francesca ihnen nach. Sie war so müde, dass sie am liebsten zur Villa hochgestiegen wäre und sich ins Bett gelegt hätte. Aber sie konnte ihre Freundin nicht allein lassen. Wenn Sally etwas passierte, würde sie sich das nie verzeihen. Also musste sie warten, bis Sally und Nick wieder zu Verstand kamen.

Sie hatte sich kaum auf die Steine gesetzt, als ihr Kopf auch schon zurücksank und sie von der Müdigkeit übermannt wurde.

»Solange ich sie hören kann«, sagte sie sich schläfrig, »ist ja alles in Ordnung.«

37 Mark beobachtete die Szene am Strand mit wachsender Besorgnis.

Er hatte gerade zu Bett gehen wollen, als er von unten Stimmen hörte. Vom Rand der Terrasse aus hatte er Max' und Lauras Tochter Francesca und ihre Freundin Sally erkannt. Der jüngere der beiden Patterson-Jungen war bei ihnen. Und so wie es aussah, waren sie betrunken. Besorgt hatte Mark zugesehen, wie sich Sally und der Junge auszogen und ins Wasser rannten.

Zu viel Alkohol im Blut und in der Nacht schwimmen zu gehen war keine kluge Kombination und es gefiel ihm nicht, dass sie sich immer weiter von der Küste entfernten.

»Du reagierst übertrieben«, sagte er sich, »es wird ihnen schon nichts passieren. Hör auf, dir Sorgen zu machen. Sie sind alt genug, um auf sich selbst aufzupassen. Lies weiter in deinem Buch und kümmere dich um deine Angelegenheiten.«

Er wandte sich von der Brüstung ab und ging wieder zu seinem Stuhl. Er war jedoch noch keine zwei Schritte weit gekommen, als er einen Schrei hörte. Den Schrei eines Mädchens. Sofort lief er wieder zum Rand der Terrasse und spähte hinunter.

Er hörte lautes Lachen, das offensichtlich von dem Jungen kam, der auf dem Rücken im Wasser trieb und den Himmel über sich wohl rasend komisch fand.

Aber wo war das Mädchen, dessen Schrei er gehört hatte?

Angestrengt suchte Mark die Wasseroberfläche nach ihr ab. Wo zum Teufel war sie?

Von der Terrasse der Villa Petros aus hatte auch Izzy beobachtet, was am Strand vor sich ging. Und auch sie hatte bemerkt, dass etwas nicht stimmte, und war, so schnell sie konnte, zum Strand hinuntergelaufen.

Mark war wenige Sekunden vor ihr dort angekommen. Sein alarmierter Gesichtsausdruck bestätigte ihre Ängste. »Sally«, sagte sie atemlos. »Wo ist sie?«

»Ich weiß nicht, ich kann sie nicht sehen! Es ist ablaufendes Wasser und die Strömung muss sie mitgezogen haben. Weck Francesca auf! Ich rufe den Jungen. Wie heißt er?«

»Nick.«

Obwohl Mark auch den Jungen vom Strand aus nicht mehr sehen konnte, rief er laut nach ihm. »Nick! Nick, kannst du mich hören?«

Keine Antwort.

Er rief nach Sally. Aber auch von ihr kam keine Antwort.

Izzy erreichte bei Francesca nichts. So sehr sie sie auch schüttelte, sie schlief einfach weiter. Sie gab lediglich ein unzusammenhängendes Gemurmel von sich und drehte sich auf die Seite. Izzy gab es auf und ging zu Mark.

»Es hat keinen Zweck«, sagte er. »Sie hören mich nicht.«

Und dann vernahmen sie auf einmal einen Schrei.

Entschlossen zog sich Mark die Schuhe aus. »Hol Hilfe! Ich schwimme zu ihnen hinaus.«

»Aber Mark, das kannst du nicht …«

»Geh schon! *Los*!«

Izzy sah noch, wie er sich ins Wasser stürzte, dann rannte sie den Hügel hinauf. Kaum hatte sie jedoch den Pfad erreicht, stolperte sie und schlug sich erneut den Knöchel um. Mit einem Schmerzensschrei sank sie zu Boden.

Mark war ganz klar, dass er jetzt jede Erinnerung an Nialls Tod ausschalten musste, da er sonst keinen von beiden würde retten können.

Wieder hörte er einen Schrei, und als er in die Richtung schwamm, aus der der Schrei gekommen war, machte er einen Kopf aus, über dem immer wieder die Wellen zusammenschlugen. Mark konnte nicht erkennen, ob es sich um Sally oder den Jungen handelte.

Keuchend schwamm er weiter, schluckte Salzwasser, hätte beinahe aufgegeben, zwang sich aber, Arme und Beine zu bewegen. Der Schrei ertönte wieder, dieses Mal ganz in seiner Nähe. Es war Sally, die sich verzweifelt bemühte, über Wasser zu bleiben.

Mark schwamm auf sie zu, packte ihren Körper und machte sich auf den langen Weg zurück zum Strand.

Sie war kalt und bewegte sich plötzlich nicht mehr. Er sah Niall vor sich und Wut und Verzweiflung schnürten ihm die Kehle zu. *Nein*! Es durfte nicht zweimal passieren!

Ein Licht flackerte über das Wasser, und erst, als er den Motor hörte, erkannte er, dass es sich um ein Boot handelte.

»Wer auch immer ihr seid«, murmelte er erschöpft, »ihr kommt zu spät.«

38

Izzy sah Mark und Sally im Wasser treiben und fuhr auf die beiden zu. Sie ignorierte den Schmerz in ihrem Knöchel und gab Gas, um so schnell wie möglich bei ihnen zu sein. Als sie nahe genug herangekommen war, drosselte sie die Geschwindigkeit und lehnte sich über den Bootsrand.

»Ich glaube, sie ist tot«, sagte Mark, als sie Sallys leblosen Körper ins Boot gehievt hatten.

Izzys Herz sank. Nein! Oh, bitte nicht! Nicht dieses lebenslustige junge Mädchen, das sie alle zum Lachen gebracht hatte. Während Mark sich ebenfalls ins Boot stemmte, fühlte sie Sallys Puls. Er *musste* sich einfach irren. Mit zitternden Fingern umschloss sie den Hals des jungen Mädchens und tastete nach einem Lebenszeichen. Ja, sie spürte etwas. Es war nicht mehr als ein Flattern, aber immerhin ein Zeichen von Hoffnung. Izzy raffte all ihre Kenntnisse über Erste Hilfe zusammen und drückte auf Sallys Brust, um das Wasser hinauszupumpen. Dann kniff sie ihr die Nase zu und machte Mund-zu-Mund-Beatmung. Der Geschmack von Salz, Alkohol und Erbrochenem auf Sallys Lippen ließ sie beinahe zurückzucken, aber sie gab nicht auf. Sie würde sie nicht sterben lassen. »Komm schon, Sally«, murmelte sie, während sie wieder rhythmisch pumpte. »Komm schon, Sally, du schaffst es. Komm schon!« Plötzlich entrang sich ein gurgelnder Laut der Brust des Mädchens. Rasch drehte Izzy Sally auf die Seite und sagte zu Mark: »Sieh mal in dem Kasten unter dem Sitz nach! Laura bewahrt dort manchmal Handtücher auf.«

Mark reichte Izzy zwei große Strandhandtücher und half ihr, Sally, die nun heftig zitterte, darin einzuwickeln. »Was ist mit dem Jungen?«, fragte er. Seine Stimme war nur ein raues Flüstern, und als er sich in seinen nassen Sachen neben Izzy hockte, hörte sie, wie seine Zähne klapperten. Ganz offensichtlich stand er unter Schock. »Alles in Ordnung«, erklärte sie und berührte beruhigend seinen Arm. »Ich bin an ihm vorbeigekommen. Er hat es bis zum Sonnendeck geschafft.« Da sie dachte, es würde Mark vielleicht ablenken, wenn er etwas zu tun hätte, fügte sie hinzu: »Sollen wir jetzt zurückfahren?« Einen Moment lang starrte er sie verständnislos an, dann nickte er und trat ans vordere Ende des Bootes. Er orientierte sich kurz, dann wendete er und fuhr in Richtung Sonnendeck. Über dem Geräusch des Motors und Sallys ersticktem Schluchzen hörte Izzy, wie Mark leise fluchte – eine wütende Litanei von Obszönitäten, die sie zusammenzucken ließ, während sie Sally in den Armen wiegte.

Nick erwartete sie bereits. Er kletterte ins Boot und schlang sich das Handtuch um, das Izzy ihm reichte.

»Was ist mit ihr?«, fragte er und beugte sich über Sally. Sie weinte immer noch und schien ihn gar nicht wahrzunehmen.

»Ihr ist nichts passiert«, erwiderte Izzy. Am Steg blitzten Taschenlampen auf und sie sah, dass Francesca mit Max und Laura dort wartete. Auch Corky war am Strand. Anscheinend waren sie aufgewacht, als sie das Boot gestartet hatte.

Als sie am Steg ankamen, brach die Hölle los. Alle redeten auf einmal. Max war außer sich vor Erleichterung und dankte Mark und Izzy für ihre mutige Tat. Laura, die Francesca getröstet hatte, zog Sally in die Arme und hielt sie fest an sich gedrückt. Francesca ging voller Wut auf Nick los. »Das ist alles deine Schuld!«, schrie sie ihn an. »Du wolltest ja unbedingt schwimmen gehen. Ich habe euch gesagt, ihr sollt es lassen, aber ihr wart ja so betrunken und high, dass ihr nicht auf mich hören wolltet!« Tränen liefen ihr über die Wangen. »Wenn du nicht so scharf darauf gewesen wärst, dich mit Dope zuzudröhnen, wäre das alles nicht passiert.«

Max wurde blass. »Drogen?«, zischte er. »Wieso Drogen?« Er richtete den Strahl seiner Taschenlampe auf Nicks Gesicht.

»Nichts Schweres«, erwiderte Nick und blinzelte in den Lichtstrahl. Mit seinen nassen Haaren und dem Handtuch, unter dem seine dünnen Beine hervorragten, sah er erbärmlich jung und verletzlich aus. »Es war nur ein Joint.«

Mark, der sich seine Stiefel wieder angezogen hatte, trat vor und baute sich vor Nick auf. Er packte ihn an den Schultern und schüttelte ihn heftig. »Du verrückter kleiner Bastard«, wütete er. Er stieß ihn zu Boden und schrie ihn an: »Erspar uns das! *Nur* ein Joint! Kapierst du denn nicht, dass wegen dir und deinem Joint heute Nacht beinahe zwei Leute ertrunken wären? Könntest du damit leben? Vielleicht bist du ja so arrogant, dass du glaubst, du kannst es.«

Ohne ein weiteres Wort marschierte er in die Dunkelheit davon.

Erschrocken sahen die anderen ihm nach, bis schließlich Corky das Kommando übernahm. Er zog Nick hoch und sagte: »Okay, das Drama ist vorbei. Jetzt gehen wir erst einmal ins Haus, damit alle in trockene Sachen kommen. Laura, du nimmst Sally, Max, du passt auf Francesca auf, Izzy, wir beide bilden mit Nick die Nachhut.«

»Hmm ... tut mir Leid, Corky«, sagte Izzy, als sich alle gehorsam in Bewegung setzten, »aber ich habe mir leider schon wieder den Knöchel verstaucht.« Angesichts der jüngsten Ereignisse kam sie sich zwar albern vor, aber sie wusste, dass sie den steilen Weg nie ohne fremde Hilfe schaffen würde. Nachdem sie beschlossen hatte, sie könne Mark am besten mit Max' und Lauras Boot helfen, hatte ihr jeder Schritt dorthin einen Schmerzenslaut entlockt. Und jetzt war ihr Knöchel wieder geschwollen und pochte unerträglich.

Das ganze Unternehmen war ein großes Risiko gewesen, da Max ihr zwar gezeigt hatte, wie sie mit dem Boot umgehen musste, sie jedoch nicht sicher gewesen war, wie sie es starten sollte. Dann war ihr eingefallen, wo Max den Ersatzschlüssel aufbewahrte, und erleichtert hatte sie festgestellt, dass ein Boot genauso funktionierte wie ein Auto. Der Motor war sofort angesprungen. Sie hatte den Anker hochgezogen, die Leinen losgemacht und sich auf die Suche nach Mark und den anderen gemacht.

Während Corky ihr und Nick jetzt den Weg hinaufhalf, erschauerte sie bei dem Gedanken, dass alles auch anders hätte ausgehen können, wenn es ihr nicht gelungen wäre, das Boot zu starten.

Sobald sie alle im warmen Haus waren, rief Max den Notarzt an, und Laura kochte Tee. Auch Olivia war aufgewacht und kümmerte sich rührend um Sally, die in Corkys Morgenmantel auf der Couch lag.

Nick, den alle für das tragische Geschehen verantwortlich machten, saß allein in einem Sessel. Izzy tat der Junge Leid und sie humpelte zu ihm und legte ihm tröstend den Arm um die Schultern. Er hatte mittlerweile seine trockenen Sachen wieder angezogen, zitterte jedoch immer noch.

»Ich glaube, ich gehe jetzt am besten«, murmelte er mit gesenktem Kopf.

»Nein«, erwiderte sie fest. »Du trinkst jetzt erst einmal einen Tee und dann bringt dich jemand nach Hause.«

Abwehrend schüttelte er den Kopf. »Es wäre besser gewesen, ich wäre da draußen ertrunken. Dann bräuchten mich meine Eltern jetzt nicht zur Hölle zu wünschen, wenn sie erfahren, was ich getan habe.«

»Sag das nie wieder«, wies Izzy ihn zurecht. »Nimm es lieber als Warnung, nicht noch einmal so dumm zu sein. Deins und Sallys Leben haben am seidenen Faden gehangen.«

Er blickte sie an. »Der Typ, der Sally gerettet hat – warum ist er eigentlich wie ein Berserker auf mich losgegangen?«

»Sagen wir mal, er hatte seine Gründe. Und wenn du auch nur ein bisschen Verstand hast, denkst du mal darüber nach.«

Am nächsten Morgen saßen alle noch recht angeschlagen auf der Terrasse. Die ursprünglichen Pläne für den Tag hatten sich entscheidend geändert. Nicht nur Max, Corky und Olivia würden nach England zurückfliegen, auch Sally wollte zurück zu ihren Eltern.

Max hatte sie angerufen, nachdem der Arzt versichert hatte, dass Sally in erstaunlich guter Verfassung sei für jemanden, der beinahe ertrunken sei. Niemand hatte Max darum beneidet, dass er Mr. und Mrs. Batholomew erklären musste, was passiert war, und er war recht erleichtert, als er den Hörer schließlich an Sally weiterreichen konnte. Mit gesenktem Kopf saß er am Küchentisch und wirkte in dem grellen Lampenlicht auf einmal um Jahre gealtert.

Als Sally verkündete, sie würde nach Hause fliegen, sagte Laura, dass sie dann auch mitkommen würde.

»Warum denn?«, fragte Max. »Dazu besteht doch kein Grund.«

»Doch. Ich weiß ganz genau, was passieren wird. Du wirst Sally nach Hause bringen und die ganze Schuld auf dich nehmen.«

»Wir können uns doch darum kümmern, dass er das nicht tut«, sagte Corky. »Wir fahren mit ihm.«

»Danke, aber ich wäre lieber selbst dabei.«

»In diesem Fall komme ich auch mit«, warf Francesca ein.

Da nun offensichtlich die Ferien für alle vorüber waren, tat Izzy kund, dass sie vielleicht auch besser nach Hause führe.

Aber Max wollte davon nichts wissen. »Nein, Izzy, mit deinem Knöchel gehst du nirgendwohin. Außerdem gibt es für dich wirklich keinen Grund abzureisen. Mach dir eine schöne, ruhige Zeit. Angelos und Sophia werden sich um dich kümmern. Du brauchst keinen Finger zu rühren.«

»Ja«, stimmte Laura ihm zu, »bitte, bleib hier. Es wäre nicht fair, wenn dein Urlaub jetzt einfach abgebrochen würde. Francesca und ich kommen wahrscheinlich in ein paar Tagen sowieso wieder her, und wenn Max mit seiner Arbeit fertig ist, kommt er auch wieder.«

»Seid ihr sicher?«

»Ja, ganz sicher«, sagte Max und küsste sie auf den Scheitel. »Das ist das Mindeste, was wir für dich tun können. Wenn du und Mark nicht mitbekommen hättet, was da unten passierte, wäre das Telefonat mit Sallys Eltern anders verlaufen.«

Kurz vor dem Mittagessen gingen Max und Laura zu Mark hinüber. Doch schon bald darauf kamen sie enttäuscht von der Villa Anna zurück.

»Er war nicht da«, sagte Max. »Wir konnten uns noch nicht einmal bei ihm bedanken. Es war so gefährlich für ihn, so weit hinauszuschwimmen, um Sally zu retten …«

Izzy behielt für sich, dass es für Mark sogar noch gefährlicher gewesen war, als Max annahm. *In oder auf dem Wasser habe ich Todesangst.* Izzy staunte über seinen außergewöhnlichen Mut. Sie dachte auch daran, dass sie eigentlich heute früh unten am Strand verabredet gewesen waren, aber auch dieser Plan war durch die Ereignisse der letzten Nacht zunichte gemacht worden.

Eine Stunde, bevor alle zum Flughafen aufbrachen, bekamen sie Besuch – von Harry und seinen Eltern. Von Nick war nichts zu sehen. Die Atmosphäre auf der Terrasse wurde unvermittelt angespannt und unter dem Vorwand, sie müssten noch packen, verschwanden Olivia und Corky in ihr Zimmer. Als auch Izzy sich mühsam erhob, um ins Haus zu gehen, sagte Virginia Patterson: »Gehen Sie nicht, wir möchten Ihnen doch danken.«

»Ich war es nicht allein«, antwortete Izzy und setzte sich wieder. »Ihr Dank sollte vor allem Mark gelten.«

»Wir waren gerade dort«, sagte Harry, »aber er scheint nicht da zu sein.« Er warf Francesca, die zwischen ihren Eltern saß, einen Blick zu.

»Danke, Harry«, sagte seine Mutter, »aber ich glaube, dein Vater und ich können für uns allein sprechen.«

Francesca ärgerte sich für Harry über diese unnötige Zurechtweisung. Wie konnten seine Eltern ihn nur so behandeln? Gleichzeitig fiel ihr ein, wie gemein sie am Abend zuvor zu ihm gewesen war, und sie beschloss, dass sie das vor ihrer Abreise noch in Ordnung bringen musste. Mit einem verächtlichen Blick auf seine Eltern sagte sie: »Da deine Eltern dich nicht brauchen, Harry, können wir uns doch unterhalten! Ich möchte dir etwas sagen.«

Sie traten ans andere Ende der Terrasse, wo sie niemand hören konnte. Ohne Umschweife begann sie: »Ich wollte dir nur sagen, dass ich mich gestern Abend schrecklich benommen habe und dass es mir wirklich Leid tut. Der Himmel weiß, was mich geritten hat ... Wenn ich nicht so viel getrunken hätte ...« – sie verstummte und blickte zur Bucht – »dann wäre das alles vielleicht nicht passiert. Dann hätte ich Nick und Sally vielleicht aufhalten können.«

»Ich nehme an, ich habe dich gereizt«, erwiderte er leise. »Wenn ich dich nicht so gedemütigt hätte, hättest du vielleicht auch nicht so viel getrunken.«

»Wann hast *du* mich denn gedemütigt?«

»Als ich dich nicht küssen wollte.«

Francesca blickte ihn beschämt an. »Ich hätte nie versuchen dürfen, dich dazu zu zwingen. Ich wusste ja, dass du es nicht vor allen Leuten tun magst, und trotzdem habe ich dich immer weiter gedrängt. Ich wollte deinem Bruder beweisen, dass du einfach besser bist.«

Er lächelte schüchtern. »Wirklich?«

»Ja, wirklich. Und viel interessanter als er. Es wird Zeit, dass du das langsam merkst und dass du dich gegen deine Eltern zur Wehr setzt. Sie waren gerade ziemlich ekelhaft zu dir.«

»Sonst noch was?«

»Ja, ich möchte dich gern zum Abschied küssen, wenn es nicht zu schrecklich für dich ist.«

»Du reist ab?«

»Wir haben unsere Pläne geändert. Ich fliege heute mit Sally und meinen Großeltern zurück. Mum und Dad kommen auch mit. Wir hatten alle das Gefühl, dass es so richtig ist.«

»Um wie viel Uhr fliegst du?«

»Bald.« Sie blickte auf ihre Armbanduhr. »Wir müssen in einer Dreiviertelstunde aufbrechen.«

Harry trat einen Schritt näher. »Dann sollte es besser ein richtiger Abschiedskuss sein, oder?«

Sie nickte. »Einen, an den ich mich erinnern kann.«

Er schob sie gegen eine Säule und nahm seine Brille ab. Dann streichelte er über ihre Wange und gab ihr anschließend einen langen, süßen Kuss. Als er sich von ihr löste, fragte er: »Glaubst du, du möchtest in England gern mit mir in Kontakt bleiben?«

Sie lächelte. »Was denkst du denn?«

Er setzte seine Brille wieder auf. »Ich denke, dass der Rest meiner Ferien ohne dich schrecklich langweilig werden wird.«

Als alle fort waren, war es in der Villa sehr ruhig. Izzy war schon öfter dort allein gewesen, aber dieses Mal war es anders. Ihr kam es so vor, als lauere ein unglücklicher Geist irgendwo in dem großen Haus und folge ihr auf Schritt und Tritt.

Sie saß auf der Terrasse, blickte zum Strand und versuchte sich zu beschäftigen, indem sie Marks jüngstes Buch las. Sie hatte nur noch vier Kapitel vor sich und es war gerade ungeheuer spannend, aber sie konnte sich nicht auf die Handlung konzentrieren. Ständig schweiften ihre Gedanken zu ihm ab. Wo war er? Was tat er gerade? Sie hatte gehofft, er würde zu ihr kommen, aber er wusste natürlich nicht, dass sie sich schon wieder den Knöchel verstaucht hatte. Letzte Nacht war keine Gelegenheit mehr dazu gewesen, es ihm zu sagen.

Auch als Sophia später kam, um ihr ein Abendessen zuzubereiten, heiterte sie das nicht auf.

Sophia erzählte Izzy, dass Angelos am Nachmittag in der Villa Anna gewesen sei, um nach dem Pool zu sehen, und dass niemand im Haus gewesen sei. »Es ist sehr seltsam«, hatte Angelos zu ihr gesagt, »die Läden sind alle zu. Dabei geht Theos Gast eigentlich tagsüber sonst kaum aus dem Haus, weil er immer nur arbeitet. Er schreibt und schreibt den ganzen Tag. Er hat einen Lieblingsplatz im Schatten, wo er immer sitzt. Aber heute nicht. Ob er vielleicht mit seinem Buch fertig ist?«

Izzy wusste jedoch, dass das nicht sein konnte. Am Abend zuvor hatte Mark ihr erzählt, dass er erst ein Drittel geschafft habe.

Sie ging früh zu Bett, wurde jedoch von einem Klingeln geweckt. Sie schaltete die Nachttischlampe ein, rieb sich die Augen und überlegte, was für ein Geräusch das gewesen sein mochte. Dann fiel ihr das Handy ein, das Theo ihr gegeben hatte. Sie sprang aus dem Bett. Ein heftiger Schmerz schoss durch ihr Bein. Stöhnend humpelte sie zur Kommode. Sie ergriff das Handy, drückte einen Knopf und hörte augenblicklich Theos Stimme.

»Izzy«, sagte er, »bist du es?«

»Ja.«

»Du klingst so verschlafen. Warst du schon im Bett? Es ist doch noch so früh! Fühlst du dich nicht wohl?«

»Nein, ich bin nur müde. Die letzten vierundzwanzig Stunden waren ziemlich hektisch.« Sie erzählte ihm von Nick und Sally.

»Du liebe Güte, das ist ja schrecklich! Und Mark ist tatsächlich ins Wasser gesprungen, um Sally zu retten?«

»Theo«, erwiderte sie, »es mag ja albern sein, aber ich mache mir Sorgen um Mark. Er hat mir gestern Abend von seiner Angst vor Wasser erzählt und von dem Freund, der ertrunken ist, als er noch ein Junge war. Nachdem er Sally gerettet hatte, stand er offensichtlich unter Schock, und seitdem hat ihn keiner mehr gesehen. Angelos war heute bei der Villa und hat gesagt, es sei niemand da gewesen.«

»Du machst dir zu Recht Sorgen, Izzy. Ich versuche, ihn jetzt zu erreichen, und rufe dich dann später noch einmal an.«

Wenige Minuten später klingelte das Telefon wieder. »Ich hatte keinen Erfolg, Izzy. Bitte, ich weiß, dass es unmöglich ist, aber kann ich dich um einen Gefallen bitten? Unter dem einen Blumenkübel an der Tür hinten am Haus liegt ein Schlüssel. Ich möchte, dass du hineingehst und nachsiehst, ob es Mark gut geht. Wenn er wütend wird, weil du in seine Privatsphäre eindringst, sag ihm, es sei seine eigene Schuld. Sag ihm, dann hätte er ans Telefon gehen müssen. Aber ruf mich auf jeden Fall zurück. Meine Nummer liegt auf dem Schreibtisch in meinem Arbeitszimmer.«

39

Izzy hatte Theo nichts von ihrem verletzten Knöchel erzählt und eigentlich hätte sie seinen Auftrag auch gar nicht ausführen können, weil der Arzt ihr strikte Ruhe verordnet hatte. Doch zum Glück besaß sie noch die Krücken und so schaffte sie es, wenn auch langsam, hinüber zu Theos Haus. Was den Weg zusätzlich noch beschwerlich machte, war die Angst um Mark. Wie Theo fürchtete sie, dass der Schock der vergangenen Nacht ihn wieder zur Flasche hatte greifen lassen.

Körperlich und seelisch erschöpft lehnte sie sich schließlich an das Tor zum Garten der Villa Anna. Ihr ganzer Körper schmerzte von der Anstrengung und sie blieb einen Augenblick lang stehen, um wieder zu Atem zu kommen. Im Haus war alles dunkel und nur die Bäume und Büsche im Garten regten sich in der leichten Brise.

Izzy schleppte sich zu der Tür, die Theo ihr genannt hatte, und fand auch gleich den Blumenkübel. Dass er groß und schwer war, hatte Theo ihr jedoch nicht gesagt. Mühsam schob sie ihn beiseite und fand den Schlüssel. Sie steckte ihn ins Schloss, zögerte dann aber. Sollte sie Mark nicht besser die Gelegenheit geben, ihr die Tür zu öffnen, anstatt einfach hineinzuplatzen und ihn womöglich in Verlegenheit zu bringen? Vielleicht hatte er sich ja nur für ein paar Tage zurückziehen wollen.

Die rationalste Erklärung war, dass er beschlossen

hatte, in Kassiópi zu Abend zu essen. Oder er war einfach früh zu Bett gegangen.

So plausibel diese Erklärungen jedoch auch sein mochten, sie stellten Izzy nicht zufrieden.

Zuerst klopfte sie nur leise, dann jedoch heftiger an die Tür. »Mark, bist du da? Ich bin es, Izzy.« Da sie keine Antwort bekam, schloss sie die Tür auf. Im Haus war alles dunkel und still. Plötzlich hörte sie ein leises Geräusch. Sie überwand ihre Angst und humpelte entschlossen durch das Wohnzimmer zur Küche, von wo das Geräusch gekommen war.

Mark saß zusammengesunken am Küchentisch, den Kopf in den Händen vergraben. Er rührte sich nicht und einen Moment lang dachte sie, er schliefe. Oder war er vielleicht tot? »Mark?«

Langsam hob er den Kopf. Sein Gesicht war völlig faltig, die Haut grau, die Augen stumpf und blutunterlaufen. Seine Haare standen wild in alle Richtungen ab, was ihm ein fast manisches Aussehen verlieh. Er trug immer noch die Kleider, die er am Abend zuvor getragen hatte. Sie waren zerknittert, hatten Salzflecken und stanken nach Schweiß und Erbrochenem. Doch zum Glück roch er nicht nach Alkohol. »Mark«, sagte Izzy, »bitte, kann ich dir irgendwie helfen?«

Er presste seine Handknöchel an die Augenlider, als ob er seine Gedanken klären müsse. »Wenn du es ertragen kannst«, murmelte er dann, »könntest du mich bitte festhalten?« Seine Stimme war leise und heiser und der Schmerz, der darin mitschwang, ließ sie sofort handeln. Sanft nahm sie ihn in die Arme und bettete seinen Kopf an ihrer Brust. So verharrten sie für lange Zeit, bis auf einmal das Telefon klingelte.

»Ich weiß, wer das ist«, sagte Izzy und ließ Mark zögernd los. Sie humpelte an ihren Krücken zum Telefon, das neben dem amerikanischen Kühlschrank an der Wand hing.

»Ich habe es nicht mehr ausgehalten«, sagte Theo. »Geht es ihm gut? Bitte, um Himmels willen, sag, dass es ihm gut geht und dass er gleich wütend auf mich losgeht, weil ich mich mal wieder in sein Leben eingemischt habe.«

»Ja und nein«, erwiderte Izzy wahrheitsgemäß. »Bleib bitte dran.« Sie bedeckte die Muschel mit der Hand. »Mark, es ist Theo. Sprichst du bitte mit ihm? Beruhige ihn, bitte! Er weiß, dass du Sally gerettet hast.«

Steif trat Mark ans Telefon und ergriff den Hörer. »Ist schon okay, Theo«, sagte er müde. »Ich habe nichts Dummes getan. Ich bin nur ein bisschen von der Rolle. Hast *du* mir den Schutzengel geschickt? Na klar, wie sonst hätte sie von dem Schlüssel wissen können? Nein, natürlich bin ich nicht wütend auf dich. Ich bin dir sogar dankbarer, als ich sagen kann. Wir reden morgen, ja? Jetzt geht es nicht. Ja, tschüs, Kumpel.«

Er legte auf und drehte sich zu Izzy um.

»Du bist nicht ärgerlich, weil ich hierher gekommen bin, oder?«, fragte sie nervös.

»Wie könnte ich das?«

»Warum hast du denn dann nicht die Tür aufgemacht, als ich nach dir rief?«

Er rieb sich durchs Gesicht. »Ich weiß nicht. Ich war wie gelähmt. Ich konnte den ganzen Tag über keinen klaren Gedanken fassen ... seit gestern Nacht nicht.« Plötzlich fielen ihm ihre Krücken auf. »Was ist passiert?«

Da sie spürte, dass er ihr noch nicht erzählen konnte, was er durchgemacht hatte, berichtete sie ihm kurz von ihrem Missgeschick. »Aber das ist jetzt nicht wichtig. Ich mache mir mehr Sorgen um dich. Hast du heute schon etwas gegessen?«

»Nein.« Er blickte an sich hinunter und schüttelte erschöpft den Kopf. »Es tut mir Leid, ich muss ekelhaft aussehen und riechen.«

»Du brauchst nur zu duschen. Glaubst du, du kannst es?«

Während er unter der Dusche stand, warf Izzy seine Sachen in die Waschmaschine und stellte sie an. Sie kochte ihm Tee und trug ihn an der Krücke humpelnd in sein Schlafzimmer, wobei sie ihr Bestes tat, um ihn nicht auf Theos teure Teppiche zu verschütten.

Marks Schlafzimmer war eine Überraschung. Es war makellos sauber und aufgeräumt. Auch das Bett war gemacht, offensichtlich hatte Mark nicht geschlafen. Als sie gerade die Decke aufschlug, tauchte er in Boxershorts und einem frischen T-Shirt aus dem Badezimmer auf. Er sah immer noch müde und gequält aus, aber seine Augen blickten schon wieder lebendiger.

»Ich weiß, dass das der dümmste aller Sprüche ist«, sagte er, »aber würdest du heute Nacht bei mir bleiben?«

Offensichtlich stand ihr der Schock im Gesicht geschrieben, denn rasch fügte er hinzu: »Langsam, Izzy, ich meine es nicht so, wie du denkst. Ich ... ich will nur nicht allein sein. Ich möchte gern, dass du bei mir bist.«

»Okay«, erwiderte sie, »wenn es dir hilft.«

Er gab ihr eins seiner T-Shirts und sie zog sich im Badezimmer um. Als sie zu ihm kam, hatte er schon das Licht ausgeschaltet, und im Mondlicht, das durch die Läden fiel, konnte sie sehen, dass er die Augen geschlossen hatte. Da sie dachte, er schliefe vielleicht schon, schlüpfte sie so leise wie möglich unter die Decke. Aber er schlief nicht, sondern sagte: »Danke, dass du das tust, Izzy.« Sie rückte ein wenig näher und legte zärtlich den Arm um ihn. Sein Körper war völlig verkrampft, aber nach und nach entspannte er sich, und schließlich war er eingeschlafen.

Izzy lag hellwach im Halbdunkel und lauschte seinem Atem. In was für eine ungewöhnliche Situation sie sich da gebracht hatte! War das wirklich Izzy Jordan, die neurotische Frau, die sich ständig von den Stimmen in ihrem Kopf ihr Verhalten vorschreiben ließ?

Während sie noch darüber nachdachte, was ihre Mutter wohl zu ihrem unmoralischen Benehmen sagen würde, schlief auch sie ein. Sie träumte, sie sei wieder im Kinderheim, stünde ängstlich am Fenster und wartete auf ihren Vater. Nur, dass nicht ihr Vater kam, sondern Mark, und sie war auch kein Kind mehr, sondern eine Erwachsene. Er sagte ihr, dass alle Tränen schließlich einmal trocknen würden. Ganz gleich, wie viele Tränen man vergossen hat, am Ende trockneten sie alle.

Die Morgensonne drang durch die Läden, so dass Mark Izzy im Schlaf betrachten konnte. Sie sah so friedlich und so schön aus! Doch irgendetwas an ihr war ungewohnt. An ihrer Schläfe bemerkte er eine hässliche lange Narbe, die bis zum Haaransatz reichte, und er fragte sich, wie jemand, der so vorsichtig war, sich eine solche Verletzung hatte zuziehen können. Ein Autounfall vielleicht? Bei dem Gedanken zuckte er zusammen. Er wollte nicht, dass ihr so etwas passiert war.

Gestern Abend, als er mit Theo telefoniert hatte, hatte

er Izzy seinen Schutzengel genannt, und auch heute früh fiel ihm keine bessere Bezeichnung für sie ein. Der Himmel mochte wissen, wie lange er noch in seinem erstarrten Zustand verharrt hätte, wenn sie nicht gekommen wäre. Die lebhafte Erinnerung an Nialls Tod hatte ihm alle Kraft geraubt und er hatte nicht mehr klar denken können. Seine Gedanken waren nur noch um die Tatsache gekreist, dass er beinahe schon wieder versagt hätte. Und wenn Izzy nicht so klug gewesen wäre, Max' Boot zu holen, wäre das Mädchen gestorben. Und er vielleicht auch.

Aber das war nicht allein der Grund, warum er sich so zurückgezogen hatte. Nachdem er vom Strand gekommen war, hatte er ein solch überwältigendes Verlangen nach Alkohol verspürt, wie schon seit Jahren nicht mehr. Der Schweiß war ihm ausgebrochen und er hatte sich nicht getraut, sich von seinem Stuhl in der Küche zu erheben, aus Angst, er könne sich an Theos Alkoholvorräten vergreifen. Und während er am Küchentisch saß, hatte er immer wieder an Nialls Beerdigung denken müssen. Seine Eltern hatten nicht gewollt, dass er daran teilnahm, sie fanden, er habe schon genug durchgemacht, aber er hatte darauf bestanden. Hinterher allerdings wäre er lieber nicht dabei gewesen. Nialls Mutter hatte die ganze Zeit über geschluchzt, laut und hemmungslos, und am offenen Grab war sie an der Seite ihres Mannes zusammengebrochen. Ihre unstillbare Trauer hatte einen unauslöschlichen Eindruck bei Mark hinterlassen. Obwohl er noch so jung war, hatte er das Bedürfnis verspürt, diese Leute zu trösten und ihnen ihr Leid abzunehmen. Aber was für einen Trost konnte er ihnen schon bieten, da er doch die lebende Erinnerung an die Tragödie war? Sie sagten nie etwas, aber er konnte den bitteren Vorwurf in ihren Augen lesen. Warum war *er* nicht ertrunken? Und in dem Moment, als er auf Nialls Sarg blickte, hätte Mark alles dafür gegeben, wenn er an Stelle seines Freundes gestorben wäre.

Und er hatte ja auch zwanzig Jahre lang sein Bestes getan, damit es wahr wurde. Wenn Theo nicht gewesen wäre, wäre es ihm vielleicht auch gelungen.

Er hatte Theo so viel zu verdanken!

Und während Mark Izzys schlafende Gestalt betrachtete, dachte er, dass er auch ihr viel zu verdanken hatte. Er konnte sich kaum noch daran erinnern, dass er mit ihr auf dem Boot gewesen war, aber er wusste noch, wie entschlossen sie Sally wiederbelebt hatte.

Bei dem Gedanken an die vergangene Nacht glitt ein Lächeln über sein Gesicht. Er dachte daran, wie prüde Izzy zunächst auf seine Bitte, bei ihm zu schlafen, reagiert hatte. Doch zu seinem Erstaunen hatte sie ihm so sehr vertraut, dass sie seinem Wunsch gefolgt war.

Nur wenige Menschen hatten ihm jemals wirklich vertraut und wer konnte es ihnen auch verdenken? Schließlich war es noch nicht lange her, dass er seine Familie und seine Freunde belogen, betrogen und bestohlen hatte. Doch jetzt lag er neben dieser Frau, die ihm völlig vertraute.

Was empfand er für sie?

Schwer zu sagen. Oder doch nicht?

Ergab es nicht einen Sinn, dass er hier mit ihr lag? Hatte er sich nicht von Anfang an in ihrer Gegenwart wohl gefühlt? Und hatte er sich nicht immer auf ihre Gespräche am Strand gefreut? Wurde es nicht eigentlich langsam Zeit, dass er ihr erzählte, wie sie in seinem neuesten Roman vorkam? Er hatte aus gutem Grund selbst

Theo nichts davon erzählt, weil Theo ihn sofort durchschauen würde.

Was bedeutete das alles? War in ihm, während er sie in seinem Roman darstellte, das wachsende Verlangen entstanden, mit ihr zu schlafen? Oder ging es tiefer?

Sah er in ihrer Beziehung zueinander etwas Dauerhaftes und emotional Zufriedenstellendes?

Kurz nach neun erwachte Izzy. Ihr erster Gedanke galt Mark, und als sie sah, dass die andere Hälfte des Bettes leer war, humpelte sie gleich nach draußen.

Er saß in der Sonne im Garten. Angezogen und rasiert sah er schon wesentlich besser aus als am Abend zuvor. Er lächelte, als er sie sah, und kam ihr entgegen.

»Wie geht es dir?«, fragte sie.

Er küsste sie auf die Wange. »Ein bisschen wackelig, aber viel besser ... dank dir.«

»Ich habe ja nicht viel getan. Ich habe nur ...«

Er brachte sie mit einem Kuss auf den Mund zum Schweigen. »Du warst da, als ich dich brauchte. Also nimm meinen Dank an. Frühstück?«

»Ein Becher Tee würde mir schon reichen.«

»Tee also. Und komm bloß nicht auf die Idee, mir nachzulaufen. Setz dich und lass dich bedienen.«

Es war ein wunderschöner Tag. Der Himmel war wolkenlos und das Meer strahlend blau. Eine leichte, warme Brise raschelte durch die Blätter des Olivenbaumes und die Geräusche der Wellen vermischten sich mit dem Zirpen der Grillen. Die Schönheit des Morgens stand in scharfem Kontrast zu den aufwühlenden Ereignissen der letzten Tage.

»Ich habe dir auch ein wenig Toast gemacht«, sagte Mark, als er wieder auf die Terrasse kam.

Er setzte sich ihr gegenüber und reichte ihr einen Becher mit Tee. »Weißt du, ich bin dir wirklich dankbar wegen letzter Nacht. Wenn du nicht gewesen wärst, hätte ich ... Nun, wer weiß, zu was ich in der Lage gewesen wäre.«

Izzy nahm den Becher entgegen. »Der Dank gebührt eigentlich Theo. Er hat mich angerufen, und als ich ihm sagte, dass ich mir Sorgen mache, weil dich keiner gesehen hat, schickte er mich hierher.« Sie trank einen Schluck Tee und fügte hinzu: »Er ist wirklich ein guter Freund.«

»Ich weiß. Das macht ja meine Gefühle für dich so kompliziert.«

Ohne Mark anzublicken, erwiderte sie: »Ich möchte nicht zwischen euch beiden stehen.«

»Dazu wird es nicht kommen.« Dann wechselte er das Thema und sagte: »Und jetzt erzähl mir, wie es Sally geht.«

Sie berichtete ihm, dass der Arzt, den Max gerufen hatte, erklärt hatte, Sally habe alles gut überstanden, dass die Pattersons vorbeigekommen und dass anschließend alle abgereist seien.

»Und sie haben dich allein gelassen?«

»Ich habe vorgeschlagen, ebenfalls meinen Urlaub abzubrechen, aber Laura und Max wollten nichts davon hören. Sie meinten, sie kämen bald wieder zurück. Laura wird wahrscheinlich schon vor Max wieder da sein, also bin ich sicher nicht allzu lange allein.«

»Ich bin froh, dass sie dich überredet haben, zu bleiben ... und dass du allein bist.«

Izzy blickte ihn an. Seine Augen waren so blau wie der Himmel über ihnen. »Ich bin auch froh«, murmelte sie.

Er lächelte sie an. »Iss deinen Toast und hör auf, mit mir zu flirten, Izzy.«

Mit gespielter Empörung erwiderte sie: »Ich habe nicht mit dir geflirtet. Allein schon der Gedanke …«

»Doch, das hast du, und wenn du nicht auf der Stelle in mein Bett getragen werden möchtest, rate ich dir, mich besser nicht mehr anzusehen.«

»Soll das eine Drohung sein?«

»Nein, nur ein Vorschlag.«

»Oh, ich glaube, das ist mir noch nie passiert. Du willst also sagen, wenn ich mich benehme, frühstücken wir einfach nur ruhig miteinander. Aber wenn nicht …«

Langsam stand er auf und trat zu ihr. »Wenn du mich weiter so ansiehst, muss ich etwas dagegen unternehmen. Es liegt ganz an dir.«

Sie erhob sich ebenfalls und schlang ihm lächelnd die Arme um den Nacken. »Nun, in diesem Fall bin ich bereit.«

Lachend hob er sie hoch und trug sie ins Schlafzimmer. Dort legte er sie aufs Bett. Er küsste sie liebevoll, doch als sie beginnen wollte, sich auszuziehen, hielt er ihr die Hände fest. »Wie wäre es, wenn du mich das machen ließest, Izzy? Ich glaube, ich weiß noch, wie es geht.«

40

»Erzähl mir doch noch mal von diesem Holzkopf Alan, der keine Ahnung von Frauen hatte.«

Es war eine Woche später und sie lagen nach einem fehlgeschlagenen Versuch, einen Mittagsschlaf zu halten, am Pool. Mark rieb gerade Izzys Rücken mit Sonnenmilch ein und war ungeheuer zufrieden mit sich. Mehr als einmal hatte er in den letzten Tagen an Pille denken müssen und an seine Worte, dass man nur die richtigen Knöpfe drücken müsse. Nachdem sie das erste Mal miteinander geschlafen hatten, hatte Izzy keinen Zweifel daran gelassen, dass er bei ihr ganz bestimmt die richtigen Knöpfe gedrückt hatte. »Tu es noch einmal, Mark«, hatte sie geseufzt und die Arme um ihn geschlungen.

»Ich bin nicht mehr so jung wie du, Izzy.« Er hatte gelacht. »Ich muss mich erst ein Weilchen ausruhen.«

»Nein, das stimmt nicht«, hatte sie gemurmelt und es ihm bewiesen. Später, nachdem sie sich aus der Küche etwas zu essen geholt hatten und mit untergeschlagenen Beinen auf dem Bett saßen, hatte sie ihm von ihrem Freund erzählt, der sie davon zu überzeugen suchte, dass sie im Bett eine Niete war.

»Nun, wenn ich ihm einen bösen Brief schreiben soll«, antwortete Mark, während er Izzys Schulter streichelte, »dann tue ich das mit Vergnügen.«

Sie ergriff seine Hand und küsste seine Fingerspitzen.

Dann sagte sie: »Weißt du was? Es ist mir scheißegal, was er über mich denkt.«

»Ts, ts, Miss Jordan, Sie gebrauchen Ausdrücke, die Ihre Mutter nicht schätzen würde.«

»Ich glaube, ich tue sogar noch einiges mehr, was meine Mutter nicht schätzen würde.«

»Wir sollten die Liste erweitern. Was kommt als Nächstes?« Er drehte sie auf den Rücken und begann, sie zu küssen.

»Nein, Mark, nicht schon wieder.«

»Das sagst du doch nur.«

»Stimmt, mach weiter.«

»Ein bisschen mehr Enthusiasmus, wenn ich bitten darf ...«, hatte er geflüstert.

»Warum willst du eigentlich so viel über dieses Miststück wissen?«, fragte Izzy jetzt.

»Einfach so.«

»Du lügst, Mark.«

»Oh, Gott, du bist zu schlau für mich, Izzy. Aber du würdest meine Gründe sowieso nicht verstehen.«

Sie setzte sich auf. »Versuch es mal.«

Er schraubte die Sonnenmilchflasche wieder zu. »Okay«, gab er nach. »Es gibt mir einfach ein unglaublich gutes Gefühl, dass ich im Bett so viel besser bin als er. Das klingt auch ein bisschen nach Miststück, was?«, fügte er hinzu.

Sie lächelte. »So sind die Männer eben.«

»Du bist mir also nicht böse?«

»Nein, ich bin dir nicht böse.«

»Gut. Das könnte ich nämlich nicht ertragen. Dann müsste ich den ganzen Tag auf den Knien vor dir herumrutschen und alle Blumenläden auf der Insel leer kaufen, damit du mir verzeihst. Ich müsste mir tausend extravagante Liebesbeweise ausdenken, damit du …«

»Jetzt übertreibst du aber. Du willst wohl dein Geld zum Fenster hinauswerfen.«

»Nun, Theo ist wirklich nicht der Einzige, der Säcke voller Gold unter der Matratze hat.«

»Ach, tatsächlich?«

Gespielt entrüstet antwortete er: »Hey, ich bin ein berühmter Schriftsteller.«

Lachend umarmten sie sich.

Später am Nachmittag, als Mark arbeitete, kam Angelos. Er brachte Tomaten und Gurken aus seinem Garten mit, und nachdem er den Pool überprüft hatte, goss er Theos geliebte Pflanzen. Er hatte zwar in den ganzen letzten Tagen nichts gesagt, aber Mark war klar, dass Angelos und seiner Frau nicht entgangen sein konnte, was zwischen ihm und Izzy vorging. Sie hatten bestimmt gemerkt, dass sie sich nie in der Villa Petros aufhielt und dass in der Villa Anna nur ein Bett benutzt wurde. Er hoffte nur, dass Theo keinen Grund hatte, Angelos oder Sophia anzurufen. Sein Freund sollte die Neuigkeiten von keinem anderen als Mark erfahren. Ursprünglich hatte er vorgehabt, es ihm nach seiner Rückkehr zu erzählen, doch da er ständig mit einem von ihnen beiden telefonierte, fiel es ihnen schwer, keine Schuldgefühle zu entwickeln. Deshalb hatten sie heute früh beschlossen, es ihm zu erzählen, wenn er das nächste Mal anrief.

Bisher hatten sie sich sehr bemüht, es vor Theo geheim zu halten. Izzy telefonierte mit ihm nur über das Handy, das er ihr gegeben hatte, und Mark benutzte eins der

Telefone im Haus. Es war nicht daran zu denken, dass sie sich auch einmal in der Villa Petros aufhielten, weil Theo jetzt nach der Arbeit Mark regelmäßig anrief, um zu kontrollieren, ob alles in Ordnung war. »Das brauchst du wirklich nicht zu tun, Theo«, hatte Mark noch am Abend zuvor zu ihm gesagt.

»Ich weiß, aber ich möchte es gern. Und dir geschieht es ganz recht, weil du mir einen solchen Schrecken eingejagt hast. Ich habe gerade mit Izzy gesprochen. Sie klang irgendwie seltsam. Meinst du, sie fühlt sich einsam ohne Max und Laura?« Mark war sich wie ein Schuft vorgekommen, als Theo ihn bat, ein Auge auf sie zu haben. »Aus unerfindlichen Gründen mag sie dich. Du könntest sie vielleicht mal besuchen und sie aufheitern.«

»Ja, ich sehe mal, was ich tun kann.«

»Und wie geht deine Arbeit voran? Bist du immer noch so fleißig?«

»Ja, ich komme gut von der Stelle.«

»Hervorragend. Ich habe das Gefühl, dass dies dein bestes Buch wird, Mark.«

Insgeheim glaubte Mark, dass Izzy ihn so beflügelte. Wenn er arbeitete, saß sie still daneben oder schwamm im Pool. Manchmal holte sie auch ihre Malsachen und setzte sich stundenlang »zum Kritzeln« hin, wie sie es bescheiden nannte. Gestern hatte er sie dabei erwischt, wie sie ihn zeichnete. Er hatte darauf bestanden, dass sie ihm ihr Werk zeigte, und war erstaunt gewesen, wie gut sie ihn getroffen hatte. »Ich sehe aber sehr ernst aus«, hatte er gesagt. »Konntest du mir nicht ein Lächeln verpassen?«

»Du hast aber gerade nicht gelächelt, weil du so konzentriert gearbeitet hast. Und das wollte ich zeigen.«

In diesem Moment hatte er beschlossen, ihr zu sagen, dass sie in seinem Roman vorkam.

»Sterbe ich?«, fragte sie.

»Das weiß ich noch nicht.«

»Was? Du weißt noch nicht, wie dein Buch endet?«

»Im Moment noch nicht.«

»Oh – nun, wenn es dir nichts ausmacht, möchte ich lieber am Leben bleiben.«

»Ich sehe mal, was ich tun kann.«

Abgesehen von Angelos und Sophia und den Telefonaten, die Izzy mit Max und Laura führte, hatten sie zu niemandem Kontakt. Einmal hatten sie die beiden Patterson-Jungen am Strand gesehen, aber das durchgebrannte Liebespaar oder die Fitzgeralds hatten sie bisher nicht zu Gesicht bekommen. Izzy hatte Mark davon erzählt, dass Theo Bob den Olivenhain vor der Nase weggeschnappt hatte, und er fragte Theo am Telefon, warum er das nie erwähnt habe.

»Warum hätte ich es dir erzählen sollen? Ich habe ein Stück Land gekauft. Das wird bestimmt nicht die letzte Investition sein, die ich ohne deine Zustimmung tätige.«

»Du hast es also nicht aus Rachsucht gekauft?«

»Rachsucht? Hältst du die Tatsache, dass ich meine unmittelbare Umgebung vor einer hässlichen Anlage schützen will, für einen bösartigen Akt meinerseits?«

»Du redest am Thema vorbei. Hat es dir Spaß gemacht, die Fitzgeralds reinzulegen, weil sie dich wie einen Trottel behandelt haben?«

»Aber Mark, du siehst das völlig falsch. Ich habe ihnen schließlich nichts weggenommen. Das Land gehörte ihnen ja nicht.«

»Stimmt, und jetzt gehört es dir.«

»Ja, jetzt gehört es mir. Und wieder einmal habe ich, wie du so oft sagst, meinen Willen bekommen.«

Angelos wickelte den Schlauch auf und trug ihn ins Gartenhaus. Dann winkte er und ging.

Izzy räkelte sich genüsslich. »Ich sollte wohl mal wieder an meine Mutter schreiben.« Sie seufzte.

Mark schrieb den Satz zu Ende, an dem er gerade gebastelt hatte, und schaute sie an. »Und was willst du ihr mitteilen?«

»Dass es immer noch heiß und sonnig ist und dass ich den Urlaub immer noch genieße.«

»Nicht, dass du einen unglaublich attraktiven Mann kennen gelernt hast, der mittlerweile jede Stunde mit dir ins Bett will?«

»Hmm ... Vielleicht spare ich mir das für den nächsten Brief auf.«

Mark lächelte über ihren ernsten Gesichtsausdruck. Sie versuchte inzwischen, auf seine Versuche, sie zum Erröten zu bringen, schlagfertig zu reagieren. »Wie oft schreibst du an deine Mutter?«

»Immer, wenn ich ein schlechtes Gewissen habe.«

»Wie oft also, seitdem du hier in Ferien bist? Mindestens zehnmal, was?«

»Du schrecklicher Mann!«

Bis zum Abend arbeitete Mark konzentriert. Als sie dann unter dem tiefblauen Himmel saßen, an dem schon die ersten Sterne funkelten, dachte er darüber nach, wie froh er war, dass er Theos Angebot angenommen hatte, hier den Sommer zu verbringen. Er konnte sich nicht erinnern, jemals so entspannt und glücklich gewesen zu sein.

Als er im Juni angekommen war, war er nervös gewesen, weil ihn die Briefe seines Belästigers fast zu Tode geängstigt hatten. Und jetzt dachte er kaum noch daran und kam sich vor wie ein Idiot, dass er sich derart davon hatte beeinträchtigen lassen.

Das Einzige, was ihm im Moment zu schaffen machte, war das Geständnis Theo gegenüber. Beim Abendessen hatten Izzy und er beschlossen, dass sie es heute Abend hinter sich bringen wollten. Aus den Augenwinkeln sah er, dass Izzy das Handy, das zwischen ihnen auf dem Tisch lag, argwöhnisch betrachtete. »Wir sollten nicht warten, bis er uns anruft«, sagte er entschlossen. »Wir rufen ihn jetzt an und bringen es hinter uns.«

Sie blickte auf ihre Uhr. »Glaubst du, er ist so früh schon zu Hause?«

»Wir können es ja versuchen.« Er griff nach dem Handy und tippte Theos Nummer ein. Es klingelte und klingelte, aber gerade, als er wieder auflegen wollte, ertönte Theos atemlose Stimme.

»Theo, ich bin's, Mark. Störe ich dich?«

»Nein, warte, ich gieße mir nur rasch etwas zu trinken ein. Ich bin gerade zur Tür hereingekommen.« Mark hörte Eiswürfeln klirren und konnte den Oúzo, den Theo sich einschenkte, beinahe riechen. »So, jetzt ist es besser. Ich bin ganz Ohr. Ich hoffe, es ist nichts passiert.«

»Warum fragst du?«

»Du rufst mich so selten an. Wie geht es Izzy? Hast du sie heute gesehen? Hast du getan, worum ich dich gebeten habe? Hast du sie etwas aufgeheitert?«

»Hmm ... ja, in gewisser Weise. Und ... es geht ihr sehr gut. Ach zum Teufel, Theo, es ist nicht einfach, es dir zu erklären. Ich hoffe nur, du kannst mir verzeihen.«

»Warum? Was hast du denn getan?« Theos Stimme klang misstrauisch.

»Es tut mir Leid, Theo, aber ich ...« Hoffnungslos brach Mark ab. Er räusperte sich und versuchte es noch einmal. »Es ist nur, also, Izzy und ich ... nun, wir sind zusammen.«

Theo schwieg.

Mark blickte Izzy an und sie drückte seine Hand. »Sag etwas, Theo. Sonst habe ich das Gefühl, du würdest mich am liebsten zusammenschlagen.«

Das Schweigen hielt an.

»Würde es etwas nutzen, wenn ich vor dir auf die Knie fiele und dich um Verzeihung bitten würde?«

»O bitte, spar dir das theatralische Gehabe für deine Romane auf.«

»Du musst mir glauben, ich hatte es nicht geplant. Ich konnte nur einfach nicht anders.«

»Ja, sieht so aus.«

Mark hatte Theos Stimme noch nie so kalt gehört. »Ja«, murmelte er, »ich konnte nicht anders.«

Theo schwieg wieder.

Dann fragte er: »Wie lange bist du mit Izzy schon zusammen, wie du es nennst?«

»Seit der Party.« Es war der schwerste Teil des Geständnisses, Theo gegenüber zuzugeben, dass der Betrug schon so lange ging.

»Und ... und meinst du, es ist etwas Ernstes zwischen euch?«

Mark blickte in Izzys ängstliches Gesicht. »Ja. Sehr zu meinem Erstaunen ist es das.«

»Dann ist alles klar. Wir brauchen nicht mehr darüber zu reden.«

»Natürlich müssen wir noch darüber reden. Und nimm nicht diese Haltung mir gegenüber ein, Theo.«

»Welche Haltung würdest du denn bevorzugen?« An die Stelle der Kälte war jetzt trockener Zynismus getreten.

»Ich weiß nicht. Auf jeden Fall eine, die unsere Freundschaft nicht gefährdet.«

Wieder herrschte Schweigen und Mark hörte das Eis im Glas klirren. Plötzlich jedoch begann Theo zu lachen. »Theo?«

»Ist schon in Ordnung, mein Freund, ich beginne nur langsam, die lustige Seite daran zu sehen.«

»Tatsächlich?«

»Ja. Du hast noch nie etwas haben wollen oder angestrebt, das ich hatte, und jetzt stiehlst du mir das, was ich am meisten wollte.«

»So ist es nicht.«

»Ich weiß, aber lass einem geschlagenen Mann wenigstens seinen Stolz. Ist Izzy bei dir?«

»Ja.«

»Wenn sie mit mir sprechen möchte, gib sie mir mal.«

Mark reichte Izzy das Telefon. »Es ist okay«, flüsterte er. »Das Schlimmste ist vorüber.«

»Theo«, sagte sie, »es tut mir wirklich Leid. Wir hatten nie vor ...«

»Ach, Izzy, lass es gut sein. In der Liebe und im Krieg ist alles erlaubt und außerdem warst du immer aufrichtig mit mir, du hast mich nie absichtlich in die Irre geführt. Das habe ich schon selbst besorgt. Aber ich kann großmütig sein. Mark ist mein bester Freund und er hat dich mehr als jeder andere verdient. Passt gut aufeinander auf. Und versuch bitte um meinetwillen, einen zivilisierenden Einfluss auf ihn zu haben.«

»Ich werde mein Bestes tun.«

Als sie an jenem Abend zu Bett gingen, lagen sie einander mit reinem Gewissen in den Armen. Als sie jedoch am folgenden Morgen aufwachten, war ein reines Gewissen das Letzte, woran sie dachten.

41

Sie erwachten von lautem Klopfen an der Tür.

»Wenn Angelos schon wieder Gurken bringt, versetze ich ihm einen Kinnhaken«, schäumte Mark. Er zog sich Shorts an und marschierte zur Tür. Izzy eilte ihm nach.

Aber vor der Tür stand nicht Angelos, sondern es waren zwei Männer, die sie noch nie zuvor gesehen hatten. Einer der beiden war jung und hatte rote Haare. Er trug eine enge Jeans und ein schwarzes, ärmelloses T-Shirt. Der andere war in Shorts, aus denen seine weißen, haarigen Beine ragten. Sein Gesicht war hinter einer Kamera verborgen, die surrende Geräusche von sich gab.

»Mark St. James?«, fragte der Karottenkopf und zückte Notizblock und Stift. »Wir haben Sie doch hoffentlich nicht geweckt, oder?« Wieder surrte die Kamera.

»Was zum …« Mark brach ab und wollte die Tür zuschlagen. Aber es steckte bereits ein Fuß dazwischen.

»Nur ein paar Worte.«

»Worüber?«

»Über Ihre Nachbarn, Christine und Mikey. Sie wussten doch, dass sie hier sind, oder?«

»Und wenn?«

»Na, kommen Sie schon«, sagte Karottenkopf, »das ist doch *die* Geschichte des Sommers. Erzählen Sie doch mal. Sie wissen doch, was das für ein hartes Geschäft ist.

Ich brauche nur ein oder zwei Zeilen von Ihnen. Ihr Verleger hätte übrigens bestimmt nichts gegen ein bisschen Gratis-Werbung für Sie, was?«

»Was mein Verleger möchte, stimmt nicht zwangsläufig mit dem überein, was ich möchte. Und was meine Nachbarn angeht – besuchen Sie sie doch! Sie sind bestimmt genauso entzückt wie ich, Sie zu sehen.«

»Wir kommen nicht an sie heran. Sie haben sich verbarrikadiert.«

»Ach was.«

»Und, wie ist es nun? Wollen Sie uns helfen?«

»Nun, Jungs, ich würde ja schrecklich gern, aber ich weiß leider überhaupt nichts. Wenn mir etwas einfällt, lasse ich es Sie wissen. Und jetzt wünsche ich Ihnen einen schönen Tag.«

Izzy musste ein Lachen unterdrücken, weil Mark in solch einem bestimmten Tonfall mit den beiden Reportern sprach.

»Ist das Ihre Freundin?«, fragte Karottenkopf unbeeindruckt.

»Das geht Sie nichts an.«

»Möchten Sie was sagen?«, wandte sich der Reporter an Izzy. Sie wich zurück. Auf einmal kam ihr alles gar nicht mehr so lustig vor. »Oh, Sie brauchen nicht so schüchtern zu sein. Sie sind …« Er blätterte in seinem Notizbuch. »… Izzy Jordan, stimmt's? Sie haben doch bestimmt eine Meinung, die Sie uns gern mitteilen würden. Oder vielleicht wollen Sie uns auch etwas über dieses junge Mädchen und seinen Freund erzählen, deren Leben Sie und Mr. St. James gerettet haben? Offenbar waren die beiden ja nicht nur betrunken, sondern auch ein bisschen bekifft, oder? Böse Kombination. Die hatten ja mächtiges Glück, dass Sie in der Nähe waren! Ich brauche Ihnen sicher nicht zu sagen, dass das eine tolle Story ist. Also, wie wäre es?«

»Ich glaube, der Ausdruck, nach dem sie sucht, ist ›Kein Kommentar‹«, sagte Mark. »Wenn Sie also bitte so freundlich wären, Ihren Fuß aus der Tür zu nehmen, dann wäre ich Ihnen unendlich dankbar. Ansonsten müsste ich die Tür sehr hart und sehr schmerzhaft zuschlagen. Also, ist unser kleines Gespräch beendet?«

Zögernd gaben die beiden Reporter die Tür frei und gingen.

Izzy und Mark spekulierten, wie sie wohl vom Aufenthaltsort des durchgebrannten Liebespaares erfahren hatten.

»Meinst du, Liberty-Raquel hat ihre Drohung wirklich wahr gemacht?«, fragte Izzy, als sie kurz darauf beim Frühstück auf der Terrasse saßen. »Ich hätte das nie von ihr vermutet. Es kommt mir so rachsüchtig und gemein vor!«

»Zweifellos brennt sie darauf, auch einmal in der Zeitung zu stehen. Und vergiss nicht, eine der beiden Zeitschriften hat eine Belohnung für Hinweise ausgesetzt, die auf die Spur der beiden führen.«

»Ja, aber die Fitzgeralds haben doch genug Geld.«

Mark zuckte mit den Schultern. »Wer weiß? Hinter den Kulissen sieht manches anders aus.« Er hob Theos Fernglas an die Augen und blickte zur Bucht. Plötzlich stieß er einen Pfiff aus. »Sieh mal!« Er reichte Izzy das Fernglas.

»Das glaube ich einfach nicht«, sagte sie. Im Vorgarten der Villa, die das durchgebrannte Liebespaar gemietet hatte, drängte sich eine Traube von Menschen – den

Fotoapparaten und Kameras nach zu urteilen, waren es Journalisten. Die flaschengrünen Läden der Villa waren geschlossen und offensichtlich hatte sich das Liebespaar wirklich verbarrikadiert, wie Karottenkopf gesagt hatte.

Izzy blickte den Hügel hinauf zu der Villa, in der die Fitzgeralds wohnten. »Ach, du meine Güte!«, rief sie aus.

»Was ist?«

»Liberty-Raquel. Sie posiert in einem paillettenbestickten Badeanzug für die Kameras. Hier, sieh selbst.«

Mark ergriff das Fernglas. »Und wenn ich mich nicht irre, wird sie sogar interviewt.« Er richtete das Fernglas ein wenig nach links und sagte: »Weißt du was? Bei den Pattersons passiert das Gleiche.«

»Was? Ma Patterson in einem paillettenbestickten Badeanzug?«

»Na, das wäre doch mal ein Anblick. Nein, von ihr ist nichts zu sehen. *Er* wird interviewt.«

Izzy zerbröselte mit ernstem Gesicht das Brötchen auf ihrem Teller. »Eigentlich ist es nicht lustig, oder? Woher wusste der Journalist eigentlich meinen Namen?«

Mark legte das Fernglas beiseite. »Wahrscheinlich hat ihm Liberty-Raquel mehr als nötig erzählt. Aus ihr kann man schließlich alles herausholen.«

»Warum bringt sie uns denn ins Spiel? Was haben wir denn damit zu tun?«

»Nichts. Aber das macht die Geschichte nur noch farbiger. Du musst dir vor Augen halten, dass im Moment zu Hause nichts los ist, also nehmen sie alles an Neuigkeiten, was sie kriegen können. Was hältst du davon, wenn wir für heute hier verschwinden?«

»Gern. Lass uns irgendwohin fahren, wo es ruhig und friedlich ist. Was hältst du von Períthia?« Das war ein verlassener Ort hoch in den Hügeln hinter Áyios Nikólaos. Max und Laura waren mit Olivia und Corky dorthin gefahren, aber Izzy hatte sie wegen ihres verstauchten Knöchels nicht begleiten können.

»Klingt gut«, sagte Mark, »aber wie kommen wir dorthin? Gibt es einen Bus?«

»Wir können doch den Jeep von Max und Laura nehmen! Sie weist mich am Telefon dauernd darauf hin, dass ich ihn jederzeit ausleihen kann.«

»Es gibt nur ein kleines Problem. Bist du schon wieder fahrtüchtig?« Zweifelnd betrachtete Mark Izzys Knöchel.

»Warum nicht? Aber willst *du* denn nicht lieber fahren? Ich dachte, Männer seien nicht gern Beifahrer.«

»Das gehört leider auch zu meiner schlimmen Vergangenheit. Sie haben mir den Führerschein weggenommen, weil ich im Drogenrausch einen Baum gerammt habe. Und später war ich dann zu feige, einen neuen zu beantragen.« Verlegen blickte Mark zur Seite.

»Du meine Güte, du hast aber exzessiv gelebt, was?«

Er lachte kurz auf. »Warum schockiert dich meine Vergangenheit eigentlich nicht, Izzy? Du müsstest jetzt eigentlich den Kopf schütteln und missbilligende Laute von dir geben.«

»Hmm ... würde das etwas nutzen?«

Bevor Mark etwas erwidern konnte, lenkte ihn ein Rascheln im Gebüsch ab. Er erstarrte, als er jemanden den Hügel hinunterlaufen sah. Deutlich war ein roter Schopf zu erkennen.

»Es ist entschieden an der Zeit, dass wir hier verschwinden«, sagte Mark grimmig.

Der Wind zerrte an der Karte, die Mark in den Händen hielt, während Izzy die Straße nach Kassiópi entlangfuhr. Sie hatte den Jeep bisher nur ein paarmal benutzt, deshalb fuhr sie langsam, vor allem als hinter Kassiópi die Straße schmaler und steiler wurde. Je höher sie kamen, desto weniger Autos sahen sie, und schließlich gelangten sie an eine Stelle, von der aus man einen großartigen Blick über Kassiópi und das Meer bis hin zu den albanischen Bergen hatte. Izzy hielt an und sie genossen die fantastische Aussicht.

Dann fuhren sie weiter. Die Straße schraubte sich noch höher den Berg hinauf. Schließlich kamen sie an einer Reihe von Autos vorbei, die am Straßenrand geparkt worden waren. Aber Izzy hielt nicht an. Sie wollte so nahe wie möglich an den verlassenen Ort heranfahren, um ihren Knöchel nicht unnötig zu strapazieren. Und sie hatte Glück. Direkt vor dem Ort war eine Parklücke, in die sie den Jeep hineinmanövrierte.

Sie folgten einem ausgetretenen Pfad und gelangten bald zum ersten Haus. Das kleine, einstöckige Haus hatte keine Tür mehr und die Läden hingen schief in den Angeln. Durch Risse im Mauerwerk wuchsen Büsche. Mark und Izzy traten vorsichtig ein. Innen war es unerwartet feucht und kalt. Izzy versuchte, sich vorzustellen, wie es hier wohl ausgesehen hatte, als das Haus noch von Leben erfüllt war, aber es gelang ihr nicht. Die düstere, leblose Atmosphäre hatte zu wenig mit den hübschen, weiß gekalkten Häusern, den gestärkten Spitzengardinen und den blitzsauberen Fenstern zu tun, die sie bisher auf Korfu gesehen hatte.

Sie ergriff Marks Hand. »Es ist traurig«, murmelte sie, »etwas so Vernachlässigtes zu sehen.«

Er erwiderte nichts, sondern zog sie wieder hinaus in den hellen Sonnenschein. Hand in Hand schlenderten sie durch den Ort, aber an der Taverna bogen sie ab und gingen über einen stillen, verschwiegenen Pfad bis zu einer niedrigen Mauer, wo ein großer, alter Olivenbaum willkommenen Schatten bot. Sie waren ganz allein. Sie kletterten über die Mauer und legten sich in das weiche Gras. Izzy schloss die Augen und träumte vor sich hin. Die Luft roch nach wildem Knoblauch und die Grillen schienen hier noch lauter zu zirpen.

»Woran denkst du?«

Sie öffnete die Augen und sah, dass Mark sie anblickte. »Du hast ein Lächeln auf deinem Gesicht, mit dem man Käse zum Schmelzen bringen könnte.«

»Ich habe gerade darüber nachgedacht, was deine hervorragenden Kenntnisse im Bett für eine Wirkung auf mich haben.«

»Ich bin also gut, was?«

Sie seufzte. »Oh, mehr als gut. Ein Künstler.« Um ihn zu necken, fügte sie hinzu: »Nun, auf jeden Fall nicht schlecht für einen alten Knaben.«

Er stöhnte. »Es ist ein schrecklicher Gedanke, aber als du noch Kinderprogramm geguckt hast, war ich schon auf der Universität.«

»Und was hast du gemacht, als *ich* auf der Universität war?«

Er überlegte. »Da habe ich schon an der Flasche gehangen.« Er stützte sich auf einen Ellbogen. »Und was ist mit *deinem* Talent im Schlafzimmer? Der König der Komödie kann nur so gut sein, weil er mit erstklassigem Material arbeitet.«

Wortlos zupfte Izzy einen langen Grashalm ab und

fuhr damit über Marks Kinn und seinen Mund. Er nahm ihn ihr aus der Hand und machte das Gleiche bei ihr. Sie begann zu lachen und stieß ihn weg. Dann legte sie sich auf seine Brust und entriss ihm den Grashalm wieder. »Du spielst mit dem Feuer, Miss Jordan«, warnte er sie, und plötzlich lag sie auf dem Rücken und er war über ihr und öffnete den Knopf an ihren Shorts.

»Mark, *nein*!«

»Izzy, lass dich von mir verwöhnen. Entspann dich!« Langsam und geschickt glitten seine Hände über sie.

»Aber wenn uns jemand sieht«, jammerte sie, doch ihr Körper reagierte schon auf seine Berührungen.

»Und wenn schon. Leb einfach und hab ein bisschen Spaß.«

Und das tat sie auch. Immer und immer wieder durchfluteten sie die Wellen der Lust.

Anschließend lag sie schlaff und zufrieden da und blickte in die silbrigen Blätter des Olivenbaumes, die in der leichten Brise tanzten. Es schockierte sie, wie mühelos er sie erregen konnte.

Ein winziger Spatz flog von einem der Äste und setzte sich nahe bei ihren Füßen auf den staubigen Boden. Sie lag ganz still und beobachtete, wie er hoffnungsvoll nach Nahrung pickte.

»Sag mir, Izzy, bereust du es, dass du dich mit mir eingelassen hast?«

»Nein«, erwiderte sie leise. »Ich gehöre dir ja schon mit Herz, Körper und Seele.«

»Herz, Körper und Seele«, wiederholte er, ohne sie anzusehen. »Ist das das Gleiche wie Liebe?«

Zerrissen zwischen dem Wunsch, sich das Herz mit bloßen Händen aus der Brust zu reißen und ihm zu schenken, und der Angst, abermals verletzt zu werden, erwiderte sie: »Ich bin nicht sicher. Sag du es mir.«

Er wandte sich ihr zu, nahm ihr Gesicht in beide Hände und küsste sie. »Wir werden es noch herausfinden, nicht wahr?«

Als sie am Abend wieder in Áyios Nikólaos waren, rief Izzy Laura an. Entsetzt erfuhr sie, dass schon verschiedene Zeitungen bei Max und Laura nach Sallys Rettung vor dem Ertrinken gefragt hatten.

»Wir können nur warten, was dabei herauskommt«, sagte Laura. »Wenn es irgendetwas zu berichten gibt, faxen wir es dir morgen früh gleich in die Villa.«

Sie verbrachten die Nacht in der Villa Petros, und als sie früh am nächsten Morgen die Tür zu Max' Arbeitszimmer öffneten, blickten Izzy und Mark fassungslos auf den Anblick, der sich ihnen bot: eine lange Rolle Faxpapier schlängelte sich über Max' Schreibtisch bis hinunter auf den weiß gefliesten Boden.

42

Es gab einen detaillierten Bericht über Christines und Mikeys Aufenthalt in Korfu und über ihre Rückkehr nach England, wo Mikey von seinen Eltern wieder mit offenen Armen aufgenommen worden war. Die meisten Fotos zeigten einen lächelnden Jungen, der aussah wie zwanzig und ganz offensichtlich die beste Zeit seines Lebens erlebt hatte. Im Gegensatz dazu hatte die *Mail* ein Foto von Christine abgedruckt, auf dem sie mit gesenktem Kopf und hängenden Schultern ihre Augen hinter einer Sonnenbrille verbarg. Für sie war der Spaß vorbei. Sie musste jetzt nicht nur wieder ihrem Mann und ihren vier Kindern entgegentreten, sondern die Eltern von Mikey hatten auch Anzeige gegen sie erstattet. Izzy tat sie Leid: Sie war einem Traum nachgejagt, der sich zum Alptraum entwickelt hatte.

Weitere Seiten der Magazine waren voll von Geschichten über die verwahrlosten Mittelklasse-Kinder, die auf Korfu Urlaub machten und die Freundlichkeit und Gastfreundschaft der Einheimischen durch ihre Alkohol- und Drogenexzesse missbrauchten.

Max und Laura wurden als reiche, nachlässige Eltern dargestellt, die in aller Seelenruhe geschlafen hatten, während die drogensüchtige Freundin ihrer betrunkenen Tochter beinahe ertrunken wäre. Mr. und Mrs. Patterson kamen ebenso schlecht weg, wobei Mr. Patterson als Spät-

Hippie karikiert wurde, der der Tatsache, dass seine Söhne Hasch rauchten, gleichgültig gegenüberstand. Und die Fitzgeralds wurden als leuchtende Beispiele für Moral und Anstand genannt, weil sie den Aufenthaltsort der Frau preisgegeben hatten, die den Jungen verführt hatte.

Mark wurde ähnlich verzerrt dargestellt. »Der Bestsellerautor und ehemalige Süchtige Mark St. James in Drama um Drogen und Ertrinken verwickelt« stand in einer Schlagzeile.

Izzy spürte, wie Mark immer wütender wurde, während sie gemeinsam die Faxe studierten. Es gab ein paar Fotos von ihm allein und eins von ihnen beiden, wie sie in der Tür von Theos Villa standen – sie nur im T-Shirt, das zum Glück alles bedeckte, und Mark mit bloßer Brust in Shorts. In einer Bildlegende wurde sie als »Feriengespielin von Mr. St. James« bezeichnet, was so klang, als habe er sie durch eine Begleitagentur gefunden. Am schlimmsten jedoch war der Absatz, in dem Karottenkopf das verarbeitet hatte, was er von ihrem Gespräch beim Frühstück belauscht hatte. Dort wurde Mark so dargestellt, als gehe er besonders lässig mit seinen früheren Problemen um und als sei es für ihn etwas Alltägliches, sein Auto gegen einen Baum zu fahren.

»Es ist alles so falsch«, sagte Izzy unglücklich. »Wie können sie es nur wagen, so über dich zu schreiben?«

»So funktioniert das eben.« Mark warf die Faxpapiere auf Max' Schreibtisch und verließ das Zimmer. Sie ging ihm nicht nach, weil sie das Gefühl hatte, er wolle lieber allein sein. Stattdessen faltete sie die lange Faxrolle sorgfältig und rief dann bei Max und Laura an.

Laura war sofort am Apparat. Sie klang aufgebracht

und erzählte Izzy, Max sei bereits bei seinem Anwalt gewesen, weil er so wütend über die Berichterstattung war. »So sauer habe ich ihn noch nie erlebt«, sagte sie. Ihre Stimme klang, als würde Laura jeden Moment in Tränen ausbrechen. »Und Sallys Eltern haben uns angerufen. Sie schäumen vor Wut und geben uns die Schuld an dem, was geschehen ist. Sie haben uns vorgeworfen, wir hätten uns verantwortungslos verhalten.«

»Das ist doch lächerlich. Sally ist erwachsen. Sie hat doch selbst gewusst, was sie da getrunken und geraucht hat. Du darfst dir keine Vorwürfe machen, Laura. Versprich mir das. Soll ich nach Hause kommen?«

»Nein, das brauchst du nicht. Bleib da. Wir kommen so bald wie möglich wieder zurück, wahrscheinlich nächste Woche. Wir würden ja schon früher fliegen, aber ich habe noch einen Arzttermin.«

»Etwas Ernsthaftes?«

»Das bezweifle ich, aber Max besteht darauf, dass ich mich untersuchen lasse. Du weißt ja, welche Sorgen er sich immer macht. Ich sage ihm ständig, dass es nur mit meinem Alter zusammenhängt, aber er will davon nichts hören. Ich glaube, er hat einfach Angst, es könnte etwas Ernstes sein. Und das können wir im Moment nicht auch noch brauchen. Wie geht es Mark?«

»Er ist wütend.«

»Warum? Ich finde, er ist besser weggekommen als wir.«

»Ja, aber ich glaube, er möchte nicht, dass seine Vergangenheit so ans Licht gezerrt wird.«

»Nun, wenn du es irgendwie schaffst, solltest du vielleicht diese grässliche Liberty-Raquel einmal besuchen und ihr sagen, sie sollte sich schämen für das, was sie angerichtet hat. Und auf der Party hat sie mir beinahe noch Leid getan! Jetzt würde ich ihr am liebsten ihren dürren, faltigen Hals umdrehen! Es tröstet mich nur, dass sie auf den Fotos wie eine alte Schreckschraube aussieht.«

»Die Fotos hast du gar nicht geschickt. Warum nicht?«

»Oh, das habe ich vergessen. Ich faxe sie dir gleich.«

Kurz darauf sprang das Faxgerät wieder an und Izzy nahm die Fotos in Empfang. Laura hatte Recht. Mrs. Fitzgerald sah einfach schrecklich aus.

Am nächsten Morgen wurde Harry zum Supermarkt geschickt, um jede verfügbare englische Zeitung zu kaufen. Sein Vater wollte unbedingt alles über sich lesen. Als er zur Villa zurückkam, wartete die übrige Familie bereits auf ihn. Sie rissen ihm die Zeitungen aus der Hand und machten sich gierig über die Neuigkeiten her.

»Ich glaube es nicht!«, schrie sein Vater. »Sie haben mein Alter falsch angegeben! Wie kommen sie darauf, dass ich schon sechzig bin?«

»Weil du so aussiehst«, erwiderte Virginia. Ihre Stimme klang grausam und bitter. »Diese schreckliche Fitzgerald geht davon aus, dass wir Freunde seien, nur weil wir nebeneinander wohnen.« Sie erschauerte bei dem Gedanken und wandte sich wieder ihrer Zeitung zu.

»Aber sechzig!«

»Ich glaube nicht, dass dein Alter eine so große Rolle spielt, Dad«, sagte Harry. Er faltete seine Zeitung zusammen und legte sie beiseite. »Sie haben komplette Trottel aus uns gemacht.«

»Ich weiß gar nicht, worüber du dich so aufregst.

Dich haben sie doch kaum erwähnt. Wahrscheinlich, weil du so langweilig bist.«

Harry hätte sich am liebsten auf seinen Bruder gestürzt. Nicks Reue hatte nur kurz gedauert, jetzt war er schon wieder ganz der Alte. Es war aber auch nicht zu erwarten gewesen, dass er länger als eine Woche in sich gehen würde. »Es reicht schon, dass ich mit dir in einem Atemzug genannt werde, Nick«, sagte er und stand auf. »Und wenn du auch nur einen Funken Verstand hast, muss dir klar sein, dass das, was hier über unsere Familie steht, gar nicht so verkehrt ist.«

Er überließ anderen ihre hitzige Debatten und ging an den Strand. Dort setzte er sich auf die Steine und starrte aufs Meer hinaus. In drei Tagen würden sie wieder nach Hause fahren und er konnte es kaum erwarten. Es war verrückt gewesen, sich darauf einzulassen, den Sommer mit seinen Eltern zu verbringen. Er hätte besser auf seinen ursprünglichen Plänen bestanden und eine Rucksacktour durch die Türkei gemacht.

Aber wenn er das getan hätte, hätte er nie Francesca kennen gelernt.

Er warf einen Stein ins Wasser und sah zu, wie sich die Ringe auf der glatten Oberfläche ausbreiteten. »Nichts geschieht ohne Grund«, dachte er. »Alles ist miteinander verbunden.«

Er stand auf und beschloss, nach Kassiópi zu gehen, um Francesca dort von einer Telefonzelle aus anzurufen. Bis jetzt hatte er sich zurückgehalten, weil er sie nicht bedrängen wollte, aber nachdem er die ganzen Artikel gelesen hatte, wollte er doch wissen, wie sie und ihre Familie es aufnahmen.

Mark verabschiedete sich von seinem Agenten und legte auf. Er hatte Julian angerufen, um sicherzustellen, dass sein Privatleben auf jeden Fall aus der Berichterstattung herausgehalten wurde.

Er trat ans Küchenfenster und fragte sich, ob es Izzy wohl etwas ausmachen würde, wenn sie in Theos Villa zurückgingen. Sie hatten die Nacht hier in Max und Lauras Haus verbracht, damit sie die Faxe gleich lesen konnten, aber jetzt musste er weiterarbeiten. Sie stand unter der Dusche und er wollte sie gerade fragen gehen, als das Telefon klingelte. Obwohl ihm klar war, dass es nicht für ihn sein konnte, nahm er ab. Eine schrille Stimme verlangte danach, Isobel Jordan zu sprechen. »Es tut mir Leid, aber sie kann im Moment nicht ans Telefon kommen«, sagte er.

»Das ist nichts Neues. Sie ist immer zu beschäftigt, um mit ihrer Mutter zu sprechen.«

Ah, das war also die berüchtigte Prudence Jordan. Mark lehnte sich gegen die Wand und richtete sich auf einen kleinen Schwatz ein. »Sie steht unter der Dusche, Mrs. Jordan. Soll sie Sie zurückrufen?«

»Sie duscht um diese Tageszeit? Es ist doch fast Mittag!«

»Für Sie vielleicht, aber für uns nicht. Wir können hier zu jeder Tageszeit das Badezimmer benutzen.« Diesen Kommentar konnte er sich nicht verkneifen, und er war gespannt, wie sie darauf reagieren würde. Er hörte, wie sie scharf die Luft einzog.

»Mit wem spreche ich überhaupt?«

Er lächelte in sich hinein. Jetzt fing der Spaß an. »Mein Name ist Mark und ich bin ein Freund Ihrer Tochter.«

Wieder zog sie scharf die Luft ein. »Ach, Sie sind der aus der Zeitung? Sie sind der Trinker, den sie sich aufgehalst hat?«

Er hatte schon Schlimmeres gehört, aber als Eröffnung war es nicht schlecht. »Es mag ja sein, dass sie sich mich aufgehalst hat, Mrs. Jordan, aber was den Trinker angeht …«

»Oh, spielen Sie bloß nicht den Cleveren, junger Mann. Sie brauchen nicht zu glauben, dass Sie mir das Wort im Mund herumdrehen können, nur weil Sie Schriftsteller sind.«

»Daran würde ich im Traum nicht denken. Das können Sie sicher sehr gut allein.«

Ihre Antwort entging ihm, weil er aus den Augenwinkeln beobachtete, dass Izzy in die Küche gekommen war. Sie war noch nass vom Duschen und trug nur ein Handtuch. Die Haare hatte sie aus dem Gesicht geschoben und sie sah noch jünger aus als sonst. Er winkte sie ans Telefon.

»Wer ist es?«, formte sie mit dem Mund.

»Deine Mutter«, flüsterte er. »Wir kommen blendend miteinander aus.«

Sie riss die Augen auf und packte das Handtuch fester. »Gib sie mir, ich will mit ihr sprechen.«

Er reichte ihr den Hörer und sagte laut genug, dass Izzys Mutter es hören konnte: »Sag der alten Hexe von mir auf Wiedersehen, ja?«

Izzy wurde sichtlich blass. »Nein, Mum, er hat nur einen Scherz gemacht. Natürlich hat er das nicht so gemeint.«

»Wer sagt das?«

»Bitte, Mark«, bat sie.

Er legte sein Ohr mit an den Hörer.

»Was ist los, Mum? Warum rufst du an?«

»Ich hätte mir ja denken können, dass du die Unschuldige spielst, aber wahrscheinlich bist du auch noch stolz darauf, dass du in der Zeitung stehst! Hast du mal darüber nachgedacht, was die Leute denken? Oder wie ich jetzt dastehe? Deine Tante hat es mir gezeigt. Sie ist sofort hierher gekommen, um sich auf meine Kosten lustig zu machen. Ein Trinker und Drogensüchtiger, steht in der Zeitung. Wie konntest du nur, Isobel? Er ist völlig unzuverlässig. Und wahrscheinlich macht er dich auch noch abhängig. Er wird dich belügen und bestehlen, das tun sie doch alle! Sie können gar nicht anders.«

»*Mutter*! Das ist doch lächerlich. Mark hat das alles überwunden ...«

»Na ja, was sollte er dir auch anderes erzählen? Aber du weißt ja, dass man sagt, einmal ein Trinker, immer ein Trinker. Er hat sich seine Probleme alle selbst zuzuschreiben. Solche Leute haben keinen Charakter. Aber du musst es ja wissen. Komm bloß nicht heulend zu mir, wenn er dich missbraucht hat. Der Himmel weiß, was er in solch einer einfältigen Person wie dir sieht. Aber vielleicht ist das ja gerade der Reiz.«

Das war zu viel für Mark und er wand Izzy den Hörer aus der Hand. »Es ist mir klar, Mrs. Jordan, dass Sie selbst all die Jahre über Probleme gehabt haben – aber *Sie* sind diejenige, die Ihre Tochter missbraucht hat! Und jetzt werde ich auflegen und versuchen, den Schaden wiedergutzumachen, den Sie angerichtet haben.«

»Also, wirklich ...«

Mark knallte den Hörer auf und nahm Izzy in die Arme. Tränen standen ihr in den Augen. Er küsste sie auf die Stirn. »Sie gibt wirklich eine großartige Schwiegermutter ab«, erklärte er und zauberte damit ein kleines Lächeln auf ihr Gesicht.

»Nur ein sehr dummer Mann würde mich heiraten wollen«, murmelte sie.

»Oh, und was ist mit einem sehr dummen Mann, der dich sehr liebt?«

43

Eine Woche später, als sich der Aufruhr auf der Insel etwas gelegt hatte, brachte Angelos Izzy und Mark die Neuigkeit, dass wieder jemand in der Villa der Pattersons eingezogen sei. Er erzählte ihnen auch, dass die Fitzgeralds in den nächsten Tagen abreisen würden. Angelos hatte gehört, dass der schweigsame Bob schließlich doch noch Besitz auf Korfu hatte erwerben können. Er hatte sich mit einem norwegischen Geschäftsmann zusammengetan und sie wollten gemeinsam den Bau eines Feriendorfes im Süden der Insel finanzieren, das vor allem jungen Leuten gefallen würde. Nachdem der Vertrag unterzeichnet war, musste er jetzt unbedingt wieder nach Hause und sich um seine anderen Geschäfte kümmern.

Als Izzy erfuhr, dass die Fitzgeralds abreisen würden, wollte sie Liberty-Raquel wenigstens noch ein letztes Mal sehen. Sie hatte noch einige Fragen an sie, zum Beispiel woher die Presse so viel darüber wusste, dass Nick und Sally beinahe ertrunken wären. In dem Artikel hatten Details gestanden, die Mrs. Fitzgerald gar nicht wissen konnte. Sie war nicht dabei gewesen, woher wollte sie also wissen, dass Nick und Sally betrunken gewesen waren oder Drogen genommen hatten? Möglicherweise hatte ja Nick das den Journalisten erzählt, aber Sally konnte sich nicht vorstellen, dass Mrs. Patterson ihren Sohn unbeaufsichtigt mit ihnen hatte sprechen lassen.

Entschlossen, die Dinge aufzuklären, beschloss Izzy, mit Liberty-Raquel zu sprechen, bevor es zu spät war. Sie erzählte Mark, was sie vorhatte.

Er blickte kaum von seinem Notizbuch auf und erwiderte: »In Ordnung, solange du nicht von mir erwartest, dass ich mitkomme.«

»Nein, ich gehe allein. Ich will nicht zusehen müssen, wie sie dich anschmachtet.«

Jetzt blickte er doch auf. »Herzchen, du bist doch nicht eifersüchtig auf diese Frau?«

Sie tat seine Frage mit einer Handbewegung ab.

»Ich werde ihr auf jeden Fall das Versprechen abnehmen, dass sie sich, wenn sie wieder in England sind, bei Max und Laura entschuldigt. Das ist das Mindeste, was sie tun kann, nachdem sie so ein Chaos angerichtet hat. Sie mag ja beleidigt gewesen sein, weil Theo sie an der Nase herumgeführt hat, aber sie ist wirklich zu weit gegangen.«

»Oh, oh, in was für einen wilden kleinen Tiger du dich doch verwandelt hast!«

Während Izzy in der Sonne den steilen Hügel zu den Fitzgeralds hinaufstieg, dachte sie, dass sie wirklich zu einer anderen Person geworden war. Sie genoss nicht nur schamlos mit Mark die Freuden im Bett, jetzt war sie auch noch zu einer Raubkatze geworden, die ihre Freunde mit Zähnen und Klauen verteidigte.

Nun, so ganz stimmte das nicht. Sie war nur ein bisschen mutiger geworden. Allerdings noch nicht mutig genug, um sich mit ihrer Mutter auseinander zu setzen.

Nach dem schrecklichen Telefongespräch hatte Izzy Angst gehabt, das Telefon würde abermals klingeln und ihre Mutter würde sie mit noch mehr Vorwürfen überhäufen. Also waren sie in Theos Villa zurückgegangen, wo Prudence Jordan sie nicht erreichen konnte. »Aber ich laufe eigentlich vor ihr weg, oder? Ich muss doch in der Lage sein, meine Position zu vertreten. Ich sollte mich ...«

»Schscht«, hatte Mark gesagt und Izzy an sich gezogen. »Das kommt schon noch. Wenn du dazu bereit bist, kommt es bestimmt.«

Doch als sie am nächsten Morgen in der Villa Petros nachsahen, ob alles in Ordnung war, hatte sie noch nicht einmal den Mut besessen, den Anrufbeantworter abzuhören. Wieder hatte Mark ihr geholfen, indem er sie begleitete, um ihr diese Aufgabe abzunehmen. Zu ihrer Erleichterung gab es keine wütenden Nachrichten für sie, nur eine freundliche von Laura, die Izzy mitteilte, wann sie wieder in Korfu eintreffen würden. Am Ende sagte sie: »Vermutlich bist du nicht da, weil du schon wieder mit dieser großartigen, gequälten Seele zusammen bist. Ich hoffe, ihr habt keinen ungeschützten Sex, Izzy. Bis bald.«

Mark sah sie amüsiert an. »Vielleicht solltest du sie anrufen und sie beruhigen. Du kannst ihr sagen, dass wir uns außerordentlich erwachsen und vernünftig benehmen.«

An diesem Abend hatte Mark neben ihr im Bett gelegen und gesagt: »Was würdest du tun, wenn du schwanger wärst? Kondome sind schließlich nicht absolut sicher.«

Eine Welle von Unsicherheit überflutete sie. Warum fragte er das? Wenn ein Mann diese Frage stellte, bedeutete das für gewöhnlich nur eins: Er bekam kalte Füße. Suchte er jetzt schon nach einem Ausweg? Die triumphierende Stimme ihrer Mutter gellte in ihren Ohren: *Das geschieht dir recht, weil du so schnell in sein Bett gesprungen bist! Es geht doch nur um Sex!*

»Hmm ... ich weiß nicht.«

»Das musst du doch wissen.«

Du lieber Himmel, was sollte sie bloß sagen? Es gab keine richtige Antwort. Wenn sie ihm sagte, sie würde das Baby behalten wollen, dann würde er denken, dass sie ihn damit an sich fesseln wollte. Sagte sie jedoch, sie würde es abtreiben wollen, würde er sie für kaltschnäuzig und herzlos halten. Es war hoffnungslos, sie konnte es nicht richtig machen.

In dem Schweigen, das zwischen ihnen entstand, sagte er: »Lass es mich mal so ausdrücken: Wäre es denn so schlimm, wenn du schwanger wärst?«

»Ich bin es aber doch nicht«, erwiderte sie ausweichend.

Er sah sie an. »Was ist los? Das ist doch eine ganz einfache Frage. Beantworte sie mir, Izzy.«

Sie schluckte. »Aber so einfach ist es nicht. Hinter deinen Worten steht viel mehr, als du zugeben willst.«

»Ach ja? Was denn?«

»Du ... du stellst mir eine Falle.«

Er drehte sich auf die Seite und küsste sie. »Hör auf, mir so ein unangenehmes Gefühl zu vermitteln, Izzy.« Er schob das Laken zurück und legte ihr liebevoll seine warme Hand auf den Bauch. »Glaubst du, ich wäre ein guter Vater?« In seinen Augen lag ein Ausdruck, den sie noch nie gesehen hatte.

»Nein«, erwiderte sie, »du würdest deine Kinder mit deinen grässlichen Gutenachtgeschichten zu Tode erschrecken.«

»Und wenn ich verspreche, ihnen nur Märchen der Brüder Grimm zu erzählen?«

»Hmm ... dann wärst du vielleicht ein ganz guter Vater.«

Er senkte den Kopf und küsste sie auf die Stelle, wo seine Hand gelegen hatte. »Also, wie lautet deine Antwort?«

»Das hängt davon ab, was du mich wirklich fragen willst.«

»Ich glaube, du weißt, was ich meine. Ich frage dich, ob du dir vorstellen kannst, eines Tages mit mir verheiratet zu sein und Kinder zu haben.«

Halb lachend, halb erschreckt blickte sie ihn an. Meinte er es ernst? »Aber, Mark, du kennst mich doch kaum! Du ... du ...« Die Stimme versagte ihr. Was sollte sie sagen? So verrückt es ja sein mochte, vor allem, da sie sich erst seit kurzem kannten – sie wusste ganz genau, dass sie jederzeit begeistert ja sagen würde, wenn er sie bäte, ihr Leben mit ihm zu verbringen. Aber war es wirklich möglich, dass er das Gleiche für sie empfand?

»Aber du musst doch auch spüren, wie richtig es sich anfühlt, wenn wir zusammen sind! Die letzten beiden Wochen waren die besten meines ganzen Lebens. Das Ganze ist mehr als nur ein Ferienflirt, Izzy.«

»Aber angenommen, es fühlt sich nur richtig an, weil wir hier sind? In England, wo es kalt ist und regnet und wir uns zwischen teurem, biologisch abbaubarem und billigem Waschpulver entscheiden müssen, funktioniert der Zauber vielleicht nicht mehr.«

»Das können wir in Ruhe abwarten. Ich sage ja auch nicht, dass wir irgendetwas überstürzen sollten. Ich will doch nur, dass wir gemeinsam Pläne machen.«

Er klang so sicher und so überzeugt ...

Sie hatte ihm die Arme um den Hals geschlungen und ihn geküsst. »Übrigens«, sagte sie, »es müsste teures Waschpulver sein. Ich habe empfindliche Haut.«

Lächelnd hatte er das Gesicht verzogen. »Na, das ist aber ein Zufall. Ich auch.«

Mrs. Fitzgerald war völlig zerknirscht. »Ich kann mich gar nicht genug entschuldigen«, sagte sie, während sie Izzy zu einer Sitzgruppe im Schatten führte. »Ich wollte ja zu Ihnen kommen und Ihnen sagen, wie Leid es mir tut, aber Bob hat es nicht zugelassen, und hinter seinem Rücken mochte ich es nicht tun. Er ist so wütend darüber, dass er diesen Olivenhain nicht bekommen und dieser Mann ihn hereingelegt hat! Aber Sie hätten mich wahrscheinlich sowieso nicht empfangen.« Nervös sprudelte sie diese Worte hervor und blickte Izzy dabei ängstlich an.

»Ist Bob hier?«, fragte Izzy und blickte zur Villa.

»Nein, er ist nach Kávos gefahren, wo er in eine Art Feriendorf investiert. Er kommt erst heute Abend nach Hause. Für ihn gibt es nur die Arbeit. Aber das ist mein Bob. Er ist erst glücklich, wenn er handeln und verhandeln kann. Deshalb ist er auch so erfolgreich. Er war schon mit achtundzwanzig Millionär – habe ich Ihnen das schon mal erzählt? Er hatte einen Wohnwagenpark. Hätten Sie geglaubt, dass man damit Geld verdienen kann? Ich selbst kann diese Wagen ja nicht ausstehen. Grässliche Dinger, ich bekomme Platzangst darin. Möchten Sie etwas trinken?«

»Nein, danke.«

Auf dem Tisch stand eine volle Flasche Rotwein und unter Liberty-Raquels Stuhl eine leere. Mit zitternden

Händen füllte sie ihr Glas auf und stellte die Flasche wieder auf den Tisch. »Sind Sie ganz sicher, dass Sie nicht auch einen möchten?«

Izzy schüttelte den Kopf und fragte sich, ob so Liberty-Raquels Leben in England aussah: der schweigsame Bob die ganze Zeit unterwegs, und seine Frau gelangweilt und allein zu Haus. Mark hatte einmal etwas über die Einsamkeit des Trinkers gesagt und plötzlich sah Izzy Liberty-Raquel mit ganz anderen Augen. Sie registrierte den entschlossenen Stolz in den Augen der älteren Frau, das traurige Bedürfnis, die Fassade ihrer verwelkenden Jugend aufrechtzuerhalten. Wahrscheinlich glaubte sie, das sei alles, was ihr noch geblieben war.

»Vermutlich sind Sie hierher gekommen, um herauszufinden, warum ich überhaupt die Zeitungen benachrichtigt habe.«

Izzy nickte. »Ja. Ich verstehe nicht, warum Sie sich eingemischt haben.«

Liberty-Raquel setzte ihre Sonnenbrille auf und zupfte an ihrem Sarong. »Wie alt schätzen Sie mich?«, fragte sie schließlich.

Du liebe Güte! Was sollte sie darauf antworten? »Oh ... ähm ... ich weiß nicht.«

»Es ist schon okay. Ich weiß, dass ich für Frauen Ihres Alters eine armselige Figur bin. Aber warten Sie nur, bis Sie von Ihrer einzigen, wahren Gabe im Stich gelassen werden.« Ihre Stimme klang bitter.

»Jugend ist nicht unsere einzige Gabe.«

»Doch, wenn Sie sonst nichts zu bieten haben, wie zum Beispiel Verstand ... Ich habe keine besondere Schulbildung. Meine Schule war das Leben.« Hastig trank sie einen großen Schluck. »Ich bin einundfünfzig und vor sechzehn Jahren habe ich den Beweis dafür erbracht, dass ich eine hirnlose Idiotin bin.« Schweigend betrachtete sie das Glas in ihrer Hand.

Izzy erwiderte: »Wir haben alle im Leben Dinge getan, die wir bedauern, aber das bedeutet sicher nicht, dass wir dümmer sind als andere Menschen.«

Liberty-Raquel blickte sie scharf an. »Wie finden Sie es, wenn man schwanger wird und das Kind weggibt? Das habe ich nämlich getan.«

Izzy wusste nicht, was sie sagen sollte. Sie hatte Genugtuung für Mark und ihre Freunde fordern wollen und jetzt stand sie hier und empfand Mitleid für Liberty-Raquel. »Ich glaube nicht, dass es besonders dumm war«, sagte sie schließlich, »eher ein mutiger Akt. Es kann nicht leicht für Sie gewesen sein. Was ist denn geschehen?«

Liberty-Raquel trank noch einen Schluck Wein und erwiderte: »Es war, bevor ich Bob kennen lernte. Ich hatte gerade angefangen, als Croupier auf einem Kreuzfahrtschiff zu arbeiten. Es war ein großartiges Leben. Ich verdiente gutes Geld, reiste um die Welt und lernte jede Menge Männer kennen. Dann wurde ich schwanger. Ich konnte das Kind auf keinen Fall behalten, und da ich mich an niemanden um Hilfe wenden konnte, musste ich es weggeben. Ich weiß, dass Sie mich für selbstsüchtig halten, und wahrscheinlich war ich das auch, aber ich wollte damals einfach kein Kind. Dazu hatte ich viel zu viel Spaß. Also brachte ich das Baby zur Welt, gab es weg und ging wieder in meinen alten Job zurück. Nicht lange danach lernte ich Bob kennen. Im Laufe der Jahre jedoch habe ich … nun ja … ich habe mich halt gefragt, was aus ihm geworden ist. Ach ja, ich habe gar nicht erwähnt, dass es ein Junge war, oder? Ein hübscher kleiner Kerl mit schwarzen Haaren und einer süßen kleinen Nase.« Sie starrte versonnen in die Bucht. »Gott, hören Sie mich an!«, sagte sie plötzlich mit falscher Fröhlichkeit. »Das große Geständnis!« Schniefend schenkte sie sich noch ein Glas Wein ein.

»Haben Sie nie daran gedacht, nach ihm zu suchen?«

Sie schüttelte heftig den Kopf. »Bob weiß nichts davon. Er hat sehr klare Ansichten und hässliche Geheimnisse kann er nicht ausstehen. Die Ironie daran ist nur, dass er immer Kinder haben wollte, vor allem einen Sohn, aber wir haben keine bekommen. Ein grausamer Trick der Natur, was? Vielleicht, um mich zu bestrafen.«

»Sie hätten doch welche adoptieren können.«

»Nein. Wie ich schon sagte, Bob hat da ganz klare Ansichten. Er wollte entweder eigene Kinder oder gar keine. Außerdem waren wir schon zu alt dazu. Wir waren beide schon Anfang vierzig, als wir merkten, dass er keine Kinder zeugen kann. Die Adoptionsagenturen hätten uns ausgelacht.«

»Also ging es Ihnen bei der Geschichte mit Christine und Mikey um Ihren Sohn?«, fragte Izzy.

»Ich weiß, es klingt blöd, aber so ist es. Ich musste ständig daran denken, dass es mein Sohn hätte sein können, der von dieser schrecklichen Frau verführt worden ist. Natürlich behaupte ich nicht, dass Mikey mein Sohn ist. Um Gottes willen, nein, so verrückt bin ich auch wieder nicht. Ich habe nur die Verbindung in meinem Kopf hergestellt. Er ist eben genauso alt wie mein Sohn. Es hört sich für mich selbst alles ein bisschen verrückt an, aber es war wirklich eine Erleichterung, einmal darüber reden zu können.«

»Haben Sie zu Hause denn niemanden, mit dem Sie sprechen können?«

»Nein, seit meiner Heirat nicht mehr. Das Leben, das ich vorher geführt habe, war in dem Moment vorbei, als Bob mir den Ring an den Finger steckte.«

Izzy betrachtete den riesigen Diamanten an Liberty-Raquels Finger und fragte sich traurig, ob er das wohl wert gewesen war.

Als das Telefon klingelte, eilte Mark ins Haus, um abzuheben.

»Gute und schlechte Neuigkeiten für dich«, begrüßte ihn Theo, der wieder zu seiner üblichen guten Laune zurückgefunden hatte.

»Schieß schon los!«

»Die gute Nachricht ist, dass die langwierigen Verhandlungen mit dem alten Karabourniotis nicht umsonst waren, weil ich endlich die Hotels gekauft habe, die ich haben wollte.«

»Oh, verstehe, und die schlechte Nachricht ist, dass du zurückkommst?«

»Ah, du bist mir immer einen Schritt voraus, Mark. Ja, das ist die schlechte Nachricht, also räum bitte euer Liebesnest auf. Von morgen an werdet ihr zur Schlafenszeit leise sein müssen. «

»Ich sehe mal, was ich tun kann.«

Dann wollte Theo wissen, ob es während seiner Abwesenheit noch mehr Aufregung in Áyios Nikólaos gegeben habe. »Nein, eigentlich nicht. Die Pattersons sind abgereist und nur Harry ist noch vorbeigekommen, um sich zu verabschieden und sich bei Izzy und mir dafür zu bedanken, dass wir seinem Bruder das Leben gerettet haben.«

»Und was ist mit den Fitzgeralds?«

»Laut Angelos reisen sie auch bald ab. Izzy ist gerade dort. Sie wollte Liberty-Raquel eine Entschuldigung für Max und Laura abringen, die im Übrigen auch morgen Nachmittag wiederkommen.«

»Ah, das ist gut. Ich freue mich darauf, Laura wiederzusehen. Ich kann ja meinen Flirt mit ihr wieder aufnehmen, da ich mich jetzt in Izzys Anwesenheit nicht mehr gut benehmen muss. Es wird sein wie in alten Zeiten. Und um so ein großes Glück zu feiern, werde ich für uns alle kochen.«

Als sie ihr Gespräch beendet hatten, ging Mark wieder nach draußen. Er blinzelte in die helle Sonne und gönnte sich eine kurze Pause von der Arbeit. Er beschloss, einen Spaziergang am Strand zu machen. Die Mühe, abzuschließen, machte er sich nicht, schließlich würde er nur ein paar Minuten weg sein, und außerdem war Korfu der sicherste Ort, den er kannte. Hatte Theo das nicht auch zu ihm gesagt, als er ihn drängte, den Sommer bei ihm zu verbringen?

Weniger als eine halbe Stunde später lenkte er seine Schritte zum Haus zurück. Er fühlte sich leicht und beschwingt. Das Leben hatte eine ganz neue Dimension bekommen. Die Tage waren heiter und ruhig und er war voller Hoffnung für die Zukunft. Er hatte sogar schon angefangen, mit Izzy Pläne zu schmieden. Wer hätte das gedacht?

Lange hatte er einen Panzer um sich gelegt, um jeden Angriff auf seine Gefühle abzuwehren – und jetzt war er völlig ungeschützt und genoss es sogar. Was er mit Izzy erlebte, hatte er mit noch keinem anderen Menschen erlebt.

Er hätte nie geglaubt, dass er in weniger als zwei Monaten eine Beziehung aufbauen konnte, die so befriedigend war. Und er würde alles tun, was in seiner Macht stand, damit es auch so blieb. Er hatte bisher in seinem Leben nur selten wirklichen Frieden empfunden, und da Izzy ihm in so reichlichem Maß Frieden geschenkt hatte, würde er sie nicht wieder loslassen. Seine innige Verbindung mit Izzy machte ihm klar, wie eng und einseitig sein Leben bisher verlaufen war. Sie berührte wirklich das Beste in ihm und enthüllte eine Seite seiner Persönlichkeit, von der er bisher gar nichts gewusst hatte.

Was würde Pille wohl dazu sagen? Würde er ihn davor warnen, dass er abhängig von Izzy werden könnte? Oder würde er einfach nur milde lächelnd dasitzen und vor sich hin pfeifen?

Er stieß das Tor zu Theos Garten auf und ging zur Terrasse, um der sengenden Augusthitze zu entkommen. Erleichtert blieb er im kühlen Schatten der Pergola stehen. Er wollte sich gerade etwas zu trinken holen, als er innehielt. Auf dem Tisch lag ein Umschlag, der an ihn adressiert war.

Er erkannte die Schrift sofort – klein und nach links geneigt.

Es war die Schrift aller anderen Briefe, die er in England bekommen hatte.

44

Mark setzte sich hin, um den Brief zu lesen.

Es dauerte nicht lange, weil nur eine Zeile darin stand: *Bist du bereit?*

Er zerknüllte den weißen Briefbogen und warf ihn zu Boden.

Dann ließ er den Kopf in die Hände sinken. Wahnsinn. Wie konnte das nur geschehen? Wie hatte der Stalker ihn gefunden?

Doch dann schoss ihm die Antwort wie ein Blitz durch den Kopf. Woher hatte Izzys Mutter von ihnen beiden gewusst? Sie hatte es in der Zeitung gelesen. Selbst seine Eltern hatten angerufen, nachdem sie am Frühstückstisch den Artikel über ihn gelesen hatten.

Bist du bereit?

Genau dasselbe hatte er in seinem Roman geschrieben. Das war die letzte Frage, die der Stalker stellte, bevor er sein Opfer ermordete.

Mark schloss die Augen und rieb sich die Schläfen. Das konnte doch alles nicht wahr sein. Wer auch immer das geschrieben hatte, konnte doch unmöglich wirklich vorhaben, ihn umzubringen! Es war doch alles sicher nur ein kranker Scherz.

Er stieß die Luft aus. Innerlich fror er und sein Herz raste. Sein Instinkt sagte ihm, dass dies mitnichten ein Scherz war. Jemand meinte es todernst. Jemand hegte einen Groll gegen ihn und war entschlossen, ihn für irgendein eingebildetes Verbrechen zahlen zu lassen.

Aber wer?

Mit wem war er je so heftig zusammengestoßen, dass er sich an ihm rächen wollte?

Nein, das war kein Scherz. Wenn jemand so weit ging, meinte er es ernst.

Er dachte an alle möglichen Leute, die er in Robin Hood's Bay kannte. Er dachte an die kleine Autorengruppe, die er in der Stadthalle unterrichtete, und stellte sich jedes einzelne Gesicht vor. Okay, es kamen einige ziemlich abgedrehte Leute zu den wöchentlichen Sitzungen, aber niemand kam ihm so verrückt vor, dass er ihn töten wollte. Noch nicht einmal Lionel Bridges, den er eines Abends nach dem Unterricht beiseite genommen und gebeten hatte, die Pornographie, die er unbedingt schreiben und der Klasse vorlesen wollte, ein wenig abzumildern. Lionel schrieb unter dem lächerlichen Pseudonym Shona Mercy und er brachte die weiblichen Teilnehmer des Kurses regelmäßig in Verlegenheit, darunter auch Deirdre, eine grauhaarige alte Jungfer, die einmal in der Woche bei Mark sauber machte.

Deirdre hatte Zugang zu seinem Haus und auch zu seiner Post, was bedeutete, dass sie die Briefe geschrieben haben könnte, aber Mark glaubte einfach nicht, dass sie zu einer solchen Bösartigkeit fähig war. Seit ihrer Pensionierung als Schulsekretärin pflegte sie ihre neunzigjährige Mutter und verbrachte ihre Freizeit damit, Gedichte zu schreiben.

Nein, sie käme noch nicht einmal für einen Agatha-Christie-Plot als Mörderin in Frage: Für eine so grobe Arbeit war sie viel zu fein und zu zart. Als sie sich um die Stelle als seine Putzfrau beworben hatte, hatte Mark sie völlig überrascht gefragt, warum sie das denn tun wolle – er konnte sich beim besten Willen nicht vorstellen, wie sie mit ihren zarten, rosigen Händen sein Badezimmer schrubbte. »Es geht mir nicht um das Geld, mein Junge«, hatte sie erwidert, »ich muss nur ab und zu meiner Mutter entfliehen.«

Dann war da noch Dale, der junge Automechaniker, der blutrünstige Horrorgeschichten à la Bram Stoker und Anne Rice schrieb. Horror war sein Leben und seine Wochenenden verbrachte er in Whitby im einstigen Heim seines Helden Bram Stoker. Mit Vampirzähnen und einem schwarzen, mit roter Seide gesäumten Umhang erschreckte er die Kunden in der Werkstatt – aber Mord?

Mark ging im Geiste alle Teilnehmer des Kurses durch, fand aber bei keinem einzigen einen Grund, warum er ihn terrorisieren, geschweige denn ermorden sollte.

Er richtete seine Gedanken auf London. Hatte er irgendeinen Schriftsteller bei einem der zahlreichen literarischen Essen, zu denen er immer eingeladen war, beleidigt? Unsinn.

Nein, wahrscheinlich war es einer seiner Leser. Jemand, den er gar nicht kannte. Ein besessener, psychotischer Fan, der einer inneren Stimme folgte. Einige seltsame Zwischenfälle fielen ihm ein. Bei einer seiner Signierstunden in Leeds hatte eine Frau ihm eine Szene gemacht, weil seine Sprache derart mit Kraftausdrücken durchsetzt war. Ein anderes Mal in Plymouth hatte ein Mann in schwarzer Ledermontur ihm ein Buch von Terry Pratchett hingehalten. Mark hatte versucht, ihm zu erklären, er sei nicht Mr. Pratchett, obwohl er es gern wäre, aber der Mann hatte ihn so finster angeblickt, dass er das Buch einfach signiert hatte, um ihn loszuwerden.

Aber diese Erinnerungen brachten ihn nicht weiter.

Er war so in Gedanken verloren, dass er die leisen Schritte hinter sich nicht hörte. Und er spürte auch die Hände erst, als sie seine Augen bedeckten. »Rat mal, wer hier ist!«

Mark sprang so heftig auf, dass er Izzy fast umriss. »Verdammte Scheiße, Izzy!«, schrie er. »Was zum Teufel machst du da?« Schwer atmend sank er wieder auf seinen Stuhl zurück. »Du hast mich fast zu Tode erschreckt.«

Sie war ganz blass geworden.

»Es tut mir Leid.«, murmelte sie und setzte sich neben ihn, »Ich wollte dich nicht erschrecken.«

Als er die ängstliche Besorgnis in ihrer Stimme hörte, zwang er sich zu einem Lächeln. »Hey, ist schon okay. Meine Schuld. Ich bin einfach ein nervöses Wrack.« Um die Situation zu entspannen, fügte er hinzu: »Wie war es bei den Fitzgeralds? Hast du sie in die Pflicht genommen?« Verstohlen schob er den Papierball mit dem Fuß unter den Tisch, wo Izzy ihn nicht sehen konnte.

An diesem Abend saß Izzy auf der Terrasse und genoss die kühle Luft. Sie war überzeugt, dass sie es sich nicht einbildete: Mark benahm sich seltsam.

Er hatte sie in den letzten Stunden kaum beachtet, sondern ständig auf die länger werdenden Schatten im Garten gestarrt. Er war so ruhelos und nervös gewesen, dass kein vernünftiges Gespräch zustande kam. Mehrmals hatte sie ihn gefragt, ob alles in Ordnung sei.

»Ja, klar«, hatte er geantwortet. »Was soll sein?« Er

hatte das leichthin gesagt, aber sein Kinnmuskel zuckte und seine Augen blickten düster.

Um ihn abzulenken, hatte sie versucht, ihm von Liberty-Raquel und dem Baby, das sie vor sechzehn Jahren weggegeben hatte, zu erzählen, aber er hatte gar nicht richtig zugehört. Jetzt griff sie das Thema wieder auf. »Du hattest ganz Recht«, sagte sie. »Die arme Liberty-Raquel trug sicherlich die ganzen Jahre einige Probleme mit sich herum, was?«

»Ja, das erklärt wahrscheinlich auch ihr übergroßes Interesse für Wahrsagerei«, erwiderte Mark geistesabwesend und fingerte an seinem Schnürsenkel herum. »Nichts lenkt einen besser von der Vergangenheit ab, als die Zukunft voraussagen zu können.«

»Ich habe sie gefragt, woher sie so viel über Nick und Sally wusste, und sie sagte, sie hätte es von Sophia erfahren. Offensichtlich hatte Laura Sophia alles erzählt. So ist wenigstens meine Neugier in diesem Punkt gestillt. Und es hat deshalb eine Woche gedauert, bis die Journalisten kamen, weil sie ihr zuerst nicht geglaubt haben. Sie dachten, sie wolle sich nur wichtig machen, aber dann hat ihnen jemand am Flughafen auch noch einen Tipp gegeben.« Izzy merkte, dass Mark ihr schon wieder nicht zuhörte – was um Himmels willen war nur mit ihm los? »Und ich habe mir gedacht, nachher binde ich dich am Bett fest und streichele dich mit einem Staubwedel«, fügte sie hinzu.

»Ja, das klingt vernünftig.« Sein Blick war wieder auf den Garten gerichtet und er trommelte mit den Fingern auf die Tischplatte.

»Oder hättest du lieber einen nassen Hering?«

»Was du willst. Das überlasse ich dir.«

Plötzlich hörte er auf zu trommeln und sah Izzy scharf an. »Einen nassen was?«

»Ah, jetzt bist du aufmerksam geworden, was? Komm schon, Mark, erzähl mir, was los ist. Seit ich von den Fitzgeralds zurückgekommen bin, benimmst du dich seltsam.« Sie bemerkte sein Zögern und da wusste sie ganz genau, dass irgendetwas vorgefallen war, während sie unterwegs war. »Hat jemand angerufen? Doch nicht Theo, oder?«

Er schüttelte den Kopf. »Es ist nichts. Nichts, worüber du dir Sorgen machen müsstest.« Es klang nicht überzeugend.

»Aber wenn dich etwas beschäftigt ...«

»Bitte, Izzy, lass mich in Ruhe. Ich möchte dich da nicht mit hineinziehen. Du bist die Letzte ...« Er brach ab. »Vergiss es, es war ... es war mein Verleger, das ist alles. Sie bedrängen mich immer so.«

Während Izzy schlief, lag Mark hellwach neben ihr. Im Zimmer war es unerträglich heiß. Es war sogar die heißeste Nacht des Sommers bisher, aber um nichts in der Welt würde er ein Fenster öffnen. Während Izzy sich im Badezimmer fürs Schlafengehen fertig gemacht hatte, hatte er sämtliche Türen und Fenster überprüft, ob sie fest verschlossen waren. Als sie aus dem Bad kam, machte Izzy eine Bemerkung darüber, dass die Luft im Schlafzimmer so stickig sei, und schlug vor, das Fenster zu öffnen, doch er erklärte, er wolle nachts nicht mehr von Mücken zerstochen werden, die sich immer nur auf ihn stürzten. Sie hatte das ohne Widerrede akzeptiert, war zu Bett gegangen und sofort eingeschlafen, den Kopf an seiner Schulter.

Während er nun schlaflos dalag, dachte er an das, was er auf der Terrasse zu Izzy gesagt hatte – *Ich möchte dich da nicht hineinziehen. Du bist die Letzte ...* Eigentlich hatte er sagen wollen, dass sie die letzte Person sei, die er jetzt in seiner Nähe ertrug.

Wenn ein Wahnsinniger hier nach Áyios Nikólaos gekommen war, um seiner inneren Stimme zu folgen, die ihm befahl, Mark St. James umzubringen, was würde ihn dann daran hindern können, auch Izzy zu töten?

Mark wusste nicht, was er tun sollte.

Sollte er Izzy in ein Flugzeug nach England setzen – und sie damit zu Tode ängstigen –, oder sollte er ruhig bleiben und seine Umgebung beobachten, bis die Bedrohung vorüber war?

Aber vielleicht ging sie ja gar nicht vorüber.

Wenn der Stalker der Romanhandlung von *Stumme Schritte* folgte, würde er versuchen, ihn umzubringen.

Da war Mark sich ganz sicher.

45

Der Tag begann so idyllisch wie jeder andere Morgen, an dem Izzy in diesem Urlaub aufgewacht war – der Himmel war makellos blau, die Sonne strahlte und das Meer schimmerte friedlich. Dennoch hing Spannung in der Luft und wollte nicht weichen.

Die Spannung ging von Mark aus, der nichts tat, um das schlechte Gefühl aufzulösen. Immer wenn Izzy ihn anblickte, merkte sie, dass er unerreichbar und mit seinen Gedanken ganz woanders war. Irgendetwas Schlimmes musste passiert sein. Er saß zwar im Schatten an seinem Tisch, aber er hatte den ganzen Morgen über noch keine Zeile geschrieben. Mehrmals hatte sie ihn dabei ertappt, wie er mit finsterem Gesichtsausdruck vor sich hin starrte. Es kam ihr so vor, als ob er sich Sorgen wegen ihr machte. Aber warum bloß? Oder hatte sie ihn vielleicht verärgert? Hatte sie irgendetwas Falsches gesagt oder getan?

Sie hatte versucht, ihm die Wahrheit zu entlocken, aber es war ihr nicht gelungen. Er schwieg beharrlich. Anscheinend wollte er nicht, dass sie sich in seiner Nähe aufhielt, aber es gefiel ihm auch nicht, wenn er sie nicht mehr sah. Als sie sagte, sie wolle zum Strand und schwimmen gehen, fragte er mürrisch, was sie denn an Theos Pool auszusetzen habe.

»Nichts«, hatte sie erwidert. »Ich möchte bloß gern mal ins Meer. Dort ist es kühler.«

»Dann komme ich mit dir. Ich könnte auch mal eine Ortsveränderung gebrauchen.« Und er war schon aufgesprungen, noch bevor er den Satz überhaupt zu Ende gesprochen hatte.

Während sie jetzt im kühlen Wasser schwamm, saß er angespannt und aufmerksam am Strand und beobachtete jede ihrer Bewegungen. Und er beobachtete auch die anderen Leute am Strand, vor allem diejenigen, die in ihre Nähe kamen.

»Das ist paranoid«, ging ihr durch den Kopf.

Es war, als ob ein Schalter umgelegt worden sei und er auf einmal ein völlig anderer Mann war. Ein Mann, der bei dem leisesten Geräusch zusammenzuckte, ein Mann, der misstrauisch jeden anderen Menschen beäugte.

Was um alles in der Welt war bloß in ihn gefahren?

Sie machte sich solche Sorgen, dass sie wünschte, Theo wäre schon da. Er kam erst am späten Nachmittag, aber Izzy konnte es plötzlich nicht schnell genug gehen. Wenn jemand aus Mark herausbekommen konnte, was los war, dann Theo.

Theo hatte jedoch keine Eile, nach Áyios Nikólaos zurückzukehren, sondern fuhr erst einmal nach Kassiópi, um die Einkäufe für das Abendessen zu erledigen. Er parkte sein Auto zwischen zwei offenen Jeeps und schlenderte durch den Hafen zu seiner Lieblingsbar, wo er etwas trinken wollte. Er begrüßte den Besitzer, Michalis, mit einem herzlichen Händedruck und fragte ihn, wie die Geschäfte gingen.

Michalis zuckte mit den Schultern, was so viel heißen sollte wie »Könnte besser sein«, und erwiderte: »*Etsi kyétsi.*«

Theo lächelte, da er wusste, dass Michalis immer ein gutes Geschäft machte. Neben der beliebten Hafenbar besaß er noch einige Wohnungen in Kassiópi, eine weitere Bar in Róda und eine Villa auf Mallorca, wo er und seine Frau den Winter verbrachten, wenn die Olivenernte vorbei war. »Und wie geht es deiner Mutter?«, fragte Theo. »Ich habe von Sophia und Angelos gehört, dass sie sich nicht wohl gefühlt hat.«

»Ah, noch ist viel Leben in ihr«, erwiderte Michalis lachend. »Fünfundachtzig Jahre und immer noch rüstig. Sie hat erst gestern meinem Sohn Andonis geholfen, einen Abfluss zu reparieren.«

»Du lässt sie zu viel arbeiten«, sagte Theo tadelnd.

Michalis warf die Hände in die Luft. »*Sie* will es so, nicht ich. Sie ist nur dann glücklich, wenn sie etwas zu tun hat. Du weißt ja, wie es ist.«

Theo wusste tatsächlich genau, wie es war. Seine Großmutter war genauso gewesen. Trotz aller Warnungen der Ärzte hatte sie ihr Leben voll ausgekostet.

Während er jetzt darauf wartete, dass Michalis ihm sein Getränk brachte, beobachtete Theo eine Gruppe sonnenverbrannter Touristen, die auf die Bar zukamen. Theo hatte zwar seine Krawatte abgelegt und den Hemdkragen geöffnet, aber er trug immer noch seinen teuren, maßgeschneiderten Anzug, und ihm war klar, dass der Kontrast zu den nachlässig gekleideten Urlaubern nicht größer sein konnte. Ein Mann, der lediglich glänzende Fußballshorts und Turnschuhe trug und auf dem kahl rasierten Kopf eine Boxershorts – war das jetzt der ultimative Sonnenschutz? – starrte ihn an, als sei er verrückt. »Einer von uns beiden hat ein Problem mit seinen geistigen Fähigkeiten«, dachte Theo, während er sein

Jackett auszog und es sorgfältig über die Stuhllehne hängte. »Ich glaube allerdings nicht, dass ich es bin.«

Michalis brachte ihm seinen Oúzo mit Eis und nach einem weiteren Wortwechsel ließ er Theo allein, um sich um seine anderen Kunden zu kümmern.

Theo trank einen Schluck und dachte an zu Hause. Er fragte sich, ob er wohl erfolgreich seinen Neid und seine Enttäuschung würde verbergen können, wenn er Izzy und Mark zusammen sah. Obwohl er sich sehr bemüht hatte, Mark davon zu überzeugen, dass er ihm nichts nachtrug, hatte er sich selbst nicht vormachen können, dass er über die Entwicklung der Dinge glücklich war. Er musste einfach versuchen, es leicht zu nehmen. Aber bis jetzt hatte er nur am Telefon mit ihnen reden müssen, und da war es einfacher gewesen, seine wahren Gefühle zu verbergen.

Theo hatte Mark immer als Bruder betrachtet. Und jetzt verspürte er das Bedürfnis, seinem Bruder die Zähne auszuschlagen, weil er ihm sein Mädchen weggenommen hatte.

Er leerte sein Glas, warf das Geld auf den Tisch und ging durch den Hafen zu den Läden. Es war Zeit, die Sache abzuhaken. Zeit, mit dem Selbstmitleid aufzuhören und vielleicht sogar zuzugeben, dass der Bessere gewonnen hatte.

Izzy duschte nach dem Schwimmen, und da Mark wusste, dass sie länger im Badezimmer bleiben würde, ging er nach draußen. Während er einen Umschlag aus der Tasche zog, holte er tief Luft und wappnete sich.

Der Umschlag hatte vor der Tür gelegen, als sie vom Strand zurückkamen. Glücklicherweise hatte Izzy ihn nicht gesehen, da sie ihr Handtuch auf die Leine zwischen den beiden Olivenbäumen neben dem Haus hängte, und so gelang es Mark, ihn in die Tasche zu stopfen, bevor sie zum Haus zurückkam.

Jetzt riss er den Umschlag auf.

Ich habe meine Meinung geändert. Du wirst es nicht sein.

Das konnte nur eins bedeuten. Der Irre hatte sich ein anderes Opfer ausgesucht.

Mit zitternden Händen steckte Mark den Briefbogen wieder in den Umschlag zurück. Was sollte er bloß tun? Die Drohung konnte gar nicht deutlicher sein. Die Person beobachtete ihn, hatte Izzy entdeckt und jetzt beschlossen, ihn auf die schlimmstmögliche Art zu verletzen. Er wollte Izzy töten.

Wie konnte er sie nur beschützen?

Mark ging auf der Terrasse auf und ab und seine Gedanken überschlugen sich. Er musste eine Lösung finden.

Nach Hause.

Das war es. Er musste Izzy zurück nach England schicken.

Sie verstecken. Sie in Sicherheit bringen.

Aber es würde nicht funktionieren.

Weglaufen, verstecken – wie lange konnten sie das durchhalten? Wie lange konnte er mit der Ungewissheit leben? Plötzlich musste er an den Tag denken, an dem er Izzy gestanden hatte, dass sie in seinem Roman vorkam. Er hatte ihr damals auch gesagt, dass er noch nicht wisse, was im Buch mit ihr geschehen würde. Und sie hatte gelächelt und gesagt: »Oh, nun, wenn es dir nichts ausmacht, würde ich gern am Leben bleiben.« Er erinnerte sich auch an seine Antwort. »Ich werde sehen, was ich tun kann.«

Ihm wurde übel, als er daran dachte. Und jetzt, im wirklichen Leben, wusste er nicht, wie er sie beschützen sollte.

Abrupt blieb er stehen und stürzte ins Haus, weil auf einmal die Angst in ihm hochstieg, ihr könne etwas passiert sein. Er hämmerte an die Badezimmertür und rief: »Geht es dir gut?«

Sie öffnete die Tür. »Ja, warum? Wolltest du mir den Rücken einseifen?« Lächelnd wickelte sie sich in ein Handtuch. »Dann muss ich dir leider sagen, dass du zu spät kommst. Oder wolltest du die Szene aus *Psycho* mit mir durchspielen?«

Er zwang sich zu lächeln und zog sie an sich. Wenn Izzy irgendetwas zustieß, würde er seines Lebens nie mehr froh.

Theo war noch nicht lange in der Villa – er hatte gerade seinen Anzug gegen eine Badehose ausgetauscht –, als er merkte, dass irgendetwas nicht stimmte.

Zuerst hatte er es darauf geschoben, dass sie drei sich unbehaglich miteinander fühlten, und hatte gedacht, dass das unter den gegebenen Umständen ja auch zu erwarten war. Aber bald wurde ihm klar, dass es ein größeres Problem geben musste. Hatte das glückliche Paar schon Schwierigkeiten?

»Du spielst den besitzergreifenden Liebhaber, was?«, sagte er zu Mark, als sie schließlich allein am Pool waren, weil Izzy darauf bestanden hatte, in Max' und Lauras Villa nach dem Rechten zu sehen und die beiden zu empfangen, wenn sie vom Flughafen kamen. Theo war überrascht gewesen, dass Mark versuchte, sie davon abzuhalten. Er hatte sogar vorgeschlagen, sie zu begleiten.

»Nein«, hatte sie geantwortet, »das wäre Theo gegenüber nicht fair. Du bleibst hier und plauderst mit ihm, während ich alles für Max und Laura vorbereite.«

»Aber darum haben sich Angelos und Sophia doch schon gekümmert. Sie waren doch heute früh da. Was musst du denn da jetzt noch tun, um Himmels willen?«

Izzy hatte jedoch nichts davon wissen wollen und war mit der sicheren Überzeugung gegangen, dass sie sich am Abend alle zum Essen wiedersehen würden.

Da Mark ihm keine Antwort gab, sagte Theo: »Du wirst sie vertreiben, wenn du sie weiter wie einen Vogel im Käfig behandelst.« Er trieb auf dem Rücken, blickte in den wolkenlosen, blauen Himmel und wartete darauf, dass Mark etwas erwiderte.

»Wenn du mit dem Schwimmen fertig bist, möchte ich dir etwas zeigen«, sagte Mark schließlich.

Theo drehte sich auf den Bauch und schwamm zum flachen Ende des Pools. »Du klingst so ernst. Was ist los?«

»Schwimm erst zu Ende, dann sage ich es dir.«

Theo stieg aus dem Wasser und wickelte sich ein Handtuch um die Taille. »Ich bin fertig und stehe zu deiner Verfügung.«

Mark führte ihn ins Haus. Zu Theos Überraschung gingen sie in sein Arbeitszimmer, wo Mark eine Schublade des Schreibtisches aufzog. »Ich hoffe, es macht dir nichts aus, dass ich sie hier versteckt habe, aber ich wollte nicht, dass Izzy sie sieht. Du wirst den Grund schon verstehen. Der Erste kam gestern, der andere heute.«

Theo nahm ein zerknülltes Blatt Papier von Mark entgegen, und ein weiteres, das glatt war. »Sag mir, dass das ein Zufall ist, Mark«, sagte er, nachdem er die beiden

Briefe gelesen hatte. »Oder überzeug mich davon, dass alle Autoren so seltsame Briefe bekommen, wenn sie im Urlaub sind.«

»Ich wünschte, es wäre so. Ich wünschte auch, ich hätte nicht solche Angst. Er muss in England in der Zeitung über mich gelesen haben und direkt hierher gekommen sein. Ich hätte ihm genauso gut gleich deine Adresse geben können. Gott, Theo, wenn dieser Irre die Absicht hat, mir Angst einzujagen, dann gelingt ihm das verdammt gut!«

Theo starrte auf die Briefe. »Seine Handlungsweise zeigt ohne jeden Zweifel, dass er es ernst meint, Mark, und ich glaube leider nicht, dass er dir nur Angst einjagen will. Mein Instinkt sagt mir, dass er weiter geht.« Inzwischen erkannte Theo nur zu deutlich, dass Mark mit seinem besitzergreifenden Verhalten Izzy nur in Sicherheit hatte bringen wollen, und zwar, ohne sie zu erschrecken. »Mark, wenn diese Person dich wirklich treffen will, wie wird sie vorgehen? Was glaubst du?«

Mark erwiderte ohne Zögern: »Du kennst die Antwort genauso gut wie ich. Er würde versuchen, jemandem etwas anzutun, der mir etwas bedeutet.«

»Dann müssen wir handeln. Wir müssen zur Polizei gehen.«

»Sie können doch höchstens jemanden zur Bewachung abstellen, um den Kerl auf frischer Tat zu ertappen. Was sollen sie sonst tun?«

»Das reicht aber doch schon. Du darfst nicht vergessen, Mark, dass die griechische Polizei anders ist als eure sanften, englischen Bobbies. Hier auf Korfu wird hart durchgegriffen. Die Polizisten hier haben wirklich Macht und sie tragen ja auch eine Waffe.«

»Okay, wenn du meinst, es nutzt etwas, dann informieren wir die Polizei.«

»Gut. Morgen früh fahren wir nach Kassiópi und zeigen diesem Typen, dass er einen großen Fehler gemacht hat, indem er hierher gekommen ist. Der Mann gehört hinter Schloss und Riegel! Wenn wir ihm nicht endlich Einhalt gebieten, treibt er dich noch in den Wahnsinn.«

»Danke, dass du mir das noch einmal so eindringlich vor Augen hältst.«

»Ich spreche nur laut aus, was du sicher auch schon gedacht hast. Sollen wir jetzt mal nach Izzy sehen? Wir dürfen sie nicht aus den Augen verlieren. Einer von uns beiden muss immer bei ihr sein. Und sieh zu, dass du sie beruhigen kannst. Ich habe ihr angesehen, dass sie sich große Sorgen um dich macht. Und während die Polizei nach deinem Stalker sucht, fliegt ihr beiden am besten mit zu mir nach Athen.«

»Aber wird Izzy dann nicht erst recht misstrauisch werden?«

»Ich werde meine Einladung so wunderbar formulieren, dass sie keinen Verdacht schöpft. Vertrau mir, Mark. Habe ich nicht immer gut für dich gesorgt?«

46 Es war dunkel geworden und nach und nach spürte Izzy, wie die Anspannung der letzten Tage von ihr abfiel. Max und Laura waren großartig gelaunt, sie lachten und scherzten während des ganzen Abendessens. Theo unterstützte sie nach Kräften dabei und es war unmöglich, sich von der entspannten Stimmung nicht anstecken zu lassen. Sogar Mark wirkte wieder lockerer. Sie fragte sich, ob er wohl mit Theos Hilfe seine Probleme hatte lösen können. Mark bemerkte, dass sie ihn beobachtete, und streckte lächelnd die Hand nach ihr aus. Sie berührte sie mit den Fingerspitzen. Es war eine diskrete und intime Geste und Izzy hatte eigentlich gedacht, dass sie den anderen nicht auffallen würde. Aber sie hatte sich geirrt.

»Nein, nein, *nein*!«, schrie Theo. Seine Stimme war so laut, dass Izzy zusammenzuckte. Er legte seine Hand auf ihre Hände. »Ich erlaube es nicht«, sagte er streng. »Ich werde nicht hier sitzen und die behaarte, grüne Stachelbeere spielen. Es ist schon schlimm genug, zusehen zu müssen, dass sich Max und Laura wie zwei verliebte Teenager aufführen. Muss ich jetzt auch noch euer romantisches Gehabe ertragen?«

Max legte lachend einen Arm um Lauras Schultern. »Du kannst einem Mann nicht verbieten, seine Frau zu lieben, vor allem nicht, wenn sie so schön ist wie meine.« Er küsste Laura auf die Wange und flüsterte ihr etwas ins

Ohr. Laura nickte und Izzy fiel auf, dass sie auf eine ganz besondere Art und Weise lächelte.

»Wir haben gestern etwas Wunderbares erfahren«, sagte Max mit breitem Grinsen. Laura und ich werden noch einmal Eltern. Und wir freuen uns beide wie die Schneekönige. Na ja, jedenfalls seitdem der erste Schock für uns alte Leutchen vorüber ist«, fügte er hinzu.

Izzy trat spontan zu Laura und umarmte sie. »Das sind ja tolle Neuigkeiten! Herzlichen Glückwunsch. Das erklärt wahrscheinlich auch, warum du ständig so müde warst. Hast du es geahnt?«

»Nein. In meinem Alter denkt man nicht unbedingt an eine Schwangerschaft, wenn man ein bisschen wetterfühlig ist. Außerdem habe ich ja die Pille genommen, wenn auch in der letzten Zeit ein wenig nachlässig. Ich dachte, die Hitze macht mich fertig. Oder ich käme in die Wechseljahre. Aber Max hat darauf bestanden, dass ich zum Arzt ging, und, hey, schon wieder eine späte Mutter!«

Theo schüttelte Max breit grinsend die Hand. »Du alter Knabe, offenbar habe ich dich gründlich unterschätzt.« Dann beugte er sich über den Tisch und küsste Laura. »Herzlichen Glückwunsch, meine Liebe. Ich freue mich so für dich! Das sind wirklich herzerwärmende Nachrichten.«

Laura lächelte. »Und ihr haltet uns nicht für zu alt?«

»Um Himmels willen, nein«, sagte Izzy. »Allerdings muss sich Max schon sehr anstrengen, wenn er nicht an all diesen Schulsportfesten, die euch jetzt wieder bevorstehen, Schande über die Familie bringen will.«

Max stöhnte. »Oh, danke, Izzy! Bis dahin haben sie hoffentlich Rollstuhlrennen im Zimmer eingeführt.«

»Und was sagt Francesca zu den Neuigkeiten?«, fragte Theo.

»Nun, sie hat gesagt: ›Ach Dad, ich wollte immer einen kleinen Bruder oder eine kleine Schwester, damit ich sie herumkommandieren kann, also ist es wohl besser spät als gar nicht.‹«

»Und Corky und Olivia?«

»Sie sind entzückt. Genau wie meine Eltern.«

»Nun, ich finde es auch toll«, bestätigte Theo, »und ich freue mich schon auf nächstes Jahr, wenn ihr den Sommer hier mit Sinclair junior verbringt.« Er klatschte in die Hände. »Das müssen wir feiern. Champagner! Wir müssen auf deine Gesundheit trinken und darauf, dass der kleine Junge genauso süß wird wie seine schöne Mutter!«

»Du ziehst gar nicht erst in Betracht, dass es ein Mädchen werden könnte, was?«, fragte Mark.

Theo schüttelte entschieden den Kopf. »Meine Intuition sagt mir, dass es ein kleiner Junge wird, der seinen Vater auf Trab hält.« Er erhob sich von seinem Stuhl.

»Soll ich dir helfen, Theo?«, fragte Izzy und stand ebenfalls auf. Sie hoffte, dass er ja sagen würde. Das wäre eine gute Gelegenheit, ihn nach Mark zu fragen.

»Danke, Izzy, das ist sehr nett von dir.«

Aber sie waren erst wenige Augenblicke allein, als Mark in der Küche mit einem Stapel schmutziger Teller auftauchte.

»Ich dachte, ich bringe rasch das Geschirr hinein«, sagte er und räumte die Teller in die Spülmaschine.

»Siehst du, Izzy?«, murrte Theo und holte eine Flasche Veuve Cliquot aus dem Kühlschrank. »Er lässt mich nicht eine Minute mit dir allein. Unter dem Vorwand, helfen zu wollen, kommt er uns nach, aber in Wirklichkeit will er nur sichergehen, dass ich dich nicht heimlich küsse. Ich bin eine echte Bedrohung für ihn, was?«

»An dem Tag, an dem ich mich durch dich bedroht fühle, Theo, hört die Sonne auf zu scheinen. Sollen wir jetzt den Champagner servieren? Laura sagt, sie möchte nur ein kleines Glas, und mir ist es eher nach Mineralwasser.«

»Oh, Izzy, hörst du seine spröden Worte? Möchtest du nicht lieber noch einmal überdenken, worauf du dich da eingelassen hast? Eine Dame darf das.«

»Aber diese hier hat nicht die Absicht«, erwiderte Izzy. Sie freute sich über das vertraute Geplänkel zwischen Mark und Theo. »Und wenn ich auch einmal etwas sagen darf«, fügte sie hinzu, »dann würde ich gern wissen, wo du deine Gläser aufbewahrst, Theo.«

Er wies auf einen Schrank und sagte zu Mark: »Dieses Mädchen ist so frech wie eigensinnig. Du wirst ein Auge auf sie haben müssen.«

»Das habe ich auch vor«, erwiderte Mark. Theo ging schon mit der Flasche voraus und Mark trat auf Izzy zu, die bereits das Tablett mit den Gläsern in den Händen hielt. Er nahm es ihr ab und stellte es auf den Tisch. »Es tut mir Leid, dass ich in der letzten Zeit so abwesend war«, sagte er. »Ich hätte dich warnen sollen, dass ich manchmal solche Stimmungen habe. Ich hoffe, du bist nicht böse.«

Sie blickte ihn aufmerksam an. Einen Moment lang dachte er, sie glaube ihm nicht. »Aber jetzt ist es wieder gut?«, fragte sie.

Erleichtert zog er sie an sich. »Genau jetzt ist es sogar mehr als gut. Ich möchte den Mann sehen, der jetzt nicht gern an meiner Stelle sein würde.« Er küsste sie leidenschaftlich. Dann schlang er ihr die Arme um die Taille und sagte: »Und was genau hatte Theo hier in der Küche mit dir vor?«

Sie lachte. »Vergiss Theo. Was hast *du* denn vor?«

»Hmm, meine Süße, du tust es schon wieder. Du führst mich auf Abwege.«

»Ich folge nur deinem Beispiel, Mark.«

Er küsste sie noch einmal. »Komm, wir gehen besser wieder nach draußen, sonst gibt Theo keine Ruhe.«

»Da seid ihr ja endlich«, sagte Max, als sie wieder auf der Terrasse erschienen. »Wir haben schon überlegt, ob wir aus der Flasche trinken müssen.«

Theo schenkte ihnen Champagner ein und sie prosteten sich zu. Mark nahm nicht an der allgemeinen Unterhaltung teil. Er fand es äußerst schwierig, so zu tun, als wenn alles in Ordnung wäre. Er starrte in den dunklen Nachthimmel, über den unheimliche Wolken zogen. Die Kerzen auf dem Tisch flackerten, weil Wind aufgekommen war. Trotz Theos Zuversicht, dass alles wieder gut werden würde, konnte Mark nicht glauben, dass sich das Problem so einfach lösen ließ.

Als er seine Aufmerksamkeit wieder den anderen zuwandte, verteidigte Theo gerade hitzig seine Nation. »Glaubt mir, Griechenland steht wirtschaftlich besser da, als ihr Engländer annehmt«, sagte er. »Es ist ...«

»Hey, du brauchst gar nicht so defensiv zu werden, Theo«, warf Mark ein. »Jeder an diesem Tisch weiß, welch großen Beitrag du zur wirtschaftlichen Stabilität deines Landes leistest, und wir sind alle mächtig stolz auf dich. Also hör auf, ja? Ich dachte, das sei eine Party und wir wollten Spaß haben.«

»Hört, hört!«, rief Max.

Theo verdrehte die Augen. »Bitte, ihr beiden, spart euch euren belehrenden Sarkasmus. Wie komme ich eigentlich an solche Freunde? Habe ich es verdient, so schlecht behandelt zu werden? Wirklich, ich kann mir nichts Schlimmeres vorstellen, als hier mit euch zu sitzen. Ihr seid ein Alptraum!«

Alle lachten, doch plötzlich sagte eine Stimme: »Keiner von euch hat eine Ahnung, was ein Alptraum ist. Aber vielleicht ändert sich das ja nach diesem Abend.«

Das Gelächter erstarb. Aus der Dunkelheit trat ein Mann auf sie zu, und obwohl Mark nicht viel mehr als eine dunkle Silhouette erkennen konnte, sah er ganz deutlich, dass der Mann ein Gewehr in der Hand hielt und auf ihn zielte.

47

Marks erster Gedanke war: Jetzt ist es so weit.

Sein zweiter Gedanke war, dafür zu sorgen, dass sich niemand als Held aufspielte.

»Rührt euch nicht«, flüsterte er. »Er ist wegen mir hier, also bleibt ganz ruhig sitzen.«

Seine Stimme klang viel ruhiger, als er sich fühlte. Er hatte Gänsehaut und sein Herz schlug heftig. Blinzelnd versuchte er, den Mann zu erkennen.

Wen auch immer er hinter den Briefen vermutet hatte, es war auf jeden Fall nicht ein so alter, dünner und kleiner Mann gewesen. Kurz schoss ihm der Gedanke durch den Kopf, dass sie ihn eigentlich leicht überwältigen konnten, aber er war natürlich deutlich im Vorteil: Er hatte ein Gewehr.

Mark stand ganz langsam auf und versuchte, auf die Gestalt zuzugehen. Doch sofort schwenkte der Irre das Gewehr.

»*Setz dich!*« Alle zuckten zusammen. Laura klammerte sich an Max, der den Arm um sie gelegt hatte, und Izzy griff entsetzt nach Theos Hand. »Ich habe gesagt, setz dich.«

»Tu, was er sagt, Mark«, drängte Theo und blickte ihn flehend an.

Aber Mark hob nur beide Hände. »Es ist schon gut«, sagte er. »Sie wollen doch mich und jetzt haben Sie mich.

Lassen Sie uns reden.« Er trat noch ein paar Schritte vor, um wenigstens Izzy abzuschirmen, die durch ihren Platz am Tisch das leichteste Ziel war. Der Mann mochte ja das Gewehr auf ihn gerichtet halten, aber im letzten Brief hatte gestanden: *Ich habe meine Meinung geändert. Du wirst es nicht sein.*

»Wer sagt, dass ich reden will?«, stieß der Mann verächtlich hervor.

»Wenn Sie hierher gekommen sind, um mich zu töten, dann sollten Sie wenigstens den Grund erklären.« Izzy stieß einen leisen Schrei aus. O Gott, hoffentlich blieb sie still sitzen! »Also?«, fuhr Mark fort und trat noch einen Schritt auf seinen Verfolger zu. »Schließlich hat ein zum Tode Verurteilter das Recht auf eine letzte Bitte.«

»Ich weiß, was du da tust«, sagte der Mann. »Ich bin kein Narr. Du glaubst, wenn du mit mir verhandelst, kannst du mich umstimmen. Aber das funktioniert nicht. Wir können jedoch gern ein bisschen miteinander reden. Aber du bleibst da stehen, wo du bist. Keinen Schritt näher, hörst du?«

Mark zuckte zustimmend mit den Schultern und stellte sich genau vor Izzy. Jetzt musste er auf Zeit spielen. »Wer sind Sie?«, fragte er.

Der Mann warf seinen Kopf zurück und lachte. Es war ein schreckliches, verzerrtes Lachen. »Du enttäuschst mich«, schnarrte er. »Ich weiß, dass es lange her ist, aber ich dachte, mittlerweile hättest du es herausgefunden.« Und als ob der Mann es geplant hätte, gaben die Wolken den Mond frei, und das Gesicht des Eindringlings war in dem silbrigen Licht auf einmal deutlich zu erkennen.

Entsetzt starrte Mark ihn an. Wenn man sich die wirren, grauen Haare, die Falten im Gesicht und die hängenden, schmalen Schultern wegdachte, dann war es Mr. Percival … Nialls Vater. »Aber … aber warum?«, murmelte er. »Warum tun Sie das?«

Wieder dieses grässliche Lachen. Böse starrte Mr. Percival Mark an. »Weil ich dich hasse. Ich habe dich dreißig Jahre lang gehasst. Du hast unser einziges Kind umgebracht. Es war deine Schuld, dass er starb.«

»Aber ich war doch selbst noch ein Kind.« Mark hatte plötzlich das Gefühl, er sei wieder der zwölfjährige Junge, der sich an den Bootsrumpf klammerte, während die Wellen über ihm zusammenschlugen.

»Du warst ein Teufel. Du hast Niall immer zu Dingen überredet, die er gar nicht tun wollte. Du hattest einen schlechten Einfluss auf ihn. *Du* hättest sterben sollen, nicht Niall.«

»Glauben Sie nicht, dass ich auch am liebsten die Zeit zurückgedreht hätte, wenn ich nur gekonnt hätte? Können Sie sich nicht vorstellen, dass ich mir die meiste Zeit meines Lebens gewünscht habe, *ich* wäre ertrunken?«

»Leere Worte, jetzt, wo du versuchst, deine Haut zu retten. Ich weiß, dass du zu wahren Gefühlen gar nicht fähig bist. Ich aber musste jeden Tag mit dem Alptraum leben. Ich kam von der Arbeit und wusste, mein Sohn ist nicht da. Ich erwachte am Morgen und wusste …« Seine Stimme brach, doch dann fuhr er fort: »Für seine Mutter war es zu viel. Sie hat sich nie wieder erholt, hat nie wieder einen glücklichen Gedanken gehabt. Die Trauer hat sie wahnsinnig gemacht. Sie hat die meiste Zeit in einer psychiatrischen Anstalt verbracht, hat nicht gewusst, welcher Wochentag war, hat nicht gewusst, wer ich war. Du hast nicht nur Niall getötet, du hast sie auch zerstört. Deshalb hat sie sich vor acht Monaten, einer Woche und zwei Tagen das Leben genommen. Und jetzt sag mir – wie fühlt man sich, wenn man für zwei Tode verantwortlich ist?«

Wie gelähmt von der Erkenntnis, dass dieser Mann so viel gelitten hatte, ihm jetzt die Rechnung präsentierte und dass dieser Abend nur tragisch enden konnte, fand Mark keine Worte. Obwohl die Nacht warm war, fühlte er sich eiskalt. Schweiß bedeckte seinen Körper. Er versuchte, einen klaren Gedanken zu fassen, sich auf das zu konzentrieren, was Nialls Vater gerade gesagt hatte.

Vor acht Monaten, als seine Frau sich umgebracht hatte, war Januar gewesen ... im Februar war *Stumme Schritte* erschienen ... und eine Woche später hatte er den ersten Brief erhalten. Mark zwang sich zu sprechen und presste hervor: »Sie wollen also Rache für diese beiden Tode? Sind Sie deshalb hierher gekommen?«

»Ist das nicht logisch?«

»Nein. Es tut mir Leid, aber das ist es nicht.«

»Mir tut es auch Leid, aber das Ganze hat jetzt lange genug gedauert. Dieser Wahnsinn muss aufhören.« Theo war ebenfalls aufgestanden und hatte sich neben Mark gestellt.

Nialls Vater richtete das Gewehr auf Theo. »*Ich* entscheide, wann es aufhört. Es sei denn, Sie wollen als Erster sterben.« Seine Augen wurden glasig, und Schweißtropfen glitzerten auf seiner Stirn. Er sah aus wie ein Irrer.

»Bitte, Theo«, murmelte Mark. »Keine Heldentaten. Setz dich und lass ihn sagen, was er zu sagen hat.« Zögernd setzte sich Theo wieder. Mark holte tief Luft. Ihre einzige Hoffnung war, weiter mit ihm zu verhandeln, mit ihm im Gespräch zu bleiben. Er sagte: »Wenn Sie mich schon so lange hassen, warum haben Sie mich denn dann nicht schon früher umgebracht? Warum haben Sie so lange gewartet?«

»Oh, versteh mich nicht falsch. Ich habe schon vor Jahren daran gedacht, dich zu töten. Nacht für Nacht, wenn ich nicht schlafen konnte, habe ich mir vorgestellt, mit dir in einem Boot hinauszufahren und dich ertrinken zu lassen. In manchen Nächten habe ich dich unter Wasser gedrückt und habe zugesehen, wie du hilflos mit Armen und Beinen strampeltest. Gegen die Schlaflosigkeit hat es nicht geholfen, aber es war immerhin besser als Schäfchenzählen.«

»Oh, Gott steh uns bei, Sie sind ein kranker Bastard!« Diese Worte kamen von Max und Nialls Vater blickte ihn wütend an. Aus Angst, dass er auf Max schießen könnte, versuchte Mark, ihn abzulenken. »Und was hat Sie davon abgehalten?«

Der Blick glitt wieder zu ihm. »Ich wollte, dass du leidest. Und ich wusste, dass es auf gewisse Weise schon so weit war.«

»Sie wussten von meiner Sucht?«

»O ja. Ich wusste alles über dich. Ich kannte jeden deiner Schritte. Ich habe dich ständig beschattet.«

»Sie haben mich auch damals schon verfolgt?«

»Immer. Ich habe gesehen, was du deiner Familie angetan hast, wie deine Eltern wegen dir gelitten haben. Du hast sie ebenso zerstört wie dich selbst. Wenn es nicht so gerecht gewesen wäre, hätten sie mir Leid tun können. Aber ich habe kein Mitleid mit ihnen gehabt. Ich habe nicht eine einzige Emotion an Menschen verschwendet, die die Nase über uns gerümpft haben. Ihnen war Niall als Freund für ihren kostbaren Sohn nie gut genug. Aber in Wahrheit war Niall viel zu gut für dich.«

Mark spürte die Bitterkeit, die den Mann beherrschte. Sie hing wie eine giftige Wolke in der Luft. »Und wie war Ihr Plan? Ich nehme doch an, Sie hatten einen.«

»Das ist richtig. Ich beschloss zu warten, bis du dich wieder erholt hattest und ein Leben führtest, das dir etwas bedeutete. Ich sah zu, wie du schließlich ein erfolgreicher Schriftsteller wurdest.« Er schluckte. »Kannst du dir vorstellen, wie weh das getan hat? Deinen Erfolg zu sehen und zu wissen, dass mein Sohn nie die Chance dazu hatte? Er durfte nur zwölf armselige Jahre lang leben.«

»Aber mein elendes Leben ist doch nichts wert!«

»In gewisser Weise hast du Recht. Deshalb habe ich ja auch etwas Besseres mit dir vor. Ich wusste, dass du es mir irgendwann auf dem Silberteller präsentieren würdest. Und als ich über deine so genannte Heldentat in der Zeitung las, darüber, dass du und deine Freundin das Leben dieses Mädchens gerettet habt, da sah ich den Moment gekommen. Ich habe doch Recht, oder?«

Es war genauso, wie Mark vermutet hatte. »Ja«, erwiderte er, und als er sah, wie sich die Hand fester um den Abzug legte, wusste er, dass es zu Ende ging. Es sei denn, er konnte Nialls Vater mit irgendetwas anderem ablenken. Er dachte an Pille und wie er mit dieser Situation umgehen würde. Mark straffte die Schultern und sagte: »Was haben Sie denn empfunden, als Sie lasen, dass ich das Mädchen gerettet habe?«

Ein seltsamer Ausdruck huschte über das verwitterte Gesicht. Aber der Mann antwortete nicht.

Mark fuhr fort: »Haben Sie über die Ungerechtigkeit

auf der Welt nachgedacht? Über die Tatsache, dass Leben einfach so genommen und geschenkt wird? Wollten Sie es hinausschreien, dass es nicht fair ist?«

»*Nein*! Ich habe dich nur noch mehr gehasst.«

»Warum? Weil ich dort Erfolg hatte, wo ich vorher versagt habe? Glauben Sie nicht, dass ich alles versucht habe, um Ihren Sohn zu retten? Dass ich unbedingt meinen Freund retten wollte? Aber das wollten Sie ja nie glauben, nicht wahr? Vor lauter Schuldgefühl, weil Sie nicht da waren, als Niall Sie brauchte, haben Sie *mich* zu Ihrem persönlichen Sündenbock gemacht. Jemand musste ja die Schuld dafür haben, dass Sie Ihren Sohn nicht vor dem Tod bewahren konnten ... und Ihre Frau auch nicht.«

Dem alten Mann traten die Tränen in die Augen. »Das ist eine Lüge! Du warst schuld! *Du*! Du hast es gar nicht richtig versucht. Du wolltest ihn gar nicht retten! Du hast dich nur um dich gekümmert! Leute deines Schlages kümmern sich nie um andere.« Seine Stimme brach und er senkte das Gewehr. Es zielte jetzt auf Marks Füße. Für den Bruchteil einer Sekunde dachte Mark daran, sich auf ihn zu stürzen und ihm die Waffe zu entreißen. Aber der Abstand zwischen ihnen war zu groß. Er würde es nicht schaffen. Er konnte nur weiter mit ihm reden und dabei unmerklich auf ihn zugehen. Er machte einen winzigen Schritt, aber sofort richtete der alte Mann wieder das Gewehr auf ihn.

»Ich habe dich gewarnt. Komm nicht näher. Du glaubst wohl, ich würde nicht schießen, was? Du hältst mich für einen verrückten, alten Narren, der nicht den Mumm dazu hat, was?«

Tränen strömten ihm über das Gesicht und seine

Hände, die von dicken Adern durchzogen waren, zitterten. Mark sah deutlich, dass er im Moment zu allem fähig war. »Das stimmt nicht«, erwiderte er beruhigend. »Man braucht eine Menge Mut, um so weit zu kommen. Und auch eine kluge Planung.«

Nialls Vater wischte sich mit dem Handrücken über das Gesicht. Er konnte sich offenbar nur noch mühsam aufrecht halten. »Klüger, als du glaubst.«

»Clever von Ihnen, die Ereignisfolge aus *Stumme Schritte* nachzuvollziehen. Eine hübsche Idee.«

»Ich dachte mir, dass dir das gefällt. Und es wird dir auch gefallen, dass ich nichts zu verlieren habe. Ich habe meinen Sohn und meine Frau bereits verloren, mehr besitze ich nicht. Du hast zwei Sekunden Zeit, dir zu überlegen, wen ich töten soll. Deinen engsten und ältesten Freund – oder deine Freundin. Tut mir Leid, du warst nicht schnell genug, die Zeit ist abgelaufen. Ich wähle für dich.« Und mit einer Behändigkeit, die Mark nicht erwartet hatte, stellte Mr. Percival sich so hin, dass er einen freien Blick auf Izzy hatte. Er zielte direkt auf sie und sein Finger krümmte sich um den Abzug.

»*Nein*!«

Mark schrie laut auf und warf sich vor Izzy.

Er hörte den Schuss und die Schreie und ein brennender Schmerz durchfuhr ihn. Die Hölle brach los. Seine Beine gaben nach und er sank zu Boden.

Und dann hörte und spürte er gar nichts mehr.

48

Theos Erinnerung an die Ereignisse wurde bereits schwächer, was von dem akuten Schock herrührte. Glücklicherweise hatte er seine Aussage bei der Polizei in Kassiópi bereits vor einigen Stunden gemacht, denn mittlerweile konnte er sich an Details kaum noch erinnern.

Gleich nach dem Vorfall hatte er völlig beherrscht reagiert und alles organisiert, die Ambulanz, die Polizei, und er hatte mit Max' Hilfe sogar das Blut gestillt, das in Strömen aus Marks Wunde rann. Ein ganzer See von Blut hatte sich auf der Terrasse gesammelt und in der Panik war einer von ihnen hineingetreten und hatte makabre rote Fußspuren auf den Steinen hinterlassen.

Als er jetzt allein am Fenster stand, merkte er, dass er von dem Moment, als der Schuss sich löste, nichts mehr wusste. Er konnte sich nicht auf das, was er gesehen hatte, konzentrieren, er wusste nur, dass er in diesem letzten, wahnsinnigen Augenblick nicht in der Lage gewesen war, seinem Freund zu helfen.

Der Wind hatte das Wachs der Kerzen auf den Tisch geblasen, die Wellen hatten sich an den Felsen gebrochen und Theo hatte gedacht: Das kann nicht so weitergehen. Wir müssen es beenden. Alles Reden der Welt wird diesen Irren nicht davon abhalten, uns alle zu töten.

Und gerade in dem Moment hatte der Mann erklärt, Mark dürfe sich aussuchen, wen er umbringen sollte.

Von da an verschwamm Theos Erinnerung. Er hatte sich bewegen wollen, Izzy zu Boden reißen wollen, aber er war nicht dazu imstande gewesen. Die Angst hatte ihn gelähmt. Und jetzt konnte er sich nur noch an die Ereignisse vor und nach dem Schuss erinnern.

Er befand sich auf dem Boden neben Izzy. Zitternd und schreiend beugte sie sich über Marks blutgetränkten Körper. Überall war Blut – an seinem Kopf, seiner Brust, seinem Rücken. Max und Laura mussten sie von ihm wegziehen, um zu sehen, ob er noch zu retten war. »Er ist tot«, weinte sie. »Er ist tot. Er ist tot.« Laura hatte sie festgehalten, sie gestreichelt und beruhigt, aber sie hatten alle dasselbe gedacht.

Doch Mark war nicht tot. Und in diesem Moment hatte Theo die Dinge in die Hand genommen. Wenn Mark überleben sollte, mussten sie rasch handeln: Sie mussten ihn sofort ins Krankenhaus bringen.

Als die Ambulanz eintraf, hatte Mark noch nicht das Bewusstsein wiedererlangt und sein Puls schlug nur noch ganz schwach. Er hatte so viel Blut verloren, dass Theo überzeugt war, dass er die lange Fahrt nach Korfu-Stadt nicht überstehen würde.

Aber er hätte ruhig mehr Vertrauen in die Zähigkeit seines Freundes haben dürfen. Mark schaffte es bis ins Krankenhaus und jetzt wurde er gerade operiert. Theo wusste nur, dass die Kugel ihn in die Brust getroffen hatte und dass er sich am Kopf verletzt hatte, als er auf dem Boden aufschlug. Er hatte keine Ahnung, wie schwer die Verletzungen waren oder ob Mark sie überleben würde.

Max und Laura waren in der Villa geblieben, aber Izzy hatte darauf bestanden, Theo zu begleiten. Jetzt konnten sie nur noch warten. Sie redeten nicht über ihre

Befürchtungen, aber Theo wusste, dass Izzy sich genau wie er auf das Schlimmste vorbereitete.

Als eine Tür aufging, drehte er sich um und sah, dass Izzy aus dem Badezimmer zurückgekommen war. Bleich, mit tiefen Schatten unter den Augen, die Kleider immer noch blutbefleckt, fragte sie: »Gibt es etwas Neues?«

Er schüttelte den Kopf.

Sie trat neben ihn ans Fenster. »Warum hat er mir nicht erzählt, dass er Drohbriefe bekommen hat?«

»Er wollte dich nicht ängstigen. Vor allem nicht, als er merkte, dass du in Gefahr warst.« Theo fühlte, wie ein Schauer sie überlief, und legte den Arm um sie.

»Ich wusste, dass irgendetwas nicht in Ordnung war, aber er wollte nicht mit mir darüber reden.«

»Du darfst ihm deswegen nicht böse sein. Es zeigt nur, wie sehr er dich liebt. Er wollte dich beschützen.«

»Dieser Mann ... Nialls Vater ... Er war sehr krank, nicht wahr?«

»Ja. Er war krank. Man hätte nichts für ihn tun können. Es ist schlimm, aber ich glaube, es war das Beste, dass er sich erschossen hat.«

»Hast du der Polizei alles erklärt?«

»Ja. Aber ich werde morgen wahrscheinlich noch mehr Fragen beantworten müssen. Beziehungsweise heute.« Er blickte auf die Uhr. In diesem Moment öffnete sich die Tür hinter ihnen. Sie drehten sich um und Theo ergriff Izzys Hand. Er redete griechisch mit dem Arzt, um Izzy wenigstens so lange wie möglich vor der grausamen Wahrheit zu schützen.

Das brauchte er jedoch gar nicht. Der Arzt hatte gute Nachrichten. Mark würde wieder gesund werden. Der

Schuss hatte zwar seine rechte Lunge durchdrungen, aber die Operation war erfolgreich verlaufen.

»Sie brauchen sich keine Sorgen zu machen«, versicherte er ihnen, »es war wirklich ein Routineeingriff.« Dann berichtete er noch, dass Mark offensichtlich einen harten Schädel und sein Gehirn bei dem Sturz keinen Schaden erlitten habe. Sie hatten sich Sorgen gemacht, weil Mark danach so lange bewusstlos gewesen war, aber alle Tests hatten ergeben, dass er keine Spätschäden davontragen würde.

Izzy und Theo waren sich darüber einig, dass Mark ein schrecklicher Patient war. Das sagten sie ihm drei Tage später, als er sich darüber beklagte, dass man ihn im Krankenhaus nie schlafen ließ. »Ich komme mir vor, als sei ich ein Experimentierkasten, mit dem sie spielen, wenn sie Langeweile haben«, jammerte er.

»Ein teurer Experimentierkasten, für den ich bezahle«, stellte Theo richtig und ging aus dem Zimmer, damit Izzy und Mark ein wenig unter sich sein konnten.

Mark schickte ihm ein so wütendes Schnauben hinterher, dass Izzy in Lachen ausbrach. »Du hast ja keine Ahnung, wie gut es tut, dich endlich wieder so aufgebracht zu sehen«, sagte sie.

»Ich bin nicht aufgebracht«, giftete er.

»Doch. Du benimmst dich einfach grässlich.«

»Dann hol mich hier raus.«

Sie blickte in sein eingefallenes Gesicht, registrierte die tiefen Schatten unter seinen Augen, die Verbände um Kopf und Brust. »In den nächsten drei Tagen kannst du nirgendwohin gehen, hat der Arzt gesagt«, erwiderte sie.

»Kommandier mich nicht herum«, grollte er und versuchte, ein Gähnen zu unterdrücken. »Du bist hier nicht in deiner Schule, Miss Jordan.«

Kurz darauf schlief er ein. Er schlief viel, aber immer nur leicht und für kurze Zeit. Izzy lehnte sich in dem Stuhl neben seinem Bett zurück und schloss ebenfalls die Augen. Sie schlief auch nicht richtig. Nachts hatte sie schreckliche Alpträume. Immer wieder hörte sie Marks Schrei in jener Nacht. *Nein*! Häufig träumte sie auch davon, dass Mark in ihren Armen starb und sie hilflos zusehen musste, wie er verblutete. Normalerweise gaben die Träume wieder, was wirklich passiert war, bis hin zu der Szene, als Nialls Vater die Waffe an seinen eigenen Kopf hielt und sich erschoss. Aber gestern Nacht hatte sie geträumt, dass er noch am Leben war, dass sie alle wieder in England waren und er jetzt sie bedrohte, nachdem er Mark erschossen hatte.

Max, Laura und Theo hatten heute früh bemerkt, wie erschöpft sie aussah. Sie versuchte, es zu überspielen. »Ein paar schlaflose Nächte haben noch niemandem geschadet«, hatte sie leichthin gesagt, aber in Wirklichkeit wurde sie nicht damit fertig, dass sie dem Tod so nahe gewesen war.

Trotz ihrer Müdigkeit fand Izzy auch in Marks Krankenzimmer keine Ruhe. Draußen auf dem Gang herrschte ein ständiges Kommen und Gehen und immer klingelte irgendein Telefon. Um sich abzulenken, betrachtete sie die Karten, die Mark bekommen hatte. Seine Eltern und Brüder meldeten sich als Erste, nachdem Theo sie informiert hatte. Sie riefen Mark sofort an, ebenso wie sein Verleger und sein Agent, die von dem Vorfall durch die Zeitungen erfahren hatten. Max und Laura waren ein paarmal zu Besuch gekommen und hatten Zeitungen und Schokolade mitgebracht. Der größte und auffälligste Blumenstrauß war jedoch von den Fitzgeralds. Sie wünschten Mark eine baldige Genesung und hatten auf der Karte auch ihre Heimatadresse hinterlassen. »Nur für den Fall, dass Sie einmal in der Nähe sind«, hatte Liberty-Raquel darunter gekritzelt.

»Unwahrscheinlich«, hatte Mark gemurmelt, als er die Karte las.

Als die Tage ins Land gingen, begann Izzy, sich Sorgen zu machen. Mit Marks Gesundheitszustand schien es abwärts zu gehen. Der Arzt meinte, Mark habe Depressionen.

»Es kommt mir so vor, als habe er sich aufgegeben«, sagte der Arzt zu ihr und Theo, »als ob es ihm egal sei, ob es ihm besser geht.«

»Würde es ihm denn helfen, wenn wir ihn nach Hause holten und dort pflegen ließen?«, fragte Theo.

Der Arzt schüttelte den Kopf. »Nein. Er ist noch nicht transportfähig. Ich möchte ihn lieber noch eine Weile beobachten.«

Gut eine Woche, nachdem er eingeliefert worden war, erklärte Mark Izzy, er hielte es für besser, wenn sie ihn nicht mehr besuchen käme.

Sie hatte das Gefühl, jemand habe sie in den Magen geboxt. »Warum denn nicht? Was habe ich denn getan?« Ihre Knie gaben nach und sie musste sich am Stuhl festhalten.

Mark sah sie an und sagte völlig ausdruckslos: »Sehen wir doch den Tatsachen ins Auge, Izzy. Mit uns beiden hätte es nie funktioniert. Es war doch nur ein Ferienflirt und ist jetzt vorbei. Bitte mach kein Drama daraus. Ich bin müde und möchte jetzt schlafen. Lass mich bitte allein.«

Er sah ihr nach, als sie aus dem Zimmer ging. Dann vergrub er seinen Kopf tief in den Kissen.

Am nächsten Morgen stand ein wütender Theo vor seinem Bett.

Schäumend vor Wut hielt er ihm eine Gardinenpredigt, wobei er auf das Griechische zurückgriff, als ihm die englischen Wörter ausgingen.

»Bist du fertig?«, fragte Mark schließlich.

Aber Theo war noch lange nicht fertig. »Ahnst du überhaupt, was du dem armen Mädchen angetan hast?«, rief er. »Sie ist völlig verzweifelt! Untröstlich!«

»Sie wird schon darüber hinwegkommen.« Er sprach so distanziert wie möglich, genau wie am Tag zuvor mit Izzy. Äußerlich mochte er damit ja eine überzeugende Darstellung von Gleichgültigkeit bieten, aber innerlich war er ein gebrochener Mann. Er war sich noch nie so klar über eine Entscheidung gewesen, die ihm derart wehtat.

Theo funkelte ihn wütend an. »Das bezweifle ich. Sie liebt dich mehr als jeder andere auf der Welt.«

»Vielleicht im Moment noch, aber wenn sie erst wieder in England ist, wird sie diesen Sommer schnell vergessen. Sie wird es unter Erfahrungen und einer interessanten Sommerromanze abbuchen.«

»Und du auch? Kehrst du zurück in deine traurige, einsame kleine Welt und bildest dir ein, sie habe dein Herz nicht berührt?«

»Werd jetzt nicht sentimental, Theo. Spar dir deinen rosaroten Kitsch für jemand anderen auf.«

»Ich bin lieber sentimental, als dass ich Angst davor habe, mein Leben zu genießen.«

»Es tut mir Leid, dass ich deine optimistische Einstellung nicht teilen kann. Für manche von uns hält die wirkliche Welt eben nur Enttäuschungen bereit.«

Theo setzte sich auf einen Stuhl neben dem Bett. Er beugte sich vor. »Erklär mir bitte, warum. Was hat deine Gefühle für Izzy verändert?«

Mark hatte gewusst, dass er Theo eine vernünftige Erklärung liefern musste. Nur mit Gleichgültigkeit kam er bei ihm nicht weit. »Ich muss es beenden, Theo«, sagte er ruhig. »Ich tue das nicht aus Eigennutz. Ich tue es für Izzy. Du siehst es doch auch. Alles, was ich anfasse, verderbe oder zerstöre ich. Izzy ist wegen mir beinahe getötet worden. Ich will sie einfach nicht noch einmal diesem Risiko aussetzen.«

Theo starrte ihn erstaunt an. »Aber Mark, das ist doch Unsinn! Das ist unglaublich irrational. Du verdirbst doch gar nicht alles, was du anfasst. Im Gegenteil.«

»Wirklich? Was ist denn dann mit Niall und seinen Eltern? Alle drei tot. Und was ist mit dem Kummer, den ich meiner Familie verursacht habe? Und selbst *du* wirst zusammengeschlagen, drei Tage, nachdem ich dich kennen gelernt habe.«

»Und was ist mit all den guten Dingen, die wegen dir passiert sind, he? Jeder andere Mann wäre schon zufrieden, wenn er nur *ein* Leben gerettet hätte, aber nein, du rettest gleich drei: meins, Sallys und jetzt Izzys. Das ist doch ein Rekord, auf den du stolz sein kannst!«

»Nun, du weißt ja, was Scott Fitzgerald gesagt hat: ›Zeig mir einen Helden und ich schreibe dir eine Tragödie.‹ Nein, bitte, Theo, mach es mir nicht noch schwerer. Erzähl Izzy, was du willst, damit es ihr besser geht, aber versuch nicht, mich von meinem Entschluss abzubringen. Es wird nicht funktionieren.«

49 Der Urlaub war vorbei.

Max und Laura sahen das anders und bedrängten Izzy, noch eine Woche zu bleiben und mit ihnen zusammen nach Hause zu fahren, aber sie erklärte ihnen, dass es besser sei, wenn sie nach Hause flöge wie ursprünglich geplant. »Ihr müsst auch noch ein wenig Zeit für euch selbst haben«, sagte sie.

»Nur noch ein paar Tage«, flehte Laura und reichte ihr einen Teller. »Es würde dir gut tun.«

Izzy stellte den Teller auf den Tisch vor sich. »Aber mein Flug ist doch gebucht«, sagte sie müde. Sie war es leid, ihre Entscheidung ständig verteidigen zu müssen.

»Er kann ganz leicht umgebucht werden«, erklärte Max. »Wirklich, Izzy, wir wollen noch nicht, dass du fährst. Nicht so. Die Ereignisse liegen einfach noch nicht lange genug zurück.«

»Max hat Recht«, warf Theo ein. »Es ist noch zu früh.«

»Es ist jetzt schon fast vierzehn Tage her. Und außerdem beginnt nächste Woche die Schule. Ich muss nach Hause. Ich muss vorher noch einiges erledigen.«

Niemand sagte mehr etwas und in dem Schweigen, das entstand, sah Izzy zu, wie Theo die Schachtel mit Kuchen öffnen wollte, die er mitgebracht hatte. Es machte sie nervös, wie ungeschickt er an dem Knoten herumfummelte, und am liebsten hätte sie ihm die Schachtel aus der Hand gerissen und das Band mit der Schere durchgeschnitten.

Seit den tragischen Ereignissen hatte Theo noch mehr Zeit als gewöhnlich in der Villa Petros verbracht. Es war, als habe er ein Abkommen mit Max und Laura geschlossen, dass sie jeden Tag über die Schießerei reden müssten. Izzy brachte es nicht über sich, den Dreien zu sagen, dass sie das Thema nicht mehr ertrug. Und allein schon deshalb musste sie weg. Sie wollte den Sommer hinter sich lassen, wieder ein normales Leben führen.

Sie wollte Mark hinter sich lassen.

Aber sie wusste, dass das nie geschehen würde. Sie würde ihn nie vergessen. Sie hatten sich zwar noch nicht lange gekannt, aber bereits einen weiten Weg miteinander zurückgelegt. Sie hatte ihm völlig vertraut … und sich ihm mit Herz, Körper und Seele hingegeben.

Theo hatte ihr erklärt, was hinter Marks Verhalten steckte. Es änderte zwar nichts an der Trennung, erklärte aber zumindest, warum er sie so plötzlich und unerklärlich zurückgewiesen hatte. Und anders als Alan hatte Mark sie nicht gedemütigt und benutzt.

Hatte Laura nicht genau das für sie gewollt? Ein Ferienflirt ohne Bindung? Keine gebrochenen Herzen, keine Vorwürfe. Nur ein wundervolles Gefühl der Stärke.

So einfach war es jedoch nicht.

Ihr Herz hing nur noch an einem seidenen Faden. Deshalb behandelten sie auch alle so vorsichtig. Izzy liebte sie wegen ihrer Freundlichkeit umso mehr, aber eine rauere Behandlung wäre ihr lieber gewesen. Wenn ihr jemand auf die Finger geklopft und ihr gesagt hätte, sie solle sich zusammenreißen, hätte sie besser damit umgehen können. *Ach, er hatte also seinen Spaß und hat dich dann sitzen gelassen, ja? Ich habe dich gewarnt. Das hast du dir selbst zuzuschreiben. Wie dumm du gewesen bist! Hier, mach dich nützlich und trockne das Geschirr ab.*

Während Izzy auf der Terrasse in der Nachmittagssonne saß, drehten sich ihre Gedanken um das einzige Thema, das sie interessierte.

Mark.

Wie ging es ihm?

War er immer noch depressiv?

Hatte er nach ihr gefragt?

Lag er, wie sie, auch nachts wach und dachte an die Zeit, die sie miteinander verbracht hatten?

Er war am Wochenende aus dem Krankenhaus entlassen worden und am Morgen danach war Theo zu Izzy gekommen. »Es geht ihm besser bei mir«, hatte er zu ihr gesagt, »aber nur, weil er in meiner Gegenwart ungehinderter fluchen kann als in der Gegenwart einer jungen, hübschen Krankenschwester.«

»Er wird aber wieder ganz gesund, oder?«

»Mach dir keine Sorgen, Izzy, ich pflege ihn gut. Was jedoch die Verwirrungen seines Herzens und seiner Gedanken angeht, nun, dazu kann ich nichts sagen. Ich wünschte, es wäre anders. Wirklich. Ich hatte solche hohen Erwartungen in euch gesetzt.«

»Ich auch«, hatte sie gemurmelt.

Jetzt konnte sie es nicht mehr abwarten, die Frage zu stellen, die sie am meisten beschäftigte. Deshalb unterbrach sie Theo, der Max und Laura gerade etwas über Angelos erzählte. »Wie geht es Mark?«, fragte sie. Sofort starrten drei misstrauische Augenpaare sie an. »Als ob ich eine trauernde Witwe wäre«, dachte sie. »Wie geht es ihm?«, wiederholte sie.

Theo legte das Stück Kuchen, das er gerade aß, beiseite. Er leckte sich die Krümel von den Fingern. »Er ist schon wieder kräftiger und er hat auch etwas zugenommen.«

»Schreibt er?«

»Ja, am Morgen ein paar Stunden. Aber nachmittags ist er zu müde, was ihn frustriert, wie du dir vorstellen kannst. Ich muss übermorgen nach Athen zurück und dann werde ich ihn mitnehmen. Ich hoffe, die andere Umgebung tut ihm gut. Wenn nicht, setze ich ihn ins nächste Flugzeug nach England. Dann soll er sehen, wie er allein zurechtkommt.«

»Nein, das tust du ja doch nicht.« Laura lächelte ihn an. »Dazu bist du viel zu weichherzig.«

Theo seufzte. »Vielleicht. Aber er strapaziert meine Geduld aufs Äußerste.« Dann wechselte er das Thema und sagte: »Wie still es für Max und dich werden wird, wenn wir alle weg sind!« Er griff wieder nach seinem Stück Kuchen und strahlte Laura mit seinem unwiderstehlichen Lächeln an. »Du musst mir versprechen, deine Beine immer schön hochzulegen, Laura. Ich möchte dich nächsten Sommer nicht mit Krampfadern sehen.«

Max und Laura lachten.

»So werde ich an meinen Urlaub zurückdenken«, dachte Izzy, während sie in das allgemeine Gelächter einstimmte. An eine glückliche, sorglose Zeit.

Früh am nächsten Morgen kam Theo wie vereinbart, um Izzy zum Flughafen zu begleiten. »Ich muss sowieso Geschäfte in der Stadt erledigen«, hatte er am Tag zuvor zu Max gesagt, »dann kann ich euch zumindest die Fahrt ersparen.«

Der Abschied war genauso tränenreich, wie Izzy befürchtet hatte. Obwohl sie wusste, dass sie ihre Freunde in einer Woche schon wiedersehen würde, kam ihr alles so endgültig vor. Es war das Ende eines Traums. Selbst wenn sie noch einmal nach Korfu käme – und alle sagten, das müsse sie unbedingt –, konnte es nie wieder so sein wie vorher.

Der Flughafen war voller Touristen, die nach Hause flogen. Theo wartete mit Izzy und sie merkte, wie die Leute ihn anstarrten, als müssten sie ihn kennen. Er trug einen seiner maßgeschneiderten Anzüge mit hellblauem Hemd und Krawatte und eine Sonnenbrille, was ihm das Aussehen eines Filmstars verlieh. Sie dachte daran, wie ihr bei ihrer ersten Begegnung seine Ähnlichkeit mit George Clooney aufgefallen war. »Erregst du immer so viel Aufmerksamkeit?«, fragte sie, nachdem eine Frau mit Gepäckwagen sogar stehen geblieben war, um ihn besser betrachten zu können.

Er schob die Sonnenbrille herunter und lächelte Izzy an. »Sie starren dich an, nicht mich.«

»Hmm … sie fragen sich wahrscheinlich, was ich in Begleitung eines so tollen Mannes zu suchen habe.«

Er lachte laut auf. »Mein Gott, Izzy! Endlich hast du mir mal ein Kompliment gemacht. Den ganzen Sommer über habe ich darauf gewartet, dass du irgendetwas Nettes zu mir sagst. Nein, nein, jetzt fang nicht an zu weinen. Nicht hier, sonst kommen die Leute am Ende noch auf komische Ideen.«

»Darf ich jetzt eine Träne vergießen?«, fragte sie, als sie ihr Gepäck eingecheckt hatte und sich in die Warteschlange vor der Passkontrolle einreihte.

»Aber nur eine ganz kleine, ich möchte nicht, dass

mein Anzug ruiniert wird. Er läuft sonst ein und dann kann ich ihn nie mehr anziehen.« Theo umarmte sie. »So, das war jetzt genug Gefühlsduselei«, sagte er und ließ sie wieder los. »Sonst fange ich am Ende auch noch an zu weinen. Pass gut auf dich auf, Izzy – und wir hören voneinander. Ich möchte wissen, wie du mit deiner grässlichen Direktorin zurechtkommst – Max und Laura drängen mich schon, sie in England zu besuchen, also werden wir uns wohl bald wiedersehen. Und nächstes Jahr kommst du natürlich wieder nach Korfu. Nein, schau nicht so zweifelnd, Izzy, du kommst wieder. Das weiß ich. Die Insel tut dir gut. Denk an meine Worte.«

Sie lächelte mühsam.

»Siehst du, wie tapfer du geworden bist? Wie viel innere Stärke du in diesem Urlaub gefunden hast?« Theo küsste sie auf die Wangen und sagte dann: »Und den zum Schluss.« Er drückte seine Lippen fest auf ihre. »Werde glücklich, Izzy. Werde einfach glücklich.«

Sie drückte die Stirn an das kleine Fenster im Flugzeug und betrachtete die Landschaft unter sich. Als die Insel endgültig im Dunst verschwunden war, spürte sie einen scharfen Stich im Herzen. Keine Tränen mehr, sagte sie sich streng. Akzeptier einfach, dass das Schicksal mal wieder mit dir gespielt hat. Manchmal bist du eben glücklich und manchmal nicht.

Sie verschlief die meiste Zeit des Fluges und träumte vom kommenden Schuljahr.

Nie war ihr ihre Wohnung trübseliger vorgekommen. Sie wirkte so kalt wie die arktische Tundra.

Nach der Trennung von Alan hatte sie diese Parterre-

Wohnung gemietet, weil sie sie so kuschelig und gemütlich fand, doch als sie jetzt die Tür aufschloss, ihren Koffer abstellte und den Berg von Post auf der Fußmatte betrachtete, kam sie ihr auf einmal düster vor. Beinahe wie das verlassene Haus in Períthia, das sie sich mit Mark zusammen angesehen hatte. Nichts hätte besser zu ihrem Gefühl der Verlassenheit passen können.

»Das liegt am Regen«, sagte sie sich, während sie im Wohnzimmer stand und aus dem Fenster starrte.

Am Regen und an dem grauen Himmel.

Und an den Temperaturen des typisch englischen Sommers.

»Mit der Wohnung hat das gar nichts zu tun«, schalt sie sich. »Die Wohnung ist in Ordnung. Hier ist schließlich dein Zuhause, also gewöhnst du dich besser gleich wieder daran.«

Sie schaltete die Lampen an und machte sich ans Auspacken.

Da Laura darauf bestanden hatte, dass sie vor der Abreise ihre Sachen noch einmal wusch, lag jetzt alles sauber und gefaltet im Koffer, so dass sie es nur noch wegzuräumen brauchte.

Dann machte sie sich daran, ihre Post durchzusehen. Sie brauchte über eine Stunde, um sie in verschiedene Stapel zu unterteilen: Post, die warten konnte, und Post, die sie gleich morgen früh beantworten musste. Einen Brief jedoch hob sie absichtlich bis ganz zuletzt auf. Er kam von der Schule und konnte nur eins bedeuten: Man hatte ihr gekündigt.

Der perfekte Abschluss eines Urlaubs.

Als sie den Brief abends im Bett öffnete und feststellte,

dass man ihr keineswegs gekündigt, sondern sie sogar befördert hatte, wusste sie nicht, ob sie enttäuscht oder erleichtert sein sollte.

Die Beförderung bedeutete zwar lediglich, dass sie mehr arbeiten musste und nicht sehr viel mehr Geld dafür bekam. Aber sie würde sich gut auf ihrem Lebenslauf machen, wenn sie sich nach einer neuen Stelle umsah.

Als sie die Nachttischlampe ausschaltete, dachte sie: »Na gut, also dann weiter wie gewohnt. Nichts wird so, wie ich es mir vorgestellt habe.«

Wann würde sie das jemals begreifen?

50

»Ich muss fahren«, sagte Mark. »Du weißt, dass es Zeit ist.«

»Bist du denn sicher, dass du schon so weit bist?«

»Komm, Theo, du warst doch dabei, als der Arzt mich für gesund erklärt hat.«

Theo schüttelte zweifelnd den Kopf. »Aber um allein zu reisen ... Und wenn dir auf einmal schlecht wird? Was ...«

»Wir können das Spiel noch tagelang spielen«, unterbrach Mark ihn. »Nein, ich will jetzt wieder nach Hause.« Er ergriff eine kleinen, weißen Kieselstein und warf ihn ins Meer. Zu spät merkte er seinen Fehler und zuckte vor Schmerz zusammen. Er sollte eigentlich den Arm noch in der Schlinge tragen, um ihn nicht zu sehr zu bewegen, aber er hatte sie bei der ersten Gelegenheit abgelegt und behauptet, er brauche sie nicht mehr. Und um nichts in der Welt würde er zugeben, dass eine durchschossene Lunge teuflisch schmerzte, wenn er hustete oder zu tief einatmete. Und wenn er sich abrupt bewegte, so wie eben, merkte er deutlich, dass er noch lange nicht wiederhergestellt war.

Theo hatte gesehen, dass Mark zusammengezuckt war. Er warf ihm einen ungeduldigen Blick zu. »Siehst du? Ich habe Recht, du hast immer noch Schmerzen und du kannst noch nicht nach Hause fahren. Außerdem siehst du mit dieser schrecklichen Frisur wie ein halbverhungerter Flüchtling aus. Sie werden dich am Flughafen nicht durch die Passkontrolle lassen.«

Verlegen lächelnd fuhr sich Mark mit den Händen durch seine kurzen Stoppeln. Vor drei Tagen hatte er sich in Athen die Haare schneiden lassen, weil er es leid war, im Spiegel immer die kahle Stelle an seiner Kopfverletzung zu sehen. Er war einfach zum nächsten Friseur marschiert und hatte den Rest auch abrasieren lassen. Als Theo abends von der Arbeit kam, fiel ihm der Unterkiefer herunter. »Daran, mein Freund, muss ich mich erst einmal gewöhnen!«

Genau wie Theo es vorausgesagt hatte, war der Ortswechsel nach Athen gut für Mark gewesen. Schließlich war er auch nach seiner Entlassung aus der Rehabilitationsklinik in Athen gewesen und hatte sich dort erholt.

Während Theo in seinem Büro war – einem elegant eingerichteten Stadthaus an einem ruhigen Platz, der nur wenige Minuten zu Fuß von seiner Wohnung lag – verbrachte Mark die Tage mit Schreiben. Aber er kam nur langsam und zäh voran. An den Nachmittagen versuchte er zu schlafen, wie man es ihm geraten hatte. Oft jedoch konnte er, obwohl er eigentlich müde war, nicht einschlafen und zappte sich stattdessen durch die diversen griechischen Fernsehprogramme, was ihn jedoch auch nicht gerade aufmunterte.

Abends ging er mit Theo essen, was sie immer auch mit einem Spaziergang verbanden. Ein paarmal trafen sie sich mit Theos Eltern und Christiana überschüttete ihn wie immer mit liebevoller Sorge.

Über Izzy redeten sie so gut wie gar nicht und Mark war dankbar dafür. Es gab nichts mehr zu sagen. Sie war nach England zurückgekehrt und führte ihr Leben wieder ohne ihn. Das war das Ende der Geschichte.

Während Mark jedoch hier am Strand von Áyios Nikólaos mit Theo saß, sich nach dem Schwimmen abtrocknete und daran dachte, wie oft er mit Izzy hier gesessen hatte, versuchte er erst gar nicht, sich vorzumachen, dass es ihm ohne sie besser ging. Er wusste sehr wohl, dass es unendlich viel besser war, mit ihr zu leben. Aber diesen Gedanken erlaubte er sich nicht. Sie war auf jeden Fall ohne ihn besser dran. Und sie war sicherer.

Er wusste, dass Theo darüber eine andere Meinung hatte, deshalb hatte es auch gar keinen Zweck, mit seinem Freund darüber zu reden. Aber Mark war fest davon überzeugt, dass er eben nicht für ein normales Leben bestimmt war. Für ihn würde es nie ein glückliches Ende geben.

Zwei Tage später kehrte Mark nach England zurück. Theo hatte darauf bestanden, ihn fast bis in die Maschine zu begleiten, und er hatte dafür gesorgt, dass er in England abgeholt wurde. »Du darfst kein schweres Gepäck heben. Du solltest endlich diesen grässlichen Stolz aufgeben und dir helfen lassen.«

»Dir wäre es offenbar am liebsten, wenn ich im Rollstuhl geschoben würde?«

Theo schlug sich mit der Hand vor die Stirn. »Ach, warum habe ich bloß nicht eher daran gedacht!«

»Nein, Theo, *lass es*!«

»Na gut, aber nur aus Angst, dass du dann bösartig wirst. Und jetzt wappne dich, ich werde dich schrecklich in Verlegenheit bringen.«

Er umarmte Mark innig und drückte ihm zwei schmatzende Küsse auf die Wangen.

Während er eines Mittags die Nachrichten hörte und darauf wartete, dass das Wasser im Kessel kochte, stellte Mark fest, dass dies einer der seltenen Momente seit seiner Rückkehr war, in denen das Telefon nicht klingelte und er allein im Haus war.

Nachdem alle im Ort erfahren hatten, dass er wieder da war, wollte ihn jeder besuchen. Über die Schießerei war auch in den englischen Zeitungen berichtet worden, sogar im Lokalblatt, der *Whitby Gazette*, deshalb wollte jeder die grausigen Details aus erster Hand erfahren.

Doch nachdem die anfängliche Neugier befriedigt war, hatte Mark jetzt langsam wieder Zeit für sich. Abgesehen von Theos allabendlichen Telefonanrufen und den frühmorgendlichen Anrufen seiner Familie konnte er endlich wieder zu sich kommen.

Er kochte sich eine Kanne Tee und nahm sie mit in den ersten Stock in sein Arbeitszimmer, das über die ganze Breite des Hauses verlief. Er hatte sich dieses Zimmer zum Schreiben ausgesucht, weil man von dort eine großartige Aussicht hatte: vorn über die Klippen aufs Meer und hinten über die Hügel. Er setzte sich in seinen Kapitänsstuhl, legte die Beine auf den Schreibtisch und trank nachdenklich einen Schluck Tee. Er hatte sich auf diesen Moment gefreut, weil er gedacht hatte, dass er sich in der vertrauten Umgebung am Besten erholen konnte. Er ließ seinen Blick über die ordentlichen Regale neben dem Kamin schweifen. Sie beherbergten alle Bücher, Schallplatten und CDs, die er sich im Laufe der Jahre angeschafft hatte.

Über dem Kamin hing ein viktorianisches Aquarell. Es zeigte eine schöne, friedliche Landschaft in sanften Farben, um die Jahrhundertwende gemalt von einem einheimischen Künstler. Seltsamerweise war es das Erste gewesen, was er sich von seinem erstem Vorschuss auf sein Buch gekauft hatte. Theo hatte behauptet, es zeige seine sentimentale Ader. Und er hatte sich darüber lustig gemacht, dass Mark sein Geld nicht richtig ausgeben könne. »Du bist hoffnungslos, was Geld betrifft«, hatte er gesagt. »Du hast überhaupt keine Ahnung, was es alles für dich tun kann.«

»Es bedeutet mir eben nichts«, hatte Mark geantwortet.

»Quatsch! Das ist nichts als dein Schuldgefühl. Du hast der Welt so lange die Gefahren des Kapitalismus gepredigt, dass du ihn jetzt nicht genießen kannst.«

Mark warf einen Blick auf seinen Computer. Der leere Monitor erinnerte ihn daran, dass er seine E-mails noch nicht gelesen hatte. Aber dann fand er, dass das noch eine Weile warten könnte.

Als er seinen Tee ausgetrunken hatte, war es Zeit, endlich wieder an die Arbeit zu gehen. Durch all die Besucher und Unterbrechungen war er bisher noch nicht dazu gekommen, auch nur eine Zeile zu schreiben. Also legte er sich seine Utensilien zurecht.

Notizbuch. Füller. Bleistifte.

Dann legte er eine CD ein, las noch einmal die letzten Seiten seines Manuskripts und nahm den Füller zur Hand.

Weiter kam er nicht.

Zwei Stunden später stand außer der Kapitelnummer immer noch nichts auf der Seite.

Alles war in Ordnung, genauso wie es sein sollte: die Umgebung, die Werkzeuge – also was zum Teufel war das Problem?

Mark wusste keine Antwort darauf. Die Seite blieb für den Rest des Tages leer. Und auch für die darauf folgende Woche.

Es war eine Katastrophe.

Wie konnte das nur geschehen? Ganz gleich, wie sehr Mark sich anstrengte, kein einziger kreativer Gedanke kam ihm in den Sinn. Nichts fiel ihm ein. Es war wirklich eine Katastrophe.

Er wusste, dass er dadurch in die Ecke gedrängt wurde. Ohne die Ablenkung durch das Buch durchlebte er immer wieder das Entsetzen jenes Abends, als Nialls Vater versucht hatte, Izzy zu erschießen. Indem Mark sich auf die Handlung seines Romans konzentriert hatte, penibel immer wieder jedes Detail überprüft hatte, konnte er sich erfolgreich vom Grübeln abhalten. Vom Grübeln über Izzy ... und was sie ihm bedeutete. Ohne diese Ablenkung jedoch war er jetzt schutzlos seiner Vorstellungskraft ausgeliefert. Er hatte immer wiederkehrende Träume, in denen er vergeblich versuchte, Izzy zu retten. Für gewöhnlich wachte er auf, bevor das wirkliche Entsetzen begann, aber heute früh war er schweißgebadet aufgeschreckt und hatte Izzys Namen geschrien – er war nicht mehr rechtzeitig bei ihr gewesen und sie war tot.

Während er sich jetzt in der Küche sein Frühstück zubereitete, lief ihm bei der Erinnerung daran noch einmal ein Schauer über den Rücken. Er klappte zwei Scheiben Toast mit Butter zusammen und ging nach draußen in seinen kleinen Garten, von dem aus er über die Klippen auf das Meer sah. Er lauschte dem Kreischen der Möwen und sah zu, wie sich einige auf dem Dach des Nachbarhauses niederließen.

»Was wird als Nächstes passieren?«, fragte sich Mark. Ob ich wohl eine weitere Woche nicht schreiben kann? Ob ich noch mehr Alpträume habe? Oder werde ich endlich etwas dagegen unternehmen?

»Ich könnte Theo anrufen und mit ihm darüber reden«, überlegte er. Ja, aber würde er nicht letztendlich genauso ausweichend wie sonst reagieren?

Schließlich rief er Theo doch an. Aber seine eigenen Probleme traten allerdings in den Hintergrund, als Theo sagte: »Was für ein Zufall, ich wollte dich auch gerade anrufen. Leider muss ich ...«

»Willst du hierher kommen?«, fragte Mark ihn hoffnungsfroh.

»Nein, keine Sorge. Aber ich muss dir leider sagen, dass heute Nacht der arme, alte Thomas Zika friedlich im Schlaf gestorben ist.«

»Das tut mir Leid, Theo. Er hatte keine Angehörigen mehr, nicht wahr? Wer kümmert sich denn jetzt um seine Beerdigung?«

»Oh, das mache ich schon. Meine Eltern kommen auch. Sie haben ihn auch sehr gern gemocht.«

»Ich auch«, dachte Mark, als er den Hörer auflegte. Er war traurig. Traurig, weil Thomas so alt geworden war und dennoch nie erreicht hatte, was er wollte. Er hatte sich damit begnügt, Theos Großmutter aus der Ferne zu lieben, aber er hätte sie sicher lieber geheiratet. Warum hatte er seine eigenen Wünsche so hintan gestellt? Warum hatte er Anna nicht entschlossener den Hof gemacht?

Diese Gedanken gingen Mark den ganzen Tag über nicht aus dem Kopf – ein weiterer Tag, an dem er nichts zu Papier brachte –, und es war sicher kein Zufall, dass er an Thomas' Stelle immer wieder sich selbst sah. Würde er genauso enden und nie das Risiko eingehen, herauszufinden, wie erfüllend ein Leben mit Izzy sein könnte?

Müde strich er sich über das Kinn, presste die Handflächen gegen die geschlossenen Augen und dachte an all die einsamen Schachspiele, die ihm bevorstanden.

Und wenn sein jetziger Geisteszustand anhielte und er nie wieder schreiben konnte?

Es war ein erschreckender Gedanke.

Das Schreiben hatte ihn immer dafür entschädigt, dass er nicht in einer Beziehung lebte. Doch zurzeit hatte er keines von beidem.

Er ging in sein Arbeitszimmer und fragte sich, ob er wohl mittlerweile die Fotos betrachten konnte, die er auf Korfu gemacht hatte. Bisher hatte er sie noch nicht angesehen. Zögernd beäugte er den Packen auf seinem Schreibtisch, doch dann widerstand er der Versuchung. Nein, es war noch zu früh.

Stattdessen schaltete er seinen Computer an, um endlich seine E-mails zu lesen. Es waren die üblichen Nachrichten von seinem Verlag, eine Nachricht von seinem Vater und schließlich, ganz zum Schluss, eine Mail von Pille. Er schrieb, er habe in der Zeitung über Marks Heldentaten gelesen. Spontan griff Mark zum Telefon und wählte Pilles Nummer.

»Ich störe Sie doch hoffentlich nicht?«, fragte er, als der Therapeut abnahm.

»Hallo, Mark. Nein. Was kann ich für Sie tun? Ich habe mich schon gefragt, wann Sie sich endlich melden.«

»Warum glauben Sie, dass Sie etwas für mich tun können?«

»Nun, Sie haben kürzlich wieder mal mit dem Tod geflirtet, genauer gesagt, sogar zweimal. Und jetzt erzählen

Sie mir alles. Es ist schon spät, also keine Spielchen, sonst lege ich sofort auf.«

Mark tat, was Pille von ihm verlangte.

Als er mit seiner Geschichte fertig war, sagte Pille: »Gut. Was sollen wir uns zuerst ansehen?«

»Was Sie wollen. Warum ich nicht schreiben kann. Warum ich Alpträume habe und warum ich der Frau, die ich liebe, erklärt habe, sie solle sich zum Teufel scheren und mich in Ruhe lassen, weil ich ihr nur Unglück bringe und sie ohne mich besser dran ist.«

Es folgte eine lange Pause, in der Mark fast glaubte, das vertraute Rascheln der Papiere zu hören. »Nun«, sagte er schließlich gereizt, »ich denke, es gibt keine Spielchen!«

»Hmm ... Ich suche nach einem Wort. Ein Wort, das Ihre Situation beschreibt. Wie mag es wohl lauten?«

»Zum Teufel! Ich habe nicht damit gerechnet, dass ich bei einem Quiz mitmachen muss.«

»Müssen Sie ja auch gar nicht, es ist mir schon eingefallen. Das Wort ist Scheiße. Ihr Kopf ist voll davon, Mark, wenn Sie so arrogant sind zu glauben, dass sich alles nur um Ihre jämmerlichen Handlungen dreht. Wie oft soll ich Ihnen eigentlich noch sagen, dass Sie die Menschheit nicht vor sich selbst retten müssen?«

»Aber ...«

»Kein Aber, da bin ich unerbittlich. Sie haben mich offenbar nicht angerufen, um sich meinen Rat anzuhören, sondern damit ich Ihnen bestätige, was Sie sich denken. Es ist ziemlich offensichtlich, warum Sie Alpträume haben und warum Sie nicht schreiben können. Das weiß sogar solch ein Idiot wie Sie. Aber wie üblich verstecken Sie sich vor der Wahrheit. Ich wette, Sie haben sich sogar eingeredet, dass Sie diese Liebesgeschichte gar nicht verdient haben. Habe ich Recht?«

»Vielleicht.«

»Begreifen Sie es denn eigentlich nie? Übrigens, wenn Sie behaupten, diese Frau zu lieben, haben Sie ihr das auch mal gesagt?«

»Ähm ... nicht mit so vielen Worten.«

»Das habe ich mir gedacht. Immer noch der gleiche alte Mark. Angst davor, verletzt zu werden. Angst vor einer wirklichen Beziehung. Aber mir ist aufgefallen, dass Sie nicht in der Vergangenheitsform gesprochen haben, also haben Sie die Geschichte offenbar doch noch nicht in den Papierkorb geworfen. Ich würde vorschlagen, dass Sie handeln. Gehen Sie zu ihr und sagen Sie ihr, dass Sie sie lieben. Ich garantiere Ihnen, dass Ihre Alpträume dann aufhören und Sie wieder schreiben können. Wenn ich Unrecht habe, berechne ich Ihnen für diese Konsultation nichts. Wie finden Sie das?«

»Aber wenn sie mich nicht liebt? Sie hat es eigentlich nie gesagt.«

»Das Risiko müssen Sie eingehen. Ich gehe mal davon aus, dass sie es wert ist. Oder würden Sie lieber für immer im Ungewissen bleiben? Halten Sie mich auf dem Laufenden, ja? Und machen Sie sich glückliche Gedanken, Mark! Gute Nacht.«

51

In der zweiten Woche des neuen Schuljahres war Izzy bereits klar, dass sie auch dieses Mal keinen neuen Picasso unter ihren Schülern hatte, ganz gleich, was die Eltern von ihren Sprösslingen dachten. »Er ist so künstlerisch veranlagt, so erstaunlich geschickt mit den Händen«, hatte sie sich schon häufig anhören müssen, seitdem sie Lehrerin war. Aber meistens traf eher das Gegenteil zu.

Jetzt war es Montagnachmittag und Izzy hatte das Lehrerzimmer ganz für sich allein. Da sie keinen Unterricht geben musste, vertiefte sie sich in die neueste Anweisung der Direktorin, die ein neues Berichtssystem einführen wollte. Lange wurde ihre Aufmerksamkeit jedoch nicht davon in Anspruch genommen. Sie blickte aus dem Fenster über den Sportplatz, auf dem die Kinder tobten. Irgendwann im nächsten Jahr würde sie hier weg sein.

Niemand wusste etwas von ihren Plänen, noch nicht einmal Max und Laura, mit denen sie am Samstag zu Abend gegessen hatte. Sie hatte sie zu sich nach Hause eingeladen, als ein kleines, wenn auch ziemlich unzulängliches Dankeschön für den Urlaub, den sie bei ihnen verbringen durfte. Die Schwangerschaft bekam Laura großartig und sie sah aus wie das blühende Leben. Sie platzte vor Energie und Enthusiasmus, und wie sie da zusammen mit Max auf der Couch saß, war sie ein Abbild von Gesundheit und Glück. Zu Izzys Überraschung hatte

Max ihr an jenem Abend erzählt, dass er daran dächte, sein erfolgreiches Beratungsunternehmen zu verkaufen.

»Meinst du das ernst?«, hatte Izzy ihn gefragt.

»Ja. Es gibt sogar schon jemanden, der mir gern ein Angebot machen möchte. Und dazu auch noch ein gutes. Ich wäre ein Narr, wenn ich es nicht annehmen würde.«

»Aber was machst du dann?«

»Das möchte ich auch gern wissen, Izzy«, hatte Laura lachend gesagt. »Ich habe die Vision, dass er eine Strickjacke trägt, mich beim Einkaufen im Supermarkt verfolgt und die ganze Zeit sagt: ›So teuer? Das glaube ich nicht!‹«

»Ich weiß noch nicht, was ich tun werde«, hatte Max erwidert, ohne auf Lauras Witz einzugehen. »Irgendetwas Neues, irgendetwas anderes. Auf jeden Fall möchte ich nicht mehr so viel arbeiten. Ich habe so wenig von Francescas Kindheit mitbekommen, dass ich ja verrückt wäre, wenn ich den gleichen Fehler jetzt noch einmal machte. Wir werden sehen.«

Genauso sah auch Izzy ihre Zukunft. Der Unterschied war nur, dass Max sich um die finanzielle Seite keine Gedanken zu machen brauchte, während Izzy sich darüber sehr wohl Sorgen machen musste.

Sie hatte nämlich entdeckt, dass sie ebenfalls schwanger war.

Zu ihr kam das Pech eben nicht in kleinen Dosen, sondern es schüttete einen ganzen Sack über sie aus.

Nicht, dass das Baby ein Unglück war. Das Ganze war wundervoll, aber trotzdem waren die Aussichten alles andere als rosig. Izzy hatte zwar Anspruch auf Mutterschaftsurlaub, aber was kam danach? Wie sollte sie von ihrem kümmerlichen Gehalt ihre Wohnung bezahlen und dabei noch ein Kind anständig großziehen? Wahrscheinlich würde sie die Wohnung aufgeben und in eine billigere Gegend ziehen müssen.

Und wie würde sie die Vorwürfe ihrer Mutter ertragen?

Ein uneheliches Kind in der Familie Jordan!

Eine ledige Mutter!

Sozialhilfe-Empfängerin!

Skandalös!

Es gab lediglich die Hoffnung, dass ihre Mutter so schockiert war, dass sie nie wieder ein einziges Wort mit ihr sprach.

Und sie würde auch Schande über die Schule bringen. Wenn sie ihren Bauch erst einmal nicht mehr verbergen konnte, würde die Direktorin sicher gegen eine unverheiratete Mutter im Kollegium vorgehen. Was sollten denn die Kinder denken, ganz zu schweigen von der Schulbehörde?

Und was war mit Mark?

Als sie am Abend zuvor den Schwangerschaftstest gemacht und gesehen hatte, dass sie den Hauptgewinn gezogen hatte, musste sie sofort an den Ausdruck in Marks Augen denken, als er sie in jener Nacht fragte, ob sie glaubte, er wäre ein guter Vater. Sie würde es ihm natürlich sagen. Das war nur fair. Selbst wenn sie es ihm verschweigen würde – der Gedanke war ihr zuerst auch gekommen –, würden Max und Laura es sicher Theo erzählen, und Theo würde ganz bestimmt Mark darüber informieren. Sie wollte allerdings auf keinen Fall, dass Mark dachte, sie wolle ihn mit dem Kind erpressen.

Wenn man bedachte, in was für einer chaotischen Situation sie steckte, war sie alles in allem erstaunlich ruhig. Sie hatte keine Ahnung, was sie tun sollte, wie sie mit den Konsequenzen dieses Sommers fertig werden sollte, aber ein innerer Optimismus hatte sie gepackt.

Die Kinder kamen jetzt vom Sportplatz. Sie blickte auf die Uhr. In zehn Minuten begann ihr Unterricht.

Izzy steckte gerade mitten in einem Tumult, weil einer der unangenehmeren Jungen in ihrer Klasse das schwächste und schüchternste Mädchen geärgert hatte und sie ihn zurechtweisen musste, als sie durch die Scheibe in der Tür die Direktorin kommen sah. Izzy stöhnte innerlich auf. Das hatte ihr heute gerade noch gefehlt! Was mochte es wohl bedeuten, dass sie während des Unterrichts vorbeikam? Hatte sie Wind von ihrer Schwangerschaft bekommen? Aber wie denn? Sie hatte es doch noch niemandem erzählt. Ihre Gedanken wurden durch einen Schrei unterbrochen. »Oh, Miss, sehen Sie doch, was David gemacht hat! Er ist voller Klebstoff!«

Wunderbar. Genau das, was sie jetzt brauchte. Das würde die Direktorin bestimmt beeindrucken.

Sie drehte sich um, um zu erfahren, was das grässliche Kind jetzt schon wieder gemacht hatte. Er war voll mit weißem Leim, wahrscheinlich hatte er sich den ganzen Topf über den Kopf gegossen.

Hinter sich hörte sie, wie die Direktorin murmelte, dass dies jetzt wahrscheinlich ein ungeeigneter Moment sei und sie besser später wiederkämen, wenn Miss Jordan nicht mehr so beschäftigt sei.

Izzy verzog das Gesicht. Oh, das war wirklich schlimm. Offensichtlich zeigte sie irgendwelchen neuen Eltern die Schule und diese waren gerade Zeugen davon geworden, dass die Kunstlehrerin offensichtlich nicht in der Lage war, Ordnung in einer Klasse von Fünfjährigen zu halten. Jemand, vermutlich der Vater, sagte: »Wie erfrischend, dass den Kindern ein so unbefangener Umgang mit Werkstoffen ermöglicht wird. Sie haben doch sicher nichts dagegen, wenn wir uns das einmal ansehen?«

Oh, danke, dachte Izzy. Brillant. Offenbar moderne Eltern, die schauen wollten, wie sie mit Problemen fertig wurde. Aber plötzlich hielt sie inne. Das war kein Vater gewesen.

Langsam drehte sie sich herum.

Das war *er*.

Es war wirklich Mark.

Er sah irgendwie verändert aus. Eleganter, als sie ihn je gesehen hatte. Die Baseball-Kappe war allerdings etwas unpassend.

»Ich hielte es für besser, Mr. St. James, wenn wir später noch einmal wiederkämen«, beharrte die Direktorin und warf Izzy einen vorwurfsvollen Blick zu. »Wir sind besonders stolz auf unser neues Chemielabor, das erst letzten Herbst gebaut worden ist. Mr. West ist unser leitender Lehrer …«

Den Blick fest auf Izzy gerichtet, erwiderte Mark: »Chemie interessiert mich nicht. Mir geht es um Kunst und Literatur.«

Die Direktorin warf ihm einen kühlen Blick zu. Offensichtlich wollte sie auf solche Eltern lieber verzichten. »Vielleicht haben Sie dann ja Interesse an unserer Schulbibliothek«, sagte sie spröde. »Hier entlang.« Sie hielt ihm die Tür auf.

Aber Mark bewegte sich nicht. »Gleich«, erwiderte er, den Blick unverwandt auf Izzy gerichtet. »Ich möchte mehr von dieser Klasse sehen. Warum kümmern Sie sich nicht um das verklebte Kind, während Miss Jordan mir darlegt, worum es in ihrem Unterricht geht?«

Izzy hätte beinahe aufgeschrien. In der Klasse wurde es unnatürlich still. Mark trat näher. »Nun, Miss Jordan, was halten Sie davon?«

Sie zwang sich, seinem Blick standzuhalten. »Ich verstehe Sie nicht.« Wie konnte er nur? Wie konnte er nur einfach hier hereinmarschieren, ohne sie vorzuwarnen? Und warum?

Dicht vor ihr blieb er stehen. Seine Stimme war so leise, dass sie sich anstrengen musste, um ihn zu verstehen. »Ist das das Kostüm, von dem du mir erzählt hast? Du siehst ganz anders darin aus. Sehr seriös.«

»Leider kann ich Ihnen nicht besonders viel zeigen, da wir uns erst am Anfang des neuen Schuljahres befinden«, sagte sie laut. Flüsternd fügte sie hinzu: »Was um alles in der Welt tust du hier, Mark?«

»Ich will mich entschuldigen. Ich habe mich der Realität gestellt. Ich war ein kompletter Idiot.«

Sie führte ihn in den hinteren Teil des Klassenzimmers, um sich etwas ungestörter mit ihm unterhalten zu können. »Unser Thema ist zurzeit der Herbst«, sagte sie laut, »und wir wollen diese Jahreszeit mit so vielen Mitteln wie nur möglich ausdrücken.« Wieder senkte sie die Stimme. »Und was ist, wenn du dich entschuldigt hast?«

Mit dieser Frage hatte sich Mark beschäftigt, seitdem er heute früh ins Taxi gestiegen und zum Bahnhof gefahren war. Während der langen Fahrt hatte er ständig an sein Gespräch mit Pille gedacht und daran, wie mühelos dieser ihm die Wahrheit entlockt hatte. Bis zu diesem Moment hatte er noch nie laut ausgesprochen, dass er Izzy liebte. Er hatte Angst vor den Konsequenzen dieser

Liebe gehabt. Und als er Izzy an jenem Abend auf Korfu fast verloren hätte, hatte er gemerkt, wie verletzlich ihn diese Liebe machte. Aber in den Tagen und Wochen ohne Izzy war ihm klar geworden, dass er sich nicht weiterhin vormachen konnte, er habe ihre Beziehung nur beendet, um sie zu schützen. Und wie üblich war Pille gleich zum Kern der Sache vorgedrungen und hatte ihn gezwungen, sich die Wahrheit einzugestehen.

Als er in Manchester aus dem Zug stieg, hatte er auf einmal Angst davor, dass sich Izzy weigern würde, mit ihm zu sprechen – schließlich hatte sie das Recht dazu, nach allem, was er ihr angetan hatte. Deshalb dachte er sich dieses kleine Schauspiel aus, in der Hoffnung, dass sie ihm so nicht entweichen konnte.

»Nun ...«, begann er leise, »ich könnte jetzt poetisch werden und dir erzählen, wie sehr du mir fehlst. Ich könnte sagen, der Himmel war dunkel ohne dich, die Sonne hat nicht mehr geschienen und alle Sterne sind vom Firmament gefallen, aber dann würdest du mich vielleicht auslachen. Ich könnte dir auch gestehen, dass ich ohne dich nicht mehr schreiben kann. Aber dann kommt es dir am Ende so vor, als sei ich aus einem billigen Motiv hierher gekommen, und deshalb erwähne ich es lieber nicht. Doch somit habe ich nur noch eine Möglichkeit, um dir zu beweisen, dass ich es aufrichtig meine.«

Sie standen inzwischen in einer großen Nische mit dem Rücken zu den Kindern. In der Klasse war es unruhig geworden, Stühle wurden gerückt und die Kinder unterhielten sich miteinander. Wahrscheinlich war dies der letzte intime Augenblick, bevor irgendein neugieriges Kind oder die Direktorin nachsehen kamen, was los war.

Mark hob Izzys Kinn an und küsste sie. Es war nur ein ganz flüchtiger Kuss – kaum, dass sich ihre Lippen berührten. »Weißt du noch«, murmelte er, »als ich dich an dem Tag in Períthia gefragt habe, ob es Liebe ist, wenn man mit Herz, Körper und Seele mit jemandem zusammen ist?«

Sie nickte.

»Nun, und ich sage dir jetzt, dass es Liebe ist. Ich liebe dich von ganzem Herzen, mit meinem unattraktiven Körper und mit meiner zerrissenen, unwürdigen Seele.« Er blickte Izzy an. »Sag mir, dass es dir genug ist, ein unersetzlicher Teil meines Lebens zu sein, Izzy. Sag mir, dass du mich liebst.«

»Oh, Mark, es ist mehr als genug. Und ja, natürlich liebe ich dich, wie kannst du das nur fragen? Aber bitte, wir müssen jetzt aufhören. Du schaffst es noch, dass ich die Kündigung bekomme.«

»Würde ich dir nicht einen Gefallen tun, wenn ich dich von dieser schrecklichen Direktorin erlöste?«

»Nicht, wenn sie sich dann weigern würde, mir ein gutes Zeugnis auszustellen.«

»Ich schreibe dir alle Zeugnisse, die du haben willst. Komm, Izzy, wir hauen hier ab. Mir ist es egal, ob dir wegen eines Kusses gekündigt wird, aber ich möchte nicht, dass die Kinder Schaden leiden, wenn ich jetzt hier auf der Stelle mit dir schlafe. Und das wird passieren, wenn wir hier noch länger stehen.«

»Ich kann sie jetzt unmöglich allein lassen.«

»Doch, das kannst du. Es ist ganz leicht. Gib mir einfach deine Hand.«

Sie ließ sich von ihm zur Tür ziehen, wo ihnen jedoch der Weg von der Direktorin versperrt wurde.

»Mr. St. James«, sagte sie in Unheil verkündendem Tonfall, »wenn Sie von den Verlockungen des Kunstraumes womöglich ein wenig erschöpft sind, sollten wir ...«

»Entschuldigung«, erwiderte Mark und schob sie unsanft zur Seite, »ich würde schrecklich gern weiter mit Ihnen plaudern, aber Miss Jordan hat eine dringende Verpflichtung, bei deren Einhaltung ich ihr helfen muss. Und was die Verlockungen des Kunstraumes angeht, so seien Sie versichert, dass ich überwältigt bin.«

»Ach du meine Güte«, dachte Izzy, während sie zum Ausgang liefen, vor dem ihr Auto geparkt war, »es ist ja wirklich so einfach, wie er sagt«.

Im Nu waren sie in ihrer Wohnung, lagen in ihrem Bett und liebten sich. Danach sank Izzy in die Kissen und betrachtete versonnen das Bild von Mark, das sie damals nach ihrer ersten Begegnung gemalt hatte und das jetzt gerahmt an der Wand in ihrem Schlafzimmer hing. Wie ernst er ausgesehen hatte, so gar nicht wie der witzige und liebevolle Mann, den sie dann kennen gelernt hatte!

»Übrigens«, sagte sie, »ich möchte dir noch mitteilen, dass du komplett verrückt bist, Mr. St. James.«

Er lag mit dem Kopf auf ihrem Bauch. »Das habe ich schon vermutet«, erwiderte er, ohne aufzublicken.

»Warum hast du mich denn nicht angerufen oder mir zumindest geschrieben?«

»Das hatte ich zuerst vor, aber dann fand ich, dass mein persönliches Erscheinen angebrachter wäre. Ich werde nie deinen Gesichtsausdruck vergessen, als du mich erkannt hast.«

Sie strich über seine stacheligen Haare. Sie verstand

jetzt, warum er die Baseball-Kappe aufgesetzt hatte. Wenn jemand ihn mit den kurzen Haaren und der schrecklichen Narbe am Kopf gesehen hätte, wäre er bestimmt nicht in die Schule hineingekommen. Die Direktorin hätte wahrscheinlich die Polizei gerufen, in der Annahme, er sei ein entlaufener Sträfling. »Du weißt sicher, dass jetzt alle im Lehrerzimmer über mich reden«, fuhr sie fort. »In den nächsten Tagen und Wochen werde ich das einzige Gesprächsthema sein.«

»Ich habe gehofft, dass ich dich zumindest zu einer Legende mache. Ich möchte, dass du als die leichtfertige Kunstlehrerin in die Geschichte eingehst, die am hellen Nachmittag ihre Schüler einfach im Stich ließ, um es mit einem völlig fremden Mann zu treiben.«

Leichtfertig, wiederholte sie für sich. Ja, das war sie wirklich geworden. Sie schloss die Augen und fragte sich, wie er wohl reagieren würde, wenn sie ihm sagte, dass sie schwanger war, dass er gerade nur wenige Zentimeter vom Herzschlag seines Kindes entfernt lag. Als sie spürte, dass er sich bewegte, öffnete sie die Augen wieder. Er hatte sich auf einen Ellbogen gestützt und betrachtete sie.

»Du hast so einen seltsamen Ausdruck im Gesicht«, stellte er fest. »So, als ob niemand außer dir die Pointe verstehen würde.«

Sie lächelte zögernd. »Vielleicht. Vielleicht aber auch nicht.«

Er küsste sie auf die Stirn und sagte: »Nun, dann überlasse ich dich mal deinen Geheimnissen. Ich muss dringend unter die Dusche.«

»Nur zu. Aber du musst leider mit Duschgel für Mädchen vorlieb nehmen, etwas anderes habe ich nicht.«

Er grinste. »Wer weiß? Vielleicht bringt es ja meine weibliche Seite zum Vorschein.«

Sie war beinahe eingeschlafen, als sie spürte, dass sie nicht mehr allein war. Als sie sich umdrehte, sah sie Mark am Fußende des Bettes stehen. Er roch nach ihrem Duschgel und trug ihren fliederfarbenen Bademantel, dessen Ärmel ihm hoffnungslos zu kurz waren. Was jedoch wirklich ihre Aufmerksamkeit erregte, war das, was er in der Hand hielt – die Schachtel mit dem Schwangerschaftstest, die sie am Abend zuvor in den Abfalleimer im Badezimmer geworfen hatte.

»Ist das die Pointe?«, fragte er.

Izzy blickte ihn forschend an, aber sein Gesichtsausdruck verriet nichts. Sie bekam auf einmal Angst, dass sie ihn vielleicht falsch verstanden hatte und er gar nicht so gern Vater werden wollte. Oder zumindest jetzt noch nicht. Sie setzte sich auf und hielt sich die Decke vor die Brust. »Wir waren nicht so vorsichtig, wie wir gedacht haben. Ändert es etwas?«

Mark schwieg und blickte nachdenklich auf den Schwangerschaftstest. Dann sah er sie an. »Selbstverständlich ändert es was.«

52 Die gemeinsame Taufe von Maximilian Cornelius Lewis Sinclair und Beth St. James war ein freudiges Ereignis.

Es war ein warmer Sommertag Mitte Juni und alle Freunde und Verwandten hatten sich in Max' und Lauras hübschem Garten versammelt. Theo hielt Beth auf dem Arm und posierte mit Mark, während Izzy sie fotografierte.

»Du bist der glücklichste Mann der Welt«, sagte Theo zu Mark, als Izzy weiterging, um weitere Fotos zu machen. »Ich hoffe, du weißt das zu schätzen.«

»Beziehst du das auch auf meine Schwiegermutter?«

»Na ja, gut, man gewinnt etwas und verliert dafür etwas anderes. Aber zumindest ist sie hier und sie redet mit dir.«

»Oh, sie hört überhaupt nicht auf, mit uns zu reden. Sie ruft ständig an, um sich zu vergewissern, dass Beth auch in der richtigen Position schläft, dass Izzy sie nicht zu oft oder zu selten füttert und dass wir auch die richtigen Windeln nehmen und um Gottes willen nicht die, von denen sie gerade gelesen hat, dass sie krebserregend seien.«

Theo schmunzelte. »Das ist ein fairer Preis, den du da für dein großes Glück zahlst. Und deine Eltern? Wie finden sie denn ihr jüngstes Enkelkind?«

Beide Männer blickten über den Rasen, wo Izzy gerade geduldig versuchte, sämtliche Mitglieder der Familie

St. James zu einem Gruppenbild aufzustellen. Die Szene erinnerte Theo an Marks und Izzys Hochzeit in Robin Hood's Bay. Sie hatten an einem bitterkalten Wintermorgen geheiratet und der Fotograf hatte nur fünf Minuten Zeit für das Hochzeitsbild vor der kleinen Methodistenkirche gehabt, weil sonst alle Erfrierungen erlitten hätten. Der Empfang in Marks Haus war bescheiden gewesen, und da in dem malerischen kleinen Ort Autos verboten waren, hatten sie im Schneegestöber über die Hauptstraße laufen müssen. Später wärmten sie sich alle vor einem prasselnden Kaminfeuer mit heißer Schokolade auf. Die heiße Schokolade statt alkoholischer Getränke war Izzys Idee gewesen. »An so einem Tag ist das doch viel praktischer als Champagner«, hatte sie gesagt, als sich alle dankbar die Hände an ihren Bechern wärmten.

Mark erwiderte auf Theos Frage: »Sie sind ganz hingerissen von Beth. Du könntest glauben, es sei ihr erstes Enkelkind.«

Theo wies ihn nicht darauf hin, dass sie sich vielleicht gerade deshalb so über Beth freuten, weil sie bei ihm gar nicht mit Enkeln gerechnet hatten, sondern sagte nur: »Ihren Gesichtern nach zu urteilen sind sie von Izzy genauso entzückt.«

Mark lächelte. »Ja. Sie hat sie völlig bezaubert. Soll ich dir Beth einmal abnehmen, damit du dir etwas zu trinken holen kannst?«

Theo hielt das schlafende Kind besitzergreifend an sich gedrückt. »Nein, nein, ich bin ganz glücklich so. Es ist schade, dass dein alter Mentor Pille nicht hier ist. Ich hätte ihn gern wieder einmal getroffen, nach all den Jahren. Er war auch nicht auf deiner Hochzeit!«

»Er wahrt vermutlich so seine berufliche Distanz.«

»Wenn ich er wäre, hätte ich mir die Gelegenheit nicht entgehen lassen, mich an einem meiner größten Erfolge zu freuen. Und wo wir gerade von Erfolgen reden – was gibt es Neues von deinem letzten Roman?«

»Alle sind der Ansicht, das sei mein bestes Buch. Die Kritiker schreiben ›populär, aber dabei doch literarisch‹. Als wenn sie eine Ahnung davon hätten! Es ist sogar die Rede von Verfilmung.«

»Aha! Habe ich es dir nicht gesagt? Habe ich dir nicht gesagt, dass ich ein gutes Gefühl hatte? Du solltest öfter auf deinen alten Freund hören. Er weiß, wovon er redet.« Seine laute Stimme weckte das Baby. Es blickte ihn aus großen, grauen Augen an. »Sie ist hinreißend«, seufzte Theo, »genau wie ihre Mutter.«

»Wirklich? Das ist mir noch gar nicht aufgefallen.« Mark streichelte seiner Tochter über die zarte Wange.

»Oh, du kannst doch nicht so blind sein, dass …« Theo brach ab, weil er merkte, dass Mark ihn nur necken wollte. »Oh, du herz- und seelenloses Ungeheuer!«

»Der Meinung ist Izzy aber gar nicht. Im Gegenteil, im Bett sagt sie …«

»Bitte!«, schrie Theo und drückte Beth fest an sich, »erspar dem Kind deine Schlafzimmergeschichten! Benimm dich und sag mir lieber, wann ihr das nächste Mal zu Besuch kommt. Ihr kommt doch, oder? Max und Laura fliegen in zwei Wochen. Warum schließt ihr euch ihnen nicht einfach an?«

Mark schüttelte den Kopf. »Keine Chance. Der letzte Sommer war für uns beide ein bisschen zu aufregend. Wir haben beschlossen, woanders hinzufahren. Wandern im Himalaya würde uns bestimmt besser bekommen.«

»Was? Bist du wahnsinnig? Du kannst doch nicht mit meiner kostbaren kleinen Patentochter in den Himalaya fahren!«

»Das tut er auch nicht, Theo«, sagte Izzy hinter ihnen. »Er nimmt dich nur auf den Arm. Soll ich dir Beth einmal abnehmen? Erhol dich ruhig für einen Moment. Sie ist zwar erst ein paar Wochen alt, aber sie wird immer schwerer.«

Wieder weigerte sich Theo, das Baby herzugeben. »Nein, es geht schon. Und ich gebe sie erst her, wenn ihr mir gesagt habt, wann ihr kommt.«

»Wir wollten sowieso mit dir darüber reden. Los, Mark, frag ihn, schließlich war es deine Idee.«

»Es ist keine große Sache«, sagte Mark verlegen, »aber wir wollten dich fragen, ob du uns dabei helfen kannst, ein Haus auf Korfu zu kaufen. Es sind im Sommer immer so viele Touristen im Ort und da dachten wir ...«

»Nein, Mark«, verbesserte Izzy ihn lächelnd, »*du* dachtest.«

Er runzelte die Stirn und zupfte sich an den Haaren, die sich zum Glück von der Attacke des letzten Jahres erholt hatten. »Ja, okay«, fuhr er fort, »*ich* dachte, wenn wir ein eigenes Haus in Áyios Nikólaos besäßen, könnte ich in den Sommermonaten besser arbeiten. Ich würde dann weniger abgelenkt.«

Ein Lächeln glitt über Theos Gesicht. Dann grinste er breit und hielt Beth hoch, so dass ihr kleines, gähnendes Gesicht direkt über seinem war. »Hast du das gehört, Beth?«, sagte er und gab ihr einen Kuss auf die Nasenspitze. »Dein Vater hat gesprochen. Jetzt ist er endlich so, wie ich es mir vorgestellt habe. Ein glücklich verheirateter Mann mittleren Alters mit einer wunderschönen Frau und einer ebenso schönen Tochter, der plötzlich ein fettes Kapitalistenschwein wird. Ah, ah, ah, dieser Mark St. James! Demnächst wird er noch seinen Führerschein erneuern lassen, damit er sich auch so ein schickes Auto kaufen kann wie dein Onkel Theo.«

»Wenn du nicht gerade mein Kind auf dem Arm hieltest, würde ich jetzt zuschlagen!«

»Oh, gib es doch zu, Mark! Gib nur dieses eine Mal zu, dass dir auf einmal ganz andere Sachen im Leben wichtig sind.«

Lachend nahm Izzy ihm Beth ab und überließ die beiden Männer sich selbst. Sie ging über den Rasen zu dem alten Apfelbaum, an dem Max schon eine Schaukel für seinen Sohn aufgehängt hatte. »Er plant alles im Voraus«, hatte Laura zu Izzy am Telefon gesagt. »Ich bin nur froh, dass er wieder zu Verstand gekommen ist und die Firma nicht verkauft hat. Er hätte mich wahnsinnig gemacht, wenn er die meiste Zeit zu Hause gewesen wäre.«

Izzy setzte sich vorsichtig auf den Holzsitz. Sie legte Beth in ihren Armen zurecht und blickte sie liebevoll an. »Du hast von Anfang an gewusst, dass alles in Ordnung kommt«, murmelte sie leise. »Ich weiß nur nicht, wie du es geschafft hast.«

Seit Mark im letzten Jahr in der Schule aufgetaucht war, hatte sich ihr Leben völlig verändert. Noch nie war sie so glücklich und selbstsicher gewesen. Sie wusste jetzt, dass sie untrennbar miteinander verbunden waren, denn wie sonst hätte sie die Kraft aufbringen können, das zu tun, was sie letzten September getan hatte?

Bevor die Direktorin auch nur die Gelegenheit gehabt

hatte, sie wegen ihres entsetzlichen Benehmens zu tadeln und zu entlassen, war Izzy am nächsten Morgen in ihr Büro marschiert. Mit höflichem Lächeln hatte sie der Direktorin einen Umschlag überreicht. »Das ist meine Kündigung. Ich gehe, jetzt sofort. Das ist vielleicht nicht sehr professionell, aber unter den gegebenen Umständen möchten Sie mich auch sicher nicht zurückhalten.«

Nachdem sie später an diesem Morgen ein langes Telefonat mit Laura geführt und sie von ihren Plänen unterrichtet hatte, schloss sie die Tür zu ihrer Wohnung ab und begab sich mit Mark auf die lange Fahrt zu ihrem neuen Heim. »Keine Zweifel?«, fragte Mark, als sie an einer Raststätte hielten, um zu tanken und etwas zu essen. »Schließlich kommt das doch alles ein bisschen plötzlich für dich, Miss Jordan.«

Sie hatte ihn geküsst und erwidert: »Ich zweifele lediglich daran, ob mein armes altes Auto die lange Fahrt übersteht. Und jetzt schnall dich an und sag mir, wie weit es noch ist.«

»Es geht um alles oder nichts, Izzy.«

»Ging es bei dir jemals um etwas anderes?«

Und das, so wusste sie, würde immer so sein. Ihr Leben mit Mark würde nie langweilig werden, halbe Sachen würde es darin nicht geben. Als er wirklich begriffen hatte, dass sie wirklich schwanger war, hatte er jede Emotion durchlebt. Von der Euphorie darüber, dass er Vater wurde, bis hin zu der Sorge, dass sie es ihm vielleicht nicht gesagt hätte. »Wie wolltest du es denn ganz allein schaffen?«, hatte er mit belegter Stimme gefragt.

»Wie jede allein erziehende Mutter es auch schafft.«

»Aber du hättest es mir doch gesagt, oder?«

»Ja«, entgegnete sie fest, »ich wollte es dir sagen. Ich

wusste nur noch nicht, wann oder wie. Du solltest nicht denken, dass ich dich damit erpressen wollte.«

»Dein Problem ist, dass du viel zu viel nachdenkst, Izzy.«

»Wie süß, dass ausgerechnet du das sagst.«

Sie hatten die ganze Nacht lang darüber geredet, was sie als Nächstes tun würden.

»Ich möchte, dass du mit mir zusammenlebst«, erklärte Mark. »Sag deiner Direktorin, sie kann sich deine Stelle sonstwohin stecken, und lass dich von mir aushalten.« Izzys Gesichtsausdruck veranlasste ihn zu der Bemerkung: »Wovor hast du am meisten Angst? Davor, dich gegen diese Teufelin zu wehren, oder meine lebenslängliche Geliebte zu werden?«

»Oh, ganz entschieden vor dem Letzteren. Ich müsste wissen, ob es eine Lebensstellung ist. Ich könnte nicht …«

»Ach zum Teufel, Izzy! Ich glaube dir nicht. Natürlich ist es eine Lebensstellung.«

»Das hast du noch nie gesagt.«

»Dann sage ich es eben jetzt. Und wenn es sein muss, kaufe ich dir gleich morgen früh einen Ring, um dich zu überzeugen.«

»Ist das ein Antrag?«

Er runzelte die Stirn. »Ja, okay, ich hätte es vielleicht besser formulieren können, aber für den Augenblick reicht es doch, oder?«

»Warum? Hast du für einen späteren Zeitpunkt noch einen Trumpf im Ärmel?«

Er drückte sie zurück aufs Bett und sagte: »Warte ab!«

Einen Monat später machte er ihr einen »richtigen« Antrag, während eines mitternächtlichen Spaziergangs am Strand von Robin Hood's Bay. Trotz der Kälte war es eine wunderschöne Nacht. Der Vollmond stand am Himmel und färbte mit seinem Licht die Wellen silbern. »Na, ist das romantisch genug für dich?«, hatte Mark gefragt, war vor Izzy auf die Knie gesunken und hatte in seiner Jackentasche herumgewühlt. »Verdammt, wo habe ich ihn denn hingetan? Eben war er doch noch da!« Nervös fluchend suchte er weiter, bis er den Ring schließlich in seiner Jeanstasche fand. »Oh, um Himmels willen, Izzy, hör auf zu lachen! Das soll einer der wundervollsten Momente in deinem Leben werden.«

Sie packte ihn am Kragen, zog ihn hoch und küsste ihn. »Glaub mir, ich werde es niemals vergessen. Ich werde mein ganzes Leben lang daran denken. Ich werde dich immer lieben, Mark, aber du musst mir versprechen, dass du niemals normal wirst. Ich glaube, damit könnte ich nicht umgehen. Und übrigens, die Antwort lautet, ja.«

»Wieso ja?«

»Ich nehme an, du wolltest mir einen Heiratsantrag machen.«

Als jetzt Gelächter ertönte, blickte Izzy auf. Auf der Terrasse erzählte Corky Lauras Eltern gerade etwas, worüber sie laut lachten. Links von ihnen waren Max und Harry in ein Gespräch vertieft. Harry hatte gerade Examen gemacht und zu Francescas Entsetzen redete er davon, in die Firma ihres Vaters einzutreten. Laura hatte Angst davor, dass Ma und Pa Patterson vielleicht eines Tages zu ihrer Familie gehören könnten. »Stell dir nur vor, wenn ich ständig nett zu ihnen sein müsste«, hatte sie zu Izzy gesagt. Wirklich eine furchteinflößende Aussicht.

Izzys Mutter saß im Schatten des Hauses und zeigte Francesca, wie sie ihren kleinen Bruder halten sollte. Wie quälend der Anblick von Beth und dem kleinen Max für sie sein musste, dachte Izzy traurig. Nachdem sie jetzt selbst ein Kind zur Welt gebracht hatte, vermochte sie sich nicht vorzustellen, wie sie es überwinden könnte, wenn Beth ihr auf einmal genommen würde. Sie drückte Beth fest an sich.

Als sie endlich den Mut aufgebracht hatte, Mark mit zu ihrer Mutter zu nehmen, war Prudence absolut ekelhaft zu ihm gewesen. In dem schrecklichen kleinen Bungalow mit seinen grässlichen Erinnerungen hatte ihre Mutter Mark gefragt, warum sie auch nur das geringste Interesse daran haben sollte, ihn kennen zu lernen. »So wie Sie am Telefon mit mir geredet haben, können Sie froh sein, dass ich Sie überhaupt über die Schwelle gelassen habe.«

»Und ich dachte, Sie wollten den Mann kennen lernen, der Ihre Tochter heiratet«, hatte er erwidert.

»Heiraten? Wer hat denn etwas von Heiraten gesagt?«

»Ich. Deshalb sind wir hierher gekommen. Wir wollen im Januar heiraten und wir dachten, Sie würden es gern erfahren.«

Sie schenkte sich eine weitere Tasse Tee ein, musterte ihn kühl und sagte: »Wahrscheinlich eine geschmacklose Angelegenheit auf irgendeinem Standesamt. Sie brauchen mir keine Einladung zu schicken, ich werde nicht kommen.«

An Izzy gewandt stellte Mark fest: »Nun, das muss doch eine Erleichterung für dich sein, Izzy. Jetzt können wir den Tag wenigstens genießen.«

Wie konnte er so etwas nur derart unverblümt sagen? Aber Mark wurde sogar noch deutlicher. Das Schlimmste kam erst noch.

»Willst du es zulassen, dass dieser ungeheuerliche, grobe Mann so mit mir redet?«, fragte ihre Mutter.

»Sieh mal, Mum, wir müssen doch nicht so miteinander umgehen. Warum …«

»Wie meinst du das? Und warum ist dieser Tee eigentlich so dünn? Wie viele Teebeutel hast du in die Kanne getan? Ich hätte ihn doch besser selbst machen sollen. Man kann dir gar nichts anvertrauen, noch nicht einmal etwas so Einfaches wie Tee kochen. Du weißt, dass ich ihn am liebsten …«

»Ganz ehrlich, Mrs. Jordan«, unterbrach Mark sie freundlich. »Mir ist es völlig egal, wie Sie Ihren Tee am liebsten trinken. Wir sind heute hierher gekommen, um Ihnen zu sagen, dass wir heiraten und dass Sie irgendwann Anfang Mai Großmutter werden. Nun, entweder interessiert Sie das oder nicht. Izzy und ich gehen jetzt auf jeden Fall erst einmal spazieren und Sie können sich ja in der Zwischenzeit überlegen, was Sie davon halten. Aber wenn wir zurückkommen, erwarte ich von Ihnen, dass Sie höflich sind, verstanden? Eine falsche Bemerkung, und ich verspreche Ihnen, Sie sehen Ihr Enkelkind kein einziges Mal. Nicken Sie, wenn Sie mich verstanden haben.«

Schweigen senkte sich über das Zimmer und dann nickte Prudence Jordan unmerklich. Izzy hätte nicht überraschter sein können, wenn jede einzelne Figur auf der Fensterbank zersprungen wäre. Sie ließen Prudence sprachlos auf ihrem Stuhl zurück. Als sie eine Stunde später zurückkehrten – fest entschlossen, sofort wieder nach Yorkshire zu fahren, statt wie geplant über Nacht zu bleiben –, fanden sie ihre Mutter in der Küche. Sie stand an der Spüle, hörte Radio und schälte Kartoffeln.

»Hättet ihr lieber Röstkartoffeln oder Püree zum Hähnchen?«, fragte sie. »Ich dachte, wir essen um sechs, ich esse ungern später. Izzy, du ruhst dich jetzt besser ein wenig aus, das viele Herumlaufen schadet dem Baby. Nimmst du ein Eisenpräparat?«

Es war außergewöhnlich. Izzy kam es so vor, als ob Marks Worte alles Unfreundliche aus ihrer Mutter herausgesogen hätten. Sie kochte ihnen Abendessen und während sie aßen, fragte sie höflich nach Marks Büchern, bot an, Jäckchen für das Baby zu stricken, und als es Zeit zum Schlafengehen war, erlaubte sie ihnen sogar, im selben Bett zu schlafen.

Hätte Izzy die ganzen Jahre des Elends gar nicht ertragen müssen, wenn sie den Mumm gehabt hätte, sich ihrer Mutter einmal zu widersetzen?

Das würde sie nie erfahren und es spielte auch keine Rolle mehr. Das Verhältnis, das sie jetzt zueinander hatten, so neu und zerbrechlich es auch sein mochte, war wichtiger als das Vergangene. Die rosafarbenen Jäckchen, die ihre Mutter für Beth gestrickt hatte, waren ihr zwar viel zu groß, aber sie waren ein herzerwärmendes und beruhigendes Zeichen dafür, dass sie sich auf dem richtigen Weg befanden. »Solange sie nicht anfängt, *mir* Jacken zu stricken, ist es mir egal«, hatte Mark gesagt, als die Post schon wieder ein Paket mit Jäckchen für ihr ungeborenes Kind brachte.

In der gleichen Post war auch ein Brief von Liberty-Raquel gewesen. Mark hatte ihr nach seiner Rückkehr nach England letzten Sommer schriftlich für die Blumen gedankt, die sie ihm ins Krankenhaus geschickt hatte. Er hatte unter anderem auch erwähnt, dass sie durch ihr Trinken die Vergangenheit nicht vergessen würde. Izzy wusste nicht, wie er seinen Brief abgefasst hatte, aber in ihrer Antwort dankte Liberty-Raquel ihm für seinen Rat.

Ich war zunächst so wütend auf Sie, als ich Ihren Brief las, dass ich ihn in den Papierkorb warf. Blöder Kerl, dachte ich, und dass Ihre Freundin sicher ihren Mund nicht gehalten und Ihnen Sachen erzählt hätte, die vertraulich waren. Aber dann musste ich den ganzen Tag an das denken, was Sie geschrieben hatten, und dass Ria gesagt hatte, Sie würden mein Leben verändern. Um es kurz zu machen, ich bin dann in eine dieser Gruppen gegangen, die Sie genannt haben – Sie wissen schon, wo man aufsteht und sagt, »Mein Name ist Liberty-Raquel und ich bin Alkoholikerin«. Natürlich bin ich das eigentlich nicht, aber man muss ihnen ja auf halbem Weg entgegenkommen, nicht wahr? Es gibt Leute in der Gruppe, denen es viel schlechter geht als mir. Sie trinken so viel, das glaubt man nicht! Und was für ein Zeug! Letzte Woche war eine Frau da, die süchtig nach Nagellackentferner ist. Sie hat behauptet, sie könne nicht genug davon kriegen! Aber im Großen und Ganzen sind die Leute nett und ich komme ein bisschen aus dem Haus, so dass ich mich bei Ihnen bedanken möchte. Danke für den Tritt in den Hintern!

»Jetzt hast du ihr also doch geholfen, ihr Leben zu verändern«, sagte Izzy, als sie den Brief gelesen hatte.

Wie üblich brummte Mark: »Jetzt behaupte bloß noch, dass ich die Prophezeiung der Wahrsagerin erfüllt habe, und ich lade sie zu uns nach Hause ein.«

Beth strampelte unruhig in ihren Armen und Izzy setzte die Schaukel in Bewegung. Das gleichmäßige Hin und Her beruhigte das Baby und Izzy lächelte bei dem Gedanken daran, dass Mark seine Drohung vielleicht wahr machen könnte.

»Worüber lächeln Sie so rätselhaft, Mrs. St. James?«

»Wirklich, Mr. St. James, was denken Sie sich eigentlich dabei, sich einfach so von hinten anzuschleichen und mir impertinente Fragen zu stellen! Darf eine Frau keine Geheimnisse vor ihrem Ehemann haben?«

Mark stellte sich vor sie und legte ihr die Hände auf die Schultern. »Ich wusste, dass diese Ehe ein Fehler war. Mir hast du besser gefallen, als du dich mir in der Sonne Korfus hingabst.«

»Schscht, du bringst deine Tochter zum Erröten.«

»Genau wie ihre Mutter.« Er nahm ihr Beth ab, damit Izzy aufstehen konnte. »Also, worüber hast du gelächelt?«

»Über dich natürlich. Du weißt doch, dass ich dich komisch finde.«

»Hmm ... ich vergesse immer wieder, dass du Sinn für Humor hast.«

Sie lachte. »Den habe ich bestimmt erst entwickelt, seitdem ich dich kenne.«

Er zog sie an sich. »Bist du bereit für einen Kuss auf den Mund, direkt unter den Augen deiner Mutter?«

»Oh, ich glaube, das schaffe ich leicht.«

»Du meine Güte, wie sich dein Ton geändert hat. Wappne dich, Izzy, das wird ein dicker Kuss.«

Theo beobachtete von weitem, wie sein Freund die Frau küsste, von der er einst gehofft hatte, sie würde das für ihn empfinden, was sie so offensichtlich für Mark empfand. Doch er fühlte keinen Neid, sondern nur eine tiefe Zufriedenheit.

»Nun, Theo, so hast du es dir nicht vorgestellt, als du vor nicht ganz einem Jahr Izzy den Atem rauben wolltest, oder?«

Laura war neben ihn getreten und reichte ihm ein Glas Wein. »Wie unfreundlich von dir, mich an meine Arroganz zu erinnern. Aber ich bin nicht zu stolz, um zuzugeben, dass es mir eine Lehre war.« Er blickte wieder zu Mark und Izzy und sagte: »Sie haben großartige Arbeit geleistet, nicht wahr? Sie bringen beide das Beste im anderen zum Vorschein.«

Laura drückte seinen Arm. »Sei gewiss, Theo, auch du wirst eines Tages die richtige Frau finden. Wenn du es am wenigsten erwartest, wird sie erscheinen, wunderschön und sehr verliebt in dich.«

»Und in der Zwischenzeit darf ich weiter mit dir flirten?«

»Was? Bei meinen grässlichen Beinen?«

»Oh, meine liebste Laura, erzähl mir nicht, dass du dich hast gehen lassen. Habe ich dir nicht gesagt, dass du während der Schwangerschaft die Beine immer hochlegen solltest? Du brauchst mal wieder richtige Ferien, um dich zu erholen, und ich kenne einen Ort, wo den ganzen Tag die Sonne scheint und du die Ruhe findest, die du benötigst.«

Sie brach in Lachen aus. »Wo ich die Ruhe finde, die ich benötige? Du machst wohl Witze!«

Er grinste. »Nun, wenn man mal von ein paar Dramen absieht, so wirst du mir doch zustimmen, dass der Ort wirklich absolut ruhig ist und besonders geeignet für einen wunderbaren Urlaub.«

Sie hob ihr Glas. »Auf unseren großartigen Freund und Nachbarn, Mr. Theodore Vlamakis, der das alles möglich gemacht hat. Danke, Theo. Du bist ein außergewöhnlicher Mann.«

»Da kann ich dir nicht widersprechen. Prost!«

TONTON

Ecrit par

SANIYA LOU

ISBN : 9781694954800

A LA MEMOIRE DE FAOUZI DRIDI
DE LA PART DE SA PETITE SOEUR
SALIHA.

Tu me manques, je ne t'oublierai jamais

TONTON

"Tonton, tu seras et resteras à jamais avec nous.
Homme le plus généreux, le plus souriant,
le plus respectueux et doté du
plus grand cœur : « Ô seigneur, il est ton esclave,
fils de ton esclave, il a besoin de ta miséricorde et tu n'as
nul besoin de son châtiment. S'il était bienfaiteur,
augmente-lui le nombre de ses bonnes actions
et s'il était pécheur alors pardonne-lui ».

Boussandel Walid

I. MON FRERE

Tonton est mon frère, ou dirais-je, Tonton était mon frère.

Il était beau. Il était un garçon que l'on remarquait.

Ses yeux, comme sortis des silicates, étaient d'un vert pâle mais aussi intense, la couleur de l'espoir, du naturel et de la fraîcheur.

Je reconnais bien là mon frère, ses yeux furent son charme tout au long de sa vie -de sa courte vie devrais-je dire-.

Tonton est né le 14 septembre 1975 en Tunisie, dans le gouvernorat de BANZART -appelé aujourd'hui BIZERTE- ville au patrimoine intarissable, ville des pêcheurs, cercle des officiers de terre et de mer, connue aussi pour sa médina et son pont mobile construit en 1978, trois ans après sa naissance.

Il est le garçon unique d'une fratrie composée de six enfants.

Arrivé juste après Wassilla, il était le seul de la fratrie avec elle -jumelle par le regard- à posséder ces yeux uniques couleur de l'émeraude. Tous deux s'appliquaient, presque malicieusement, à nous le faire remarquer de temps à autre pour nous montrer qu'ils « sortaient du lot ».

Fatma, l'aînée de ma famille, est courageuse et sensible à la fois, capable d'assumer des responsabilités. Elle est une grande et belle personne au caractère brave et dévoué.

Vient tout de suite après Sonia, toute de bonté et de sagesse, au tempérament réfléchi et qui connaît parfaitement les valeurs. Sonia s'appliqua toute son existence à découvrir l'étymologie de la religion musulmane. Elle acquit la foi et honora avec ferveur son devoir religieux selon la volonté de Dieu.

A la troisième place, Wassilla qui est une beauté, une perle au regard perçant et au sourire enjôleur, comme venue tout droit des livres de l'Orient. Son visage aux belles formes et sa fossette au menton lui ont valu de la comparer souvent à AISHWARYA RAI, la star de cinéma indien, mais surtout à sa grand-mère Omi Yamna, une véritable déesse tunisienne.

Après la naissance de sa troisième fille, ma mère voulut un garçon. Elle tomba enceinte et pria Dieu de lui donner « un homme » disait -elle. Elle l'appellerait Faouzi et il serait le grand frère de ses sœurs, même si celles-ci étaient déjà nées et donc, forcément plus grandes. Son souhait fut exaucé. Faouzi était là. Il était l'enfant tant attendu, l'enfant roi, le

bonheur de ses sœurs, de ses parents, des oncles et des tantes. Ma mère lui fit une grande fête dont la coutume voulait qu'on sacrifie un bovin qui finit dans les grandes marmites pour la préparation d'un bon couscous traditionnel aux saveurs épicées, voire très épicées, dont seule la Tunisie détient le piquant secret.
Mon père lui, pensait à autre chose. Il avait une idée en tête et, malgré toute cette béatitude autour de la naissance de Faouzi, il ne parvenait à la détacher de son esprit. Sans en émettre un mot à quiconque, mon père avait pris une décision : celle de partir du pays, quitter sa patrie, le pays de sa culture, celui des traditions et de sa descendance, ce pays qu'il aimait tant mais dont il ne voyait aucun avenir, ni pour lui ni pour ses enfants. Mon père attendit quelques jours, il ne savait pas vraiment comment évoquer le sujet.
Puis, advint le jour de la révélation. Un matin radieux s'annonçait, le ciel était encore voilé de brumes légèrement rousses. Il se réveilla à l'aube, il entendit le chant infrangible du coq ainsi que celui inépuisablement et certainement très envoutant du muezzin appelant à la prière. Le son venait du minaret qui donne sur la route de la vieille ville. Mon père rejoignit mon grand-père Baba el Haj à la gigantesque ferme aux mille oliviers plantés. Il commença l'éternel rituel du paysan. Le protocole consistait au départ, à la traite des vaches. Il récupérait le lait et le versait dans une grosse carafe en métal, puis il le préservait dans un endroit à l'abri de la chaleur afin de nous le ramener tout frais pour le petit déjeuner familial. Successivement, ils nourrissaient tous deux leur bétail : les vaches et les moutons, sans oublier

l'âne qui servait de moyen de locomotion. Et, en dernier lieu, ils s'affairaient à la culture des terres et des oliviers.
Mon père finit par saisir un moment calme et opportun de la journée pour en toucher un mot à Baba el Haj.
- Baba[1] dit-il, je vais quitter le pays. Je pars pour la France. Je m'en vais seul. Tu vas devoir t'occuper de mon épouse et de mes enfants, le temps pour moi de trouver un emploi et un logement. Dès lors que ma situation sera stable, je reviendrai chercher ma famille et nous nous installerons dans le pays du développement et de l'industrie, celui dont on ne me dit que du bien, celui qui recrute le plus en cette période de reconstruction. Promets-moi de ne pas m'en vouloir et surtout de ne pas t'inquiéter. Je mesure la portée de ma décision mais elle est amplement raisonnée.
-Qu'Allah te guide vers ce chemin que tu entreprends, répondit Baba El Haj, qu'Allah te protège Rachid. Tu es courageux et je suis fier de toi. N'aie aucune crainte pour ta famille, ils seront en sécurité.

Mon père avait déjà tout prévu : le visa, le passeport, le billet. Tout était prêt pour le grand départ direction Marseille, connue sous le nom de « Porte de l'Orient », grande ville portuaire du sud de la France, renommée pour sa richesse culturelle et sa prospérité économique. En Tunisie, Marseille était considérée comme notre voisine méditerranéenne, nous disions qu'elle était notre amie de palier.

---

[1] Papa

Dès son arrivée en France, mon père trouva rapidement du travail. Il habitait un foyer pour travailleurs étrangers où il fit la rencontre de Ami Tahar. Celui-ci était un gaillard tunisien généreux au physique robuste, mais aussi à la sagesse immuable. Ils devinrent vite très proches. Ami Tahar épaula beaucoup mon père, il lui facilita notamment ses démarches administratives pour établir le fameux dossier de regroupement familial afin de rapatrier en France sa femme et ses quatre enfants.

Faouzi a deux ans lorsque je vois le jour. Mon père est heureux de m'accueillir et me nomme Saliha comme sa grand-mère. Je trouve grâce à ses yeux en portant le nom de mon arrière-grand-mère Omi Salha. Mon prénom signifie curieuse, penseuse et audacieuse. Au pays, on dit fréquemment que ma qualité primordiale est l'obéissance. A mon premier anniversaire, mon père rentra au pays, heureux de nous faire découvrir toute sa "richesse". Il parla alors d’un appartement somptueux qu'il louait dans un quartier tout près de Toulon, une ville située à plusieurs kilomètres de Marseille, célèbre pour sa splendide rade naturelle et dont la base navale était renommée. Il poursuivit en nous décrivant un employeur très vertueux, honnête et respectable. Évidemment, à mon âge, je ne comprenais rien de tout ce qu'il nous racontait. Je ne voyais que la joie dans ses mouvements et ses gesticulations, son visage plein de gaité et son joli sourire qui m'éblouissaient.

Puis vint le jour de l'envol, celui de la famille tout entière. La France nous a reçu et, quel accueil ! Oh oui, quel accueil elle nous a réservé cette belle et douce France ! Le décor était si différent : des routes parfaites et propres, des forêts denses aux couleurs verdoyantes et de gigantesques et hautes montagnes parfois aux sommets blancs qui entouraient les grandes villes. L'air était si différent, si frais et agréable contrairement à celui de notre pays toujours si chaud et si humide.

Mon père reçu enfin sa carte de séjour de 10 ans et son premier contrat à durée indéterminé. Il décida de déménager dans une commune limitrophe du nom de La Seyne-Sur-Mer. Il s'agissait d'une cité HLM[2]. Nous avons intégré un immeuble de seize étages. Je voyais cette tour si spectaculairement haute qu'elle me parut mesurer la taille de l'Himalaya -l'une des montagnes les plus élevées du monde-.

On nous attribua un appartement au dixième étage. Au début, je n'osais pas m'approcher des fenêtres ni du balcon. Je me sentais complètement en déséquilibre, comme si j'allais tomber dans le vide, et cette sensation persistante me désorientait. Pendant longtemps, je cauchemardais : je me trouvais sur le balcon et je contemplais le paysage au loin, la somptueuse rade de Toulon et de la Seyne-sur-mer, mes deux bras appuyés sur la balustrade. Tout à coup, celle-ci commençait à se décrocher et m'emportait avec elle, je voyais mon si jeune corps tomber dans le vide et exploser sur le sol. Je me réveillais alors en sursaut et en sueur.

[2] Habitation à Loyer Modéré

Parfois, il m'arrivait de faire le même rêve mais, bizarrement, j'atterrissais sur mes deux jambes, soulagée de me réveiller en vie. Je me sentais enfin apaisée.

Notre tour portait le nom du Fructidor A1. Elle fut la première des dizaines de tours qui allaient pousser sur ce vaste terrain vide où le calme était omniprésent. Elle était pimpante notre tour ! Autour de nous tout demeurait divin : le hall d'entrée, les boîtes aux lettres, les ascenseurs, ainsi que les logements. Il y régnait une ambiance chaleureuse et conviviale.

Nous grandissions et les tours se multipliaient et s'accroissaient à côté de nous : Fructidor A2, A3, A4 et ainsi de suite. Les jardins furent dotés de balançoires et de toboggans. Bientôt nous vîmes pousser des constructions, de grands garages qui ressemblaient à des dépôts, des hangars et aussi de grands terrains plats et vides sur lesquels nous aimions tracer des cages imaginaires à l'aide de nos chaussures, pour jouer au ballon. Nous coulions des jours heureux dans cette cité HLM, mais aussi dans notre Tunisie natale où, tous les étés, nous passions nos vacances. Mon père y tenait pour ne pas perdre le contact avec nos proches, tantes, oncles, cousins, et bien évidemment nos grands-parents.

Mon frère venait d'avoir huit ans. Ma mère nous fit une surprise de taille, elle mit au monde son sixième et ultime enfant, une fille, « l'enfant de Mitterrand[3] » l'appela-t-elle. Née le 3 février 1983 à l'hôpital de La Seyne-Sur-Mer, ma mère la nomma Besma. Ma petite sœur était vraiment belle, claire de peau, nous l'appelâmes la petite française de la famille. La benjamine avait du caractère, elle était éveillée et dynamique, elle appréciait que l'on s'occupe d'elle et seulement d'elle. Elle était dégourdie et mon père le remarqua immédiatement. Depuis sa naissance et jusqu'à présent, il nous répétait toujours la même expression : la petite Garwilla "Française" est très maligne. Avec le temps, je me dis qu'il n'avait pas tort, Besma a été la plus studieuse de la famille Dridi. Elle deviendra plus tard une préparatrice en pharmacie très appréciée et très compétente et travaillera dans la pharmacie de la cité Berthe, voisine du Fructidor.

Dans cette cité, les gens affichaient des visages heureux. Il existait une forme de convivialité entre voisins, nous vivions comme une communauté, toutes nationalités confondues. Y résidaient des magrébins, -c'est comme cela qu'on nous appelait nous, les tunisiens, les marocains et les algériens-,ainsi que des pieds noirs, des gitans, des espagnols, des italiens, des portugais et, bien sûr, des français. Nous vivions tous ensemble et nous nous respections.

Faouzi avait diablement grandi. A 16 ans, il devenait de plus en plus ravissant. Beaucoup de jeunes filles lui tournaient autour. Il était souvent comparé à un acteur connu : Brad

---

[3] 4e Président de la cinquième République Française 1981

Pitt, pour ses traits physiques ressemblants, son accoutrement très élégant et son faciès toujours souriant. Mais, tout comme son sosie d'acteur, on lui prêtait d'autres traits de caractères, qui, par moment, le desservirent. Il s'était notamment, donné un style voyou, -moi je dirai, petit voyou antisocial- et il se voyait comme Tony Montana dans Scarface. Tous les jeunes voulaient ressembler à ce genre de personnage rebelle et insoumis, tels des guérilleros indociles. Il commença rapidement à se faire remarquer dans notre quartier, tout en restant très respectueux. Déjà âgé de 9 ans environ, Faouzi avait causé quelques soucis de jeunesse d'après une petite anecdote que ma sœur Wassilla m'avait racontée.

Elle écoutait beaucoup de musique et elle voulait se procurer un disque vinyle du chanteur Éros Ramazzotti, numéro un dans les années 1980 et qui a été un artiste médiatiquement connu de l'époque. Cependant, elle ne pouvait se l'offrir, elle n'avait pas l'argent et elle n'osait demander un tel achat à nos parents, sachant qu'ils seraient totalement contre. Mon frère lui, avait repéré une superbe voiture électrique de couleur rouge pétante qui coûtait assez cher. De même que pour Wassilla, il connaissait l'opposition catégorique de nos parents pour acheter des objets futiles. Ce petit malicieux rentra au supermarché Mammouth avec une idée derrière la tête. Il prit la voiture, la cacha à l'intérieur de sa veste et sortit. Il fut bien sûr pris en flagrant délit de vol et la police le ramena à la maison. Mes parents durent payer la voiture et Faouzi eut la raclée de sa vie. Quant à ma sœur Wassilla, au lieu de le réprimander, elle ne

trouva rien d'autre à lui que :
- Espèce d'imbécile ! Tu aurais mieux fait de voler mon disque. Au moins maman aurait bien fini par me l'offrir. Elle n'aurait pas eu le choix devant les policiers, comme elle l'a fait pour ta voiture ridicule et inutile.
-haha, haha ! maugréa Faouzi, ma voiture n'est pas inutile, je compte bien en profiter.
Malheureusement pour mon frère, sa voiture resta en décoration sur le meuble de télévision. Mon père lui avait formellement interdit de la toucher.
Faouzi avait de bonnes notes à l'école, il appréciait les mathématiques et se voyait professeur dans cette matière. Il utilisait entièrement ses neurones à l'application de multiples formules mathématiques qu'il prenait plaisir à exécuter. J'avoue qu'il nous étonnait et j'en profitais même pour lui demander de l'aide pour mes devoirs à la maison. La scolarité lui tenait à cœur. Il était également passionné de dessin et faisait un remarquable dessinateur. Il griffonnait souvent des portraits ou des caricatures. Le crayon et lui devinrent bientôt complices d'une alliance forte et inaltérable. Cependant, et contre tout attente, il nous stupéfia en nous annonçant sa volonté de devenir coiffeur, il venait d'être admis au Lycée professionnel de la Coudoulière à Six-fours.

En attendant la rentrée scolaire, l'été approchait et nous étions très excités en pensant au prochain départ au pays. Néanmoins, je décelais chez ma mère un comportement inhabituel. Elle ne préparait pas les grands bagages comme

habituellement et nous ne comprenions pas. Elle nous avisa de son projet estival au dernier moment et nous annonça :
-Nous allons à Grenoble chez ma sœur, nous y passerons les deux mois d'été. Cela vous changera un peu de la Tunisie.
Désarçonnés, ébranlés, mais tellement empreints de curiosité, nous étions ravis de découvrir la ville aux hautes montagnes majestueuses. Une grande partie de la famille de ma mère résidait à Grenoble, à Saint-Martin-d'Hères exactement. Là-bas, vivaient ma Rhalti[4] Zohra ainsi que Rhalti Saliha et Rhali[5] Hamadi.
Nous avions déposé nos bagages chez Rhalti Zohra, une personne adorable et brave. Dans cette région nous suffoquions de chaleur. Grenoble était une gigantesque couette étouffante, mais nous profitions des vacances et nous nous amusions formidablement bien avec nos cousins, jusqu'au jour de l'accident.

Ce jour -là, Faouzi fit encore parler de lui. Il jouait au football avec Neder et Taweb, les enfants de tante Zohra. Je l'avais accompagné et nous regardions le match avec ferveur. Sur le chemin du retour, nous passâmes sous un pont mais Faouzi avait décidé de ne pas rentrer tout de suite. Il voulut vadrouiller et s'amusa à monter et à descendre sur une pente à forte inclinaison. Soudain, il fit une chute brutale, je vis sa main droite sortir complétement hors de son poignet, comme si elle s'était brusquement décrochée. Choquée par ce que j'avais vu, je me précipitai chez ma tante en hurlant

---

4 Tante
5 Oncle

de frayeur. Cette vision d'horreur m'avait heurtée au point de crier :

- Mon frère va mourir, il va mourir !!!!

Prise de panique, ma tante appela les pompiers, et nous voilà direction les urgences. On le soigna et on lui posa un plâtre. Ce fut le début d'une longue série de chutes et de plâtres.

En effet, mon frère eu le surnom du « miraculé » car, durant les années qui suivirent, il eut beaucoup de d'accidents et aussi beaucoup de chance.

Un été, il tomba du deuxième étage chez ma tante en Tunisie. Il eut les deux jambes emplâtrées. Heureusement pour lui, il n'y avait rien de très grave. Un autre jour, cette fois-ci aux sports d'hiver, en week-end à Isola 2000, il fit une terrible descente qui le mena directement à l'hôpital le plus proche, sa jambe droite fracturée. Enfin, un autre été, dans les criques du Cap Nègre de la Coudoulière, il sauta avec des copains du haut d'une falaise d'environ dix mètres qui se jetait dans la mer. Il frôla dangereusement un gros rocher et son visage en souffrit, bleuté et quasi bosselé. Il passa tout près de la mort. Ma mère crut qu'il s'était battu car il lui arrivait souvent de se quereller. En effet, très régulièrement et durant toute la période de son adolescence, Faouzi aimait vaquer jusqu'à une heure avancée de la nuit avec ses amis et parfois cela dégénérait en bagarre de rue. Il rentrait tard et s'introduisait très discrètement dans la maison. Ma mère lui donnait l'habitude de laisser la porte entre-ouverte. Le lendemain de cet accident à la Coudoulière, elle contempla l'ampleur du désastre sur sa belle bouille : ses yeux étaient au beurre noir, son torse et ses bras présentaient des ecchymoses, son corps était recouvert de griffures. Ma mère n'en pouvait plus de tout cela et, désormais, elle lui interdit les sorties nocturnes.

Riad Mejri entra dans la vie de Faouzi. Ils se lièrent d'amitié et ils devinrent inséparables. Riad avait 16 ans, un peu plus jeune que Faouzi qui le considéra bientôt comme son petit frère. Riad était un séduisant jeune homme, brun aux yeux d'un noir intense. Le profil de ces deux jeunes adolescents attisait l'admiration de la gente féminine de leur âge. Tous les week-end, Riad s'installait chez nous. Il passait d'agréables moments en notre compagnie et autour de notre tablée. En réalité, il adorait les plats tunisiens que ma mère confectionnait avec brio. Il devint un membre à part entière de la famille et voyageait également avec nous au pays. Je voyais bien que ces deux jeunes hommes venaient de sceller une amitié indéfectible. Cependant, et pour ne pas changer leurs habitudes, les bêtises d'adolescences furent toujours d'actualité.

Nous étions samedi, une belle journée ensoleillée s'annonçait, Riad venait de se lever, mon frère le suivit peu après. Ils déjeunèrent et s'adonnèrent ensuite à une longue préparation afin de sortir « en splendeur », employant toujours le même rituel : application du gel Pento sur leurs cheveux mouillés, coiffure en arrière pour mon frère à la Marlon Brando et cheveux frisés pour Riad, une bouteille d'eau de toilette Scorpio rouge qu'ils répandaient sur leur torse et pratiquement tout le corps, jeans Lévis délavé, tee-

shirt blanc moulant. Ainsi parés, ils étaient prêts à dévorer cette belle journée. Ils passèrent la matinée à la plage des Sablettes, sûrement à expérimenter leur mode de séduction vis-à-vis des jeunes demoiselles. L'après-midi, ils rentrèrent à la Beaucaire, cité HLM où vivaient les parents de Riad.
Riad vit son ami Karédine assis devant le hall de l'immeuble. A cette période, Karédine était aussi l'un des potes de mon frère qui s'apercevra au cours de cette journée que tout le charme de l'amitié n'existe que selon les choix que l'on prend dans la vie, au moment importun, et que cela consiste à ne jamais se trahir l'un l'autre. Riad vit son père de mauvaise humeur, il comprit tout de suite quel était le problème. En effet, en revenant de la plage, il se rendit compte que l'une des roues avant de la voiture de son père était crevée. Karédine lui suggéra une idée insensée :
-Riad, Faouzi, souffla-t-il, venez me rejoindre. J'ai repéré là-bas une voiture comme celle de ton père. Prends le cric de sa voiture et ses clés, nous échangerons alors les roues. Personne n'en saura rien et tu expliqueras à ton père qu'il avait un peu halluciné à cause de la fatigue et de l'âge. Il n'y verra que du feu.
Riad fut enthousiasmé par son idée et Faouzi commençait à peine à installer le cric, que deux silhouettes se présentèrent. Il s'agissait de deux agents de police. Au début, Faouzi ne les vit pas. Les policiers passèrent derrière le véhicule. Leur présence était plutôt logique puisque, par un mauvais coup du hasard, le commissariat se situait juste devant le véhicule que les garçons s'apprêtaient à désosser. En vérité, les caméras avaient filmé tout leur petit manège.

Riad courut tellement vite que même un léopard ne l'aurait pas rattrapé, Karédine fit de même. Ils parvinrent tous les deux à s'introduire dans une des cinq tours jumelles de la Beaucaire. Seul Faouzi fut conduit au commissariat. Il n'avait rien vu venir et se laissa emmener sans broncher. Ses mains tremblaient, le rythme de son cœur s'accélérait, son esprit était ailleurs. Il se demandait :
Comment vont réagir mes parents ? Ma mère va me tuer ! Quel con ! s'insulta-t-il !!!
Le téléphone de la maison sonna, personne ne répondit. Enfermée dans sa cuisine, ma mère préparait déjà le repas du soir. Après une quinzaine de minutes, elle répondit enfin :
-Allo !
-Police nationale, bonjour Madame Dridi. Êtes-vous la maman de Faouzi Dridi ?
Ma mère paniqua, elle frissonna et son cœur battit la chamade.
-Oui monsieur, lui dit-elle fermement et assez agacée.
Elle ne parlait pas très bien le Français mais elle avait seulement retenu le terme « Police ». Je me suis emparée du combiné et répondis à sa place.
-Allo ! Je suis la petite sœur de Faouzi, je suis désolée mais ma mère ne comprend pas très bien le français et ne le parle pas très bien non plus. Quel est le motif de votre appel monsieur ? lui dis- je.
-Nous vous contactons pour que vous veniez récupérer le jeune homme au commissariat. L'un de ses parents doit se présenter avec une pièce d'identité.
-Qu'a fait mon frère et comment va-t-il ?

-Il va bien, ne vous inquiétez pas, nous l'avons surpris en flagrant délit de vol.
-Oh, Faouzi !!! m'exclamai-je !
Tandis que mon frère attendait notre arrivée avec une énorme anxiété, il allait assister à une situation insoupçonnable. Il entendit les éclats de voix d'une personne qui venait de s'introduire au commissariat et vit débarquer son meilleur ami Riad au rythme cardiaque accéléré, comme s'il venait de courir un cent mètre d'athlétisme. Il déclarait haut et fort et d'un ton incroyablement sérieux :
-Je me rends !
Faouzi n'en croyait pas ses oreilles. Il éclata d'un rire nerveux, se tordant démesurément sans pouvoir s'arrêter, presque à en pleurer.
-Riad, tu es vraiment fou ! S'exclama Faouzi, secoué de plus belle par un rire spasmodique.
Les policiers eux, ne riaient pas, ils prirent la déposition de Riad et appelèrent aussitôt ses parents.
Faouzi compris alors la valeur qu'il représentait aux yeux de son ami. Il réalisa que Riad ne le laisserait désormais jamais en galère de toute sa vie. Il lui avait été fidèle et se promit de lui rendre la pareille un de ces jours. Quant à Karédine, il s'était envolé tel un faucon pèlerin, sans laisser aucune nouvelle. De vrais amis se devaient d'être solidaires or, lui ne le fut pas.

La rentrée scolaire s'annonçait et Faouzi intégra le lycée. Les cours de coiffure débutèrent, il s'y plut. Il fit la connaissance de Christelle, une jolie blonde à la beauté envoûtante, asiatique du côté de sa mère et française du côté de son père. Elle sera son premier grand amour. Chris, comme on la surnommait, était douce. Je l'aimais bien, elle était complètement éprise par les attraits physiques de mon frère et par son style. Bientôt leur idylle devint plus sérieuse. Il la présenta à mes parents, elle se montrait très avenante avec ma mère et se mêlait à nos coutumes. Elle adorait revêtir la djellaba[6] et appréciait les pâtes à la sauce épicée que ma mère confectionnait de ses propres mains. Chris rencontra Baba Al Haj quand elle se rendit en Tunisie avec nous. Mon grand-père trouvait la française ravissante et très respectueuse des traditions.

Cet été fut très agréable. La plupart du temps, nous prenions le taxi pour nous rendre à la plage du Rimel à Menzel Jémil, majestueuse plage aux eaux d'un bleu de cyan et nous profitions de ce panorama de rêve. Je raffolais du soleil en bronzant à en devenir rouge écarlate pendant que mon frère lui, ne rêvait que de nous tirer jusqu'à l'eau pour nous y noyer la tête. Il nous balançait, nous envoyait dans les airs. C'était son jeu favori et nous nous débattions en vain, nous hurlions, essayions du mieux que nous pouvions de trouver une échappatoire, et nous obtenions de renverser la tendance en nous jetant tous sur lui. Finalement, nous nous réjouissions de pouvoir le noyer à notre tour.

---

[6] Tunique traditionnelle tunisienne

La plage du Rimel -Tunisie

II. GRENOBLE

Deux années passèrent, la vie à la maison avait quelque peu changé. Mes trois grandes sœurs avaient quitté le cocon familial et construisaient le leur, chacune mariée.
Faouzi devenait un Tonton de plusieurs petits bambins qu'il prenait plaisir à cajoler. Cependant, et malgré les instants sensationnels passés avec ses petits neveux et nièces, il eut des moments de doutes, de solitude, de remise en question. Il venait d'achever ses deux années d'études et d'obtenir son brevet professionnel de coiffure. Il commença son tout premier job dans un salon de coiffure de Toulon. Quelque chose le poussa à changer son destin, mais je ne saurais dire ce que c'était.
Il prit plusieurs décisions importantes. La première, très inattendue, sa séparation avec Chris, apparemment survenue en raison d'une jalousie abusive. La seconde, son départ inopiné du foyer parental.
A 19 ans, il quitta La Seyne-sur-mer pour s'installer en Isère, à Grenoble. Il ne s'en allait pas pour tenter une simple expérience ou un exode, mais bien pour créer la « phase deux » de sa vie : celle de la fécondation de son propre nid.
En premier lieu, il s'installa chez ma tante Zohra. Ce ne fut pas vraiment difficile pour lui d'intégrer la maison familiale des Dams car elle n'abritait que des mâles. Mes deux cousins Taweb et Neder y logeaient encore, et leurs nombreux souvenirs de vacances alimentaient une intense camaraderie. A part ses deux cousins, l'aîné Lotfi et le cadet Choukri avaient convolé quelques années auparavant. L'appartement de ma tante, coquet mais exigu, lui convenait

tout de même en attendant de s'installer définitivement. Seule la chambre des garçons imprégnait leurs odeurs épicuriennes de cigarettes, de chaussettes, de fragrances d'hommes, mélange d'exhalaisons pas très agréables et surtout pénétrantes.

Faouzi n'avait pas chômé. Il avait entrepris les démarches nécessaires à la recherche d'un emploi. Il arpenta tous les chemins de la ville et consulta les nombreux salons de coiffure des alentours où il déposa son curriculum-vitae et une lettre de motivation. Faouzi n'attendit pas longtemps, un salon du nom de Jean Louis David le sollicita. Il s'y présenta et les employées féminines tombèrent sous son charme. Elles insistèrent et appuyèrent son embauche. Il devint le centre d'attraction de ces jeunes filles. Il débuta son job et se trouva très à l'aise. Il était bien entouré, on le chouchoutait, on le dorlotait avec de petits cafés et des viennoiseries. Lui en revanche, ce furent ses clientes qu'il bichonnait. Souvent, il leur rapportait ses petites gourmandises, encore légèrement chaudes, qui lui étaient ordinairement destinées. Il ne raffolait pas des pâtisseries, elles ne faisaient pas partie de ses péchés mignons. J'ai d'ailleurs le souvenir que, lorsque ma mère nous confectionnait des petits gâteaux le jour de l'Aïd el Fitr[7], il lui arrivait souvent de me les donner. Quant à moi, je m'empressais de me goinfrer de cette gourmandise inéluctablement alléchante. Bientôt, ses consœurs s'interrogèrent : laquelle deviendra sa prétendante ? Audrey

[7] Fête musulmane célébrant la fin du ramadan

travaillait dans un autre salon de la même enseigne.
L'agglomération de Grenoble comptait trois salons de cette enseigne. La marque, de réputation excellente et très célèbre, était implantée dans la France entière. Le patron d'Audrey lui demandait par moment de récupérer des produits capillaires entreposés dans l'un des deux établissements voisins. Il sélectionnait des shampooings et des soins professionnels qu'il notait sur son calepin et qu'il lui confiait. Audrey, sans le savoir, allait vivre un moment fatidique de sa vie qui allait bouleverser tous ses projets. Un moment qui bouscule le présent, le passé et le futur, cet instant si prestigieux, lorsqu'on ressent pertinemment et au plus profond de son être que c'est un signe qui ne trompe pas.
Audrey prit le tramway, arriva devant la porte de l'enseigne, entra et aperçut Faouzi. Elle le vit pour la première fois et elle sut instantanément que l'homme debout devant elle allait faire partie de son existence. Elle le fusilla du regard et sut immédiatement que le coup de foudre existait. Il était bien là, présentant un physique viril, un look soigné, un sourire ravageur et surtout un regard brillant et des pupilles vertes pétillantes. Elle ne se souvenait plus de la raison de son escapade, obnubilée par cette présence. Elle bafouilla et bégaya pour la première fois de sa vie :
-je -je -je viens récupérer les produits, ânonna-t-elle, en le fixant scrupuleusement.
-ok, lui répondit Faouzi, occupé à masser le cuir chevelu de sa cliente. Il lui fit signe de se rapprocher d'une de ses collègues à qui il donna les consignes suivantes :

- Fournis-lui ce qu'il faut, tout est indiqué sur mon bloc-notes au bureau.
Audrey voulait que cet instant dure une éternité mais, à son grand regret, il fut furtif. Elle prit la marchandise de ses mains tremblantes et s'éloigna en saluant les employés et les clientes présentes. Elle n'imaginait pas un instant que durant cette journée si ordinaire, quelque chose d'aussi puissant et d'aussi intense, pourrait la bouleverser et la déstabiliser. Elle y repensa sans arrêt, elle eut des flashs de ce regard pénétrant, puis des fantasmes affreusement gênants. Elle plana une éternité avant de retomber sur terre et de s'avouer qu'il n'avait pas vraiment fait attention à elle. Mais elle se rassurait, se trouvant des excuses tels que :
- trop concentré sur sa cliente ! se disait-elle. Il m'a à peine aperçue à vrai dire. Il faudrait que j'y retourne.
Et elle rajouta,
-Comme il était beau ce mec, trop beau !!!! En soupirant de désir.
Elle pensait qu'il ne s'était pas attardé sur elle. En réalité elle ne laissa pas Faouzi si indifférent, bien au contraire, au premier coup d'œil il l'avait trouvée très jolie fille : grande de taille, jambes fines et interminables, cheveux au carré plongeant, parfaitement lissés et des yeux aux pigments bleutés qui suscitaient chez lui une émotion inhabituelle. A dire vrai, il aurait souhaité la revoir, il espérait une seconde visite plus approfondie où il aurait l'opportunité de converser un peu plus avec elle. Ils eurent l'occasion de se croiser à nouveau, à plusieurs reprises d'ailleurs. Audrey se démenait pour trouver des occasions, parfois loufoques, afin

de se rendre au salon de mon frère. Elle inventait qu'elle voulait acheter, à des fins personnelles, des produits qu'elle n'avait pas dans son propre salon. Ils commencèrent à se connaître mais cela ne lui suffisait pas. Elle n'en démordait pas, obstinée à en découdre avec un jeune homme qu'elle désirait plus que tout. Des milliers d'idées fusèrent dans sa tête, mais l'une d'elles allait surgir et finir par complètement l'enthousiasmer.
Elle projeta de l'attendre à l'arrêt du tramway qui desservait Grenoble et qui était positionné juste en face du salon de Faouzi. Le tramway étant son moyen de transport, il avait pour habitude de le prendre le matin afin de se rendre au travail et de rentrer en fin d'après- midi. Le jour J arriva. Très coquette, elle se prépara minutieusement : une bonne douche, suivie d'un beau brushing, elle se vêtit élégamment, se maquilla en sublimant son regard de mascara volume extrême, dessina ses lèvres au crayon et étala légèrement du fard à joues aux couleurs pourpres sur ses pommettes ; un teint radieux pour une journée qui s'annonçait rayonnante. Audrey abattit ses dernières cartes, elle se rendit au lieu prévu pour la rencontre. Elle attendit que Faouzi sorte. Ce fut long, très long, comme si le temps s'était arrêté ou bien était-ce l'horloge qui n'avançait plus. Elle repensa à un proverbe : « Il n'y a pas de chemin trop long à qui avance lentement et de rêves possibles à qui ne s'y prépare pas par la patience et l'endurance ». Puis vint la délivrance, elle l'aperçut. Elle sentit sa respiration s'affoler, les battements de son cœur multiplièrent la cadence. Faouzi s'approchait promptement d'elle, la conscience de sa présence déclencha

en elle un irrépressible frémissement. Il la vit et l'observa un court instant. Elle le dévisagea de haut en bas, le perçut encore plus ravissant que jamais, un beau gosse au physique avantageux et saisissant.

Elle eut un sourire engageant quand il prononça ses premières paroles :

- ça va toi ?

- oui et toi, déclara-t-elle en conservant une expression imperturbable.

- cela fait longtemps que tu attends ? répliqua-t-il.

- non pas vraiment, le tram ne va pas tarder, dit-elle, déstabilisée et en interminable admiration.

- ah, c'est quoi ton nom déjà, Audrey, c'est bien ça ? lui demanda-t-il !

- oui et toi c'est Faouzi, il me semble, lui souffla- t-elle.

- ici on me nomme Sonny, mais mon véritable prénom est bien Faouzi. Tu habites dans le coin ? lui lança-t-il.

- A Saint martin d'Hères exactement.

- Ah tiens, moi aussi, je vis chez ma tante à Chamberton mais, en réalité, je viens de Toulon, dans la Région Sud et je me suis installé récemment à Grenoble. Cette ville est enrichissante, elle me fascine depuis mon plus jeune âge. Nous venions souvent en vacances avec mes sœurs et mes parents et je m'étais toujours senti extrêmement bien ici. L'air est agréable, frais et doux à la fois. Franchement, j'ai hâte d'avoir mon propre appartement et, pourquoi pas, rencontrer la femme de ma vie.

Elle exaltait de ce qu'elle venait d'entendre et, du fond de ses pensées, elle venait de comprendre qu'il était célibataire

ou bien venait-il de le lui faire savoir volontairement ? Le tram arriva et ils suivirent leur conversation jusqu'à la destination finale. Ils échangèrent leurs numéros de téléphone et se saluèrent. Faouzi n'avait pas tardé à la rappeler pour l'inviter au cinéma ainsi qu'au restaurant. Ce fut le début d'une longue et profonde idylle. Souvent, il lui rappelait qu'il savait au fond, qu'elle l'attendait ce jour-là en guettant sa sortie du travail. Mais Audrey, dotée d'un fort orgueil, persista à lui répondre péremptoirement que non, que c'était bien le tram qu'elle attendait patiemment. Elle ne lui révéla jamais tout son stratagème pour saisir et conquérir sa jolie proie.
A Toulon, Faouzi nous manquait, un vide se ressentait. Sa chambre, habituellement remplie d'effluves de mâles, d'émanation de cigarettes et d'autres odeurs de fumées étranges et dérangeantes, se trouvait totalement vide. Mes parents ne se souciaient pas vraiment de son déménagement vers une autre région, ils savaient pertinemment qu'il était un redoutable débrouillard, perspicace dans les prises de responsabilités professionnellement parlant. Cependant, leur fils unique s'était envolé et son caractère un peu nervi, voire même de type scélérat, les laissait perplexes et anxieux. Ma mère espérait qu'il ne créerait pas de conflits car elle estimait que, loin de ses yeux, elle ne pouvait lui venir en aide. C'était ce qui la préoccupait sans doute le plus.

III. RIAD

Riad de son côté, se sentait intensément seul, il eut diverses amourettes, mais rien de très concret. Il vaquait, souvent sans but, manquant de véritable projet de vie. Il reçut un document officiel de recrutement du service militaire obligatoire. Il répondit et fut éligible, il fit choix de ses vœux et du lieu de son affectation et s'engagea. Il intégra les unités militaires de l'Armée française. Néanmoins, son passage dans cette institution ne lui convint pas, il fit une dépression, son corps ne suivait plus. Accablé et démoralisé, il prit la décision de claquer la porte des armées. En rentrant à son domicile quelques mois plus tard, il fit remarquer à sa mère de fortes douleurs dorsales qui l'harassaient profondément, comme si sa colonne vertébrale se disloquait. Il eut de véritables lésions intervertébrales, peut-être dues aux activités musculaires exercées pendant les disciplines physiques et, sans doute, un surmenage musculaire.

Pendant une année, il rompit tous contacts extérieurs, souffrant dans la solitude, passant de médecin en chirurgien. Rien de bon n'advint, il était complétement exténué, recroquevillé sur lui-même. Le présage des médecins ne fut pas de bon augure vis-à-vis de sa situation médicale. Son chirurgien le contacta précipitamment ainsi que ses parents. Ils eurent une longue conversation sur son état de santé. Il leur présenta deux possibilités : la première était une opération chirurgicale qui pourrait le mener à la guérison progressive des douleurs lombaires avec, en second plan, le risque majeur d'une telle opération, celui d'un arrêt cardiaque qui serait catastrophique, ou de la perte totale de ses deux jambes, avec, pour conséquence, de passer le reste de sa vie en chaise roulante. La deuxième possibilité était de ne pas faire de chirurgie et prendre le risque, malheureusement, de terminer inévitablement handicapé. Riad, contraint d'écouter, sentit la torpeur l'envahir et il préféra mettre fin à cet entretien. Ils quittèrent l'établissement hospitalier, rentrèrent à la maison péniblement, découragés et consternés, ne sachant quelle décision prendre. Riad, lui, en avait pris une dès qu'il était sorti. Il n'avait qu'une chose en tête et il comptait bien s'en acquitter.

Quelques jours plus tard, il rangea sa chambre, posa une enveloppe sur son bureau, se doucha et se prépara, comme toujours : le même rituel aux cheveux, gel effet mouillé, rasa son barbillon, étala le parfum Scorpio sur son cou, s'habilla d'une superbe tenue : pantalon à pinces et chemise blanche qu'il venait de repasser, mit ses chaussettes et finit par de ravissantes chaussures laquées noires parfaitement neuves. Il ferma la porte de sa chambre, se dirigea vers celle de l'entrée. En sortant de l'appartement, il se rendit vers un petit sas donnant aux cages d'escaliers, il y avait une balconnière entre chaque descente, celle-ci donnait à l'extérieur, on pouvait y apercevoir les deux autres tours jumelles. Il s'avança, il grimpa l'accoudoir mesurant un mètre de hauteur environ.

Je ne saurais vous dire ses derniers mots, ceux de ses ultimes pensées. Il s'élança du cinquième étage de son immeuble, l'étage de sa résidence principale. Il venait de commettre

l'impensable. Il mit fin à sa vie, fin à ses turbulences, fin à tout ce qui le tourmentait. Avait-il songé à la douleur de sa famille, celle de ses amis et de tous ses proches ? Je me demande encore comment l'on peut se torturer sans penser qu'on fait de même à ceux qui nous aiment. Ne devrions-nous pas penser avant tout à nos congénères qui nous ont tant donné depuis notre naissance. N'a-t-il songé qu'a lui-même sans se préoccuper du désastre posthume ? Toutes ces questions me hantèrent et je n'aurai sans doute aucune réponse plausible et louable.
Riad s'était suicidé à l'âge de 21 ans. Lorsque Faouzi apprit la terrible nouvelle, il ne comprit pas. Il s'en voulait de ne pas avoir été à ses côtés pendant les moments les plus sombres de la courte existence de son meilleur ami.
Il est difficile pour les hommes de verser des larmes, comme s'ils logeaient dans leurs entrailles une muraille redoutablement solide. Cependant, lorsque la plaie s'en prend avec férocité au cœur, elle ne peut plus le contenir. Son cœur d'homme s'emballa et l'émotion, plus forte que jamais s'empara de son cerveau, faisant de mon frère une loque. Il perdit son énergie, sa vulnérabilité était mise à nu, il était incapable de se remettre de la mort soudaine de son si cher copain.

L'effroyable venait de se produire à Toulon et, heureusement pour lui, Audrey se trouvait à ses côtés pour le réconforter. Elle fut sa redoutable épaule, sa force, dans cette dure épreuve où la douleur persistait sans aucun remède. Elle fit preuve d'intense empathie, se tenant auprès

de lui en essayant de toutes les manières possibles de le consoler :
-Tu dois te reprendre, nous allons devoir nous rendre aux obsèques, lui annonça-t-elle. Tu sais que Riad restera le seul frère de toute ta vie. Pense aux raisons qui l'ont poussé à faire un tel acte, même si elles ne sont pas vraiment recevables, même si tu penses que l'on doit se battre dans la vie. Ceci est ton opinion mais tu ne peux te mettre à sa place, et sa décision, tu te dois de l'accepter. Je ne te dis pas de la soutenir, seulement d'essayer de la concevoir lui dit-elle en le rassurant, sa main posée délicatement sur ses joues humides.
Même si nous cherchons parfois à nous convaincre que nous agissons de la meilleure des façons, nous sommes souvent impuissants face à la détresse de l'affligé et seules des paroles douces peuvent apaiser. Nous ne pouvons accorder une légitimité à la souffrance. La fragilité de l'individu, mâle ou femelle, a pour résidence une infime partie de notre esprit et elle devient intransigeante dès lors qu'elle s'empare de nos moments les plus vulnérables, des instants les plus tragiques.
Faouzi ne s'était pas présenté aux funérailles. C'était sa façon à lui de ne pas lui dire adieu. Il s'interdisait clairement de le voir autrement qu'avec son sourire ravageur et son regard d'interminable séducteur. Il attendit le retour de Tunisie des parents de Riad, là où reposait son corps. La coutume voulait que l'on fasse une Sadaka : « aumône du défunt au quarantième jour compté à partir du jour de l'enterrement. Il s'agit d'un repas, dit du défunt, distribué

aux voisins, aux proches et aux personnes très appauvries du village ». Puis, il se présenta un mois plus tard au nouveau domicile des parents de Riad qui avaient déménagé, ne pouvant plus supporter de vivre sur le lieu du drame. L'accueil fût très chaleureux et très douloureux. Sa mère le prit dans ses bras sans pouvoir ne se maîtriser ni s'en détacher. Elle le vit comme si c'était son fils qui se trouvait devant elle. Tous les souvenirs défilaient à grande vitesse, toutes ces belles choses qu'avaient vécu les deux camarades. Tant de choses remontèrent à la surface rien qu'à sa vue, elle était ravie de le trouver à ses côtés. Ils parlèrent longuement et ce fut à chacun une indescriptible thérapie et un ineffable remontant réciproque. Elle lui confia le mystère de l'enveloppe, Riad l'avait laissée sur son bureau avant de passer à l'acte, elle contenait une conséquente somme d'argent, il lui avait laissé toutes ses économies, elle ne comprit pas pour quelles raisons il s'était comporté ainsi. Elle aurait préféré ne pas la trouver mais c'était peut-être la dernière volonté de son fils et elle mit cet argent de côté ne sachant quoi en faire, elle disait :
-Le temps viendra où cet argent sera utilisé à bonne escient.
Notre famille fut très attristée par cette grande perte. Je me souviens encore de l'annonce de la tragédie et je n'imaginais pas un instant que l'on puisse mettre fin à ses jours aussi jeune. Riad était un très beau garçon avec un charme incontestable et détenait une colossale joie de vivre. Il était très respectueux et d'une gentillesse authentique. Je ne l'oublierai pas moi non plus, il restera dans mes pensées toute ma vie. Malheureusement, à ce moment-là, je me

devais de passer à tout autre chose puisque je préparais mon mariage dans les mois à venir. Parfois, il m'arrivait de me demander comment je pouvais être aussi heureuse avec mon fiancé, sans me douter que mon petit Riad, lui était malheureux. Je me le reprochais comme si je me sentais aussi coupable que mon frère de ne pas avoir décelé un problème si grave et dont personne n'avait eu connaissance.

IV. LOUNA

Après mon mariage, la vie reprit son cours naturel et mon frère était sur le point de devenir papa. Il s'était installé depuis quelques temps chez Audrey, dans le logement que sa grand-mère lui avait cédé et ils se préparaient avec beaucoup d'enjouement, à accueillir la belle Louna en effectuant les travaux de sa future chambre. Impatients de découvrir le visage de leur union, ils passèrent leurs temps à mentionner ses supposées caractéristiques. Aurait-elle les yeux bleutés de sa mère ou bien vert amande de son père ? A qui ressemblerait-elle le plus ? Les questions fusaient et ils se distrayaient dans ce fabuleux et espiègle jeu de devinette. Monique et Dominique, les parents d'Audrey attendaient l'arrivée de la princesse avec impatience. Audrey étant leur fille unique, ils se languissaient de voir la petite Louna. Ils aimaient beaucoup Faouzi. Dès leur première rencontre, ils entamèrent une relation quasi parentale. Dominique fit de mon frère son fils. Il lui prêta une grande considération et ils passèrent des moments inoubliables tant à la maison que pendant les vacances. Ils partaient souvent en camping et leurs activités principales consistaient à traînasser et discuter à bâtons rompus, sur des chaises longues installées devant le camping-car, à fumer et étancher leur soif en trinquant avec des bières. Dans ce domaine touristique, ils attendaient le retour de ces dames de la gigantesque piscine extérieure, constamment chauffée. Il y avait aussi les séjours dans le Sud, souvent au Brusc, non loin de La-Seyne-sur-Mer où résidaient mes parents. D'ailleurs, Faouzi profitait généralement de cette petite escapade pour nous rendre

visite.
Dominique créa une complicité tellement sincère que bientôt, tous leurs agissements étaient prétexte à de sempiternelles rigolades. Ils devinrent mutuellement des confidents, ne cessaient de se communiquer leurs pensées parfois les plus secrètes, leurs états d'âmes sous toutes les formes, leurs joies et leurs peines. Ils semblaient se connaître comme s'ils avaient vécu ensemble de tout temps.
Un jour, mon frère me divulgua des informations quelques peu loufoques sur son beau-père. Il le surprit possédant d'étonnantes obsessions à tendance maniaque sur l'hygiène automobile. En effet, Dominique prenait soin de sa voiture tel un animal de compagnie, il la bichonnait minutieusement, l'astiquait méticuleusement avec ferveur, elle brillait comme un sou neuf. Il parlait d'elle, tel un chef d'œuvre, un tableau de Picasso intouchable, ne sortant en aucun cas de son abri. Personne ne s'aventurait à effleurer le monument sacré. Faouzi s'égayait de voir l'abracadabrante coquetterie que l'on pouvait transmettre sur un simple véhicule : modelage, gommage, cirage, hydrojet, et d'être à ce point aux petits soins comme pour une cliente en institut de beauté. La passion de son beau-père l'avait beaucoup marqué et il lui arrivait souvent de nous en parler avec une infime admiration. Il commençait à se conformer à sa nouvelle vie de couple. Le petit ventre rond d'Audrey prenait forme.
Six mois s'étaient déjà écoulés et ils vivaient ces moments avec tellement d'enchantement. Malencontreusement, le destin leur joua un petit tour déplaisant. Louna dut sortir

prématurément de son nid douillet, le 06 janvier 2003, avec un poids ultra léger proche de celui d'un lapin d'Audubon. Ses parents, affligés et très inquiets, craignaient pour sa survie. C'était un être si minuscule, son cœur pulsait des battements infimes, elle avait de petits doigts si frêles et un visage angélique. Cependant, les médecins les rassuraient car la santé de l'enfant s'avérait convenable et secourable. La petite fut solide comme un roc, un être très doux mais tenace à la fois. Faouzi était là tous les jours au service de néonatalogie, auprès de sa progéniture. Il la contemplait par-dessus la bulle dans laquelle se croisaient une multitude de fils et de tubes mis en place pour l'assistance respiratoire. L'équipe médicale se chargeait d'accompagner au mieux les parents, elle se montrait très professionnelle en leur présentant tous les aspects du métier liés aux risques pathologiques d'un prématuré. La protection contre les agents infectieux était l'objectif principal, cela nécessitait une surveillance accrue. Le bébé était constamment surveillé par une épatante équipe soignante aux aguets. Le bonheur arriva plusieurs semaines plus tard, au moment du corps à corps entre la maman et son bébé. Les sages-femmes parlaient de chaleur réconfortante, d'habituer l'enfant à l'odeur corporelle de sa maman, un instant de partage, celui si fascinant de l'allaitement. Louna prit du poids, son teint changea progressivement, ses joues se colorèrent d'un rose barbe à papa qu'on avait envie de croquer, la forme et la couleur de ses petites mirettes commencèrent à s'entrevoir. Elle grandissait considérablement et l'on oubliait vite qu'elle avait été si minuscule quelques mois auparavant. Le retour à la maison restait un épisode relativement crucial, entre l'enthousiasme et l'anxiété de vouloir bien faire les choses, s'occuper d'un être fragile, combiner les recommandations du service hospitalier et celui de l'instinct maternel et paternel. Faouzi fit de sa fille une priorité et je sais qu'il se chargea de cette mission avec perfection en donnant de son temps et de son énergie. Je me dis qu'il peut surgir un besoin inexplicable d'offrir à son enfant des soins et une protection, en réalité, nous n'avons qu'une envie, celle de lui dédier un amour inconditionnel.

V. LE SALON

La vie de famille devint une source sûre et Faouzi consacra son existence à son devoir de bon père envers sa fille. Ma mère ne voyait pas son fils vivre de cette manière, en concubinage. Elle projetait de lui suggérer un mariage dans la tradition musulmane, car un couple ayant un enfant se doit de célébrer son union. Elle batailla bien des années pour pouvoir assister à cet évènement. A chaque fois qu'il venait à la maison, elle lui rabâchait toujours le même discours. Elle voulait tant qu'il se conforme à notre culture, le mariage étant une obligation dans l'esprit des grandes familles tunisiennes. En revanche, Sonny de son surnom grenoblois, n'en fit pas forcément sa priorité.

Il voulut avant tout, évoluer dans son domaine professionnel en acquérant son propre salon de coiffure. Il commença par s'entretenir avec ses nouveaux patrons pour l'éventuelle ouverture d'un salon D & S en version franchisée, dont il serait le gérant. L'idée plut aux protagonistes et ils projetèrent une étude de marché, un business-plan disaient-ils. Il fit le tour des banques pour trouver l'investissement financier. Puis des réunions se mirent en place avec les concepteurs et les développeurs afin de définir ensemble une stratégie et une implantation idéale. Des mois s'écoulèrent et ce ne fut pas de tout repos. Il effectua toutes les démarches financières et juridiques et put obtenir un prêt professionnel auprès d'un établissement bancaire. Le projet prit forme dès lors que les travaux du local commercial débutèrent. Ce fut un véritable chantier et une expérience indéniablement enrichissante. Le concept du salon se basait sur un modernisme d'exception. La devanture était dotée de gigantesques et sublimes vitres de cinq mètres de hauteur et de largeur qui contournaient toute la façade de l'établissement. Les meubles et les miroirs étaient design, le petit coin shampoing tout à fait attrayant, et les mobiliers d'accueil des clients visuellement très sophistiqués et agréables. Les travaux prirent fin et Sonny inaugura son salon avec les personnes qui l'avaient soutenu durant tout ce chemin de croix mais surtout d'exaltation. Je reçus l'invitation et je pus me rendre à la crémaillère de ce si bel établissement. Je me souviens encore du moment de la découverte de ce magnifique salon de coiffure à son image, élégant et pimpant. Je me sentais fière de lui et je constatais qu'il était comblé de bonheur face à son projet abouti. L'ouverture était imminente, les équipes avaient été constituées et les premières clientes se manifestèrent. L'engouement se lisait sur les visages, l'ambiance était chaleureuse et une cohésion quasi parfaite entre collègues permit des échanges efficaces et conviviaux. Désormais, les journées de travail s'avérèrent intenses. Il s'agissait de trouver des astuces marketing pour agrandir la clientèle, créer des flyers publicitaires afin de promouvoir les services et les produits du salon. Les employées s'investissaient sérieusement à trouver de nouveaux prospects et elles n'hésitaient pas à communiquer avec leurs clientes. Elles épiloguaient pendant des heures pendant un massage capillaire ou à l'occasion d'une pose couleur en contrepartie d'une éventuelle fidélisation et, potentiellement, d'un parrainage entre amies, familles ou connaissances. En premier lieu, la consolidation de l'activité commençait à donner des résultats plutôt satisfaisants. Gérer une société ne s'avérait pas aussi simple, la gestion financière, les recettes et les dépenses, les recrutements d'employés et le management d'une équipe, tout cela prit la majeure partie de son temps de travail et même une large place à la maison. La vie de Faouzi tournait autour de son ouvrage et il faillit presque ignorer l'existence des personnes, avec qui il partageait son quotidien.

Néanmoins et malheureusement pour le projet, les mois passèrent et le salon entamait une mauvaise période. Il ne décollait pas comme mon frère le souhaitait, le nombre de clients avait beaucoup diminué et la question du maintien économique du salon commençait à se poser, sa situation financière chutait vertigineusement comme un château de carte. Sonny perdit pied, il se sentit complètement désarçonné, dérouté de voir son paquebot si flamboyant périr. Ses humeurs changèrent du tout au tout, il devint aigri envers tout le monde. Ses employés ont été les premiers à en payer le prix, il leur parlait extrêmement mal, il s'énervait pour un rien : un shampoing mal placé, un cheveu qui trainait au sol, bref, une prise de tête et des crises de nerf pour des pacotilles. Il accumulait l'amertume d'une défaite en regard d'un tel investissement personnel et professionnel. Il avait pour habitude de boire quelques bières de temps à autre.

Malheureusement frustré par ce qui lui arrivait, il ébaucha

une nouvelle tradition, celle de se rendre un peu plus souvent au bar qui se trouvait sur l'avenue. Dès le matin et dans les environs de sept-heures, il démarrait sa journée au comptoir du bistrot. On lui servait un petit café suivi d'un petit verre d'alcool qu'on lui présentait sans modération. Les détenteurs du bar ne le réfrénaient pas, alors qu'il s'apprêtait à débuter son travail. Quant aux employés du salon, ils craignaient de le voir arriver dans un état d'ébriété et, pour certaines, s'inquiétaient de le voir mal se comporter devant les clients. A ce moment-là de la journée, il se contenait encore et gardait une attitude tempérée car il savait garder son calme dans la matinée. Cependant, il y retournait le midi et il éclusait de plus belle. Rien ni personne ne pouvait le résonner, il demandait une bouteille de rosé servie avec son repas et il la consommait tel un animal déshydraté. Il continuait son rituel à la fermeture de son établissement, passant parfois des soirées entières à se soûler avec ses nouveaux amis, et se biturer avec extravagance. Il lui arrivait quelquefois de s'enivrer jusqu'à se battre à coups de poings, la buvette se transformant en ring. Il rentrait de plus en plus tard sans se soucier de sa compagne ni de son enfant. La frugalité n'était plus un trait de son caractère, il devenait sanguin dès lors qu'on essayait de le retenir, de l'empêcher de retourner dans cet endroit qui le détruisait à petit feu. Et, bien évidemment, rien n'y a fait, il sombra de manière insoutenable dans les abysses de l'alcoolisme. Ce fut le début d'une longue descente aux enfers. Face à une difficulté, nous nous mettons en colère et cette énergie nous mène à refouler nos engagements, nous battre contre les autres mais surtout contre nous-même, renonçant à nos obligations et nos responsabilités. Il fut difficile de maintenir une stabilité dans ces conditions.

Audrey ne le voyait plus, il rentrait tard pour finalement se lever tôt et se rendre à son job. Ils n'avaient pratiquement plus de vie commune. Elle se rendit malade de voir son homme dépérir à ce point. Il ne voyait rien de tout ce qui se passait autour de lui, sa femme subissait cette terrible situation se rendant vulnérable. Son corps émit des alertes, elle s'affaiblissait de jours en jours, le manque de sommeil et la fatigue mentale la rendaient anxieuse. Le stress s'installa, et l'on dit souvent du stress qu'il est comme la ville qui écrase la forêt pour y installer son décor, sans songer au bruit que fait le chant des oiseaux morts.
Le temps passa et il ne s'aperçut à aucun moment qu'il n'était pas le seul à s'étioler petit à petit. Puis, vint le coup de grâce, Audrey fit un AVC[8], c'est-à-dire une artère du cerveau qui s'obstrue soudainement, les cellules ne sont plus irriguées, un manque d'oxygène se produit et le corps subit de terribles troubles brutaux. Elle fut prise en charge en extrême urgence par l'équipe médicale de l'établissement hospitalier et, heureusement, la rapidité des soins évita la possibilité d'une nécrose destructrice. Sonny veilla sur la santé de sa compagne, restant constamment à son chevet. Il s'en voulut de ne s'être préoccupé que de son activité, se laissant abattre tel un condamné dans une cellule individuelle qui ne voit pas ses proches s'inquiéter au point

[8] Accident vasculaire cérébral

de ne plus contrôler son corps et ne voit pas non plus tout ce qui entoure son existence. Il fut extrêmement proche d'elle durant sa convalescence. Elle perdit énormément de poids et d'énergie. Il s'occupa de Louna, se montrant rassurant et protecteur, gérant au mieux cette situation en espérant revoir Audrey dans sa forme habituelle avec son caractère autoritaire et son tempérament fort et hyperactif. Il disait souvent d'elle qu'elle râlait pour des broutilles tel un Shiba Inu buté, ce petit animal mignon mais rebelle. Il aimait tant ce côté indocile de sa bien aimé. Elle retrouva progressivement ses forces et son état de santé s'améliora. Elle voulut reprendre son travail, elle disait ne pas supporter de rester sans rien faire se trouvant régénérée. Elle souhaitait oublier ce passage malencontreux de sa vie. L'année allait bientôt s'achever et ils avaient traversé une mauvaise passe. Parfois, nous nous disons qu'il faut subir des épreuves pour rebondir et qu'à deux, nous sommes plus armés lorsque nous possédons une épaule pour nous soutenir et deux bras qui se tendent. La tendresse nous étreint et chasse la solitude pesante.
Cependant, Sonny continuait constamment à se tourmenter pour le maintien de son salon. Il s'abstenait d'étaler ses difficultés et gardait tout pour lui. On sait que l'introversion peux cacher une tempête fardée, que les vieux démons s'enfouissent au fond de l'être pour y ressurgir à tous moments. Le sentiment d'inassouvissement grandit en lui et il continua à se renfermer sur lui-même. Il ne pouvait dissimuler son malaise et il recommençait à s'humecter le gosier, continuait les vas et viens au comptoir du bistrot et

reprenait le rythme de sa destruction à petits feux. Il se mettait en danger permanent et risquait sa propre vie. Le barman et son fils devinrent ses amis. Ils se rapprochèrent de plus en plus mêlant l'amitié et l'évidente fourberie de ses nouveaux camarades qui le laissaient dépérir, ne voyant que le profit, celui d'un établissement qui s'enrichit sur le malheur des autres. Pourtant, nous savons bien que, si chacun s'entraide, personne ne se tue. Or il se laissait « manger la laine sur le dos » sans pouvoir discerner l'hypocrisie de ces personnages courtois en façade et démoniaques de cœur. Ces personnes ont été les auteurs directs de sa chute. Ils n'ont rien fait pour lui venir en aide et l'ont laissé se dégrader inexorablement.

VI. LA RUPTURE

Rien n'allait plus, le couple battait de l'aile et, si parfois la communication ressemblait à un enduit scellé dans le béton, d'autres fois, les querelles ressemblaient à un combat de coqs, les nerfs étaient à vif, l'agressivité était constante et les injures fusaient à tous vents. Horripilée par la manière dont Faouzi se comportait, Audrey s'asphyxiait de cette situation. Elle n'en pouvait plus de voir son homme s'autodétruire. La séparation paraissait inéluctable mais elle espérait ne pas en arriver là. Lui, ne comprenait pas la désolation dans l'âme d'Audrey. Elle ne voulait plus de confrontation inutile et agaçante, parfois même devant leur fille. Elle ne supportait plus tout cela et dut, difficilement, lui demander de quitter le domicile. Elle le contacta par téléphone et lui expliqua sa volonté de capituler :

-Zou, c'est moi, je veux absolument te dire que ce soir, si tu dois rentrer ivre, je préfère que tu ne viennes pas.

-Comment ça ! Je ne viens pas, attends ! On en reparlera ce soir !

-Non Zou ! Pas ce soir, je ne peux plus supporter cette situation. Tu ne te rends même pas compte que nous ne sommes déjà plus ensemble. Tu vis comme un célibataire, tu t'éloignes de nous en te refugiant dans ce « fichu bar à merde », tu fréquentes des gens qui ne te veulent que du mal et tu ne comprends rien. Tu ne m'écoutes plus, à quoi cela sert-il de rester ? Franchement, cela ne sert à rien, je te le dis !

-Tu me fais quoi là !!! C'est chez moi autant que chez toi et ma fille, alors ?

-Ta fille !!!! Tu te fiches de moi, tu ne la calcule même plus. Tu nous zappes depuis un bon moment déjà, et moi, ce n'est pas comme cela que je voyais notre avenir, et ce n'est pas un petit coucou furtif à ta fille qui va suffire. Avant, tu t'occupais de nous, à présent, où es-tu ?? Que fais-tu ?? Combien de fois je t'ai dit d'arrêter de te détruire et combien de fois je t'ai demandé d'en finir avec ces conneries. Tu ne veux rien entendre, eh bien maintenant c'est fini et c'est comme ça. Je n'en peux plus ! Zou !

Zou était son surnom, c'est comme cela qu'elle l'appelait dans l'intimité. Elle lui avait donné plusieurs chances d'arrêter ses agissements. Elle lui expliqua à multiples reprises que l'intérêt principal de leur vie était leur fille, leur couple, et non le salon. Elle l'aimait encore. Elle pensait à toutes ces années de bonheur, les bons moments, les sorties en amoureux, les voyages, le temps où tout leur souriait, le temps où, lorsqu'on les voyait ensemble tous les deux, on se disait qu'ils formaient le plus beau des couples. Ce fut à contrecœur qu'elle prit cette décision et celle-ci ne plaisait pas à Faouzi.

Ce soir-là, il picola toute la nuit ne sachant où aller. Il appela Moez, son cousin qui le ramena chez ma tante. Ce fut le début d'une nouvelle vie, comme un retour en arrière, comme si tout s'effaçait autour de lui et qu'il devait tout refaire. Un véritable tsunami, une terrible et tragique remise à zéro. Il retourna récupérer quelques affaires. Il ne voulait plus communiquer avec Audrey car il devenait très difficile de la croiser sans s'engueuler avec elle. Tout était prétexte à des heurts dans des conversations interminables et inexorablement offensantes. La rupture fut très pénible dans les deux camps et l'on sait que si l'amour est un art à part entière, la rupture l'est bien d'avantage encore. Il continua à s'occuper du salon tout en chopinant en compagnie de ses camarades de pinte. Mais la goutte d'eau qui fit déborder le vase fut le jour où il reçut les documents des patrons de la chaîne. Ceux-ci lui signifiaient un dépôt de bilan. Il devait arrêter son activité, la rentabilité n'étant plus garantie. Il ne pouvait plus faire face à ses dettes et fut interdit de gérer son entreprise. Une procédure de liquidation judiciaire se mit en place. Ce fut le pire jour de sa vie. Il comprit qu'il venait de tout perdre. Il repensa à ce que lui avait dit Audrey : que l'importance qu'il donnait à son job le mènerait à la ruine, et qu'il perdrait tout ce qu'il avait de plus précieux à ses yeux, s'il ne s'en rendait pas compte très vite. Mais c'était trop tard, la déferlante ne fit que commencer. Je me dis que c'est tout à fait comme la mer, elle est une roublarde, elle cache le vent glacial qui tranche comme une lame en détruisant tout sur son passage dès lors que l'on ne s'y attend pas. Il traversa une période abominable. Un soir, il eut un grave accident de voiture. Son véhicule effectua de terribles tonneaux et fut complètement détruit. C'était l'unique objet matériel qui lui restait de sa période quasi-conjugale avec Audrey. Heureusement, il en ressortit indemne, mais l'accident avait été impressionnant et choquant. Sa voiture en revanche, fut vendue en pièces détachées pour ne récupérer qu'une somme modeste, équivalente à celle de sa carte grise.

VII. LE RETOUR

La tornade était passée, elle avait tout saccagé, Faouzi ne voulait plus rester à Grenoble. Il prit la pénible décision de retourner vers nous, sa famille, ses parents et ses sœurs. Cependant, laisser sa fille loin de ses yeux le contrariait énormément. Il était très paternel et protecteur, voulait la couver comme si elle était encore le petit nourrisson fragile qui manquait de défenses immunitaires. Pourtant, elle avait belle et bien grandi, elle avait l'âge équivalent aux noces d'étain chez les amoureux, le début de la préadolescence. Elle fit sa rentrée au collège et commença à développer le culte de l'idole et de la muse. C'était le moment où les enfants de son âge jetaient leur dévolu sur des stars de la chanson et du cinéma, l'âge du « look », celui où il était indispensable de bien se vêtir en mêlant tous les styles. Il fallait surtout se tenir à la pointe de la mode, posséder les baskets et les joggings de grande marque, le plus beau sac à dos et jusqu'à vouloir un téléphone portable à la pointe de la dernière technologie. Les adolescents employaient la ruse avec perfection, embobinaient leurs parents afin d'obtenir tout ce qu'ils désiraient, prétextaient la nécessité d'être autonomes et responsables. Son père fut absent, loin de tout cela, s'efforçant de penser à tout autre chose. Au fond de lui, il savait qu'Audrey serait la meilleure des mamans pour sa fille et qu'elle succomberait à tous ses désirs, qu'elle donnerait les meilleurs conseils et qu'elle règlerait les problèmes intimes qu'une jeune fille pouvait connaître à cet âge. Elle lui offrirait, il en était sûr, la plus belle des adolescences. Il avait aussi toute confiance en Monique et

Dominique, les parents d'Audrey. Louna fut chouchoutée par ses grands-parents et aussi par sa mamie « son arrière-grand-mère » qu'elle visitait quotidiennement. Il lui arrivait de dormir chez elle le week-end. Sa mamie la chérissait intensément et, en retour, Louna veillait sur elle prodigieusement. Mamie s'était attachée à mon frère comme s'il avait été son petit-fils. Elle avait eu du mal à croire à la séparation de ce couple apparemment indissociable. Je me souviens encore de la rencontre avec cette charmante dame. Malgré son âge très avancé, elle me reçut avec tellement de bienséance et de courtoisie. Je voyais dans ses yeux l'enchantement lorsqu'elle regardait Faouzi. Il était sans aucun doute privilégié, son petit protégé. Je vous avoue que cela m'a surprise en premier lieu, mais je me suis assez vite rendu compte qu'elle le connaissait diablement bien, qu'elle l'admirait et le considérait comme un membre à part entière de la famille.

De retour dans le sud, il me contacta et me demanda de lui offrir mon hospitalité afin de le recevoir pour quelques semaines à la maison. Je fus étonnée de son apparition soudaine, car il ne m'avait absolument pas divulgué la raison de son arrivée. Cela dit, il savait qu'il était toujours le bienvenu dans mon petit cocon familial. Il avait pour habitude de séjourner chez moi avec Audrey et Louna lors des vacances scolaires. Ils descendaient dans le sud, souvent pour une période d'une à deux semaines environ. Durant ces séjours passés en notre compagnie, il régnait une ambiance agréable et plaisante, et nous passions d'excellents moments de jovialité et de convivialité. Louna avait le même âge que ma fille Titine et elles se rassasiaient d'amusettes entre cousines. Elles se divertissaient avec les sorties aquatiques à la mer ou à la piscine. Par moments, lorsqu'elles restaient cloîtrées à la maison à cause des mauvaises conditions météorologiques, elles s'adonnaient aux activités manuelles, dessinaient des coloriages aux pastels, prenaient plaisir à jouer des rôles de maîtresse et de secrétaire. Elles allaient parfois jusqu'à se déguiser et se maquiller. Elles se complaisaient à rester toujours ensemble et il était difficile de les séparer. La fin des vacances les déchirait et elles savaient qu'il faudrait attendre les prochaines qui leur paraissaient si loin. Elles avaient gardé de bons souvenirs d'enfance et elles continuèrent à se voir, autant que de coutume, pendant les coupures scolaires.

L'arrivée de mon frère m'avait donné un sentiment de malaise, comme si je ressentais un mauvais présage. Je voulus en avoir le cœur net tout de suite et il m'expliqua sa situation déchirante. Je ne croyais pas ce que j'entendais. Il ne me divulgua pas tout, bien évidemment. Il garda les « mauvaises herbes » pour lui et me précisa seulement qu'Audrey l'avait mis dehors après une grosse dispute.

Faouzi passa deux semaines à mon domicile, à s'affaler paisiblement sur notre divan, à regarder les épisodes de ses séries préférées en replay du matin au soir : NCIS Los-Angeles, NCIS enquêtes spéciales, les Experts, Esprits Criminels, et à engloutir de la nicotine tout en ingurgitant des Heineken blondes ou brunes. Ma mère le réprimanda en lui prêchant qu'il n'était pas convenable de se comporter ainsi chez son hôte, même si celle-ci était sa petite sœur, et le convia sans attendre à déménager de chez moi afin de rejoindre le domicile de ses parents. Il prit conscience des paroles de sa mère, l'écouta sans broncher et se réfugia instantanément à la Seyne-sur-Mer. Ainsi, il réintégrait sa chambre, longtemps laissée à l'abandon et devenue un fatras de bric et de broc que ma mère venait de ranger pour accueillir son fils. Au début, il fut déboussolé. Il avait du mal à réaliser ce qui lui arrivait et il se trouvait complètement déstabilisé dans cette chambre qu'il ne reconnaissait plus.

Ma mère, inquiète de son apathie, le réconforta avec les mots consolateurs et apaisants d'une maman attendrie par les retrouvailles avec son grand fils. Si cet engouement paraissait légitime, elle savait, et lui aussi, qu'ils allaient traverser un long couloir dont ils ne verraient pas tout de suite la fin. Elle espérait du fond de son âme que son fils en trouverait la sortie. Elle se rappela alors les paroles qu'une vielle dame lui avait dites une année auparavant.

Elle se trouvait dans sa demeure secondaire en Tunisie, par un bel après-midi ensoleillé du mois d'août. Une dame toqua à la porte de chez elle, c'était une Déguaiza « une voyante ambulante ». Elle se présentait comme une diseuse de bonne aventure. Ma mère ne voulut pas l'entendre, elle n'aimait pas trop s'attarder avec les indélicates, c'était comme cela qu'elle les nommait. Elle lui demanda de s'en aller prévoir l'avenir chez les voisins d'à côté. Cependant, elle fut stupéfaite lorsque la voyante lui annonça qu'une terrible nouvelle tomberait de manière épouvantable -selon ses présciences- sur les épaules de l'un ses enfants. Ma mère la trouva surprenante et s'interrogea sur ce qu'elle prétendait détenir sur l'existence de ses enfants. La Déguaiza lui confia une prémonition selon laquelle ma mère récupérerait, à un âge avancé, l'un de ses bambins, un mâle, disait-elle :

-Il se présentera à votre domicile avec un fardeau et vous n'aurez qu'à le recevoir et lui montrer le bon chemin. Mais ce chemin sera ardu et fait de pénitence, que ce soit pour vous comme pour lui. Il vous faudra énormément de courage et de témérité pour y parvenir.

Ma mère ne comprit pas tout de suite ce qu'elle voulait dire. Elle avait pensé à ses petits-fils. Elle se demandait si un malheur pourrait atteindre l'un d'entre eux et, pour quelles raisons ils viendraient se réfugier chez leur grand-mère. L'année passa et elle sut que la prophétesse avait dit vrai. Il s'agissait bien de l'un de ses enfants et il s'avérait, bien entendu, que ce garçon était son unique fils. Elle se remémora ces paroles et pria Dieu qu'il n'arrive rien de grave à son beau chérubin.

Maintenant qu'il demeurait près d'elle, elle se jura de veiller sur lui et de l'aider du mieux qu'elle pourrait à remonter la pente. Elle l'implora d'arrêter de consommer de l'alcool, la religion l'interdisant formellement. Elle lui rappela les obligations de confession, de croyance et de divinité. Elle lui indiqua la direction à prendre : celui du droit chemin pour se rapprocher de la volonté de Dieu, celui d'accomplir les piliers de l'Islam. Elle lui dit que, s'il l'écoutait, Dieu le guiderait car

il est notre Créateur et elle cita un verset 153 du Coran Sourate. 2) :
- « Ö les croyants ! cherchez secours dans l'endurance et la prière. Car Allah « Dieu » est avec ceux qui sont endurants ».
Elle invoqua un second verset 6 Sourate .94) qui dit :
- « Un croyant, lorsque sa foi est forte, prend les choses de manière positive et il sait qu'une situation ne peut perdurer. Les jours se succèderont et à côté de la difficulté est, certes, une facilité. »
Et pour clôturer ses paroles, elle invoqua la phrase sacrée :
-Ne pense jamais que c'est trop tard, ni trop grave, ni trop grand, car Dieu est le Miséricordieux, donc reviens vers Lui maintenant. « C'est à Allah « Dieu » que nous appartenons et c'est vers Lui que nous retournerons » sourate 2. Verset 156).
Malheureusement, Elle ne le convainquit pas. Il l'écouta et s'en alla, le mégot au coin de la bouche, essayant de la rassurer en lui évoquant qu'il était parfaitement conscient de tout cela, mais qu'il lui fallait du temps.
Louna lui manquait et la distance de 400 kilomètres entre lui et sa fille n'arrangeait rien. Ils communiquaient par téléphone fréquemment, mais que vaut une relation paternelle si l'on ne peut veiller sur son petit ange ? Il était sans aucun doute un papa, nonobstant la carence fusionnelle envers sa fille qu'il aimait tant. Il avait tatoué son prénom sur le torse afin de la garder près de lui toute sa vie. Néanmoins, il restait également le Tonton de quatorze enfants dont il prit un grand plaisir à discerner les caractères

de chacun. Il prenait son rôle à cœur, s'impliquant dans la vie paisible de chaque personne. Petit à petit, il prit le contrôle du terrain, essaya au mieux de se positionner en tant que capitaine d'équipe car il se croyait capable d'influer sur l'avenir de chacun.

Le premier concerné fut Sofiane, le fils de ma grande sœur Sonia. Il avait obtenu son baccalauréat et, après deux années d'études en électrotechnique, il décida de rechercher un emploi dans son domaine, mais il eut énormément de difficultés. Faouzi s'acharnait sur ce jeune homme en le boostant, à sa manière. Il le levait de son plumard et l'obligeait à se présenter aux entreprises. Mais Sofiane se sentait agressé, il le trouvait parfois trop insistant et trop invasif dans sa vie alors qu'il ne l'avait jamais été auparavant. Selon mon frère, il était leur Tonton unique et se devait de les aiguiller tant qu'il serait à leurs côtés. Seulement, il s'y prenait mal, il l'injuriait en le traitant tantôt de fainéant, tantôt de glandeur envahi d'hypersomnie. Cela aggrava leurs relations et ils ne communiquèrent plus. En réalité, ils ne s'étaient pas réellement compris, l'un souhaitait aider l'autre, alors que l'autre n'en avait jamais éprouvé le besoin. On dit souvent que celui qui consacre un peu de son temps à venir en aide à son prochain est plus intelligent car la véritable intelligence est de savoir s'oublier pour se mettre au service des gens. Sofiane nous prouvera plus tard, qu'il était capable de progresser dans sa carrière, sans l'aide de qui que ce soit, tel Alfred le Grand, un ardent guerrier se battant corps et âme pour atteindre le trône. Il créa son entreprise et devint son propre patron. De mon point de vue, je pense que Tonton y était pour quelque chose dans cette évolution professionnelle car un dicton énonce que « si vous recevez les réclamations et les recommandations de vos clients, elles sont cadeaux pour vous aider à progresser ». Tonton le poussa à se prendre en main et, finalement, Sofiane le fit triomphalement mais incontestablement par défit. Et c'est une grande folie que de défier sans avoir besoin de l'intelligence d'autrui.

Faouzi s'installa progressivement dans nos vies. Il s'efforça de rattraper les années perdues en se mêlant de chaque être de sa famille : chacune de ses sœurs, de leurs enfants et même de leurs maris. Il venait souvent chez moi et se prit d'amitié pour Himed, mon mari. Les deux blablataient sans arrêt, ricanant parfois pendant des heures. Il retrouvait de la gaieté en sa présence et appréciait la crédulité et la bravoure de son beau-frère. Il se savait en sécurité avec lui, et mon mari était devenu son allié de confiance. Faouzi n'était plus Sonny, ici il avait repris sa véritable identité. Il était Tonton, c'est ainsi que tous les neveux, nièces -et même mon mari qui s'y était conformé- le nommaient. Il s'était installé un respect entre eux qui lui permis d'endosser avec beaucoup d'ardeur son rôle de Tonton à l'égard de toute cette abondante fourmilière.

Wassilla, qui fut sa meilleure alliée, le recevait quotidiennement au repas du soir. Il se plaisait chez elle pour une raison évidente à toute la famille : ma sœur était connue pour sa joie de vivre, elle ne sortait que des espiègleries et

Faouzi s'abandonnait à écouter les contes folâtres qu'elle débitait. Elle lui racontait ses journées d'auxiliaire de vie, propices à beaucoup d'anecdotes avec les personnes âgées. Ses patients ne pouvaient pas se passer d'elle car elle installait constamment de la gaieté dans leur vie. Ma sœur était connue pour ses historiettes amusantes. Elle nous raconta qu'un jour une mémère rêvait de rajeunir et de retrouver toutes ses facultés sexuelles, que cela lui manquait et que l'absence d'étalons la rendait apyrétique[9]. Elle proposa à Wassilla de s'occuper de lui trouver un membre viril, et celle-ci trouva une bonne idée instantanément. Wassilla lui montra plusieurs hommes sur le net sur des sites de rencontres de séniors. Ce fut un jeu assez drôle et elles se tordaient de rire en visualisant les personnages potentiellement crédibles sur l'écran. Bien évidemment, tout ceci demeura du virtuel, ma sœur savait divertir les gens et elle connaissait parfaitement les règles de la distraction et de la plaisanterie. En réalité, elle n'en avait aucune, toutes ses plaisanteries étaient couvertes de bienséance et elle n'avait nulle réserve sur les sujets, parfois les plus tabous. Le frère et sa sœur se retrouvèrent, comme au bon vieux temps des railleries et des pitreries incessantes.

Il chérissait aussi les enfants de sa sœur. Il disait souvent qu'ils étaient bien éduqués et cultivés. Walid l'aîné, nous donnait le sentiment d'être un personnage timide et réservé, pourtant il nous dérouta. Il s'appliqua à se consacrer entièrement aux études jusqu' à faire de la discipline scolaire

---

[9] Apyrétique : sans chaleur

un rôle principal dans son métier. En effet, celui qui nous paraissait introverti nous fit découvrir, à travers son métier de professeur, ses qualités pédagogiques et de communication avec ses élèves. Il brilla de talents comme enseignant de cours de technologie. Tonton disait qu'il logeait plusieurs personnages dans sa tête.

Un week-end, Walid rentra d'Aubagne, la commune où il enseignait, située à plusieurs kilomètres de La Seyne-sur-Mer. Il aperçut Tonton devant l'immeuble de la résidence de ses parents et ils se mirent à discuter :
-Salut Tonton. Ça va ou quoi ?
-Oui. Je viens de passer chez ta mère, et toi, alors ?
-J'ai un petit problème que tu es le seul à pouvoir résoudre : mes cheveux, peux-tu me régler ça ?
Faouzi ne comprenait pas et répliqua :
-Mais, tu as la boule à zéro, qu'est-ce que tu veux que je fasse de plus sur ta crinière rasée ?
Tonton le fixa et reprit :
-Walid, s'il te plaît, dis à Bernard qu'il n'y a rien à coiffer sur son crâne, il est lisse comme un poulpe.
Il prenait un malin plaisir à attribuer des noms différents à son neveu. Il aimait le taquiner en créant des personnages multiples qui, selon lui, parlaient à sa place. Walid se prenait au jeu, ajoutait du piment en lui révélant que ces multiples personnages l'aidaient dans sa vie et qu'il ne pouvait se passer d'eux.

Basset, le second fils de Wassilla, fit une entrée triomphale aux arènes de la connivence que Tonton avait constituée pour quelques adhérents. Sa qualité première était la droiture et le sens de l'honneur. Il portait les couleurs de la Marine Nationale Française et l'honorait de façon humble avec un surplus de courage. Du haut de son jeune âge, Faouzi perçut en lui un jeune homme doué d'habileté et à qui l'on pouvait se livrer sans aucune retenue. Un lien cosmique s'installa entre eux et ce fut ainsi que naquit une complicité inexorablement forte. Basset avait le don de ne pas compromettre les plans fantasques que Tonton lui suggérait. Il disait « amen » à tout et se laissait emporter par les fourberies de son garnement.

Un soir, Tonton lui proposa une sortie au Casino afin de décompresser, disait-il. Son loisir préféré était les jeux de hasard. Il avait une passion immodérée pour les jeux d'argents, de grattage, les jeux de table, la roulette etc.... Il passa récupérer son neveu et se rendit sur le lieu de plaisirs. Dès leur arrivée, ils s'installèrent à une table de roulette anglaise. Tonton prit des jetons et plaça sa mise sur le tapis puis, le croupier annonça le départ du jeu en déclarant : « les jeux sont faits !». Il termina par : « rien ne va plus !». Mon frère gagna sa première mise. Basset fut subjugué par sa façon de jouer et sa facilité à empocher une bonne somme d'argent du premier coup. Il lui conseilla de se rendre au guichet afin de récupérer son gain. Tonton ne s'était pas résigné à finir si vite et il s'empressa de rejouer la mise en lui révélant son deal :

-Bassou, si je gagne cette partie, je te paye la voiture de tes rêves,

-Tonton, je ne pourrai jamais assumer !!!! Encore faut-il que tu gagnes. Si tu devais perdre, je m'en voudrais de t'avoir laissé continuer la mise.
Le croupier recommença à annoncer le jeu, les mises étaient faites. Et, de nouveau, mon frère sortit vainqueur pour la deuxième fois. Incroyablement hébété et stupéfait, Basset lui exprima son allégresse et le félicita en essayant de le convaincre que la somme était conséquente et que, s'il s'obstinait à continuer, il perdrait tout. Mais Faouzi prolongea le jeu, tel un pêcheur opiniâtre voulant à tout prix récupérer le plus beau et le plus gros des poissons. Il misa une troisième fois et gagna. De jolies filles se joignirent à lui et l'entourèrent, une foule de personnes se réunissait autour de la table, mais Basset n'était pas à l'aise au milieu de cet attroupement et se confia à son oncle en lui soufflant sa pensée profonde :
-Tonton, tu m'as dit que si tu remportais les jeux, je repartais avec la voiture de mes rêves. Eh bien, laisse tomber, rien que sa carte grise me coûtera la « peau des fesses ». Mieux vaut partir maintenant avant que le croupier commence à tourner le jeu en ta défaveur ce dont il est diablement capable.
Tonton réfléchit et décréta que Basset avait dit vrai et, en toute ironie, lui murmura :
-Regarde comme l'argent attire les femmes. Elles ne s'approchent pas pour mes beaux yeux, Bassou, observe-les bien, telles des rapaces. Vois-tu comme elles jasent devant la tune !!! Allez Bassou, tu as raison, on s'en va avant qu'elles se chargent de me dépouiller.

La soirée fut mouvementée, excitante et très agréable. Basset appréciait de participer à des sorties avec son oncle. Il savait qu'ils allaient se divertir totalement, surtout lorsqu'il s'abstenait de boire des digestifs alcoolisés. Le monde était si différent lorsque Tonton demeurait parfaitement sobre. Raffiné dans sa manière de se vêtir, toujours élégant et soigné. Il pouvait converser longuement avec douceur et courtoisie. La finesse de ses paroles nous touchait et il était bon de l'écouter, tel un consultant cherchant à se faire entendre, voulant à tout prix nous divulguer les précieux conseils d'un homme possédant du vécu.
Depuis son arrivée, Tonton se préoccupait de tout son entourage. Il transitait fréquemment dans la demeure de chacune de ses sœurs et il exhibait sa volonté de tout savoir, affirmant qu'il se devait de régler d'éventuels problèmes familiaux ou financiers.

Fatma, l'aîné de la famille, avait quatre jolies filles, toutes majeures et vaccinées, comme on le disait si souvent pour de jeunes adultes. Elle se sentait fière de ses « poulettes », estimant qu'elles avaient toutes remarquablement survécu aux désastres conjugaux attisés par les clashs constants entre leur mère et leur père. Elle se considérait la seule à être la plus éprouvée dans sa vie de couple, se résignant à vivre avec une amputation, celle qui consiste à se battre contre le dénie du droit et du devoir d'un père à l'égard de sa famille, dont l'obligation civil prioritaire est l'emploi stable et durable. Elle s'était résignée tant bien que mal, à lutter contre la nonchalance de son époux. Elle travailla sans relâche telle une abeille ouvrière possédant une qualité primaire de combattante acharnée et se préoccupant exclusivement de nourrir avec convenance sa colonie.

Tonton n'était certainement pas dupe de ce qui se déroulait chez sa grande sœur. Il disait souvent d'elle « qu'elle était la fleur du mal dans l'œuvre de Chabrol, l'objet « fractal » qu'est le temps qui fige l'âme humaine en proie aux malheurs de l'existence, qui engendre des drames répétitifs, incapable de sortir de ce trou noir, qui se laisse engloutir dans le néant face aux exigences de ses enfants ». Elle était figée et engloutie dans ce système du familièrement correcte, selon le principe absolu qui voudrait qu'on reste la femme de son mari quelques soient les difficultés ; mariée pour le meilleur et pour le pire. Il était très inquiet de sa situation et en voulait éperdument à son beau-frère, de ne pas avoir été à la hauteur, d'avoir laissé sa sœur esseulée, privée de vie confortable et harmonieuse. Parfois, Faouzi picolait et sa rancœur envers le gaillard se confinait au fond de lui. Il se rendait chez elle, ne pouvant se contenir et il manifestait son mécontentement en étalant des propos outrageants envers son mari. Ses filles ne supportaient plus cet étalage d'ignominies, l'affront était souvent brutal mais seulement en paroles. Tonton connaissait parfaitement ses limites. Après quelques heures, il stoppait enfin la conversation, laissant ses nièces jacasser le restant de la soirée. Il retournait enfin chez mes parents où il reprenait de nouveau la discussion en exprimant son dégout d'être témoin de la déchéance de sa sœur. Et pourtant, malgré tout ceci, ma sœur sut réunir un capital et construire une superbe résidence secondaire en Tunisie. Elle continua à travailler dur pour l'avenir de ses grandes filles. Elle fut le soldat vêtu d'une solide armure de bronze incassable, s'évertuant à suer pour le bien-être de ses enfants et le sien, et subvenir aux besoins de sa famille. Elle ne se tourmentait presque plus des sournoiseries de son mari et le laissait délibérément vivre comme il l'entendait.

Ma mère adjura mon frère de ne plus se mêler des affaires de ses sœurs, qu'elles étaient toutes adultes, mariées et mères de famille. Elle lui imposa de nouvelles règles qui consistaient à l'obliger à se mettre en recherche d'un nouvel emploi et à se préoccuper de ses propres problèmes. Elle lui rappela que la hotte qu'il portait sur ses épaules était suffisamment pleine.

En effet, il conservait une accumulation de soucis dus à la fermeture de son salon. Il devait faire face à d'énormes dettes à la suite du prêt bancaire qu'il avait contracté pour son financement. Il avait déposé un dossier de surendettement à la Banque de France et devait se débrouiller avec l'un de ses compères, resté à Grenoble, pour effectuer les documents administratifs qu'il ne pouvait traiter sur place. En fait, il s'agissait de Moez, son cousin si serviable qu'il avait surnommé Passe-partout. Moez fut la personne la plus sollicitée par mon frère. Il le contactait souvent dans les situations les plus compromettantes et parfois même insolites. Moez avait des qualités d'homme obligeant, avec un esprit d'humilité et de fraternité. Il se résignait à résoudre le moindre problème que Faouzi pouvait lui énoncer, rassurant son acolyte du mieux qu'il pouvait et se montrant toujours à l'écoute.

Moez lui signalait les évènements survenus et il lui apprit une nouvelle qui le glaça. L'histoire fut si inconcevable qu'il en perdit pied. Moez lui raconta que ses anciens employeurs l'avaient en réalité, poignardé dans le dos. Ils avaient concocté un plan avec brio, de mise à terre en l'encontre de leur gérant Sonny.

Le salon avait été mis aux enchères et, en dépit de sa colossale valeur, les deux patrons revêtirent leurs cuirasses de traître afin d'évincer Sonny et de le spolier, tels des félons rompant leur pacte sans se soucier du mal qu'ils répandaient et qui traversaient les remparts de leurs serviteurs. Le stratagème avait consisté à racheter le salon à moindre prix et à le récupérer afin de tout reprendre à zéro. La stratégie fut un succès et ils planifièrent sa réouverture en un tour de main. Sonny se sentit trahi, il ne pouvait concevoir un instant que ces deux personnes, qui furent jadis pour lui ses amis, le trompent à ce point. La colère et la frustration s'entremêlèrent dans son esprit, il brûlait d'envie de décamper et de débarquer à Grenoble afin de régler ses comptes à sa manière. Heureusement, Moez parvint à le raisonner. Il ne possédait pas forcément la qualité du meilleur argumentateur, mais il avait le sens de la pacification, maîtrisant avec perfection la pensée de la modération pour éviter les conflits insolubles. Il lui expliqua que la meilleure façon d'avancer maintenant, était d'effacer

ce fâcheux passé. Il lui certifia que dans la vie, la roue finissait toujours par tourner.
-Ces monstres se vautreront bien un jour où l'autre et Dieu se chargera de les punir.
Ce soir-là, Faouzi ne dormit pas de toute la nuit, il se voyait les tabasser, les rouer de coups et détruire son œuvre, celle qu'il avait bâtie de ses propres mains et dont il avait été chassé comme un moins que rien. Bien évidemment, il ne mit à exécution aucune de ses folles idées et reprit ses esprits en repensant aux derniers mots de Passe-partout : « La roue tournera un jour ou l'autre ».

Les mois passaient et il poursuivait sa quête d'initiation à la bienfaisance chez sa petite sœur Besma. Elle construisait son projet de famille et sa maison individuelle. Faouzi voulut absolument l'aider manuellement dans les travaux de gros œuvres. Il avait ce besoin de rattraper le temps perdu, comme s'il nous le devait, comme si c'était sa façon de renouer les liens noyés dans l'abîme provoqué par la distance, et que les années avaient volés, trop loin de ses frangines. Il se prit de passion pour les enfants de Besma, Ilian et Lina. Il était particulièrement attaché et passionné par les sournoiseries de son petit neveu, âgé d'à peine 6 ans et qui, pour son jeune âge, rusait tel un petit écureuil gracieux et astucieux. On dit de ce petit rongeur « qu'il est capable de passer une rivière sur une écorce d'arbre en guise de bateau en faisant de sa queue touffue et légère, une sorte de voile et de gouvernail pour passer d'un point à l'autre. ». Mon petit neveu était, sans conteste, le plus malin et le plus narquois de tous. Tonton affectionnait considérablement cet enfant, il le trouvait très intelligent et disait de lui qu'il savait se mettre en scène dès qu'il le décidait, par un tour de passe-passe.

Il rendait service à sa sœur en les gardant souvent le mercredi chez ma mère. Besma travaillait à la pharmacie de la cité et bénéficiait de l'aide de nos parents pour la garde de ses deux bambins. Faouzi savait y faire avec les enfants, il les sortait au parc d'à côté et il les laissait se défouler, courir dans tous les sens, jouer tantôt au ballon, tantôt au toboggan jusqu'à l'épuisement, afin de les récupérer au point d'affaiblissement total. Son but était de les amener à une sieste certaine dès leur retour à la maison. Ma mère pourrait alors se relaxer confortablement sur son sofa. Il adorait ces instants clés, passés auprès de ses petits tourtereaux. Ilan et Lina découvrirent un Tonton incroyablement tendre et fascinant. Un attrait magnétique s'était créé entre eux et il ne se passait pas un mercredi sans que l'engouement de le rejoindre chez leur mamie se manifeste sur leurs visages puérils.

Besma étant la plus jeune sœur, elle n'avait pas réellement eu l'occasion de faire savoir à son grand frère la plupart des étapes de sa vie. Elle le découvrit petit à petit, à travers l'amour qu'il répercutait à ses enfants et l'intérêt qu'il portait au bonheur de la construction d'un édifice familial qui, selon lui, devait se réaliser avec le labeur des hommes de la famille. Il avait la même pensée en ce qui me concernait et participait également et ardemment aux diverses phases de mon projet de construction de résidence individuelle.

Un jour, il avait concocté un plan colossal pour venir en aide à mon mari afin de permettre le ravalement de façade de la clôture longitudinale de notre terrain. Il sollicita de nouveau l'appui de Passe partout, le suppliant de constituer une brigade comprenant des personnes de confiance qu'il ramena de Grenoble jusqu'au Revest-les-Eaux, la commune où je réside à proximité de Toulon. Moez appliqua à la lettre toutes les consignes de mon frère et prévit un week-end pour exécuter la prodigieuse demande de son cousin. Il mit en place une équipe de quatre hommes et l'affaire fut bouclée. Ils débarquèrent un samedi, au début du mois de Mai, et se mirent hâtivement au travail. Tonton fut le maître d'œuvre de la cérémonie, gastronomiquement parlant. Il s'occupa des pauses repas, élabora le menu, fit chauffer le barbecue, alimenta en apéritifs et en boissons. Quant à Moez, il dirigea avec ténacité ses ouvriers compagnons afin d'avancer au maximum. Ce fut un jour exceptionnel où ils réussirent à achever la totalité de la façade intérieure dans la journée. J'ai été abasourdie de leur professionnalisme et surtout de leur dévouement. Ils finirent par profiter du lieu et se relaxer en se baignant dans la piscine et en batifolant tous ensemble dans une ambiance burlesque et folklorique.

Tonton se sentait rudement fier de lui et de ce qu'il avait échafaudé pour alléger son beau-frère de l'énorme chantier que ce dernier redoutait fortement d'entreprendre. Passe-Partout avait, encore une fois, remarquablement accompli son devoir. Tonton fut comblé par le courage de son meilleur allié, il le remercia humblement et nous fîmes de même. Je savais que Moez était un homme éperdument généreux, et il nous le prouva en nous prêtant main forte et en donnant de sa personne. Mais je retiendrai dans l'absolu, la détermination de mon frère à vouloir venir à notre rescousse en patronnant, à sa manière, avec le seul but de participer scrupuleusement à l'évolution de notre projet de vie.

VIII. L'ÉTÉ 2015

L'été 2015 se présenta et les vacances débutèrent. Tonton voulut récupérer sa fille Louna afin de passer un séjour parmi nous. Il me demanda de l'assister pendant ce long trajet, en l'accompagnant jusqu'à Grenoble afin de la ramener dans le sud. Louna était ravie de retrouver son père. Elle se réjouissait également de revoir sa cousine Titine. Ma nièce avait énormément poussé, elle me paraissait invraisemblablement grande pour son âge et très ravissante, avec ses cheveux longs méchés d'un blond doré, toujours aussi agréable et d'une gentillesse formelle.

Les deux filles avaient grandi toutes les deux, se comportant en inconditionnelles adolescentes, enthousiastes à l'idée de renouer les liens qui les unissaient. Ma fille nous accompagnait et le trajet avec Tonton ne fut pas de tout repos. Au départ, nous étions très excités à l'idée de retourner à Grenoble avec son paysage flamboyant, la douce fraîcheur de l'air et celle des eaux de source minéralisées qui émergent des Alpes, une eau très connue pour être la plus douce, la plus goûteuse et riche en minéraux. Nous quittions le soleil, notre immense et sublime étoile qui dardait ses rayons du matin au soir sur toute la Côte d'Azur, contre un ciel complètement fermé, grisâtre et à l'allure charbonnée. Tonton prit un itinéraire départemental. Le décor, au fur et à mesure de l'avancée, fut très sympathique. La verdure des campagnes et le charme des petits villages médiévaux de l'arrière-pays provençal nous offrait un superbe panorama. Le parcours me sembla très long et, de surcroît, très pénible.

En fait, le comportement désobligeant de mon frère me décontenança quelque peu. Ce ne fut pas sa conduite qui me gêna, bien que la vitesse fît également partie de la problématique. C'était surtout sa passion démesurée pour la musique qu'il prenait plaisir à écouter en augmentant le volume au maximum. Tout au long du trajet, il nous fit partager sa playlist qui, certes valait le coup. Il aimait écouter de la saoul-musique et de la disco-funk. Il était incontestablement fan de Marvin Gaye, Shalamar, ainsi que d'autres artistes identiques des années 1980. Il avait également une attirance pour les chanteuses françaises militantes telles que Zaz et Irma. Il était un fan absolu et les écoutait avec beaucoup d'attention et de psychologie, sachant qu'elles revendiquaient une lutte contre diverses injustices sociales et humaines, prémices de l'idéologie d'un monde meilleur, d'amour et de paix. Toutes ces compilations étaient très intéressantes et captivantes à écouter. Cependant, le problème était le volume qu'il mettait au maximum en oubliant que nous nous trouvions dans le même véhicule que lui, comme s'il était seul au monde, complétement englouti dans sa bulle. Il avait sa façon à lui d'apprécier les vibrations sonores considérablement puissantes.
A ce moment, je me suis rendu compte que son cerveau avait probablement et fatalement disjoncté, comme si un désastre sonore s'était emparé de son système sensoriel et avait provoqué de terribles acouphènes. Il avait visiblement perdu de l'acuité auditive et ne ressentait plus d'intensité acoustique. L'amplification du son le pénétrait d'une

certaine façon et il se laissait porter dans l'ambiance acoustique tout seul. Quant à moi, je souffrais en silence, les haut-parleurs vibraient si fort que mes cellules crâniennes étaient sur le point d'exploser. Je sentais ma tête bouillir de douleur et je ne souhaitais qu'une chose, arriver au plus vite et, à coup sûr, boire un bon café bien corsé qui apaiserait mes maux de tête. Néanmoins, je ne lui disais rien de ce que je subissais, je me persuadais que je me devais de le laisser apprécier ces moments si rares que nous ne partagions plus depuis bien longtemps. Ce voyage fut étonnant et ébouriffant d'étrangeté, mais il renforça notre complicité. J'étais consciente, au plus profond de moi, qu'en acceptant de l'accompagner, il me donnait une prodigieuse importance dans sa vie.
Je ne lui ai jamais avoué que j'adorais sa playlist. J'ai découvert qu'il l'avait postée sur le net sous le nom de « Sonny Dridi » et je me la suis appropriée afin de l'écouter quelquefois, pendant des moments de calme, en me remémorant cette inoubliable escapade. L'aller-retour accompli, les vacances débutèrent facétieusement et Louna retrouva ses cousins et ses cousines. Elle se plaisait éperdument dans ma demeure et se montrait impliquée comme si elle avait toujours été parmi nous. Elle était très à l'aise et prit ses repères, profitant de chaque instant dans son cercle familial sudiste. Nous sortions sans cesse, nous arpentions les plages de sable fin sur la côte varoise, nous passions les soirées au bowling, au marché nocturne de Sanary-sur-Mer ou à celui des Sablettes, et nous nous amusions sans conteste dans les soirées occasionnées chez

moi par toutes les jeunes filles de la famille. Les vacances furent fabuleuses et Tonton profita de sa fille au maximum. Il conserva une attitude pondérée et chaleureuse. Un soir, nous décidâmes de nous rendre au Magic Word, un grand parc d'attractions nocturnes qui se trouvait à Hyères-les-Palmiers. Il voulait absolument faire plaisir à sa fille et lui proposa de monter dans tous les manèges, du plus simple au plus culminant. Elle fut excitée et accepta sans hésiter un instant. Elle enchaîna les jeux les uns après les autres en compagnie de son père. Ils avaient retrouvé une complicité émotionnelle inébranlable et ils savouraient, avec beaucoup d'engouement, ces quelques heures passées ensemble.
Alors que nous nous dirigions vers la sortie, Tonton suggéra à celui qui serait le plus courageux, de redoubler de témérité en acceptant de s'envoler avec lui sur le manège à sensation forte le plus redouté du parc. Seule une personne prit l'engagement, il s'agissait de Lili. Du haut de ses quinze ans, elle s'exécuta en acceptant le défi et celui-ci fut de taille, puisqu'il s'agissait de la Boule à éjecteur catapultant à 45 mètres de hauteur et à une vitesse de 120 km /h. Il alla payer la partie puis, une fois positionnés et mis en sureté dans l'habitacle, ils furent propulsés à une vitesse improbable équivalente à une fusée astronautique. Lili criait de toutes ses forces tandis que Tonton souriait sereinement, il était loin d'être acrophobe, il ne craignait pas le vide et adorait les sensations fortes. Lili et Célya étaient plus que des cousines pour ma fille, elles étaient comme des sœurs. Elles s'appropriaient notre maison tout l'été en profitant de la piscine, mettant la musique à fond et se relaxant sur les

transats de la terrasse. Elles me répétaient tous les ans que notre maison était leur résidence secondaire d'été. Cette ambiance estivale subsista chaque année et cela me procurait une joie intense de voir toute cette jeunesse exploiter leur flamboyante relation de cette manière. Lili aimait la compagnie de Tonton, elle plaisantait souvent avec lui et c'était sans aucune hésitation qu'elle avait voulu accomplir son souhait de monter sur ce manège époustouflant. Ils achevèrent le dernier jeu avec une audace incroyable. Ils se souviendront longtemps de ce moment inoubliable. Le lendemain, ce fut à la piscine que les filles doublèrent d'énergie et Tonton batifolait avec toute cette marmaille. Il avait sa manière à lui de plonger dans la piscine et tous les enfants le copiaient avec amusement et gaieté. Sa méthode très naturelle était d'avancer à petits pas jusqu'au bord de la piscine en marchant calmement. Il me faisait penser au héron, cet oiseau échassier connu pour ses longues pattes, déambulant et flânant autour de l'étang. Puis il nous surprenait en sautant très subitement, de façon inattendue, carrément debout, posant d'abord son pied droit dans l'eau et l'autre ensuite. Il éclaboussait ainsi toute la terrasse. Les filles avaient donné un nom à son saut si étrange, elles l'avaient surnommé le saut de l'Ange.

Le saut de l'Ange était devenu un rituel exécuté chaque été par toutes les gamines et tous les gamins de la famille et auquel les adultes s'étaient également pleinement soumis.

IX. BLANDINE

L'été se terminait, tous les enfants avaient repris le chemin de l'école et tous les parents le chemin du travail. Faouzi avait des affaires à résoudre à Grenoble car il venait d'entreprendre l'ouverture d'un minuscule salon de coiffure en collaboration avec l'un de ses collègues sur la commune de Saint-Martin- d'Hères. Au préalable, il s'était installé chez une amie fidèle du nom de Louisa. Elle avait rencontré Sonny quelques années auparavant au sublime salon de coiffure qu'il avait dirigé précédemment. Elle était devenue rapidement une fidèle cliente en vue de nouer une amitié plus concrète et plus approfondie avec lui. Elle était très attirée par ce jeune homme qui passait son temps à la faire rire, et un amour exclusivement platonique naquit de ce duel. Elle était en quelque sorte une confidente sous-jacente à qui il délivrait des secrets aussi énigmatiques les uns que les autres. Elle appréciait écouter les révélations de son ami et elle gardait tout pour elle. La confidentialité et la discrétion faisait d'elle une personne profondément et particulièrement respectable aux yeux de Sonny. Cela dit, alors qu'il logeait chez elle, il eut envie de sortir un soir et fit une rencontre féminine. Il connaissait déjà cette jolie blonde avec qui il s'était entretenu auparavant. Ils eurent une conversation plus approfondie et elle commença à lui plaire sacrément. Blandine fit son apparition dans la vie de Sonny. Ce dernier quitta précipitamment l'hospitalité de son amie pour s'installer chez sa nouvelle conquête. Ils aménagèrent ensemble car, à cette période, elle était sur le point de louer un appartement. Celui-ci lui fut attribué quelques jours plus

tard, un bel appartement en rez-de-chaussée, avec une jolie petite terrasse qu'ils agencèrent en y installant un mini salon de jardin. Il l'aida à meubler le logement neuf et commença à établir un nouveau cocon. Blandine travaillait comme infirmière hospitalière en psychiatrie, elle pratiquait sa profession en poste de nuit. Cela n'était pas évident pour le couple car ils se voyaient très peu. Mais leur amourette devenait très sérieuse. Il essayait tant bien que mal de retrouver une forme de sérénité dans ce soudain et récent épilogue.
Pendant ce temps, Louisa s'était retrouvée seule. Elle ne comprenait pas l'attitude de Sonny et soupçonnait une mauvaise relation, trop précipitée à son goût. Elle se sentait trahie. Elle découvrit en elle une forte jalousie à l'encontre de Blandine. Elle se convainquit elle-même que sa rivale était une manipulatrice qui, à son avis, voulait profiter de la fragilité du beau jeune homme qu'était Sonny. Elle pensait qu'il était encore fragile et qu'il était, comme très souvent pour les hommes un brin amourachés, prêt à perdre pied face à certaines femmes qui érigent la manœuvre de l'influence en art de vivre. Sonny lui ne se sentait pas manipulé. Il ne comprenait pas la réaction de sa petite protégée et essayait de la persuader qu'elles pouvaient toutes les deux, devenir les meilleures amies du monde si Louisa renonçait à ses préjugés infondés sur sa nouvelle conquête.
De retour à La Seyne-sur-Mer, Tonton avait repris ses occupations quotidiennes. Il continuait à vouloir nous assister. Il venait fréquemment à la maison afin de nous

aider aux travaux de finitions.

Le 14 septembre 2015, le jour de son quarantième anniversaire s'approchait promptement et Wassilla lui avait concocté une petite surprise. Elle prévoyait de réunir toutes les sœurs chez mes parents et d'honorer ce jour -celui de la moitié d'une vie- qu'il était important de célébrer. Faouzi allait entamer ses 40 ans et elle voulait lui attribuer une célébration officielle, une soirée qui lui serait dédiée exclusivement puisqu'il était revenu dans nos vies.
Nous avions pour habitude de lui téléphoner le jour J, et s'il ne répondait pas, nous lui adressions alors un message de joyeux anniversaire. Cet évènement tombait un jour de semaine, ce qui ne semblait pas évident pour être présentes, compte tenu de toutes les obligations familiales de la plupart d'entre nous. Bien entendu, nous nous devions d'y d'assister et de contribuer à cette petite organisation. Cela aurait été la première fois tant l'opportunité auparavant avait été infime. Du coup, nous nous étions toutes réunies sans exception, accompagnées pour certaines, de nos enfants. Toute cette assemblée lui avait donné du baume au cœur, il était fier de ce que nous avions entrepris, juste pour lui. Nous avons passé un moment agréable et, très certainement, l'un des plus joyeux en famille. Cette fête solennelle constituait un symbole pour nous tous. A l'origine, cette célébration provenait d'une discussion survenue des mois en arrière entre sa grande sœur Fatma et notre mère. En effet, un jour il leur avait confié sa volonté de s'arrêter de boire de l'alcool. Il leur précisa qu'il avait pris sa

décision et qu'il débuterait sa thérapie à partir du jour de ses quarante-ans.
S'agissait-il d'une véritable prise de conscience, une sorte de dogme de louange ou bien, l'a-t-il juste évoqué sans conviction ? Il était certain que nous attendions une amorce de sa part et nous voulions, du plus profond de nos cœurs, que ce jour le change définitivement.
Cette action avait fait disparaître en lui toutes les mauvaises choses qui le menaient à se livrer à ce genre d'addiction. Cependant, il n'était pas aussi simple d'enrayer une dépendance certaine et établie. L'usage ponctuel de boissons alcoolisées préconise une bonne maîtrise, sinon la boisson domine et détruit la personne sans qu'elle s'en rende réellement compte. Il œuvra dans ce sens en diminuant son penchant mais il dérogea de temps en temps, en se contentant d'absorber quelques canettes de bières à l'occasion.
Il effectua des va-et-vient incessants vers Grenoble. Blandine l'accueillait comme une jeune adolescente amoureuse, comme si elle avait retrouvé l'âge de la puberté qui réveillait en elle le désir charnel. Puis, elle lui proposa d'aller boire un coup au pub qu'ils avaient pour habitude de fréquenter. Après cela, et alors qu'il ne s'y attendait pas, il vint l'instant d'une probable résurrection, celle qu'un nombre incalculable de personnes rêverait de vivre.
Il avait coutume de jouer des tickets de jeux de hasard, c'était son hobby préféré. L'idée de remporter une colossale somme d'argent le tenait en haleine et lui procurait d'extrêmes frénésies. Ce jour-là, il demanda un flash, c'est-

à-dire un ticket contenant des numéros présélectionnés par la Française des Jeux et, à la vérification du fameux ticket, il sut qu'il était probablement sur le point de rafler le jackpot. Le ticket gagnant n'indiqua pas la somme du gain. Surpris, il le fixa, le contempla, et s'aperçut qu'il affichait « GROS LOT ». Le responsable du bar lui confirma le fameux gain et Sonny explosa de joie. Il prit Blandine dans ses bras et ils se demandèrent quelle somme y figurait. Ce fut l'antenne FDJ de Grenoble, appelée aussi centre de paiement de la Française des Jeux, qui lui délivra le chiffre exact de la cagnotte. Il venait de remporter plus d'une dizaine de milliers d'euros. La joie que procura le gain de cette somme le rendit euphorique et complètement extatique.
Il pouvait enfin aspirer à une nouvelle vie car la chance venait de tourner en sa faveur. Tout cela allait parfaitement remédier à ses soucis de dettes et à son manque d'argent. Il se voyait vivre confortablement et renaître de ses cendres telle la légende du phénix, appelé l'oiseau de feu dont on dit de cet animal qu'il vola vers le plus haut sommet, se fabriqua un nid d'épices et d'herbes puis, lorsqu' il se mit dedans, ses plumes prirent feu et embrasèrent le nid. Enfin, des cendres toutes chaudes, jaillit un nouveau Phénix.
Sonny était devenu un autre. Il voulait revivre et songeait à son avenir, profitant de cette aubaine pour réaliser des projets, investir et surtout ressusciter de toutes ses dernières mésaventures. Il se voyait ressurgir et rétablir ses valeurs et ses principes d'homme en reprenant tout à zéro. Néanmoins, tout ceci n'était pas sa priorité. Il voulut au préalable faire plaisir aux membres de sa famille en leur

attribuant une petite part du gain, notamment, à chacune de ses sœurs, à ses parents et à sa fille. Puis, il se dirigea vers une concession automobile de marque française afin de s'offrir une belle « caisse » -c'était comme cela qu'il nommait les voitures-. Il eut un large choix de véhicules, tous plus resplendissants les uns que les autres. Il eut le coup de cœur pour la DS4, magnifique berline premium au design unique, raffiné, chic et audacieux. Elle possédait des lignes fluides, parfaitement sculptées, associant élégance et sportivité, notamment, des signatures chromées sur sa carrosserie, sur sa calandre, sur son bouclier avant et arrière, sur les baguettes latérales et sur tous les contours des vitres. Son intérieur était évocateur de sensations et reflétait un désir évident et hâtif de conduire. Pris d'attirance pour cette berline de couleur sombre, il disait qu'elle serait sienne comme s'il venait de l'épouser, puis il signa les documents officiels de cette nouvelle union et repartit avec sa belle. Il était fier de son emplette et décida de lui offrir son premier voyage de noce. Il la ramena dans le sud afin de nous la dévoiler et en profita pour nous présenter Blandine.

Elle me paraissait très sympathique, discrète et modérée. Elle était jolie, s'exprimait avec une voix douce et délicate. Je me disais qu'elle serait la bonne personne pour lui, mais en même temps, je ne comprenais pas son choix, car il avait toujours eu des préférences pour des femmes de caractère. Il avait d'ailleurs, l'année précédente, vécu un épisode amoureux avec une fille appelée Hanen. Elle n'était pas méconnue de notre entourage puisqu'elle faisait partie du clan familial des Dams à Grenoble. Divorcée, elle était jeune

maman d'un garçon d'à peu près l'âge de sa fille Louna. Au début de cette relation, tout allait bien et ils s'attachaient à concrétiser cette union par des fiançailles avec, en second lieu, un mariage dit religieux, connu sous le terme de « mariage Halal » qui prévoyait le consentement d'un Imam et l'engagement des deux amants, sans pour autant l'officialiser à la Mairie.
Sonny s'était installé dans la maison de la jolie tunisienne et ils essayaient de trouver un juste milieu pour un meilleur environnement afin de se réunir en famille dès lors que Louna se joignait à eux. Malgré tous les efforts fournis, il y eut d'énormes conflits. Sonny ne travaillait pas et passait son temps à lézarder et musarder dans le domicile de sa compagne. Il ne pouvait reprendre ses activités professionnelles car il se trouvait coincé par la dette de la banque qui s'élevait à des dizaines de milliers d'euros. Par conséquent, s'il venait à travailler, son salaire était entièrement saisi. Il était comme fou de cette situation et ne voulait rien donner à l'Etat. Il disait s'être fait berner par ses patrons et s'interdisait formellement de leur attribuer ne serait-ce qu'un sou de sa poche. Le couple se déchira, Hanen qui avait du tempérament, voulut le secouer mais en vain. Ils se trouvaient mutuellement des défauts. Lui, affirmait qu'elle était beaucoup trop paranoïaque de l'hygiène dans la maison, qu'elle ne le laissait pas respirer ni circuler comme il le voulait. Il ne se trouvait pas à l'aise dans cet environnement aseptisé comparable à celui d'un centre hospitalier, obligé de respecter des normes de propreté équivalentes à celles d'un service sanitaire. Quant à elle, elle

le trouvait trop nonchalant, passant ses journées à glander et consommer des boissons alcoolisées. Il se lassèrent vite de cette situation et finirent par se séparer.
Sonny se sentait encore une fois éreinté et déçu de ne pas pouvoir refaire sa vie comme avant, comme s'il y avait une mauvaise étoile qui le poursuivait, une déveine qui ne faisait que s'accroître. Il misait sur sa nouvelle conquête Blandine, pour débuter une sérieuse et convenable relation en se promettant d'éviter de se prendre la tête avec elle et d'émerger vers un meilleur redémarrage. La récente cagnotte l'avait aidé fortement et il pouvait d'ores et déjà se projeter vers un avenir beaucoup plus serein. Les idées fusaient dans sa tête mais il en garda une et se vit s'élancer dans cette étonnante esquisse. Il en toucha un mot à mon mari et lui demanda son avis. Himed trouva cette idée très curieuse et il se questionnait sur la sincérité de sa motivation. Tonton énonça son idée saugrenue, il voulait investir en Tunisie, ce pays qui lui tenait tant à cœur, celui auquel son père avait renoncé et qu'il avait définitivement quitté afin de planter sa destinée en France.

Il communiqua avec plusieurs personnes sur ce sujet, notamment avec Abdela, le mari de ma sœur Wassilla. Abdela fut extrêmement médusé d'imaginer Tonton projeter un avenir au Bled. Il n'était pas très enthousiaste par ce qu'il venait d'entendre et lui conseilla de ne pas trop y compter. La Tunisie avait perdu quelques repères avec la chute du président Ben Ali et elle avait du mal à remonter la pente. Investir dans ce pays encore si fragile n'était pas, à son avis, la meilleure des idées. Mais Tonton lui expliqua son ambition d'investir justement pour aider à la reprise de l'économie de son pays natal. Il évoqua alors son plan, c'est-à-dire la création d'une station-service qu'il construirait entre le village de Menzel-Abderrahmane et le village de Menzel-Jemil. Ces deux agglomérations, proches de Bizerte, se rejoignaient par une longue route communale qui desservait plusieurs petits villages jusqu'au pont de Bizerte. La station-service serait implantée à la limite de la route communale, à proximité du Campus universitaire de Menzel-Abderrahmane et elle comporterait un restaurant-café qui servirait éventuellement des déjeuners aux étudiants ainsi qu'à tous les passants et clients de la station. Il jugeait que l'endroit était propice par l'importance du passage et la masse d'habitants qui avaient construit leur demeure dans les alentours. Il y pensait sans arrêt et imaginait des inspirations de concept au style moderne pour l'esthétique de l'établissement et pour son mobilier. Pour être sûr que son projet prendrait un bon élan, il s'apprêtait à le divulguer à ma mère. Pour lui, elle serait la plus avisée à donner son avis sur sa conjecture, et le conseiller sur la façon de s'y prendre. Elle connaissait la Tunisie mieux que personne et elle savait les failles du système, mais surtout celui des gens qui pourraient lui nuire. La conversation entre mère et fils fut extrêmement désobligeante. Sa mère ne voulut pas le contrarier ou le vexer mais elle désirait lui montrer la réalité des faits. En Tunisie, la corruption et la malhonnêteté de certaines personnes le détruirait et les vautours s'efforceraient de lui tourner autour, le dépouillant de tout en le manipulant comme ils savaient parfaitement le faire. Ma mère exigeait de lui qu'il renonce, elle craignait sa crédulité envers la mentalité de ces gens véreux qui abuseraient de sa naïveté et de sa confiance afin de le dépouiller entièrement, le laissant comme un chien abattu et errant. Elle essaya de le dissuader d'investir au Pays. Elle préférait qu'il s'évertue à construire une vie ici, près de sa fille. Elle savait qu'il était mal informé de ce qui se passait là-bas. Elle lui prononça ces quelques mots :

-Mon fils, la Tunisie est un merveilleux pays. Lorsque vous vous y rendez en vacances, tout est beau et brillant à vos yeux car vous êtes en période estivale. Alors vous vous amusez, vous sortez en soirée et vous arpentez les plages. Mais la vraie vie, tu ne la vois pas réellement. Derrière tout ce remue-ménage, il y a des gens qui galèrent, des gens très pauvres qui ont du mal à finir le mois et qui n'ont même pas de quoi le commencer à vrai dire. Tu dois être conscient que la vie là-bas est dure et que tu ne gagneras pas grand-chose de ce que tu prévois de faire. Tu n'en tireras pas de bénéfice et il y a les comploteurs, ceux qui ne te voudront pas du bien au contraire, ils te souriront en face et échafauderont des stratagèmes afin de te réduire à néant. Tu sais mon fils, je ne te souhaite que la réussite. Tu sais très bien que c'est ce que désirent toutes les mamans pour leurs enfants, mais je me dois de te prémunir de choses que tu méconnais et de t'informer de ceux que je connais mieux que quiconque. Mon fils, je reste fière de toi car tu as eu cette incroyable idée de retourner vers ton pays pour y construire quelque chose mais il s'agit d'un commerce et il est plus facile de bâtir une maison que d'ériger un marché dans ce pays encore si instable et si labile.

-Pourquoi ne me fais-tu pas confiance ? Lui répondit-il, en se laissant choir sur le divan du salon. J'ai l'impression que tu ne me sens pas capable de soutenir mes ambitions. Tu sais que je ne laisserai personne me marcher dessus. Les manigances des fabulateurs, je ne les crains pas, je n'ai peur de personne et il ne s'agit pas de tout cela. Mon commerce ne peut qu'aider ce peuple. Il y aura un service de vente de carburant, sachant que le passage est considérablement fréquenté et que l'université comprends des milliers d'étudiants. J'ai bien réfléchi et cette étude approfondie donnera un résultat tangible. Il ne faut pas être pessimiste dans la vie, il faut savoir se jeter dans le bain sans avoir peur de se mouiller. Il repensa à un dicton « vivre c'est se mettre en danger. De la même façon qu'apprendre à marcher, c'est d'abord accepter l'idée de tomber ».

Ma mère rétorqua instantanément :

-Tu ne comprends pas, je ne t'ai jamais dit que je ne te faisais pas confiance. C'est juste que tu vas te jeter dans un gouffre et que tu ne t'en sortiras pas indemne, crois-moi, je sais de quoi je parle.

Au même moment, Himed rentra chez ma mère, il venait récupérer les pâtes faites maison par les doigts de fée de notre mère et intégra immédiatement la conversation en cours :

-Sava Tonton, alors, lui en as-tu parlé à ta mère ? qu'est-ce qu'elle en pense ? comment l'a-t-elle pris ?

Ma mère s'empressa de répondre à sa place :

-J'en pense que c'est une mauvaise idée, tu devrais le lui dire d'ailleurs, il t'écoutera toi. Je lui ai expliqué les revers d'un tel investissement dans une région où la pauvreté est implantée depuis des années et qu'elle est gangrénée par des escrocs.
Tonton répliqua en soulevant ses sourcils, vers notre mère :
-Nous étions justement en train d'en discuter mais elle ne veut rien entendre, et moi j'ai l'impression qu'elle ne me fait pas du tout confiance. Elle ne me parle que de personnes inciviles, petites canailles qui pourraient me nuire en profitant de ma sympathie et de ma puérilité.
-Non, je ne crois pas Tonton ! balança son beau-frère. Je suis convaincu qu'il faut écouter ta mère, je suis persuadé qu'elle sait parfaitement tout ce qui se trame au Bled. Elle y vit six mois de l'année et elle doit être au courant de tout. Dis-toi que ta mère ne te veut que du bien et, l'écouter un peu, ne te desservira pas, crois-moi mon pote !
-Bref, je verrai ! j'ai encore le temps d'y réfléchir !!! Et si nous allions boire un coup, histoire de changer d'air, tout ce grabuge m'a donné mal à la tête et j'ai besoin de prendre du recul !
-Boire où ? rétorqua ma mère. Il n'y a pas à boire dans le frigo, sert un verre de jus de fruit à Himed et arrête de fréquenter les bars, combien de fois devrais-je te le répéter !
-Merci, objecta himed !!! Je vais rentrer à la maison, je suis crevé, le boulot m'a épuisé et quant à toi Tonton, vient quand tu veux ok ?
-Ok, pas de problème, à la prochaine alors, répondit-il !
La conversation sur le projet avait pris fin et il ne la remit plus

sur le tapis. Il avait tout de même contacté des proches à Grenoble tels que Passe-Partout, alias Moez son meilleur cousin, et aussi des amis en Tunisie afin de leur demander leur avis sur le sujet. Il finira par abandonner l'idée car il eut des mises en garde et comprit alors la position ferme de notre mère. Il avait du mal à se résoudre qu'elle ait raison et il avait envie de lui prouver qu'il pouvait remonter la pente et qu'il comptait le faire très bientôt.

Il retourna à Grenoble en compagnie de Blandine, profitant de sa nouvelle vie trépidante et de ses nouvelles occupations. Ils mangeaient plus souvent au restaurant et ils prévoyaient un séjour à Cannes, ville située dans le département des Alpes Maritimes, connue pour son célèbre festival du film. Il réserva un grand hôtel à plusieurs étoiles, ils prirent la route dans leur récente et sublime berline. Ils séjournèrent dans ce très bel hôtel et se réjouissaient du service en chambre et des prestations haut de gamme, proposées par l'établissement hôtelier. Ils se promenèrent le long de la Croisette et firent des emplettes de luxe. Cette escale fut plaisante et ils reprirent le chemin du retour avec le sourire. Il vivait dans l'abondance, l'ivresse de la richesse, profitant de ses privilèges. Il oublia vite ses intentions professionnelles : « Nous ne sommes jamais assez avertis que lorsque nous ne mesurons pas l'importance de nos responsabilités ; les dommages deviendront alors extrêmement considérables ». Il passait son temps à rechercher de supposés projets potentiellement réalisables tels que l'ouverture d'une sandwicherie snack ou bien celle d'un restaurant bar chicha dans lequel la clientèle pourrait manger et terminer tranquillement en consommant du narguilé servi avec un petit thé à la menthe. Il ne négligeait aucune de ses idées en se persuadant que tout était possible et qu'il fallait innover des concepts déjà connus en réinventant une originalité inexploitée. Pourtant, tout cet appétit de plausibles desseins qu'il annonçait à toutes les personnes qu'il côtoyait, ne demeurèrent que chimère.

Blandine travaillait de nuit, elle quittait son appartement vers dix-neuf heures et rentrait à six heures du matin. Quant à Sonny, se trouvant seul et ne sachant quoi faire, il reprit ses mauvaises habitudes, celles qui consistaient à se livrer à des fanfaronnades dans certains pubs de Saint Martin-d'Hères, à dépenser son argent et offrir des coups à tous les vents. Il flamba, sans se rendre compte qu'il était sur le point de manger son blé en herbe. Il claquait son fric de façon désordonnée et recommença à boire à droite et à gauche, comme s'il avait besoin de se signaler en s'exhibant. Il se montrait de plus en plus agité et, comme dans une véritable dépendance, il clôturait sa soirée à chercher des noises à d'autres clients autant alcoolisés que lui. Un jour, il paracheva cette escapade en retournant chez sa compagne et, sur le chemin du retour, fit un léger accident avec sa nouvelle voiture qu'il abîma sur l'aile droite. Arrêté par des gendarmes, il se soumit à un dépistage du taux d'alcool dans le sang. Le résultat fut positif, on lui retira son permis et il écopa d'une suspension de quelques mois. Déconcerté et complètement bouleversé par ce fait, il rentra somnoler en attendant Blandine. Le lendemain matin, le réveil fut rude et la discussion sur le sujet fut houleuse. Elle lui reprochait son état d'ébriété et la conduite d'un véhicule dans des conditions inappropriées. De plus, il venait à peine d'acheter la voiture, sans compter la mise en danger de sa propre personne et celle d'autrui. La carte grise étant au nom de Blandine, elle reçut l'amende de cent trente-cinq euros, qu'il acquitta en lui reversant la somme. Une dispute éclata, ce genre de confrontation devenait récurrent et il buvait de plus en plus.

Il buvait tellement qu'il se trouva un jour contraint de ne pas se montrer à sa fille dans cet état. Il refusait même de la croiser, ne pouvant supporter qu'elle l'aperçoive ainsi. Il la voyait de moins en moins, pourtant elle était à sa portée, très proche et très facilement accessible. Ils n'habitaient pas très loin l'un de l'autre et il fut très difficile pour lui, comme pour elle de s'imaginer ne plus pouvoir se rendre visite. Il vivait très mal cette situation et dès qu'il se trouvait en meilleure condition, apte à communiquer tranquillement, il l'appelait par téléphone et retrouvait ainsi son rôle de papa en lui donnant des conseils de sécurité, en insistant sur l'école, sur ses fréquentations, en lui conjurant de faire attention à ne pas s'entourer de personnes néfastes. L'influence, lui disait-il, que certains peuvent avoir sur les autres, risque de compromettre les capacités à travailler mieux et à se concentrer sur l'essentiel. Elle lui répondait qu'elle était heureuse à l'école et qu'il ne devait pas s'inquiéter pour elle. Louna ne bavardait pas trop au combiné, elle se montrait très réservé et introvertie, elle n'était pas du style avenant et cela se sentait fortement lorsqu'on la contactait par téléphone, c'était un de ses traits de caractère ; les plus marqués étant le calme et la délicatesse. Néanmoins, elle savait parfaitement s'affirmer quand elle le désirait. Je me souviens qu'un jour, nous parcourions les boutiques, elle avait envie d'acheter un pull d'une marque de sport très connue. Sa mère préférait celui en version veste et essaya de la persuader d'acquérir celui-ci plutôt que la version pullover. Louna ne se démonta pas, elle acheta l'article qu'elle avait choisi malgré l'insistance de sa maman. Je fus surprise de son audace et de sa fermeté, je ne connaissais pas du tout cet aspect de sa personnalité. Sa ténacité m'avait beaucoup plu, car je me disais qu'elle saurait se défendre, si l'occasion se présentait, contre ceux et celles qui lui chercheraient des noises. Comme le disait si bien mon frère, elle devait pouvoir se préserver et se protéger dans ce monde de brutes.

Les mois passaient et Faouzi continuait à s'enivrer et à claquer son argent au compte-goutte. L'alcool était devenu un refuge, celui qui lui permettrait de se cacher et de se dérober à la réalité. Sa consommation devenait tellement excessive qu'il ne se rendait pas compte qu'il était sur le point de dilapider pratiquement tout ce qu'il avait gagné. Blandine essayait de le prémunir de sa décadence mais il ne l'écoutait pas, il ne l'écoutait plus, il n'écoutait plus personne, à vrai dire. Nous ne pouvions plus lui dire quoi que ce soit en relation avec sa dépendance à l'alcool, il refusait de nous entendre et s'évinçait de toute discussion sur le sujet. Dès lors qu'il récupéra son permis de conduire et sa voiture, il reprit ses fréquentations de bar, il ne se préserva pas et se mit en danger perpétuellement. Blandine recevait des amendes, ce qui la mettait en furie. Elle endurait les sottises de son amoureux et se résignait à les résoudre tout de même. Mais elle arrivait au bout, n'acceptant plus la négligence ni l'inattention de Sonny. Elle était lassée par la surcharge de problèmes que lui apportaient les manœuvres de son compagnon avec, de surcroît, son travail de nuit au service psychiatrique qui l'épuisait complètement. Elle aimait Faouzi mais elle se sentait usée et anéantie. Elle lui fit part de son état d'impuissance face à la situation et le quitta.

X. RETOUR AU PAYS

L'issue fatale de leur relation provoqua la chute vertigineuse de son actuel déclin. Il en perdit ses repères, effaçant toutes possibilités de création d'entreprise. Il s'installa définitivement chez nos parents et il ne retourna guère à Grenoble, sauf pour récupérer sa fille pendant les vacances.

L'année 2016 débuta et il avait une envie de voyager. Il parlait de la Tunisie sans arrêt, il avait un appétit manifeste de se régénérer en retrouvant la valeur et la culture de son pays de naissance. La Tunisie faisait partie de son existence, le concept de la tradition, la chaleur des gens du village et celui, ardent, de l'air marin, le laissaient bouillonnant du désir d'y séjourner. Il attendit le printemps, prit ses billets d'avion et, poussé par une frénésie irrépressible, prit son bagage et s'élança dans l'expédition aux souvenirs lointains de son berceau généalogique. Le voyage ne fut pas très long, le trajet comptait une heure et vingt minutes de vol. Il eut un léger frissonnement lorsque l'avion de Tunis Air atterrit sur le sol tunisien. Puis, l'émotion devint plus vive à la sortie du hall de l'aéroport de Tunis-Carthage. Une chaleur suffocante imprégna son visage et son corps, l'air équatorial de ce pays l'émut et il chavira des années en arrière, lorsque notre grand-père venait nous intercepter avec un chauffeur afin de nous accompagner jusqu'au village. Mais ce temps-là était révolu, notre grand-père s'était éteint quelques dizaines d'années auparavant et les taxis jaune canari avaient, sans conteste, pris la place des amis chauffeurs de mon grand-père. Cependant, il avait prévu une voiture de location pour ce séjour qu'il récupéra instantanément à l'aéroport. Le véhicule était en très bon état et les vacances débutaient en grande pompe. Il prit la route en direction de Bizerte afin d'achever son périple à Menzel-Abderrahmane, notre village. A Tunis, la vie lui paraissait éclatante, illustrée par l'émergence à foison des habitants de la ville qui marchaient sur la route, se désintéressaient des trottoirs à piétons, sans compter les voitures, les taxis et les louages qui se faufilaient et émettaient les sons assourdissants de leurs klaxons. Le centre de Tunis se détachait par sa population à la redresse, très active. Elle était connue pour être la capitale où il faisait bon vivre, aux fabuleuses et faramineuses ressources culturelles. Il emprunta la départementale et s'engagea sur l'autoroute de Tunis-Bizerte où peu d'automobiles s'aventuraient pour des raisons étonnantes. En effet, les habitants préféraient l'ancienne route délabrée à cette immense route lisse comme un galet qui leur demandait de s'acquitter du péage. Après trois quart d'heure d'autoroute, la ville de Menzel-Jemil apparut. Sur le côté, longeait la plage du Rimel, celle que nous avions tant côtoyée plus jeunes. Une brise fraiche revigorante soufflait de la mer et le ciel avait un aspect brumeux et nacré, mais le soleil était bien présent, caché derrière toute cette nébulosité. Il diffusait la totalité de sa fournaise dans l'atmosphère. Puis le village de notre enfance se présenta, ponctué d'oliveraies et de vastes terres cultivées, de vieilles charrettes tirées par des chevaux usés et défraichis. Menzel-Abderrahmane n'avait absolument pas pris une ride et certainement pas fluctué non plus. Rien n'avait changé, comme si le temps s'était immobilisé et que les lieux étaient restés figés, comme « la coucha », la boulangerie avec son pain traditionnel, « la tabouna », située juste à côté du poste de police et qui n'avait pas délogé depuis toutes ces années. Sans parler des « hanouts », petites épiceries dont les légumes et les fruits surplombaient la devanture, qui n'avaient pas bougé.

La maison de mes parents se trouvait juste derrière le commissariat. La rue étroite était bondée d'enfants qui jouaient pieds nus comme au bon vieux temps. Comme à l'accoutumée, le passage du véhicule attisait la curiosité des villageois, ils s'empressaient se sortir de leurs pavillons archaïques pour vérifier l'identité de la personne qui venait d'arriver. Mes parents étaient ravis d'accueillir leur fils dans leur demeure tunisienne. Bien évidemment, il s'agissait aussi de la sienne puisqu'ils avaient construit un étage rien que pour lui. Mon frère avait hérité de ce bien dès sa naissance car il était de coutume de donner une grande part de la maison familiale aux garçons de la famille. Comme il était le seul mâle, ce fut tout un étage qui lui revint de droit. Quant aux filles, les traditions voulaient qu'elles héritent du bien de leur futur époux. Mais, lorsqu'il intégra la maison, il s'aperçut qu'elle était meublée comme si une autre personne que lui y logeait. En effet, mes parents l'avaient accordée momentanément à mon neveu Bilal, fils de Sonia, qui s'était marié récemment et qui avait besoin d'un logement provisoire en attendant de s'installer dans leur future construction. Il eut du mal avec cette histoire, jalousant légèrement son neveu de s'être accaparé son bien.

Mais il était tellement comblé par l'enchantement des retrouvailles des lieux de sa torride jeunesse, qu'il ignora cette nouvelle et s'affaira à poser ses bagages au rez-de-chaussée, dans la chambre qui avait appartenu, de son vivant, à mon grand-père. Il était joyeux et euphorique à l'idée de retrouver ses traces. Il fit le tour de la maison et rien, absolument rien, n'avait réellement changé. Seul le calme profond subsistait dans une demeure qui explosait de la vie d'avant.

La maison abritait une seconde famille, celle de ma tante, son mari et ses cinq enfants. Ma tante était logée toute l'année en contrepartie d'une surveillance accrue de la propriété car mes parents, étant en France, devaient protéger leur bien secondaire. Un bon compromis s'était mis en place et nous avions grandi tous ensemble, dans une ambiance chaleureuse et une entente quasi parfaite entre cousins, comme de véritables frères et sœurs. Toute cette atmosphère lui rappelait une quantité de souvenirs et il sentit imperceptiblement que le temps avait bousculé la magie qui s'était imposée depuis les berges dans ce cocon familial bien taillé. L'entrée de la maison sentait l'odeur du jasmin, cette fleur très parfumée emblématique de la Tunisie. Elle symbolisait la pureté, la douceur de vivre et la tolérance, de grandes valeurs chères aux tunisiens. Son nom a été donné à la révolution de 2011, dite « La Révolution du Jasmin » qui a abouti au départ du président Ben Ali et à un gouvernement de transition. Cette jolie fleurette blanche ornait toutes les habitations, rares étaient les maisons qui ne possédaient pas une plantation de ce fabuleux trésor tunisien. Le jasmin se mélangeait aux arômes des plats typiques et traditionnels aux senteurs exquises et enivrantes, des mets en sauce très raffinés aux goûts épicés par le piment. Appelé l'or rouge tunisien, le piment était préalablement séché, broyé et conservé pendant plusieurs mois et mondialement connu sous le nom célèbre de « la Harissa ». Toutes ces délicates émanations firent réaliser à Faouzi que son pays lui avait énormément manqué. Il s'en rendit compte rapidement car ma mère lui avait préparé un succulent coucous aux légumes, très relevé et, comme à l'accoutumée, extrêmement savoureux. Il déjeuna puis se détendit dans le salon. La légère brise qui se faufilait par la fenêtre restée entrouverte, le fit somnoler une bonne partie de l'après-midi. Lorsqu'il se réveilla, il découvrit ses oncles qui étaient venu le saluer. L'oncle Jamel et oncle Moustari étaient les deux frères de mon père et semblaient ravis de le revoir, surtout oncle Jamel qui connaissait un peu plus la personne qu'était mon frère. Ils avaient beaucoup d'affinités mais ce qui les liait véritablement restait, inéluctablement, le plaisir de boire au bord de la mer, au fameux port de plaisance de Menzel-Abderrahmane, aux centaines de petites barques appelées « Flouka », souvent de couleur bleue et blanche et qui, pour la majorité, portaient le prénom d'une femme, mentionné au-dessus de la ligne de flottaison. Ils se souvinrent de ces passages dans ce si bel endroit, à griller des sardines sur les incontournables barbecues de fabrication artisanale réalisés généralement en terre cuite.

Mais mon frère pensait à bien autre chose pour le moment. Il avait une mission à accomplir et elle était de taille. Il sortit et marcha vers un chemin de traverse, non loin de la propriété de nos parents. Il se rendit chez une dame, une voisine assez âgée et lui déposa un colis. Il ne voulait pas trop s'attarder et demanda congé. Elle n'accepta absolument pas de le laisser repartir sans goûter à ses petites pâtisseries servies avec un verre de boisson fraiche pétillante aux pommes. Elle ne put s'empêcher de lui demander ce que le colis comportait et à qui il était destiné. Il lui indiqua alors le contenu et elle comprit instantanément qu'il était adressé à son enfant. Elle en tomba des nues, elle réalisa que tout allait changer à partir de ce jour. Elle versa d'intenses larmes d'émotion et de soulagement. Elle le remercia et se demanda comment elle pourrait lui rendre son geste car elle n'en avait pas les moyens. Il lui parla succinctement en lui expliquant que cela était comme une aumône et qu'elle ne lui devait rien. L'essentiel demeurait la bonne santé de son fils, qu'il soit plus autonome même s'il avait perdu l'usage de ses deux jambes. Faouzi venait d'attribuer un fauteuil roulant manuel pliant à une personne qui était dans le besoin. Il venait de chambouler la vie de cet enfant en réalisant son rêve, certainement irréalisable pour cette famille appauvrie, compte tenu des conditions économiques. Ce geste héroïque lui semblait presque anodin, comme s'il était tout à fait normal de venir en aide aux gens et il se comporta de façon humble et très respectueuse. Il supplia la dame de ne pas en parler, il ne voulut le divulguer à quiconque et conserva ce secret bien gardé au fond de son âme. Puis il partit et alla faire un tour dans le village où il rencontra quelques amis dans les rues bondées de ses habitants et de plusieurs vendeurs ambulants. Il conversa avec eux un bon petit moment et se dirigea vers un grand café qui prenait tout l'angle d'une ruelle connue sous le nom de « Safta » avec sa célèbre mosquée dominée par le symbole d'un croissant de lune. Il invita ses amis tunisiens à boire un verre ou un café et se sentit très apaisé, loin de tous soucis, de tous désagréments ou tracasseries. Serein et imperturbable, il se laissa emporter par la conversation de ses voisins de table. Ceux-ci discutaient de jeunes gamins pris dans le piège des embarcations de fortune et qui ne survivaient pas à l'agitation de la mer. Traverser la Méditerranée devenait courant parmi la jeunesse tunisienne, comme un effet de mode, mais tellement dangereux et infernalement cauchemardesque. Ils parlaient de la détresse de ces jeunes qui cherchaient à entreprendre une vie meilleure et qui se retrouvaient dans une embarcation infernale où des centaines de passagers entassés s'asphyxiaient et agonisaient pour certains, et dont les supplications devenaient incessantes en voyant leur bateau à la dérive. Quatre jeunes garçons du village étaient portés disparus après une traversée illégale sur un petit chalutier et l'on n'avait plus jamais eu de leurs nouvelles. Ces jeunes laissaient derrière eux des familles endeuillées et le village entier se trouvait dans le même état d'esprit. Tout le monde parlait d'eux, les gens disaient qu'ils étaient si beaux et si courageux mais que c'était leur destin, que c'était Dieu qui en avait décidé ainsi et l'on savait, d'après notre religion, que le jour de la mort était décrété par notre Créateur. Il était subjugué par cette histoire et ses amis lui avançaient des arguments sur le fait qu'il était chanceux d'être un enfant de la France et qu'il ne risquait rien, lui. Mais il leur certifia que le bonheur n'était accessible que si on le conduisait vers soi et non pas le contraire.

Il leur conseilla de bien réfléchir avant de se jeter dans un périple pareil :

-En France, dit-il, il y a énormément de personnes qui sont en difficulté et il n'est pas aussi facile de trouver du travail.

Puis il ajouta :

-Lorsque l'on a la possibilité de travailler, on a tout un cercle vicieux derrière qui s'installe : d'interminables factures, des loyers, des taxes, sans compter l'approvisionnement alimentaire selon le nombre de personnes à charge. Certes, nous pouvons avoir des aides de l'état selon nos conditions mais parfois, elles ne suffisent pas. A vos yeux, nous sommes tous riches, vos regards se dirigent vers nos belles bagnoles parfois flambant neuves, mais nous trimons pour cela et souvent les gens s'endettent avec des crédits à la consommation afin de se procurer toutes ces belles choses.

Enfin il acheva :

-Je peux vous assurer que le stress est un redoutable compagnon dans ce pays et vous ne devriez pas nous envier, bien au contraire. Ici, la vie est dure mais elle paisible aussi, alors que là-bas, elle vous paraît plus facile mais elle est pénible de surcharge et d'angoisse permanente. Bien évidemment, je vous comprends aussi car on vous vend du

rêve et je ne pense pas que vous vous rendiez vraiment compte de la réalité de la vie là-bas.
Un jeune homme l'interpella :
-C'est compliqué tout cela. Nous, nous aimerions rester ici mais il n'y a pas de travail. Au moins en France, on en trouve toujours. Ici, nous étudions, nous obtenons des diplômes de haut niveau pour la plupart, voire pour la majorité ceux d'ingénieurs dans de nombreux secteurs d'activités, et nous ne décrochons aucun emploi. Cette situation n'est pas évidente et beaucoup préfèrent s'aventurer dans d'autres pays économiquement plus élevés. Moi je préfèrerais avoir ton bonheur que le mien.
Cette dernière phrase le fit bondir, le faisant sortir de ses gonds et il répliqua sans attendre :
-Non ! Tu ne dois pas dire cela, tu ne me connais pas et tu ne sais pas ce que je vis. Tu serais surpris si je devais te raconter mon histoire. Je suis certain que vous pourriez changer les choses si vous vous en donnez les possibilités. En tous cas, continuez à vous battre pour votre pays et non pour un autre. Je vous garantis que la Tunisie reprendra son élan si vous, les jeunes, vous vous rassemblez et vous bataillez. C'est le gouvernement que vous devez combattre et sa politique économique.
Ces jeunes ont été stupéfait de la réaction de mon frère qui leur disait d'opter pour le soutien et le maintien de leur pays plutôt que d'aller réussir ailleurs.

Il termina son verre et se leva en direction de la mer en passant devant la maison de notre grand-mère Zoubeîda, celle qui fut la maison du ralliement de tous les enfants et petits-enfants. Ma grand-mère savait nous réunir. Elle était menue, un petit gabarit, si adorable et si ardente, une centenaire très aguerrie pour son âge. Malheureusement, elle avait quitté ce monde quelques années en arrière et laissait un vide faramineux dans nos vies. Faouzi eut des frissons lorsqu'il aperçut la porte d'entrée fermée, alors qu'auparavant, elle demeurait toujours entre-ouverte à toutes heures, durant nos innombrables séjours en Tunisie. La porte était équipée d'un rideau « Fouta » extrêmement épais aux multiples rayures verticales typiquement tunisien, qui se balançait au souffle du vent tropical. Dès lors qu'on s'en approchait, on pouvait apercevoir ma grand-mère, assise sur un tapis tissé main. La pièce étroite telle un vestibule, se situait sous une mezzanine en béton construite dans l'ancien temps. Elle nous accueillait constamment dans ce si petit espace et pourtant, nous étions très souvent nombreux à la visiter. Elle n'était jamais seule, toujours accompagnée de voisines, d'amis ou de sœurs et surtout de ses filles, de son fils ou de leurs enfants et même, d'une ribambelle d'arrière-petits-enfants. Une ambiance très conviviale se ressentait dans cette maisonnette et elle était la reine du lieu. Grande et vaillante femme, elle restera la personne la plus convoitée et la plus appréciée de notre famille. Tout le monde l'aimait énormément et mon frère avait évoqué une phrase étonnante : il émettait le souhait d'être enterré sur sa tombe ou à côté, lorsqu'un jour, l'ange de la mort viendrait le chercher. Elle lui manquait considérablement et il était difficile de ne pas s'émouvoir

devant cette demeure irrévocablement close.
Il continua son chemin jusqu'au rivage, l'étendue d'eau salée méditerranéenne se maintenait face à lui comme à l'époque. Il vit de jeunes enfants sauter des ponts situés sur le port de notre village où étaient amarrés des centaines de bateaux de pêcheurs et de « flouka » de toutes tailles aux couleurs bleu azur dits de la fraicheur et du blanc de la sérénité. Puis il acheva sa balade au célèbre mausolée Sidi-Ali-Hachani qui bordait la mer de Menzel-Abderrahmane. Ce mausolée était très mythique, construit à la chaux et peint de couleur vert granny vif, il était très visité par la population qui y venait afin d'y allumer des bougies et d'y invoquer une prière. On y célébrait souvent les baptêmes des petits garçons, parfois circoncis à l'intérieur même par un médecin spécialisé de la péritomie. Les gens du village commémoraient les lieux en effectuant des fêtes qui duraient la journée entière. Les pères égorgeaient de jeunes ovins ou de la volaille pendant que nos mères s'affairaient à l'élaboration du menu. Dès leur arrivée sur les lieux, elles aménageaient l'endroit de matériaux de cuisson : de grosses marmites, des réchauds trépieds équipés de leur bouteille de gaz, plusieurs grandes soucoupes en métal et tous les ustensiles utiles à la préparation du festin. Elles installaient des tapis « Hsirra » tressés en plastique et leurs matelas à même le sol, dressés pour les invités et les membres de la famille. En attendant la cuisson du plat, les enfants se baignaient au bord des eaux envahies d'algues vertes. Bien évidemment, les gosses trouvaient toujours un espace sans algue et s'y aventuraient afin de prendre un bain rafraichissant. Les villageois

pensaient que cet endroit sacré porterait de la bénédiction dans nos demeures et nos carrières. Nous y passions des moments sensationnels et prestigieux tant le mausolée était réputé et légendaire. Tous ses souvenirs remontèrent à la surface lorsqu'il le vit. L'édifice sacré, l'air marin et le chahut des enfants jouant près de l'eau lui fit repenser à l'âge tendre, celui de l'innocence et de la jovialité.
Il s'assit non loin du lieu sur une crique couverte de petits galets, face à lui s'étendait le sable extrêmement fin qui se mélangeait aux algues verdâtres de cette si belle plage. Il prit son paquet de cigarettes et son briquet, alluma sa clope et profita de ce moment si paisible et si chargé d'histoire, celle de son berceau et de ses aïeux. Il savoura cet instant sans se poser de questions et se laissa glisser dans le sommeil bercé par la brise printanière si pure et si tendre. Il se réveilla dès lors que le soleil disparut derrière l'horizon. Le crépuscule sublima la vue de scintillantes couleurs d'or, d'ambre, de topaze et balaya la mer pour la couvrir de son lit d'ébène. Le ciel prit une nouvelle allure, l'obscurité soudaine et les rares lampadaires qui commençaient subitement à s'allumer sur la trajectoire du retour, l'obligèrent à reprendre ses esprits. Après un si beau moment, il décida de retourner à la maison car il était attendu pour le dîner. Mes parents étaient heureux de le voir si épanoui et de si bonne humeur. Ma mère pensait fortement qu'il avait bien fait de revenir au bled après tout ce qu'il avait enduré ces derniers temps. Ce soir-là, il passa la soirée près d'eux, en comité restreint, et se sentit plus près que jamais de son entourage, comme s'il prenait conscience, pour la première fois, qu'il avait été si

loin d'eux pendant des années et qu'il se devait de profiter de ces instants uniques. Mais avant de prendre le repas, il eut l'idée de s'égayer au Hammam qui se trouvait dans une ruelle attenante à la maison familiale. Le soir, cet édifice ouvrait ses portes pour les hommes. C'était un établissement de bains très connu au Moyen-Orient. Lorsqu'il entra, la vapeur ambiante lui rappela de bons souvenirs d'enfance et, dès son entrée à l'intérieur de l'immense pièce de bain qui se présentait devant lui, il sentit et absorba une chaleur étouffante. Il sua rapidement, les murs dégoulinaient d'humidité et raisonnaient des bruits d'éclaboussures et d'écoulement de l'eau. L'eau chaude et l'eau froide émergeaient de grandes cuves dans des pièces séparées et les hommes se servaient de seaux pour les récupérer et se laver. Un Kassal, masseur traditionnel qui travaillait au Hammam, lui proposa ses services. Celui-ci s'occupait d'aider les clients de l'établissement, très souvent pour le frottement du dos et pour un gommage au savon noir avec la Kessa, gant de toilette rugueux, suivis d'un massage aux huiles et aux pierres chaudes. Une fois le bain terminé, il se rendit dans l'al-maslakh, grande pièce de type vestiaire, ouverte tel une Riad, dotée d'un patio central entouré de barrière et recouvert de tapis Hssira tressés en plastique. Les clients y déposaient leurs affaires, leurs serviettes et ils patientaient en attendant de pouvoir se désaltérer avant de quitter les lieux. Les employés leur servaient à boire, un verre de thé ou une boisson fraiche de type citronnade, très souvent accompagnés de biscuits orientaux. Ces instants de détente et de partage lui plaisaient grandement et il en profita pleinement en y restant de longues heures.

Le lendemain, il continua son périple en visitant les membres de la famille qui vivaient au village. Il alla chez notre tante Fella qui avait déménagé de chez mes parents pour s'installer dans un petit pavillon mitoyen situé dans les alentours du centre de la vielle ville. Elle fut très contente de recevoir son visiteur, de l'accueillir comme le faisaient si bien les tunisiens en lui servant à boire et lui proposant des milles feuilles nappés d'un sirop glacé de couleur brunâtre sur le dessus et à la délicieuse crème pâtissière à l'intérieur. Ce mets était très prisé dans les pâtisseries de Menzel-Abderrahmane et l'on adorait le déguster au goûter ou en dessert. Mais il déclina l'offre, il n'avait pas très faim, à vrai dire, et il ne raffolait pas d'entremets en général. Elle lui proposa alors un café qu'il ne put refuser par respect. Ils discutèrent un moment et il quitta les lieux afin de se rendre chez son oncle Jamel, celui-ci l'attendait depuis belle lurette. Ce dernier s'impatientait de reprendre une virée avec son neveu. Faouzi monta sur le vieux scooter de notre oncle qui le conduisit au marchand le plus proche afin de s'approvisionner de bouteilles de bière. En même temps, il profita de cet arrêt pour acheter des cigarettes, dans le but de les offrir à son oncle en guise de retrouvailles. Puis ils se dirigèrent vers le Shoot[10] sur le port de plaisance, où se trouvait le fameux bar des pêcheurs. Au bord du quai, s'alignaient des cabanons de pêcheurs qui étalaient leurs

[10] Quai

prises du matin : des sardines, des maquereaux, de fines daurades connues sous le nom de la « Warka » et parfois de sublimes rougets et soles, sans oublier les crustacés et les coquillages, les merveilles de la mer. L'ambiance festive de ce marché provoquait des raz-de-marée de clients qui n'arrêtaient pas d'acheter à foison et Faouzi et son oncle se demandèrent s'ils allaient pouvoir s'en procurer. Mon oncle se jeta sur la foule et réclama sa part. Il marchanda quelques Warka et quelques sardines, puis s'éclipsa vers une rade, non loin du Mausolée Sidi-Ali-Hachani, au calme insoupçonnable et dont mon oncle s'appropriait le lieu le rendant exclusivement privé comme s'il en était l'unique propriétaire. La baie était d'une splendeur comparable aux plus belles côtes des îles Canaries, donnant sur une vue imprenable de dunes de sable blanc et de palmiers sauvages qui se répartissaient autour de ce sublime décor naturel.
Enfin, ils débutèrent leurs rituels en préparant les grillades de poissons frais et en éclusant les bières sans aucune limite. Ils se retrouvaient comme à l'époque, s'étalaient dans des conversations et des chroniques sur les histoires des gens du village. Ils eurent des fous rires désopilants en se remémorant les frasques d'untel, et certaines impudicités des autres. Ces moments de complicité entre l'oncle et le neveu resteront les meilleurs aux yeux de mon frère. Il se plaisait dans cette ambiance où l'accalmie et la beauté du lieu le rendaient serein et rassuré. La Tunisie le rassasiait pleinement, elle prenait possession de lui et était capable de chambarder son quotidien afin de le stabiliser dans son ensemble. Il parlait souvent d'elle comme de sa marâtre,

une seconde mère qui arrive inéluctablement à le couver et à le maintenir dans son enfance. Un lien géniteur et patriotique semblait impacter fortement ses diverses humeurs. La soirée prenait fin et ils retournèrent vers leurs demeures. Les rues s'étaient vidées, seuls quelques individus se badaient sur les terrasses des derniers cafés encore ouverts à ces heures tardives. Le lendemain, le réveil fut ardu et la fatigue lui fit gonfler les yeux. Des auréoles et des cernes formaient des poches arrondies et pleines. Ses yeux clairs étaient momentanément rétrécis et l'on pouvait à peine les apercevoir. Il prit alors sa douche et un café bien corsé.

Ma mère reçut la visite de notre tante Souad qui venait de faire un long périple en train. Elle arrivait de Menzel-Bourguiba. Cette ville qui dépend du gouvernorat de Bizerte, est surnommée par ses habitants « Ferry-ville », en l'honneur de Jules Ferry, Ministre Français qui s'occupait du protectorat de cette si jolie bourgade. D'autres la nommait « Petit-Paris », jusqu'à la prise de pouvoir du président Bourguiba qui lui donnera son nom lors de l'indépendance de la Tunisie. Tante Souad était un personnage au profil charismatique et égayant. Elle nous faisait toujours rire et nous adorions sa présence. Il fut très heureux de l'apercevoir sur la grande véranda de l'entrée, elle lui tomba dans les bras et, sans attendre, elle lui demanda une clope. Il se tordit de rire et il répliqua qu'elle n'avait pas changé. Puis, il ne manqua pas de lui rétorquer qu'il était au courant qu'elle ne fumait plus depuis bien longtemps. Il lui prit ses bagages et son sac et ils rentrèrent dans le salon. La journée débutait formidablement, elle lui remémora tous les moments de notre enfance, comme elle avait l'habitude de le faire à chaque fois qu'elle nous retrouvait. Ma tante restait très nostalgique des années passées en notre compagnie et elle nous estimait comme si nous étions ses propres enfants. Elle m'avait gardée chez elle pendant une année entière. A cette époque, j'avais à peine un an et j'étais tombée malade, une maladie grave qui aurait pu me tuer selon ses dires. J'avais perdu énormément de poids et ma tante, sachant que mon père était en France et s'inquiétait de ma santé, me récupéra et s'occupa de moi. Je repris tout mon poids et finis par guérir. Elle évoquait souvent cet épisode, me répétant qu'elle m'avait sauvé la vie et que j'étais sa petite protégée. En revanche, en ce qui concernait Faouzi, elle l'appelait « Rhouya », ce qui voulait dire mon frère. Bizarrement, elle le considérait comme un ami fidèle à qui elle pouvait se confier totalement et dont elle savait qu'il saurait garder pour lui les conversations et les cachotteries qu'elle lui déballait sans réserve ni demi-mesure. Notre tante séjourna une semaine chez mes parents, elle égaya l'atmosphère et Faouzi appréciait sa présence. Puis elle retourna à Menzel-Bourguiba et voulut le convaincre de l'accompagner afin de rencontrer sa fille et ses enfants qui vivaient sous son toit et qu'il affectionnait également. Cependant, il dut renoncer à s'y rendre car il ne restait plus trop de temps avant son départ pour la France. Mais l'envie de redécouvrir cette si jolie ville le fit réfléchir. Quelques jours plus tard, il leur fit la surprise en se présentant devant leur maison et il fut reçu par des scènes de joie de la part de sa cousine Dounia au tempérament animé, à l'égal de celui de sa mère. Les deux s'entendaient à merveille, elle lui indiqua le salon et lui proposa à boire, puis elle commença à organiser le repas du déjeuner. Elle se mit à éplucher les légumes frais aux couleurs éclatantes : aubergines, pommes de terre, poivrons, courges, oignons afin de concocter un « kafteji », un plat délicieux cuit au four, typiquement tunisien. L'accueil des tunisiens était très souvent chaleureux, ils aimaient bien recevoir, cela faisait partie de la tradition et l'on se sentait tout de suite à l'aise chez l'habitant. Puis venait le moment des discussions, souvent d'ordre familial au départ, du fait du problème d'héritage des terrains de notre grand-père. Cependant, la conversation ne s'éternisait pas sur ce sujet, elle basculait en grande rigolade, en blagues et sornettes de tous genres, tout et tout le monde y passaient. En fin d'après-midi, il sortit boire un coup au café de la ville avec le mari de Dounia, il passa des moments très agréable en leur compagnie et se sentait fier d'avoir pris la décision de cette petite escapade. Les vacances au bled prirent fin, il était triste de retourner en France tant il avait apprécié tout le séjour. Il s'était senti comme régénéré par ce contexte convivial et sémillant qu'offraient les villageois tunisiens.

XI. SANDRINE

De retour à La Seyne-sur-Mer, il reprit alors ses petites habitudes en allant retrouver ses connaissances et leur payer à boire afin de fêter son retour, à sa manière manifestement. Après quelques jours, il communiqua avec une jeune fille, la sœur d'un ami très proche, elle se nommait Sandrine. Celle-ci venait de perdre son frère tragiquement. Il fut très éprouvé par cette triste nouvelle et par la perte d'un pote qu'il avait retrouvé récemment et avec qui il avait repris contact de temps à autres. Il voulut la soutenir dans cette dure épreuve et ils se rapprochèrent un peu plus. Puis, elle le sollicita de plus en plus, le réconfort que lui apportait Faouzi lui fit éprouver des sentiments profonds envers ce personnage qui prononçait en permanence des paroles douces et gracieuses. Elle vivait dans un cadre de vie totalement différent du sien, au calme dans un milieu campagnard, dans une maison à la montagne avec ses petits animaux de ferme. Elle aimait la sérénité du lieu et se sentait à l'écart de toutes les rythmiques et les folklores de la vie urbaine. Il se rendait à son domicile, non loin de Grenoble et se comportait comme un protecteur. Il estimait qu'il se devait d'assurer sa surveillance, comme s'il était devenu son tuteur. En revanche, en ce qui la concernait, elle était séduite par son charisme et son charme. Elle commença à ressentir des sentiments très affectueux à son égard. Faouzi resta une semaine dans cet univers, puis il lui proposa de venir passer quelques temps dans le sud, histoire de décompresser et de penser à tout autre chose. Elle le suivit et, dès son arrivée, elle rencontra ma petite sœur Besma qui séjournait chez mes parents avec son époux et ses enfants, le temps de la fin des travaux de construction de sa future maison. Elles s'entendirent à merveille. Elles ne se connaissaient pas et pourtant, elles eurent une bonne collusion instantanément. Cependant, Besma sut immédiatement qu'il n'y aurait rien de très sérieux entre notre frère et cette jolie jeune femme. Elle le connaissait suffisamment bien pour comprendre qu'il n'était pas attiré physiquement par cette jolie personne, mais qu'il était réellement l'ami venant au secours d'un être probablement vulnérable du fait de ses dernières terribles tragédies. Sandrine n'en était pas à sa première perte familiale, malheureusement. Il s'agissait de son second frère qui disparaissait de manière brutale et elle ne pouvait que vivre dramatiquement ce terrible et triste destin. Puis il me la présenta. Elle me parut très sympathique et très discrète. Nous n'avions pas beaucoup épilogué à vrai dire car Faouzi ne m'en avait pas laissé l'occasion. Leur passage fut court et, après s'être rafraîchis, ils retournèrent à leurs occupations. Tonton me parut très préoccupé. Son visage dégageait une mauvaise impression, comme s'il ne nous disait pas tout sur ce nouvel épisode. Ce secret qui me paraissait très périlleux et inquiétant, je tenais à en découvrir la teneur. Il ne me fallut pas très longtemps pour dégoter des informations.

Le week-end arriva, Faouzi me rendit visite et je lui proposai de diner à la maison. Il sortit chercher son pack de bière au « Proxi », la superette d'à côté et s'épancha sans retenue comme à l'accoutumée. Puis il nous divulgua dans un encroûtement de paroles empesées, ses intentions orgiaques qui nous firent froid dans le dos. Il voulait retrouver les personnes qui avaient commandité le meurtre de son ami. Nous venions donc d'apprendre que le frère de Sandrine avait été tué et que mon frère avait pris la décision d'enquêter sur les causes et circonstances de ce drame. Je savais que son visage cachait une velléité d'accomplir un acte fâcheux, son allure et ses gestes m'avaient permis de le discerner et j'avais un mauvais pressentiment. Par conséquent, ne pouvant me contenir, je lui conseillai de renoncer à tout projet de représailles et lui précisai que la police ferait très bien son travail d'enquêtrice. Il voulait absolument découvrir les responsables de ce crime odieux afin de les mener à la gendarmerie. Malheureusement, il ne pouvait rien y faire et, il n'était pas très bon non plus de se mêler à des histoires de meurtre. Après des jours de réflexion, il prit la décision de ne plus se préoccuper de cette histoire laissant aux administrations compétentes l'entière responsabilité de remplir leur rôle. Mais il était fortement accablé et buvait de plus en plus. Il ne comprenait pas toutes ces déconvenues autour de lui, comme si le sort s'acharnait sur sa vie et celle de ses amis, une déveine persistante, la guigne, le mauvais œil, comme on le disait souvent dans notre coutume.

Son regard changea totalement, le visage désinvolte et complètement évanescent avait disparu. Il avait le talent, la beauté et l'intelligence cependant, quelque chose l'avait emporté, accaparant son corps pour en prendre entièrement possession. Son visage quelque peu fripé me faisait penser à la mue d'un serpent. Il affichait une décrépitude extrême et ne manquait pas de nous le faire savoir. Un soir, après une journée ennuyeuse, il se rendit chez Wassilla et commença ses brigues envers les gens. Les deux savaient plaisanter sur les frasques des autres mais elle fut surprise lorsqu'il prononça une phrase insoupçonnable et complètement inattendue :

-Quand je serai mort, pleureras-tu ?

-Bien-sûr que je vais pleurer, mon frère, et toi pleureras-tu ?

-Je ne sais pas, lui répondit-il, en s'esclaffant de rire.

-Ah bon, tu ne sais pas, moi, j'en suis certaine.

-Ne soit pas aussi formelle. De toute façon, je ne te verrai pas mourir.

-Bon, s'exclama-t-elle ! Franchement, parlons d'autres choses, je déteste ces conversations morbides qui ne servent strictement à rien. Nous sommes encore jeunes, la vie est longue et vivons-là.

Puis il passa à tout autre chose, comme s'il venait d'oublier ce discours en reprenant ses railleries. Nous nous rendîmes compte qu'elle ne fut pas la seule personne à qui mon frère avait formulé la même question. En réalité, il l'avait demandée à chacune de ses sœurs sans que l'on comprenne la raison. Il ne se sentait pas très bien, mais son comportement nous tracassait car il avait l'air de s'être affaibli et accablé. Ses questions sur nos émotions et nos impressions nous inquiétaient. Pourquoi nous demandait -il cela ? Peut-être pensait-il que nous ne nous préoccupions pas assez de lui, que nous ne lui montrions pas à satiété notre amour pour lui ou que nous ne lui disions pas tout simplement que nous l'aimions. Exprimer nos sentiments envers nos frères et sœurs ne se conformait pas à notre éducation. Il est vrai que, dans ma famille, nous n'exprimons pas nos pensées ni nos sensibilités, elles restent enfouies dans nos âmes. Quelques jours plus tard, lorsqu'il posa la question à ma petite sœur Besma, la discussion prit une allure assez mouvementée. Elle ne comprenait pas cet interrogatoire et lui posa la question suivante :

-Pourquoi crois-tu que nous ne pleurerons pas ta mort ? Tu es notre frère, c'est une question qui ne se pose pas. Il est tout à fait normal de pleurer les gens qu'on aime lorsqu'ils disparaissent.

-Ah ! Parce que tu m'aimes, toi ? Rétorqua-t-il en la badinant.

-Oui je t'aime, tu es mon grand frère et nous t'aimons toutes, tu sais.

-Ah bon, vous aimez la personne que je suis aujourd'hui ? Je n'arrête pas de picoler, je ne bosse plus et je n'ai plus de vie stable et vous dites que vous aimez ce que je suis devenu ?

-Non, je n'ai pas dit que j'aime ce que tu es devenu, j'aime mon frère et je ne vois pas en quoi les problèmes que tu as surmontés ou que tu as besoin de surmonter, nous feraient changer d'avis. Tu es un Tonton généreux et très gentil, tu as une fille qui t'adore et tu es notre seul frère. Nous sommes fières de toi et tu remonteras la pente, j'en suis certaine. Il faut juste que tu te décides d'en finir avec l'alcool.

-Pour toi, je suis quoi ? Un alcoolique ?

-Je n'ai pas dit cela, mais tu es différent quand tu ne bois pas

et je préfère discuter avec toi lorsque tu es sobre.
-Répond à ma question, penses-tu que je suis alcoolique ?
-Est-ce que tu veux vraiment savoir le fond de ma pensée ?
-Oui, vas-y, dit-il fermement.
-Eh bien oui, j'estime que tu l'es devenu, malheureusement et mon plus grand souhait serait que tu te soignes.
Il fut heurté par ce qu'il venait d'entendre mais, au fond de lui, il savait bien que ce qu'il attendait comme réponse était sans aucun doute celle-ci.
Puis elle continua à lui envoyer des paroles poignantes afin de le faire réagir :
-Pense-tu à Maman et papa qui ne veulent que ta réussite et ta santé ? Te voir dans cet état les rend malades et j'ai l'impression que tu ne le vois pas, ou bien que tu ne te rendes pas compte du désespoir de tes parents envers ta situation. Il est très difficile pour eux de te regarder dépérir de cette manière.
Et puis elle termina en lui évoquant la personne la plus chère au monde
-Et ta fille, tu dois t'en occuper. Elle aussi, elle doit être malheureuse de te voir toujours dans cet état, toi-même, tu dis constamment ne pas vouloir que ta fille te voie comme ça.
-Alors réagis bon sang ! Tu dois te reprendre et te préoccuper de toutes ces personnes qui t'aiment et qui ne te veulent que du bien.
-Mais surtout, et le plus important, c'est qu'évidemment, si tu dois le faire, c'est avant tout pour toi, afin de te préserver. Tu verras, ta vie changera. Il te faudra du temps et de la

patience mais tu y arriveras.
Il fut interloqué par ces mots venus de sa petite sœur, la petite dernière qui cassa la carapace. Celle au cœur tendre et dont l'acier venait de céder, celle-ci qui nous avait laissées, pendant longtemps, sans réaction. Toutes, très souvent figées devant lui, nous ne pouvions lui dire quoi que ce soit en ce qui concernait son alcoolisme. A ce moment, son visage pris un aspect désagréable, comme s'il en voulait à sa petite sœur de larguer tous ces mots sans modération, considérant presque qu'elle venait de lui manquer de respect. Les jours passaient et les mots de sa sœur s'étaient ancrés dans sa mémoire et ne voulaient plus en sortir. Il en parla à son amie Sandrine, puis à Louisa et il comprit alors qu'elle avait dit vrai et surtout qu'elle avait été honnête comme il le lui avait demandé.
Sans rien évoquer de son projet à qui que ce soit, Faouzi se tourna vers le CSAPA, un Centre de Soins, d'Accompagnement et de Prévention en Addictologie. Il se présenta et demanda des renseignements sur les différentes étapes permettant l'arrêt définitif de son addiction. Il fut reçu par une équipe très professionnelle qui lui indiqua la procédure : un sevrage ambulatoire qui nécessitait tout de même un accompagnement au centre par différents types d'approches individuelles ou collectives. Il fut surpris par cette structure pluridisciplinaire et se sentit engagé immédiatement dans cette forme d'aide à la personne qui ne ressemblait certainement pas à un centre de soin. Il rencontra un médecin du service pour une visite médicale et réalisa un entretien qui devait susciter un climat de

confiance et une prise de conscience, avant la prise en charge et le début de la cure.

Il commença alors cette thérapie et intégra un groupe. D'abord à l'écoute, il prit par la suite la parole, se trouvant étonnamment très à l'aise. Il dialogua sur son vécu qui, selon ses dires, n'était pas aussi catastrophique que certaines personnes présentes dans la salle. Pourtant il se trompait, ce qu'il croyait n'était pas la réalité. Il était là, comme tous les autres, et même s'il se présentait comme une personne différente, il ne l'était absolument pas pour le groupe. Plus tard, lorsqu'il y retourna à plusieurs reprises, il comprit son erreur. Il n'était pas aussi dissemblable qu'il semblait le penser, bien au contraire. Il trouva beaucoup de similitudes avec les autres patients. La thérapie débuta par un sevrage à base de comprimés à prendre tous les jours, l'objectif étant d'éliminer le maximum d'alcool dans le corps en arrêtant progressivement la consommation. Souvent, on parlait de challenge important pour le patient car il était extrêmement difficile de se confronter à ses dépendances. Les premiers mois ont été les plus contraignants. Il lui fallut du courage pour diminuer et cesser de penser à sa boisson préférée. Il fut sous l'obligation de boire beaucoup d'eau afin d'éviter la déshydratation, car l'arrêt de la consommation entraîne souvent un dessèchement dans l'organisme. Il se mit aussi à boire beaucoup plus de café et à manger considérablement. Avant cette cure, il n'avait pas un gros appétit. Je me souviens qu'il se contentait de déjeuner le plat principal seulement, l'entrée et le dessert ne l'intéressant guère. Le changement de comportement alimentaire me surpris. Dorénavant, il ingurgitait tout ce qu'on lui proposait. Les desserts sucrés ont été ma plus grande stupéfaction. Il les dégustait à foison, je n'en revenais pas de le voir apprécier ces entremets alors qu'auparavant, il les refusait catégoriquement dès qu'on lui en mettait à disposition. Je ne le reconnaissais plus. Il devenait une autre personne qui commençait à apprécier les choses les plus simples de la vie. Mon impression était qu'il commençait à savourer les moments conviviaux et je ressentis un plaisir intense à le voir heureux et rayonnant.

Six mois s'étaient écoulés depuis son entrée au centre et les métamorphoses de sa morphologie commençaient à se voir. Nous assistions à un changement de son anatomie, il prit du ventre et commença à être un peu grassouillet. Mais il était joyeux et agréable, cela nous faisait énormément plaisir de retrouver notre frère, celui qui souriait à profusion et qui dialoguait, comme autrefois, avec tant de gentillesse.

XII. L'ÉTÉ 2017

L'été prenait place et Faouzi me demanda de récupérer sa fille avec lui à Grenoble, comme nous avions l'habitude de le faire. Elle devait séjourner une semaine à la maison. Louna avait encore grandi, elle me dépassait de taille et me parut plus mûre. Effectivement, elle n'était plus une jeune adolescente mais bien une jolie et ravissante demoiselle, toujours aussi discrète, ne communiquant pas extrêmement, une âme douce et subtile qui me donnait envie de la découvrir et tâtonner ce petit personnage imperceptible qui se cachait derrière cette timidité. Elle était excitée à l'idée de retrouver ma fille, sa meilleure cousine, et de passer du temps avec elle. La semaine passait très vite alors nous décidâmes de profiter rapidement de ces instants au maximum. Nous remplissions nos journées à la piscine, à la plage, au shopping, au cinéma, et nos soirées, aux promenades au bord des côtes méditerranéennes. Puis vint la soirée du quatorze Juillet, la fête nationale qui avait pour coutume d'être célébrée par de sublimes feux d'artifices. Nous nous rendîmes à la Seyne-sur-Mer avec mes sœurs et le spectacle fut éblouissant avec des illuminations aux multiples couleurs resplendissantes et des parades majestueuses dignes d'un grand carnaval. Nous passions une soirée formidable et Louna se plaisait avec nous. Elle rentra et raconta sa soirée à son père, ravie de lui divulguer ses impressions sur cette ambiance festive. Il était fier d'elle, tellement heureux de voir sa fille s'amuser autant avec sa famille en majeure partie composée de ses sœurs et de ses nièces. Il aimait la regarder se divertir, cela lui apportait une forme de bien-être et il savait qu'elle affectionnait amplement les vacances dans le sud. Mais il voulut finir la soirée en beauté, et toutes les filles se mirent à faire un bain de minuit avec Tonton et son fameux saut de l'ange.

Il était très proche de sa fille. Il passait beaucoup de temps avec nous, nous nous adonnions à diverses occupations : des barbecues le midi, les restaurants le soir et des repas de famille aussi. Une soirée se préparait, ma nièce Chaima venait de réussir son baccalauréat et elle souhaitait le célébrer chez moi. Nous préparâmes la fête, les apéritifs et les décorations de table. Ma fille et Louna s'occupèrent de la musique, elles s'étaient concertées sur les mélodies préférées des jeunes et purent concevoir une playlist garnie de compilations assez mouvementées. La cérémonie fut grandiose, les filles avaient rempli leur contrat, l'ambiance musicale était au rendez-vous, la soirée fut un succès. Tout le monde dansait, Tonton nous avait fait une petite enjambée de danse de type flamenco, et nous étions tous morts de rire en le voyant gambiller avec tant d'exaltation. Tous ces instants magiques que nous partagions lui faisaient oublier ses récentes difficultés et il avait retrouvé sa joie de vivre.

Malheureusement, la fin des vacances s'approcha et le retour de Louna vers Grenoble nous navrait. Elle rentra chez elle éplorée de nous quitter. Néanmoins, avant de repartir, elle me confia sa reconnaissance pour tous ces moments et me remercia. Pour moi, il n'y avait aucune raison de me rendre une telle allégresse car cela était tout à fait normal

de l'accueillir.
Puis, la vie reprit son cours, le mois de juillet s'achevait et je me préparais à partir en Tunisie avec ma fille Cheryane et mon petit-fils Kilian. Nous nous rendions à la célébration de trois mariages de nos proches cousins et cousines. Nous assemblions nos affaires dans nos valises et le départ imminent nous provoquait des bouillonnements et une effervescence inexplicable. Nous étions tellement enthousiastes à l'idée de voyager vers ce pays qui nous tenait tant à cœur.
Ma mère étant en Tunisie, elle m'avait demandé de lui rapporter un sac avec des provisions que je devais récupérer chez elle pour lui ramener en Tunisie. Je m'y rendis et Tonton m'attendait. Il me tendit le sac et me fit la bise. Il me souhaita de passer d'excellentes vacances, il me donna un billet de cinquante euros afin de lui ramener deux cartouches de cigarettes à mon retour car elles étaient moins cher à l'aéroport. Je lui promis de penser à lui et de ne pas manquer de le faire, puis je le saluai et je retournai chez moi.

Le lendemain, nous prenions la direction de l'aéroport de Marignane et nous nous envolions vers Tunis-Carthage. Lili et Célya était de la partie, elles allaient séjourner avec nous pendant les deux semaines à venir. Nous nous dirigions vers la demeure de mes beaux-parents à Menzel-Abderrahmane. La maison était ouverte et en travaux de rénovation car la célébration des deux mariages à venir, du cousin et de la cousine de mon mari, allaient se dérouler dans cette grande maison. Nous nous occupions du nettoyage des pièces à vivre afin de nous y installer et nous procédions aux rangements de nos bagages. La chaleur écrasante de type caniculaire, nous rendait presque fébriles et flasques. Nous transpirions à outrance mais l'odeur du jasmin et le décor aux couleurs variées du bougainvillier de ma belle-mère, accroché à la devanture, nous faisaient oublier la fournaise. Nous étions pressées de commencer nos vacances dans cette atmosphère très joviale.

Le premier mariage débuta. La tradition voulait que le premier jour, nous nous rendions chez la mariée dans le but de lui déposer la Cofha : cadeaux offerts par l'époux et ses parents. Un repas était prévu pour cette soirée. Puis, le second jour fut l'Aguira : le sacrifice d'un bovin afin de préparer un grand repas en l'honneur des mariés. Cette célébration était accompagnée de tambourins, l'ambiance était exceptionnellement joyeuse. Puis, le troisième jour fut consacré au hammam de la mariée où toutes les femmes, les filles et jeunes filles des deux familles étaient conviées, une fois de plus, escortées par les tambourins. Nous nous étions vêtues de robes traditionnelles, les dames poussaient des you-yous et nous traversions tout le village jusqu'au fameux Hammam. Enfin, les deux derniers jours étaient consacrés au Hénné : un tatouage de couleur brune, de type temporaire, très traditionnel, ancré dans la culture tunisienne surtout en période événementielle. Puis vint le jour du mariage dans une immense salle des fêtes. Nous nous préparions toutes à cet évènement. Certaines avaient passé tout l'après-midi chez les coiffeuses où il y avait tant de monde en cette période estivale en raison de la multitude de mariages célébrés. Dès lors que nous étions toutes prêtes, nous nous dirigeâmes vers la maison de la mariée en suivant un cortège de véhicules klaxonnant tout au long du trajet. Ce premier mariage fut absolument grandiose et la soirée fut inoubliable.

Quelques jours plus tard, nous célébrions les fiançailles de ma nièce Islem, dans une ambiance très familiale et très cordiale. Les fêtes se succédaient et le mariage de la cousine de mon mari se présentait. La semaine traditionnelle de mariage commençait pour elle. La célébration se déroulait aussi à la maison et ce fut le même scénario que pour le précédent. Tout au long de la semaine, nous nous distrayions aux tambourins, ainsi qu'à la fameuse Darbouka, cet instrument de percussion très utilisé dans les pays orientaux, suivi des chants habituels tunisiens. Nous tapions des mains et les you-yous fusaient. Tout comme l'autre mariage, celui-ci fut très jovial et la bonne humeur des invités et des résidents se ressentait. Nous avions apprécié chaque instant de ce mariage dont la culture nous fit découvrir tant de pratiques ethniques si attachantes et si captivantes. Puis le jour J arriva, nous étions très exactement le vingt-deux août deux mille dix-sept. Il ne me restait plus que deux jours avant mon retour en France. Nous nous apprêtions à honorer l'union de ce formidable couple. La salle du mariage en plein air était sublime, parée de décors d'art nuptial très subtiles et raffinés, un long tapis rouge central s'étalait de l'entrée jusqu'au trône des mariés. Tout était parfait et les premiers invités apparaissaient. La salle se remplissait petit à petit, nous n'attendions plus que l'arrivée des mariés. Lorsque l'orchestre entama la musique traditionnelle de l'entrée des mariés, nous comprîmes qu'ils étaient là. Les deux mariés étaient ravissants. La robe de la mariée m'avait subjuguée tant elle était comparable à celle d'une princesse. Le mariage fut une nouvelle fois très divertissant, l'engouement et les cris de joie de toute la famille faisaient de cet évènement un moment très spécial. La mariée avait procédé à plusieurs changements de robes tout au long de la soirée, les unes aussi sublimes que les autres, c'était également une tradition. Puis vint la distribution des pâtisseries orientales et des dragées aux invités et enfin, la présentation de la pièce montée. Je me souviendrai de cette fastueuse cérémonie. La soirée s'acheva et les époux quittèrent les lieux. Nous fîmes de même en rentrant tous à la maison. Nous étions épuisés, je ne sentais plus mes pieds, mes talons aiguilles avaient éraillé mes phalanges, je n'en pouvais plus. Dès que je suis arrivé, je les ai instantanément retirés. Je m'allongeai sur le divan du salon, ma fille s'était proposée de me faire un petit massage. Elle alla récupérer une bassine d'eau chaude, une crème hydratante et elle s'occupa de me masser les pieds avec ses doigts de fée. Elle effectua des massages si performants que ma belle-mère lui suggéra de faire des études de Kinésithérapeute ou de massothérapie. En tout cas, cela m'avait fait du bien et mes douleurs s'étaient complètement estompées. J'ai pu me lever, me doucher et enfin me coucher.

XIII. LE 23 AOÛT 2017

Le lendemain, à neuf heures du matin exactement, mon téléphone sonna. Je regardai alors le nom de la personne qui essayait de me joindre, celui de ma petite sœur Besma s'afficha. Je répondis mais j'étais complètement sonnée. Je n'avais pas beaucoup dormi puisque nous nous étions couchées très tard. Elle pleurait en sanglots, je ne comprenais pas et je lui sommais de me dire ce qui se passait, mais elle avait du mal à s'exprimer, elle pleurait et j'entendis un seul mot : il s'agissait de mort. J'ai immédiatement pensé à ma sœur Sonia qui avait été au pèlerinage de la Mecque l'avant-veille et je redoutais une tragédie comme nous en entendions souvent parler, ce voyage étant risqué par le long trajet en avion et surtout l'abondance des pèlerins et la chaleur de type hyper caniculaire en cette période de Hadj.

Je lui criai :

-C'est qui, Sonia ????? Mais elle ne put me répondre. Je commençais à trembler, j'avais du mal à tenir mon portable, mes mains vacillaient et je ressentais des palpitations provenant de mon cœur. Cependant, j'arrivais étrangement à garder mon calme, je lui répétai alors ma question et elle me répondit enfin.

-C'est Faouzi, Faouzi est mort.

Je ne comprenais pas, mon frère était mort ? Je la priais de m'expliquer, mais elle avait du mal à parler tant elle sanglotait de larmes. Puis, elle prit un léger souffle et m'annonça le terrible drame :

-Il a été retrouvé mort à la maison, une crise cardiaque.

J'étais choquée, je ne parlais plus, je n'avais qu'une chose en tête : comment annoncer cela à mes parents. Besma me conjura d'aller chercher un médecin avant de prévenir ma mère car elle avait peur qu'elle ne tienne pas le coup face à cette horrible et brutale nouvelle.
Après avoir raccroché, j'ai tout de suite appelé mon mari qui venait aussi de l'apprendre. Il était bouleversé, ils avaient passé la soirée ensemble à peine deux jours auparavant pour le départ de ma sœur Sonia à la Mecque. Elle avait préparé un repas spécialement pour son voyage spirituel et ils avaient dîné chez elle. Il ne comprenait pas, il était déboussolé et ne savait que faire. Besma l'avait appelé à l'aide, elle voulait qu'il la rejoigne aux pompes funèbres. Quant à moi, je quittai la conversation avec mon époux et me dirigeai vers le salon, j'avais réveillé tout le monde en criant. Mes larmes coulaient et je dus demander à mon beau-frère et sa femme de me déposer chez ma sœur Wassilla.
Lorsque j'arrivai devant sa somptueuse demeure, j'appréhendais sa réaction car elle était pratiquement sa jumelle, si proche et si complice. Je ressentais les palpitations augmenter hâtivement. Je vis la porte d'entrée et j'appuyai sur la sonnette. Son mari m'ouvrit et je lui appris le décès de mon frère, il était sous le choc. Je continuai mon trajet jusqu'à la cuisine et je vis ma sœur, surprise de me voir devant elle à cette heure-ci. Elle s'étonna et elle n'eut pas le temps de me questionner que je lui annonçai la mort de notre frère. Elle se mit à crier son prénom, elle s'écroula et tomba au sol en hurlant si fort que le voisinage se précipita

à son chevet. Sa belle-sœur, qui était également sa voisine, nous rejoignit. Elle prit un verre d'eau et une bouteille contenant de la fleur d'oranger puis elle lui en répandit sur la tête et le visage. Elle essaya de l'apaiser, de la raisonner, de la calmer, mais rien n'y faisait. Elle ne pouvait se contenir, la brutalité de cette annonce ne pouvait que la traumatiser. Je la pris dans mes bras et lui expliquai qu'il allait nous falloir du courage car nous devions prévenir nos parents. Je lui fis comprendre que nous étions les seules à le savoir et que nous nous devions de nous relever face à cette situation épineuse. Nous réussîmes tant bien que mal, et après de longues minutes de soutien moral, à la conduire jusqu'à la voiture. Alors que nous nous acheminions vers la maison de nos parents, je conservais un calme inexplicable, un sang-froid étonnant comme si un esprit me portait et me guidait vers mes parents. Je descendis du véhicule et sonnai à la porte extérieure donnant sur la grande véranda de l'entrée. Ma mère venait à peine de se lever, elle entendit frapper et sonner. Elle ouvrit la porte et elle sut instantanément qu'il était arrivé quelque chose de grave. Nous lui annonçâmes alors le décès de son fils, elle s'écroula sur le carrelage et se mit à hurler :

-Mon fils est mort, mon fils est mort, Faouzi, mon fils !!!!!!!!

Elle réalisa qu'elle venait de faire un rêve assez bizarre : « mon oncle, décédé un an auparavant, venait chercher l'enfant que ma mère portait dans son ventre ». Elle avait l'habitude d'interpréter les rêves et elle sut dès notre arrivée qu'il était survenu une tragédie à l'un de ses enfants.

Mon père s'approcha alors, paniqué de la réaction de sa

femme. Il me demanda ce qui se passait, je me dirigeai vers lui et je lui dis :
-Faouzi est mort
Il me reprit :
-Faouzi, qui ? mon fils ?
Je lui répondis que oui, puis il répéta :
-Faouzi, mon fils ? mon fils ?
Je vis ses larmes et je me mis à pleurer. Je vis mon père se décomposer, il tournait en rond et je voyais qu'il était complètement altéré.
On me demanda d'aller chercher des vêtements pour ma mère qui était légèrement vêtue, ainsi que son foulard car les gens du village commençaient à arriver en masse. Ma grande sœur Fatma se précipita en criant et en pleurant, Besma l'avait mise au courant. Ce fut la pire journée de ma vie et elle ne faisait que débuter. Nous nous occupions de ma mère, nous l'emmenions au salon. Le choc l'avait pétrifiée, elle n'arrivait plus à marcher, elle ne sentait plus ses jambes totalement engourdies et paralysées. Elle ressentait une douleur à la poitrine qui provenait très probablement de l'impact d'une telle annonce qui l'avait heurtée de plein fouet, et l'on sait que lorsque l'horreur frappe, c'est toujours le cœur qui est visé en premier. Elle reçut très rapidement la visite de ses sœurs. La terrible nouvelle s'était répandue à une allure invraisemblable et les gens du village entier se déplaçaient pour présenter leurs condoléances. Nos cousins et nos cousines s'étaient précipités chez nous et la tristesse se voyait sur leurs visages, accablés et consternés par cette soudaine perte.

Faouzi était apprécié par un bon nombre d'entre eux et l'atmosphère était si sombre, si grise, si froide dans un pays si chaud, que j'avais l'impression qu'une tempête de neige avait pénétré notre maison familiale. Ma sœur Besma nous appela de France, bouleversée. Elle put à peine parler avec ma mère, elle lui expliqua les circonstances du drame, le peu de choses qu'elle savait. Elle était complètement désemparée et démunie, elle se sentait si seule, si impuissante, loin de son entourage et face à une situation pour laquelle personne au monde ne saurait l'aider. Je repris le combiné et elle me demanda de m'occuper des billets d'avion pour nos parents. Au même moment, Moez qui était le meilleur cousin de mon frère, celui qu'il avait surnommé Passe-partout, arriva en sanglotant. Il m'entendit parler de billets et me congédia d'un signe. Il me précisa qu'il s'occuperait de tous les documents administratifs et des billets d'avion et m'incita à rester auprès de mes sœurs et de ma mère. Encore une fois, je perçus en lui l'envie de mettre le pied à l'étrier et le besoin, une fois de plus, de se rendre utile pour prêter main forte à mon frère en nous aidant dans cette dure et pénible épreuve.

La journée me parut longue, la maison était bondée de gens du village. Dans ma tête des images fusaient, celles de mon frère et des derniers mots qu'il avait prononcés. Je regardais autour de moi et je me rendais compte que notre famille ne serait plus jamais la même. Elle avait été amputée d'un de ses membres et la brutalité de cet évènement allait tout changer dans nos vies.

Je me levais et essayais de me rendre utile. Dès que le téléphone sonnait, je répondais instantanément, j'avais un trop plein d'énergie, visiblement mal employé, un besoin considérable de bouger. Étonnamment, je n'avais pas encore flanché et je ne m'en étais pas encore rendu compte. Ma sœur Sonia nous avait contactés par téléphone en « face time » de l'Arabie Saoudite. Elle et son mari étaient totalement atterrés et déchirés. Elle l'avait laissé en pleine forme. La veille de son départ, il était venu lui dire au revoir et, le lendemain matin, elle s'envolait pour son pèlerinage. C'était la dernière fois qu'elle le voyait. La nuit tomba et je dus retourner chez moi, je devais préparer mes bagages, en effet, mon retour en France était déjà prévu pour le vingt-quatre août. Lorsque j'arrivai chez moi, il n'y avait personne. Je me sentis très seule, tous étaient chez ma belle-sœur, la maison était vide. Je me suis allongée sur le divan du salon et, dans le noir, je me suis mise à larmoyer, le regard vide. Je pleurais en silence et à chaudes larmes. Il n'a pas fallu longtemps pour qu'enfin je rompe cette carapace qui m'avait protégée tout au long de cette triste journée. Les voisines m'entendirent m'égosiller en clamant le prénom de mon frère. Elles surgirent auprès de moi, tentèrent de me consoler et de me soutenir. Ma belle-sœur Aida venait aussi de rentrer, elle me prit dans ses bras et me calma. Cela me procura énormément de bien car je sentais qu'on s'occupait enfin de moi. Je n'en avais pas réclamé le besoin jusqu'ici mais il me fallait, à l'évidence, du soutien.
Le lendemain matin, ce fut le mari à Wassilla qui m'emmena à l'aéroport. Pendant tout le trajet nous parlions de mon

frère, nous étions toujours aussi ravagés par ce qui nous arrivait. Mes parents avaient trouvé un vol à midi à destination de l'aéroport de Nice. Nous pensions arriver à peu près en même temps en France. Quant à mes deux grandes sœurs, Wassilla et Fatma, elles étaient restées en Tunisie afin de préparer notre retour pour l'enterrement.
Mon retour en France a été très pénible, j'appréhendais de voir mon frère dans ces conditions, en même temps, j'en ressentais un besoin extrême. Audrey me contacta, elle était en Espagne en vacances lorsqu'elle avait appris la mauvaise nouvelle. Elle ne savait pas comment le dire à sa fille, lui apprendre que son père venait de mourir, il était encore si jeune, à peine quarante-deux ans. Audrey prit sa fille dans ses bras, la serra très fort et Louna fondit en larmes, bouleversée par ce qu'elle venait d'entendre. Elle me demanda de l'héberger, ainsi que ses parents qui venaient de Grenoble.

Nous arrivâmes tous le même jour et nous apprîmes que le lendemain se déroulerait le lavage du corps, selon les rites musulmans, à l'Athanée de la Seyne-sur-Mer. Ce voyage m'avait épuisée, je me sentais flasque, assommée. Je n'avais pas dormi depuis la veille et je sentais mon corps entièrement harassé des pieds à la tête.
La venue de Louna, d'Audrey et de ses parents m'avait vraiment ébranlée. Tous les souvenirs de mon frère resurgissaient et, en les voyant, il m'était difficile de me dire qu'il ne serait plus parmi nous tous. Dominique, le père d'Audrey, qui fut très proche de Faouzi, était complètement

exténué, les yeux rouges et larmoyants, il n'en revenait pas de cette perte tragique. Il m'avait beaucoup émue et de le voir dans cet état-là me rappelait mon père et son regard éteint, submergé par les regrets. Le regard d'un père qui aimait son fils mais qui ne le lui avait jamais dit, un père qui voulait voir son fils réussir mais qui ne lui en avait jamais parlé, un père qui voyait son fils se détruire mais qui n'avait jamais osé le lui avouer. Mon père était un homme solitaire et très discret, au tempérament calme et reclus mais il voulait nous voir heureux et c'était ce qui lui importait le plus à vrai dire. Je pensais au lendemain matin et je me dis que je verrai enfin mon frère. Je n'arrêtais pas de voir défiler des images de lui, je me posais plein de questions. J'imaginais Besma qui avait attendu deux jours sans le voir car on ne l'avait pas laissée entrer aux pompes funèbres et elle redoutait tant cette épreuve. Des visions me venaient, je songeais à sa mort, je me disais qu'il avait dû s'écrouler, ses fonctions vitales ne répondant plus. Son cœur avait cessé de battre et de pomper son sang, son cerveau et ses poumons avaient dû en subir immédiatement les conséquences et son corps avait certainement commencé à se modifier. Je me demandais s'il avait eu le temps de penser une dernière fois à nous et s'il s'était rendu compte qu'il s'apprêtait à partir définitivement, qu'il se dirigeait vers un autre monde, une autre vie probablement.
Nous étions vendredi, le réveil fut difficile et je redoutais ce jour mais en même temps, je ressentais un empressement à me rendre à cet endroit où reposait le corps de mon frère pour le lavage mortuaire. Dans notre religion, et selon notre

tradition, le lavage mortuaire était très important. Il s'agissait d'une toilette purificatrice qui avait pour but d'assainir le corps du défunt. Pour nous, c'était le jour du pardon, celui des invocations et des prières. Nous nous apprêtions à partir, je m'installai sur le siège arrière de la voiture. Je me sentis mal, des symptômes de gastro-entérite, de soudaines nausées et des maux de ventre survinrent brutalement. Puis, mon souffle s'étrangla soudain dans ma gorge tandis que mon cœur se mettait à cogner de plus en plus vite contre ma poitrine, je sentais la bile acide monter avec des aigreurs d'estomac. Assise contre le dossier de mon siège, je pressais mes mains moites recroquevillées contre ma poitrine afin de calmer ma respiration. Je clignais des yeux, j'essayais manifestement et discrètement de me redresser et je m'efforçais d'oublier tous ces détails. Je regardais à travers la vitre, levais les yeux au ciel et vis un nuage épais recouvrir le soleil, cette grisaille provoqua en moi des maux de tête d'autant plus intenses. Heureusement, j'avais pris dans mon sac des médicaments à effets très actifs qui m'avaient permis de diminuer progressivement les douleurs. Tout cela était surement dû au stress, à l'angoisse et à la fatigue. Ces stigmates étaient apparus pour la première fois au décès tragique de ma tante, de son fils, de son petit-fils et de sa belle-fille, qui avaient tous été emportés dans un accident de la route en Tunisie quelques mois auparavant. Ils projetaient d'aller inviter mes parents au baptême du petit, âgé alors de 4 ans à peine. Le trajet

devait durer un peu plus d'une heure de Mateur[11] à Menzel-Abderrahmane. Pourtant, à peine sortis, ils prirent la route départementale, mon cousin commença à accélérer afin de dépasser un véhicule à la traine. Soudain, gagnant de la vitesse et voulant se rabattre, il n'eut pas le temps de s'apercevoir qu'un énorme tracteur se trouvait en face de lui. Il le percuta de plein fouet. L'engin était garé au bord de la route, sur la ligne horizontale du côté droit. Le destin s'empara de tous les passagers, une famille entière fut décimée : un si beau couple, si jeune et si gentil, ainsi que mon adorable tante. D'ailleurs, nous nous étions rendus aux obsèques avec mon frère et ma sœur Sonia. Seulement, le voyage avait tardé et nous étions arrivés après l'inhumation. Ce fut si émouvant que le choc de ce terrible drame m'avait provoqué les mêmes symptômes. Depuis, dès que je me retrouvais dans une situation houleuse et parfois même dans un lieu de rassemblement, je me rendais compte de la réapparition de ces crampes abdominales.
Mon père perdit son frère le mois d'après, la maladie l'ayant emporté. Il était évident qu'il venait de traverser une des périodes les plus graves de sa vie. Perdre sa sœur et sa famille, son frère et son fils en l'espace de quelques mois devait être très éprouvant. Quant à moi, mon corps avait subi des chocs consécutifs à la perte de six membres de ma famille en très peu de temps. On disait souvent de notre corps qu'il manifestait des réactions insolites et improbables qu'on ne pouvait contrôler, mais que chaque phénomène

[11] Ville appartenant au gouvernorat de Bizerte

manifesté par notre organisme avait certainement une explication.
Nous approchâmes du lieu de la cérémonie et je vis un attroupement de personnes connues et inconnues qui attendaient devant la salle de l'Athanée[12]. Ma famille et les amis intimes étaient déjà installés à l'intérieur. Je fendis la masse de gens qui étaient venus se recueillir auprès de mon frère et me dirigeai vers ma mère, mon père et ma sœur Besma. Nous avions la possibilité de rentrer avant le lavage et je sentis mon ventre se nouer. Je finis par reprendre mon souffle et nous accédâmes à la pièce. L'odeur étrange d'antiseptique m'avait saisie et je ressentais de légers frissonnements et de la crispation. Puis, je le vis, allongé sur ce brancard et enveloppé d'un drap blanc. Seul son visage endormi était apparent et je ne pus me retenir, en une fraction de seconde, les sanglots étendirent leurs secousses jusqu'au plus profond de mon être. Mon père était submergé par la tristesse, il essayait de cacher son chagrin du mieux qu'il pouvait mais je voyais bien qu'il n'y parvenait pas. Je me disais qu'au fond, nous n'avions pas à nous contenir de pleurer notre frère. Je me souviens de cette période où il nous en avait fait part, il nous questionnait sur le jour de sa mort et si nous allions pleurer. Bien évidemment, cette interrogation était étrange, étonnante car la douleur ne se dompte pas, elle se manifeste dès lors que l'on est confronté aux affres de la vie.
Je le regardais minutieusement et je murmurais dans ma

[12] Funérarium

tête les mots que j'aurais voulu lui dire, ceux que l'on a du mal à exprimer parfois, pourtant, ce furent les plus beaux : je l'aimais et il me manquerait éperdument dans ma vie. Ma mère en revanche fut très courageuse, elle se comporta d'une façon absolument ardente. Elle me donnait l'impression de vouloir tout gérer et demanda à être seule avec son fils. Je sus plus tard qu'elle voulait catégoriquement voir le corps entier de son fils pour se convaincre qu'il n'avait rien à se reprocher. Elle avait entendu des absurdités sur les circonstances de sa mort, qu'il aurait été assassiné et elle voulait en découdre avec ces rumeurs. Bien évidemment, elle fut rassurée, tous ces racontars étaient faux et elle fut soulagée dans sa conscience. Les commérages médisants et mensongers ont toujours été actifs dans notre communauté et, même en période de deuil, les gens aiment colporter des ragots, ils savent aussi les amplifier de telle sorte que ceux-ci deviennent pratiquement vrais. Ils se moquent de vexer ou d'offenser, ils se persuadent de ce qu'ils entendent et de ce qu'ils répandent, sans se soucier du mal qu'ils propagent. Nous nous retrouvions assis au milieu de ces gens, attendant patiemment et dans un silence pesant. J'espérais un secours des consolateurs mais en vain, je n'en avais pas trouvé. Nous étions les affligés, ceux à qui les paroles des autres valaient pourtant plus que le silence.
Soudain, les hurlements d'une personne qui était positionnée juste en face de moi, interrompirent ce mutisme collectif. Louisa s'était mise à sangloter en hurlant. Submergée par la douleur, elle brisa le calme comme un verre qui tomberait de manière involontaire et qui

exploserait en provoquant un bruit assourdissant. Je me levai vivement et la pris dans mes bras. Je réalisais que les rôles étaient inversés, je me retrouvais à rassurer et à sécher les larmes de ceux qui avaient aussi tant aimé mon frère. Je me disais que nous ne pouvions consoler vraiment les autres que si nous-mêmes, dans nos propres blessures, nous avions déjà été consolés.

Louisa était la dernière personne à avoir entendu Faouzi avant son décès. En réalité, ils communiquaient par téléphone lorsqu'il lui indiqua son malaise. Il lui annonça en premier lieu qu'il ne se sentait pas bien, qu'il avait envie de vomir. Il mit un terme à la conversation puis se dirigea vers les toilettes afin de se soulager. Elle le rappela plus tard en lui proposant d'appeler les pompiers mais il refusa catégoriquement. Il lui rétorqua qu'il allait mieux et que cela passerait. Ce jour-là, il avait également appelé Sandrine, ressentant des sensations inhabituelles, ainsi que sa fille et Audrey qui se trouvaient en vacances en Espagne. Il utilisa son téléphone portable maintes fois, voulant parler avec sa mère qui en profita pour lui passer ses tantes une par une. Il se montra rassurant et conciliant. J'aurais tant souhaité l'entendre, mais il ne m'appela pas. Je me disais qu'il me savait en plein mariage, bien trop préoccupée par toute cette agitation festive. Puis Louisa le rappela une troisième et dernière fois, il répondit en essayant de l'apaiser, il lui pria alors de ne plus rappeler car il s'apprêtait à aller se coucher. Mais en réalité, et après avoir raccroché, il se remit à vomir et le téléphone tomba brusquement dans la cuvette des toilettes. Puis survint une douleur semblable à un écrasement, tel une compression au niveau de sa poitrine. Son cœur était sur le point de capituler. Il n'eut pas le temps d'atteindre sa chambre, il s'effondra brutalement sur le sol, juste devant la porte. Il quitta ce monde en rendant son dernier souffle et ce fut la fin.

Le lendemain matin, Sandrine essaya de le joindre mais elle n'y parvint pas. Elle lui laissa des messages en lui conjurant de la rappeler dès que possible. La journée passa et elle s'inquiéta de ne pas avoir eu de ses nouvelles. Elle le savait malade et elle commençait à se tracasser car il n'avait pas l'habitude de ne pas répondre, ce n'était pas son tempérament, surtout qu'elle lui adjurait de la recontacter promptement. Il était à peu près vingt-trois heures lorsqu'elle termina son travail. Désespérée, ne voyant aucun appel, aucun message, elle prit une décision drastique et surprenante, celle de se rendre à Toulon immédiatement. Elle se prépara alors à entreprendre une route de trois cent soixante-dix kilomètres, afin de soulager sa conscience. Elle pensait ne pas pouvoir dormir tranquille ce soir-là, si elle n'avait pas de nouvelles de son ami, d'autant qu'elle ressentait une sorte de mauvais pressentiment. Son cœur et son esprit lui indiquaient de mettre le cap vers la Région Sud et elle entama son voyage.

Seule et sans aucune crainte, elle monta dans son véhicule, le chargea de carburant en remplissant le réservoir à bloc et entama ce long trajet d'environ quatre heures de route. Elle n'en démordait pas, à aucun moment, elle ne s'était posée la question d'abandonner. Elle était poussée par une étrange sensation, comme si l'on guidait son véhicule, elle ressentait une sensibilité mystérieuse, comme si elle n'était pas seule, que quelque chose ou éventuellement quelqu'un, un esprit, un phénomène plausiblement paranormal, l'aidait à parcourir toute cette distance. La route n'avait pas été très fatigante, aussi surprenant que cela aurait dû l'être après une dure journée de travail remplie de tourments. Elle arriva enfin devant l'immeuble de mes parents. Elle se gara et elle monta l'étage, elle s'approcha de la porte et vit de la lumière à travers la fenêtre de la cuisine, celle-ci donnant également dans l'entrée. Elle tapa à la porte et, ne voyant personne apparaître, elle continua de plus en plus fort. Elle cria alors son prénom, mais en vain. Faouzi ne répondait toujours pas. Elle ne trouvait pas cela normal, elle appela la police municipale et les alerta de son inquiétude vis-à-vis de cette situation très préoccupante.

L'intervention des officiers fut très rapide. Arrivés à la hâte, ils entamèrent une entrée dans le domicile par la porte mais celle-ci étant fermée de l'intérieur et avec la clef dessus, cette porte dite blindée était inaccessible. Ils prirent alors une alternative en passant par la fenêtre de la cuisine. A l'aide d'une scie à métaux, ils décrochèrent les barrières extérieures et entrèrent enfin. Il était bien là, mais il n'était plus de ce monde, son corps se trouvait étendu au sol, au milieu de ce si petit couloir donnant à sa chambre. Sandrine, terrifiée par cette découverte se mit à pleurer à chaudes larmes. Ne comprenant pas ce qui lui arrivait, ce qui se passait et perturbée par tout ce flux de policiers et de pompiers. Elle ne se contint pas et hurla son prénom maintes fois. Un officier s'occupa d'elle, la consolant du mieux qu'il pouvait, il l'éloigna du logement et trouva les mots pour l'apaiser. Il lui demanda de révéler alors la raison de sa présence dans ce lieu, de décliner son identité et sa proximité avec le défunt. Elle lui expliqua tous les détails de la veille, que son ami se plaignait de nausées à répétitions et surtout qu'elle s'était inquiétée de l'absence de réponses à ses appels téléphoniques de la journée. Elle lui décrivit un homme généreux et elle dévoila sa tristesse en évoquant sa volonté de venir de loin pour l'aider. Elle disait avoir eu très peur de ce qu'elle allait découvrir mais qu'elle n'y pensait pas, qu'elle essayait de se convaincre, tout au long du périple, qu'il se reposait et qu'il avait mis son téléphone en veille. Elle n'imaginait pas un instant se retrouver dans une situation tellement irréelle et elle confia sa douleur profonde en précisant qu'il avait été là pour elle dans une période difficile de deuil et que malheureusement, elle était arrivée trop tard pour lui. L'officier lui demanda si elle connaissait un membre de sa famille qu'il devrait prévenir, et elle pensa tout de suite à Besma. Elles s'étaient connues quelques mois auparavant, ayant logé toutes les deux chez mes parents. Elle lui donna son numéro de téléphone et lui indiqua également qu'elle travaillait à la pharmacie de la cité Berthe. Il adressa les informations à son collègue et celui-ci ne tarda pas à communiquer avec ma sœur. Elle reçut l'appel sur son lieu de travail, le policier s'enquit de son identité :

-Madame Besma Dridi, bonjour, c'est la police municipale.

-Oui, c'est bien moi répondit-elle, étonnée qu'on l'appelle sur son téléphone portable et surtout qu'on l'appelle par son

nom de jeune fille.
-Mon appel concerne monsieur Dridi Faouzi, résidant à la Seyne-sur-Mer, très exactement au Floréal. Est-il votre frère ?
-Oui, effectivement, il s'agit bien de mon frère.
Elle imagina qu'il avait des problèmes avec la police et l'interrogea à son tour :
-Est-ce qu'il y a un souci avec mon frère, Monsieur ?
-Je suis au regret de vous annoncer le décès de Monsieur Dridi Faouzi.
Secouée par ce qu'elle venait d'entendre, elle cria tellement fort qu'il fallut que ses collègues de travail récupèrent l'appel. Elle s'effondra au sol, hurlant d'une souffrance insurmontable, éperdue et incontrôlable. Elle finit par s'abandonner dans les bras de ses amis, essayant de trouver rapidement un réconfort. Sa collègue prit les renseignements nécessaires et mit un terme à la communication. Besma la supplia d'appeler son mari afin de le mettre au courant. Elle prit acte et s'en acquitta. Son amie, très choquée, trouva la tâche extrêmement difficile, mais elle s'exécuta. Effectivement, lorsqu'il répondit au téléphone, il fut surpris d'entendre une autre personne que sa femme au combiné, il comprit tout de suite qu'il y avait un problème. Elle eut du mal à trouver les mots pour lui annoncer cette terrible nouvelle et elle tergiversa un instant, ne sachant comment s'y prendre. Il s'inquiéta et demanda si sa femme allait bien, elle le rassura sur son état de santé, puis elle lui divulgua la véritable raison de son appel. Heurté et secoué, il la questionna sur ce qui s'était passé, mais elle

ne put le renseigner d'avantage et elle lui indiqua que le policier avait formulé l'éventualité de les consulter dès que possible. Accompagnée de son amie et de son mari, Besma quitta son lieu de travail afin de se rendre au poste de police. Ils prirent en charge ma sœur, lui exprimèrent en premier lieu leur désolation pour l'annonce brutale par téléphone de l'officier de police, puis présentèrent leurs condoléances et, en dernier lieu, l'informèrent des circonstances du drame en commençant par l'appel de Sandrine jusqu'à la découverte du corps. Elle exigea de le voir, évoquant la possibilité que ce ne soit pas lui. Mais ils refusèrent catégoriquement car le corps avait été déposé aux pompes funèbres et, par conséquent, il devenait impossible de le visiter. D'autant plus qu'il lui confirma l'état civil de notre frère, ayant trouvé et récupéré sa pièce d'identité dans le domicile.
Le malheur venait de frapper à notre porte et nous voilà embarqués dans une espèce de tourbillon, une bourrasque qui nous étirait et nous tordait. Je me rendis compte, au lavage du corps, que la rafale ne faisait que commencer et que l'enterrement serait d'autant plus ravageur et dévastateur.
Nous attendions la sortie de Faouzi de la salle, lorsque je vis ses amis de Grenoble. Bouleversée par leur présence, je ne pus me retenir de pleurer. En les apercevant je revoyais mon frère, ce beau gosse aux yeux verdoyants, tout souriant, plein de joie et de vivacité. Ils avaient effectué un long trajet pour lui rendre un dernier hommage, c'était émouvant et je leur étais extrêmement reconnaissante. A cet instant-là, je saisissais l'importance des relations amicales, celles des vrais

potes, ceux dont on sait qu'ils sont là quand il le faut. C'était sans conteste ce qu'ils accomplissaient, ils venaient de remplir le contrat avec succès. Soudain, j'entendis un remue-ménage, les gens s'agitaient, certains se précipitaient afin de le voir. C'était lui, j'aperçus son cercueil et je me retins de verser des larmes car j'avais connaissance d'une tradition selon laquelle, dès lors que le corps du défunt est purifié, il est déconseillé de larmoyer. Invoquer une prière est plus raisonnable et avantageux pour le défunt. C'est aussi le moment du pardon, une étape grandement considérable et fondamentale selon les rites musulmans. Je pus l'embrasser sur le front et l'agent des pompes funèbres proposa aux hommes de la famille de clôturer la mise en bière en effectuant la fermeture du cercueil et en procédant à la pose des scellés.

Je les regardais faire, je humais une odeur de colle forte et un calme absolu rendait le rite si solennel que je ressentais un apaisement injustifié que je ne saurais expliquer. C'était probablement l'instant fatidique de l'au revoir, celui dont on aurait souhaité qu'il dure encore des heures. Pourtant, c'était bel et bien maintenant qu'il fallait lui dire adieu et je ne pus me contenir. Je pris alors la parole, évoquant nos derniers bons moments passés à la maison avec sa fille et ma famille. Je lui confiai mon amour pour lui et je finis par lui annoncer que je ne l'oublierai jamais et qu'il repose en paix dès à présent. Le cercueil fermé, je pris la stèle où apparaissait son nom, son prénom et sa date de naissance ainsi que celle du décès puis, le cercueil fut déplacé vers la sortie où attendait le monospace funéraire.

Avant de nous quitter, la tradition voulait que nous assistions au prêche d'un Imam, venu spécialement afin de prier pour son âme. Il en profita pour inciter les personnes présentes à effectuer les cinq prières quotidiennes qui, selon ses dires et ceux du Saint Coran, sont l'un des piliers les plus importants de l'Islam. Il nous conjura de croire au Divin et à la mort, au jugement dernier et au châtiment de la tombe. Il évoqua la mort en relatant un verset majeur : « toute âme doit goûter à la mort et la vie passée sur Terre conditionne celle dans l'au-delà, dans les récompenses comme dans les sanctions ». Il effectua ainsi plusieurs rappels, insistant sur la croyance de la vie après la mort qui devra favoriser les bonnes actions. Une fois le discours achevé, le cercueil fut transporté dans le véhicule et l'agent funéraire accompagna le défunt jusqu'à l'aéroport de Marseille. Nous le suivions et le départ pour la Tunisie devenait imminent. Il était difficile pour nous de considérer que notre frère voyageait avec nous, mais qu'il se trouvait dans la soute à bagages. Je me rassurais en me disant qu'au moins, nous avions pu voyager sur le même vol et que nous débarquerions ensemble. Nous étions très attendus, la maison commençait à se remplir, mes deux grandes sœurs se hâtaient de nous retrouver. Les journées d'attente avaient été extrêmement longues, l'appréhension de voir arriver leur frère dans ces conditions se mélangeait à l'envie aussi de lui parler, de l'embrasser, de le chérir une dernière fois.

A notre arrivée à l'aéroport de Tunis Carthage, Basset, mon neveu, décida d'accompagner Faouzi jusqu'à la maison, escorté aussi par mon cousin Monder. Je fus très heureuse du dévouement apporté à son oncle. Basset avait toujours apprécié et estimé son Tonton, et il était primordial pour ce jeune homme de remplir ses fonctions d'homme d'honneur. J'étais fière de lui et je savais au fond de mon être que mon frère, paix en son âme, le serait également. Nous nous rendions vers notre village. La Tunisie était sur le point de récupérer le corps sans vie de l'un de ses ressortissants, un enfant du pays, ce fief dont il était fou amoureux, celui qui l'apaisait et dont il avait gardé le sentiment d'appartenance. Nous avions consacré une partie de notre vie à traverser des milliers de kilomètres, une mer intercontinentale sous le nom de la Méditerranée, afin de contribuer à conserver nos racines. C'était cette histoire qui s'achevait, celle d'un beau jeune homme, cherchant à préserver sa famille et à se prémunir des affres de la vie. Il avait promis à sa patrie de lui revenir, vivant ou mort, cela faisait partie intégralement de ses volontés. Il disait souvent qu'il venait chercher l'apaisement, il aura maintenant tout le temps de s'en imprégner. Ce voyage, nous l'avions effectué maintes fois pendant toute notre jeunesse, mais cette fois-ci, il fut différent. Je ne voyais plus ce paysage si reluisant, je ressentais des sensations plus étranges, comme s'il s'agissait de la dernière traversée, pour lui comme pour moi. Nous nous approchions de plus en plus, notre véhicule devançait les autres et je fus la première à arriver chez mes parents. Je fus très surprise de la foule de villageois qui s'étaient installés devant et dans la demeure. En premier lieu, je pris dans mes bras mes sœurs et je leur fis part de mes impressions vis-à-vis du contexte très émouvant du lavage mortuaire. J'eus le temps de les rassurer instantanément en essayant de leur donner quelques points de vue. Mais aussitôt, nous entendîmes non loin, les bruits de moteur d'une voiture. Il s'agissait de notre tante Souad qui arrivait de Menzel-Bourguiba. Personne ne lui avait dit ce qui se passait jusqu'à ce qu'elle descende du véhicule. Elle vit tout cet embrasement d'individus et comprit aussitôt qu'il se tramait quelque chose d'anormal. Sa fille Dounia l'emmena à l'intérieur de la maison et lui annonça alors la venue de mon frère mort. Elle hurla de douleur et d'incompréhension. Puis, dans les minutes qui suivirent, la foule commença à s'agiter, l'arrivée du fourgon de rapatriement se faisait entendre, il s'était garé devant notre demeure.

Tous les hommes présents commencèrent à extraire le cercueil, puis ils traversèrent la cour et le déposèrent sur le lit de la chambre de mes parents. Le lit était entièrement recouvert et parfumé de fleurs de jasmin et de fleurs de Fell, mes sœurs l'avaient minutieusement dressé. L'effluve qui ressortait de ces fleurs orientales me procura du bien-être, nous étions tous enfin réunis. Seule Sonia qui se trouvait à la Mecque, manquait à cette cérémonie d'adieu. Dans la chambre, nous l'entourions toutes, ainsi que mon père et, de nous voir ainsi, je me mis à frissonner. Je me sentais moins crispée. Wassilla s'était approchée de son visage et elle n'arrêtait pas de chuchoter, comme si elle conversait avec lui, elle lui soufflait des paroles délicatement, comme on murmurait aux oreilles des chevaux. Je m'interrogeais :

-que peut-elle bien lui dire ? Mon questionnement persistait tant elle continuait dans sa longue conversation. Elle me donnait l'impression qu'il lui répondait mais qu'elle était la seule à l'entendre. Je fus presque prise de jalousie, je me disais qu'elle en avait bien des choses à lui marmonner et elle en avait bien de la chance de pouvoir bavarder une dernière fois avec lui. Cela faisait bien des dizaines de minutes qu'elle monologuait à voix basse, je la regardais et elle dégageait une aisance et une harmonie dans sa façon de faire. Elle esquissait parfois un petit sourire, comme si elle lui racontait encore des anecdotes. Soudainement, elle prit un ton plus strict. A ses gestes, je ressentis qu'elle lui faisait des promesses et des engagements. Enfin, elle mit sa main au milieu du cercueil et nous y joignîmes alors tous la nôtre pour n'en faire qu'une, même mon père s'était prêté à ce geste qui nous unissait en ce moment précis. Une demi-heure s'était écoulée et nous profitions de ces derniers instants. Je vis mon neveu Bilal, le fils de Sonia, ouvrir un livre qu'il tenait dans sa main et il s'installa à côté de moi, près de mon frère. Puis il entama la lecture, il s'agissait du Coran, il lisait en chantonnant d'une manière si douce et si mielleuse qu'il me vint des frissons et les larmes coulèrent d'emblée. Je ne savais pas, jusqu'à ce moment-là, qu'il avait acquis la lecture en arabe et qu'il s'y apprêtait si bien. C'était un épisode poignant du fait de sa voix mélodieuse et soyeuse. Il m'impressionnait. A vrai dire, il nous avait tous scotchés et ce fut un moment si agréable que je fus heureuse pour mon frère et pour toute la famille. Son but était d'obtenir la mansuétude de l'archange Gabriel et la miséricorde de Dieu pour son passage dans l'au-delà. C'était un bel hommage qu'il lui rendais, comme s'il avait pris, sur l'heure, la place de sa mère et qu'il avait intégralement l'intention de gérer son absence. Nous en étions fières, d'autant plus ces paroles étaient les dernières avant la levée du cercueil pour l'inhumation. Il honora sa mémoire de somptueux versets et je lui en étais extrêmement reconnaissante.

Puis vint le départ, celui auquel nous n'étions pas conviées, nous les femmes car, selon nos coutumes, il nous était interdit de participer à l'enterrement. Seuls les hommes pouvaient s'y affairer. Je les vis accaparer le cercueil en soulevant la civière en un rien de temps et ils sortirent le défunt de la maison aussi vite qu'un avion de chasse. Une foule d'hommes avaient rejoint le mouvement et l'émotion de le voir s'en aller devenait de plus en plus intense et profonde. Le cortège fit le tour de la ville et, selon les rites tunisiens, lorsqu'il passait devant les superettes, toutes les commerçantes et tous les commerçants devaient fermer les rideaux afin de le suivre. C'était ainsi que cela se déroulait et toute cette frénésie donnait une valeur indescriptible à cette pratique. Je savais au fond de moi qu'il cheminait le long des grandes ruelles du village, accompagné de tous ces gens et que cela faisait partie de son souhait. Il aimait tant notre village et ses rues, il les avait tellement sillonnées. Je pensais à mon père et je me demandais comment on pouvait enterrer son fils. L'humanité n'était-elle pas faite dans un sens, celui de faire des enfants, de les nourrir, de les couver, de les élever, de les voir grandir et reformer à leur tour une famille jusqu'à leur mort. ? Le cœur d'un père pouvait-il supporter une telle épreuve, l'enfouissement du corps de son fiston dans les profondeurs d'une fosse dont la terre avait été préalablement retirée par ses propres mains ? Aurait-il assez de force mentale pour subir un tel déchirement et pourrait-il le supporter ? Je me souciais de la réaction de mon père, quand je compris alors la raison pour laquelle nous étions épargnées, nous les femmes. Beaucoup plus fragiles et beaucoup trop sensibles, les femmes ne savaient pas se contenir, les cris et les lamentations étant interdits. Contrairement aux hommes, elles étaient plus enclines à se conduire ainsi. L'inhumation se devait d'être réalisée dans le calme et la droiture. L'Islam prévoyait ainsi que ce seraient les hommes qui en posséderaient les capacités.

XIV. LE MYSTERE DES CHATS

Pendant ce temps, nous les femmes, nous nous retrouvions dans le salon et nous conversions sur mon frère. Chacune trouvait une anecdote à raconter, puis Wassilla nous communiqua son sentiment étrange du mardi, veille de l'annonce du décès. Elle nous décrivit une curieuse journée. Un chat s'introduisit chez ma mère. Assise sur le canapé, elle le vit entrer pas à pas, il était d'une beauté rare, équivalente à celle d'un chat de race de type sacré de Birmanie, caractérisé par sa robe à poil mi- long et aux yeux d'un bleu azur pénétrant de splendeur. Elle disait ne l'avoir jamais croisé auparavant. Il s'était positionné devant elle et notre mère, Wassilla fut tellement charmée par cet animal qu'elle envisagea l'idée de le garder et de le ramener en France. Sachant qu'il était impossible de réaliser son souhait, elle le caressa un petit moment. Il se laissa choyer puis il s'en alla. Wassilla proposa à mes parents de diner chez elle, elle quitta la maison et, en se dirigeant vers la sienne, elle ne se sentit pas bien. Sans aucune explication, elle évoqua à son mari l'envie de repartir en France, ressentant une sorte mauvais présage. Il ne comprit pas cette soudaine décision, sachant qu'ils passaient d'excellentes vacances et qu'il ne restait pas longtemps avant leur départ officiel. Avait-elle pressenti la mort de son frère ? Je me le demandais connaissant leur complicité, car nous avions tendance à les comparer très souvent à des jumeaux du fait de leurs yeux identiques et de leurs amusements de frères et sœurs consubstantiels. Ainsi, je réalisais qu'il y avait bien une alchimie insécable entre eux et qu'elle devait vivre sans son double le reste de son

existence. Je ressentais aussi de l'amertume envers moi-même. Je m'en voulais de ne pas avoir eu le moindre pressentiment ou la moindre prémonition, d'avoir été heureuse à cet instant précis et de n'avoir eu aucune intuition, aucun signe avant-coureur du drame en cours.
Puis nous nous attelâmes à préparer le repas dit du défunt, celui de l'inhumation. Nous nous apprêtions à recevoir les amis et la famille pour ce diner et à préparer une veillée en sa mémoire, c'était la coutume. Dans l'immense salon, nous installâmes des matelas au sol couverts de draps blancs, ainsi que les tables basses qui étaient décorées de bougies et de fleurs de jasmin. Nous disposâmes des assiettes chargées de dattes et des verres pour le lait et l'eau. Au coucher du soleil, des Imams étaient attendus afin d'effectuer des prières dites nocturnes, précédant le repas. Cela fut très émouvant, la récitation des versets en la mémoire de mon frère me donnait des frissons et je fus bouleversée par ce rite et toutes ces voix touchantes et saisissantes. Les sanglots étendaient encore une fois leurs secousses.
Le lendemain matin, ma mère nous réveilla très tôt à l'aube. Nous devions toutes nous rendre au cimetière. Nous découvrîmes au petit matin le lieu où reposait Faouzi. Il avait été enterré sur la tombe de notre grand-père Baba El Haj. Son souhait de vouloir absolument être proche de ses aïeux était exaucé. Nous étions plusieurs femmes à nous recueillir, les tantes et les cousines s'étaient jointes à nous. En revanche, nous avions attendu leur départ pour enfin nous livrer entièrement à lui. Nous voulions être seules, nous

toutes, ses quatre sœurs présentes. Wassilla vit une petite tombe, elle était si étroite qu'elle nous semblait de la taille d'un enfant. Elle se situait à proximité de celle de notre frère. Elle se mit à proposer à notre frère de s'occuper de cet enfant et de le protéger. Puis, elle évoqua aussi le paradis et les femmes, sachant les charmes irrésistibles et ravageurs qu'il possédait. Elle lui conjura d'en profiter, mais avec modération. Elle communiqua avec lui comme s'il était présent et elle était la seule capable de nous faire rire même dans une telle situation. Louna et Audrey s'étaient rendues à Bizerte afin de se procurer une couronne de fleurs, elles la déposèrent en fin d'après-midi et elles purent également se recueillir quelques temps à ses cotés et lui parler posément. Puis le lendemain matin, nous voici de retour sur les lieux, cette fois-ci toutes réunies, nous nous étions rassemblées autour de lui, une énorme ombrelle avait été disposée afin de nous protéger du soleil levant et la terre avait été fraichement recouverte de mélange de sable coquillier aux multiples coquillages émaillés. Ce sable marin était spécialement recueilli à cet effet, le cimetière se trouvant proche de la mer. Faouzi avait visité l'endroit à peine quelques mois auparavant. Il s'était rendu au muselet Sidi-El-Hachani et avait médité sur les tombes de ses grands-parents. Il était si improbable de penser qu'il les rejoindrait aussi vite. J'avais du mal à réaliser que tout cela était vrai et je finissais par me convaincre que nous y serions bien tous un jour. La Tunisie l'avait emporté définitivement et je dus me résoudre à y croire. Mon père s'était levé bien plus tôt que nous, il s'était rendu seul au cimetière car il voulait absolument se retrouver avec son fils, sans personne. Quelques heures plus tard, il rentra en pleurs chez lui, il raconta alors à ma mère qu'il avait entendu la voix de son fils lui invoquant le pardon. Il disait ne pas être fou, qu'il s'agissait bien de sa voix et qu'il avait répété à plusieurs reprises : « Papa, pardonne-moi ». Ma mère fut choquée, elle le raisonna et le calma sans pour autant l'offusquer, le laissant dans sa croyance.

La journée passa et Wassilla nous proposa très gentiment son hospitalité en nous accueillant chez elle pour y coucher. Sachant que ce serait le dernier soir pour Louna et Audrey, nous avions l'intention de veiller tard. Nous avions passé une soirée agréable et Wassilla continuait à nous faire rire, elle disait que son frère, de là où il était, n'aimerait pas nous voir tristes. Puis, à quatre heures du matin, le réveil fut rude, j'entendis les chuchotements et me réveillai afin de les saluer pour leur départ. Mon cousin s'était présenté afin de les accompagner à l'aéroport. Elles déjeunèrent et nous fûmes témoins de la curieuse attitude d'un chat qui tournait autour de Louna. Il s'orienta vers moi et me caressa, il continua son périple vers mes deux sœurs Wassilla et Besma les adulant également. Seule Audrey avait été épargnée, elle avait la phobie des chats, mais comment aurait-il pu le savoir? Nous commencions véritablement à nous questionner sur ce phénomène, ces chats présents à ces moments opportuns, le jour du décès et maintenant au départ de sa fille. Il resta longuement à nous câliner sans se préoccuper de notre cousin, il fit le tour des sœurs et de

Louna. Soudain, lorsqu'il fut temps de partir, au moment fatidique des au revoir, il se mit à suivre la voiture jusqu'au bout de l'allée. Puis, le véhicule obliqua vers la gauche et il resta quelques secondes, figé comme s'il leur disait adieu puis, il retourna nous cajoler. Ce chat avait une particularité une fois de plus, il était d'une beauté angélique, au poil doux et très agréable. Cela était rare dans notre village de voir d'aussi beaux chats. La plupart du temps, ils étaient sauvages et nous ne pouvions pas les approcher. Ordinairement, ils se trouvaient même en piteux état, borgnes pour certains, nous les surnommions les chats pirates, couverts de griffures, la queue arrachée, et maigres comme un clou. La majorité des chats étaient errants et affamés, ils déambulaient dans toutes les ruelles à la recherche de nourriture, les poubelles étant leur seul moyen de s'alimenter. Je me souviens que nous les voyions débouler dès lors que nous cuisinions du poisson. Ils attendaient scrupuleusement la fin et je les remarquais se jeter sur les restes, arrachant la chair collée aux carcasses. Parfois, ils arrivaient en masse et ils se battaient violemment, le plus fort était celui qui s'attarderait, les autres abdiquaient et décampaient tout compte fait. Ces histoires de chats nous paraissaient étonnantes et curieuses mais ce qui fut plus surprenant encore, fut l'épisode raconté par ma sœur Sonia.

Elle se trouvait toujours à La Mecque, et elle nous fit part d'une histoire comparable à ce qui nous était arrivé. Elle nous exposa alors sa version du vendredi, le jour de l'enterrement. Elle était avec son mari et en présence d'un couple d'amis, assis au milieu du vaste espace dans la grande cour de l'immense mosquée sacrée de la Mecque et installés en face de la Kaaba. Ils s'apprêtaient à effectuer des invocations, à faire les prières lorsque soudainement, et sans comprendre d'où il avait déboulé, un chat de taille moyenne surgit sur ma sœur. Il tourna autour d'elle et se posa délicatement sur ses genoux. Elle le caressa et le chatouilla et il se laissa dorloter. Il ne s'était pas retourné vers les autres personnes présentes, il continua longuement à câliner ma sœur. Elle ne se posait pas de question car elle possédait un chat à la maison et elle se disait qu'il ressentait cela. Ce fut plus tard, lorsque nous avions entamé la conversation sur les différentes anecdotes des chats qu'elle s'était rappelée instantanément son expérience. Y avait- t-il un phénomène paranormal ? Mon frère était-il derrière tout cela ? Voulait-il nous faire savoir qu'il était là, tout près de nous, présent pendant tout ce temps ? Avait-il trouvé le moyen de nous choyer une dernière fois à travers cet animal ? Tout cela prêtait à s'interroger sur la vie après la mort. Ma sœur Wassilla parlait de résurrection, pour elle, il s'était probablement réincarné en chat, j'en avais pleuré de rire. Elle s'en persuadait tellement qu'elle nous fit, en premier lieu, nous esclaffer et ricaner puis, nous commencions à douter et à réaliser qu'elle ne se trompait peut-être pas, en fin de compte. Tous ces mystères étaient insolubles et le lien direct avec notre frère paraissait indubitable. Enfin, il y eut cette ultime énigme l'année suivante qui nous fit revivre cette sorte de manifestation équivalente et d'autant plus mystérieuse.

Un an s'était écoulé, ma petite sœur Besma rentra en Tunisie pour de petites vacances avec son mari et ses deux enfants. Bien évidemment, sa première pensée fut de visiter la tombe de son frère. Elle s'engagea vers la route du cimetière, se gara sur le côté et pénétra par le portillon donnant accès au lieu-dit. Elle eut à peine le temps d'enjamber les premières pierres tombales que surgit un superbe chat de couleur rousse. Il s'inclina devant ma sœur, se retourna et se dirigea vers la tombe de notre frère. Aussi incroyable qu'inimaginable, il s'arrêta brusquement face à la tombe. Elle découvrit la tombe changée, clôturée d'un petit muret, fraichement peinte, très fleurie et soignée. La stèle en forme de cœur avait été offerte par sa fille et se trouvait posée en plein milieu. Les fleurs que nous avions plantées l'année précédente avaient considérablement poussé. Le chat s'approcha de ses deux enfants Ilian et Lina et fit des gestes semblables à des caresses. Les petits le câlinaient également. Ma sœur, émue et surprise par l'attitude du chat, sanglota des dizaines de larmes, submergée par l'émotion de retrouver ce lieu si épineux et de voir cet animal se comporter ainsi. Assise sur le rebord de la tombe d'à côté, elle vit le chat se poser sur elle, se blottir autour de ses bras et ronronner aussitôt. Elle le caressait et il ne bougeait pas. C'était à croire qu'il se sentait bien, il fermait les yeux comme s'il allait s'endormir, faisant des bras de ma sœur de moelleux accoudoirs. Nous repensions à toutes ces histoires et nous nous demandions si cela ne relevait pas véritablement, du domaine du paranormal. Était-ce notre imagination qui nous jouait des tours ? L'hypothèse que notre frère était derrière tout cela nous semblait tout à fait plausible et irrationnel à la fois. En tout cas, toutes mes sœurs étaient concernées par ce phénomène et chacune avait sa théorie. En définitive, celle qui faisait l'unanimité était la transmigration de l'âme sur l'animal, pour un éventuel rapprochement louable des corps par le contact physique.

Cimetière Menzel Abderrahmane - Tunisie

Cette expérience inhabituelle nous avait intriguées et interrogées sur bien d'autres choses similaires. Je me souviens des songes que je faisais après la mort de mon frère. Dès que je l'apercevais, j'étais si heureuse de le toucher alors que je le savais mort. Il me prenait dans ses bras et me câlinait alors qu'il n'était pas dans ses habitudes de se comporter ainsi. Cela me donnait d'autant plus envie de lui rendre la pareille que nous n'avions jamais échangé de tels gestes de tendresses auparavant. Je m'attardais le plus longtemps possible car je savais qu'il s'agissait d'un rêve et mon souhait était d'en profiter au maximum. Je le fixais scrupuleusement, ses beaux yeux et son sourire me comblaient. Je le vis avec des valises et il se mit à me parler, me rappela qu'il n'était pas mort mais qu'il était seulement parti. Je ne comprenais pas, je le savais mort et je lui répondis que nous avions toutes vécu ses funérailles et que cela avait été si douloureux, si tragique et si éprouvant. Puis, en pleine nuit et soudainement, je me réveillais en sursaut, consciente de ce que je venais d'évoquer dans mon songe, et de tout le reste. Je m'étais laissée ronger par d'amers regrets, ceux de me remettre en question sur ma façon d'exprimer mes sentiments. Je n'avais jamais attaché d'importance aux gestes tendres tels que des câlins affectueux avec mon frère. Cela venait certainement de notre éducation basée sur le respect et beaucoup moins sur l'affection et la tendresse. Puis, je réalisai que je venais de l'apercevoir vivant, cela me réconfortait et me satisfaisait. Il était plus jeune, son âge approchait les vingt-ans environ, d'où sa beauté puérile. Puis, je me rendormis. Au petit matin, mon réveil fut radieux, je me souvenais de tout et, la satisfaction d'avoir communiqué avec lui me rendait heureuse et chanceuse. J'en parlais à mes sœurs car je savais que l'une d'elle avait fait exactement le même rêve, mot pour mot. Il avait évoqué une phrase identique selon laquelle il était juste parti tout simplement, il s'était éclipsé en voyage, mais il n'était certainement pas mort. Nous nous posions alors la question sur cet énoncé, était-ce des paroles réconfortantes destinées à nous consoler et, d'une certaine manière, nous affirmer qu'il serait toujours avec nous ?

Pendant quelques mois après son décès, je fis plusieurs rêves en sa compagnie. La plupart du temps il me prenait dans ses bras. Une fois, je lui avais demandé ce qu'il mangeait là où il était. Il me répondit qu'il se régalait de poisson. Mais moi, j'aurais plutôt pensé à des fruits car, dans notre religion, nous disions qu'ils étaient les délices du paradis. J'en avais parlé à ma mère et elle avait tout de suite fait le lien avec la sadaka qu'elle lui avait dédiée quelques jours auparavant. La sadaka était une sorte d'aumône, une bonne action, une pratique qui avait pour but de cuisiner un plat à l'attention d'un défunt et de le distribuer à des gens dans le besoin. Elle avait préparé un couscous au poisson qu'elle avait destiné à son fils en évoquant des supplications religieuses et des prières en sa faveur. Une fois la préparation terminée, elle s'empressa d'aller partager le repas avec une famille voisine. Elle me confia qu'à travers mon rêve, il la remerciait de son offrande. Je fus estomaquée par cette histoire et par toutes ces coïncidences autour de mes songes. J'éprouvais un sentiment de bien-être car je sentais mon frère en paix qui essayait de nous préserver à sa manière. Il était bien notre Ange gardien et il nous l'avait prouvé à travers toutes ces aventures posthumes.

Parler de lui au passé devenait d'autant plus difficile que nous avions toujours eu cette impression que le malheur ne frappait que chez les autres, qu'il nous épargnait, que nous vivions paisiblement et que la vie nous avait offert l'accalmie. Nous étions unis par ce lien très familial, comme il le disait si bien, nous étions sa quiétude et son équilibre. Il avait pour habitude de se confier sur sa famille à ses amies. Ses paroles étaient le plus souvent protectrices, il prononçait une phrase et il la répétait perpétuellement : « Si la peur d'avoir peur te fait peur, alors n'ai pas peur ». Et lorsqu'il s'agissait de propos envers ses sœurs, il soufflait toujours une petite phrase indiquant que nous étions les cinq doigts de sa main. Quant à sa mère, il la décrivait très rusée avec une âme de mécène, toujours à vouloir aider les autres, rendre service à des gens qu'elle connaissait à peine, mais bien évidemment, surtout à ses proches restés en Tunisie. Elle contribuait à leur maintien vital en leur apportant une aide financière et matérielle. Elle chargeait les bagages à cet effet et je me souviens que, lorsque nous arrivions au pays, les cousins s'impatientaient pour ouvrir et découvrir le contenu de nos bagages. La moitié leur était consacrée et destinée. Il avait aussi des mots durs quand il parlait d'elle, il lui reprochait de ne pas avoir été une maman poule, manquant de douceur et d'affection. Pourtant, la connaissant si bien elle nous donnait beaucoup d'amour sans pour autant nous le montrer. Cela faisait partie de nos mœurs, nous ne nous échangions aucun mot de tendresse. A vrai dire, nous ne nous disions jamais que nous nous aimions, peut-être parce que, tout simplement, nous l'assurions au quotidien du fait de notre entente, du respect de la tradition musulmane et, très probablement, de notre dévouement dès qu'il y avait un besoin impérieux. La nécessité de communiquer des paroles d'amour n'était pas forcément utile dans notre manière de vivre. Mes parents nous aimaient et ils aspiraient, par-dessus tout, à nous voir heureux dans notre vie professionnelle et personnelle. Ils considéraient que, si nous vivions en harmonie, c'était en grande partie parce qu'ils avaient réussi notre éducation. Bien évidemment, ils connaissaient aussi les difficultés de chacun, s'en inquiétaient et essayaient de trouver des solutions. Les conseils précieux de nos parents ont été nécessaires dans nos vies et pour la majorité, ce furent les plus notables. Pourtant mon frère avait l'air de réclamer plus d'attention. La distance n'ayant pas arrangé les choses non plus, il manquait de partage et de relations plus profondes.

Malgré tout cela, il considérait ma mère comme la personne la plus sacrée dans sa vie. Il avait évoqué un jour l'impossibilité de la perdre. Lorsqu'on lui diagnostiqua un cancer du sein, il en était devenu fou. Il disait préférer mourir que de devoir enterrer sa mère et qu'il ne le supporterait pas. Il priait pour sa guérison et toute la procédure de traitement par chimiothérapie le rongeait. Elle avait été au plus mal et le traitement fut pénible, à la limite de l'intolérance. Elle perdit sa chevelure et souffrit de douleurs abominables. Elle endura tout ce calvaire et il était indéniable que c'était une épreuve rude et brutale. Elle fut très courageuse et resta une battante qui, grâce à Dieu, s'en était sortie, vainquant la redoutable tumeur. Elle nous avait confié l'avoir fait pour elle, pour son mari, mais surtout pour nous. Le destin avait parfois raison de certaines personnes et mon frère avait quitté ce monde avant elle. Il est évident que le souhait de mon frère de ne pas vouloir l'ensevelir sous la terre a été réalisé car, aujourd'hui, il n'en aura plus jamais l'occasion. Il avait rejoint tous ceux qui avaient quitté ce monde auparavant. Toutes ces personnes qu'il avait côtoyées et aimées : mes grands-parents, mes oncles, ma tante, son fils, son petit-fils et sa belle-fille, et bien d'autres personnes encore, notamment, son meilleur ami Riad Mejri, dont sa mère avait confié un songe récent à ma mère lors des présentations de ses condoléances. Elle lui avait divulgué son rêve, qu'elle affirmait avoir fait le jour du décès de Faouzi où elle avait vu son fils Riad extrêmement heureux d'accueillir son ami qu'il avait tant attendu. Au départ, elle ne savait pas de qui il s'agissait jusqu'à ce qu'elle apprenne la mort de mon frère et elle comprit tout de suite qu'il était question de son meilleur ami. Ce fut bouleversant.

Mon unique et grand frère aura vécu une courte vie, remplie

de bonheur, parfois de mésaventures et d'obstacles. Mais il nous laissera un trésor, sa fille Louna dont il avait tatoué le prénom sur son torse. Il ne faisait pas les prières obligatoires du musulman, mais il croyait considérablement en Dieu ou, en tous cas, à un esprit divin. Il savait que le monde n'était pas un simple hasard et que l'on vivait sur cette terre pour des raisons précises, mais il ne s'était pas attardé à en connaître l'explication. Au fond de lui, nous étions tous emmenés à rejoindre le paradis, cela faisait partie de la vie après la mort. Il disait que Dieu était miséricordieux et qu'il nous pardonnerait si nous avions faiblement péché.
D'ailleurs, mon neveu Walid, fils aîné de Wassilla, l'avait décrit parfaitement et avait prononcé de belles paroles à son décès :
-Alias Faouzi, tantôt Sonny, mais surtout Tonton, tu seras et resteras à jamais avec nous. Homme le plus généreux, le plus souriant, le plus respectueux et doté du plus grand cœur : « Ô seigneur, il est ton esclave, fils de ton esclave, il a besoin de ta miséricorde et tu n'as nul besoin de son châtiment. S'il était bienfaiteur, augmente-lui le nombre de ses bonnes actions et s'il était pécheur alors pardonne-lui ».
Mon neveu m'avait touchée par ces merveilleuses louanges très poignantes et authentiques. Basset et Walid lui avaient rendu un bel hommage du fait de leur humilité et de leur dévouement. Ils étaient liés pour toujours, à travers les actes, les déclarations inoubliables et mémorables envers leur oncle.
Faouzi avait dit une phrase qu'il adorait répéter à Wassilla, sur le ton de la plaisanterie :

« Viendra le jour où je mourrai, alors je ne me ferai pas de souci, ma mère et ma sœur Sonia auront prié toute leur vie. Je suis certain qu'elles entreront au Paradis et qu'elles feront en sorte de nous ouvrir les portes.
Ce sera là-bas qu'on se retrouvera. »

Écrit et Libellé par Saniya Lou.

REMERCIEMENT :

Mon véritable nom est Saliha Darraji. J'ai écrit ce livre durant toute l'année où j'ai été stagiaire à Cannes. J'ai commencé au début de l'année 2019, je travaillais loin de mon domicile comme agent de service régional dans un lycée appelé Les Coteaux.
Éloignée de ma petite famille, de mon mari et de mes enfants, j'ai consacré la majorité de mes soirées à écrivailler sur mon ordinateur portable. Parfois des phrases me venaient en tête, alors je les scribouillais rapidement sur mon calepin afin de ne pas les oublier. Je profitais aussi des trajets en train pour m'avancer dans ce projet qui me tenait tant à cœur.
Mon mari et mes enfants ont été des points majeurs dans cette formidable odyssée. Ce sont eux qui m'ont poussée à entreprendre cette aventure. Ils m'ont beaucoup soutenue et m'ont donné confiance en moi. Je n'oublierai pas non plus Nassa et Gaby, mes collègues de travail, à qui je dédie également mon livre. Nous avions longuement dialogué sur ce sujet et « Saniya Lou », la femme de plume qui sommeillait en moi, avait pris la décision de se lancer grâce à des personnes qui m'avaient confortée et encouragée.

Ma source d'inspiration venait de la vie trépidante qu'avait menée mon frère. Son allure, sa beauté et son charisme m'avaient persuadée que je pouvais lui rendre hommage à travers mes écrits et mes ressentis. Il ne s'agit ici que de mon regard. La possibilité qu'à travers cet édifice j'ai pu, très probablement, heurter quelques personnes citées dans le livre, et qui se reconnaissent dans mes personnages, me fait prendre alors l'entière responsabilité de ce que j'ai écrit, puisqu'il s'agissait après tout, de mettre en évidence toutes les actions qui ont mené mon frère à cet épilogue, aussi tragique soit-il.

Lorsque j'ai parlé de mon livre aux professeurs du lycée où je travaillais, souvent on me confiait qu'il était question d'une supposée thérapie posthume. Mais je ne le ressentais pas ainsi, je ne l'ai pas écrit dans cette optique. Je voulais surtout lui rendre révérence afin de ne pas l'enterrer définitivement. Je voulais lui donner une nouvelle vie à travers ces mémoires et remettre à toute ma famille un souvenir, un mémorial.

Je remercie toutes les personnes, par leur persistance et leur confiance, de m'avoir permis de m'engager dans cette voie et j'accentue surtout ma grâce à mon mari Himed, à ma fille Cheryane et à mes fils Wehbi et Kilian qui ont été les premières personnes à me soutenir dans ce projet. Ainsi qu'Evelyne Perez (Récit'âge, Ecrivain Public), Dalaize Lilya et Mahfoud Kaoutar pour leurs aides apportées à la correction, la syntaxe, la mise en page et la couverture.

Je remercie également les personnes qui ont pu me donner des renseignements et des anecdotes, qui m'ont convaincue de m'élancer dans cette esquisse et je rappelle que les situations présentes dans le livre sont, pour la plupart, une source d'inspiration et d'imagination. Ainsi, la réalité et la mémoire se sont mêlées à l'improvisation de mes idées et ont pu parvenir à la réalisation de mon œuvre.

Écrit et libellé par Saniya Lou

LES RACINES :

Nos racines sont nos identités, elles permettent de regarder le passé pour éclairer le présent et donner des pistes au futur. Il s'agit très souvent d'un héritage, nous héritons d'une certaine manière de nos origines, et nous essayons d'en préserver la contenance. Les valeurs et le respect, la culture, le terroir, la patrie, tout est ancré dans nos veines. Et il est difficile, voire impossible de s'en dégrafer. Parfois, lorsque nous naissons dans un endroit précis, nous souhaitons y mourir. C'est le cas de mon frère, il s'était attaché à ses racines, voulant à tout prix les préserver. Il est d'autant plus complexe de trouver son chemin lorsque le système vous impose le sien. Nos parcours seront semés d'embuches, c'est ainsi que la vie est faite. D'ailleurs, dans notre culture, nous exprimons assez couramment une formule : El Hamdoulilah (qui veut dire que tout va bien grâce à Dieu). Cette expression nous permet de nous rendre compte que nous devons nous suffire de ce que nous possédons, qu'il faut regarder autour de nous, et nous apercevoir qu'il y a certainement d'autres familles encore plus en difficulté et très clairement restreintes de nourritures et de biens.

L'idée serait de trouver un équilibre entre nos origines et la vie que nous menons au quotidien, un juste milieu. Il s'agit avant tout d'un travail sur soi-même, reconnaître ses torts, savoir écouter les autres et surtout ses congénères et savoir aussi prendre du recul afin de mieux rebondir.

L'éducation fait partie exclusivement, de nos racines.

SANIYA LOU

« Ce ne sont certainement pas le nombre

et la longueur des branches,

mais bien la profondeur et la santé

de ses *racines* qui font la vigueur d'un arbre. »

GUSTAVE THIBO

Fin

Table des matières

Printed in Poland
by Amazon Fulfillment
Poland Sp. z o.o., Wrocław

49482889R00108